TERRY BROOKS

Das Zauberlabyrinth

ROMAN

Aus dem Amerikanischen
von Sabine Schmidt

W0289871

GOLDMANN VERLAG

Die Originalausgabe erschien unter dem Titel »The Tangle Box«
bei Ballantine Books, a division of Random House, Inc., New York

Umwelthinweis:
Alle bedruckten Materialien dieses Taschenbuches
sind chlorfrei und umweltschonend.
Das Papier enthält Recycling-Anteile.

Der Goldmann Verlag
ist ein Unternehmen der Verlagsgruppe Bertelsmann

Copyright © der Originalausgabe 1994 by Terry Brooks
This translation published by arrangement with Ballantine Books,
a division of Random House, Inc.
Copyright © der deutschsprachigen Ausgabe 1995
by Wilhelm Goldmann Verlag, München
Umschlaggestaltung: Design Team München
Umschlagillustration: Keith Parkinson
Satz: Uhl + Massopust, Aalen
Druck: Graphischer Großbetrieb Pößneck
Verlagsnummer: 24623
Redaktion: Antje Hohenstein
SN · Herstellung: Peter Papenbrok
Made in Germany
ISBN 3-442-24623-7

Für Chris, Denny, Gene, Phil, Scott, Stuart,
und, irgendwo da draußen, Larry.
Alte Freunde, die mich damals kannten
und einen besseren Menschen aus mir machten.

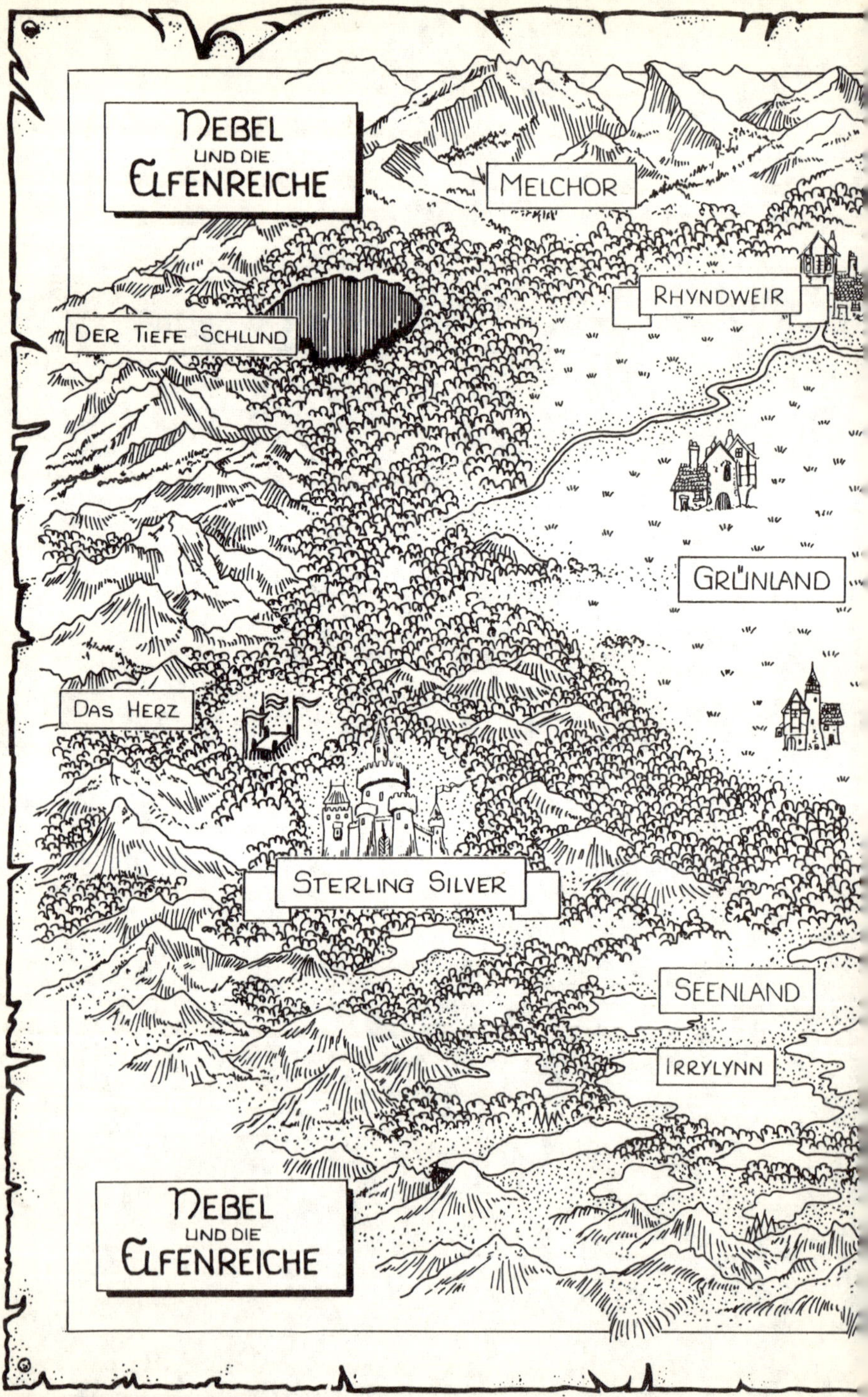
NEBEL UND DIE ELFENREICHE
MELCHOR
RHYNDWEIR
DER TIEFE SCHLUND
GRÜNLAND
DAS HERZ
STERLING SILVER
SEENLAND
IRRYLYNN
NEBEL UND DIE ELFENREICHE

NEBEL
UND DIE
ELFENREICHE
FEUERQUELLEN
ÖSTLICHES ÖDLAND
LANDOVER
ELDERO
NEBEL
UND DIE
ELFENREICHE

»Eines Abends betrat ich sein Zimmer, die Kerze in der Hand, und erschrak, als ich ihn mit bebender Stimme sagen hörte: ›Ich liege hier im Dunkeln und warte auf den Tod.‹ Das Licht der Kerze fiel auf sein Gesicht. ›Ach, Unsinn!‹ zwang ich mich zu sagen und stand wie angewurzelt vor seinem Bett.

Nie zuvor hatte ich eine solche Veränderung gesehen, wie sie jetzt über seine Züge glitt. Oh, ich war nicht betroffen. Ich war fasziniert. Es war, als würde ein Schleier gelüftet. Ich sah auf seinem Gesicht den Ausdruck finsteren Stolzes, skrupelloser Macht, feigen Entsetzens und unendlich hoffnungsloser Verzweiflung. Konnte es sein, daß er in diesem erhabenen Moment vollständigen Wissens sein Leben mit all seinen Wünschen, Verlockungen und Niederlagen noch einmal durchlebte? Mit einem erstickten Schrei, nicht mehr als ein Flüstern, reagierte er auf irgendein Bild, auf irgendeine Vision. Zweimal rief er aus, die Worte nicht lauter als ein Atemzug: ›Welch Grauen! Welch Grauen!‹«

Joseph Conrad, Herz der Finsternis

Skat Mandu

Horris Kew hätte der Phantasie eines Disney-Zeichners entsprungen sein können. Er war lang und schlaksig und sah aus wie eine schlecht zusammengebastelte Marionette. Sein Kopf war zu klein, seine Arme und Beine zu lang, und seine Ohren, die Nase, der Adamsapfel und seine Haare standen in alle Richtungen. Er wirkte harmlos und albern, war es aber nicht. Er gehörte zu jenen Menschen, die ein bißchen Macht besitzen und nicht damit umgehen können. Er hielt sich selbst für clever und weise, war jedoch weder das eine noch das andere. Er war der sprichwörtliche Schneeball, der es immer schaffte, zur Lawine zu werden. Aus diesem Grund war er eine Gefahr für jeden, sich selbst eingeschlossen, wobei er sich dessen meistens nicht einmal bewußt war.

Das war auch an diesem Morgen nicht anders.

Er kam über den Gartenweg auf das Tor zu, ohne seinen Gang zu verlangsamen. Mit weit ausholenden Schritten näherte er sich dem Tor, stieß es auf, als wäre er wütend darüber, daß es sich nicht von alleine geöffnet hatte, und setzte dann seinen Weg zum Herrenhaus fort. Er schaute weder nach rechts noch nach links auf die verschwenderische Fülle der Sommerblumen, die auf den sorgfältig geharkten Beeten und entlang der frisch gestrichenen Pergola blühten. Auch legte er offenbar keinen Wert darauf, die herrlichen Düfte einzuatmen, die die Morgenluft im Norden von New York State erfüllten. Den beiden Rotkehlchen, die auf den unteren Ästen des alten, knorrigen Hickorybaums ihr Lied sangen, schenkte er nicht die geringste Beachtung. All das ignorierend, galoppierte er mit der Engstirnigkeit eines Rhinozerosses auf das Haus zu.

Aus der Versammlungshalle am Fuße des Hügels unterhalb des Herrenhauses drang der Lärm von Stimmen – ein Brummen, das immer mehr anschwoll und an einen Schwarm gereizter Bienen erinnerte. Horris' buschige Augenbrauen kräuselten sich finster über seiner schmalen Hakennase – zwei haarige Raupen, die sich mühsam ihren Weg zu einem Treffen bahnten. Biggar versuchte offenbar immer noch, den Gläubigen mit vernünftigen Argumenten beizukommen. Den *ehemals* Gläubigen, verbesserte er sich. Es würde nichts nützen, natürlich nicht. Jetzt half überhaupt nichts mehr. Das war der Ärger mit jeder religiösen Botschaft – einmal an den Mann gebracht, konnte man sie nicht mehr zurücknehmen. Simpelste Logik, diese Lektion, die Tausende von Scharlatanen hatten mit ihrem Leben bezahlen müssen, doch Biggar war diese Tatsache irgendwie entgangen.

Horris knirschte mit den Zähnen. Was hatte sich dieser Idiot nur dabei gedacht?

Er strebte dem Herrenhaus mit wütender Entschlossenheit zu, verfolgt von den Rufen aus der Versammlungshalle, die plötzlich eine neue, furchterregende Lautstärke annahmen. Bald würden sie ihm nachkommen. Die ganze Horde. Die Gläubigen so vieler Monate hatten sich in einen Haufen undankbarer Sturköpfe verwandelt, und sie würden ihn in Stücke reißen, wenn sie ihn in die Finger bekamen.

Abrupt blieb er an der Treppe zur Veranda stehen, die die gesamte Breite seines strahlenden Heims zierte. Plötzlich wurde ihm bewußt, was er alles verlieren würde. Seine schmalen Schultern fielen hinunter, sein unproportionierter Körper sackte in sich zusammen, und sein Adamsapfel hüpfte gleich einem Korken in den Wellen auf und nieder, während er versuchte, seine Enttäuschung hinunterzuschlucken. Vorbei war es mit dem, was er in fünf Jahren aufgebaut hatte. Aus und vorbei, ehe er sich versah. Alles in Luft aufgelöst, als hätte jemand eine Kerze ausgepustet. Er konnte es einfach nicht glauben. Er hatte so hart gearbeitet.

Horris schüttelte den Kopf und seufzte. Nun ja, es gab noch

andere Fische im Meer, tröstete er sich. Und andere Meere zum Fischen.

Er polterte die Treppe hoch, und seine Sechsundvierziger-Latschen klatschten auf die Holzstufen wie Clownspantoffeln. Dann schaute er sich um, denn schließlich war es das letzte Mal. Er würde dieses Haus nie wiedersehen, dieses Schmuckstück aus der Kolonialzeit, das ihm so ans Herz gewachsen war, diese wundervolle alte amerikanische Bürgerkriegsvilla, die so sorgfältig restauriert und so liebevoll verschönert worden war – nur für ihn. Das Anwesen lag inmitten eines Jagd- und Wintersportgebiets, tief in der Finger Lake-Region im Norden New Yorks, keine fünfzig Meilen von der Mautstraße entfernt, die Utica mit Syracuse verband, und war der Vergessenheit anheimgefallen und fast bis zur Ruine verkommen, bis Horris es für sich wiederentdeckt hatte. Horris hatte einen Sinn für historische Bedeutung, und er verehrte und begehrte alles, was geschichtsträchtig war – besonders wenn sich das Gestern und Heute zu seinem persönlichen Nutzen verbinden ließen. Skat Mandu hatte es ihm ermöglicht, solch eine Verbindung herzustellen, wobei die Geschichte dieses Hauses und Landes vor Horris' Füßen gelegen hatte wie ein hübsches, kleines Paket, das nur darauf wartete, von ihm geöffnet zu werden.

Doch jetzt war Skat Mandu selbst Geschichte.

Vor der Tür hielt Horris eine Sekunde lang inne; ungeheure Wut stieg in ihm hoch. Und alles wegen Biggar! Wegen Biggar und seiner großen Klappe würde er all das verlieren. Es war unvorstellbar! Die fünfzig Morgen, die den Schlupfwinkel bildeten, das Herrenhaus, das Gästehaus, die Versammlungshalle, die Tennisplätze, die Ställe, die Pferde, das Dienstpersonal, die Autos, das Privatflugzeug, die Bankkonten – alles. Es war einfach nicht möglich, daß er auch nur einen Teil davon für sich rettete. Alles gehörte der Stiftung, der steuerbegünstigten Skat Mandu-Stiftung, und ihm blieb keine Zeit mehr, irgend etwas davon für sich beiseite zu schaffen. Dafür würden die Kuratoren schon sorgen, sobald sie von den Ereignissen erfuhren. Sicher, da war noch das Geld auf den Schweizer Nummernkonten, aber das würde ihn kaum für den Zusammenbruch seines Imperiums entschädigen.

Es gab noch andere Fische im Meer, wiederholte er stumm, aber warum um alles in der Welt war er denn *schon wieder* gezwungen zu fischen?

Er versetzte dem Korbstuhl neben der Tür einen Tritt und schickte ihn auf einen Flug quer über die Veranda, wobei er sich sehnlichst wünschte, dasselbe mit Biggar machen zu können.

Der Lärmpegel der Versammlung schwoll erneut an, und unmißverständlich und deutlich erklang der Ruf: »Schnappen wir ihn!« Horris hörte auf, darüber nachzudenken, was gewesen sein könnte, und betrat hastig das Haus.

Er hatte kaum die Schwelle überschritten, als er hinter sich das Schlagen von Flügeln hörte. Er versuchte, die Tür zuzuschlagen, doch Biggar war schneller. Mit Höchstgeschwindigkeit glitt er durch den Türspalt, erreichte mit wilden Flügelschlägen und unter Verlust einiger Federn das Treppengeländer, das in einem weiten Bogen von der Eingangshalle in den ersten Stock hinaufführte, und ließ sich mit einem leisen Pfiff darauf nieder.

In trüber Abschätzung der Lage starrte Horris den Vogel an. »Hast du Probleme, Biggar? Haben sie dir etwa nicht zugehört?«

Biggar plusterte seine Federn auf und schüttelte sich. Er war kohlrabenschwarz, bis auf eine Krone weißer Federn. In der Tat ein ziemlich hübscher Vogel! Eine Art Hirtenstar oder so was, obwohl Horris seine genaue Abstammung nie hatte bestimmen können. Der Vogel betrachtete Horris jetzt mit frechen, funkelnden Augen und blinzelte ihm zu. »Gaak! Lieber Horris. Lieber Horris. Biggar ist besser. Biggar ist besser.«

Horris preßte seine Finger gegen die Schläfen. »Bitte. Können wir das dämliche Papageien-Geplapper nicht überspringen?«

Biggar klappte den Schnabel zu. »Horris, das ist alles deine Schuld.«

»Meine Schuld?« Horris war außer sich. Drohend näherte er sich mit großen Schritten dem Vogel. »Wieso meine Schuld, du Idiot?

Ich war nicht derjenige, der seine große Klappe über Skat Mandu aufgerissen hat! Es war nicht meine Idee, es allen zu erzählen!«

Biggar flatterte ein paar Stufen weiter das Geländer hoch, um einen gewissen Sicherheitsabstand zu halten. »Mäßigung, Mäßigung. Eines sollten wir nicht vergessen. Das Ganze war deine Idee, stimmt's? Hab' ich recht? Na, klingelt's bei dir? Du warst es doch, der sich dieses Skat-Mandu-Zeug ausgedacht hat, nicht ich. Ich hab' mitgemacht, weil du gesagt hast, daß es funktionieren würde. Ich war dein Handlanger. Mein ganzes Leben lang war ich nur Handlanger von Menschen und ähnlichen Kreaturen. Ein armer, einfacher Vogel, ein Ausgestoßener der Gesellschaft, ein ...«

»Ein Idiot!« Horris schob sich näher. Erfolglos versuchte er, seine Hände daran zu hindern, sich zu Fäusten zu ballen, während er sich vorstellte, wie sie sich um den flusigen Hals des Vogels schlossen.

Biggar schlitterte weiter das Geländer hinauf. »Ein Opfer bin ich, Horris Kew. Ich bin das Produkt von dir und deinesgleichen. Ich habe mein Bestes getan, aber wenn deine übersteigerten Erwartungen der Maßstab sein sollen, kann ich wohl kaum für meine Taten zur Verantwortung gezogen werden, oder?«

Horris blieb am Fuß der Treppe stehen. »Sag mir nur, warum du's getan hast. Das möchte ich wirklich mal wissen.«

Biggar plusterte sein Brustgefieder auf. »Ich hatte eine Eingebung.«

Horris starrte ihn ungläubig an. »So, du hattest eine Eingebung«, wiederholte er dumpf. Dann schüttelte er den Kopf. »Ist dir eigentlich klar, wie lächerlich das klingt?«

»Ich kann an dieser Tatsache nichts Lächerliches entdecken. Immerhin sind Eingebungen mein Geschäft, oder etwa nicht?«

Horris warf die Hände in die Luft und wandte sich ab. »Ich kann es einfach nicht glauben!« Dann drehte er sich voller Wut wieder um. Seine vogelscheuchenähnliche Gestalt schien gleichzeitig in ein halbes Dutzend verschiedene Richtungen zu fliegen, während er wild gestikulierte und brüllte: »Du hast uns ruiniert, du dämlicher

Vogel! Fünf Jahre Arbeit zum Fenster raus! Fünf Jahre! Skat Mandu war die Grundlage für alles, was wir aufgebaut haben! Ohne ihn ist alles verloren! Alles! Was hast du dir nur dabei gedacht?«

»Skat Mandu hat zu mir gesprochen«, sagte Biggar beleidigt.

»Es gibt keinen Skat Mandu!« kreischte Horris.

»Doch, es gibt ihn.«

Horris' Segelohren glühten, und seine hervorstechenden Nasenlöcher schnaubten. »Paß gut auf, was du sagst, Biggar«, zischte er. »Skat Mandu ist ein zwanzigtausend Jahre alter Weiser, den wir zwei erfunden haben, um einen Haufen Dummköpfe dazu zu bringen, sich von ihrem Geld zu trennen. Erinnerst du dich? Erinnerst du dich an den Plan? Wir haben uns das Ganze nur ausgedacht, du und ich. Skat Mandu, ein zwanzigtausend Jahre alter Weiser, der Philosophen und hervorragenden Persönlichkeiten durch Raum und Zeit mit seinem Rat zur Seite stand! Und jetzt war er zurückgekehrt, um seine Weisheit mit uns zu teilen. Das war der Plan. Wir haben dieses Land gekauft, dieses Haus wiederaufgebaut und dieses Refugium für die Gläubigen geschaffen, für die armen, desillusionierten Gläubigen, für die jämmerlichen, verzweifelten, aber gut situierten Gläubigen, die einfach nur das von jemandem hören wollten, was sie sowieso schon wußten! Das hat Skat Mandu erreicht! Durch dich, Biggar. Du warst das Medium, du, ein einfacher Vogel. Ich war der Verwalter, der Manager von Skat Mandus Besitztümern auf der weltlichen Ebene.«

Er holte tief Luft. »Aber, Biggar, es gibt keinen Skat Mandu! Nicht in Wirklichkeit! Weder jetzt noch in der Zukunft! Es gibt nur dich und mich!«

»Ich habe aber mit ihm gesprochen«, entgegnete Biggar beharrlich.

»Du hast mit ihm gesprochen?«

Biggar warf ihm einen genervten Blick zu. »Du wiederholst ja meine Worte. Wer ist denn hier der Vogel, Horris?«

Horris knirschte mit den Zähnen. »Du hast mit ihm gesprochen? Du hast mit Skat Mandu gesprochen? Du hast mit jemandem gesprochen, der gar nicht existiert? Würde es dir was ausmachen, mir zu erzählen, was er zu sagen hatte? Was dagegen, seine Weisheit mit mir zu teilen?«

»Sei nicht so schnippisch.« Biggars Krallen gruben sich in das glänzende Holz des Geländers.

»Biggar, erzähl mir endlich, was er gesagt hat.« Horris' Stimme klang wie das Kratzen von Fingernägeln auf einer Schiefertafel.

»Er hat mir gesagt, daß ich die Wahrheit erzählen soll. Er sagte, ich solle zugeben, daß du das alles mit ihm und mir nur erfunden hast, aber daß ich jetzt tatsächlich mit ihm in Verbindung stünde.«

Horris' Finger verkrampften sich. »Hab' ich das richtig verstanden? Skat Mandu hat dir gesagt, daß du alles gestehen sollst?«

»Er hat gesagt, daß die Gläubigen das verstehen würden.«

»Und du hast ihm geglaubt?«

»Ich mußte tun, was Skat Mandu gesagt hat. Ich erwarte nicht, daß du das verstehst, Horris. Es war eine Gewissensfrage. Manchmal muß man einfach gefühlsmäßig reagieren.«

»Du hattest einen Kurzschluß, Biggar«, verkündete Horris. »Bei dir sind sämtliche Sicherungen durchgebrannt.«

»Und du willst der Wahrheit einfach nicht ins Gesicht sehen«, erwiderte Biggar eingeschnappt. »Also spar dir deine giftigen Kommentare, Horris.«

»Skat Mandu war der perfekte Betrug!« Horris schrie die Worte so laut heraus, daß Biggar ungewollt einen Satz machte. »Sieh dich doch mal um, du Idiot! Wir sind in einer Welt gelandet, in der die Leute glauben, daß sie die Kontrolle über ihr Leben verloren haben, in der so viel passiert, daß es einfach überwältigend ist, in der Glaube am schwersten zu gewinnen ist und Geld am leichtesten! Eine Welt, die für uns wie maßgeschneidert ist – voller Möglichkeiten, reich zu werden, gut zu leben, alles zu besitzen, was wir uns jemals gewünscht haben, und noch mehr! Wir hätten nichts weiter tun müssen, als die Illusion von Skat Mandu aufrechtzuerhalten. Und das hätte bedeutet, die Gläubigen weiterhin im Glauben zu wiegen, daß die Illusion Wirklichkeit ist! Wie viele Anhänger haben wir, Biggar? Entschuldige bitte, wie viele *hatten* wir? Mehrere hunderttausend doch mindestens, oder nicht? Über die ganze Erde verteilt. Und sie alle machten in schöner Regelmäßigkeit Pilgerfahrten hierher, um ein paar Weisheiten zu hören und für diese wertvolle Erfahrung gut zu bezahlen.«

Er holte tief Luft. »Hast du auch nur eine Sekunde daran gedacht, was es bedeuten muß, diesen Menschen die Wahrheit zu sagen? All den Menschen, die wir durch einen Trick dazu gebracht haben, ihr Geld für die Worte eines Vogels herzugeben – mal ganz davon abgesehen, woher der Vogel die Weisheiten angeblich hatte? Hast du gedacht, sie würden uns das so leicht vergeben? Hast du dir eingebildet, daß sie sagen würden: ›Oh, ist schon in Ordnung, Biggar, wir haben Verständnis dafür‹, und daß sie dann einfach dorthin zurückkehren würden, wo sie hergekommen sind? Was für ein Witz! Skat Mandu hält sich in diesem Moment bestimmt den Bauch vor Lachen, meinst du nicht?«

Biggar schüttelte seinen weißgekrönten Kopf. »Er ärgert sich über den Mangel an Respekt. Das ist es, was er gerade tut.«

Horris kniff die Lippen zusammen. »Bitte sag ihm von mir, daß mir das völlig egal ist!«

»Warum sagst du's ihm nicht selbst, Horris?«

»Was?«

Biggar hatte ein gehässiges Funkeln in den Augen. »Sag's ihm selbst. Er steht direkt hinter dir.«

Horris kicherte. »Du hast den Verstand verloren, Biggar. Wirklich, du bist völlig durchgeknallt.«

»So, meinst du? Glaubst du das wirklich?« Biggar plusterte sich wieder auf. »Dann überzeug dich doch, Horris. Los, dreh dich um.«

Horris spürte, wie ihm ein Schauer über den Rücken kroch. Biggar schien sich seiner Sache so verdammt sicher zu sein. Das Haus fühlte sich plötzlich viel größer an, als es eigentlich war, und die Stille, die sich auf einmal darin ausbreitete, lastete auf ihm. Die aufgebrachten Schreie der nahenden Meute verstummten, als wären sie verschlungen worden. Es kam Horris so vor, als könne er eine dunkle Anwesenheit erahnen, die sich hinter ihm aus dem Äther erhob, eine nebulöse Form, die sich allmählich materialisierte und dann mit düsterer Eindringlichkeit flüsterte: *Dreh dich um, Horris, dreh dich um!*

Horris atmete tief durch, um das Zittern zu unterdrücken, das seinen ganzen Körper ergriffen hatte. Er hatte das unheimliche Gefühl, daß die Dinge, wie auch immer, mal wieder völlig außer Kontrolle gerieten. Störrisch schüttelte er den Kopf. »Nein, ich werde nicht gucken«, sagte er trotzig und fügte dann boshaft hinzu: »Du dämlicher Vogel!«

Biggar neigte den Kopf. »Er greeeeiiiift nach dir«, zischte der Vogel.

Etwas Federleichtes strich über Horris' Schulter, und er wirbelte entsetzt herum.

Da war nichts.

Oder fast nichts. Er nahm ein schwaches Etwas wahr, eine leichte Verdunkelung des Lichts, den Anflug einer Bewegung, den leisen Hauch bewegter Luft.

Horris blinzelte. Nein, nicht einmal das, stellte er befriedigt fest. Nichts.

Draußen erhoben sich die Rufe plötzlich bereits vom Rande des Gartens. Die Gläubigen hatten Horris hinter der offenen Tür erspäht und trampelten über Beete und durch Rosenbüsche auf die Tür zu. Sie hatten sich mit verschiedenen scharfen Gegenständen bewaffnet und gestikulierten drohend herum.

Horris eilte zur Tür, schloß sie hastig, schob den Riegel vor und wandte sich dann wieder an Biggar. »Das war's für dich«, sagte er. »Leb wohl und viel Glück.«

Dann durchquerte er mit schnellen Schritten die Eingangshalle und lief den Flur entlang am Salon und der Bibliothek vorbei zur Küche, die sich im hinteren Teil des Hauses befand. Er konnte das Wachs auf den frisch gebohnerten Eichendielen riechen. Auf dem Küchentisch stand eine Vase mit dunkelroten Rosen, und im Vorbeigehen nahm er die Düfte und Farben in sich auf, während er an bessere Zeiten dachte und bedauerte, wie schnell sich das Leben veränderte, wenn man es am wenigsten erwartete. Es hatte sein Gutes, daß er so flexibel war, tröstete er sich. Und glücklicherweise besaß er einen gewissen Weitblick.

»Wohin gehen wir?« fragte Biggar, der auf einmal wieder neben ihm flog. Er war so neugierig, daß er das Risiko einer möglichen Tracht Prügel auf sich nahm. »Ich schätze, du hast einen Plan.«

Horris warf ihm einen Blick zu, bei dem selbst ein im Hochsommer herumtollendes Kind vor Kälte erstarrt wäre. »Natürlich habe ich einen Plan. Der dich allerdings nicht mit einschließt.«

»Das ist gemein, Horris. Und kleinkariert obendrein.« Biggar flog jetzt vor ihm und zog am Ende der Küche einen weiten Bogen durch die Luft. »Irgendwie unter deiner Würde.«

»Im Augenblick gibt's herzlich wenig, was unter meiner Würde wäre«, verkündete Horris. »Besonders, was dich betrifft.«

Er ging zu einem Vorratsschrank, öffnete die Tür, griff hinein und löste den Öffnungsmechanismus der Wandverkleidung dahinter aus. Dann trat er einen Schritt zurück, während sich die ganze Apparatur ächzend und knarrend zur Seite schob. Es dauerte ein paar Sekunden, denn die Wandverkleidung war mit schweren Stahlplatten verstärkt.

Biggar schwang sich herab und landete auf der Oberkante der offenen Schranktür. »Ich bin dein Kind, Horris«, lamentierte er theatralisch. »Ich war immer wie ein Sohn für dich. Du kannst mich nicht im Stich lassen.«

Horris blickte zu ihm hoch. »Ich gebe dich frei. Ich enterbe dich. Ich verbanne dich für immer aus meinem Blickfeld.«

Aus dem vorderen Teil des Hauses drang das Trommeln der Fäuste, die gegen die verschlossene Tür schlugen, zu ihnen, gefolgt von dem Klirren eingeschlagener Fensterscheiben. Horris zupfte sich nervös am Ohr. Nein, mit dieser Meute konnte man sicher nicht mehr vernünftig reden. Die Gläubigen waren zu einem zerlumpten Haufen von Hohlköpfen verkommen. Seit jeher war bekannt, daß Schwachköpfe, die ihren eigenen Mangel an Intelligenz erkannten, in den vertrauten Stumpfsinn zurückfielen. Würden sie durch diese Erfahrung trauriger, aber klüger werden, fragte er sich. Oder würden sie einfach bis ans Ende ihrer Tage so blöd bleiben? Nicht, daß es von Bedeutung wäre!

Horris mußte sich ducken, um durch die Öffnung zu gelangen, die viel zu klein für seine zwei Meter sieben war. Alle anderen Türen des Hauses hatte er im Zuge der Renovierung nach oben hin erweitern lassen. Er hatte allen erklärt, daß Skat Mandu seinen Raum brauche.

Hinter der Öffnung führte eine Treppe nach unten. Noch einmal betätigte er den Mechanismus, und die schwere Stahlkonstruktion schob sich zurück an ihren Platz. Kurz bevor die Tür vollständig geschlossen war, schoß auch Biggar noch hindurch und eilte Horris nach.

»Weißt du, er war vorhin wirklich hinter dir«, plapperte der Vogel beleidigt, während er so nah heranflog, daß seine Flügelspitzen Horris' Wange streiften. Der holte mit einer Hand aus, verfehlte den Vogel jedoch. »Zumindest eine Minute lang war er da.«

»Natürlich«, knurrte Horris, immer noch leicht entnervt von dieser Erfahrung und wütend darüber, daß Biggar ihn von neuem daran erinnerte.

Biggar schoß an ihm vorbei. »Mich für deine Fehler verantwortlich zu machen, wird dir auch nicht weiterhelfen! Außerdem brauchst du mich.«

Horris tastete an der dunklen Wand nach dem Lichtschalter, nachdem er das Ende der Treppe erreicht hatte. »Dich brauchen? Wofür?«

»Für alles, was immer du auch planst.« Biggar flog voraus in die Dunkelheit. Er wußte zu genau, daß seine Augen zehnmal besser waren als die von Horris.

»Dessen bist du dir wohl ziemlich sicher, was?« Horris fluchte leise, als er sich seine tastenden Finger an einem Holzsplitter verletzten.

»Wenn schon für nichts anderes, dann brauchst du mich zumindest als Bewunderer. Gib's zu, Horris. Du würdest es nicht ertragen, ohne Publikum zu sein. Du brauchst jemanden, der deine Cleverneß bestaunt und deinen Plänen applaudiert.« Biggar war nur noch eine Stimme in der Dunkelheit. »Worin liegt der Sinn, ein raffiniertes Komplott zu schmieden, wenn da niemand ist, der dessen Brillanz zu schätzen weiß? Wie unbefriedigend der Sieg, wenn niemand das meisterhafte Gelingen bejubelt!« Der Vogel räusperte sich. »Und natürlich brauchst du mich auch, damit ich dir bei deinem neuen Plan helfen kann. Bei dem es sich übrigens worum handelt?«

Horris fand den Lichtschalter und knipste ihn an. Einen Moment lang war er geblendet. »Mein Plan besteht darin, so weit wie irgend möglich von dir wegzukommen.«

Der Keller erstreckte sich durch einen Wald von Holzbalken, die das Erdgeschoß des alten Hauses trugen und deren Schatten sich, gleich dunklen Säulen, unter dem gelblichen Licht ausbreiteten. Horris schritt entschlossen voran, während jetzt oben Fäuste gegen die Stahlverkleidung hämmerten. Nun, mal sehen, was sie dagegen ausrichten können! dachte er spöttisch. Er bahnte sich seinen Weg zwischen den Trägern hindurch zu einem Gang, der ins Dunkel führte. Ein zweiter Lichtschalter erhellte eine Reihe von Deckenlampen, und indem er sich abermals duckte, um eine Kollision mit ihnen zu vermeiden, machte Horris sich auf den Weg durch den Tunnel. Biggar holte ihn wieder ein, ein schneller, schwarzer Schatten an seiner Seite. »Wir gehören zusammen, Horris. Zwei vom gleichen Schlag und so. Komm schon. Sag mir, wohin wir gehen.«

»Nein.«

»Gut, dann tu eben geheimnisvoll, wenn's sein muß. Aber du stehst doch dazu, daß wir nach wie vor ein Team sind, oder?«

»Nein.«

»Du und ich, Horris. Wie lange sind wir jetzt schon zusammen? Denk doch an all das, was wir gemeinsam durchgemacht haben.«

Horris dachte im Augenblick allerdings überwiegend an sich selbst. Geduckt wie ein Krebs kroch er durch den schmalen Tunnel.

Die Beine eingeknickt, die Arme angewinkelt, die Ohren abstehend wie die eines Elefanten, quälte er sich, die Nase voran, durch die stickige, bedrückende Düsterkeit und dachte über den Weg nach, den er in seinem Leben gegangen war, bis er jetzt an diesen Punkt gelangt war. Es war ein kurvenreicher Weg gewesen, voller Schlaglöcher und plötzlicher Knicke, schlüpfrig von Regen und Schnee und nur streckenweise von flüchtigen Sonnenstrahlen beschienen.

Horris hatte ein paar Eigenschaften, die für ihn sprachen, aber keine davon schien ihm bisher viel genützt zu haben. Er war hinreichend clever, aber immer wenn es darauf ankam, schien ihm das entscheidende Fünkchen Verstand zu fehlen. Er konnte Abläufe gut durchdenken, doch mit seinen Schlußfolgerungen schien er regelmäßig danebenzuliegen. Er besaß ein außerordentliches Gedächtnis, doch wenn er darauf angewiesen war, schien ihm das Wesentliche entfallen zu sein.

Was seine erlernten Fähigkeiten betraf, so war er ein nicht sehr bedeutender Zauberer – keiner von denen, die Kaninchen aus Hüten zauberten, sondern einer der wenigen dieser Welt, die wahre Magie vollbringen konnten. Und das natürlich deswegen, weil er eigentlich gar nicht aus dieser Welt stammte – eine Tatsache, die er lieber unberücksichtigt ließ, weil seine Fähigkeiten, verglichen mit denen seiner wahren Berufskollegen, eher unbedeutend waren.

Horris war in erster Linie ein Opportunist. Um Opportunist zu sein, brauchte man ein Gespür für Gelegenheiten, und Horris wußte mehr über Gelegenheiten als über irgend etwas anderes. Unablässig überlegte er, was sich wohl noch zu seinem Vorteil ausnutzen ließe. Er war davon überzeugt, daß der Reichtum dieser Welt – oder irgendeiner anderen – nur dazu da war, letztendlich seinem höchstpersönlichen Wohlbefinden zu dienen. Zeit und Raum waren irrelevant, am Ende gehörte alles ihm. Er hatte eine extrem hohe Meinung von sich selbst. Er verstand die feine Kunst der Ausbeutung besser als jeder andere. Er allein konnte die Schwächen analysieren, die allen Kreaturen zu eigen waren, und herausfinden, wie sie sich am geeignetsten verwerten ließen. Er war sich sicher, daß seine Menschenkenntnis an Hellseherei grenzte, und er betrachtete es als seine Mission im Leben, sich selbst auf Kosten jedes anderen zu bereichern. Ihm wohnte eine unerbittliche Leidenschaft inne, alles und jeden zu benutzen, um seine Schäfchen ins trockene zu bringen. Horris scherte sich nicht im geringsten um das Unglück anderer, um moralische Ansprüche, noble Absichten, die Umwelt, hilflose Katzen und Hunde oder kleine Kinder. Damit konnten sich Geringere befassen. Er interessierte sich nur für sich selbst und sein persönliches Wohlbefinden, und ihm lag einzig daran, die Dinge zu verdrehen, wie es ihm paßte, und Komplotte zu schmieden, die alle auf seinem unbeirrbaren Glauben basierten, daß alle anderen Lebensformen unvorstellbar dumm und leichtgläubig waren.

Daher hatte er auch Skat Mandu geschaffen, samt Kult und inbrünstiger Anhängerschaft, die an die Worte eines zwanzigtausend Jahre alten Weisen glaubten, der durch einen Vogel sprach.

Selbst jetzt brachte die Vorstellung Horris zum Grinsen.

Horris bekannte sich nur zu einer einzigen Charakterschwäche, und dabei handelte es sich um seine quälende Unfähigkeit, die Dinge unter Kontrolle zu behalten, nachdem er sie einmal in Gang gesetzt hatte. Er konnte noch so sorgfältig überlegen, noch so brillant vorausplanen, an irgendeinem Punkt schienen sich seine Pläne immer zu verselbständigen und ihn irgendwo am Rande der Ereignisse wie einen Gescheiterten zurückzulassen. Und obwohl es nie seine eigene Schuld war, so war er unerklärlicherweise am Ende doch immer der Sündenbock.

Er erreichte das Ende des Tunnels und betrat einen großen, eckigen Raum, in dem etliche Stapel von Klapptischen und Stühlen und mehrere Kisten mit Skat-Mandu-Pamphleten und massenweise Leseheftchen aufbewahrt wurden. Die Werkzeuge seiner Branche – genug Futter für ein riesiges Freudenfeuer.

Er blickte über den Haufen nutzlosen Inventars zu der stahlverstärkten Tür am anderen Ende des Raumes hinüber und seufzte erschöpft. Hinter dieser Tür lag ein Tunnel, der sich fast eine Meile lang unter dem Grundstück dahinzog und zu einer Garage führte. Von dort würde ihn ein silber-schwarzer Landrover mit Vierradantrieb in Sicherheit bringen. Ein vorsichtiger Planer vergaß nie das Schlupfloch für den Fall, daß sich die Ereignisse in ein Chaos verwandelten, so wie es sich hier gerade abzuzeichnen begann. Allerdings hatte er nicht damit gerechnet, diesen Fluchtweg so bald benutzen zu müssen, doch die Umstände hatten sich wieder einmal gegen ihn verschworen. Er zog eine Grimasse. Es war sicherlich gut, daß er immer auf das Schlimmste vorbereitet war, doch es hatte etwas Enervierendes, auf Dauer so zu leben.

Gereizt starrte er Biggar an, der außerhalb seiner Reichweite auf einer der Kisten hockte. »Wie oft habe ich dich davor gewarnt, Gewisssensbissen nachzugeben, Biggar?«

»Sehr oft«, antwortete Biggar und rollte mit den Augen.

»Vergeblich, wie mir scheint.«

»Tut mir leid. Ich bin nur ein einfacher Vogel.«

Horris berücksichtigte das als mildernden Umstand. »Ich nehme an, du erwartest, daß ich dir noch eine Chance gebe, richtig?«

Biggar senkte den Kopf, um nicht loszukichern. »Dafür wäre ich dir höchst dankbar, Horris.«

Horris Kews schlaksiger Körper beugte sich unvermittelt nach vorn, und er erinnerte plötzlich an einen lauernden Wolf. »Von jetzt an will ich nie wieder etwas über Skat Mandu hören, Biggar. Nie wieder. Ich will, daß du hier und jetzt jedwede Beziehung, die du zu unserem alten Freund unterhältst, abbrichst. Keine persönlichen Eingebungen mehr. Keine Stimmen aus der fernen Vergangenheit. Von jetzt an hörst du nur noch auf mich. Hast du das verstanden?«

Der Vogel schniefte. Horris verstand zunächst keines seiner Worte, aber es hatte keinen Sinn, ihm das unter die Nase zu reiben. »Ich habe verstanden und werde gehorchen.«

Horris nickte. »Gut, denn wenn es wieder passiert, laß ich dich ausstopfen und präparieren.«

Seine eisigen, grauen Augen vermittelten seine Entschlossenheit und Wut weitaus deutlicher als seine Worte, und Biggar schluckte eine bissige Bemerkung, die ihm schon auf der Zunge lag, wieder hinunter.

Aus der Tiefe des Kellers drangen alarmierende Geräusche – ein Knarren vom Losreißen vernagelter Holzplanken. Horris erstarrte. Die Gläubigen rissen die Bodendielen auf! Die Stahltür hatte sie doch nicht so endgültig abgeschreckt, wie er es sich vorgestellt hatte. Ihm war, als müsse er ersticken, und dann stürzte er nicht etwa zur Tunneltür, sondern zwischen Kisten und Möbeln hindurch zu einer Reihe von Bildern, die auf der anderen Seite der Wand hingen. Er griff nach der Degas-Fälschung, berührte zwei Ziernägel an der Kante des vergoldeten Rahmens, der daraufhin an verdeckten Scharnieren aufsprang und den Zugang zu einem Safe mit Kombinationsschloß freigab. Horris drehte mit fieberhaftem Eifer an dem Zahlenschloß, während die aufgebrachten Schreie des Mobs immer lauter wurden. Schließlich vernahm er das Klicken der einrastenden Kombination und öffnete schließlich die dicke Stahltür.

Er langte in den Safe und nahm ein kunstvoll geschnitztes Holzkästchen heraus.

»Und ewig währet die Hoffnung«, hörte er Biggar kichern.

Tja, anscheinend, dachte er – zumindest in diesem Moment. Das Kästchen war sein größter Schatz, obwohl er nicht einmal wußte, was es war. Er hatte es mehr oder weniger aus Versehen herbeigezaubert, kurz nachdem sie in diese Welt gekommen waren. Eine dieser zufälligen Schicksalswendungen, die sich hin und wieder durch das Zusammenweben von Zauberformeln ergaben. Welchen Wert das Kästchen hatte, hatte er sofort erkannt. Es war eine Schöpfung wahrer Magie mit seinen uralten Schnitzereien voller versteckter Formeln und geheimer Bedeutungen. Irgend etwas war in seinem Inneren verborgen – irgend etwas von unschätzbarer Macht. Das Wirrkästchen hatte er es genannt, fasziniert von dem Wirrwarr der Symbole und Inschriften, der es von allen Seiten umhüllte. Es schien weder Nähte noch Schloß zu besitzen, und nichts konnte es dazu bringen, sein Geheimnis zu lüften. Manchmal vermeinte er wahrzunehmen, wie seine Einfassung nachgab und sich die Siegel dehnten, die es so fest umschlangen, doch so sehr er es auch beschwor, das Kästchen hatte bisher all seinen gewaltigen Anstrengungen getrotzt, das zu enthüllen, was in ihm lag.

Wie dem auch sei, es war sein wertvollster und wichtigster Schatz aus dieser Welt, und er war nicht gewillt, ihn diesen Kretins zu überlassen, von denen er verfolgt wurde.

Er klemmte sich das Kästchen unter den Arm, überwand hastig den Hindernisparcours aus abgestellten Möbeln und wertloser Literatur und erreichte schließlich die Tunneltür. Dort drehte er mit ruhiger Hand an einem zweiten Kombinationsschloß. Es war in einen großen Riegel eingelassen, der wiederum die schweren Schlösser der Tür sicherte. Er hörte, wie die Kombination einrastete, und stemmte sich gegen den Riegel.

Doch der bewegte sich nicht.

Horris Kew runzelte die Stirn und schaute drein wie ein Schulschwänzer, den man in der Eisdiele erwischt hat. Verärgert drehte er ein zweites Mal an dem Kombinationsschloß, doch der Riegel ließ sich immer noch nicht bewegen. Horris kam ins Schwitzen. Die Stimmen der aufgebrachten Menge und das geräuschvolle Demontieren der Bodendielen wurden immer lauter. Wieder und wieder probierte er die Kombination, und jedesmal hörte er ganz deutlich, wie sie einrastete. Aber der Riegel gab kein bißchen nach.

Schließlich war er so verzweifelt, daß er anfing, auf die Tür einzutreten. Biggar beobachtete das ganze äußerst gelassen. Horris begann zu fluchen und wütend umherzustampfen. Schließlich, nach einem letzten sinnlosen Versuch, den widerspenstigen Riegel zu lösen, sank er resigniert gegen die Tür und ergab sich seinem Schicksal.

»Ich verstehe es einfach nicht«, murmelte er tonlos. »Ich habe es fast jeden Tag selbst getestet. Jeden Tag. Und jetzt funktioniert es nicht. Warum nur?«

Biggar räusperte sich. »Du kannst nicht behaupten, ich hätte dich nicht gewarnt.«

»Mich gewarnt? Wovor?«

»Vor Skat Mandu – wenn ich mit dieser Bemerkung auch sicherlich das Risiko eingehe, dich noch mehr zu erzürnen. Ich habe dir gesagt, daß er verstimmt ist.«

Horris starrte zu ihm hoch. »Biggar, du bist besessen!«

Biggar schüttelte den Kopf, plusterte sein Gefieder auf und seufzte. »Jetzt laß uns mal ganz vernünftig bleiben, okay, Horris? Willst du hier raus oder nicht?«

»Ja, das will ich«, gab Horris mit trostloser Stimme zu. »Aber...«

Biggar schnitt ihm mit einer ungeduldigen Flügelbewegung das Wort ab. »Hör mir jetzt einfach mal zu, in Ordnung? Unterbrich mich nicht, und sag jetzt nichts. Hör einfach zu. Ob es dir gefällt oder nicht, ich stehe tatsächlich mit dem wahren Skat Mandu in Verbindung. Ich hatte eine Eingebung, genau, wie ich es dir gesagt habe. Ich bin ins Jenseits eingedrungen und habe den Kontakt zu dem Geist eines Weisen und Kriegers vergangener Zeiten hergestellt. Er ist derjenige, den wir Skat Mandu nennen.«

»Oh, in drei Teufels Namen, Biggar!« Horris konnte nicht anders.

»Hör zu. Er ist aus einem bestimmten Grund zu uns gekommen. Er verfolgt ein wichtiges Ziel, obwohl er mir noch nicht offenbart hat, worum es sich dabei handelt. Ich weiß jedoch sehr wohl, daß wir genau tun müssen, was er sagt, wenn wir aus diesem Keller rauskommen wollen, bevor sich die Meute auf uns stürzen kann. Und er verlangt nicht viel. Ein bis zwei beschwörende Sätze, das ist alles. Aber du mußt sie aussprechen, Horris. Du allein.«

Horris rieb sich die Schläfen und dachte daran, welcher Wahnsinn tief im Wesen aller menschlichen Erfahrungen lag. Und dies war mit Sicherheit der absolute Höhepunkt. Seine Stimme triefte vor Gehässigkeit. »Und was soll ich sagen, allmächtiges Medium?«

»Spar dir deinen Sarkasmus. Damit triffst du mich sowieso nicht. Du mußt folgende Worte sprechen: ›Rashun, Oblight, Surena! Larin, Kestel, Maneta! Ruhn!‹«

Horris wollte erst protestieren, verkniff es sich jedoch. Er hatte ein oder zwei von den Wörtern erkannt. Er wußte, daß sie ausgesprochen machtvolle Zauberwörter waren. Die anderen hatte er nie zuvor gehört, doch auch sie hatten etwas Beschwörendes, das Gewicht reiner Magie. Er drückte das Kästchen an seine Brust und starrte zu Biggar hinauf. Der Lärm, den ihre Verfolger machten, schwoll an, denn der Boden war aufgeschlagen und der Zugang zum Keller freigelegt. Die Zeit wurde knapp.

Die Angst grub tiefe Furchen in Horris' schmales Gesicht, und sein Widerstand ließ nach. »Also gut.« Er richtete sich auf. »Warum nicht?« Er räusperte sich. »Rashun, Oblight, Sur –«

»Warte!« unterbrach ihn Biggar mit panischem Geflatter. »Streck das Kästchen aus!«

»Was?«

»Das Wirrkästchen! Halt es ausgestreckt! Weg von dir!«

Auf einmal begann Horris zu verstehen. Jetzt erkannte er die Wahrheit hinter dem Geheimnis des Kästchens, und er war über die Bedeutung dieser Erkenntnis sowohl erstaunt als auch entsetzt. Er hätte das Kästchen gern fallengelassen und wäre um sein Leben gerannt, wenn es irgendeinen Fluchtweg gegeben hätte. Er hätte sich Biggars Befehl gern widersetzt und dafür jedem anderen Folge geleistet. Unter anderen Umständen hätte er fast alles getan, doch in prekären Situationen ließ einem das Leben selten die Wahl, und so war es auch jetzt.

Horris hielt das Kästchen weit von sich gestreckt und begann, im Sprechgesang die Formel zu wiederholen. »Rashun, Oblight, Surena! Larin, Kestel, Maneta! Ruhn!«

Irgend etwas zischte in Horris' Ohr. Es war ein langer, langsamer Seufzer des Triumphes, in dem angestaute Wut und Raserei und das Versprechen auf eine grausige Rache mitschwangen. Sofort verwandelte sich das weißgoldene Licht des Raumes in ein unheilverkündendes, grünes Schimmern, die pulsierende Reflexion einer Farbe, die tief aus den urzeitlichen Wäldern zu stammen schien, wo die uralte Vegetation ihre Vorherrschaft verteidigte und mit Klauen versehene Wesen noch immer an den Grenzen ihrer vergessenen Welt Wache hielten. Horris hätte das Kästchen fallenlassen, hätten ihm seine Hände gehorcht, doch die schienen auf unerklärliche Weise daran festzuhängen. Seine Finger klammerten sich gleich Krallen um das Schnitzwerk, und seine Nervenenden schienen mit dem pulsierenden Leben verwachsen, das sich plötzlich aus dem Inneren des Kästchens ergoß. Der Deckel verschwand einfach, und aus seinen Tiefen stieg etwas auf, von dem Horris Kew geglaubt hatte, daß er es nie wiedersehen würde.

Elfennebel.

Er breitete sich aus wie ein Schleier und legte sich über die Stahltür, die den Zugang zum Tunnel blockierte, überzog sie wie eine Schicht frischer Farbe und löste sie dann auf, bis nichts von ihr übrigblieb als der vage Hauch spielender Schatten vor einem dunklen Loch, das ins Nichts führte.

»Beeil dich!« zischte Biggar Horris ins Ohr, während er bereits an ihm vorbeiflog. »Los, bevor es sich wieder schließt!«

Dann war von dem Vogel nichts mehr zu sehen. Dessen Verschwinden schien auch Horris Kew plötzlich voranzutreiben, und er stürzte ihm nach, das einst geliebte Kästchen fest unter dem Arm. Jetzt hätte er hineinschauen können, um herauszufinden, was dort verborgen war. Es hatte ja keinen Deckel mehr, und er hätte nur einen kurzen Blick hineinwerfen müssen, um das Geheimnis zu entdecken. Vorher hätte er alles drum gegeben. Jetzt wagte er es nicht mehr.

Er schritt durch den Schleier, durch das Netz der Feennebel, die irgendwie aus seiner fernen Vergangenheit aufgestiegen waren. Er durchschritt sie mit weit offenen, starrenden Augen und war darauf gefaßt, daß alles Mögliche passieren und ihn fast alles Mögliche erwarten konnte. Er hatte eine plötzliche Vision von verschwimmenden Goldmünzen und verblassendem Luxus – eine bittere Bestandsaufnahme seiner Verluste, die Endsumme von fünf verschwendeten Jahren. Die Bilder tauchten auf und verschwanden wieder. Er fand sich in einem Korridor wieder, der weder Decke noch Boden, noch Wände hatte, sondern nur aus einem dünnen Lichtstrahl bestand, den er entlangschwamm wie ein Fisch im Netz, während er verzweifelt nach einem Ausweg suchte. Es gab kein Anzeichen von Bewegung um ihn herum, keine Geräusche, kein Gefühl von Leben, Zeit oder Raum, nur den Lichttunnel und die schreckliche Befürchtung, daß er bei der geringsten Abweichung von diesem Weg für immer verloren wäre.

Was habe ich getan? fragte er sich voller Entsetzen und Selbstzweifel.

Die Antwort blieb aus, und so kämpfte er sich weiter voran wie durch härter werdenden Schlamm, während ihm der Frost der Nacht in die Knochen fuhr und die jämmerliche Stimme seines Gewissens flüsternd von der Kälte des Schicksals und verlorener Hoffnung erzählte. Dann wieder glaubte er, Biggar zu sehen oder zumindest das erstickte Krächzen des Vogels zu hören, und schöpfte Kraft aus der glühenden Hoffnung, daß die Qualen dieser erbärmlichen Kreatur noch größer waren als seine eigenen.

Und dann löste sich der Nebel plötzlich auf, und er war frei von dem lähmenden Licht. Ihn umgab jetzt samtschwarze Nacht, und angenehme Gerüche und vertraute Geräusche erfüllten die warme Luft. Er stand auf einer Ebene und spürte, wie sich die Gräser dick und weich um seine Füße und Knöchel schmiegten. Unter dem sanften Wiegen des Windes erstreckten sie sich wie die Wellen eines Ozeans bis zu den fernen Hügeln. Er blickte zum Himmel auf. Dort erstrahlten acht Monde in ihrem hellen Glanz – in Violett, Hell-Orange, Rosarot, Honiggelb, Jade, Meeresgrün, Türkis und Weiß. Ihre Farben vermischten sich und überfluteten das schlafende Land.

Das kann nicht sein!

Biggar tauchte hinter ihm aus dem Nichts auf und flog reichlich schwankend zu einer nahen Gruppe von Bäumen, die aussahen wie zu klein geratene Eichen und leuchtend blaue Blätter hatten. Er schüttelte sich, putzte kurz sein Gefieder und schaute sich dann um.

Als er die Monde sah, machte er einen Satz. »Gaak!« krächzte er, als hätte es ihm vorübergehend die Sprache verschlagen. Er erschauderte und spuckte angewidert zu Boden. »Horris?« flüsterte er. Seine Augen waren so groß wie Untertassen – keine schlechte Leistung für einen Vogel. »Ist das wirklich der Ort, von dem ich befürchte, daß er's ist?«

Horris war unfähig, ihm eine Antwort zu geben. Er konnte kein Wort hervorbringen, sondern starrte ungläubig in den Himmel, dann um sich herum auf die Landschaft, dann auf seine Füße und dann auf das runenverzierte Kästchen, das jetzt wieder nahtlos geschlossen war.

Landover! Sie waren in Landover!

»Willkommen zu Hause, Horris Kew«, ertönte ein leises Zischen hinter seiner Schulter – heimtückisch, durchdringend und so kalt wie der Tod.

Horris spürte, wie ihm das Herz in die Hose rutschte. Als er sich diesmal umdrehte, wartete dort tatsächlich etwas auf ihn.

Ein Baby

Ben Holiday wachte langsam auf, räkelte sich träge und lächelte. Er konnte spüren, daß sich Willow neben ihm absichtlich nicht regte. Er wußte, ohne hinzusehen, daß sie ihn beobachtete, er wußte das so sicher wie die Tatsache, daß er sie mehr liebte als sein eigenes Leben. Er lag von ihr abgewandt mit dem Gesicht zum offenen Fenster, durch das der blasse Schimmer der Morgendämmerung hereinsickerte und den schattigen Raum mit silbernen Lichtflecken füllte. Ben streckte den Arm hinter seinem Rücken nach ihr aus und fühlte, wie sich ihre Finger über seiner Hand schlossen. Tief atmete er die Sommerluft ein, die frisch nach Wäldern, Wiesen und Blumen duftete, und dachte im stillen, wie glücklich er doch war.

»Guten Morgen«, flüsterte sie.

»Guten Morgen«, antwortete er.

Dann öffnete er die Augen ganz, rollte sich zu ihr herum und stützte sich auf seinen Ellbogen. Sie sah ihn an, ihr Gesicht war jetzt nur wenige Zentimeter entfernt. Willows Augen schimmerten groß in dem blassen Licht, ihr smaragdgrünes Haar schmiegte sich um ihren Kopf und fiel in einer Kaskade über ihre Schultern. Ihre Haut war zart und makellos. Immer wieder war er von ihrer Schönheit überwältigt. Sie war eine Sylphe, das Kind einer Waldnymphe und eines Wassergeistes – eine Fantasiegestalt in der Welt, aus der er gekommen war, doch hier in Landover lediglich eine wundersame Erscheinung der Wirklichkeit.

»Du hast mich beobachtet«, murmelte er.

»Ja, ich habe dir beim Schlafen zugesehen und deinem Atem gelauscht.«

Ihre blaßgrüne Haut schimmerte dunkel und exotisch im Zwielicht der Dämmerung, und als sie sich unter dem Laken regte, wirkte sie wie eine Katze, geschmeidig und seidig. Er dachte daran, wie lange sie schon zusammen waren, erst als Freunde und dann als Mann und Frau, und wie geheimnisvoll sie noch immer für ihn war. Sie verkörperte all die Dinge, die er an dieser Welt so liebte – ihre Schönheit, Mystik, Magie und ihre Wunder. Sie war all das und noch viel mehr, und wenn er erwachte und sie so sah, war es immer, als ob sich seine Träume auf seltsame Weise mit dem wirklichen Leben vermischt hätten.

Er war vor etwas mehr als zwei Jahren nach Landover gekommen – auf einer Reise zwischen den Welten, zwischen zwei Leben und zwei Schicksalen. Er war in Verzweiflung hergekommen, unglücklich über seine Vergangenheit und gespannt auf eine andere Zukunft. Er hatte einen Wolkenkratzer in Chicago gegen ein Schloß namens Sterling Silver eingetauscht. Er hatte seine Rechtsanwaltskanzlei aufgegeben, um König zu werden. Er hatte die Geister seiner toten Frau und seines ungeborenen Kindes begraben und dafür Willow gefunden. Er hatte ein zauberhaftes Königreich aus einem Weihnachtskatalog gekauft, obwohl er sich der Tatsache voll bewußt gewesen war, daß so etwas unmöglich existieren konnte. Dennoch hatte er sich darauf eingelassen, denn irgendwie hatte er gehofft, daß es vielleicht doch möglich sein könnte, und das Risiko hatte sich gelohnt. Natürlich war das alles nicht reibungslos vonstatten gegangen, was man von einem Wechsel der Welten, des Lebens und des Schicksals auch kaum erwarten konnte. Doch Ben Holiday hatte alle Kämpfe durchgestanden, die seine Reise erforderte, hatte sie alle gewonnen und sich somit das Recht darauf erworben, hierzubleiben und als König über ein Land zu herrschen, von dem er einst geglaubt hatte, es könne nur in Märchen und Träumen existieren.

Und jetzt war er Willows Ehemann, Liebhaber und bester Freund, fügte er in Gedanken hinzu, und das, nachdem er die Hoffnung schon aufgegeben hatte, dies jemals wieder einer Frau bedeuten zu können.

»Ben«, sagte sie, und ihre Blicke trafen sich. Ihre Augen sahen ihn voller Wärme an, doch da lag noch etwas anderes in ihrem Blick, etwas, das er nicht ausmachen konnte. Erwartung? Aufgeregtheit? Er war sich nicht sicher.

Er rutschte in den Kissen etwas höher und spürte, wie sich ihre Hand fester um seine schloß.

»Ich bekomme ein Baby«, sagte sie.

Er starrte sie an. Er wußte nicht, was er zu hören erwartet hatte, aber das war es mit Sicherheit nicht gewesen.

Ihre Augen glänzten. »Ich habe es bereits seit einigen Tagen geahnt, doch erst seit letzter Nacht weiß ich es ganz sicher. Ich habe es auf die Weise getestet, wie es die Elfenwesen tun, und mich um Mitternacht im Garten zwischen die Akeleien gekniet und zwei Reben berührt. Als sie sich neigten, um sich ineinander zu verschlingen, wußte ich, daß das eingetreten war, was die Erdmutter prophezeit hatte.«

Da fiel es Ben wieder ein. Sie waren auf der Suche nach dem schwarzen Einhorn gewesen, und waren beide unabhängig voneinander zu der Erdmutter gegangen, um sie um ihre Hilfe zu bitten. Damals hatte ihnen die Erdmutter gesagt, wie wichtig sie für sie seien, und insbesondere Ben damit beauftragt, Willow zu beschützen. Als die Suche vorbei und das Geheimnis des schwarzen Einhorns gelüftet war, hatte Willow Ben offenbart, was ihr von der Erdmutter anvertraut worden war – daß sie eines Tages ein Kind zusammen haben würden. Damals hatte Ben noch nicht gewußt, was er davon halten sollte. Noch immer plagte ihn die Erinnerung an Annie und die Unsicherheit über seine Zukunft mit Willow. Später hatte er die Prophezeiung der Erdmutter einfach vergessen, weil ihn sein Königtum viel zu sehr in Anspruch nahm und er sich in letzter Zeit auch noch mit Michel Ard Rhi, dem Sohn des ehemaligen Königs, hatte herumschlagen müssen, nachdem es diesem fast gelungen wäre, das Medaillon zu stehlen, das Ben die Macht über den Paladin, den Helden des Königs, verlieh. Ohne das Medaillon hätte Ben große Schwierigkeiten, überhaupt am Leben zu bleiben.

Doch all das gehörte jetzt der Vergangenheit an. Die Bedrohungen durch das schwarze Einhorn und Michel Ard Rhi waren vorbei, und was von den Erinnerungen an diese Ereignisse übriggeblieben war, war die Prophezeiung der Erdmutter – ein Versprechen auf eine weitere Veränderung in seinem bereits so unwiderruflich veränderten Leben.

Ben schüttelte den Kopf. »Ich weiß nicht, was ich sagen soll.« Doch dann besann er sich eines Besseren und sagte mit jungenhaftem Augenaufschlag: »Doch, ich weiß es! Ich weiß, was ich sagen wollte. Dies ist die wundervollste Neuigkeit, die ich mir nur vorstellen kann. Ich dachte, daß ich nie wieder ein Kind haben würde, nachdem Annie umgekommen ist. Ich hatte alles aufgegeben. Aber dann habe ich dich gefunden... und jetzt diese Neuigkeit...« Ein breites Grinsen trat auf sein Gesicht, und er mußte fast über sich selbst lachen. »Und jetzt weiß ich vielleicht doch nicht, was ich sagen soll.«

Sie schenkte ihm ein strahlendes Lächeln. »Doch, du weißt es, Ben! Die Worte spiegeln sich in deinen Augen.«

Er streckte den Arm aus und zog sie ganz nah an sich heran. »Ich bin sehr glücklich.«

Und dann überlegte er, was es bedeutete, Vater zu sein und ein Kind großzuziehen. Er hatte schon einmal versucht, sich das vorzustellen, vor langer, langer Zeit, und dann hatte er nie wieder daran gedacht. Jetzt würde er sich wieder mit dem Gedanken vertraut machen müssen. Die Wucht der Verantwortung, die da auf ihn zukam, ließ ihn schwindelig werden. Er würde hart arbeiten müssen, das wußte er, aber es würde eine wundervolle Aufgabe werden.

»Ben«, sagte sie leise und rückte etwas ab, damit er ihr Gesicht sehen konnte. »Hör mir bitte einen Moment lang zu. Es gibt Dinge, die du verstehen mußt. Du lebst nicht länger in deiner alten Welt. Hier ist vieles anders. Auch die Geburt dieses Kindes wird anders sein. Das Kind selbst wird möglicherweise nicht das sein, was du erwartest...«

»Moment mal«, unterbrach er sie. »Was redest du da?«

Sie senkte den Blick. Dann sah sie ihm wieder in die Augen,

entschlossen, aber mit einem leichten Anflug von Unbehagen. »Wir stammen aus zwei verschiedenen Welten, Ben, und dieses Kind wird eine Verbindung aus beiden sein, etwas, das nie zuvor geschehen ist.«

»Schwebt das Baby in irgendeiner Gefahr?« fragte er hastig.

»Nein.«

»Dann ist alles andere unwichtig. Es wird unser Kind sein, egal, wie sich die Mischung seines Blutes und seiner Abstammung auswirken mögen. Es wird von uns beiden das Beste in sich tragen!«

Willow schüttelte den Kopf. »Doch beide Welten bleiben in mancherlei Hinsicht ein Rätsel – deine für mich und meine für dich –, und die Unterschiede sind nicht immer so leicht zu erklären oder zu verstehen ...«

Er legte ihr seinen Finger auf die Lippen. »Wir werden die Rätsel schon lösen. Eins nach dem anderen.« Er war entschlossen und unbeirrbar. Er deutete den Grund ihrer Beunruhigung völlig falsch und wischte ihre Worte beiseite, um die Euphorie, die er spürte, voll auszukosten. »Ein Baby, Willow! Ich muß es jemandem erzählen! Ich will es allen erzählen! Komm, laß uns aufstehen!«

Im Nu sprang er aus dem Bett, lief aufgeregt hin und her, zog sich hastig an, stürzte zum Fenster, um es vor Freude hinauszubrüllen, und stolperte ans Bett zurück, um sie über und über mit Küssen zu bedecken. »Ich liebe dich«, sagte er. »Ich liebe dich für immer und ewig.«

Er war angezogen und zur Tür hinaus, bevor sie auch nur das Bett verlassen hatte, und das, was sie ihm vielleicht noch hätte sagen wollen, blieb für immer unausgesprochen.

Er hüpfte die Schloßtreppe hinunter, immer eine Stufe überspringend, als wäre er selbst noch ein Kind, und summte und lachte vor sich hin und pfiff. Er bewegte sich so schwungvoll wie ein Gummiball, und doch war er ein Mann von durchschnittlicher Größe mit einer Falkennase und frostigen, blauen Augen. Seine bräunlichen Haare wurden am Ansatz schon etwas licht, aber sein Gesicht und seine Hände waren glatt und straff. Als er jünger war, hatte Ben geboxt, und er trainierte immer noch regelmäßig. Er war schlank und fit und sehr beweglich. Er ging auf die Vierzig zu, als er das erste Mal nach Landover kam, doch inzwischen hatte er vergessen, wie alt er war. Manchmal hatte er das Gefühl, überhaupt nicht mehr zu altern. An diesem Morgen war er sich dessen ganz sicher. Er konnte den Puls von Sterling Silver unter seinen Füßen spüren, seinen Herzschlag, den Strom seines Blutes, seine Seele. Er spürte die Wärme der Steine und des Mörtels und hörte das Flüstern seines Atems in der frischen Morgenluft. Die Burg lebte, das Heim der Könige von Landover, ein Werk solch großartiger Magie, daß es sich selbst erhielt und nur der Anwesenheit eines Meisters bedurfte, um zu funktionieren. Als Ben Sterling Silver zum ersten Mal gesehen hatte, war es durch zwanzig Jahre Vernachlässigung zu einer unansehnlichen Ruine verkommen. Er hatte es wieder herrichten und polieren lassen, und es war glänzend und pulsierend zu neuem Leben erwacht. Wenn er sicher in den Mauern geborgen war, konnte er die Gedanken der Burg genauso deutlich wahrnehmen wie seine eigenen.

Auch jetzt, als er die Treppe hinuntertanzte und zum Speisesaal lief, spürte er, wie sie seine Freude teilte. Er konnte hören, wie sie seinem ungeborenen Kind Glück und ein langes Leben wünschte.

Ein Baby, dachte er immer wieder. *Ein Baby.*

Er gewöhnte sich sehr viel schneller an den Gedanken, als er es für möglich gehalten hätte.

Als er den Speisesaal mit seinen gobelin-behangenen Wänden und dem langen, massiven Holztisch betrat, der bereits gedeckt und zum Teil besetzt war, kam ihm in den Sinn, daß er lieber auf Willow warten sollte – und das jetzt auch noch tun sollte –, bevor er die Neuigkeiten verkündete. Allerdings fühlte er sich dazu außerstande. So lange würde er es bestimmt nicht mehr für sich behalten können.

Abernathy und Bunion saßen bereits an der Tafel. Abernathy, der Hofschreiber, war ein Mann, der einst durch einen magischen

Ausrutscher in einen flauschigen Wheaten Terrier verwandelt und gezwungen worden war, dieses unwiderrufliche Schicksal mit Würde zu tragen. Bunion, der königliche Bote, war ein Kobold, den man, soweit bekannt, nie in etwas anderes verwandelt hatte als das, was er war. Abernathy hatte ein struppiges Gesicht, war aber vorzüglich gekleidet und im Besitz menschlicher Hände und Füße, außerdem konnte er besser reden als die meisten normalen Menschen. Bunion hatte ein zerfurchtes Affengesicht mit scharfen Zähnen und einem Grinsen, das eher zu einem erwartungsvollen Hai gepaßt hätte. Die zwei hatten eines gemeinsam, und das war ihre ungebrochene Loyalität zu Ben und dem Thron.

Wie auf Kommando hielten beide mit der Gabel auf halbem Wege zum Mund inne, als sie das Gesicht Seiner Hoheit erblickten.

»Guten Morgen! Guten Morgen!« rief er strahlend.

Die Gabeln blieben, wo sie waren. Eine Mischung aus Überraschung und Argwohn spiegelte sich in den Gesichtern der beiden wider. Zwei Augenpaare blinzelten ihn an.

Abernathy kam als erster wieder zu sich. »Guten Morgen, Hoheit«, grüßte er. »Gut geschlafen, nehme ich an?«

Ben trat näher, überschwenglich bis in die Zehenspitzen. Das Porzellan und die Gläser glitzerten, und der Duft warmer Speisen stieg von den silbernen Servierplatten auf. Parsnip, der Koch und zweite Kobold, der dem Thron diente, hatte sich wieder mal selbst übertroffen. Oder zumindest kam es Ben in seiner Euphorie so vor. Er schnappte sich einen kleinen Apfelkrapfen und biß auf dem Weg zu seinem Stuhl herzhaft hinein. Er schaute sich nach Questor Thews um, doch der Zauberer war nirgends zu sehen. Vielleicht sollte er doch noch warten, dachte er. Questors Abwesenheit lieferte ihm einen guten Grund. Er würde auf Questor und Willow warten und Parsnip aus der Küche rufen. Auf diese Weise konnte er allen auf einmal die frohe Botschaft mitteilen. Das schien ihm eine gute Idee zu sein. Er würde einfach noch ein bißchen warten.

»Ratet mal, was passiert ist«, sagte er.

Abernathy und Bunion wechselten einen hastigen Blick. »Ich

muß Euch gestehen, Hoheit, daß ich kein großer Freund von Ratespielen bin«, erklärte sein Hofschreiber. »Und Bunion kann Rätsel nicht ausstehen.«

»Ach, kommt schon! Ratet mal!«

»Nun gut.« Abernathy stieß einen langen, ergebenen Seufzer aus. »Also was?« fragte er nachsichtig.

Ben holte tief Luft. »Ich kann es euch nicht sagen. *Noch* nicht. Aber es sind gute Nachrichten. Ganz wundervolle Nachrichten!«

Bunion zeigte ein paar Zähne und murmelte irgend etwas Unverständliches. Abernathy widmete sich wieder dem Essen. »Denkt bitte daran, es uns wissen zu lassen, wenn Ihr meint, der rechte Zeitpunkt sei gekommen.«

»Ihr werdet es erfahren, sobald Questor hier ist«, erklärte Ben, während er sich setzte. »Und Willow. Und Parsnip. Alle. Steht also nicht auf, bevor sie da sind.«

Abernathy nickte. »Ich klebe voller Erwartung auf meinem Sitz, Hoheit. Im übrigen hoffe ich, daß Ihr es uns verkünden werdet, bevor wir uns zu dem für heute morgen angesetzten Treffen mit den Abgeordneten des Grünlandes und des Seenlandes begeben müssen, um den Landesnutzungsplan zu verabschieden.«

Ben schlug sich gegen die Stirn. »Das hab ich ganz vergessen!«

»Und wie steht es um das Mittagessen mit den neuen Bezirksrichtern, die Ihr für die nördlichen Länder berufen habt?«

»Das habe ich auch vergessen!«

»Und die für diesen Nachmittag geplante Sitzung mit dem Bewässerungs-Ausschuß zwecks Terminierung der Arbeitsaufnahme in den Wüsten östlich des Grünlandes?«

»Daran habe ich gedacht.«

»Gut. Habt Ihr auch daran gedacht, daß eine Besprechung mit dem Küchenpersonal ansteht, um das ständige Verschwinden von Vorräten aus der Speisekammer zu diskutieren?«

Ben runzelte verärgert die Stirn. »Verflixt, warum hast du das alles für heute geplant?«

»Habe ich gar nicht. Das wart Ihr selbst! Es ist der Anfang einer neuen Woche, und Ihr beliebt doch stets, eine Woche damit zu beginnen, so viele Projekte wie möglich in den Tagesplan zu quetschen.« Abernathy betupfte sich die Schnauze mit der Serviette. »Überterminierung nennt man so etwas, und ich habe Euch bereits davor gewarnt.«

»Vielen Dank für die Gedächtnisstütze.« Ben nahm seinen Teller und packte ihn mit Brot und Konfitüre, Eiern und Früchten voll. »Wir werden das alles erledigen, eins nach dem anderen. Es bleibt uns noch genug Zeit.« Er stellte den Teller vor sich hin, während seine Gedanken bereits zu den Angelegenheiten vorauseilten, die Abernathy aufgezählt hatte. Warum zum Kuckuck fühlte sich irgend jemand genötigt, Lebensmittel aus der Speisekammer zu stehlen? Es herrschte schließlich keine Lebensmittelknappheit. »Wenn Willow in fünf Minuten nicht unten ist, geh ich rauf und hol sie. Und Bunion kann Questor holen, wo immer er sich...«

Im selben Moment flog die Tür am anderen Ende des Speisesaals auf, hinter der eine Treppe aus der tiefer gelegenen Eingangshalle nach oben führte, und Questor Thews erschien.

»Das ist der Tropfen, der das Faß zum Überlaufen bringt! Das ist ganz einfach der Gipfel!« rief er aufgebracht.

Ohne innezuhalten, schritt er auf den Tisch zu, wobei er mit solcher Heftigkeit vor sich hinschimpfte, daß ihn die anderen, die bereits am Tisch versammelt waren, nur schweigend anstarren konnten. Der Hofzauberer trug seine typische Berufskleidung – ein graues Gewand, das mit leuchtend bunten Stofflicken verziert war und in der Taille durch eine purpurrote Schärpe zusammengehalten wurde. Groß und dürr, mit wehendem Bart und zerzausten Haaren war er das Abbild einer gewöhnlichen Vogelscheuche. Es war sofort offensichtlich, daß er sich besser hätte kleiden und pflegen können – Ben hatte mehrmals versucht, ihn zu einem neuen Gewand und einem seriöseren Haarschnitt zu überreden –, doch Questor sah keine Veranlassung, etwas zu ändern, das ihm vertraut war. Folglich ließ er es bleiben. Er war liebenswürdig und sanftmütig und neigte eigentlich gar nicht zu Wutausbrüchen, deshalb war es auch ungewohnt, ihn so in Rage zu sehen.

Er blieb vor der Tafel stehen und warf seine Robe zurück, als wolle er sich von allem befreien, was ihn so außer Fassung gebracht hatte. »Er ist zurück!« verkündete er.

»Wer ist zurück?« fragte Ben.

»Zurück ohne das kleinste Anzeichen von Reue! Nach allem, was er getan hat! Er schämt sich nicht im geringsten, nicht die Bohne! Er kommt ans Tor, so dreist, wie man sich nur vorstellen kann, und verkündet einfach, daß er wieder da ist!« Questors Gesichtsfarbe hatte sich beim Sprechen verändert und inzwischen ein gefährliches Dunkelrot angenommen. »Ich dachte, wir hätten ihn vor zwanzig Jahren oder so zum hoffentlich letzten Mal gesehen, aber nein, wie der sprichwörtliche falsche Fünfziger taucht er immer wieder auf!«

»Questor«, versuchte Ben zu Wort zu kommen. »Von wem sprichst du überhaupt?«

Questors Augen glühten. »Ich spreche von Horris Kew!«

Jetzt war auch Abernathy auf den Beinen. »Dieser Unhold! Wie konnte der es wagen, hierher zurückzukommen! Er ist doch verbannt worden! Questor Thews, du warst zu lange in der Sonne!«

»Bitte, geh doch runter und überzeug dich selbst!« Questor verzog den Mund zu einem bitteren Lächeln. »Er tritt als Bittsteller auf und ist gekommen, um Seine Hoheit um Vergebung zu bitten. Er will, daß die Verbannung ins Exil aufgehoben wird. Er will hier in Landover bleiben!«

»Nein!« Abernathys Ausruf klang fast wie ein Knurren. Mit gesträubtem Fell wirbelte er zu Ben herum. »Hoheit, nein! Laßt ihn nicht zu Euch kommen! Verweigert ihm den Aufenthalt! Schickt ihn wieder weg! Sofort!«

»Ich würde ihn nicht wegschicken, wenn ich an Eurer Stelle wäre!« warnte Questor mit scharfer Stimme, während er sich neben den Hund drängte. »Ich würde ihn festnehmen und in das tiefste, dunkelste Verließ stecken, das sich finden läßt! Ich würde ihn einsperren und den Schlüssel wegwerfen!«

Willow war die Treppe heruntergekommen und setzte sich jetzt neben Ben. Sie warf ihm einen fragenden Blick zu, doch er konnte nur mit den Schultern zucken, um seine eigene Unwissenheit auszudrücken.

»Haltet mal eine Minute die Luft an«, unterbrach er die anderen schließlich. Bunion war der einzige, der seine Gedanken nicht geäußert hatte, während er Ben mit seinem irritierenden Grinsen ansah. »Ich kann euch nicht ganz folgen. Wer ist Horris Kew?«

»Euer schlimmster Alptraum!« verkündete Abernathy mit gerümpfter Nase, als ob das alles erklären würde.

Questor Thews' Erklärung war kaum aufschlußreicher. »Ich sage Euch, wer er ist. Horris Kew ist der größte Unruhestifter aller Zeiten! Ein Zauberer der niederen Art, der jedoch über genug Magie verfügt, um großen Schaden anzurichten. Ich dachte, wir wären ihn los, aber ich hätte es besser wissen müssen! Abernathy, erinnerst du dich noch an die Kuh-Episode?«

»Die Kuh-Episode?« fragte Ben.

Questor ignorierte ihn, völlig gebannt von seiner eigenen Tirade. »Horris behauptete damals, eine Möglichkeit der Kommunikation mit Kühen entdeckt zu haben, mit der sich ihre Milchproduktion besser kontrollieren ließe. Seine Beschwörungsversuche trieben die armen Viecher in den Wahnsinn. Im ganzen Land brachen die Kühe aus und zertrampelten die gesamte Getreideernte und nebenbei noch einige Dörfer. Mit den Hühnern war es das gleiche. Bevor man sich's versah, hatte er den Evolutionsprozeß rückgängig gemacht, und die Viecher flogen durch die Luft wie Vögel und ließen überall ihre Eier fallen.«

»Wie bitte?« rief Ben grinsend.

»Und vergiß die Katzen nicht!« stieß Abernathy hervor. »Er hatte eine Möglichkeit gefunden, sie im Zuge irgendeines hirnrissigen Plans in Jagdverbände einzuteilen, um das Land von Mäusen und Ratten zu befreien, doch der Schuß ging nach hinten los, und die Katzen machten Jagd auf Hunde!« Er erschauderte.

»Das war wirklich übel«, pflichtete ihm Questor bei, während er zu Ben gewandt heftig mit dem Kopf nickte. »Aber das Schlimmste, was ihm je eingefallen ist und was dann letzten Endes auch zu seiner Verbannung führte, war der Zauber mit der schnell wachsenden Pflanze, die sich über Nacht vermehrte und alles im Umkreis von fünfzig Meilen um Sterling Silver herum in einen Dschungel verwandelte!« Questor kreuzte herausfordernd die Arme vor der Brust. »Es dauerte Wochen, bis man einen Weg hindurchgeschlagen hatte! Und in dieser Zeit, während der König und sein Hof im Schloß gefangen waren, nutzten die Dämonen von Abaddon die Abwesenheit des Paladins aus, um über das Land herzufallen. Wir verloren unzählige Städte, Dörfer und Bauernhöfe, und sehr viele ihrer Bewohner kamen dabei ums Leben. Es herrschte Chaos.«

»Ich verstehe das nicht«, gab Ben zu. »Was wollte er mit all dem bezwecken? Das klingt fast so, als hätte er es nur gut gemeint.«

»Gut gemeint?« Questor war außer sich. »Das möchte ich bezweifeln? Das waren Ausbeutungspläne. Die Kühe, die Hühner, die Katzen und die Pflanzen, das alles waren Erfindungen, mit denen er den Leuten das Geld aus der Tasche ziehen wollte! Horris Kew hat sich noch nie für etwas anderes interessiert als für sich selbst! Zehn Minuten nachdem ein Ei geplatzt war, brütete er schon wieder das nächste aus! Entschuldigt bitte meine Wortwahl.«

»Aber Questor, das war doch vor mehr als zwanzig Jahren.« Ben konnte sich nur mühsam das Lachen verkneifen.

»Da haben wir's wieder!« rief Questor gereizt, denn die Gesichtsverrenkungen Seiner Hoheit waren ihm nicht entgangen. »Horris Kew wirkt immer ganz harmlos. Nichts als eine unbedeutende Nervensäge. Keiner nimmt ihn ernst. Selbst mein Bruder ignorierte ihn, bis die Sache mit den Dämonen passierte, und dann wollte auch er, daß man ihn außer Landes brachte. Anscheinend hatte das unerwartete Auftauchen der Dämonen einen seiner eigenen Pläne durchkreuzt, und mein Bruder konnte fast alles ertragen, nur das nicht.«

Meeks, Questors Bruder und dessen Vorgänger als Hofmagier, war der Mann, der Ben durch seine üblen Tricks nach Landover gelockt und sich dann als sein größter Feind entpuppt hatte. Verschwunden, doch kaum vergessen. O nein, der hatte es sicher nicht zugelassen, daß ein Nichtsnutz wie dieser Horris Kew seine Pläne durchkreuzte.

»Wie dem auch sei«, fügte Questor hinzu, »mein Bruder überredete den alten König, Horris Kew zu verbannen, also wurde er ins Exil geschickt, und damit war die Sache erledigt.«

»So, so.« Ben rieb sich das Kinn. »Und wohin, wenn ich fragen darf?«

Questor war diese Frage offensichtlich sehr peinlich. »In Eure alte Welt, Hoheit«, antwortete er betreten.

»Auf die Erde? Da also war er die letzten zwanzig Jahre?« Ben versuchte sich zu erinnern, ob er dort jemals irgend etwas über einen Horris Kew gehört hatte.

»Ein beliebter Abladeplatz für Ausgestoßene und andere Plagen, fürchte ich. An einem Ort, wo so wenig Glaube an die Existenz der Magie herrscht, kann man auch nicht viel damit anrichten, müßt Ihr wissen.«

Abernathy nickte finster. Offensichtlich war ihnen die Luft ausgegangen, denn jetzt standen sie da, starrten Ben an und schienen auf eine Antwort zu warten. Ben blickte zu Willow hinüber, die aber mit ihrem Essen beschäftigt war und seinen Blick nicht erwiderte, und plötzlich fiel ihm ein, daß er seinen Freunden doch von dem Baby erzählen wollte. Er sagte sich, daß er damit wohl noch etwas warten mußte.

»Also, warum hören wir uns nicht einfach an, was er zu sagen hat?« schlug Ben vor, denn er war inzwischen ziemlich neugierig auf jemanden, der selbst den ansonsten so unerschütterlichen Abernathy aus der Fassung bringen konnte. »Vielleicht hat er sich verändert.«

Questors Gesichtsfarbe wechselte von Purpur zu Flammendrot. »Sich verändert? Ha! Wenn die Kühe fliegen lernen!« Dann hielt er inne, denn er wurde sich der Tatsache schmerzlich bewußt, daß letzteres im Hinblick auf Horris Kews Eskapaden gar nicht so unwahrscheinlich war. »Niemals, Hoheit!« fügte er hinzu, um jedes Mißverständnis auszuschließen. »Ihr dürft ihn auf keinen Fall empfangen. Ihr dürft nicht zulassen, daß er auch nur einen Fuß in dieses Schloß setzt. Hätte ich gewußt, daß er kommt, hätte ich die Wachen losgeschickt, um ihn schon auf der Straße abzufangen. Ich kann es immer noch nicht glauben, daß er die Stirn besitzt, hierher zurückzukehren!« Wieder hielt er inne, und ein Ausdruck der Verwirrung trat auf sein Gesicht. »Wie hat er es überhaupt geschafft, hierher zurückzukommen?«

»Das spielt keine Rolle. Er ist ein Bittsteller«, erklärte Ben geduldig. »Ich kann nicht anfangen, Bittsteller wegzuschicken, ohne sie angehört zu haben. Was für einen Präzedenzfall würde das schaffen? Ich muß zumindest mit ihm sprechen. Welchen Schaden kann das schon anrichten?«

»Das könnt Ihr Euch nicht vorstellen, Hoheit«, sagte Abernathy mit unheilverkündender Stimme.

»O nein, das könnt Ihr wirklich nicht«, pflichtete ihm Questor bei.

»Seht zu, daß Ihr ihn sofort loswerdet!«

»Ihr dürft ihn nicht mal in Eure Nähe lassen!«

Ben spitzte die Lippen. Er hatte seine Berater noch nie so hartnäckig erlebt. Er sah nicht ein, warum ihm ein einfaches Gespräch Probleme bereiten sollte, doch er war klug genug, ihre Warnungen nicht so ohne weiteres zu ignorieren.

»Glaubst du, daß deine Magie es mit seiner aufnehmen kann?« fragte er Questor nach einer Weile.

Questor richtete sich auf. »Mehr als das! Aber er ist ein hinterlistiger Zeitgenosse.«

Ben nickte. »Nun, ich kann ihn nicht einfach wegschicken. Warum sehen wir uns ihn nicht alle gemeinsam an? Auf diese Weise könnt ihr mich warnen, wenn er irgend etwas im Schilde führt. Was meint ihr?«

Abernathy setzte sich, ohne ein Wort zu sagen. Questor nahm eine noch steifere Haltung an, gab jedoch schließlich nickend sein

Einverständnis. »Sagt nur nicht, daß ich Euch nicht gewarnt hätte«, mahnte er kurz angebunden, dann gab er dem Diener am anderen Ende des Speisesaals ein Zeichen.

Schweigend saßen sie am Tisch und warteten. Ben griff nach Willows Hand und drückte sie sanft. Sie erwiderte die Geste mit einem Lächeln. Parsnip tauchte für kurze Zeit aus der Küche auf, wünschte der schweigenden Gesellschaft einen guten Morgen und verschwand wieder. Ben wünschte im stillen, die Sache mit Horris Kew schnell hinter sich bringen zu können, um mit dem Tagesplan fortzufahren. Er dachte an die geplanten Treffen und an die Arbeit, die erledigt werden mußte. Er hatte einst geglaubt, daß niemand härter arbeiten müsse als ein Rechtsanwalt, doch inzwischen war ihm klargeworden, was ein König alles zu leisten hatte. Permanent mußte er irgendwelche Entscheidungen treffen, Pläne bewerten und Hunderte von Problemen lösen. Es hing so viel von ihm ab, und so viele Leute waren von seinen Handlungen betroffen. Er schätzte die Herausforderung, fühlte sich jedoch häufig von der Last der Verantwortung erdrückt. Manchmal dachte er über die Umstände nach, die ihn an diesen Ort geführt hatten, und es wunderte ihn immer wieder, daß so etwas überhaupt möglich war. Es war ein Beweis dafür, daß alles möglich war. Er dachte darüber nach, wo er herkam und wo er früher gewesen war, und diese Gedanken versetzten ihn immer wieder in Staunen. Er zog Vergleiche und sagte sich, daß er sein jetziges Leben nie gegen sein altes eintauschen würde, egal, wie hoch der Druck der Verantwortung auch sein mochte.

»Ihr könnt Eure Meinung in dieser Angelegenheit immer noch ändern, Hoheit«, unterbreitete ihm Questor, der nach wie vor nicht bereit war, die Entscheidung einfach hinauszuschieben.

Doch Ben dachte immer noch über sein Leben nach, wertete den Kommentar dementsprechend und befand, daß der Magier mit seiner Einschätzung im Unrecht war. Er war ein Mann, der zu sich selbst zurückgefunden hatte, indem er ein Risiko eingegangen war, auf das sich andere nie eingelassen hätten. Daß er jetzt seine Meinung ändern sollte, war keine annehmbare Option. Er würde *Vater* werden, dachte er erneut voller Verwunderung. Was bedeutete das für einen Mann, der die Vierzig kinderlos überschritten hatte? Für einen Mann, dem der Familiensinn vor so langer Zeit abhanden gekommen war? Er wollte ein Kind, doch er wußte zugegebenermaßen nicht, ob er wirklich bereit dafür war.

Vom anderen Ende des Saals ertönte das Stampfen von Stiefeln, und ein Mann trat ein. Er war groß und schlaksig und sah merkwürdig aus. Er hatte angewinkelte Arme, eingeknickte Beine, und Nase, Ohren und Adamsapfel, die hervorstachen wie bei einem Kartoffelmännchen, als hätte man sie erst nachträglich angebracht. Er trug graue Lumpen, die aussahen, als hätten sie als Fußmatten in einem Pferdestall gedient. Seine Füße waren nackt und staubig, seine Hände hatte er demütig vor der Brust gefaltet, und sein Körper war gebeugt. Schleppenden Schrittes näherte er sich dem Tisch, während sein Kopf auf seinen Schultern hin und her wackelte. Ein Vogel mit schwarzem Gefieder und weißer Krone saß auf seiner Schulter und starrte mit glänzenden Augen in die Runde.

»Eure Hoheit«, grüßte Horris Kew und fiel auf die Knie. »Habt Dank, daß Ihr bereit wart, mich zu empfangen.«

Ben stand auf und dachte bei sich, daß dieser Kerl harmloser wirkte als alles, was er je zu Gesicht bekommen hatte. Und der sollte eine Bedrohung sein? »Steh auf«, befahl er. »Laß uns hören, was du für dich vorzubringen hast. Dein übler Ruf ist dir vorausgeeilt.«

Mit einem gequälten Blick in seinem groben Gesicht stand Horris auf. Das eine Auge war von einem ziemlich heftigen Tic befallen, und er sah aus, als würde er ständig unter einem imaginären Hieb zusammenzucken. »Ich gestehe alles, Hoheit. Ich habe all die Dinge getan, derer man mich beschuldigt. Was immer Abernathy und Questor Thews Euch erzählt haben, es ist wahr. Ich will nichts davon abstreiten. Ich möchte Euch nur um Vergebung bitten.«

Questor schnaubte. »Was führst du im Schilde, Horris Kew? Irgendwas hast du doch vor.«

»Gaak! Biggar ist besser!« krächzte der Vogel.

»Dieser Vogel kommt mir bekannt vor«, verkündete Abernathy mit zusammengekniffenen Augen und einem argwohnischen Blick in seine Richtung.

»Ein ganz gewöhnlicher Hirtenstar. Mein Weggefährte auf der Straße.« Der Tic in Horris Kews Auge geriet gänzlich außer Kontrolle.

Abernathy runzelte die Stirn. »Ich vermute, du hast ihn auf Hunde abgerichtet.«

»Gaak! Flöhe! Flöhe!« schrie der Vogel.

Ben kam um den Tisch herum, um sich zwischen Abernathy und den Vogel zu stellen. »Solltest du nicht im Exil sein, Horris Kew? Was bringt dich hierher zurück?«

»Hoheit, ich bitte in aller Aufrichtigkeit um eine weitere Chance.« Ein wahrhaft reumütiger Blick trat auf sein kantiges Gesicht. »Ich hatte zwanzig Jahre Zeit, um meine Taten zu bereuen, meine Fehler einzusehen und über mein schlechtes Benehmen nachzudenken. Ich hatte großes Glück, Landover lebend zu verlassen, wie Euch Questor Thews bestätigen kann. Und jetzt habe ich nur noch den einen Wunsch, in meine Heimat zurückkehren und von vorne beginnen zu können. Könnt Ihr mir diesen Wunsch nicht erfüllen?«

Ben musterte ihn. »Ich weiß nicht.«

»Tut es nicht, Hoheit«, mahnte ihn Questor sofort.

»Ihr dürft nicht einmal daran denken, Hoheit«, fügte Abernathy hinzu.

»Gaak! Ein Hoch für Horris! Ein Hoch für Horris!« krächzte der Vogel dazwischen.

»Danke, Biggar.« Horris tätschelte zärtlich den Vogel und richtete seinen Blick wieder auf Ben. »Solltet Ihr Euch entschließen, meine Rückkehr zu befürworten, Hoheit, so habe ich auch schon eine Vorstellung von meinem zukünftigen Leben. Ich möchte nichts weiter, als in Ruhe gelassen zu werden. Ich werde mein Leben als Einsiedler fristen und für niemanden eine Bedrohung darstellen. Doch sollte jemals der Bedarf bestehen, so werde ich jederzeit bereit sein, meine Fähigkeiten in Eure Dienste zu stellen. Ich verfüge über ein kleines Maß an Zauberkraft, das Euch vielleicht irgendwann einmal nützlich sein könnte. Ich werde es gern zur Verfügung stellen, wenn Ihr es für angebracht haltet. Ihr könnt Euch darauf verlassen, daß ich kommen werde, wenn Ihr mich ruft.«

»Wie ich erfuhr, war es deine Zauberkraft, die dich das letzte Mal in Schwierigkeiten brachte«, ermahnte Ben ihn in mildem Ton.

»Ja, o ja, allzu wahr. Doch ich werde mich nicht mehr in die Angelegenheiten des Landes und seiner Leute einmischen, ohne darum gebeten worden zu sein«, versprach Horris. Sein Auge zuckte. »Sollte ich dieses Versprechen brechen, könnt Ihr mich sofort wieder ins Exil schicken.«

»Nein«, sagte Questor Thews.

»Nein«, wiederholte Abernathy.

Ben versuchte, ein Lächeln zu unterdrücken. Wahrscheinlich sollte er die Angelegenheit ernster nehmen, als es ihm im Moment gelang, sagte er sich, doch es fiel ihm schwer, sich allzu sehr über jemanden aufzuregen, der so aussah wie diese traurige Gestalt und dessen schwerstes Vergehen darin bestanden hatte, Hühner fliegen zu lassen und Kühe gegen ihre Bauern aufzuhetzen.

»Gaak! Schöne Dame«, flötete der Vogel plötzlich.

Willow lächelte und warf Ben einen Blick zu. Er dachte auf einmal wieder an das Baby.

»Ich werde darüber nachdenken und dir in einigen Tagen meine Entscheidung mitteilen«, verkündete Ben unter dem lauten Stöhnen von Questor und Abernathy. »Komm also in Kürze noch mal zurück.«

»Mit dem größten Vergnügen, Hoheit«, antwortete Horris Kew, während er sich tief verneigte. »Habt Dank, Eure Hoheit, habt Dank! Ich stehe für immer in Eurer Schuld.«

Geneigten Kopfes zog er sich eiligst von der Tafel zurück und wurde von einer Eskorte hinausbegleitet. Ben fragte sich, was für ein Vogel dieser Biggar war und wie viele Wörter er wohl sprechen konnte.

»Nun, das war eine überwältigend dumme Entscheidung!« verkündete Questor empört. »Wenn ich das so sagen darf, Hoheit!«

»Ihr dürft«, antwortete Ben, nachdem es nun schon einmal gesagt war.

»Mir kommt dieser Vogel irgendwie bekannt vor«, murmelte Abernathy.

»Nur weil einer harmlos aussieht, heißt das noch lange nicht, daß er's auch ist«, fuhr Questor fort. »Was Horris Kew betrifft, so ist seine Erscheinung nicht nur eine Täuschung, sondern eine ausgesprochene Lüge!«

Ben war des Themas inzwischen überdrüssig geworden und hob beschwichtigend die Hände. »Meine Herren!« flehte er. Er hatte lediglich mit verdrossenen Blicken gerechnet, sah sich jedoch mit feindseligem Schweigen konfrontiert. Er seufzte. Man konnte es nicht immer so haben, wie man wollte, sagte er sich. Deswegen verlangten die meisten Angelegenheiten ja einen Kompromiß. »Wir werden das später diskutieren, in Ordnung?«

Willow stand auf, um sich an seine Seite zu stellen, und er lächelte, als sie sich bei ihm unterhakte. »Parsnip!« rief er, und als der Koch erschien und sich zu dem Magier, dem Sekretär und dem Boten gesellte, fragte er: »Was würdet ihr davon halten, wenn unsere Familie um ein weiteres Mitglied erweitert würde?«

»Solange es nicht Horris Kew ist«, murmelte Questor Thews, ohne sich auch nur im geringsten dieser trotzigen Bemerkung zu schämen.

Der Gorse

Wie ein Flüchtling verließ Horris Kew Sterling Silver noch in derselben Nacht. Er eilte davon, so schnell es der Anstand und sein Stolz zuließen, wobei er sich immer wieder nervös umschaute. Gebeugt und mit zielgerichteten, weit ausholenden Schritten machte er sich aus dem Staub, während sein langer, schlaksiger Körper wippend und schwankend den Bewegungen seiner Beine folgte – eine merkwürdige Gestalt in diesem merkwürdigsten aller Länder. Der Tic, der ihn auf mysteriöse Weise befallen hatte, ließ seinen Augenwinkel hüpfen wie eine gefangene Heuschrecke. Biggar ritt auf seiner Schulter, ein Vorzeichen drohenden Unheils.

»Ich kann diesen Hund wirklich nicht leiden«, murmelte der Vogel und sträubte die Federn, um seinen Worten Nachdruck zu verleihen.

Horris Kew preßte die Lippen zusammen. »Sei still, ich will nichts davon hören.«

»Er hätte mich fast erkannt. Hast du das nicht gemerkt? Früher oder später wird es ihm wieder einfallen. Denk an meine Worte!«

Sie überquerten die Brücke, die die Insel mit dem Festland verband, und machten sich auf den Weg zu den Wäldern im Westen.

»Und wenn schon. Meeks ist tot und vergessen«, murmelte Horris.

In früheren Tagen hatte Biggar jenem Zauberer gehört. Meeks war auch derjenige gewesen, der dem Vogel durch Magie ein gewisses Maß an Intelligenz verliehen hatte, weil er hoffte, ihn als Spion gegen seine Feinde einsetzen zu können. Doch schon damals war Biggar so aufsässig und verletzend gewesen wie jetzt, und Meeks war seiner schnell überdrüssig geworden. Als Horris Kew dann von dem alten König auf die Erde verbannt worden war, hatte Meeks den unbequemen Vogel kurzerhand mitgeschickt.

Biggar kauerte sich zu einem schwarzen Federknäuel zusammen. »Wenn der Hund mich mit Meeks in Verbindung bringt, kannst du dir die Chance, die Burgmauern jemals wieder zu betreten, ein für allemal abschminken.«

Horris versuchte gelassen zu bleiben. »Du machst aus einer Mücke einen Elefanten.«

»Ist mir egal. Mir gefällt es gar nicht, wie mich der Hund angeglotzt hat. Und im übrigen gefällt mir die ganze Sache nicht.«

Horris sprach es zwar nicht aus, aber ihm gefiel das Ganze ebensowenig. Seitdem er die Worte Rashun, Oblight, Surena oder was auch immer ausgesprochen hatte und dieses *Ding* aus dem Wirrkästchen aufgetaucht war, war nichts mehr so gelaufen, wie er es erwartet hatte. Ihm lief es eiskalt über den Rücken, wenn er nur daran dachte, wie es seinen Gruß gezischt hatte. Er durfte gar nicht erst daran denken, daß es auch jetzt wieder auf sie wartete. Es war so verabscheuungswürdig, daß man es gar nicht beschreiben konnte. Es war das ekelhafteste Wesen, dem er jemals begegnet war.

Und jetzt bestimmte es über sein Leben, schubste ihn herum wie einen gewöhnlichen Diener und schrieb ihm vor, wo er hinzugehen und was er zu tun hatte. Es war sein schlimmster Alptraum, aber Horris dachte nicht eine Sekunde daran, sich ihm zu widersetzen.

»Warum, glaubst du, hat es uns zum König geschickt?« fragte Biggar plötzlich, als hätte er seine Gedanken gelesen. Sie liefen einen Hügel hinauf und über eine Wiese, die bis an den Waldrand reichte.

Horris seufzte gequält auf. »Woher soll ich das wissen? Es hat mir befohlen, zu Holiday zu gehen und mein Anliegen vorzubringen, also hab' ich das getan. Es war ein Befehl, und ich hab' ihn befolgt. Glaubst du, ich bin so dämlich und versuche seine Absichten zu hinterfragen?«

Biggar hatte nichts darauf zu antworten, und das war auch gut so, denn Horris Kew war durch die Ereignisse der letzten vierundzwanzig Stunden bereits kurz vor dem Überkochen. Es war sowieso alles Biggars Schuld, dachte er. Die Sache mit dem Medium, die Erfindung Skat Mandus (Skat Mandu, was für ein Witz!), die Befreiung dieses Ungeheuers und die Rückkehr nach Landover. Horris Kew wußte nicht, welches Spiel sie da spielten, doch ihm war klar, daß es sehr gefährlich war. Und jetzt befanden sie sich an dem letzten Ort im ganzen Universum, an den er hatte zurückkehren wollen, an einem Ort, wo sie alles andere als willkommen waren. Der einzige Lichtblick war die Tatsache, daß der alte König tot war und dieser neue, Holiday, zumindest gewillt schien, ihr Anliegen zu berücksichtigen. Egal. Was hatten sie hier zu suchen? Sicher, es war seine Heimat und all das, aber es war kein Ort, den er in freudiger Erinnerung hatte. An diesem Ort war er geboren (reiner Zufall), aufgewachsen, in beträchtliche Schwierigkeiten geraten, zur Persona non grata erklärt und schließlich hinausgeworfen worden. Er war in seiner neuen Welt völlig zufrieden gewesen, in dem Land, wo Milch und Honig flossen und die Gläubigen bereit waren, für ein bißchen Hokuspokus mit barer Münze zu zahlen. Er hatte sich dort gut eingerichtet gehabt, zufrieden mit sich selbst, seiner Umgebung und seinen Zukunftsaussichten.

Und was hatte er jetzt? Nichts. Und das war alles Biggars Schuld.

Obwohl man das natürlich nicht so sagen konnte. Es war schließlich auch seine Schuld, und das machte ihn nur noch wütender.

Was würde jetzt mit ihm passieren? Was hatte der gute alte Skat Mandu mit ihm vor?

»Ich kann diesen Hund wirklich nicht ausstehen«, wiederholte Biggar ein letztes Mal und verfiel dann endlich in brütendes Schweigen.

Sie wanderten den ganzen Morgen und erreichten mittags das Herz. Das war ein heiliger Ort, die Quelle, aus der Landovers Magie entsprang, und der Ursprung allen Lebens. Es war der Ort, an dem alle Könige von Landover, Ben Holiday eingeschlossen, gekrönt worden waren. Das Herz bestand aus einer Lichtung mitten in einem Wald riesiger, großblättriger Bäume. Es war von Blaubonnies umsäumt, und sein Boden war mit grünen, goldenen und roten Gräsern bedeckt. In seinem Zentrum stand ein Podium aus strahlend weißem Eichenholz, das von polierten Silberpfosten getragen wurde, die von dicken, weißen Kerzen gekrönt wurden. Flaggenmasten umringten das Podest, und an ihren Spitzen wehten die Standarten der Könige von Landover in einem bunten Farbenmeer. Holidays war die neueste: zwei ausbalancierte Waagschalen vor einem grünen Hintergrund – eine Erinnerung an jene Jahre, in denen er in der alten Welt Rechtsanwalt gewesen war. Um das Podest herum bis zum Rand des Herzens standen Sitz- und Kniebänke mit weißen Samtkissen.

Alles war sauber und tadellos gepflegt, als hätte man es schon für die nächste Krönung vorbereitet.

Horris Kew betrat das Herz und sah sich ehrfürchtig um. Die Geschichte des Landes blinzelte ihm von jedem Mast und Pfosten entgegen. »Nimm deinen Hut ab, Biggar«, verkündete er. »Wir sind in der Kirche.«

Biggar sah sich zweifelnd um, und seine Augen funkelten. »Wer um alles in der Welt hält diesen Ort so sauber?«

Horris starrte ihn seufzend an. »Was bist du doch für ein Kulturbanause.«

Biggar flog von seiner Schulter und ließ sich auf einem der weißen Samtkissen nieder. »Jetzt fällt dir also weiter nichts ein, als mich zu beleidigen, Horris? Wirklich jämmerlich.«

Und demonstrativ entleerte er sich auf das weiße Kissen.

Horris blieb einen Moment lang wie gelähmt stehen, dann wand sich sein schlaksiger Körper, als wäre er halb Mensch, halb Schlange, und wie bei einer Flickenpuppe stoben seine langen Gliedmaßen in alle Richtungen davon. »Jetzt habe ich aber endgültig die Nase voll, Biggar! Wie würde es dir gefallen, wenn ich dir deinen wertlosen Hals umdrehen würde?«

»Wie würde es dir gefallen, wenn ich dir die Augen auspicken würde, Horris?«

»Du schwachsinnige Hupfdohle!«

»Du verblödeter Affe!«

Sie funkelten sich an, Horris mit zu Klauen gekrümmten Fingern, Biggar mit aufgeplusterten Federn und ausgebreiteten Flügeln. Eine Welle des Zorns durchspülte sie, löste sich auf und verdampfte wie Wasser auf einem heißen Stein. Die Spannung entwich ihren Körpern und wurde durch Verwunderung und ein vages Gefühl von Beklommenheit ob ihres eigenen peinlichen Benehmens ersetzt.

»An unserem törichten Verhalten ist nur dieses *Ding* schuld«, bemerkte Horris ruhig. »Der gute alte Skat Mandu.«

»Ich muß zugeben, er ist wirklich nicht das, was ich erwartet habe«, gestand Biggar feierlich.

»Er ist nicht mal ein *Er*. Er ist ein *Es*.«

»Eine Made.«

»Eine Schlange.«

Biggar schloß die Augen. »Horris«, sagte er, und ein Hauch von Wehmut schlich sich in seine Vogelstimme. »Was tun wir hier? Warte, sag nichts, bis du alles gehört hast. Ich weiß, wie wir hierher gekommen sind. Ich verstehe die Zusammenhänge. Wir haben dieses Etwas aus dem Wirrkästchen gelassen, wo es in einer Schwade von Feennebel eingeschlossen war, und es hat die Feennebel benutzt, um eine Tür nach Landover zu öffnen. Soweit habe ich alles verstanden. Aber was machen *wir* hier? Denk mal darüber nach. Das hier ist ein gefährlicher Ort für uns.«

»Ich weiß, ich weiß«, seufzte Horris.

»Also gut, warum gehen wir dann nicht woanders hin? An einen weniger... bedrohlichen Ort. Warum tun wir das nicht? Vielleicht würde es sich unseren Vorschlag, woanders hinzugehen, sogar anhören. Vielleicht würde es sich darauf einlassen, wenigstens *uns* durchzuschleusen, auch wenn es selbst noch bleiben will. Wozu braucht es uns hier denn noch?«

Horris fixierte ihn mit einem strengen Blick. »Und wohin sollen wir gehen, Biggar? Wieder dahin, woher wir gekommen sind und wo die Gläubigen nur darauf warten, uns in Stücke zu reißen? Diese Möglichkeit hast du uns mit deinem großen Plappermaul verbaut.«

»Ich war's nicht, Horris. Das hab' ich dir doch schon gesagt. Skat

Mandu war es! Oder wer auch immer.« Biggar hüpfte eine Bank näher heran. »Willst du wissen, wohin wir gehen können? Es gibt viele Möglichkeiten. Über manche Orte hab' ich was gelesen. Was ist zum Beispiel mit dem Land, wo es die gelben Backsteinstraßen und die smaragdgrüne Stadt gibt und wo all diese kleinen Leute rumlaufen, die Munchies oder so?«

Horris sah ihn an und seufzte. »Biggar, das ist kein wirklicher Ort. Das existiert nur in einem Buch.«

Biggar versuchte die Stirn zu runzeln, doch das war ein fruchtloses Unterfangen. »Nein, tut es nicht. Es ist wirklich.«

»Nein, Biggar. Du hast schon wieder einen Kurzschluß. Das war Oz. Oz ist kein wirklicher Ort. Das ist nur eine Geschichte.«

»Mit dem Zauberer und allem? Mit der Hexe und den fliegenden Affen? Das war keine Geschichte! Das ist Wirklichkeit!«

»Das war eine Geschichte, Biggar! Ein Märchen!«

»Schon gut, schon gut, Horris! Es war eine Geschichte!« Der Vogel klapperte energisch mit dem Schnabel, dann dachte er einen Moment lang nach. »Und was ist mit dem Ort, wo die kleinen Leute mit den pelzigen Füßen leben?«

Horris lief rot an. »Es hat keinen Sinn!« zischte er aufgebracht. Ohne den Vogel noch eines Blickes zu würdigen, schritt er an Biggar vorbei auf den Wald zu. »Wir melden uns jetzt erst mal zurück und bringen die Sache hinter uns!«

Er ließ das Herz hinter sich und verschwand zwischen den Bäumen. Biggar folgte ihm einen Moment später. Sie traten aus dem Sonnenlicht in den Wald, wo es selbst mittags kühl und dunkel war und die Schatten ihre verworrenen Muster gleich Spinnweben über das Gehölz warfen. Ohne ein Wort zu sprechen, wanderten sie weiter. Horris bahnte sich entschlossenen Schrittes seinen Weg zwischen den Bäumen hindurch, und Biggar hüpfte von Ast zu Ast, flog gelegentlich ein Stück voraus, um bald darauf wieder zurückzukehren. Horris, der in seine eigenen finsteren Gedanken vertieft war, ignorierte ihn demonstrativ.

Weniger als eine Meile vom Herzen entfernt, wo das Licht kaum noch durch das Blattwerk der Bäume drang, mußten sie einen steilen Abhang hinabklettern, an dessen Ende dichtes Unterholz einen Felsüberhang überwucherte. Nachdem sie sich durch das Gestrüpp geschlagen hatten, kamen sie an eine massive Steinplatte, die an beiden Seiten und am oberen Rand mit Symbolen versehen war. Horris starrte eine Weile darauf, seufzte dann voller Überdruß, streckte den Arm aus und berührte dann verschiedene Symbole in schneller Reihenfolge. Hastig trat er einen Schritt zurück, als sich die Tür unter lautem Ächzen beiseite schob. Biggar landete wieder auf seiner Schulter, und gemeinsam schauten sie zu, wie sich die schwarze Öffnung einer Höhle vor ihnen auftat.

Ziemlich widerwillig traten sie ein, und sofort schloß sich die Steintür hinter ihnen.

In der Höhle gab es ein Licht, das sie in das tiefste Innere zurückführte, ein schillerndes Glühen, das dem Gestein anzuhaften schien. Es schimmerte wie Silbererz in unregelmäßigen Flecken und Streifen und durchbrach die Finsternis gerade genug, um einigermaßen Sicherheit beim Durchqueren zu gewährleisten. Es war heiß in der Höhle, eine äußerst unangenehme Hitze, die die Haut mit Feuchtigkeit überzog und einen merkwürdigen Juckreiz verursachte. Es lag auch ein ganz besonderer Gestank in der Luft. Horris und Biggar erkannten ihn sofort und wußten, woher er stammte.

Wenige Momente später erreichten sie den tiefsten Teil der Höhle, wo das Licht am hellsten, die Hitze am stärksten und der Gestank am widerlichsten war. Die Höhle weitete sich und war an dieser Stelle fast sieben Meter hoch. Die Decke war über und über mit spitzen Stalaktiten verhangen und erinnerte an eine mittelalterliche Spießfalle. Die Höhle war leer bis auf ein wackeliges Holzbett und einen ebenso wackeligen Holztisch, auf dem eine metallene Waschschüssel stand. Das Bett war ungemacht und die Waschschüssel noch nicht ausgeleert.

Neben der Waschschüssel stand das Wirrkästchen.

Im tiefsten Winkel der Höhle bewegte sich etwas. »Habt ihr getan, was ich euch befohlen hatte?« zischte eine drohende Stimme.

Horris versuchte die Luft anzuhalten, während er sprach, um nicht mehr von dem Gestank einzuatmen, als unbedingt nötig war. »Ja. Genau wie uns aufgetragen wurde.«

»Was war die Antwort?«

»Er sagte, er würde darüber nachdenken. Aber der Zauberer und der Schreiber haben sicher vor, ihn davon zu überzeugen, daß er mich nicht hierbehält.«

Das Etwas lachte. Es bewegte sich in der Finsternis – eine Verlagerung seines Körpers, ein Strecken seiner Glieder. Eigentlich konnte man kaum erkennen, was es tat, und das war sehr beunruhigend. Horris dachte daran zurück, wie er es das erste Mal zu Gesicht bekommen hatte, und mußte plötzlich feststellen, daß er eigentlich schon nicht mehr sicher wußte, was da vor seinen Augen erschienen war. Dieses Etwas, bei dem es sich angeblich um Skat Mandu handelte, hatte die quälende Angewohnheit, nur einen Teil seines Selbsts zu zeigen, den Hauch eines Körpers oder Gliedes, das kurze Auftauchen eines Kopfes (jedoch niemals das Gesicht), ein flüchtiger Hinweis auf Farbe oder Form. Was einem letzten Endes blieb, war eine vage Vorstellung von diesem Wesen, aber kein eindeutiges Bild. Und was man sich letzten Endes vorstellte, war dementsprechend unangenehm, ekelhaft und abstoßend.

»Mache ich euch angst?« fragte die Stimme leise. In der dunstigen Finsternis leuchtete es garstig grün.

Horris bereute es plötzlich, daß er zurückgekommen war, und dachte, daß Biggar vielleicht doch recht hatte. Auf was für einen Wahnsinn hatten sie sich eingelassen, als sie dieses Monster befreit hatten? Es war in dem Wirrkästchen gefangen gewesen und hatte sie beide – Biggar als Medium und Horris als Beschwörer – wie Instrumente benutzt, um den Bann zu brechen. Im tiefsten Inneren seines Herzens wußte Horris, daß die Erschaffung Skat Mandus nie wirklich seine eigene Idee gewesen war – es war alles von diesem *Ding* im Wirrkästchen ausgegangen, von diesem *Ding*, das man in die Feennebel gesperrt und verbannt hatte, wie auch sie verbannt worden waren. Dort wäre es der Vergessenheit anheimgefallen, wenn das

Schicksal nicht Horris und Biggar zu seiner unfreiwilligen Rettung geschickt hätte.

»Was tun wir hier?« krächzte Biggar plötzlich, und ein furchtsames Beben klang in seiner schrillen Stimme mit.

»Das, was ich euch befehle«, fauchte die Stimme.

Skat Mandu tauchte aus der Finsternis auf und erhob sich wie eine Rauchwolke, die eine halb vertraute, aber noch nicht ganz komplette Form angenommen hat. Sein Gestank ließ Horris und Biggar einen Schritt zurückweichen, worauf das Wesen ein tiefes, befriedigtes Lachen ausstieß. Es kräuselte sich wie abgestandenes Wasser, als es jetzt umherglitt, und in der plötzlichen Stille konnten sie seinen zischenden Atem hören. Es war riesig und fett und beherrschend und strahlte etwas Uraltes und Furchtbares aus.

»Man nennt mich den Gorsen«, flüsterte das Monster plötzlich. »Ich war einer von denen, die in den Feennebel leben, einer der ihren, bis sie mich vor Jahrhunderten einfingen und für alle Zeiten in das Wirrkästchen sperrten. Ich war ein Zauberer von großer Macht und werde es wieder sein. Ihr werdet mir dabei helfen.«

Horris Kew räusperte sich. »Ich sehe nicht, wie wir das bewerkstelligen sollten.«

Der Gorse lachte. »Ich werde dein Auge sein, Horris Kew. Ich sehe dich besser als du dich selbst. Du ärgerst dich über den Verlust der Dinge, die in der anderen Welt dein eigen waren, aber das, was du am meisten willst, liegt hier. Was sie dir angetan haben, ängstigt dich immer noch, doch den Mut, an dem es dir mangelt, kannst du durch mich wieder erlangen. Ja, ich habe dich manipuliert. Ja, du warst mein Handlanger. Und du wirst es wieder sein, du und der Vogel auch. So ist es nun einmal, Horris. Die Bewohner der Feennebel haben mich mit einem Zauberbann in dem Wirrkästchen festgehalten, weil er nicht von innen, sondern nur von außen gebrochen werden konnte. Jemand mußte die Formel sprechen, und ich habe dich dazu auserwählt. Ich habe dir die Worte eingeflüstert und dich Schritt für Schritt durch die Beschwörung geführt. Wort für Wort sprachst du die Formel von Skat Mandu. Schloß für Schloß öffnetest du die Siegel, die mich gefangen hielten. Als ich bereit war, herauszukommen, brachte ich den Vogel dazu, den Schwindel mit Skat Mandu zu gestehen, damit ihr gezwungen wart, von dort zu fliehen. Und eure Flucht konnte nur durch meine Freilassung gelingen. Doch das ist kein Grund zur Verzweiflung. Es ist alles so gekommen, wie es sollte. Das Schicksal hat uns aneinander gebunden.«

Horris war sich nicht sicher, was er davon halten sollte, allerdings reizte ihn die Möglichkeit, daß auch für ihn etwas dabei herausspringen könnte. »Du hast einen Plan für uns?« fragte er vorsichtig.

»Einen sehr attraktiven sogar«, flüsterte der Gorse. »Ich kenne eure Vergangenheit. Du, Horris, wurdest für deine Vision von dem, was ein Zauberer leisten sollte, ins Exil geschickt. Der Vogel wurde verbannt, weil er mehr war, als sein Schöpfer erwartet hatte.«

Komischerweise mußten Horris und Biggar dieser Beurteilung sofort zustimmen, wenn es Biggar auch gegen den Strich ging, permanent als »der Vogel« bezeichnet zu werden.

»Ihr wart eine Peinlichkeit und ein Ärgernis für jene, die vorgaben, eure Freunde zu sein, euch aber in Wahrheit fürchteten und beneideten. Dergestalt ist die Natur derer, denen wir gegenübertreten.« Der Gorse zog sich schwerfällig in den düsteren, verhangenen Schatten der Felsen zurück. Die Bewegung verursachte eine Art Kratzen, so als entferne man Fischschuppen mit einem groben Messer. Es schien unmöglich, daß etwas derart Ätherisches solche Geräusche verursacht hatte. »Würde es euch nicht gefallen, euch an diesen Dummköpfen zu rächen?«

Natürlich gab es nichts, was Horris und Biggar lieber getan hätten. Doch ihr Unbehagen angesichts seiner Anwesenheit blieb unvermindert, und da halfen auch all die beschwörenden Worte nichts. Sie mochten diese Kreatur nicht, weder ihren Anblick noch ihren Gestank. Schon allein der Gedanke an dieses Monster erschreckte sie, und sie waren sich immer noch einig, daß es ihnen dort, wo sie herkamen, besser ergangen wäre. Dennoch waren sie nicht so dumm, das alles auszusprechen. Statt dessen warteten sie einfach ab, um noch mehr zu hören.

Die dunkle Atmosphäre der Höhle schien sich zu verdichten, als schließe sich ein Sargdeckel, als sich der Gorse plötzlich ausdehnte und auch den letzten Lichtschein verdeckte. »Ich für meinen Teil werde mir die Herrschaft über die Feennebel sichern, aus denen ich verbannt wurde, und über jene, die frei darin weilten, während ich gefangen war. Ich werde sie zu meinen Sklaven machen, bis ich ihrer müde bin, und dann werde ich sie in solch finsterstes Dunkel sperren, daß sie in endlosen Schreien die Erlösung durch den Tod herbeiwünschen.«

Horris Kew schluckte den Kloß in seinem Hals hinunter und war so gebannt, daß er nicht einmal an ein Zurückweichen dachte. Biggar grub die Klauen in seine Schulter, bis es schmerzte.

»Und ihr«, zischte der Gorse leise. »Ihr bekommt Landover mit allem, was dazugehört. Das ganze Land und seine Leute. Ihr könnt damit machen, was ihr wollt.«

Eine enorme Stille erfüllte die Höhle. Horris merkte plötzlich, daß er nicht mehr klar denken konnte. Landover? Was würde er mit Landover machen? Er versuchte zu sprechen und konnte nicht. Er versuchte zu schlucken, doch nicht einmal das gelang ihm. Er war von Kopf bis Fuß wie ausgedörrt, und sein ganzes Leben als Zauberer war nur noch eine seichte Erinnerung, die so flüchtig schien wie eine Rauchfahne.

»Du willst uns Landover geben?« krächzte Biggar plötzlich, als hätte er nicht richtig gehört.

Das Lachen des Gorsen klang hart und eisig. »Etwas, das nicht einmal Skat Mandu in eurem Exildasein für euch hätte tun können, nicht wahr? Doch um dieses Geschenk zu verdienen, müßt ihr genau tun, was ich euch sage. Ganz genau! Habt ihr verstanden?«

Horris Kew nickte, und Biggar nickte unweigerlich mit.

»Sagt es!« zischte der Gorse ungehalten.

»Ja, wir haben verstanden!« ächzten beide, während sich unsichtbare Finger um ihre Hälse legten. Die Finger schlossen sich für einen unendlich langen Moment, bevor sie wieder losließen. Horris und Biggar keuchten und schnappten nach Luft.

Der Gorse zog sich wieder zurück, doch sein Gestank war so überwältigend, daß es einen Moment lang so schien, als bliebe ihnen keine Luft zum Atmen. Horris Kew sackte in der fast schwarzen Höhle auf die Knie und mußte sich beinahe übergeben. Er hatte solche Angst vor dem Monster, daß er an nichts anderes mehr denken konnte als an das, was nötig war, um sich nicht noch elender zu fühlen. Biggars weiße Krone war bis in die letzte Spitze gesträubt, die scharfen Vogelaugen waren zugekniffen, und er zitterte am ganzen Leib.

»Es gibt Feinde, die eine Bedrohung für uns sein könnten«, flüsterte der Gorse, und seine Stimme klang wie das Kratzen von Sandpapier auf grobem Holz. »Wir müssen sie aus dem Weg schaffen, bevor wir mit unserem Plan fortfahren können. Du wirst mir dabei helfen, Horris Kew.«

Horris nickte, ohne zu sprechen, denn er traute seinen eigenen Worten nicht mehr. Er hätte so gerne schon viel früher gelernt, sein verräterisches Mundwerk zu halten.

»Du wirst drei Briefe schreiben, Horris Kew«, fauchte das Monster. »Jetzt sofort.« Die Finsternis, die es besetzte, verlagerte sich, und seine Augen (oder das, was seine Augen zu sein schienen) fixierten Biggar. »Und wenn er fertig ist, wirst du sie überbringen.«

Über Sterling Silver brach die Nacht herein. Die Sonne sank hinter den Horizont und tauchte den Himmel in dunkelrotes und violettes Licht, das zuerst die Wolkenfelder im Westen streifte und dann das ganze Land färbte. Die Schatten wurden länger und immer dunkler und spiegelten sich auf der glänzenden Oberfläche des Schlosses und im Wasser, das es schützend umgab, bis sie sich schließlich ganz im Zwielicht der acht Monde auflösten, die in dieser seltenen Phase des Jahres alle auf einmal am Nachthimmel zu sehen waren.

Mit Willow am Arm stieg Ben Holiday die Treppe zu ihrem Schlafgemach hinauf, wobei ihn die Nachricht über ihr Baby und seine eigenen Gefühle für diesen Neuankömmling immer wieder zum Lächeln brachten. Ein Baby! Er konnte es gar nicht oft genug wiederholen. Es verursachte ein Schwindelgefühl in seinem Kopf, ein Gefühl, das ihm ebenso wundervoll wie töricht vorkam. Inzwischen wußte jeder im Schloß von dem Baby. Selbst Abernathy, der sich normalerweise mit der Bezeugung jedweder Gefühle zurückhielt, hatte Willow in den Arm genommen und kräftig gedrückt, nachdem er die frohe Botschaft vernommen hatte. Questor hatte sofort begonnen, Pläne für die Erziehung und Bildung des Kindes zu schmieden, die weit bis in die nächste Dekade hineinreichten. Keiner schien im geringsten überrascht, daß sie ein Baby erwarteten. Es war, als würde die Geburt dieses Kindes im Hier und Jetzt ganz dem normalen Ablauf der Dinge entsprechen.

Ben schüttelte den Kopf. Würde es ein Junge oder ein Mädchen werden? Oder gar Zwillinge? Kannte Willow das Geschlecht? Sollte er sie fragen? Er hätte gern gewußt, was er tun sollte, anstatt ihr nur immer wieder zu sagen, wie glücklich er war.

Sie erreichten einen Treppenabsatz, der auf einen Schutzwall führte, und Willow zog ihn hinaus in die sternklare Nacht. Sie schlenderten bis zum Festungsrand und blickten über das nächtliche Land. Hand in Hand standen sie schweigend da, in die stille Nähe des anderen versunken.

»Ich muß für eine Weile von hier fortgehen«, sagte Willow leise. Es kam so unerwartet, daß er einen Moment lang nicht sicher war, ob er richtig gehört hatte. Sie sah ihn nicht an, doch sie drückte mahnend seine Hand. »Laß mich zu Ende reden, bevor du etwas sagst. Ich muß meiner Mutter von diesem Kind erzählen. Sie muß es wissen, damit sie für mich tanzen kann. Erinnerst du dich noch, wie ich dir erzählt habe, daß unser gemeinsames Leben in dem Geflecht der Blumen prophezeit wurde, die das Bett meiner Zeugung bildeten? Das war in der Nacht, als ich dich am Irrylyn das erste Mal sah. Ich wußte sofort, daß es niemals einen anderen für mich geben würde. Das war die Prophezeiung, die mir durch den Tanz meiner Mutter übermittelt worden war.«

Jetzt sah sie ihn an, die Augen weit offen, jedoch ohne Tiefe.

»Die Einstmals-Elfen sehen etwas von der Zukunft in der Gegenwart, können aus dem, was ist, lesen, was sein wird. Das ist eine Fähigkeit, die jedem von uns eigen ist, Ben, und was meine Mutter betrifft, so wird die Zukunft oft in ihren Tänzen vorausgesagt. So war es auch, als ich ihr auf meiner Suche nach dem schwarzen Einhorn begegnete. Und so wird es wieder sein.«

Ihre Erklärung schien beendet. »Ihr Tanz wird uns etwas über die Zukunft unseres Kindes verraten?« fragte er überrascht.

Willow schüttelte langsam den Kopf, und ihre Augen hielten seine Blicke fest, während das Licht der Sterne ihre makellosen Züge erhellte. »Nicht uns, Ben. Mir. Sie wird es nur mir verraten. Sie wird nur für mich tanzen, nicht für jemanden, der nicht zu ihrem Volk gehört. Bitte sei nicht böse, aber ich muß alleine gehen.«

Er lächelte hilflos. »Ich kann aber doch ein ganzes Stück weit mitkommen. Wenigstens bis zu den alten Kiefern.«

Wieder schüttelte sie den Kopf. »Nein. Versuch bitte, das zu verstehen. Dies muß meine Reise sein, nicht unsere. Es ist ebenso eine Reise in mein Inneres wie ins Seenland, und sie gehört ganz alleine mir. Ich unternehme sie als Mutter unseres Kindes und als Kind der Einstmals-Elfen. Es wird andere Reisen geben, die wir gemeinsam unternehmen, Reisen, auf denen du mich begleiten kannst. Doch diese Reise ist nur für mich.«

Sie sah den Zweifel in seinen Augen und zögerte. »Ich weiß, es ist schwer zu verstehen. Es hat mit dem zu tun, was ich dir schon heute morgen zu erklären versuchte. In Landover ein Kind zu tragen und zu gebären, das ist nicht dasselbe wie in deiner Welt. Es gibt Unterschiede, die mit der Magie zusammenhängen, die das Land erhält und uns allen und ganz besonders den Einstmals-Elfen Leben spendet. Wir sind eins mit Landover. Wir sind das Volk, das das Land pflegt und heilt. Es ist unser Erbe, unsere Verpflichtung.«

Ben nickte, spürte jedoch, wie etwas in seinem Inneren zerbrach. »Ich verstehe trotzdem nicht, warum ich nicht mit dir gehen kann.«

Er sah, wie sie schluckte und Tränen in ihre Augen traten. »Ich weiß. Ich habe versucht, es dir zu erklären. Ich glaube, daß ich dich jetzt nur noch darum bitten kann, mir ganz einfach zu vertrauen.«

»Ich vertraue dir. Immer. Aber es ist wirklich schwer zu verstehen.«

Und mehr als das. Es war besorgniserregend. Seit ihrer Reise zur Erde, die sie unternommen hatten, um Abernathy und das verlorene Medaillon zu retten, und auf der sie fast gestorben wäre, fühlte er sich nicht mehr wohl, wenn er von ihr getrennt war. Er hatte die Alpträume von Annies Tod und vom Tod ihres ungeborenen Kindes noch einmal durchlebt und auch die Verletzung eines Teils seiner selbst, die daraus resultierte. Jedesmal, wenn er sich von Willow trennen mußte, kehrte die Angst zurück, egal, wie notwendig oder kurz die Trennung auch sein mochte. Und diesmal fiel es ihm keineswegs leichter. Im Gegenteil, die Angst war noch größer, weil die Gründe für ihre Trennung so schwer zu fassen waren.

»Wie bald mußt du aufbrechen?« fragte er, während er immer noch darum kämpfte, sich mit dem Gedanken abzufinden. All das Glück, das er zuvor empfunden hatte, schien auf einmal verblaßt.

»Morgen«, sagte sie. »Bei Sonnenaufgang.«

Seine Verzweiflung war unerträglich. »Dann nimm wenigstens Bunion mit. Irgend jemanden zu deinem Schutz!«

»Ben.« Sie nahm seine beiden Hände und stellte sich so dicht vor ihn, daß er sein eigenes Spiegelbild in ihren Augen erkennen konnte. »Niemand wird mit mir gehen. Ich gehe allein. Mach dir keine Sorgen. Mir wird nichts passieren. Ich brauche niemanden, der auf mich aufpaßt. Das weißt du auch. Die Einstmals-Elfen haben ihren eigenen Schutz innerhalb der Grenzen von Landover, und ich bewege mich in der Heimat meines Volkes.«

Er schüttelte verärgert den Kopf. »Ich verstehe einfach nicht, wie du dir da so sicher sein kannst! Und ich begreife nicht, warum du unbedingt alleine gehen mußt!«

Obwohl er sich bemühte, ruhig zu bleiben, hatte seine Stimme einen lauten und ärgerlichen Ton angenommen. Er wandte sich von ihr ab, als wollte er sich von seinen eigenen Gefühlen distanzieren. Doch sie ließ seine Hände nicht los.

»Dieses Kind ist wichtig für uns«, sagte sie leise.

»Das weiß ich!«

»Schsch. Die Erdmutter hat uns von seiner Bedeutung erzählt, erinnerst du dich?«

Er holte tief Luft. »Ja.«

»Dann akzeptiere bitte, daß unsere Bedürfnisse hinter denen des Kindes zurückstehen müssen«, flüsterte sie. »Auch wenn es weh tut, auch wenn die Gründe nicht klar sind, auch wenn wir es anders wünschen.« Sie hielt inne. »Ich will diese Trennung genauso wenig wie du. Glaubst du mir das?«

Damit hatte er nicht gerechnet. Es war ihm überhaupt nicht in den Sinn gekommen, daß sie diesen Entschluß nicht freiwillig gefaßt hatte. »Ja, ich glaube dir«, sagte er schließlich.

»Ich würde dich mitnehmen, wenn es möglich wäre. Ich würde nicht für einen Augenblick deine Seite verlassen, wenn es sich vermeiden ließe. Aber es läßt sich nicht vermeiden. Es liegt in der Natur der Dinge, daß wir nicht immer und überall zusammensein können.«

Sie wartete, daß er etwas sagte. Lange Zeit starrte er sie schweigend und nachdenklich an, dann antwortete er schließlich zögernd: »Das ist wohl wahr.«

»Es wird alles gut werden«, sagte sie.

Sie schlang ihre Arme um seinen Nacken und schmiegte sich eng an ihn. Er vergrub sein Gesicht in ihrem smaragdfarbenen Haar und spürte schon jetzt den Schmerz ihrer Abwesenheit. Seine Angst war wie eine schwarze Wolke, die in der Ecke seines Herzens lauerte. Wieder wurde er sich bewußt, wie unterschiedlich sie doch waren, ein Mensch und eine Sylphe, und daß es noch immer sehr wenig war, was er tatsächlich über sie wußte.

»Es wird alles gut werden«, wiederholte sie.

Er widersprach ihr nicht, weil er wußte, daß es keinen Sinn hatte. Aber er überlegte trotzdem, ob er es vielleicht doch versuchen sollte. Er konnte an nichts anderes denken.

Wurzeln

Willows Abreise aus Sterling Silver verlief ruhig und reibungslos. Sie verließ das Schloß im Schutz der Dunkelheit, und niemand sah oder hörte sie. Die Nachtwachen hatten sie vielleicht flüchtig wahrgenommen, doch die Einstmals-Elfen hatten sich genug von ihren alten Fähigkeiten bewahrt, um so sicher zu verschwinden wie Schatten im Licht. Willow war eine Hintertreppe hinabgestiegen, hatte sich durch die verlassenen Säle und an den dunklen Mauern einiger Innenhöfe vorbei zum Haupttor geschlichen, dessen Fallgitter in Friedenszeiten stets geöffnet war, um Reisenden und Bittstellern einen sicheren und freundlichen Unterschlupf zu gewähren. Sie verzichtete auf den Gebrauch des Seegleiters und überquerte statt dessen die Brücke, die sich über den Burggraben spannte. Ben hatte diese Brücke bauen lassen, als die Monarchie wieder hergestellt war und Reisende erneut begannen, dem Regierungssitz des Landes ihren Besuch abzustatten. Sie wartete, bis der hellste der Monde von einer Wolke verdeckt war und die Wachen ihr den Rücken zugekehrt hatten, dann huschte sie über die Brücke und war augenblicklich verschwunden.

Sie hatte Ben nicht geweckt, um sich zu verabschieden. Sie hatte eine Weile in der Dunkelheit vor dem Bett gestanden, ihn beim Schlafen beobachtet und gedacht, wie sehr sie ihn doch liebte. Sie wollte keine harten Worte mehr mit ihm wechseln, deshalb hatte sie sich gesagt, daß es besser wäre, gleich zu gehen. Er liebte sie, doch er war das Kind einer Welt, die nicht an die Existenz von Elfenwesen glaubte, und auch er hatte noch viel darüber zu lernen. Deswegen hatte sie ihm nicht alles erzählt. Sie konnte es noch nicht.

Leichtfüßig wanderte sie durch die verbleibende Nacht und den ganzen nächsten Tag dahin. Sie suchte sich ihren Weg abseits der üblichen Reiserouten und legte ihn unbemerkt und ohne Hast zurück. Sie kam an Feldern vorbei, in denen die Bauern die erste Ernte einbrachten, pflügten oder bereits die Saat für die zweite Ernte legten. Sie beobachtete das Kommen und Gehen der Händler und Hausierer, die zwischen den Gemeinden im Osten und im Westen ihren Geschäften nachgingen. Sie begegnete Reisenden, die aus dem Land der Einstmals-Elfen und aus den westlichen Hügeln kamen, wo Trapper und Jäger zu Hause waren. Sie sah Familien, die mit hochaufgetürmten Wagenladungen in eine neue Heimat zogen. Überall herrschte reges Treiben – es war die Betriebsamkeit und der Eifer der warmen Jahreszeit, mit denen die Pläne des Winters in die Tat umgesetzt wurden. Es brachte sie zum Lächeln. Sie folgte den Pfaden der bewaldeten Hügel, ein winziges Wesen in der unendlichen Weite eines grünen Meeres, dessen rauschende Wellen sich unter dem hochsommerlichen Westwind bis zum Horizont erstreckten. Sie trank und aß von den Blaubonnies, der reichhaltigsten Nahrungsquelle, die Landover zu bieten hatte, und sang leise vor sich hin, wenn ihr nur Vögel und kleine Tiere lauschen konnten.

Sie hing aber auch ihren Gedanken nach. Sie überlegte, ob es klug war, was sie getan hatte, denn sie wußte, welche Bestürzung ihre unbemerkte Abreise bei Ben verursachen würde. Doch ihre Entscheidung wurzelte in dem ursprünglichsten aller Naturgesetze und ließ keinen Raum für Debatten darüber, was notwendig war und was nicht. Sie mußte dieses Baby auf die von der Natur vorgeschriebene Weise zur Welt bringen, die vor vielen Generationen bestimmt worden war, zu einer Zeit, als die Menschen noch nicht einmal existierten. Die Geburt eines Elfenwesens war weitaus komplizierter als die eines Menschen und im Hinblick auf die physischen Eigenschaften der Eltern immer etwas ganz Einzigartiges. Sie hätte mit Ben zu einem früheren Zeitpunkt darüber sprechen können, als sie noch kein Baby erwartete. Er hätte dann genug Zeit gehabt, diesen Prozeß zu akzeptieren. Doch dazu war es nun zu spät, und sie kannte ihn gut genug, um zu wissen, daß seine Reaktion auf das, was sie ihm hätte erzählen müssen, eher abträglich als hilfreich gewesen wäre. Obwohl er Landovers König war, so blieb er doch in vielerlei Hinsicht ein Mann aus einer anderen Welt, der nach wie vor mit sich kämpfte, all das zu akzeptieren, was er im Grunde für seltsam und unglaublich hielt. Es fiel ihm besonders schwer, wenn es um ihre eigene Person ging, denn er liebte sie, fühlte sich ihr zutiefst verbunden und wollte das, was sie war, so gerne als normal akzeptieren. Sie wußte das, und sie tat, was in ihrer Macht stand, um ihn bei dieser Verwandlung seines Selbst zu unterstützen.

Am Ende hatte der Traum von der Erdmutter zu ihrem Entschluß geführt. Es war eher eine Vision als ein Traum und eher eine Wahrnehmung als eine Vision gewesen. Elfenwesen kommunizierten oft auf diese Weise, besuchten einander im Schlaf auf dem Rücken eines schnelles Windes, um aus weiter Ferne Rat und Warnungen zu geben – ein Flüstern in der Stille, ein Lichtschimmer in der Dunkelheit. Manchmal sprach Willow auf diese Weise mit ihrer Mutter, einer Waldnymphe, die so wild war, daß niemand sie aufspüren konnte, wenn sie es nicht selbst wünschte – nicht einmal ihre eigene Tochter. Willow hatte ihr altes Leben hinter sich gelassen, um mit Ben ein neues zu beginnen, doch hin und wieder holte die Vergangenheit sie ein, und das jüngste Ereignis in dieser Hinsicht war das Erscheinen der Erdmutter gewesen.

Die Erdmutter war eine Elementarkraft, die mächtigste in Landover, und eine Quelle großer Magie. Sie war so alt wie das Land selbst und verkörperte seinen Geist. Einige meinten sogar, sie sei die Schöpferin des Landes, doch Willow fand sie in ihrem Wesen viel zu fundamental und in ihrer Arbeit viel zu erdgebunden, als daß sie ihr solch hochfliegende Ambitionen zuschrieb. Wie auch immer, jedenfalls war sie ein Wesen, auf dessen Rat man hören sollte. Ben und Willow waren beide während der Suche nach dem schwarzen Einhorn zu ihr gegangen, und sie hatte ihnen damals gesagt, daß sie beide sehr wichtig für sie seien und daß sie eines Tages ein ganz besonderes Kind bekommen würden. Weder damals noch in der

Zeit danach hatte sie eine genauere Erklärung abgegeben, und nach einer Weile hatten beide aufgehört, über die Sache nachzudenken. Seit diesem Erlebnis hatte Willow nichts mehr von der Erdmutter gehört.

Doch jetzt war sie im Traum von ihr besucht worden, unerwartet und plötzlich. Die Erdmutter war ihr zweimal im Schlaf erschienen und hatte sie zurück ins Seenland nach Eldero gerufen, in das Land der Einstmals-Elfen, wo dieses Elementarwesen am häufigsten auftauchte. Ihr Ruf war dringend und unumstößlich gewesen, und so hatte Willow sich entschlossen, Ben zu verlassen, ohne ihm eine vollständige Erklärung zu geben. Mehr als die Worte selbst war es deren Ton gewesen, der die Sylphe dazu veranlaßt hatte, alle Überlegungen beiseite zu schieben und sofort zu handeln.

In dieser Nacht rastete sie am Ufer des Irrylyn nahe der kleinen Bucht, wo sie Ben zum ersten Mal begegnet war. Damals hatte sie auf ihre Elfenweise sofort gespürt, daß sie füreinander bestimmt waren. Sie aß, obwohl sie wenig Appetit hatte, weil es für ihr Baby wichtig war, daß sie bei Kräften blieb. Dann schlüpfte sie aus ihren Kleidern und glitt ins Wasser des Irrylyn. Der See umarmte sie mit seiner wärmenden, beruhigenden Wirkung. Unter dem klaren Himmel, der vom Licht der bunten Monde und der Silbersterne erfüllt war, ließ sie sich durch die Stille der Nacht treiben, um sich den Erinnerungen an Ben hinzugeben. Wieder spürte sie die Woge der Erregung, die sein Erscheinen damals in ihr ausgelöst hatte, und die Gewißheit ihrer Liebe. Sie waren füreinander bestimmt und würden bis zum Tode zusammenbleiben. Sie hatte damals einen kurzen Blick auf ihre gemeinsame Zukunft erhascht – die Einstmals-Elfen waren mit dieser Fähigkeit gesegnet (oder gestraft) – und sofort gesehen, daß sich ihrer beider Leben unwiderruflich verändern würde.

Es hatte sich bewahrheitet. Ben hatte sein altes Leben aufgegeben und sich entschlossen, in Landover zu bleiben. Viele Dinge hatten seine Entscheidung beeinflußt, doch vor allem seine Liebe zu ihr. Er war als König geblieben und hatte sich zu einem Herrscher von großer Stärke und Voraussicht entwickelt, und obwohl ihn die Bürde des Amtes mitunter zu erdrücken drohte, erledigte er seine Pflichten voll Ergebenheit. Die meisten hielten ihn für gerecht und tüchtig. Nur wenige hegten noch Zweifel, und die meisten davon hatten es selbst auf die Macht über das magische Königreich abgesehen. Ihr Vater war einer seiner Rivalen. Er war das Oberhaupt der Einstmals-Elfen und verfügte selbst über ein beträchtliches Maß an Magie. Der Flußherr würde ein Königreich vorziehen, in dem er der alleinige Herrscher über die magischen Kräfte wäre, doch er war kein Narr und erkannte die Vorteile, die Ben Holiday als König zu bieten hatte. Er schätzte seine stabilisierende Kraft als König, seine Fähigkeit, unterschiedlichste Interessen wie ein Gedankenakrobat zu vereinen, und seine Entschlußkraft als Herrscher, und wenn er Ben auch gelegentlich mißtraute, weil er aus einer anderen Welt stammte, so respektierte er ihn doch immer als Mann.

Willow, die Tochter des Flußherren, hatte im Seenland ein ungewisses Leben geführt. Als Kind aus einer Verbindung, die nicht länger als eine einzige Nacht gedauert hatte, war sie ihrem Vater eine konstante Erinnerung an jene Frau, die er zwar mehr als alle anderen geliebt, jedoch nicht zu halten vermocht hatte. Willow war nach dieser flüchtigen Vereinigung von ihrer Mutter zurückgelassen worden, damit sie bei ihrem Vater aufwuchs, denn die Waldnymphe war viel zu wild, um sich durch irgend jemanden binden zu lassen, nicht mal durch ein Kind. Willows Vater hatte das Nötigste für sie getan, mehr nicht. Er hatte viele Kinder und mochte die meisten lieber als sie. Bens Erscheinen hatte ihr die Tür zu einem Leben geöffnet, von dem sie schon lange wußte, daß es ihr bestimmt war, und sie hatte sich beeilt, den Schritt über die Schwelle zu tun. Am Anfang hatte Ben ihre Zusammengehörigkeit und seine Liebe zu ihr in Frage gestellt, doch Willow hatte die Richtigkeit der Prophezeiung, daß ihre Vereinigung unausweichlich vorherbestimmt sei, nie bezweifelt. Schließlich hatte sich das, was ihr zum Zeitpunkt ihrer Geburt versprochen worden war, erfüllt, und jetzt würden sie bald ein Kind haben.

Sie stieg aus den Wassern des Irrylyn und stand an seinem Ufer, während die Tropfen von ihrer glatten, grünen Haut abperlten und in der kühlenden Nachtluft trockneten. Sie war Ben gegenüber nicht ganz ehrlich gewesen. Sie würde ihre Mutter für sich tanzen lassen, doch dann wollte sie ihren Weg ganz schnell fortsetzen. Ihren Vater würde sie sicherlich nicht sehen. Was die Geburt ihres Kindes betraf, so rechnete sie nicht mit seiner Hilfe. Sie wünschte zwar, es wäre anders, doch sie wußte, daß es wenig gab, was er für sie tun konnte. Sie war in das Seenland zurückgekehrt, um die Erdmutter zu treffen. Sie spürte, daß ihr nur die Erdmutter eine nützliche Vorstellung davon vermitteln konnte, was sie erwartete, denn das war ihr im Traum zugeflüstert worden. Also würde sie zu ihr gehen und ihrem Rat lauschen, danach würde sie ihr Kind allein zur Welt bringen.

In dieser Nacht hatte sie einen langen, erholsamen und traumlosen Schlaf, und als sie aufwachte, sah sie, daß sie von einem Sumpfmoppel beäugt wurde.

»Hallo, Kleiner«, grüßte sie freundlich, während sie sich hinkniete.

Der Sumpfmoppel betrachtete sie mit großen, gefühlvollen Augen. Er war kurzbeinig und lang, mit einem biberartigen Gesicht, großen Schlappohren und einem Echsenschwanz. Seine nach außen gestellten Füße waren mit Schwimmhäuten versehen, und sein Körper schimmerte in verschiedenen Brauntönen, als wäre er über und über mit Schlammspritzern bedeckt. Sumpfmoppel, auch eine Art Elfenwesen, waren sehr selten in Landover, und ihnen wurde nachgesagt, daß sie manchmal auch über eine eigene Magie verfügten, obwohl Willow niemals irgendwelche Beweise dafür gesehen hatte. Sie kannte diesen Sumpfmoppel aus früheren Jahren. Sein Name war Haltwhistle, und er diente der Erdmutter.

»Guter, alter Haltwhistle«, sagte sie lächelnd, und der Sumpfmoppel wedelte mit dem Schwanz.

Sie hätte ihn gerne getätschelt, aber die Erdmutter hatte sie vor langer Zeit gewarnt, daß man niemals einen Sumpfmoppel berühren dürfe. Der Warnung war keine weitere Erklärung gefolgt, doch Willow hatte gelernt, der Erdmutter zu vertrauen. Sie kannte sie, seit sie als kleines Mädchen im Seenland aufgewachsen war. Die Erdmutter war das erste Mal aufgetaucht, als sie noch ziemlich jung gewesen war. Sie hatte sich eines Tages aus dem Boden erhoben, während Willow in ihr Spiel vertieft war – eine plötzliche Erscheinung, die sie eher faszinierend als erschreckend gefunden hatte. Die Erdmutter sei zu ihr gekommen, so hatte sie damals erfahren, weil sie etwas Besonderes sei, und sie würde sie Dinge lehren, die niemand sonst wisse, und sie werde immer ihre Freundin sein. Willow hatte es auf die typische Weise eines Kindes hingenommen, ein bißchen erstaunt, aber keineswegs ungläubig, denn als Kind hält man alles für möglich. Sie fand die Erdmutter merkwürdig und wundersam, eher ein Geist als ein Mensch oder eine Elfe, doch ihre Freundschaft schien natürlich und willkommen. Willow war eines von vielen Kindern im Hause des Flußherren und keins, dem man viel Beachtung schenkte oder von dem man viel erwartete. Willow war ein einsames Kind, und die Erdmutter half, die Lücke zu füllen, die durch die Abwesenheit ihrer leiblichen Mutter entstanden war. Während sie aufwuchs, stand ihr die Erdmutter mit Rat und Tat zur Seite, wobei sie sich immer seltener zeigte, je reifer und selbstsicherer Willow wurde. Seit Bens Ankunft in Landover hatte sie die Erdmutter nur noch ein einziges Mal gesehen, und das war auf ihrer Suche nach dem schwarzen Einhorn gewesen.

Doch jetzt war sie von ihr gerufen worden, und Haltwhistle war gekommen, um sie zu der Stelle zu führen, wo die Erdmutter auf sie wartete.

Sie stand auf, wusch sich im See, aß etwas und machte sich unter der Führung des Sumpfmoppels erneut auf den Weg. Es war ein warmer, sonniger Tag, und in den Wäldern des Seenlandes duftete es nach Gräsern und wilden Blumen. Flüsse und Seen schimmerten wie Edelsteine hinter den Bäumen, und Kraniche und Reiher schossen gleich weißen Pfeilen über ihre Oberfläche. Sie wanderten den ganzen Morgen, und gegen Mittag näherten sie sich Elderew. Dann wandte sich Haltwhistle nach Osten, weg von der Stadt des Flußherren und seines Volkes, und sie gelangten in einen Teil des Waldes, in dem noch dicht an dicht urzeitliche Riesenbäume emporragten. Ranken und Moose bedeckten in auffallend grünen Streifen und Flecken die rissigen Borken. Insekten schwirrten umher, grellbunte Vögel schossen durch das Laubwerk über ihnen, und kleine, pelzgesichtige Tiere tauchten wie Geister aus dem Nichts auf und waren sofort wieder verschwunden. Staubkörnchen flimmerten träge und bedeutungslos im gleißenden Strom einzelner Sonnenstrahlen.

Während sie sich dem Schlupfwinkel der Erdmutter näherten, fragte sich Willow wie so oft, welches Interesse dieses Elementarwesen eigentlich an ihr hatte. Glücklich über die Freundschaft und die besondere Aufmerksamkeit, die ihr von der Erdmutter geschenkt wurden, war sie als Kind nie auf die Idee gekommen, nach dem Grund zu fragen. Als sie älter wurde, hatte sie sich mit der Erklärung der Erdmutter zufriedengegeben, daß ihr vom Schicksal eine wichtige Rolle bestimmt wäre, und danach hatte sie das Thema nie wieder angesprochen. Elementargeister besaßen oft die Fähigkeit, in die Zukunft zu blicken, und Willow hatte nie daran gezweifelt, daß die Erdmutter Dinge vorhersehen konnte, die für sie selbst noch im Verborgenen lagen. Dennoch fand sie es etwas beunruhigend, daß ein anderer mehr über das eigene Schicksal zu wissen schien als man selbst, ohne jedoch irgendwelche Einzelheiten zu offenbaren. Mehr als einmal hatte sie daran gedacht, die Erdmutter über ihre Zukunft zu befragen, doch am Ende hatte sie sich nie dazu überwinden können. Vielleicht lag es an ihrer Ehrfurcht vor der Bedeutsamkeit der Erdmutter als Hüterin des Landes. Vielleicht lag es aber auch daran, daß ein kleiner Teil von ihr gar nicht alles wissen wollte, was die Zukunft bringen würde.

Doch jetzt, angesichts der bevorstehenden Geburt ihres Kindes, fühlte sie sich verpflichtet, der Zukunft mutig ins Auge zu blicken, und sie beschloß, sich nicht durch ihre eigene Scheu daran hindern zu lassen, der Erdmutter die entsprechenden Fragen zu stellen.

Haltwhistle führte sie hinweg von den sonnigen Lichtungen in den tiefen Schatten des immer dichter werdenden Waldes, bis sie an einen Ort kamen, wo kein Laut die vollendete Stille durchbrach. Schließlich blieb der Sumpfmoppel am Rande eines riesigen Teiches stehen, auf dessen glatter, schwarzer Oberfläche sich die schützenden Kronen der Baumriesen spiegelten.

Der Sumpfmoppel schenkte ihr noch einen letzten Blick aus seinen treuen Augen und verschwand dann zwischen den Bäumen. Willow wartete alleine in der Stille des Waldes.

Nach einer Weile kräuselte sich die Oberfläche des Teiches, und die Erdmutter entstieg dem dunklen Morast, der ihr gleichzeitig Form verlieh, und stand vor Willow in der schattigen Stille.

»Willkommen, Willow«, grüßte sie. »Geht es dir gut, mein Kind?«

»Es geht mir gut, Erdmutter«, antwortete Willow. »Und wie geht es dir?«

»Unverändert gut. Seit Ben Holidays Herrschaft ist das Land geheilt und sein Zustand stabil. Das macht mir die Arbeit wesentlich leichter.« Sie machte eine vage Geste mit der Hand, und das spärliche Licht spiegelte sich dumpf auf deren feuchter Oberfläche wider. »Verläuft dein Leben mit ihm gut, und hält die Liebe zwischen euch an?«

»Natürlich, Erdmutter.«

»Es erfüllt mich mit großer Freude, das zu hören. Jetzt werdet ihr ein Kind bekommen, und das ist auch der Grund, warum ich dich hergebeten habe. Es gibt Dinge, die du wissen mußt und die ich dir nicht durch Träume mitteilen wollte. Dann bist du also alleine gekommen? Ohne den König?«

»Ich hielt es für besser.« Willows Blick schweifte für einen Moment in die Ferne. »Es fällt ihm nicht leicht, all die Dinge zu akzeptieren, die für ihn so fremd sind.«

»Dann hast du ihm nichts über die Geburt erzählt? Über die Lebenszyklen und die Wachstumsperioden und die Bräuche der Einstmals-Elfen?«

Willow seufzte. »Ich weiß einfach nicht, wie ich es ihm beibringen soll. Ich hatte mir fest vorgenommen, es ihm zu erzählen, doch dann kam der Traum, und ich hielt es für besser, damit zu warten.«

Die Erdmutter nickte. »Vielleicht hast du recht.« Ihr Gesicht war jung und energisch, und das war immer wieder überraschend, wenn man bedachte, daß sie so alt war wie das Land selbst. »Du wirst es ihm erzählen, wenn du es für richtig hältst. Aber jetzt müssen wir uns auf die Geburt konzentrieren. Du weißt, daß sie kurz bevorsteht?«

»Ich kann es fühlen, Erdmutter. Das Kind bewegt sich schon und drängt darauf, geboren zu werden. Es wird sehr bald geschehen.« Sie zögerte. »Bei den Menschen ist das anders. Ben geht davon aus, daß das Kind erst monatelang in mir wächst, wie das bei den Frauen aus seiner Welt der Fall ist. Er hat es nicht gesagt, aber ich kann das in seinen Augen lesen. Weil es sein Kind ist, glaubt er, daß es auch so sein wird wie er. Doch das wird es nicht. Das spüre ich bereits. Und ich weiß einfach nicht, wie ich es ihm sagen soll.« Überrascht stellte sie fest, daß sie plötzlich den Tränen nahe war. »Was ist, wenn er dieses Kind nicht annehmen will? Was ist, wenn er es abstoßend findet?«

Das Lächeln der Erdmutter war voller Güte. »Nein, Willow, das wird nicht passieren. Dieses Kind gehört euch beiden und wurde in gegenseitiger Liebe empfangen. Die Verantwortung, die er dir und jetzt auch dem Kind gegenüber empfindet, ist unumstößlich. Er wird das Kind nicht abstoßend finden, und das wird es auch nicht sein. Es wird ein schönes Kind sein.«

Willows Augen strahlten. »Ist das ein Versprechen, Erdmutter? Kannst du das in meiner Zukunft sehen?«

Die Erdmutter fuhr mit der Hand an Willows Gesicht vorbei, und die Frage war vergessen. »Laß uns jetzt über das sprechen, was du tun mußt, um die Geburt vorzubereiten, Willow. Die Umstände werden nicht ganz so sein, wie du vielleicht erwartest. Das Kind wird nicht geboren werden, während du dich in deiner menschlichen Gestalt befindest. Es wird während deiner Verwandlungsphase zur Welt kommen.«

»Als Weide«, sagte Willow. »Das habe ich schon geahnt. Es war einer der Gründe, warum ich mich nicht getraut habe, Ben davon zu erzählen. Ich habe daran gezweifelt, daß er sich so etwas vorstellen kann.«

»Jetzt mach dir bitte keine Gedanken mehr um Ben Holiday, mein Kind. Was du jetzt wissen mußt, sind die Bedingungen, die für die Geburt notwendig sind. Hör mir gut zu. Wenn du Wurzeln schlägst, um dein Kind zu gebären, muß das in einer Erdmischung aus drei Welten geschehen. Die Erde muß aus Landover, von der Erde und aus den Elfennebeln stammen. Diese Erdmischung versinnbildlicht die Herkunft des Kindes, die Mischung seines Blutes. Das Kind ist ein Geschöpf aller drei Welten, hervorgegangen aus der Vereinigung eines Menschen und einer Einstmals-Elfe. Das kommt nicht sehr oft vor. Es ist ein seltenes und ganz besonderes Ereignis.«

Die Erdmutter hielt inne und hob dann die Hand in einer merkwürdigen, gebieterischen Geste. »Die Erde darf nur von dir gesammelt werden, Willow, und von niemandem sonst. Du mußt sie selbst herbeischaffen und mischen und darin wurzeln, wenn der Zeitpunkt der Geburt gekommen ist. Die Erde muß von einem besonderen Ort aus jeder der drei Welten stammen, denn sie muß den Charakter dieser Welten wiedergeben und sowohl das Beste als auch das Schlechteste der Bewohner einer jeden Welt in sich vereinen. Dein Kind wird einen Teil aller drei Welten in sich tragen, verstehst du – etwas von Landover, von der Erde und aus dem Elfenreich. Wenn dein Kind kräftig und gesund sein soll, wenn es Weisheit und Verständnis entwickeln soll, wenn es zwischen dem Guten und dem Bösen, das in allen Welten existiert, unterscheiden lernen soll, dann muß es bereits ein Gleichgewicht aller Möglichkeiten in sich tragen. Die Erdmischung verleiht ihm dieses Gleichgewicht und birgt eine Magie, die es umhüllt und schützt.«

»Elfenmagie, Erdmutter?« fragte Willow skeptisch.

»So sicher wie jede andere. Die Herkunft des Kindes ist weitreichend und kompliziert, Willow. Seine Wurzeln reichen zurück in eine Zeit, als das Volk aus dem Seenland noch zum Elfenreich gehörte. Du trägst beide Welten in dir, und so soll es auch bei deinem Kind sein.«

Willows Gesicht war angespannt. »Muß ich in diese Welten reisen, um die Erde in meinen Besitz zu bringen, Erdmutter? Das kann ich nicht. Ich kann weder die Elfennebel betreten noch Landover verlassen, um in Bens Welt zu gelangen, wenn er mich nicht dorthin bringt. Das geht nur mit dem Medaillon, das er als König trägt. Dann muß ich ihn also doch mitnehmen?«

»Nein, Willow, er kann dich auf dieser Reise nicht begleiten. Das waren doch deine eigenen Worte – erinnerst du dich?« Das Gesicht der Erdmutter war gleichzeitig gütig und traurig und streng und entschlossen, eine derart merkwürdige Mischung, daß Willow einen Schritt zurücktrat. »Jetzt hör mir gut zu! Merk dir alles, was ich dir sage! Es wird nicht leicht werden, aber du wirst Hilfe und Unterstützung erhalten. Hier sind Kräfte am Werk, die selbst ich noch nicht ganz verstehe. Doch eins ist sicher – dein Kind braucht diese Erdmischung, die du sammeln, mischen und in der du wurzeln mußt. Du ganz alleine. Laß dich durch deine Angst nicht beirren. Du mußt mutig sein! Du mußt fest daran glauben! Das Leben deines Kindes hängt davon ab.«

Willow war blaß und wie erschlagen von der ungeheuren Anstrengung, die man von ihr erwartete. Ben konnte ihr nicht helfen. Wer dann?

»Du wirst bei den alten Kiefern beginnen, wo du deine Mutter tanzen sehen willst«, flüsterte die Erdmutter in der Stille des Waldes, und ihre Stimme kräuselte das dunkle Wasser, in dem sie stand. »Ich werde dich sicher dorthin begleiten. Die erste Handvoll Erde soll aus dem Seenland stammen, wo das Beste und das Schlechteste, das Landover zu bieten hat, in einem einzigen Körnchen zu finden ist. Nimm ein kleines Säckchen Erde von der Lichtung mit, wo deine Mutter tanzt. Wenn du fertig bist, wird dort jemand sein, der dich in Bens Welt begleitet.«

»Wer wird das sein, Erdmutter?« fragte Willow leise. »Wer wird mich dort treffen?«

»Es ist mir nicht gegeben, das zu sehen«, kam die Antwort. »Ich weiß nur, daß dein Begleiter von den Elfen geschickt wird, denen ebensoviel an der sicheren Geburt deines Kindes liegt wie uns. Ich habe sie in Träumen besucht und herausgefunden, daß es so ist. Dieses Kind, das erste Kind eines Menschen und einer Elfe, das Kind des Königs und der Königin von Landover, ist auch für sie etwas ganz Besonderes, und sie werden alles tun, um es zu schützen. Deswegen wird dich einer von ihnen auf deinem Weg begleiten, einer, dessen Magie euch eine sichere Reise zuerst in Bens Welt und dann in ihre eigene erlaubt. Dein Begleiter wird wissen, wo die Erde zu finden ist, die du brauchst.«

»Doch, Kind, beachte meine Warnung«, fügte die Erdmutter schnell hinzu, und in ihrer Stimme schwang eine dunkle Vorahnung mit. »Hinter allem, was die Elfen tun, verbirgt sich ein Geheimnis, und nichts ist so, wie es scheint. Sie werden Gründe für ihre Hilfe haben, die weit über das hinausgehen, was sie dir vielleicht offenbaren mögen. Nimm nicht alles, was sie dir sagen, an, ohne es zu hinterfragen. Glaube nie, die ganze Wahrheit zu kennen. Sei stets auf der Hut! Sie werden dir die Hilfe gewähren, die sie versprochen haben, soviel ist sicher. Doch alles andere bleibt zweifelhaft, also laß in allem, was du tust, eine gewisse Vorsicht walten.«

»Mehr kannst du mir nicht verraten?«

»Ich habe dir alles gesagt.«

»Diese Reise birgt zu viel Ungewißheit, Erdmutter«, flüsterte die Sylphe. »Ich habe Angst.«

Die Erdmutter seufzte, und es klang wie der Wind, der zur Abendzeit durch die Bäume streicht. »So wie auch ich Angst um dich habe, mein Kind.«

»Dann muß ich jetzt gehen?«

»Wenn dir die sichere Geburt deines Kindes am Herzen liegt, ja.«

Willow nickte entmutigt. »Das tut es.« Ihr Blick wanderte zu den Bäumen, als glaube sie, dahinter etwas zu sehen, was ihr bisher verborgen war. »Wieviel Zeit habe ich für diese Reise?«

»Ich weiß es nicht.«

»Das Baby. Wieviel Zeit bleibt mir noch bis zu seiner Geburt?«

»Auch das weiß ich nicht. Das weiß nur das Baby. Das Baby wird entscheiden, wann der Zeitpunkt gekommen ist. Und dann mußt du vorbereitet sein.«

Eine plötzliche Verzweiflung schnürte Willow die Kehle zu. »Kannst du sehen, wo das Kind zur Welt kommt? Kannst du mir wenigstens das verraten?«

»Nicht einmal das«, antwortete die Erdmutter traurig. »Das Kind wird auch über den Ort seiner Geburt entscheiden.«

Willow kämpfte mit aller Macht gegen ihre Verzweiflung an. »Mir scheint, daß ich selbst gar keine Wahl habe. Alle Entscheidungen werden von anderen getroffen.« Sie konnte nicht mehr verhindern, daß ihre Stimme verbittert klang. »Ich bin die Mutter dieses Kindes. Ich bin diejenige, die es unter ihrem Herzen trägt. Ich werde es zur Welt bringen. Dennoch habe ich nichts zu sagen, was seine Geburt betrifft.«

Die Erdmutter sagte nichts. Sie standen sich in der Stille der Lichtung gegenüber. Durch das Blattwerk drangen vereinzelte Strahlen aus südlicher Richtung, wo die Sonne dem Tagesende entgegensah, und das Wasser des Teiches warf ihre Spiegelbilder zurück wie minderwertiges Glas. Willow fragte sich plötzlich, ob ihre eigene Geburt ebenso kompliziert gewesen war und ob das zu der Entscheidung ihrer Mutter beigetragen hatte, sie ihrem Vater zu überlassen und jede weitere Verantwortung abzulehnen, weil der Schmerz der Geburt bereits so groß gewesen war, daß sie alle weiteren Schmerzen umgehen wollte. Natürlich gab es keine Möglichkeit, die Wahrheit darüber herauszufinden. Dann dachte Willow daran, wie sie Ben verlassen hatte, ohne ihn zu wecken und sich zu verabschieden, und wünschte, sie hätte es anders gemacht.

Sie richtete sich auf. Nun, im Leben bekam man nur selten eine zweite Chance, und es war besser, nicht allzu sehr darüber nachzudenken.

»Leb wohl, Erdmutter«, sagte sie, denn ansonsten gab es nichts mehr zu sagen. »Ich werde deine Worte beherzigen.«

»Leb wohl, Willow. Bleib stark, mein Kind. Es wird alles gut werden.«

Es klang fast genauso wie das, was sie zu Ben gesagt hatte. Es wird alles gut werden! Die Worte schwebten in der Luft und schienen sich über sie lustig zu machen. Die Ironie entlockte Willow ein schwaches Lächeln. Sie drehte sich um und lief auf den Waldrand zu.

Als sie zurückblickte, war die Erdmutter verschwunden.

Der Bann

Als Ben Holiday an jenem Morgen aufwachte und feststellte, daß Willow nicht mehr neben ihm lag, fühlte er sich elend. Sicher, sie hatte ihm gesagt, daß sie im Morgengrauen aufbrechen würde, und so war er auch nicht weiter überrascht. Er verstand sogar, warum sie ihn verlassen hatte, ohne ihn zu wecken und sich zu verabschieden. Wahrscheinlich hätte er genauso dumm reagiert, wie sie es anscheinend vorhergesehen hatte. Doch keiner dieser Gedanken machte die Situation erträglicher. Es gefiel ihm einfach nicht, von ihr getrennt zu sein, auch wenn es aus guten Gründen geschah – und er war sich nicht einmal sicher, ob es sich bei diesem Besuch um einen guten Grund handelte. Er hatte sich ihre Erklärung angehört und versucht, ihrem Vorhaben mit Fairneß und Verständnis zu begegnen, doch am Ende war ihm die ganze Sache immer noch schleierhaft. Warum mußte sie alleine gehen? Und warum gerade jetzt?

Er hatte das Gefühl, daß sie ihm etwas verheimlichte, und er konnte es nicht loswerden, wie sehr er auch dagegen ankämpfte.

Er hätte den ganzen Tag, wenn nicht die ganze Woche darüber nachgrübeln können, doch die Tatsache, daß er in seinem Bemühen, ein guter König zu sein, wieder einmal den ganzen Tag mit Terminen verplant hatte, hielt ihn davon ab. Es war nicht so leicht, wie sich die Leute das vielleicht vorstellten. Zuallererst hatte er es hier in Landover mit einem Zusammenprall unterschiedlichster Kulturen zu tun. Dies war ein Land, in dem seit Jahrhunderten eine Feudalherrschaft existierte – nach Abernathys sorgfältiger Geschichtsschreibung –, und Ben Holiday war nun einmal das Produkt dessen, was in seiner Welt als Demokratie bezeichnet wurde. Daher suchte er seit dem ersten Tag fast instinktiv nach Möglichkeiten, um die Art von Regierung zu etablieren, die er kannte und an die er glaubte. Den Anwalt in ihm verlangte es nach Gesetz und Ordnung als Stützpfeiler für seine Regierung und nach Gerechtigkeit für und durch das Volk. Aber man kommt nicht in ein fremdes Land und wirft das herrschende System einfach über Bord! Das war der schnellste und sicherste Weg zur Anarchie! Man mußte innerhalb eines Systems arbeiten, um es zu verändern. So pflegte man jedenfalls dort zu sagen, wo er herkam.

Also hatte Ben schon früh damit begonnen, auf die Errichtung einer »wohlwollenden Diktatur« hinzuarbeiten. In seinen Ohren klang das zwar immer noch nicht sehr gut, aber es war die beste Beschreibung, die ihm einfiel. Die Betonung lag natürlich auf dem Wort *wohlwollend* und nicht auf dem anderen. Der Trick dabei war, die nötigen Veränderungen vorzunehmen, ohne daß es allzu offensichtlich wurde. Die Leute waren eher gewillt, eine Veränderung zu akzeptieren, wenn sie sie gar nicht bemerkten. Und so empfand Ben Holiday sein Dasein als König immer wie einen Drahtseilakt. Glücklicherweise gelang es ihm nach zweijähriger Übung immer besser, die Balance zu wahren.

Der Prozeß war überaus kompliziert, und nur Questor und Abernathy wußten, was tatsächlich vor sich ging. Als seine engsten Berater – von Willow mal abgesehen – waren sie über alles, was passierte, im Bilde. In den meisten Fällen unterstützten sie Bens Ideen und beschränkten ihre Argumente darauf, Vorsicht und Zurückhaltung walten zu lassen, wenn es um die Durchsetzung seiner doch recht revolutionären Einfälle ging. Nachdem sich Ben erst mal als akzeptabler und strapazierfähiger König erwiesen hatte, einer, den man nicht so leicht zu Fall bringen konnte, bestand der nächste Schritt darin, die zerstrittenen Fraktionen irgendwie unter einen Hut zu bringen. Das setzte natürlich ein gewisses Maß an Kooperation solch unterschiedlicher Völker voraus wie die Einstmals-Elfen, die Menschen, die Kobolde, die Felstrolle – mal abgesehen von den vielen kleineren Gruppen –, die alle nicht sehr viel miteinander zu tun haben wollten. Schließlich hatte er mit seinen Bemühungen und einer Kombination aus Drohungen, Versprechen und Bestechungen einen gewissen Erfolg erzielt. Ein König mußte schon eine Art Zauberer sein – mit Questor Thews' freundlicher Genehmigung –, und schließlich gab es jede Menge Gelegenheiten, sich praktisch darin zu üben. So führte Unnachgiebigkeit hier zu einem Kompromiß dort. Man mußte wissen, wann man sich beugte und wann man hart blieb.

Der Anwaltsberuf war ein gutes Training, um König zu werden, erklärte Ben dabei immer wieder.

Das war also der aktuelle Stand der Dinge, was Ben Holidays Herrschaft als König über Landover betraf, über einen Ort, von dem jede vernünftige Person, die noch nicht dort gewesen war, wußte, daß er unmöglich existieren konnte. Der König hatte in allen Angelegenheiten immer noch das letzte Wort, besonders in Auseinandersetzungen zwischen den untergeordneten Herrschern der verschiedenen Völker des Königreichs. Weil Ben sich schließlich im ganzen Land eine solide Basis der Unterstützung gesichert hatte und auf die bewaffnete Macht des Paladins zurückgreifen konnte, kam es fast niemandem in den Sinn, sich ihm mit Gewalt zu widersetzen. Ben mußte jedoch seinerseits darauf achten, daß sich die anderen Oberhäupter in ihrem eigenen Status durch seine Vorherrschaft nicht zurückgesetzt fühlten, und so mußte er sie da, wo es angebracht und vernünftig schien, frei schalten und walten lassen. Die besondere Magie des Königs bestand nun wiederum darin, die anderen Regenten so zu beeinflussen, daß sie es schließlich doch nach seinen Vorstellungen taten.

Ben hatte bereits früher eine Reihe beratender Komitees eingerichtet, um eine Reihe derartiger Angelegenheiten entsprechend zu regeln: die Verwaltung der Ressourcen (Land, Wasser, Luft und Magie – ganz richtig, schließlich war es ein magisches Königreich!), Kommerz und Verkehr (der Austausch von Waren zwischen den Völkern und der Transport derselben), Währungswechsel (ein Gegenstand häufiger Verhandlungen), öffentliche Arbeiten (Straßenbau und Reparaturen sowie Verwaltung der königlichen Ländereien) und Justiz (Lösung ziviler Streitfragen und krimineller Verstöße). Damit all das funktionierte, hatte er in den verschiedenen Regionen des Königreichs Verwaltungsbeamte etabliert, die sich regelmäßig auf Sterling Silver einfanden, um zu berichten, wie sich die Dinge entwickelten, und um zu beraten, wie man positive Ansätze verstärken und den Prozeß beschleunigen konnte. Es war bei weitem kein perfektes System, doch es hatte den beabsichtigten Nebeneffekt, daß den vielen unterschiedlichen Bewohnern des Landes auf diese Weise die Teilnahme an einer Regierung nähergebracht wurde, ob sie sich dessen nun bewußt waren oder nicht. Es war ein Lernprozeß, der seine Zeit brauchte, doch Ben glaubte feststellen zu können, daß er bereits eine gewisse Eigendynamik entwickelt hatte. Während sich die Vertreter der Völker des Seenlandes und des Grünlandes früher nicht einmal gegrüßt hätten, arbeiteten sie jetzt gemeinsam daran, wie man den Wasservorrat sichern und schützen und das Ackerland am effektivsten nutzen konnte. Er hatte sie dazu gebracht, ihre Kenntnisse auszutauschen und Vorurteile abzubauen. Ihm war es zu verdanken, daß sie sich besser benahmen als in all den Jahrhunderten zuvor.

In gewisser Weise war das alles sehr primitiv, verglichen mit dem, was er früher gekannt hatte. Andererseits war es eine Chance, ganz neu zu beginnen, bevor bereits so vieles verdorben war. Ben achtete sehr genau darauf, welche Kenntnisse er aus seiner alten Welt an die Völker von Landover weitergab. Er beschränkte sich dabei auf die einfachen Grundbedürfnisse. Ein größeres Verständnis für Gesundheit und Hygiene und eine verbesserte Landwirtschaft zum Beispiel. Er ließ die Finger von Dingen, die drastische Veränderungen oder gar größere Gefahren mit sich bringen konnten – Erfindungen der industriellen Revolution und Schießpulver. Von einigen Dingen wußte er selbst viel zu wenig, um sie einführen zu können, und somit war seine Auswahl von vornherein begrenzt. In erster Linie war er Anwalt und kein Ingenieur, Chemiker, Doktor oder Fabrikant. Vielleicht war das auch gut so.

Abgesehen davon, hatte Landover etwas zu bieten, das es in seiner alten Welt nicht gegeben hatte, und es war wichtig, dies in die Einschätzung der Lage einzubeziehen. Landover hatte Magie. Echte Magie, die Art von Magie, die die Dinge so sicher veränderte wie Elektrizität. Landover war ganz und gar davon erfüllt, und viele seiner Bewohner praktizierten sie auf die eine oder andere Weise, und was sie damit bewirkten, machte viele Dinge überflüssig, die in Bens alter Welt die Wissenschaft eingeführt hatte.

Jedenfalls war es Ben Holidays voller Terminkalender, der ihn an diesem ersten Tag von Willows Abwesenheit daran hinderte, sich seinem Kummer über ihre einsame Reise allzu sehr hinzugeben, und erst als er sich nach einem ziemlich späten Abendmahl in ihr gemeinsames Schlafgemach zurückzog, wurde er wieder mit seinen eigenen Ängsten konfrontiert. Er stand auf dem Balkon und blickte lange Zeit über das sternenerleuchtete Land, während er sich überlegte, wie er mit der Situation umgehen sollte. Er konnte ihr natürlich nachreisen. Bunion würde bestimmt in der Lage sein, sie in Windeseile aufzuspüren. Doch noch während er diesen Gedanken verfolgte, wußte er bereits, daß er niemals etwas tun würde, was ihrer Erwartung von ihm derart widersprach. Er zog in Erwägung, den Schau-ins-Land zu benutzen, jene merkwürdige Einrichtung, die es ihm erlaubte, das ganze Land abzusuchen, ohne überhaupt das Schloß zu verlassen. Er hatte ihn mehr als einmal benutzt, um zu sehen, was in den entfernteren Gegenden vor sich ging. Das war eine verlockende Alternative, die er jedoch nach einigen Überlegungen ebenfalls wieder verwarf. Er wäre sich dabei vorgekommen, als würde er ihr hinterherspionieren. Was, wenn er dabei etwas sah, was er nicht sehen sollte? Etwas, das sie lieber vor ihm verborgen hielt? Wenn man jemanden so sehr liebte, wie er es tat, dann spionierte man ihm nicht nach.

Schließlich entschloß er sich, ins Bett zu gehen. Doch er blieb die halbe Nacht wach und dachte an sie.

Der zweite Tag verlief im großen und ganzen wie der erste, nur daß er gezwungen war, eine außergewöhnlich lange Zeit mit einer

Delegation von Felstrollen zu verbringen. Er hatte sich vorgenommen, sie davon zu überzeugen, daß es doch vorteilhaft wäre, wenn sie einen Teil ihres Reinerzes zum Verkauf an andere ins Tal bringen würden, anstatt darauf zu bestehen, alles in ihren eigenen Schmelzöfen zu verarbeiten und nur das zu produzieren, was sie selbst für wichtig hielten. Diese Verhandlungen mündeten in ein noch späteres Abendessen, was wiederum zur Folge hatte, daß er erst weit nach Mitternacht ins Bett kam. Als er schließlich unter die Decke kroch, war er so müde, daß er beinahe sofort eingeschlafen wäre. Doch dann drehte er sich ein letztes Mal um und seine Hand berührte einen Zettel auf dem Kissen.

Er fuhr sofort hoch. Er wußte nicht warum, doch er war sich der Wichtigkeit dieses Zettels sofort bewußt. Mit einer Bewegung seiner Hand brachte er die Nachttischlampe zum Leuchten – das Schloß wachte, selbst wenn er schlief, und reagierte unverzüglich auf seine Wünsche. Er hielt den Zettel in den gedämpften Lichtkegel der Lampe, öffnete behutsam das zusammengefaltete Stück Papier und las:

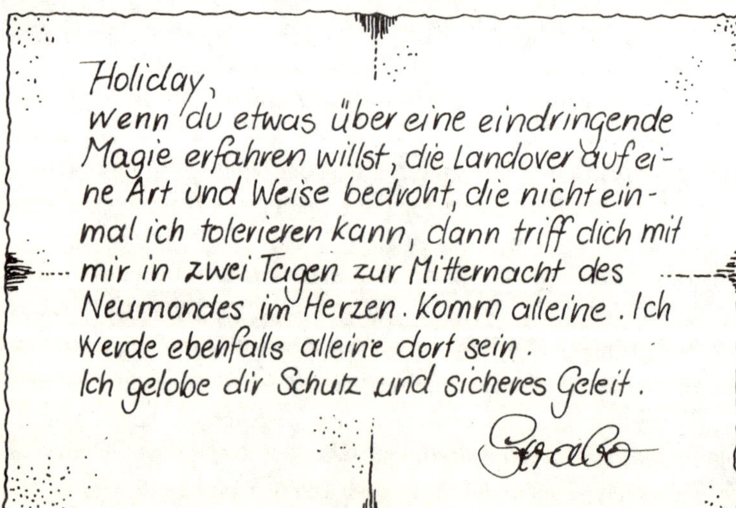

Holiday,
wenn du etwas über eine eindringende
Magie erfahren willst, die Landover auf ei-
ne Art und Weise bedroht, die nicht ein-
mal ich tolerieren kann, dann triff dich mit
mir in zwei Tagen zur Mitternacht des
Neumondes im Herzen. Komm alleine. Ich
werde ebenfalls alleine dort sein.
Ich gelobe dir Schutz und sicheres Geleit.

Strabo

Ben starrte auf die Nachricht. Sein Kopf raste. Strabo, der Drache, konnte schreiben? Wie war der Zettel hergelangt? Der Drache hatte sich doch kaum durch das Schlafzimmerfenster drängen können, oder?

Er hielt inne und zwang sich, einen kühlen Kopf zu bewahren. Der Drache konnte die Nachricht weder geschrieben noch überbracht haben. Das mußte ein anderer für ihn getan haben. Wer auch immer. Wenn die Nachricht wirklich von ihm war und es sich hierbei nicht um irgendeinen Trick handelte! Was sehr wahrscheinlich der Fall war. Strabo hatte ihm noch nie zuvor geschrieben oder auf sonstige Weise Kontakt mit ihm aufgenommen. Strabo, Landovers letzter Drache, ein melancholischer Einsiedler, der im fernen Osten im Ödland der Feuerquellen lebte, konnte Ben Holiday nicht einmal leiden und hatte bereits des öfteren unmißverständlich klargemacht, daß ihm nichts lieber wäre, als den König nie wiederzusehen.

Was hatte es also mit dieser Nachricht auf sich?

Ben las den Zettel noch zweimal durch und versuchte sich vorzustellen, wie der Drache die Worte aussprechen würde. Es war nicht schwer. Der Brief klang tatsächlich nach ihm. Doch die Art der Übermittlung war äußerst merkwürdig. Wenn sich der Drache wirklich mit ihm treffen wollte, dann mußte die Bedrohung, vor der er ihn warnte, wirklich ernst sein. Ben schloß die Gefahr eines Angriffs auf seine Person aus. Strabo war nicht daran interessiert, ihm etwas anzutun, und selbst wenn er es wäre, würde er sich kaum die Mühe machen, eine Nachricht zu schicken, um ihn hinauszulocken. Er würde sich ganz einfach in die Lüfte heben und Ben hinterherjagen. Die Bitte, alleine zu kommen, paßte zu Strabos Charakter. Strabo hatte für die Menschen im allgemeinen nicht viel übrig und legte sicherlich Wert darauf, daß ein solches Treffen diskret und persönlich blieb. Auch war er auf seine eigene sonderbare Weise sehr ehrenhaft, und wenn er ihm sicheres Geleit versprach, so würde er sein Wort auch halten.

Dennoch, die ganze Angelegenheit behagte Ben gar nicht.

Komm alleine?

Komm um Mitternacht?

Er las die Nachricht noch einmal und war danach auch nicht klüger. Er saß im Bett, den Rücken gegen das massive Eisengestell und ein paar Kissen gelehnt, und überdachte die Angelegenheit. Er wußte, was Questor und Abernathy sagen würden. Er wußte, was die Vernunft verlangte. Doch der Brief hatte etwas Zwingendes, etwas, das ihn daran hinderte, ihn einfach abzutun und mit seinem gewohnten Leben fortzufahren. Irgend etwas daran veranlaßte ihn, der Sache auf den Grund zu gehen, und brachte ihn zu dem Schluß, daß es unklug wäre, die Warnung zu ignorieren. Ein sechster Sinn mahnte ihn, daß es hier tatsächlich auf etwas zu achten galt, auf etwas, vor dem man auf der Hut sein mußte. Strabo handelte nie ohne Grund, und wenn er das Gefühl hatte, daß dem Land Gefahr drohte, dann hatte er wahrscheinlich recht. Und wenn er der Meinung war, Ben solle davon erfahren, dann war es wahrscheinlich auch besser so.

Was sollte er also tun?

Am Ende schlief er ein, ohne eine Entscheidung getroffen zu haben. Den ganzen nächsten Tag dachte er an den Brief, ließ ihn sich zwischen Besprechungen und Konferenzen immer wieder durch den Kopf gehen, sogar während der Mahlzeiten und Durchsicht von Dokumenten, und während er am späten Nachmittag vor dem Abendessen an den Grenzmauern der Burg entlangjoggte, um selbst in dieser Situation sein Training nicht zu vernachlässigen. Bunion war wie immer sein stiller, unsichtbarer Beschützer.

Als er sich an diesem dritten Abend nach Willows Abreise zurückzog, war er noch immer zu keinem Schluß gekommen.

Erst am nächsten Morgen hatte er eine Entscheidung gefällt. Er wußte, daß er gehen mußte. Er mußte das Risiko eingehen, denn immerhin bestand die Möglichkeit, daß der Brief und die Warnung echt waren. Außerdem, so beschwichtigte er sich selbst, konnte das Risiko so groß nicht sein. Das Herz war nur einige Stunden zu Pferde entfernt, und er würde eine berittene Eskorte königlicher

Wachen zu seinem Schutze mitnehmen. Bis kurz vor seinem Aufbruch würde er niemandem etwas davon sagen. Damit würde er Questor, Abernathy und die Kobolde aus der Angelegenheit heraushalten. Er würde die Wachen in sicherer Entfernung vom Herzen zurücklassen, alleine hineingehen, um die Lage zu überprüfen, und sich mit Strabo treffen, falls der Drache tatsächlich da war. Noch vor dem Morgengrauen würde er zurück sein. Es schien ihm leicht genug und befriedigte sein Bedürfnis, etwas zu tun, anstatt nur herumzustehen und zu überlegen, was er tun sollte!

Bei all seinen Überlegungen gab es einen entscheidenden Faktor: Egal, mit welcher Gefahr auch immer er konfrontiert werden würde, er konnte sich stets auf den Schutz des Paladins verlassen. Des Königs Kämpe war das mächtigste Wesen im Königreich, und der ausschließliche Grund für seine Existenz war die Sicherheit des Königs. Er konnte jederzeit und unverzüglich herbeigerufen werden, und um sein Erscheinen zu bewirken, brauchte Ben lediglich nach dem Medaillon zu greifen, das er immer um den Hals trug, das Medaillon mit dem eingravierten Bild des Ritters, wie er bei Sonnenaufgang aus den Toren von Sterling Silver ritt. Er brauchte nur das Medaillon zu umfassen und den Paladin zu rufen, und der Ritter der Geister und Schatten würde ihm sofort zu Hilfe kommen.

Das Problem mit dem Paladin war natürlich, daß der gerüstete Ritter des Königs in Wirklichkeit der König selbst war. Oder, genauer ausgedrückt, eine andere Seite dessen, der jeweils König von Landover war. In diesem Falle bedeutete es, daß der Paladin tatsächlich eine andere Seite von Ben verkörperte, eine dunkle, destruktive Seite, deren Existenz er am liebsten verleugnet hätte. Doch es gab sie, und sie lauerte irgendwo am Rande seines Bewußtseins und wartete. Seitdem Ben die Wahrheit über den Paladin bewußt geworden war, hatte er mit diesem Wissen und seiner Bedeutung zu kämpfen. Der Paladin war eine Kampfmaschine, die den Königen von Landover seit Anbeginn gedient hatte; eine Schöpfung der Elfenwesen, um den jeweiligen Herrscher zu schützen, der die Tore zum Elfenreich sicherte. Der Paladin hatte in jeder Schlacht gekämpft, mit der sich die vielen verschiedenen Herrscher Landovers konfrontiert sahen, hatte für jede Sache gestritten und sich gegen jeden Feind gestellt. Er war immer wieder herausgefordert worden und hatte nie verloren. Der Paladin starb erst, wenn der König starb, und erwachte zu neuem Leben, wenn ein neuer König gekrönt wurde. Der Paladin war ein zeitloses, eigentlich unsterbliches Wesen, das nur lebte, um zu kämpfen, und nur kämpfte, um zu töten.

Und es war ein Teil von Ben Holiday, ein ganz wesentlicher Teil dessen, was er war, und zwar nicht nur aufgrund seines Amtes und der Verantwortung, die er übernommen hatte, sondern auch aufgrund der Tatsache, daß in jeder lebenden Kreatur die Möglichkeit bewußter, kontrollierter Zerstörung existierte. Ben hatte früh erkannt, daß jene dunkle Seite in ihm ebenso sehr für die Verschmelzung mit dem Paladin verantwortlich war wie irgendwelche Beschwörungen der Elfenmagie. So war er der Paladin, denn der Paladin war in Wirklichkeit eine andere Seite seiner Persönlichkeit, eine Seite, die er bis zu seinem Amtsantritt als König von Landover sorgfältig unter Verschluß gehalten hatte.

Daher konnte er sich auf den Beistand des Paladins verlassen, falls es nötig war, doch er beschwor den finsteren Ritter nur widerwillig und nur dann, wenn es die Situation unbedingt erforderte. Es war der letzte Ausweg, sagte er sich immer wieder, doch es war auch etwas, worauf er zurückgreifen konnte, wenn er mußte. Er glaubte nicht mehr so wie einst, daß es etwas war, was er nie wieder tun würde.

Die Angelegenheiten des vierten Tages erledigte Ben auf sehr besonnene Weise, wobei er sich selbst mit gewisser Distanz dabei beobachtete, wie er seinen Verpflichtungen als König nachkam. Seine Pläne für die kommende Nacht behielt er ganz für sich, und er kam sich dabei so merkwürdig vor, daß es ihn überraschte, wie arglos die anderen waren. Questor Thews und Abernathy schienen alles ganz normal zu finden, und wenn etwas ihren Verdacht erregte, so erwähnten sie es jedenfalls nicht. Niemand tat das. Er erfüllte alle Pflichten des Tages, nahm sein Abendmahl zu sich und zog sich in sein Schlafgemach zurück, wo er sich hinsetzte und wartete.

Als es fast dunkel war und die Dämmerung allmählich in die Nacht überging, lief er hinunter zu den Ställen, ließ sein Lieblingspferd Jurisprudenz, einen großen, rotbraunen Wallach, satteln, rief eine Eskorte von sechs Männern zusammen und ritt hinaus. Das alles tat er leise und ohne jemandem den Grund zu verraten, so daß es ihm gelang, unbemerkt das Schloß zu verlassen. Auf Sterling Silver war es ganz normal, daß zu jeder Zeit Patrouillen kamen und gingen, und so erregte die Gruppe von Männern, die da in der Dämmerung hinausritt, keine weitere Aufmerksamkeit. Selbst Bunion schlummerte inzwischen sicherlich und freute sich auf einen morgendlichen Lauf mit Ben. Es war eine typische Sommernacht, träge und warm, die Welt schien in Ordnung und der Schlaf nur ein Gähnen und einen langen, tiefen Atemzug entfernt. Als Ben und seine Eskorte über die Brücke ritten, zeichnete sich Sterling Silver wie polierter Sternenglanz vor der verhangenen Dunkelheit ab, eine Spiegelung, die in der Luft zu schweben schien, während sie die bewaldeten Hügel im Westen hinaufritten, und die dann allmählich verblaßte, als sich die Bäume um sie schlossen.

Sie kamen schnell voran, wobei Ben das Tempo bestimmte. Bestrebt, das Herz vor Mitternacht zu erreichen, orientierte er sich an den Sternen und an seinem eigenen Zeitgefühl. Seit seiner Ankunft in Landover hatte er gelernt, ohne Uhren zu leben und die Zeit auf die ursprüngliche Weise zu bestimmen – nach dem Stand der Sterne oder der Sonne, durch die Länge und Richtung der Schatten und durch das Erfühlen der Luft und der Feuchtigkeit, die sich als Tau auf den Wiesen sammelte. Wie er feststellte, waren seine Sinne in dieser Welt sehr viel stärker ausgeprägt, wahrscheinlich, weil er sich viel mehr auf sie verlassen mußte. Er trug schwarze Kleidung, schwarze Stiefel und ein schwarzes Kettenhemd, das Questor Thews aus Eisen und Magie hergestellt hatte, um es leicht und dennoch undurchdringbar zu machen. Außerdem trug er das wertvolle Medaillon der Könige von Landover und ein langes Messer.

Auf den Rücken hatte er sich ein Breitschwert geschnallt, denn vom König erwartete man, daß er bewaffnet war, wenn er nächtliche Ausflüge unternahm oder auf Patrouille mitritt. Reithandschuhe schützten seine Hände, und ein dunkler Schal über Mund und Nase verhinderte das Einatmen von Staub.

Es herrschte völlige Windstille, kein Lüftchen regte sich, und die Nacht war träge und schwül. Insekten schwirrten um seinen Kopf, wenn er das Tempo verlangsamte, also ritten sie in einem schnellen Trab oder im Galopp, wenn der Weg es erlaubte. Der Neumond beraubte das Land zum Großteil seines nächtlichen Lichtes – in Landover bedeutete Neumond, daß einige der acht Monde unter den Horizont fielen, während die übrigen Monde ihre dunkle Phase beschrieben; genau hatte Ben immer noch nicht herausfinden können, wie das eigentlich funktionierte. Was sie an Licht zur Verfügung hatten, kam von den Sternen, die über den gesamten, wolkenlosen Himmel verteilt waren, ein unendlicher Wirrwarr funkelnder Nadelköpfe, der aus keinem besseren Grund zu existieren schien, als alle, die hinaufblickten, zum Träumen einzuladen. Und genau das tat Ben, als sich die Bäume soweit lichteten, daß sie den Blick auf den Sternenhimmel freigaben, obwohl sich seine Gedanken in dieser Nacht überwiegend um das bevorstehende Treffen drehten.

Die Zeit verging schnell, und es war immer noch fast eine Stunde vor Mitternacht, als sich die Reiter dem Herz näherten. Ben sammelte die Eskorte um sich, solange sie noch weit genug vom Herzen entfernt waren, ließ die Männer absitzen und befahl ihnen, dort auf ihn zu warten. Er ritt alleine weiter, bis ihn nur noch wenige hundert Meter von seinem Ziel trennten, dann saß auch er ab, ließ sein Pferd frei grasen und legte den Rest des Weges zu Fuß zurück.

Der Wald war dunkel und verlassen, während er sich zwischen den Bäumen hindurch seinen Weg bahnte, und so sehr er auch nach vertrauten Geräuschen lauschte, die alles umhüllende Stille verschlang jeden Ton. Die Gerüche des Waldes waren durchdringend und betäubend und lenkten seine Gedanken auf vergangene Orte und Zeiten, auf Ereignisse, die einst bedeutungsvoll schienen und die jetzt nichts weiter waren als Erinnerungen an Bausteine, die er zur Konstruktion seines Lebens benutzt hatte. Leichtfüßig und ohne um seine Sicherheit besorgt zu sein, lief er weiter; merkwürdigerweise fühlte er sich in keiner Weise bedroht. Vielleicht lag es an dem friedvollen Gefühl, das ihm diese stille Sommernacht vermittelte. Vielleicht lag es aber auch an der Anwesenheit des Medaillons, durch das er sich der Macht des Königs stets bewußt war. Möglicherweise lag es auch daran, daß ihn tatsächlich nichts bedrohte. Wie auch immer, jedenfalls näherte er sich dem Herzen, als unternähme er nichts weiter als einen kleinen Nachtspaziergang in seinem Garten, an dessen Ende nichts weiter als ein gesunder Schlaf und ein neuer Tag auf ihn warteten.

Er erreichte das Herz kurz vor Mitternacht, verließ den Schatten der Bäume und blieb einen Moment lang am Rande der weißen Sitz- und Kniebänke stehen, während sein Blick zu dem weißen Eichenpodium mit seinen polierten Silberträgern und den schlaffen Wimpeln wanderte. Die Lichtung war still und anscheinend unbelebt. Nichts bewegte sich; nicht mal der Hauch eines Windes durchbrach die Stille. Die Erinnerungen an all das, was hier geschehen war, kamen und gingen. Ben schaute sich noch einen Moment lang um und schritt dann durch einen Gang zwischen den Bänken auf das Podium zu.

Ein Windhauch strich über seine Wange und war wieder verschwunden. *Vorsicht.*

Er war fast am Podium angekommen, als sich zu seiner Rechten eine dunkle Figur wie aus dem Nichts materialisierte, als sei sie dem Erdboden entstiegen. Er blieb stehen. Ein Schauer lief ihm über den Rücken, und sein Magen verkrampfte sich. Schatten umhüllten die dunkle Gestalt, und das Licht der Sterne verstärkte nur ihre Silhouette.

»Möchtegern-König«, grüßte eine ihm bekannte Stimme.

Nightshade!

Ben erstarrte und war jetzt zum ersten Mal auf der Hut. Warum war Nightshade hier? Die Hexe des Tiefen Schlunds war keine

Freundin, und ihre Anwesenheit lieferte Grund zu der Befürchtung, daß es sich doch um eine Falle handelte.

Sie kam ein paar Schritte auf ihn zu, und jetzt wurde ihre große und gebieterische Gestalt deutlicher – das schmale, makellose, kalte Gesicht, das kohlrabenschwarze Haar mit der einzelnen weißen Strähne, die feinen Schultern und die langen, dünnen Arme. »Warum hast du nach mir geschickt?« zischte sie ihn an, ihre Stimme eisig und gereizt. »Was soll das Gerede von einer magischen Bedrohung meines Heimes?«

Sprachlos starrte Ben sie an. Er sollte nach ihr geschickt haben? Wovon sprach sie? Er war hier, weil Strabo nach ihm geschickt hatte! Was für ein Spiel spielte Nightshade?

»Ich habe nicht...«, begann er.

»Du verärgerst...«, hob sie an.

Doch da fiel ein Schatten über sie beide, und der Himmel wurde von Strabos dunkler Masse verdeckt, als der Drache behutsam neben dem Podium landete, seine Flügel faltete und seinen schlangenartigen Körper aufrichtete. Sein feuergeschwärzter, schuppiger Körper dampfte, und sein Gestank erfüllte die Luft. Selbst Nightshade wich entsetzt zurück, als er seinen behornten und furchteinflößenden Kopf hin und her schwenkte.

»Was soll das?« knurrte er. Seine Stimme war ein tiefes, unangenehmes Dröhnen, und sein riesiger, massiver Körper zeichnete sich deutlich vor dem Hintergrund ab. »Warum ist Holiday hier, Hexe?« fragte er in unheilverkündendem Ton. »Was hat er mit deiner Nachricht zu tun?«

»Mit meiner Nachricht?« Nightshades Stimme war ein ungläubiges Kratzen. »Ich habe dir keine Nachricht geschickt! Ich kam als Antwort auf das Schreiben des Möchtegern-Königs!«

»Dummes, altes Weib«, schnurrte der Drache wie eine Katze. »Du verschwendest meine Zeit mit deinen idiotischen Ausflüchten. Die Nachricht kam von dir, und die Worte waren ganz deutlich deine eigenen. Wenn du einen Schatz zum Tausch anzubieten hast, dann zeig ihn mir, und bring die Sache hinter dich.«

Nightshades Gesicht war wutverzerrt. »Einen Schatz?«

Im selben Moment wurde Ben klar, was hier passierte. Er erkannte, was man mit ihnen gemacht hatte, und wußte instinktiv, daß es für ein Entkommen zu spät war. Sie alle hatten unterschiedliche Nachrichten erhalten, die sie sich scheinbar gegenseitig geschickt hatten, die jedoch in Wirklichkeit von einem ganz anderen verfaßt worden waren, um sie an diesen Ort zu locken. Die Nachrichten waren der Köder für eine Falle. Warum? Das Wort hallte in seinem Kopf wider, als er plötzlich jemanden sah, der gerade kurz aufgetaucht war, um etwas abzustellen. Er machte einen Satz auf die lange, schlaksige Gestalt zu, die ihm irgendwie bekannt vorkam und die sich jetzt schnell hinter eine kleine Truhe zurückzog, die offen am Rande des Podiums stand und aus der bereits Rauch oder Nebel oder was auch immer stieg. Die Truhe hatte Ben noch nie gesehen, doch die Gestalt war jemand, den er kannte...

Horris Kew!

Was um alles in der Welt ging hier vor?

»Warte!« rief er noch, während sein Finger auf die vogelscheuchenartige Gestalt zeigte. Strabos schuppiger Kopf fuhr herum, und Flammen züngelten aus seinem Maul, als er warnend zischte. Nightshade hob die Arme drohend in die Luft, und die Magie ließ bösartige, grüne Lichtblitze aus ihren Fingerspitzen schießen. Dann wurde die Luft von einem plötzlichen Knistern erfüllt. Bens Hand schloß sich instinktiv um das Medaillon, und er rief den Paladin zu seiner Rettung.

Zu spät. Plötzlich waren sie von grellen Lichtblitzen umgeben, die von allen Seiten aus der Dunkelheit schossen, während sich die Falle, in die sie getappt waren, immer enger um sie schloß. Sie prallten gegeneinander und wurden wie von unsichtbaren Händen zu dem Kästchen getrieben, alle drei, König, Hexe und Drache, und es blieb ihnen keine Zeit, sich dagegen zu wehren. Das Licht fing sie ein und wirbelte sie über Samtkissen und Bänke aufeinander zu, um sie mit einem magischen Knoten zu umschließen und sie in böser Absicht aneinander zu binden. Dunst und Nebel verdichteten sich und stiegen empor, um die drei wie ein erwartetes Opfer zu empfangen. Dann stürzten sie plötzlich in ein tiefes, undurchdringbares Nichts, das sich unter ihnen öffnete und immer größer wurde, je weiter sie fielen (oder waren sie geschrumpft?) – ein unendlich großes, leeres Loch, das sie unaufhaltsam in die Tiefe zog.

Doch da war noch etwas. Alle drei spürten einen merkwürdigen Verlust, als würden sie Stück für Stück eines wichtigen Teiles ihrer Persönlichkeit beraubt, bis in jedem von ihnen ein Dämon zum Vorschein trat, eine namenlose, formlose, furchtbare Bestie, die sie all die Jahre weggesperrt hatten und die jetzt plötzlich auf unerklärliche Weise freigesetzt worden war. Alle drei heulten vor Wut und Verzweiflung.

Woher hatte Horris Kew diese ungeheuerliche Macht? war Bens letzter, verzweifelter Gedanke.

Und dann stürzte er stumm und machtlos mit dem Drachen und der Hexe in die Tiefe, um im Inneren des Kästchens zu verschwinden.

Als nichts mehr von ihnen zu sehen war, tauchte der Gorse aus dem Schatten der Bäume hinter dem Podium auf und flüsterte Horris Kew mit eisiger Stimme zu: »Heb das Kästchen auf.«

Horris zitterte so stark, daß er sich nicht bewegen konnte. Er stand da, die Fäuste geballt und die riesigen Füße wie angewachsen. Er war von der Ungeheuerlichkeit dessen, was er gerade gesehen hatte, völlig überwältigt – Holiday, Nightshade und Strabo waren von der Magie wie Stoffpuppen durch die Luft und in die trüben Tiefen des Wirrkästchens geschleudert worden. Was für eine Macht! Ja, der Gorse hatte sich große Mühe gegeben, die Falle zu installieren, die Netze seiner Magie auszuwerfen und die Zauberformeln zu sprechen, die dort auf die drei Opfer gewartet hatten. Oder besser gesagt, er hatte sich große Mühe gegeben, Horris dazu zu bringen, all dies für ihn zu tun, denn der Gorse schien noch immer nicht in der Lage zu sein, selbst zu handeln. Auch jetzt hatte Horris eine bittere Kostprobe von der Macht bekommen, die dem Gorsen innewohnte – ein scharfes Zucken und Stechen, das seine

Psyche durchbohrte –, doch er hätte nie gedacht, daß alle diese kleinen Zauberformeln zusammengenommen eine derart vernichtende Magie hervorbringen würden.

Hinter ihm stieß der Gorse ein mahnendes Zischen aus.

»Das Kästchen, Horris!« flüsterte ihm Biggar, der auf seiner Schulter hockte, mit flehender Dringlichkeit ins Ohr.

Horris kam schlagartig zu sich und stolperte dann schnell auf das Podium zu. Er starrte hinunter auf die verwobene, nebelverschleierte Oberfläche des Wirrkästchens. Es war nichts zu sehen. Das Kästchen war wieder geschlossen.

Horris trat einen Schritt zurück. Er schwitzte und schnappte nach Luft. Dann zwang er sich, langsam wieder auszuatmen. Es hatte genau so funktioniert, wie der Gorse vorausgesehen hatte. Der Gorse hatte ihnen gesagt, daß die verschiedenen Nachrichten die drei herlocken würden – ihre größten Feinde, die einzigen in Landover, die eine wirkliche Bedrohung für sie darstellten. Er hatte ihnen auch verraten, daß die Nachrichten einen Zauber enthielten, der es den Lesern unmöglich machte, der Einladung zu widerstehen, auch wenn ihnen ihre Vernunft und ihr Gefühl anderes rieten. Er hatte ihnen gesagt, daß die Zauberformeln und Machtsymbole, mit denen er das Herz umgeben hatte, das nichtsahnende Trio so schnell einfangen würden, daß keiner entkommen konnte. Und schließlich hatte er ihnen verraten, daß das Wirrkästchen ein Gefängnis war, aus dem sie niemals wieder entfliehen konnten.

Doch Horris konnte nicht anders, als trotzdem zu fragen: »Was, wenn sie doch entkommen?«

Der Gorse lachte, ein tiefes, humorloses Grollen in der Dunkelheit. »Sie werden nie wieder herauskommen. Sie werden nicht einmal genug wissen, um es zu wollen. Ich habe entsprechende Vorkehrungen getroffen. Inzwischen sind sie hoffnungslos gefangen. Sie wissen nicht, wer und wo sie sind. Sie sind in den Nebeln verloren.«

Biggar schüttelte sein Gefieder. »Geschieht ihnen recht«, krächzte er schadenfroh.

»Heb das Kästchen auf«, befahl der Gorse wieder.

Diesmal reagierte Horris schneller. Gehorsam nahm er das geschnitzte Holzkästchen hoch, wobei er jedoch trotzdem darauf achtete, es weit weg von sich zu halten. » Was machen wir jetzt?«

Der Gorse hatte sich bereits in Bewegung gesetzt. »Wir nehmen das Kästchen mit zurück in die Höhle und warten.« Seine Stimme klang glatt und selbstzufrieden. »Nachdem die Abwesenheit des Königs ausreichend Panik verursacht hat, werdet ihr euren Freunden in Sterling Silver einen weiteren Besuch abstatten.«

Der Gorse schwebte durch die Finsternis wie eine Rauchschwade. »Nur daß ihr ihnen diesmal eine kleine Überraschung mitbringen werdet.«

Das Labyrinth

Der Ritter erwachte alarmiert und schreckte auf, als wäre er von unsichtbaren Drähten hochgerissen worden. Er hatte geträumt, und während er den Traum selbst bereits vergessen hatte, so hielt doch der Eindruck, den er auf ihn gemacht hatte, noch an. Er war außer Atem, sein Herz schlug schnell, und es schien, als wäre er im Schlaf weit gerannt. Unter der Kleidung spürte er eine feuchte Hitze auf seinem Körper und am Haaransatz. Er hatte das Gefühl, daß jeden Augenblick etwas Furchtbares passieren konnte.

Angespannt ließ er seinen Blick durch die Finsternis wandern. Er befand sich inmitten eines Waldes riesiger, dunkler Bäume, die wie endlose Säulen nach oben ragten, um den Himmel zu tragen. Allerdings war kein Himmel zu sehen, sondern nur Nebelschwaden, die über ihm dahinzogen und alles, bis auf die unteren Äste, verschleierten. Die Finsternis des Waldes war eher ein Zwielicht, das sowohl zum Tag als auch zur Nacht gehörte, sowohl zum Morgengrauen als auch zur Abenddämmerung. Es war nicht wirklich, und doch erkannte der Ritter instinktiv, daß es die einzige Wirklichkeit war, die an diesem Ort zu herrschen schien.

Wo war er?

Er wußte es nicht. Er konnte sich nicht erinnern.

Da waren noch andere. Aber wo waren sie?

Schnell sprang er auf die Füße, wobei er sich des Breitschwertes auf seinem Rücken, des Messers an seiner Seite und des Kettenhemdes, das seine Brust und seinen Rücken schützte, sehr wohl bewußt war. Er war ganz in Schwarz gekleidet, und seine Kleidung saß locker und war durch Lederbesätze verstärkt. Er trug Stiefel, Gürtel und Handschuhe. Seine Rüstung war irgendwo in der Nähe, doch er konnte sie nicht sehen. Er wußte, daß sie da war, denn er spürte ihre Anwesenheit, und sie kam immer zu ihm, wenn er sie brauchte.

Obwohl er nicht wußte, warum.

Ein Medaillon hing unter seinem Hemd vor der Brust. Er zog es heraus und starrte es an. Es war ein Abbild seiner selbst, wie er bei Sonnenaufgang aus einem Schloß geritten kam. Es kam ihm bekannt vor, aber trotzdem hatte er das Gefühl, es zum ersten Mal zu sehen. Was hatte das zu bedeuten?

Er schob seine Verwirrung beiseite und spähte in den Dunst. Am anderen Ende der Lichtung regte sich etwas, und schnellen Fußes bewegte er sich darauf zu. Eine Gestalt, die zusammengerollt am Boden gelegen hatte, streckte sich, als er sich näherte, und stützte sich auf beide Arme. Lange, schwarze Haare mit einer einzelnen weißen Strähne fielen über Gesicht und Schultern der anderen, und die Gewänder waren über den Boden ausgebreitet wie flüssige Schatten.

Es war die Lady. Sie war immer noch bei ihm. Sie war nicht weggelaufen, als er geschlafen hatte (denn er wußte, daß sie es tun würde, wenn sich die Gelegenheit bot). Sie hob den Kopf, als er sich näherte, und eine schlanke Hand strich das schwarze Haar zurück. Ihre schönen, blassen Züge verspannten sich, als sie ihn sah, und sie fauchte ihn voller Wut und Bestürzung an.

»Du«, war alles, was sie sagte, doch dieses eine Wort zeigte ihr ganzes Mißfallen über ihn und das, was er ihr angetan hatte.

Er versuchte nicht, noch näher an sie heranzutreten. Der Ritter wußte, was sie für ihn empfand, und daß sie ihm die Schuld für das gab, was mit ihr geschehen war. Es ließ sich nicht ändern. Er drehte sich um und suchte den Rest der Lichtung ab, in der sie geschlafen hatten. Die Lichtung war klein und von Bäumen umschlossen, und es gab nichts, was als Hinweis darauf gedient hätte, warum sie hier waren. Sie waren zu einem früheren Zeitpunkt an diesem Ort gelandet, das wußte er. Sie waren im Flug hergekommen, von... irgend etwas verfolgt. Er hatte die Lady mitgebracht – und noch jemanden –, und sie waren vor einer Bestie geflohen, die sie alle zu verschlingen drohte.

Er schüttelte den Kopf, um den stechenden Schmerz abzuschütteln, der hinter seinen Augen losbrach, als er versuchte, in die Vergangenheit zu blicken. Sie war so düster und verschleiert wie seine Gegenwart und der Wald, in dem er sich wiedergefunden hatte.

»Bring mich nach Hause!« flüsterte die Lady plötzlich. »Du hast kein Recht, mich festzuhalten!«

Er drehte sich zu ihr um. Sie war aufgestanden und hatte die Hände an ihren Seiten zu Fäusten geballt. Ihre sonderbaren, roten Augen funkelten vor Wut, und sie fletschte die Zähne wie ein Tier. Man sagte, sie besäße Magie und eine unglaubliche Macht. Man dürfe sie sich nicht zur Feindin machen, so hieß es. Doch genau das hatte der Ritter getan. Er war sich nicht sicher, wie es passiert war, doch es war nicht mehr rückgängig zu machen. Er hatte die Lady aus ihrem Heim gerissen, aus der Zufluchtsstätte ihres Lebens, und sie in diesen Wald geschleppt. Er war des Königs Kämpe und existierte nur, um die Befehle des Königs auszuführen. Der König hatte ihn sicherlich geschickt, die Lady zu holen, doch auch daran konnte er sich nicht erinnern.

»Ritter schwarzer Gedanken und Taten!« verhöhnte sie ihn. »Ein Feigling hinter deiner Rüstung und deinen Waffen! Bring mich nach Hause!«

Sie hätte ihn bedrohen und ihre Magie gegen ihn anwenden können. Doch er glaubte nicht, daß sie es tun würde. Was immer sie an Zauberkraft besitzen mochte, schien verloren. Bis jetzt hatte sie ihn jedenfalls noch nicht damit angegriffen. Wenn sie dazu in der Lage wäre, hätte sie es schon lange versucht. Nicht, daß es eine Rolle gespielt hätte. Er selbst war eine Waffe aus Eisen. Er war weniger ein Mann als eine Maschine. Magie machte ihm nicht mehr aus als ein bißchen Staub in den Augen; sie hatte keinen Platz in seinem Leben. Seine Welt bestand aus einfachen Gesetzen und fest umrissenen Grenzen. Er hatte vor nichts Angst. Ein Ritter durfte sich keine

Angst erlauben. In seiner Existenz war er dem Tod stets so nah wie dem Leben. Kämpfen war alles, was er konnte, und die Schlachten, die er austrug, konnten nur auf zweierlei Weise enden – entweder tötete er seinen Feind, oder er wurde von seinem Feind getötet. Tausend Schlachten später, und er war immer noch am Leben. Er glaubte nicht, daß er jemals getötet werden konnte. Er glaubte an seine Unsterblichkeit.

Er wischte die Grübeleien beiseite, diese Gedanken, die so ungebeten kamen und ihm gänzlich unwillkommen waren. »Du bist auf dem Weg zu einem neuen Zuhause«, sagte er, wobei ihr Ärger von ihm abfiel wie Blätter, die man gegen eine Steinfigur geschleudert hatte.

Sie zitterte vor Wut und ballte die Fäuste vor ihrer Brust. Die Sehnen ihres Halses waren so angespannt wie die Saiten eines Instrumentes. »Ich werde nicht mit dir weitergehen«, flüsterte sie und schüttelte energisch den Kopf. »Nicht einen Schritt!«

Ohne rechte Überzeugung stimmte er ihr mit einem Kopfnicken zu, weil er sich weiteren Streitereien mit ihr nicht gewachsen fühlte. Dann wandte er sich wieder ab, lief ans andere Ende der Lichtung und spähte in die Dunkelheit hinter der Baumgrenze. Die Bäume standen dort beisammen wie Bündel riesiger Knüppel, blockierten das Licht und die Sicht und verdeckten alles. Welche Richtung sollte er einschlagen? Auf welchen Weg hatte er sich begeben? Er wußte, daß der König auf ihn wartete. Das war immer so. Doch welcher Weg führte zurück nach Hause?

Er fuhr herum, als die Lady mit einem Messer auf ihn losging, das sie irgendwie vor ihm versteckt hatte. Die schwarze Klinge war voll von schmierigem Gift. Sie kreischte, als er ihr Handgelenk packte und ihr das Messer aus der Hand drehte. Sie schlug und trat auf ihn ein in dem Versuch, sich loszureißen, doch er war sehr viel stärker und unempfindlich gegen ihre Raserei und konnte sie schnell bändigen. Außer Atem und den Tränen nahe, sackte sie zu Boden, doch ihr Stolz verbot es ihr zu weinen. Er hob das Messer auf und schleuderte es weit hinaus in den Nebel.

»Sei vorsichtig, womit du herumwirfst, Ritter«, warnte ihn eine neue Stimme. Sie klang tief und kehlig.

Dann sah er den Gargoyle, der so leise wie ein Schatten in der Nacht aus dem Wald gekommen war und jetzt nahe bei ihm auf seinen Hinterbeinen ruhte. Die gelben Augen der Kreatur waren von schweren Lidern halb bedeckt, während sie ihn musterten, und ihre reptilartige Tiefe lieferte nicht den geringsten Hinweis darauf, was für Gedanken ihn bewegten.

»Du hast die Entscheidung getroffen zu bleiben«, sagte der Ritter mit ruhiger Stimme.

Der Gargoyle lachte. »Die Entscheidung getroffen? Ein merkwürdiger Ausdruck unter diesen Umständen, findest du nicht? Ich bin geblieben, weil es nichts gibt, wohin ich gehen könnte.«

Der Gargoyle war häßlich anzusehen. Sein Körper war knorrig und verwachsen, voller Sehnen und verklumpter Muskeln. Seine Arme und Beine waren krumm und verdreht, und sein Kopf steckte wie eingezogen zwischen den kräftigen Schultern. Hände und Füße waren mit Klauen und Schwimmhäuten versehen, und der ganze Leib war mit dunklen, borstigen Haaren bedeckt. Sein Gesicht war runzlig wie eine vertrocknete Frucht und erinnerte an den ungeschickten Versuch eines Kindes, ein halbwegs menschliches Gesicht aus Ton zu modellieren. Scharfe Fänge schimmerten unter den dicken Lippen hervor, und seine Nase war feucht und schmutzig. Zwei Flügel flatterten schwach an seinen gebeugten Schultern, lederne Lappen, die zu klein waren, um ihm von Nutzen zu sein, Anhängsel, die fremd wirkten. Es sah so aus, als wären seine Vorfahren einmal in der Lage gewesen zu fliegen, als hätten sie jedoch vor langer Zeit vergessen, wie man das macht.

Der Ritter fand den Anblick des Gargoyles abstoßend, trotzdem musterte er ihn unverwandt. Häßlichkeit war auch ein Teil seines Lebens. »Wo sind wir?« fragte er den Gargoyle. »Hast du dich umgesehen?«

»Wir sind im Labyrinth«, antwortete der, als ob das alles erklären könnte.

Der Gargoyle warf einen Blick zu der Lady, die den Kopf gehoben hatte, als sie ihn sprechen hörte. »Sieh mich nicht an!« fauchte sie sofort und wandte sich ab.

»In welchem Teil unseres Landes befindet sich das Labyrinth?« hakte der Ritter verwirrt nach.

Der Gargoyle lachte wieder. »In jedem Teil.« Er entblößte seine gelben Zähne und die schwarze Zunge. »In allen Teilen eines jeden Teils von allem. Es liegt im Norden, im Süden, im Westen, im Osten und selbst in der Mitte. Es ist da, wo wir sind, wohin wir gehen und wo immer wir sein werden.«

»Er ist verrückt«, flüsterte die Lady schnell. »Mach, daß er still ist.«

Der Ritter verlagerte das Gewicht des schweren Breitschwertes auf seinem Rücken und sah sich um. »Aus jedem Labyrinth führt ein Weg nach draußen«, verkündete er. »Und wir werden auch aus diesem hier einen Ausweg finden.«

Der Gargoyle rieb sich die Hände, als müsse er frieren. »Wie wollt Ihr das anstellen, edler Ritter?« In seiner Stimme schwang Verachtung mit.

»Jedenfalls nicht, indem ich hier herumstehe«, sagte der Ritter. »Kommst du mit uns oder nicht?«

»Laß ihn hier!« fauchte die Lady, die plötzlich aufgesprungen war und ihr dunkles Gewand enger um sich zog. »Er gehört nicht zu uns! Er war nie dazu bestimmt, bei uns zu sein!«

»Uns?« wiederholte der Gargoyle spöttisch. »Seid ihr jetzt miteinander verbunden, Lady? Hast du dich diesem Ritter als Frau und Gefährtin angeschlossen? Welche Überraschung!«

Die Lady warf der Kreatur einen giftigen Blick zu und wandte sich dann ab. »Ich bin mit keinem von euch verbunden. Mir wäre es lieber, auf der Stelle getötet zu werden, und die Sache hinter mich zu bringen.«

»Mir wäre es auch lieber, man würde dich auf der Stelle töten«, pflichtete ihr der Gargoyle bei.

Die Lady wirbelte wieder herum und funkelte ihn an. »Du bist eine häßliche Bestie, Gargoyle. Wenn ich einen Spiegel hätte, würde ich ihn dir vors Gesicht halten, damit du sehen kannst, wie häßlich du bist!«

Bei diesen Worten zuckte der Gargoyle zusammen, und dann zischte er zurück: »Und du könntest einen Spiegel für deine Seele gebrauchen, um die Häßlichkeit zu sehen, die dein Inneres vergiftet!«

»Hört auf zu streiten!« brüllte der Ritter mit donnernder Stimme und trat zwischen die beiden. Er hatte sich verändert. Der Mann in der dunklen Kleidung mit dem Kettenhemd wirkte plötzlich noch düsterer. Es war, als hätte sich das Licht um ihn herum verflüchtigt und als wäre er von Schatten überzogen.

»Hört auf«, wiederholte er jetzt sanfter, und die Schatten, die ihn umschlossen hatten, hoben sich, und er war wieder er selbst.

Einen Moment lang herrschte Schweigen, während sich die drei ansahen. Dann sagte die Lady zu dem Ritter: »Ich habe keine Angst vor dir.«

Der Ritter starrte in die Finsternis, als hätte er sie nicht gehört, und in seinen Augen lag ein wehmütiger, abwesender Blick, der seine Erinnerungen an verpaßte Chancen und verlorenes Glück widerspiegelte.

»Wir werden in diese Richtung laufen«, sagte der Ritter und machte sich auf den Weg.

Sie liefen den ganzen Tag, doch der Wald, der das Labyrinth bildete, zeigte keine Veränderung. Die Düsterkeit hielt an, der Nebel blieb undurchdringlich, und bis auf vereinzelte Lichtungen standen die Bäume weiterhin dicht an dicht. Die Welt um sie herum blieb in Form und Gestalt unverändert. Der Ritter ging zu Fuß voran – wo war nur sein Pferd –, wobei er versuchte, einem graden Weg zu folgen, weil er hoffte, auf diese Weise irgendwann die Waldgrenze zu erreichen. Dahinter würden sie bestimmt auf Felder oder Hügel stoßen, die ihm den richtigen Weg weisen würden. Mit jedem Schritt versuchte er, die Ungereimtheiten in seinen Erinnerungen zu klären. Er versuchte herauszufinden, was er hier tat und was ihn an diesen entsetzlichen Ort verschlagen hatte. Er versuchte sich daran zu erinnern, wie es dazu gekommen war, daß sich die Lady und der Gargoyle in seiner Gesellschaft befanden. Er bemühte sich verzweifelt, den Nebel zu durchdringen, der seine Vergangenheit fast vollständig verschleierte. Er war ein Ritter im Dienste des Königs, der Held zahlloser Schlachten, und das war praktisch alles, was er wußte.

Er klammerte sich an dieses Wissen, denn damit war er dem Wahnsinn einen Schritt voraus, dem Wahnsinn, der ihn gewiß einholen würde, wenn er zu viel nachdachte.

Sie fanden Quellen, aus denen sie trinken konnten, doch sie fanden nichts zu essen. Dennoch verspürten sie keinen Hunger. Es war nicht so, als wären sie satt, sondern als hätte sich das Hungergefühl von alleine gelegt. Das verwirrte den Ritter, doch er erwähnte es nicht. Sie wanderten durch den Tag, durch das Zwielicht, das sich nur unwesentlich änderte, und als sich schließlich die Nacht über sie senkte, machten sie halt.

Sie waren wieder auf einer Lichtung angekommen, die ihrem Ausgangspunkt sehr ähnlich sah. Der Wald um sie herum hatte sich nicht verändert. Gemeinsam ließen sie sich in der dichter werdenden Finsternis nieder und starrten in die Dunkelheit. Der Ritter dachte nicht daran, ein Feuer zu machen. Sie spürten weder Kälte noch Hunger noch das Bedürfnis nach Licht. Trotz der Dunkelheit konnten sie ziemlich gut sehen, und sie vermochten Geräusche zu hören, die ihrem Gehör normalerweise entgangen wären. Der Gargoyle saß ein Stück von den anderen entfernt, um sich nicht wieder dem Hohn der Lady auszusetzen und weil er sich ohnehin nicht zugehörig fühlte. Der Ritter spürte die Distanz des anderen, selbst als sie zusammen unterwegs waren, und es kam ihm so vor, als akzeptiere der Gargoyle die Tatsache, daß sie immer durch eine tiefe Kluft voneinander getrennt sein würden. Die Kreatur kauerte sich in den Schatten, streckte ihren mißgebildeten Körper aus und schien mit dem Boden zu verschmelzen.

Die Lady saß dem Ritter gegenüber. »Ich mag dich nicht«, sagte sie zu ihm. »Ich wünschte, du wärst tot.«

Er nickte unbeteiligt. »Ich weiß.«

Den ganzen Tag war sie still und in sich gekehrt gewesen, war ihm gehorsam, jedoch desinteressiert gefolgt. Hin und wieder hatte er zu ihr hinübergesehen, dann war sie ihm entweder mit offener Feindseligkeit begegnet oder hatte genauso verloren und suchend vor sich hingestarrt wie er. Sie bewahrte eine Haltung, als sei sie unverwundbar, stolz, aufrecht und ohne Angst, doch da war eine Verletzbarkeit, die sie nicht verbergen konnte und die sie selbst nicht ganz zu verstehen schien, so als wäre es etwas ganz Neues und Unerwartetes für sie.

»Warum bringst du mich nicht einfach zurück?« drängte sie mit einer plötzlichen Dringlichkeit in der Stimme. »Welche Rolle spielt es denn schon für dich? Es gibt keinen Feind, gegen den du antreten kannst, und keinen Kampf, den es zu gewinnen gilt. Warum tust du das? Bin ich dein Feind?«

»Du hast es so dargestellt.«

»Aber nur, weil du mich aus meinem Heim geraubt hast!« rief sie verzweifelt. »Nur deswegen!« Auf dem moosbewachsenen Boden rückte sie näher zu ihm, bis sie ihn fast berührte. »Warum hast du mich mitgenommen?«

Er konnte ihr keine Antwort geben. Er wußte selbst nicht, warum er es getan hatte.

»Dein König hat es dir befohlen. Aber warum?«

Er konnte sich nicht erinnern.

»Was will er von mir? Ich werde ihm nie von Nutzen sein, egal, was er denkt! Ich werde ihm weder Geliebte noch Gemahlin sein! Bis zu meinem Tod werde ich seine ärgste Feindin bleiben!«

Der Ritter atmete die Waldluft ein, die grüne Frische der Blätter und Gräser, die moschusartige Feuchtigkeit der Erde und die durchdringende Würze von Borke und altem Holz. Was war die Antwort auf ihre Fragen? Warum fiel sie ihm nicht ein? Er zog sich in sich selbst zurück, um Frieden zu finden. Er schöpfte Trost aus dem Wissen, wer er war und was er tat. Er fand Bestätigung in seiner Stärke und Fähigkeit. Der Druck der Waffen an seinem Körper und die anschmiegsame Beschaffenheit seiner Kampfkleidung beruhigten ihn.

Allerdings vermißte er noch immer seine Rüstung. Er hatte sie ganz nah gespürt, als er gezwungen war, zwischen die Lady und den Gargoyle zu treten, doch sie hatte sich nicht gezeigt. Warum? Sie blieb in seiner Nähe und hielt sich doch versteckt, als spielte sie Katz und Maus. Seine Rüstung – ein lebloser Gegenstand, der dennoch lebendig schien, so widersprüchlich das auch sein mochte. Wie das Medaillon, das er um den Hals trug, war die Rüstung ein Teil seiner selbst. Warum konnte er sich dann nicht an die Herkunft dieser Dinge erinnern?

Die Lady saß vor ihm wie eine stumme Elfenbeinfigur und beobachtete ihn aufmerksam. Er spürte, daß sie aus sich herauskommen und sich ihm öffnen wollte, jedoch unfähig war, es zu tun. Was verbarg sie vor ihm? Etwas Beängstigendes. Irgendeine geheimnisvolle, vielleicht schmerzhafte Einsicht.

Sie faltete die schlanken Hände in ihrem Schoß, und der Ausdruck der Verachtung trat wieder in ihr Gesicht. »Du bist machtlos«, verkündete sie voll Bitterkeit. »Du hast keinen eigenen Willen, keinen unabhängigen Geist, der dein Handeln bestimmt. Du bist nichts als ein Werkzeug für denjenigen, der gerade die Krone trägt. Wie erbärmlich.«

»Ich bin ein *Diener* dieser Krone.«

»Du bist ihr Sklave.« Sie neigte leicht den Kopf, und ihr Haar schimmerte in der Dunkelheit schwarz. Ihre Blicke fixierten ihn. »Du kannst keine Entscheidung treffen, die den Befehlen deines Meisters widerspricht. Du kannst dir selbst kein Urteil bilden. Du hast mich mitgenommen, ohne nach dem Grund zu fragen. Du hältst mich fest, ohne zu wissen, warum du das tust. Du tust, wie dir befohlen wurde, und kümmerst dich nicht um die Gründe für dein Tun.«

Er wollte sich nicht mit ihr streiten. Es brachte ihnen beiden nichts ein. Er konnte nicht gut mit Worten umgehen, und sie besaß nicht seinen Sinn für Ehre und Gehorsam. Sie kamen aus zwei verschiedenen Welten.

»Wer ist dieser König, der mich für sich haben will?« fragte sie unverblümt. »Sag mir seinen Namen.«

Wieder konnte er ihr keine Antwort geben. Er starrte sie an und fühlte sich in die Enge getrieben.

»Bist du so ignorant, daß du nicht einmal das weißt?« drängte sie, und der Spott ließ ihren verärgerten Tonfall noch schneidender klingen. »Oder hast du Angst, es mir zu sagen? Was von beiden?«

Er blieb still, aber er konnte seinen Blick doch nicht von ihr abwenden.

Sie schüttelte langsam den Kopf. Mit ihren schwarzen Haaren, der weißen Haut, den scharf geschnittenen Zügen und den funkelnden Augen wirkte sie streng und kalt. Aber sie war auch wunderschön. Sie war so perfekt wie eine zärtliche Erinnerung, die man sich liebevoll über viele Jahre bewahrt hat und die durch den Schleifstein der Zeit von allen Unebenheiten und Makeln befreit worden ist. Sie verzauberte ihn, ohne daß sie es beabsichtigte, und wenn er durch ihren Ärger und ihre Verzweiflung hindurchblickte, sah er etwas, das er sich selbst nicht einzugestehen wagte.

»Was immer ich dir erzählen würde«, zwang er sich zu sagen, »hätte für dich keine Bedeutung.«

»Versuch es wenigstens!« flüsterte sie ihm zu, und plötzlich war ihre Stimme voller Sanftmut. »Gib mir irgend etwas!«

Doch er konnte nicht. Er hatte nichts zu geben. Er hatte nur sich selbst, und davon wollte sie nichts wissen. Sie wollte Gründe und Erklärungen, und er konnte ihr weder das eine noch das andere bieten. An diesem Ort, den er nicht kannte, und in dieser Situation, die er nicht verstand, war er genauso verwirrt wie sie. Das Labyrinth war ein Rätsel, das er nicht lösen konnte. Um das zu tun, mußte er es zuerst verlassen, und er begriff intuitiv, daß es nicht leicht werden würde.

»Hast du denn überhaupt keine Gefühle für mich?« fragte sie ihn wehleidig, doch diesmal schwang eine verräterische Falschheit in ihrer Stimme mit.

»In dem, was ich bin, haben Gefühle keinen Platz. Ich tu, was von mir verlangt wird.«

»Was von dir verlangt wird!« kreischte sie wieder voller Wut und Bitterkeit, womit sie ihre eben noch zur Schau gestellte Sanftmut und Schwäche selbst entlarvte. »Du tust nur, was man dir sagt, du jämmerliche Kreatur! Du kriechst und buckelst, weil es das einzige ist, was du kannst! Was wird denn von dir verlangt? Lieber würde ich mich in das finsterste Loch im ganzen Land werfen lassen, als auch nur einen Moment meines Lebens damit zu verschwenden, auf die Befehle eines anderen zu hören!«

Er konnte nicht anders, als sie anzulächeln. »Und genau das ist geschehen«, sagte er. »Denn wo sonst sind wir, wenn nicht im finstersten Loch?«

Sie wich vor ihm zurück und sackte niedergeschlagen und schweigend in sich zusammen. Eine ganze Weile saßen sie so da. Der Gargoyle schlief, sein Atem rasselte nasal und rauh, seine krummen Glieder zuckten, als würden seine Handflächen und Fußsohlen von heißen Eisen berührt. Die Lady sah kurz zu ihm hinüber und blickte dann wieder weg. Sie sah kein zweites Mal hin. Und auch den Ritter würdigte sie keines Blickes. Sie starrte auf einen Fleck am Boden, etwa zwei Meter zu ihrer Rechten, wo das Gras verdorrt und die Erde rissig und staubig war. Sie saß lange Zeit so da. Der Ritter beobachtete sie, ohne daß sie es wirklich wahrnahm, ohne daß er es wirklich wollte, doch er war unfähig, seinen Blick von ihr abzuwenden. Sie litt echte Qualen, doch die Ursache für ihre Verzweiflung ging weit über das hinaus, was sie ihm verraten hatte. Es war eine unermeßliche und sorgfältig gehütete Qual, deren Quelle er wegen seiner Unfähigkeit zu verstehen nur erahnen konnte.

Es berührte ihn auf eine sonderbare Weise. Er sollte etwas sagen, um ihren Schmerz zu lindern. Er sollte irgend etwas tun, um sie von der Last zu befreien. Doch er wußte nicht, was das sein könnte.

Dann dachte er über ihre Worte nach und über die Vorwürfe, die sie ihm gemacht hatte. Es war etwas Wahres daran. Er hatte sich dem Dienst eines anderen verschrieben, war von den Wünschen eines anderen beseelt und der Sache eines anderen verbunden. Es war seine Lebensessenz als Kämpe des Königs. Ein Ritter, dessen Stärke und dessen Waffen allem standhielten – das war seine Identität. Wenn er darüber nachdachte, schien es ihm ein magerer Besitz. So wurde er definiert, und es reichte ein einziger Satz, um den Kern seines Wesens zu beschreiben. War das die Summe all seiner Seiten? War das alles, was er war?

Wer war er wirklich?

»Weißt du eigentlich, was du mir angetan hast?« hörte er die Lady plötzlich fragen. Er blickte sofort auf, doch sie sah ihn nicht an. Sie starrte immer noch auf dasselbe Fleckchen Erde. Feucht schimmernde Linien zogen sich von ihren kalten, leeren Augen über die Wangen.

»Weißt du das?« flüsterte sie voller Verzweiflung.

Auch Landover war von den Schatten der Nacht bedeckt. Alle acht Monde lagen unter dem Horizont, und Wolken bedeckten den Himmel und verdunkelten die Sterne. Die Finsternis war komplett. Die Hitze des Tages hatte eine windstille, feuchte Nacht hervorgebracht, und das ganze Land schien in der schwülen Luft zu ersticken.

Der Gorse spürte keinerlei Unbehagen, als er sich aus dem tiefen Versteck seiner Höhle in den Wald hinausbewegte. Er war ein Elfenwesen und eins mit der Natur, was immer ihr Zustand auch sein mochte. Er tauchte als dunkle Nebelwolke auf, jene Form, auf die er durch seine lange Gefangenschaft in dem Labyrinth reduziert worden war. Doch schon begann sich diese substanzlose Form zu verdichten und neue Gestalt anzunehmen, da ihr die wiedergewonnene Freiheit allmählich das Gesicht und den Körper zurückgab, den das Wesen einst besessen hatte. Schon bald würde er wiederhergestellt und in der Lage sein, sich an jenen zu rächen, die ihm Unrecht getan hatten.

Jahrhundertelang hatte er an nichts anderes gedacht. Er war einmal eine Elfenkreatur von großer Macht gewesen, deren Magie gewaltig und gefürchtet war. Er hatte seine Magie auf eine Weise benutzt, die die anderen Bewohner der Elfennebel derart aufgebracht und entsetzt hatte, daß sie sich zusammentaten, um ihn in einem Moment, da er sich unverwundbar glaubte, einzufangen und für immer wegzusperren. Sie hatten ihn in die Nebel des Wirrkästchens verbannt, eine Vorrichtung, die sie aus ihrer eigenen Magie konstruiert hatten und aus der es für ihn kein Entrinnen gab. Magische Riegel umschlossen das Kästchen von außen, so daß der Gorse nicht an sie herankam.

Diese Gefangenschaft sollte ihn zermürben, seinen Willen brechen und dazu führen, daß er all sein Wissen vergaß und am Ende zu Staub zerfiel. Doch ihre Bemühungen waren gescheitert. Er hatte zwar sehr lange Zeit in Gefangenschaft verbracht, doch er hatte nichts vergessen, und sein Haß auf jene, die dafür verantwortlich waren, war von Tag zu Tag größer geworden.

Unvorstellbar groß war er jetzt.

Der Gorse bewegte sich problemlos durch die Nacht. Er brauchte nicht lange, um sein Ziel zu erreichen, und hatte keine Eile. Er hatte gewartet, bis Horris Kew und der Vogel schliefen, weil er nicht wollte, daß sie herausfanden, was er wirklich war. Noch war er darauf angewiesen, daß sie ihm vertrauten und ihn für einen Freund hielten. Doch das war er natürlich nicht. Der Mann und der Vogel waren seine Handlanger, und der Gorse benutzte sie wie Schachfiguren. Doch wenn sie etwas anderes glauben wollten, weil sie gierig und dumm waren, konnte ihm das nur zum Vorteil gereichen. Das war nun mal die natürliche Ordnung aller Dinge. Sie waren sterbliche Kreaturen und somit von viel geringerem Wert als er selbst. Sie waren entbehrlich.

Der Gorse erreichte eine Anhöhe und stand am Rande des Herzens. Er hielt inne, schärfte seine Sinne, spähte, lauschte, roch und schmeckte und entdeckte nichts Ungewöhnliches, nichts Bedrohliches. Sein Blick wanderte über die Reihen weißer Samtsitze und

Bänke, über das glänzende Podium mit seinen Standarten und über die angrenzenden Blaubonnies. Er genoß die Magie, die hier an der Quelle allen Lebens aus dem Boden stieg. Die Kraft dieser Magie war gewaltig, doch der Gorse fühlte sich noch nicht in der Lage, mit ihr zu spielen. In dieser Nacht würde sie einen anderen Zweck erfüllen. Diese große Magie konnte dazu dienen, die Beschwörung einer geringeren Magie zu verbergen. Und genau das würde sie tun.

Der Gorse sammelte sich und sandte die Rufe aus, die er vorbereitet hatte. Wie Feuerstrahlen, die weder brannten noch rauchten, schossen sie in die Erde und verschwanden. Die Antwort ließ nicht lange auf sich warten und bestand aus einem rauhen, knirschenden Rumpeln – dem Ächzen einer großen Steinwand, die sich beiseite schob. Nach einer Weile verhallte das Dröhnen, und wieder trat Stille ein.

Der Gorse wartete.

Dann riß die Luft vor seinen Augen, als wäre sie aus Seide. Aus dem Riß wurde ein riesiger Spalt, aus dem ein tiefes, unheilverkündendes Donnern ertönte. Ein Loch öffnete sich in der Nacht, und aus diesem Loch dröhnte das Rasseln und Klirren bewaffneter Reiter und das Fauchen und Kreischen ihrer Tiere. Das Dröhnen erreichte ein furchterregendes Ausmaß, als die Reiter sich schneller bewegten. Ein strenger Wind peitschte über das Herz, riß an den Flaggen und Wimpeln und jagte heulend durch die umstehenden Bäume.

Der Gorse rührte sich nicht von der Stelle.

Mit einem weiteren heftigen Windstoß und grollendem Donner materialisierten sich aus einer Krümmung in Zeit und Raum jene, die er gerufen hatte. Sie waren aus gepanzerten Platten mit Stacheln geformt, ganz und gar mit klirrenden Waffen behängt und ritten auf alptraumhaften Kreaturen, die keinen Namen kannten. Fünf von ihnen waren erschienen, lange, dunkle Gestalten, die trotz der feuchten Nachtluft dampften und deren zischender, röchelnder Atem durch die Visiere ihrer Helme drang. Sie waren hager und finster wie Schattengeister, und der Gestank ihrer Leiber war entsetzlich.

Die Dämonen von Abaddon waren gekommen.

Voran ritt der, den sie zu ihrem Mark ernannt hatten, ihrem auserwählten Führer, ein riesiges, kantiges Monster mit Schlangengravuren auf der Rüstung und den abgeschlagenen Köpfen seiner Feinde um den Hals. Er gab den anderen ein Zeichen, und sie bauten sich neben ihm auf, die Waffen zum Angriff bereit. Sie näherten sich dem Gorsen, als wären sie eins.

Der Gorse ließ sie auf sich zukommen. Als sie so nahe waren, daß er sie hätte anspucken können, verschwand er vor ihren Augen in einem Blitz aus grünem Licht und tauchte als einer von ihnen wieder auf. Dann verschwand er ein zweites Mal und wurde schließlich zum funkelnden Augenpaar einer Schlange. Er schlängelte sich in ihre Rüstung, leckte sie liebevoll und ließ sie spüren, daß sie verwandte Seelen waren. Er beschwor Schreckensbilder von den Greueltaten, mit denen er einst sein eigenes Volk tyrannisiert hatte, und gestattete den Dämonen, sich an seiner Bosheit zu ergötzen.

Als sie sicher sein konnten, daß er einer von ihnen war, daß er genauso viel Macht besaß wie sie und sie aus einem bestimmten Grund gerufen hatte, zischte der Gorse leise, damit sie ihre Ohren für seine Worte spitzten, und sagte: »Was wäre, wenn ich euch einen Weg bereiten würde, auf dem ihr sicher ins Land gelangen könntet?«

Er hielt inne und hörte, wie sie erwartungsvoll knurrten. Es war so einfach! »Was wäre, wenn ich euch Landover und seine Bewohner ganz überlassen würde?«

Es war wirklich so einfach!

Eine Vision

Nachdem Willow sich von der Erdmutter verabschiedet hatte, lief sie eine Zeitlang gedankenverloren durch den Wald in Richtung Elderew. Es war ein strahlender, sonniger Tag, erfüllt vom Duft der wilden Sommerblumen und Gräser, und der Wald war lebendig vom fröhlichen Gesang der Vögel. Unter den schützenden Kronen der riesigen Bäume herrschte eine warme, kraftspendende Geborgenheit, doch Willow war sich all dessen nicht einmal bewußt. Unaufmerksam und in sich gekehrt setzte sie ihren Weg fort, wobei sie über die Botschaft der Erdmutter und die Geburt ihres Babys nachgrübelte.

Die Worte der Erdmutter verfolgten sie. Sie mußte eine Handvoll Erde aus dieser Welt, aus Bens Welt und aus den Elfennebeln sammeln. Sie mußte sie vermischen und darin wurzeln, damit ihr Kind sicher geboren wurde. Sie wußte nicht, wieviel Zeit sie dazu hatte. Sie wußte auch nicht, wann und wo ihr Kind zur Welt kommen würde. Sie konnte keinen anderen bitten, die Erdproben zu sammeln; sie mußte es selbst tun. Ben durfte nicht mit ihr gehen. Selbst er konnte ihr nicht helfen. Keiner konnte das.

Nun ja, fast keiner! Die Elfen würden einen Begleiter schicken, der sie während der letzten beiden Etappen ihrer Reise führen würde. Doch wer konnte das sein?

Trotz der wärmenden Sonne spürte sie eine innere Kälte. Während ihres ersten und einzigen Besuches in Bens Welt wäre sie dort fast gestorben, folglich hegte sie keine sehr warmen Erinnerungen an diesen Ort. Die Elfennebel waren wegen ihrer Unberechenbarkeit noch schlimmer; sie hatte entsetzliche Angst davor, was sie möglicherweise dort erwartete. Eine Einstmals-Elfe war den Tükken, die dort lauerten, noch hilfloser ausgeliefert als die Menschen. Die Nebel vermochten sie so zu verwirren, die Vernunft und die Stärken so zu untergraben und sie von dem, was sie war, dermaßen zu entfernen, daß sie sich am Ende selbst verlieren konnte. Die Nebel brachten die geheimsten und dunkelsten Ängste zum Vorschein, verliehen ihnen Gestalt und genug Macht, um eine Einstmals-Elfe zu zerstören. Das Leben in den Nebeln war ätherisch, eine Schöpfung des Geistes und der Phantasie. Es war magisch und wechselhaft. Die Wirklichkeit war das, was man sich selbst erschuf und mitunter ein Sumpf, der einen mit Haut und Haaren verschlingen konnte.

Willows Angst vor dem Elfenreich war ein Erbe ihrer Vorfahren, jener, die einst Elfen gewesen waren und dann die Nebel verlassen hatten. Natürlich waren nicht alle ihre Vorfahren aus den Nebeln fortgezogen; einige waren zurückgeblieben, zufrieden mit ihrer Unsterblichkeit. Manche lebten noch heute als Elfenwesen in den Nebeln. Hin und wieder hörte sie im Traum ihre Stimmen, wie sie nach ihr riefen und sie drängten, zu der alten Lebensweise zurückzukehren. Es war bereits Hunderte von Jahren her, daß die Einstmals-Elfen die Nebel verlassen hatten, doch das lockende Flüstern verstummte nie.

Wie für alle Einstmals-Elfen war es ein Teil ihres Lebens. Nur daß sie jetzt trotz aller Warnungen zurückgehen mußte. Sie dachte an all die Mahnungen, die von den Einstmals-Elfen seit Jahrhunderten mit großer Gewissenhaftigkeit von Generation zu Generation weitergegeben worden waren. Gehe nicht in die Nebel! Kehre nie dorthin zurück! Doch genau das würde sie tun. Für ihr Baby würde sie ihren gesunden Verstand und ihr Leben riskieren. Ihre Bedürfnisse standen gegen die des Kindes – und das drohte sie zu zerreißen.

Sie lief weiter, während sie mit sich selbst kämpfte und sich immer wieder die möglichen Folgen ausmalte. Der Wald begann sich merklich zu verändern. Die Bäume wuchsen höher, die Landschaft nahm andere Formen an, und sie wußte, daß sie sich Elderew näherte. Sie hatte nicht vor, die Stadt zu betreten. Ihr Vater war dort, und sie wollte ihm nicht begegnen. Er war der Flußherr, Oberhaupt der Einstmals-Elfen und Herrscher über das Seenland. Sie hatten nie eine enge Beziehung zueinander gepflegt und sich noch mehr entfremdet, nachdem Willow gegen den Wunsch ihres Vaters sich Ben Holiday angeschlossen hatte, als er damals nach Landover kam. Sie wußte, daß sie für ihn bestimmt war und er für sie, daß sie ihr Leben teilen würden, und sie hatte beschlossen, daß sie einen Weg finden würde, um bei ihm zu bleiben, ganz gleich, welche Konsequenzen das auch nach sich ziehen mochte. Es war nicht gerade sehr hilfreich gewesen, daß er als König Erfolg hatte, während manch anderer, ihr Vater eingeschlossen, selbst darauf aus war, die Herrschaft über Landover zu gewinnen. Es hatte sich bestimmt nicht positiv auf die Beziehung zu ihrem Vater ausgewirkt, daß sie, die Einstmals-Elfe, ihr eigenes Volk verließ, um mit ihm, dem Menschen aus einer anderen Welt, zu leben. Außerdem war es ihrem Vater ein Dorn im Auge, daß sie eine so enge Beziehung zu ihrer Mutter pflegte. Der Flußherr liebte Willows Mutter noch immer, denn sie war die einzige Frau, die er begehrte und doch niemals hatte besitzen können. Willow war in der einzigen Nacht gezeugt worden, die sie miteinander verbracht hatten, und dann war Willows Mutter, eine Waldnymphe, zu ihrer alten Lebensweise zurückgekehrt. Sie war so ungezähmt, daß sie nur im tiefsten Wald leben konnte. Der Flußherr hatte wiederholt versucht, sie aufzuspüren, hatte sogar ein- oder zweimal versucht, sie einzufangen, doch all seine Bemühungen waren gescheitert. Willows Mutter würde niemals zu ihm zurückkehren. Die Tatsache, daß sie sich Willow hin und wieder zeigte, für sie den Elfentanz tanzte und ihre Gefühle und Träume mit ihr teilte, war folglich mehr, als der Flußherr ertragen konnte. Er hatte viele Frauen und noch mehr Kinder. Er hätte zufrieden sein müssen. Doch er war es nicht. Willow wußte, daß er es ohne ihre Mutter an seiner Seite niemals sein würde.

Sie wanderte durch einen Korridor großer, weißer Eichen und knorriger Hickorybäume, der zu dem silbernen Strom eines Nebenflusses führte, der dann in den Irrylyn mündete. Von dort setzte sie ihren Weg zu den alten Kiefern fort, wo sie bei Einbruch der Nacht ihre Mutter treffen wollte. Sie dachte an ihr früheres Leben, an die Zeit, die sie als Kind des Flußherren hier im Seenland verbracht hatte. Die meiste Zeit war sie alleine gewesen und hatte sich einsam und ungeliebt gefühlt. Doch der unerschütterliche Glaube an das, was eines Tages eintreten würde, die Aussicht auf ein Leben mit Ben, das Versprechen, das ihr die Erdmutter gemacht hatte, als sie noch ein kleines Kind war, hatten ihr Kraft und Ausdauer verliehen. Es war der Traum, der sie nährte und erhielt. Die Erfüllung dieses Traumes hatte lange auf sich warten lassen, dachte sie, doch all das Warten hatte sich gelohnt.

Sie erreichte den Strom, folgte ihm bis zu einer flachen Stelle, um ihn dort zu durchqueren. Dort merkte sie zum ersten Mal, daß sie beobachtet wurde, und blieb stehen. Das Augenpaar, das sie im Rücken spürte, blickte ihr unverfroren und beharrlich nach. Sie drehte sich um, und es war verschwunden. Eine Einstmals-Elfe wie sie, wahrscheinlich im Dienste ihres Vaters. Sie hätte wissen müssen, daß sie das Seenland nicht unbemerkt betreten konnte. Sie hätte sich denken können, daß ihr Vater das nicht gestatten würde.

Sie seufzte. Jetzt, da er wußte, daß sie hier war, würde er darauf bestehen, mit ihr zu sprechen. Also konnte sie genausogut hier auf ihn warten.

Sie ging zurück zum Fluß und beugte sich zum Trinken über das Wasser. Das Wasser war sauber und schmeckte gut. Sie betrachtete sich selbst in der glitzernden Oberfläche, eine kleine, zierliche Frau, die kaum mehr als ein Mädchen zu sein schien, mit großen, ausdrucksvollen Augen, dichten, gewellten Haaren, die ihr Gesicht umrahmten, und feinen, seidigen Härchen an den Unterarmen und Fesseln – ihr ganzer Körper eine Farbharmonie aus unterschiedlichen Grüntönen. Sie war dieses Bild, das sich im Wasser des Stromes widerspiegelte, aber sie verwandelte sich auch in regelmäßigen

Abständen in eine Weide, in den Baum, dessen Namen sie trug – das verdankte sie ihrer Abstammung und das war auch der Grund für diese Reise, auf die sie geschickt worden war. Einen Moment lang dachte sie darüber nach, wie anders die Dinge gewesen wären, hätte sie andere Eltern und somit anderes Blut gehabt. Doch diese Gedanken länger als einen Moment zu verfolgen, war sinnlos. Genausogut hätte sie darüber grübeln können, was geschehen wäre, wenn sie als Mensch das Licht der Welt erblickt hätte.

Sie richtete sich wieder auf, und plötzlich stand der Flußherr vor ihr. Er war groß und schlank, seine gemaserte Haut hatte einen fast silbrigen Schimmer, und im Nacken und an den Unterarmen wuchsen ihm dichte, schwarze Haare. Er trug eine unauffällige, leichte Waldkleidung und einen Gürtel um die Taille. Auf dem Kopf trug er ein schmales Silberdiadem, das Zeichen seines Amtes. Er hatte feine, jedoch scharfe Gesichtszüge, seine Nase war so klein, daß sie zu fehlen schien, und sein Mund war eine dünne Linie, die nichts über ihn verriet.

»Das ging aber schnell, selbst für dich«, begrüßte sie ihn.

»Ich mußte mich schließlich beeilen«, antwortete er, »da meine Tochter offenbar nicht die Absicht hatte, mich zu besuchen.«

Seine Stimme klang tief und ruhig. Er war ohne Gefolge vor sie getreten, doch sie wußte, daß seine Diener in der Nähe waren, irgendwo zwischen den Bäumen, gerade noch in Hörweite, damit sie schnell da sein konnten, falls sie gerufen wurden.

»Du hast recht«, sagte sie. »Ich hatte es nicht vor.«

Ihre Ehrlichkeit machte ihn stutzig. »Dem Vater gegenüber sehr dreiste Worte für ein Kind! Bist du etwa zu gut für mich, jetzt als Gemahlin der königlichen Hoheit?« Ein Hauch von Ärger schlich sich in seine Stimme. »Hast du vergessen, wer du warst und woher du kommst? Hast du deine Wurzeln vergessen, Willow?«

Die bissige Anspielung war ihr nicht entgangen. »Ich habe nichts vergessen. Im Gegenteil, ich erinnere mich noch sehr gut an alles. Ich weiß, daß ich hier nicht willkommen bin, Vater. Ich glaube, daß es für dich nicht sehr angenehm ist, mich zu sehen.«

Er starrte sie einen Moment lang an und nickte dann: »Wegen deiner Mutter, glaubst du? Wegen der Gefühle, die ich noch immer für sie hege? Mag sein, Willow. Aber ich habe gelernt, diese Gefühle beiseite zu schieben. Das mußte ich wohl. Dann bist du wohl gekommen, um deine Mutter zu treffen?«

»Ja.«

»Wegen des Kindes, das du erwartest?«

Sie mußte lächeln. Das hätte sie sich denken können. Der Flußherr hatte seine Spione überall, und es waren keine Vorkehrungen getroffen worden, um die Geburt des Kindes geheimzuhalten. »Ja«, antwortete sie.

»Du bekommst ein Kind von Holiday, einen Thronerben!« Das versteinerte Gesicht ihres Vaters war ausdruckslos, doch sein Ton verriet einen Teil seiner Gefühle. »Du bist sicher sehr zufrieden, Willow.«

»Und du bist es nicht«, sagte sie leise.

»Das Kind wird keine Einstmals-Elfe sein und somit keines von uns. Das Kind ist halb menschlich. Ich wünschte, es wäre anders.«

Sie schüttelte den Kopf. »Du siehst alles nur unter dem Einfluß deiner persönlichen Interessen, Vater. Es ist Ben Holidays Kind und damit ein weiteres Hindernis für deine Bemühungen, die Kontrolle über den Thron von Landover zu gewinnen. Jetzt kannst du nicht einfach nur abwarten, daß du ihn überlebst. Jetzt mußt du dich auch noch mit seinem Kind auseinandersetzen. Ist es nicht so?«

Der Flußherr trat einen Schritt näher und stand jetzt direkt vor ihr. »Ich werde mich nicht mit dir streiten. Ich bin enttäuscht, daß du es nicht für nötig gehalten hast, mir von der Geburt meines Enkelkindes zu berichten. Deiner Mutter willst du es anvertrauen, aber ich mußte es auf andere Weise erfahren.«

»Das war doch nicht so schwer für dich, oder?« fragte sie. »Nicht mit all den Spionen, die du überall hast.«

Es herrschte gereiztes Schweigen, während sie sich gegenüberstanden, Sylphe und Schrat, Tochter und Vater, getrennt durch eine Kluft, die sich nicht überbrücken ließ.

Der Flußherr wandte den Blick ab. Die Sonne glitzerte auf seiner silbrigen Haut, als er in den Schatten der riesigen Bäume starrte. »Dies ist meine Heimat. Dies ist mein Volk. Es ist wichtig für mich, dieses Interesse allen anderen Dingen voranzustellen. Du hast vergessen, was das bedeutet. Wir sehen die Dinge nicht mit denselben Augen, Willow. Das haben wir nie getan. Ich war dir nie nahe genug, um uns diese Möglichkeit zu eröffnen. Zum Teil ist es meine Schuld. Durch die Weigerung deiner Mutter, mit mir zu leben, warst du mir immer ein Dorn im Auge. Ich konnte dich nicht sehen, ohne das Bild von deiner Mutter vor Augen zu haben.«

Er zuckte mit den Schultern. Es war eine langsame, bedächtige Geste, ein Zugeständnis an die Vergangenheit und an das, was sich seinem Einfluß entzog. »Dennoch habe ich dich geliebt, mein Kind. Und ich liebe dich immer noch.« Er sah sie wieder an. »Es fällt dir schwer, das zu glauben, nicht wahr? Du kannst es nicht akzeptieren.«

Sie spürte, wie sich etwas in ihr regte, die Erinnerung an eine Zeit, als sie sich nichts sehnlicher gewünscht hätte. »Wenn du mich liebst«, sagte sie vorsichtig, »dann gib mir dein Wort, daß du mein Kind immer beschützen wirst.«

Er sah sie lange und durchdringend an, als sähe er jemand anderen in ihr. Dann legte er eine Hand auf seine Brust. Willow war überrascht, wie knochig sie geworden war. Die Jahre hatten auch ihn gezeichnet. »Du hast mein Wort«, sagte er. »Ich werde tun, was in meiner Macht steht, um mein Enkelkind zu schützen.« Er hielt inne. »Aber es wäre nicht nötig gewesen, daß du mein Wort dafür verlangst.«

Willow hielt seinem Blick stand. »Ich glaube doch!«

Der Flußherr senkte die Hand. »Du bist zu streng mit mir. Doch ich kann es verstehen.« Er blickte in den Himmel. »Willst du deinen Weg gleich fortsetzen, oder würdest du mich in die Stadt und in mein Haus begleiten? Deine Mutter«, fügte er schnell hinzu, »wird nicht vor Einbruch der Dunkelheit kommen.«

Willow zögerte, und einen Moment lang dachte sie daran, seine

Einladung anzunehmen, denn sie spürte, daß es ehrlich gemeint war. Dann schüttelte sie den Kopf. »Nein, danke. Ich möchte gleich weitergehen«, antwortete sie. »Ich habe das Bedürfnis... alleine zu sein, bevor ich sie treffe.«

Ihr Vater nickte, als hätte er diese Antwort erwartet. »Glaubst du, daß sie...?« begann er, doch dann war er unfähig weiterzusprechen. Willow wartete. Sein Blick wanderte in die Ferne, dann sah er sie wieder an. »Glaubst du, daß sie auch für mich tanzen würde?«

Willow empfand plötzlich Mitleid für ihren Vater. Es war ihm sehr schwer gefallen, diese Frage zu stellen. »Nein, ich glaube nicht. Sie wird erst gar nicht auftauchen, wenn du bei mir wärst.«

Wieder nickte er; auch diese Antwort hatte er erwartet. Willow folgte einem plötzlichen Impuls und ergriff seine Hand. »Aber ich werde sie fragen, ob sie ein andermal für dich tanzen kann.«

Seine Hand schloß sich fest um ihre. Einen Moment lang standen sie schweigend beieinander, dann sagte der Flußherr: »Ich werde dir etwas sagen, Willow. Ob du es glaubst oder nicht, bleibt dir überlassen. Doch meine Träume täuschen mich nicht, und meine Visionen sind wahr, denn von allen Einstmals-Elfen bin ich der mächtigste und derjenige, der den alten Weisen am nächsten steht. Also hör mir gut zu. Noch bevor ich über die Geburt informiert worden bin, wußte ich von dem Kind. Ich habe zuvor von ihm geträumt. Die Träume zeigten mir, daß dein Lebensweg durch die Ankunft des Kindes gekennzeichnet ist. Ihr müßt Quellen finden, aus denen ihr angesichts der bevorstehenden Veränderungen Kraft schöpfen könnt – ihr beide, du und die Hoheit.«

Willow schluckte ihre Angst hinunter. »Hast du das Gesicht meines Kindes gesehen? Hast du sonst noch irgend etwas gesehen, das ich wissen muß?«

Der Flußherr schüttelte langsam den Kopf. »Nein, Willow. Meine Träume von dem Kind sind zu allgemein für die Einzelheiten, die du wissen willst. Meine Träume sind Schatten und Licht auf dem Weg des Lebens, mehr nicht. Wenn du mehr wissen willst, sprich mit der Erdmutter. Vielleicht sind ihre Visionen deutlicher als meine.«

Willow nickte. Er wußte nicht, daß sie bereits mit dem Elementargeist gesprochen hatte. Die Erdmutter hätte das nie zugelassen. »Ich werde deinen Rat befolgen. Ich danke dir.«

Sie ließ seine Hand los und trat einen Schritt zurück. Dann drehte sie sich um und lief auf den Wald zu. »Und du wirst auch nicht versuchen, mir zu folgen?« fragte sie wachsam, während sie noch einmal zurückblickte.

Ihr Vater schüttelte den Kopf. »Nein. Wenn du auch nicht vergißt, sie nach dem Tanz zu fragen.«

»Ich werde daran denken«, rief sie ihm zu.

Dann setzte sie ihren Weg fort, ohne sich noch einmal umzudrehen.

Der Tag neigte sich mit einem sanften Wind dem Ende zu. Die Schatten wurden länger, und die Sonne sank westwärts über den wolkenlosen Himmel, bis sie schließlich in einem roten Strahlenmeer hinter dem Horizont verschwand. Willow ließ sich am Rande der Lichtung unter den alten Kiefern nieder und wartete auf den Einbruch der Nacht und das Erscheinen ihrer Mutter. Sie war schon früh dort angekommen und nutzte die verbleibende Zeit, um sich Gedanken darüber zu machen, welche Wendung ihr Leben genommen hatte.

Als sie noch klein war, war sie auf der Suche nach ihrer Mutter oft zu den alten Kiefern gekommen. Aus dem Bedürfnis heraus, ihre Mutter kennenzulernen, war sie hergekommen, und sie hatte instinktiv gespürt, daß sie sich selbst dadurch besser verstehen würde. Die Erdmutter hatte sie gewarnt, daß es sehr lange dauern konnte, bis ihre Mutter auftauchen würde, und daß sie sich ihrer zurückgelassenen Tochter gegenüber wahrscheinlich sehr zurückhaltend, wenn nicht sogar ängstlich verhalten würde. Doch Willow war fest entschlossen und selbst damals schon sehr viel hartnäckiger gewesen, als man es von ihr erwartet hätte.

Als kleines Kind war sie scheu, in sich gekehrt und nicht gerade sehr hübsch gewesen. Sie genoß weder die liebevolle Anleitung einer Mutter noch das Interesse ihres Vaters, und es gab keinen Grund zu der Annahme, daß sie sich jemals verändern würde. Doch sie überraschte jeden. Die Erdmutter trug ihren Teil dazu bei, indem sie sie lehrte und ermutigte, doch zum größten Teil war es Willows eigene Entschlossenheit, die zu dieser Transformation führte. Anfangs fand diese Veränderung ganz im stillen statt. Da Willow die meiste Zeit sich selbst überlassen blieb, lernte sie schon sehr früh, für sich selbst zu sorgen. Wenn sie etwas wirklich wollte, das wußte sie, so mußte sie hinausgehen und sich selbst darum kümmern. So lernte sie, die Ärmel hochzukrempeln, hart zu arbeiten und geduldig zu sein. Ihr war klar, daß sich immer ein Weg auftun würde, wenn man nur ausdauernd genug danach suchte. Diese seelische Stärke war immer schon da, der Rest entwickelte sich später. Sie wurde immer schöner, obwohl ihr das selbst nicht bewußt war. Andere fanden sie hinreißend; sie selbst litt darunter, daß sie nicht wie andere Mädchen aussah. Da sie fast alles alleine machen mußte, entwickelte sie ein großes Selbstvertrauen und eine bewundernswerte Direktheit. Sie lernte, vor nichts und niemandem Angst zu haben. Ihre Fähigkeiten und ihr Wissen eignete sie sich mit derselben Entschlossenheit an, mit der sie auch alles andere meisterte. Allerdings war sie nicht so, weil sie Angst hatte, bei irgend etwas zu versagen – es wäre ihr nie in den Sinn gekommen, daß sie versagen könnte. Sie war so, weil sie es nicht anders kannte.

Insgesamt wartete sie fast drei Jahre auf das Erscheinen ihrer Mutter. Mindestens einmal die Woche ging sie zu den alten Kiefern. Sie wartete den ganzen Tag und manchmal auch die ganze Nacht. Das Warten war schwer, aber nicht unerträglich. Obwohl sie ihre Mutter nie zu Gesicht bekam, spürte sie manchmal ihre Anwesenheit. Das Gefühl kam mit einem Rascheln der Blätter, dem Laut eines kleinen Tieres, dem Flüstern des Windes oder mit dem Duft einer neuen Blume. Von neuem ermutigt, teilte sie ihre Erfahrung stets mit der Erdmutter, und die Erdmutter nickte jedesmal und sagte: Ja, das war deine Mutter. Sie beobachtet dich. Sie macht sich ein Bild von dir. Vielleicht wird sie sich eines Tages zeigen.

Und eines Tages zeigte sie sich tatsächlich. Es war Sommer, als sie plötzlich um Mitternacht unter dem Glanz des Mondes über die Lichtung hüpfte, von Baum zu Baum wirbelte und für das Kind tanzte, das so lange auf sie gewartet hatte. Ihr Erscheinen und ihr Tanz waren voller Magie, und damals spürte Willow, daß ihr Leben etwas ganz Besonderes und Wunderbares werden würde.

Jetzt, nach vielen Jahren und vielen Besuchen, war sie wieder zu den alten Kiefern gekommen, um ihrer Mutter von dem Kind zu erzählen, von der bevorstehenden Reise und von den Warnungen, die man ihr mitgegeben hatte. Ihre Gefühle waren sehr zwiespältig. Auf der einen Seite fühlte sie sich wie berauscht von der Aussicht auf die Geburt ihres gemeinsamen Kindes, auf der anderen Seite ängstigten sie die Risiken der bevorstehenden Reise und die Warnungen der Erdmutter und ihres Vaters. Letzteres bedrückte sie am meisten. Immerhin waren es die Warnungen zweier Wesen, die zu den mächtigsten Wahrern der Magie in Landover zählten, und beide ermahnten sie, auf der Hut zu sein, und warnten sie, daß dieses Kind, auf das sie sich so freute, ihr ganzes Leben verändern würde.

Sie versuchte, ihre Gefühle zu ordnen, während sie auf den Einbruch der Dunkelheit wartete. Sie dachte immer wieder über die Warnungen nach. Doch weder das eine noch das andere verhalf ihr zu neuen Einsichten. Diese Übung diente lediglich dem Zweck, sich der eigenen Gedanken und Gefühle bewußt zu werden. Wäre Ben bei ihr gewesen, hätte sie mit ihm darüber sprechen können, doch so mußte sie auf dieselbe Art und Weise damit umgehen, wie sie es schon als Kind getan hatte.

Allerdings hegte sie große Hoffnung, daß ihre Mutter in der Lage sein würde, ihr zu helfen. Sie würden wie immer durch den Tanz der Waldnymphe ihre Gedanken austauschen. Der Tanz ihrer Mutter war wie eine Vision, die ihr schon bei vielen Gelegenheiten zu neuen Einsichten verholfen hatte. Sie hoffte, daß es auch diesmal so sein würde.

Die Dämmerung schritt fort, und die ersten Sterne tauchten am Himmel auf. Im Norden, knapp über dem Horizont, wurden zwei Monde sichtbar, ein violetter und ein pfirsichfarbener. Die Nachtluft war schwer vom Duft der Kiefernnadeln und der wilden Blumen, und rings um die Lichtung trat Stille ein. Willow dachte an Ben. Sie hätte ihn gern neben sich gespürt. Seine Anwesenheit hätte vieles leichter gemacht. Es bedrückte sie, von ihm getrennt zu sein, denn ohne ihn fühlte sie sich unvollständig.

Es ging bereits auf Mitternacht zu, als ihre Mutter schließlich erschien. Sie sprang in einer Reihe flatternder Bewegungen zwischen den Bäumen hervor und wirbelte von einem schattigen Fleck zum nächsten. Sie war ein winziges, flüchtiges Wesen mit langen silbernen Haaren und dem Körper eines Kindes. Sie hatte die gleiche blaßgrüne Haut wie Willow und trug keine Kleidung. Wie ein Pfeil schoß sie am Rande der Lichtung entlang, als prüfe sie das Wasser eines mondbeschienenen Sees, dann versteckte sie sich wieder zwischen den Bäumen.

Willow war gespannt.

Ihre Mutter kehrte in einem Aufblitzen silbriger Haut zurück und wirbelte leichtfüßig an ihr vorbei. Finger strichen über Willows Wange, so sanft wie der Hauch des Windes. Dann war sie wieder verschwunden.

»Mutter?« rief Willow leise.

Einen Moment später tanzte ihre Mutter erneut zwischen den Blumen hervor. Genau in die Mitte der Lichtung, wo das Licht der Sterne durch die schweren Äste strömte. Sie wirbelte, hüpfte und tanzte, begleitet von den fließenden Bewegungen ihrer Arme, die sie Willow entgegenstreckte. Auch Willow hob zur Antwort die Arme. Sie berührten sich nicht, doch zwischen ihnen begannen die Worte zu fließen, die sie nur im Geiste hörten – Visionen, die ihren Gedanken entsprangen.

Willow erinnerte sich an das Versprechen, das sie ihrem Vater gegeben hatte, und so erzählte sie zuerst von seinem Wunsch, die Waldnymphe tanzen zu sehen. Ihre Mutter schreckte sofort zurück, und Willow ließ das Thema fallen. Dann erzählte sie von Ben und ihrem Leben auf Sterling Silver. Diesmal lag Freude in der Antwort ihrer Mutter, wenn auch sehr flüchtig und verhalten, da sich die Waldnymphe ein Leben jenseits des Waldes und des Tanzes kaum vorstellen konnte. Doch auf ihre eigene, unbeteiligte Weise freute sie sich für ihre Tochter, und Willow wußte, daß sie von ihrer Mutter kaum mehr verlangen konnte. Sie hatte gelernt, das zu akzeptieren und das Beste daraus zu machen.

Dann erzählte die Waldnymphe tanzend von sich selbst, von der großen Freude, die sie durch ihre eigene Lebensweise erfuhr. Früher hatte Willow dieses Hochgefühl ihrer Mutter aufregend gefunden. Jetzt fand sie es eher einfältig. Es war eine merkwürdig leere, beschränkte Freude, die einer gewissen Selbstherrlichkeit entsprang und der es an jeglichem Interesse für andere mangelte. Willow fand diese Art der Freude rätselhaft und irgendwie traurig. Willow wußte, daß keiner den anderen je wirklich verstehen würde, und dennoch teilten sie, was sie konnten, in gegenseitiger Bestätigung und Dankbarkeit, um sich der Bindung, die zwischen ihnen existierte, stets aufs neue zu versichern.

Dann erzählte Willow ihrer Mutter von dem Baby und von der Reise, die sie von Landover zur Erde und durch das Elfenreich führen würde.

Die Antwort ihrer Mutter kam unmittelbar und direkt. Ihr Tanz wurde immer wilder und verrückter. Die Stille der Nacht war jetzt spürbar, und die Welt jenseits der sternenerhellten Lichtung versank völlig in Dunkelheit. Es gab nur noch Mutter und Tochter und den Tanz, der sie verband. Willow sah aufmerksam zu. Sie wurde ergriffen von der Anmut ihrer Mutter, von ihrer Schönheit, ihrer starken Präsenz und ihrem instinktiven Wissen um die besonderen Bedürfnisse ihrer Tochter.

Und so entstand aus den seltsamen, unglaublichen Drehungen und Pirouetten des Tanzes jene Vision, auf die Willow mit Spannung gewartet hatte. Die Bilder erschienen im Licht der Sterne und füllten den Raum zwischen ihnen aus.

Allerdings zeigten sie Willow nicht ihr Kind, sondern Ben. Sie spürte, daß er verloren war – verloren auf eine Art und Weise, die er selbst nicht verstand. Er war er selbst, und doch war er gleichzeitig jemand anderes. Er war nicht alleine. Zwei andere waren bei ihm, und sie erschrak, als sie sie erkannte: Nightshade, die Hexe, und Strabo, der Drache. Alle drei quälten sich durch einen Sumpf von Nebel und grauem Licht, das gleichzeitig von innen und außen zu kommen schien. Auf der Suche nach etwas, das Willow nicht sehen konnte, zogen sie hoffnungslos umher, wobei sie an der Erfolglosigkeit ihrer Suche zu verzweifeln schienen.

Dann sah sie sich selbst, wie sie von demselben Nebel und demselben grauen Licht verschlungen wurde, genauso verloren wie die anderen und auch auf der Suche nach etwas Bestimmtem. Sie war in ihrer Nähe, und dennoch weit entfernt, nah genug, um sie zu berühren, und dennoch ganz woanders. Sie tanzte und wirbelte durch bunt schillerndes Licht. Sie konnte nicht mehr aufhören.

Aber da war noch etwas. In einem geheimnisvollen Wechsel von Klang und Licht offenbarte die Vision ein letztes Bild des Schrekkens. Ben verlor die Erinnerung an sie und sie die Erinnerung an Ben. In der Dichte des Nebels und der Schatten sah sie, wie sie sich voneinander abwandten. Sie würden sich niemals wiederfinden.

Ben, hörte sie sich selbst verzweifelt rufen. *Ben!*

Als die Vision verblaßt war, fand sie sich alleine auf der Lichtung wieder. Ihre Mutter war verschwunden. Willow saß zitternd da und starrte auf die Stelle, wo ihre Mutter gerade noch getanzt hatte. Sie versuchte zu verstehen, was ihr gezeigt worden war. Sie hatte nichts über ihr Baby erfahren, alles hatte sich um Ben gedreht. Warum? Ben war doch zu Hause und genoß die Sicherheit Sterling Silvers und irrte nicht verloren durch finstere Nebel. Welche Reihe unglücklicher Ereignisse könnte ihn je mit Nightshade und Strabo, seinen eingeschworenen Feinden, zusammenführen?

Nichts davon ergab einen Sinn, und das steigerte ihre Verwirrung nur noch.

Sie steckte in einem quälenden Zwiespalt. Am liebsten wäre sie sofort nach Sterling Silver zurückgekehrt, um sicherzugehen, daß mit Ben alles in Ordnung war. Dieses Bedürfnis war so stark, daß sie fast losgelaufen wäre, ohne auch nur einen zweiten Gedanken auf ihre Situation zu verschwenden.

Doch sie wußte, daß sie das nicht tun konnte. Ihre ganze Aufmerksamkeit galt jetzt dem Baby und jener bevorstehenden Mission, die für eine sichere Geburt unerläßlich war. Sie durfte sich jetzt nicht obendrein mit anderen Sorgen belasten, egal, um wen sie sich drehten und wie zwingend sie auch waren. Zuerst mußte sie die Anweisungen der Erdmutter befolgen. Ben würde es nicht anders sehen. Im Gegenteil, er würde darauf bestehen. Vorerst mußte sie die Vision ignorieren. Sie mußte den Dingen ihren Lauf lassen, bis sie in der Lage sein würde, selbst einzugreifen.

Willow stand auf. Sie war erschöpfter, als sie es erwartet hätte, mitgenommen von den Ereignissen des Tages. Im Zentrum der sternhellen Lichtung beugte sie sich über die Stelle, auf der ihre Mutter getanzt hatte, und begann, mit den Händen die Erde zusammenzukratzen. Es war nicht schwer; die Erde war locker und schnell gesammelt. Sie schaufelte ein paar Handvoll in einen Beutel, den sie für ihren Reiseproviant mitgebracht hatte, zog den Beutel zu, wog ihn in ihren Händen und band ihn sich um die Taille – der erste Teil der magischen Mischung für die sichere Geburt ihres Kindes.

Ihr Blick wanderte nach Osten. Dort begann sich der Himmel schon aufzuhellen. Der Tanz hatte fast die ganze Nacht gedauert. Dann ließ sie den Blick ein letztes Mal über die Lichtung schweifen. Alles war still und verlassen, und die alten Kiefern wirkten wie ehrwürdige Zeugen, die ihr Geheimnis niemals verraten würden. So vieles hatte sich hier im Laufe der Jahre ereignet, und so vieles davon war zu einem festen Bestandteil ihres Lebens geworden. Und jetzt auch dies.

»Auf Wiedersehen, Mutter«, sagte sie leise und mehr zu sich selbst. »Ich wünschte, du könntest mit mir kommen.«

Sie stand alleine in der Mitte der Lichtung und dachte wieder an die Vision. Ihre Gefühle waren so stark, daß sie die Augen davor verschließen mußte. Was war mit Ben? Was, wenn die Vision stimmte? Sie kniff die Augen noch fester zusammen, um diese Frage aus ihrem Kopf zu vertreiben.

Als sie sie wieder öffnete, dachte sie daran, was alles vor ihr lag. Die Erde, Bens Welt, irgendwo jenseits der Elfennebel, wo sie die zweite Handvoll Erde einsammeln mußte. Doch wo in seiner Welt? Welchen Ort mußte sie aufsuchen? Welche Art von Erde war nötig, um die Mischung zu erhalten? Welche Form von Magie?

Und ihr Begleiter...?

Im selben Moment sah sie auf einem Baumstamm zu ihrer Rechten eine Katze sitzen, die sich gemächlich die Vorderpfoten leckte. Sie war silberfarben mit schwarzen Pfoten, schwarzem Gesicht und einem schwarzen Schwanz. Sie war schlank und gepflegt und wirkte überhaupt sehr kultiviert. Sie hielt in ihrer Morgentoilette inne und betrachtete Willow aus smaragdgrünen Augen, die den ihren glichen. Willow hatte das verwirrende Gefühl, daß die Katze auf sie wartete. Und dann erkannte sie sie. Und die Katze begann zu sprechen: »Ja, du täuschst dich nicht.«

Willow nickte wortlos. Eigentlich hätte sie es sich denken können. Die Elfen hatten ihr Edgewood Dirk gesandt.

Traumkristalle

Horris Kew pfiff nervös vor sich hin, während er in der Mittagssonne die Straße nach Sterling Silver entlangtrottete. Noch ein paar Meilen, zwei oder höchstens drei, und sie würden es sehen. Seine Spannung mischte sich mit Angst und rief ein starkes Brennen in seiner Magengrube hervor. Er schwitzte heftig, und das nicht nur wegen der Hitze. Der nervöse Tic ließ seinen Augenwinkel hüpfen wie eine wildgewordene Heuschrecke, und er sah aus, als würde er mit unsichtbaren Bällen jonglieren.

Er warf einen besorgten Blick über seine Schulter. Kein Problem, alles war an seinem Platz. Der Packesel befand sich immer noch am anderen Ende des Seils, das er in seiner Hand hielt, und trottete gehorsam hinter ihm her. Die beiden Truhen waren sicher auf dem Traggestell festgezurrt, und Biggar saß nach wie vor oben auf dem Gepäck.

»Guck lieber nach vorne auf die Straße, Horris«, sagte der Vogel.

»Ich wollte nur sehen, ob alles in Ordnung ist«, antwortete er gereizt.

»Mach dir keine Sorgen. Dafür sitz' ich schließlich hier oben. Lauf du nur weiter. Immer schön einen Fuß vor den anderen! Paß lieber auf, daß du nicht auf die Nase fällst!«

Horris Kew wurde puterrot. *Paß auf, daß du nicht auf die Nase fällst! Ha, ha! Was für ein Witz!*

Während er immer noch über die Schulter blickte, öffnete er den Mund, um dem Vogel zu sagen, daß er den Schnabel halten solle, doch dabei stolperte er und fiel prompt auf die Nase. Die Straße war staubig und trocken, und er pflügte mit dem Gesicht eine ansehnliche Furche hinein. Mit dem Mund voller Dreck rappelte er sich wieder hoch und spuckte ärgerlich in die Gegend.

»Sag jetzt nichts, Biggar!« keifte er und fing an, sich den Schmutz abzuklopfen. Sein Körper, der einer Vogelscheuche glich, beschrieb eine Reihe heftiger Verrenkungen, während er sich bemühte, wieder sauber zu werden. »Da war ein Huppel! Ein verdammter Huppel! Hättest du mich nicht abgelenkt, hätte ich ihn gesehen und wäre ausgewichen!«

Biggar seufzte resigniert. »Warum zauberst du uns nicht einfach eine Kutsche herbei, Horris, dann können wir zum Schloß fahren? Oder vielleicht ein Pferd. Ja, ein Pferd, das würde schon reichen.«

»Ein Pferd! Großartige Idee, ein Pferd!« Horris ballte wütend die Hände zu Fäusten. »Wir sollen wie Bittsteller aussehen, du Idiot! Wie arme, mittellose Bittsteller! Erinnerst du dich noch an den Plan?«

Der Esel gähnte und schrie lauthals. »Halt's Maul!« brüllte Horris. Er war außer sich vor Wut.

Biggar blinzelte und neigte nachdenklich den Kopf. »Mal sehen! Der Plan? Ach, ja. Der Plan. Jetzt erinnere ich mich wieder. Der Plan, der sowieso nicht funktionieren wird.«

»Sag das nicht!«

»Sag was nicht? Daß der Plan nicht funktionieren wird?«

»Schhh!« warnte Horris mit Panik in der Stimme, wobei er zum Schutz den Kopf zwischen die Schultern zog und sich nervös umsah. »Er könnte uns hören!«

»Wer, der Gorse? Hier draußen unter praller Sonne mitten in der Walachei?« Biggar schnaubte verächtlich. »Das kann ich mir kaum vorstellen. Der Gorse ist ein Nachtwesen und nicht dazu geschaffen, sich über einen längeren Zeitraum der Sonne auszusetzen. Vampirisch nennt man das, glaube ich.«

Horris funkelte ihn an. »Du fühlst dich wohl mächtig stark, wenn er nicht in der Nähe ist, was?«

»Ich sage lediglich meine Meinung.«

»Davon habe ich aber gestern abend nichts gemerkt. Als er uns den Plan erklärt hat, hast du nichts davon gesagt, daß er nicht funktionieren wird.«

»Du glaubst also, daß es ein guter Plan ist, Horris? Sehe ich das richtig? Du glaubst wirklich, daß er funktioniert?«

Horris schob trotzig den Unterkiefer nach vorne. Mit den Fäusten in den Hüften stand er mitten auf der Straße und starrte auf den Esel und den Vogel. »Natürlich wird er funktionieren!« verkündete er.

Biggar schnaubte noch verächtlicher als beim ersten Mal. »Tja, da haben wir's. Ich geb's auf. Was nützt es schon, wenn ich mich mit diesem Ungeheuer, diesem Gorsen, herumstreite, während du danebenstehst und auf jede bekloppte Idee, die er hat, mit einem zustimmenden Nicken reagierst? Was soll ich denn da noch machen, Horris? Ich kann dich nicht vor dir selbst schützen. Wenn du so drauf bist, hörst du sowieso auf niemanden. Und erst recht nicht auf mich. Schließlich bin ich ja nur dein Haustier.«

Horris knirschte mit den Zähnen. »Haustiere sollten sich ihren Besitzern unterwerfen, Biggar. Wann gedenkst du, endlich damit anzufangen?«

»Vielleicht wenn ich einen Besitzer habe, der es wert ist!«

Mit einem lauten Zischen stieß Horris die Luft aus. »Das hier ist nicht meine Schuld! Nichts von alledem ist meine Schuld! Der Gorse ist deinetwegen hier! Du warst doch derjenige, der ihn überhaupt erst auf den Plan gerufen hat!«

Biggar klapperte mit dem Schnabel. »Wenn ich mich recht erinnere, warst du derjenige, der die Formeln ausgesprochen hat!«

»Aber du hast mir gesagt, was ich sagen soll!«

»Nun, du hättest es schließlich nicht sagen müssen!«

Wütend warf Horris das Seil zu Boden, an dem der Esel befestigt war. Er zitterte am ganzen Leib. Es war schrecklich heiß in der Mittagssonne auf einer trockenen, staubigen Straße, ohne jeden schattenspendenden Baum. Die Kleidung, die er trug – die Lumpen eines armen Bittstellers –, war aus grobem Stoff und voller Schweißflecken. Sie stanken gräßlich. Kurz nach Mitternacht waren sie aufgebrochen und ohne Pause gewandert, weil der Gorse wollte, daß sie die Tore von Sterling Silver noch vor dem nächsten Sonnenuntergang erreichten, damit man sie über Nacht ins Schloß lassen mußte. Er war müde und hungrig – Proviant gab es auch nicht für einen armen Bittsteller, es sei denn, man konnte sich dazu überwinden, diese ekelhaften Blaubonnies zu essen – und seine Geduld war erschöpft.

»Hör zu, Biggar«, sagte er so ruhig er konnte, »ich bin es leid, mit dir zu streiten. Du hattest die Möglichkeit, deine Einwände vorher kundzutun, aber du hast es nicht getan. Also wirst du jetzt den Schnabel halten. Der Plan wird funktionieren, kapiert? Es wird alles klappen! Du magst es nicht glauben und ich vielleicht auch nicht, aber wenn der Gorse sagt, daß es funktioniert, dann tut es das auch!«

Er beugte sich vor wie ein dürrer Baum im Sturm. »Hast du gesehen, wie leicht er Holiday beseitigt hat? Und Strabo und Nightshade? Einfach so, Biggar!« Horris schnippte dramatisch mit den Fingern. »Er hat sehr viel Macht, falls du das noch nicht gemerkt hast. Jetzt, wo König, Hexe und Drache verschwunden sind, wer wird sich ihm dann noch in den Weg stellen? Deswegen wird der Plan auch funktionieren. Und aus demselben Grund verzichte ich darauf, blöde Fragen zu stellen!«

Der Vogel hielt seinem Blick stand. »Du solltest dich mal reden hören, Horris. Wirklich, das solltest du. Er hat Holiday, die Hexe und den Drachen einfach so beseitigt, ja?« Er schnalzte mit der Zunge, um die dramatische Geste des anderen zu imitieren. »Ist es dir jemals in den Sinn gekommen, daß er uns genauso beseitigen könnte? Ich meine, warum sollte er sich weiter mit uns abgeben? Hast du dich das jemals gefragt? Wir sind seine Laufburschen, Horris, und sonst nichts. Wir rennen herum, um all das zu tun, wozu er selbst nicht in der Lage ist, aber wenn wir alles erledigt haben, was dann? Wenn dieser sogenannte Plan tatsächlich funktioniert, wozu braucht er uns dann noch?«

Horris spürte, wie sich sein Magen plötzlich verkrampfte. Vielleicht hatte Biggar recht. Er hatte immer noch das Bild vor Augen, wie Holiday, die Hexe und der Drache in das Wirrkästchen gewirbelt wurden, wie verzweifelt sie dagegen angekämpft hatten, bevor sie im Nebel verschwanden. Als er das Kästchen danach hochhob, war es ihm so vorgekommen, als würden sie darin herumflattern wie gefangene Motten. Er fragte sich, was der Gorse mit dem Wirrkästchen gemacht hatte, nachdem sie zur Höhle zurückgekehrt waren. Er fragte sich auch, ob in seinem Inneren noch Platz für weitere Gefangene war.

Horris schluckte. »Mach dir keine Sorgen, der Gorse braucht uns auf jeden Fall«, erwiderte er hartnäckig, doch diesmal klang er nicht mehr so sicher.

»Warum?« schnappte Biggar.

»Warum?«

»Du mußt mir nicht immer alles nachplappern, Horris, das hab' ich dir schon mal gesagt. Ja, warum? Wenn du schon mal dabei bist, kannst du dir gleich noch eine Frage stellen. Wenn er tatsächlich vorhat, uns Landover zu geben, was will er dann für sich selbst? Und erzähl mir jetzt nicht, daß er das aus reiner Nächstenliebe tut und nichts für sich selbst beansprucht. Mit diesem Plan will er irgend etwas erreichen, und bis jetzt hat er uns noch nicht gesagt, was das ist!«

»Okay! Okay!« Horris fühlte sich endgültig in die Defensive gedrängt. »Vielleicht ist noch mehr an der Sache dran, als er uns verraten will. Sicher, warum auch nicht? Ich habe eine gute Idee! Warum fragst du ihn nicht, Biggar? Wenn du dir solche Sorgen machst, warum bittest du ihn dann nicht einfach um eine Erklärung?«

»Aus demselben Grund wie du, Horris! Ich habe keine Lust, auf dieselbe Weise wie Holiday und die anderen beseitigt zu werden!«

»Aber es ist in Ordnung, wenn ich es tue, was?«

»Solange er dich braucht! Solange schon! Streng mal dein Hirn an, Horris! Er wird dir nichts tun, solange er auf deine Hilfe angewiesen ist! Danach mußt du anfangen, dir Sorgen zu machen!«

Horris stampfte wütend mit dem Fuß auf. Staubverschmierte Schweißtropfen rannen ihm über das schmale, spitze Gesicht. »Das hilft uns jetzt auch nicht mehr weiter, hier draußen auf der Straße, kurz vor den Toren des Schlosses, oder?« brüllte er. Auf einmal fühlte er sich dem Wahnsinn nahe. »Hast du sonst noch irgendwelche nützlichen Vorschläge?«

Biggar schüttelte sein Gefieder; seine dunklen Augen wirkten hart und stumpf. »Die hab' ich in der Tat. Der ganze Plan hängt davon ab, ob die Magie, die er uns mitgegeben hat, funktioniert oder nicht. Wenn nicht, werden uns der Zauberer und der Hund in das tiefste Verlies werfen, das sie finden können. Holiday war unsere einzige Hoffnung, als wir das erste Mal hier waren, und nun ist er schon so lange verschwunden. Da er bisher nicht wieder aufgetaucht ist, werden wir die anderen wohl kaum in Hochstimmung antreffen. Was also, wenn das mit der Magie nicht so läuft, wie es sollte, Horris?«

Horris Kew starrte ihn drohend an. »Ich hab' genug davon, Biggar. Um genauer zu sein, ich hab' genug von dir!«

Biggar war offensichtlich unbeeindruckt. »Ich schlage vor, wir probieren einen aus und sehen, ob es funktioniert, bevor wir uns in die Höhle des Löwen wagen.«

Horris' Gesicht verfinsterte sich noch mehr. »Der Gorse hat uns das verboten, weißt du nicht mehr? Er hat uns ausdrücklich davor gewarnt.«

»Na, und?« drängte der Vogel. »Der Gorse muß ja auch nicht seinen Kopf hinhalten.«

»Der Gorse hat gesagt, daß wir sie auf keinen Fall benutzen dürfen, egal, was passiert! Soweit ich mich erinnern kann, hat er das extra betont!« Horris' Stimme schwoll an. »Angenommen, er hat das nicht nur so zum Spaß gesagt, Biggar! Angenommen – nur mal angenommen –, er weiß, wovon er redet! Und überhaupt, wessen Magie ist es denn, du Idiot!«

Biggar spuckte verächtlich aus – kein leichtes Unterfangen für einen Vogel. »Du bist dümmer als alles, was ich mir vorstellen kann,

Horris Kew. Du bist so furchtbar dumm! Und kurzsichtig obendrein. Und selbst für einen Menschen unglaublich feige!«

Horris verlor die Fassung. Seine Nerven waren zum Zerreißen gespannt, und jetzt explodierte er vor Wut. Laut brüllend wie ein wilder Löwe stürzte er auf Biggar zu. Er hatte die feste Absicht, ihn in Stücke zu reißen. Aber Biggar war ein Vogel, und Vögel können einem Menschen jederzeit entfliehen, indem sie ganz einfach davonfliegen, und genau das tat Biggar jetzt. Er erhob sich lässig und ohne Anstrengung in die Luft und drehte knapp außerhalb der Reichweite des zappelnden, grapschenden Möchtegern-Zauberers kleine Kreise in der Luft. Das einzige, was Horris mit seiner Zappelei erreichte, war, daß der Packesel sich zu Tode erschreckte, scheute und in einer Staubwolke und unter lautem Geschrei im Wald verschwand.

»Oh, verflixt und zugenäht, verflixter Mist! Mist, Mist, Mist!« murmelte Horris neben anderen weniger druckreifen Dingen, als er schließlich wieder klar genug sah, um zu merken, was er angerichtet hatte.

Selbst mit Biggars Hilfe brauchte er fast eine Stunde, um den Esel samt seiner wertvollen Last wieder einzufangen. Erschöpft, mißmutig und aller weiteren Ideen beraubt, setzten der Zauberer und der Vogel ihre Reise fort.

Die Sonne näherte sich bereits dem Horizont, als sie schließlich die Tore von Sterling Silver erreichten.

Questor Thews war am Ende seiner Weisheit. Drei Tage waren vergangen, seitdem Ben Holiday verschwunden war, und noch immer gab es keine Spur von ihm. Die Eskorte, die die Königliche Hoheit zum Herzen begleitet hatte, war sofort zum Schloß zurückgeritten, nachdem er nicht wiedergekehrt war, und Questor hatte sofort einen Suchtrupp losgeschickt. Die Männer hatten das ganze Gebiet um das Herz herum abgesucht und danach die gesamte Gegend ringsherum, doch von der Hoheit hatten sie keine Spur gefunden. Jurisprudenz fanden sie angebunden und grasend dort, wo Holiday ihn offensichtlich zurückgelassen hatte. Im Herzen fanden sie Hinweise auf einen Kampf – zerfetzte Banner, angeschmorte Sitze und Bänke und aufgewühlte Erde –, die allerdings noch lange nicht erklärten, was mit Ben Holiday passiert war. Questor war selbst hinuntergegangen, um es sich anzusehen. Er spürte die Anwesenheit verbrauchter Magie in der Luft, doch an diesem Ort herrschte sowieso schon eine derart konzentrierte Magie, daß er außerstande war, diese merkwürdigen Spuren zu deuten.

Wie auch immer, Ben Holiday war jedenfalls nirgendwo zu finden. Questor Thews hatte sich sofort entschieden, diese Tatsache geheimzuhalten, und der Eskorte und dem Suchtrupp befohlen, kein Sterbenswörtchen über die Suche zu verlieren. Doch das war, als stecke man seinen Finger in einen geborstenen Damm – wie Abernathy spottete, der sich eine entsprechende Bemerkung nicht verkneifen konnte. Nachrichten dieser Art blieben nicht lange geheim. Irgend jemand würde reden, und wenn es sich erst mal herumgesprochen hatte, daß die Königliche Hoheit tatsächlich verschwunden war, würde es mit Sicherheit Ärger geben. Wenn der Flußherr nicht damit anfing, dann würden es die Herren des Grünlandes tun – insbesondere Kallendbor von Rhyndweir, der mächtigste der Grünlandherren und Ben Holidays unerbittlicher Feind. Kallendbor ärgerte sich mehr über den Machtverlust, den er durch Holidays Krönung erlitten hatte, als jedes andere Oberhaupt in Landover. Nach außen akzeptierte er Holidays Souveränität und gehorchte seinen Befehlen, innerlich kochte er jedoch wie ein Topf, den man zu lange auf dem Feuer gelassen hat. Es gab auch noch andere, denen die Nachricht von Holidays Verschwinden äußerst willkommen gewesen wäre, egal, welch dubiose Umstände auch dazu geführt haben mochten. Questor wußte, daß er alle Gerüchte sofort entkräften mußte.

Er hatte auch einen ziemlich genialen Plan, über den er nur mit Abernathy und den Kobolden sprach, um die Zahl der Eingeweihten so klein wie möglich zu halten. Er veranlaßte Abernathy, die Suchtrupps sofort zurückzurufen und zu verkünden, daß Ihre königliche Hoheit wohlbehalten zurückgekehrt sei. Um jene, die ihre Quartiere im Schloß hatten, davon zu überzeugen, daß es sich bei dieser Nachricht um die Wahrheit handelte und nicht ein weiteres Gerücht, benutzte er seine Magie und projizierte eine Erscheinung von Ben Holiday. Die ließ er zur Mittagszeit über die Schutzwälle des Schlosses schlendern, wo sie von allen gesehen werden konnte. Er ließ sie sogar fröhlich winken. Dieses Ritual wiederholte er einige Male, um sicherzugehen, daß es auch genug Zeugen gab. Und wie erwartet, verbreitete sich die Nachricht von Holidays Rückkehr in Windeseile.

In der Zwischenzeit nutzte Questor jede freie Minute, um mit dem Schau-ins-Land die Suche nach Holiday fortzusetzen. Doch er hatte nicht annähernd genug Zeit, und seine Bemühungen blieben fruchtlos. Die Königliche Hoheit blieb verschwunden.

Natürlich ging das Leben auf Sterling Silver weiter, mit oder ohne Holiday, und es war wichtig, daß alles, was getan werden mußte, genauso getan wurde, als wäre Holiday anwesend. Dies war jedoch sehr viel schwieriger als das gelegentliche Beschwören einer Erscheinung. Da Holiday nicht da war, um die Repräsentanten und Abgeordneten zu empfangen, die aus allen Teilen Landovers angereist kamen, waren Questor Thews und Abernathy gezwungen, alles selbst zu erledigen und so zu tun, als wären sie damit beauftragt worden. Einige Besucher waren weit gereist, um die Königliche Hoheit zu sehen. Einige waren sogar herbestellt worden, und keiner von ihnen war sehr erfreut über die angebliche Unpäßlichkeit des Königs. Questor unternahm immer verzweifeltere Anstrengungen, um jeglichen Verdacht im Keim zu ersticken. Er fälschte die Unterschrift des Königs unter Befehlen und Erlassen. Er machte Geschenke, verlieh Auszeichnungen und schrieb Belobigungen, um die Gemüter zu beruhigen. Er versuchte sogar mit Hilfe seiner Magie die Stimme Ben Holidays hinter einem Vorhang hervortönen zu lassen. Dabei produzierte er jedoch aus Versehen die Stimme einer Frau, was dazu führte, daß sich alle Anwesenden fragend anblickten: Was hatte diese Frau dort hinten bei der Königlichen

Hoheit verloren? Questor rettete die Situation, indem er behauptete, daß es sich dabei um ein Dienstmädchen handele, das Holiday irrtümlicherweise für einen Eindringling gehalten habe. Teilweise mangelte es seiner Magie noch immer an Präzision.

Dann war da noch Willows Abwesenheit, über die der König keine Erklärung mehr abgegeben hatte, bevor er selbst verschwunden war, so daß sie jetzt nicht nur eine Person vermißten, sondern gleich zwei. Doch da Questor gesehen hatte, daß selbst Holiday über Willows Abreise nicht sonderlich besorgt gewesen war, sagte er sich, daß er sich um sie auch keine Sorgen zu machen brauche, zumindest nicht im Augenblick. Questor fand, daß sein Leben im Moment keine zusätzlichen Komplikationen vertragen würde. Wenn sie Holiday bis zu ihrer Rückkehr nicht gefunden hatten, blieb immer noch genug Zeit, es der Sylphe dann beizubringen. Schließlich konnte er nicht alles auf einmal machen.

Es begann ihm im Moment sowieso schon alles über den Kopf zu wachsen. Die Tatsache, daß er sich fast zweiteilen mußte, um allen Verpflichtungen nachzukommen und gleichzeitig die Illusion von Holidays Anwesenheit aufrechtzuerhalten, begann sich auf seine Stimmung auszuwirken. Folglich versetzte ihn die Nachricht, mit der Abernathy kurz vor Sonnenuntergang des dritten Tages in der Tür seines Arbeitszimmers erschien, kaum in Hochstimmung.

»Horris Kew und der Vogel sind zurück«, verkündete der Hofschreiber nicht gerade enthusiastisch.

Questor blickte von einem Stapel unerledigten Schriftverkehrs auf, der ihm durch die Abwesenheit des Königs beschert worden war, und stöhnte. »Schon wieder? Was will diese Nervensäge denn diesmal?«

Abernathy betrat den Raum und schloß die Tür hinter sich. Selbst für einen Hund wirkte er äußerst angespannt. »Er wünscht den König zu sprechen – was sonst? Das scheint mir dieser Tage für alle der einzige Sinn des Lebens zu sein. Und verlang jetzt nicht von mir, daß ich ihn wieder wegschicke. Es gibt zwar nichts, was ich lieber täte, aber es geht nicht. Er trägt die Lumpen eines Bittstellers, also muß ich ihn reinlassen.«

Questor hob die Finger an die Stirn und massierte sich die Schläfen. »Hat er rein zufällig erwähnt, was er will?«

»Er hat nur gesagt, es wäre sehr wichtig. Mehr nicht. Von seiner Verbannung hat er nichts gesagt, falls es das ist, worauf du hinauswillst.«

»Um die Wahrheit zu sagen, ich weiß selbst nicht mehr, worauf ich hinauswill! Ich weiß kaum noch, was ich tue!« Der Zauberer zerrte an seinem Bart, als hätte er vor, ihn abzureißen. »Weißt du, Abernathy, mir liegt sehr viel an unserer Königlichen Hoheit. Sehr, sehr viel. Ich habe Ben Holiday selbst ausgewählt, falls du dich erinnerst. Ich habe etwas Besonderes in ihm gesehen, und ich habe mich nicht getäuscht. Er ist der König, auf den wir alle gewartet haben, der König, den Landover brauchte, um wieder zu genesen.«

Er stand auf. »Aber wirklich, ich wünschte, er würde aufhören, ständig zu verschwinden! Wie oft hat er das jetzt schon gemacht? Ich weiß einfach nicht, warum er uns gegenüber so rücksichtslos ist. Einfach mitten in der Nacht abzuhauen, ohne ein Wort zu sagen. Davonzureiten und uns mit dem ganzen Schlamassel hier sitzenzulassen. Glaubt er wirklich, daß wir ihn jedesmal decken können, bis er zurückkommt? Ich muß schon sagen, ich finde das äußerst enervierend!«

Abernathy wandte den Blick ab und räusperte sich. »Nun, bei allem, was recht ist, Questor Thews, so muß ich doch zu seiner Verteidigung sagen, daß er sein Verschwinden fast nie selbst verschuldet hat. Ich bin mir ziemlich sicher, daß er es in den meisten Fällen vorgezogen hätte, nicht zu verschwinden.«

»Ja, ja, ich weiß. Mein Bruder und so. Das schwarze Einhorn.« Questor schob den Einwand beiseite. »Trotzdem, ein König hat Pflichten, und die sollte er nicht so auf die leichte Schulter nehmen. Ein König sollte sich in diesen Dingen an seine Berater wenden. Dazu sind sie schließlich ...«

Er hielt abrupt inne. »Du glaubst doch nicht etwa, daß man ihn entführt hat, oder? Hätte man dann nicht inzwischen schon Lösegeld gefordert? Es sei denn, Nightshade steckt dahinter. Sie würde bestimmt kein Lösegeld fordern. Sie würde ihn einfach eliminieren! Doch wenn das der Fall ist, warum wurde er dann nicht vom Paladin beschützt? Warum ist ihm der Paladin nicht zur Hilfe geeilt...«

»Questor Thews«, versuchte Abernathy ihn zu unterbrechen.

»...egal, in welcher Gefahr er sich auch befunden haben mochte? Was ist das für ein Beschützer, der seinen Herren im Stich lassen –«

»Zauberer!« knurrte der Hund gereizt.

Questor zuckte zusammen. »Was? Was ist los?«

»Hör um Himmels willen mit diesen Spekulationen auf! Das hat doch keinen Sinn! Wir haben nicht die geringste Ahnung, was aus dem König geworden ist, aber es nützt ihm überhaupt nichts, wenn wir jetzt beide den Kopf verlieren. Wir müssen ruhig bleiben. Wir müssen so weitermachen, als wäre er immer noch hier, und können nur hoffen, daß er in der Zwischenzeit wieder auftaucht.« Abernathy holte tief Luft. »Hast du mit dem Schau-ins-Land irgendwas entdecken können?«

Questor, den die Zurechtweisung zur Einsicht gebracht hatte, schüttelte nachdenklich den Kopf. »Nein. Nichts!«

»Vielleicht solltest du Bunion auf die Suche schicken. Ein Kobold kann mehr ausrichten als zwanzig Suchtrupps und bleibt dabei auch noch unbemerkt. Bunion kann jeden aufstöbern. Vielleicht solltest du ihn auf Holiday ansetzen.«

»Ja.« Questor nickte gedankenverloren. »Ja, vielleicht sollte ich das tun.«

»Und was machen wir in der Zwischenzeit mit Horris Kew?« fuhr Abernathy fort, wobei er dem dringenden Bedürfnis widerstand, sich irgendwo ganz unten am Körper mit dem Hinterbein zu kratzen.

Questor legte wieder die Finger gegen die Schläfen, als hätte man ihn an einen Kopfschmerz erinnert, den er für einen Augenblick vergessen hatte. »Ach, du meine Güte. Der. Tja, den König kann er natürlich nicht sehen. Verflixt noch mal, warum müssen wir ihn überhaupt empfangen?«

»Das müssen wir nicht«, sagte Abernathy. »Aber wenn ich die Entschlossenheit auf seinem Gesicht richtig deute, wird er so lange drängen, bis wir es schließlich doch tun. Jedenfalls glaube ich nicht, daß er einfach wieder von dannen zieht.«

Questor seufzte. »Nein, das glaube ich auch nicht.« Gedankenverloren hielt er inne. »Abernathy, findest du, daß ich diesem Mann irgendwie ähnlich sehe?«

Abernathy starrte ihn an. »Was für eine komische Frage.«

»Nun, es stört mich, daß es so sein könnte. Ich meine, wir sind beide in der Beschwörungsbranche, nicht wahr? Und manchmal wird behauptet, daß alle Zauberer gleich aussehen. Du hast das doch auch schon gehört, oder nicht? Und abgesehen davon, sind wir beide ziemlich groß und leicht gebaut und mitunter etwas linkisch, und wir haben beide recht auffällige Nasen und ... nun ja, markante Gesichtszüge ...«

Abernathy hob beschwichtigend die Hand. »Du und Horris Kew, ihr habt so viel gemeinsam wie ich und der Vogel. Bitte, ich will nichts mehr davon hören. Sag mir jetzt nur, ob wir ihn heute abend noch empfangen oder nicht. Ich schlage vor, daß wir es nicht länger hinausschieben.«

Questor nickte. »Ich stimme dir zu. Bringen wir es hinter uns.« Sie verließen den Raum, liefen einen Korridor entlang und stiegen zwei Treppen hinunter zu der Vorhalle, wo die Besucher warteten, bis sie empfangen wurden. Sie waren ein merkwürdiges Paar, der weißhaarige, schlaksige Zauberer mit seinem bunten Flickengewand und der zottelige Hund, der sich so penibel kleidete. Questor grummelte den ganzen Weg lang vor sich hin, meckerte über dieses, jammerte über jenes und malte die Dinge so schwarz, daß Abernathy ihn schließlich auf ziemlich rüde Art aufforderte, den Mund zu halten. Zwei alte Freunde, deren gemeinsame Vergangenheit sie trotz allem unzertrennlich machte.

»Weißt du, Abernathy«, sagte der Zauberer, als sie das Erdgeschoß erreichten und zur Vorhalle gingen. »Wenn ich es nicht besser wüßte, würde ich meinen, Horris Kew hätte etwas mit Holidays Verschwinden zu tun. Das ist genau die Art von Durcheinander, die er doch immer wieder mit seiner unausgegorenen Magie angezettelt hat. Eine hastige Beschwörung hier, ein bißchen Zauberei da – ohne Verstand und völlig wahllos. Doch so viel Macht besitzt er nicht!« Er machte eine kurze Pause und fuhr dann fort: »Und an der nötigen Intelligenz mangelt's ihm auch.«

Abernathy schnaubte. »Man braucht keine Intelligenz, um gefährlich zu sein.«

Sie liefen durch den großen Saal zur Vorhalle, wo Horris Kew und sein Vogel warteten. Entschlossen traten sie ein.

Horris erhob sich von der Bank, auf der er gesessen hatte. Der Vogel blieb auf der Rückenlehne der Bank sitzen und beobachtete alles mit scharfem, gewieftem Blick. Neben der Bank standen zwei eisenbeschlagene Holztruhen auf dem Steinboden.

»Questor Thews und Abernathy!« verkündete Horris Kew mit scheinbar grenzenlosem Entzücken. »Einen guten Abend wünsche ich euch beiden! Auch danke ich euch, daß ihr so schnell gekommen seid, um mich zu empfangen. Ich stehe tief in eurer Schuld.«

»Horris, sparen wir uns die Höflichkeiten, bitte, ja? Was tust du überhaupt hier? Soweit ich mich erinnern kann, solltest du erst wiederkommen, wenn die Königliche Hoheit nach dir schickt. Hat sie das vielleicht ohne mein Wissen getan?«

Der Zauberer grinste verlegen. »Nein, bedauerlicherweise nicht. Ich bange weiter in Hoffnung und Erwartung.« Sein Gesicht erhellte sich. »Doch deswegen bin ich nicht gekommen, Questor Thews. Ich habe aufregende Neuigkeiten für euch.« Er machte eine Pause und sah sich hoffnungsvoll um. »Ich schätze, die Königliche Hoheit ist nicht gerade zufällig in der Nähe?«

Questor verzog das Gesicht. »Nein, im Moment nicht. Was sind das für Neuigkeiten, die du bringst, Horris? Doch wohl nichts, was mit der Ausbeutung von Nutztieren zu tun hat?«

»Nein, nein«, antwortete der andere schnell. »Ich erinnere mich an mein Versprechen und werde es nicht brechen. Keine Beschwörungen. Nein, dies ist etwas ganz anderes.« Wieder machte er eine Pause. »Darf ich mich in dieser Sache vertraulich an Euch wenden in Eurer Funktion als Hofzauberer und Hofschreiber, da die Hoheit offensichtlich anderweitig beschäftigt ist?«

Questor antwortete irgend etwas, aber Abernathy starrte nur den Vogel an. War er dabei, den Verstand zu verlieren, oder hatte er den Vogel kichern hören? Er durchbohrte den Vogel mit seinem Blick, doch der schüttelte nur gleichgültig sein Gefieder und blickte in eine andere Richtung.

»Nun denn«, verkündete Horris Kew und räusperte sich wichtigtuerisch. »Es gibt Momente, und das nicht zu knapp, wenn ich hinzufügen darf, wo uns der Streß der Arbeit und die Lasten unserer Verpflichtungen zu zermürben drohen und wir ein bißchen Unterhaltung und Abwechslung brauchen, um zu entspannen. Ich bin sicher, Ihr könnt das auch bestätigen. Und ich spreche jetzt nicht nur von den Reichen, sondern von dem einfachen Mann, der auf dem Feld und in der Werkstatt arbeitet, auf den Märkten und in den Läden unserer Dörfer und Städte. Ich spreche von all den Männern und Frauen, Jungen und Mädchen, die für ein besseres und produktiveres Leben kämpfen –«

»Komm zur Sache, Horris«, unterbrach ihn Questor erschöpft. »Es war ein langer Tag.«

Horris hielt inne, lächelte und zuckte die Schultern. »In der Tat. Deswegen brauchen wir etwas Ablenkung. Eine Möglichkeit, für ein paar Stunden dem Alltag zu entfliehen. Ich glaube, ich habe etwas gefunden, das in dieser Hinsicht Abhilfe schafft.«

»Sehr lobenswert«, knurrte Abernathy. »Doch jemand hat diese Entdeckung schon vor langer, langer Zeit gemacht. Man nennt es Spielen. Manchmal macht man es in Gruppen, manchmal allein. Es gibt alle möglichen Arten von Spielen. Hast du ein neues Spiel erfunden? Bist du deswegen hier?«

Horris Kew lachte höflich, wenn auch zähneknirschend. »Oh,

nein, hier dreht es sich nicht um Spiele. Hier geht es um etwas ganz anderes.« Er hielt inne und lehnte sich dann verschwörerisch nach vorne. »Traumkristalle!« flüsterte er krächzend.

»Was?« fragte Questor mit gerunzelter Stirn.

»Traumkristalle«, wiederholte der andere vorsichtig. »Habt Ihr schon davon gehört?«

Das hatte Questor nicht, doch er wollte nicht zugeben, daß er weniger wußte als Horris Kew. »Das ein oder andere sicher.« Er spitzte die Lippen. »Aber erzähl mir trotzdem davon.«

»Ein Kristall«, sagte Horris, wobei er einen einzelnen Finger hochhielt. »Ein Kristall, in den man hineinsieht wie in einen Spiegel. Und wenn man das tut, zeigt er einem Bilder aus der Vergangenheit und aus der Zukunft, Bilder von einem selbst und von den Menschen, die man liebt. Die Bilder sind angenehm und willkommen, und sie lassen einen zeitweilig die Probleme des Alltags vergessen. Die perfekte Ablenkung von allen Sorgen.« Er rieb sich die Hände. »Hier, ich will es Euch zeigen.«

Er streckte die Hand zwischen seine Lumpen, zog einen Kristall hervor und hielt ihn hoch. Er hatte ungefähr die Breite und Länge eines durchschnittlichen Daumens. Er hatte fünf Seiten, war an dem einen Ende flach, lief am anderen Ende spitz zusammen und war transparent genug, daß man hindurchsehen konnte.

»Möchtet Ihr ihn ausprobieren?« fragte er Questor Thews und streckte ihm den Kristall entgegen.

»Moment mal.« Abernathy sprang sofort dazwischen. »Dieses Ding ist magisch, nicht wahr?«

Horris nickte ruhig. »Das ist es.«

»Ich dachte, du hättest versprochen, die Zauberei aufzugeben, es sei denn, man würde dich darum bitten. Du hast der Königlichen Hoheit sogar geschworen, daß du nichts mehr damit zu tun haben willst. Was ist aus deinem Versprechen geworden, Horris? Wo kommen diese Kristalle her, wenn du sie nicht selbst gezaubert hast?«

Horris hob in beschwichtigender Geste die Hände. »Ich habe

mein Versprechen nicht gebrochen, Abernathy. Dies –« er hielt den Kristall ein zweites Mal hoch »– wurde mir in einem Traum gezeigt. Ich schlief tief im Wald ... äh«, er zögerte. »... oben im Norden. Ich hatte gefastet und nach meinem Besuch hier den ganzen Tag über die Missetaten und Fehler meines Lebens nachgedacht, und als ich schließlich einschlief, träumte ich. In meinem Traum wurde mir dieser Kristall gezeigt. Es war eine Vision von großer Kraft. Sie zeigte mir den Kristall und den Ort, an dem er zu finden war. Der Traum legte mir nahe, ihn zu suchen. Als ich aufwachte, konnte ich gar nicht anders, als mich auf die Suche zu machen. Und ich fand den Kristall, wie versprochen. Da meine Verbannung noch nicht aufgehoben wurde, fühlte ich mich verpflichtet, ihn sofort hierherzubringen.« Wieder hielt er inne und blickte demütig auf seine Füße. »Zugegeben, ich hoffte, daß das die Entscheidung über mein Exil in gewisser Weise positiv beeinflussen könnte.«

Abernathy zeigte sich wenig beeindruckt. Er hielt seine Stellung, das Hundegesicht ausdruckslos, die Hundeaugen wachsam. Hinter alldem verbarg sich eine Lüge, dessen war er sich sicher. »Du hast niemals in deinem ganzen Leben eine Magie verwendet, die nicht für jeden, der damit in Berührung kam, ein schlimmes Ende nahm. Ich kann mir nicht vorstellen, daß es sich mit diesem Traumkristall anders verhält.«

»Aber ich bin nicht mehr derselbe Mensch!« protestierte Horris Kew mit einer dramatischen Geste. »Ich habe mich verändert, Abernathy. Ich bereue mein früheres Leben und folge jetzt einem anderen Pfad. Dieser Kristall ist mein erster Schritt auf diesem neuen Weg.« Er richtete sich zu voller Größe auf. »Ich mache Euch einen Vorschlag. Warum probiert Ihr ihn nicht als erster aus? Auf diese Weise kann Questor seine phantastische Magie dazu benutzen, mit mir zu machen, was er will, falls es Probleme geben sollte. Ihr werdet sicher mit mir darin übereinstimmen, daß er mir weit überlegen ist, falls es sich hier um einen üblen Trick handeln sollte. Und überhaupt, warum sollte ich hier so etwas Dummes riskieren, unmittelbar über den dunklen Verliesen, in die Ihr mich so gerne werfen würdet, wie Ihr bereits bei meinem ersten Besuch verkündet habt?«

Da hatte er recht. Abernathy zögerte. »Dir würde ich alles zutrauen, Horris«, murmelte er.

»Hurra für Horris, hurra für Horris!« krächzte der Vogel plötzlich und klapperte mit dem Schnabel.

Abernathy warf dem Vogel einen argwöhnischen Blick zu. »Was meinst du dazu, Questor?« fragte er und blickte vom einen zum anderen.

Der Zauberer hatte die Lippen zu einer schmalen Linie zusammengekniffen. »Überall stehen Wachen herum. Wenn was schiefgeht, wandert Horris in den Kerker, und da bleibt er dann auch. Ich halte mich bereit, falls es eine Auseinandersetzung magischer Kräfte geben sollte.« Er schüttelte den Kopf. »Es liegt an dir, Abernathy.«

»Ihr werdet es nicht bereuen«, sagte Horris, während er Abernathy den Kristall noch ein Stückchen weiter entgegenstreckte. »Das verspreche ich Euch.«

Abernathy seufzte. »Also gut. Bringen wir die Sache hinter uns. Was muß ich tun?«

Horris strahlte. »Nehmt einfach den Kristall, haltet ihn in Eurer Hand, seht hinein und denkt an etwas Fröhliches.«

Abernathy verzog das Gesicht. »Lieber Himmel. Na gut, gib ihn mir.«

Er nahm Horris den Kristall aus der Hand, hielt ihn vor seine Augen und starrte hinein. Nichts passierte. Wie erwartet, dachte Abernathy verächtlich. Keine Überraschung. Doch er sollte an etwas Fröhliches denken, also versuchte er, sich Horris und seinen Vogel in einer Kerkerzelle vorzustellen. Bei dieser Vorstellung fühlte er sich gleich besser und mußte, ohne es zu wollen, lächeln.

Im nächsten Moment erstrahlte der Kristall, bannte ihn und zog ihn aus sich selbst heraus in die Tiefe seiner facettenreichen Brillanz. Er hielt den Atem an. Was sah er da? Da war etwas, etwas Wunderbares, etwas Vertrautes...

Jetzt konnte Abernathy das Bild ganz deutlich sehen. In dem

strahlenden Licht des Kristalls erschien ein Mann, der gutgelaunt sein Haus verließ, um den neuen Tag zu begrüßen. Er winkte Freunden und Nachbarn zu und lief lächelnd die Straße hinunter. Der Mann trug Bücher unter dem Arm und war auf dem Weg zur Arbeit. Er trug eine Brille und die Amtskleidung eines Hofschreibers.

Nein!

Der Mann war Abernathy in seiner ursprünglichen Gestalt als Mensch. Abernathy, bevor er in einen Hund verwandelt worden war. Abernathy, wieder er selbst.

Ein plötzliches Glücksgefühl durchströmte den Hund, als er das sah, eine Freude, die er seit Jahren nicht mehr empfunden hatte. In den Bildern des Kristalls war er wieder der alte! Er war wiederhergestellt! Es war der größte Wunsch seines Lebens, wieder der Mann zu werden, der er einst war – ein Wunsch, dessen Verwirklichung er nicht einmal gewagt hätte, in Betracht zu ziehen, nachdem klargeworden war, daß Questor, dem er seine jetzige Gestalt zu verdanken hatte, ihn nicht mehr zurückverwandeln konnte. Zahllose Versuche, der Situation Abhilfe zu schaffen, waren fehlgeschlagen, und Abernathy hatte alle Hoffnung aufgegeben. Doch hier, in den Bildern des Kristalls, hatte er die Möglichkeit, sich wieder wie ein Mensch zu fühlen! Er spürte den Körper des anderen, als wäre es sein eigener.

Die Emotionen, die diese Magie in ihm hervorrief, waren so heftig, daß er sie kaum ertragen konnte. Schnell schloß er die Hand um den Kristall und machte der Vision ein Ende. Er konnte kaum atmen. »Wie hast du das gemacht?« flüsterte er überwältigt.

»Ich habe nichts gemacht«, antwortete Horris Kew sofort. »Und wir konnten auch nicht sehen, was du gesehen hast. Nur derjenige, der den Kristall in der Hand hält, sieht die Visionen. Es sind seine eigenen, geheimen Offenbarungen, ganz persönlich und unantastbar. Versteht Ihr jetzt den Nutzen einer solchen Magie?«

Abernathy nickte und stellte sich vor, wie wunderbar es wäre, jederzeit dieses Bild heraufbeschwören zu können, wenn er sich an sein altes Leben erinnern wollte. »Ja, das tu ich«, antwortete er leise.

Jetzt war Questor an der Reihe, die Angelegenheit voranzutreiben. »Dieses Ding funktioniert?« fragte er, während er seinen Freund an den Schultern packte und ihn zu sich umdrehte. Dann sah er den Blick in Abernathys Augen. »Nun, wie ich sehe, scheint es tatsächlich zu funktionieren. Ist alles in Ordnung?«

Abernathy nickte, unfähig zu sprechen. Wieder dachte er an die Bilder, die ihm der Kristall gezeigt hatte. Er bemühte sich verzweifelt, ruhig zu bleiben und seine Gefühle für sich zu behalten.

Keiner von beiden sah daher den kurzen Austausch von Blicken zwischen Horris Kew und Biggar. *Na also,* schien er zu sagen.

»Könnt Ihr nun das enorme Potential dieser Magie erkennen?« sagte Horris schnell. »Der Mühsal des täglichen Lebens zu entfliehen, das ist ein Kinderspiel, wenn man einen Traumkristall besitzt. Kein Gruppenzwang, keine Ausrüstung, kein Zeitaufwand. Man benutzt den Kristall in einer Arbeitspause und kehrt erfrischt zurück!« Er lächelte wohlwollend. »Fühlt Ihr Euch nicht glücklich und ausgeruht, Abernathy?« drängte er.

Abernathy schluckte. »Ja, allerdings«, gab er zu.

»Na, denn!« Horris strahlte. »Abernathy, dieser Kristall gehört Euch. Ich möchte, daß Ihr ihn behaltet. Sozusagen ein Geschenk dafür, daß Ihr mir die Chance gegeben habt, meine Hoffnungen zu erfüllen.«

»Danke, Horris«, antwortete Abernathy, aufrichtig erfreut, wobei er sich bereits seinen nächsten Blick in den Kristall vorstellte. Alle Zweifel über die Motive des Zauberers waren vergessen. »Meinen herzlichsten Dank.«

»Seht Ihr«, fuhr Horris fort, der bereits auf weitere Einwände von Questors Seite gefaßt war. »Ich habe noch mehr von diesen Kristallen, um sie zu verteilen. In der Tat habe ich jede Menge davon.«

Er drehte sich zu einer der eisenbeschlagenen Truhen um, öffnete das Schloß und hob den Deckel hoch. Die Truhe war bis zum Rand mit Traumkristallen gefüllt.

»Tausende davon«, sagte er mit einer ausladenden Geste. »In

meiner Vision sah ich nur einen, aber als ich dem vorgegebenen Weg folgte, fand ich diese riesige Menge. Zwei Truhen voll, Questor. Ich habe sie beide mitgebracht. Ich möchte, daß Ihr sie behaltet. Vielleicht als kleine Wiedergutmachung für meine vergangenen Missetaten. Ich kann nicht begreifen, warum gerade ich dazu auserwählt wurde, sie zu finden, doch ich bin dankbar dafür und habe beschlossen, die Verantwortung für ihre sinnvolle Verwendung auf mich zu nehmen. In diesem Sinne möchte ich sie Euch übergeben. Mein Geschenk an Landover. Verteilt sie an die Leute, damit jeder in den Genuß ihrer wohltuenden Bilder kommt. Ein bißchen Fröhlichkeit, um den schweren Momenten des Lebens die Härte zu nehmen.«

Questor Thews und Abernathy starrten mit offenen Mündern auf die Truhe voller Kristalle. »Wenn sich die Menschen mit den Kristallen beschäftigen, wird es vielleicht weniger Gewalt geben«, fuhr Horris nachdenklich fort, während sein Blick zu den Dachsparren wanderte, als suche er eine höhere Wahrheit. »Vielleicht wird es weniger Kriege geben und weniger Morde wegen bedeutungsloser Dinge, wenn es so viele angenehmere und harmlosere Möglichkeiten zur Ablenkung gibt. Vielleicht werden die Menschen weniger Zeit darauf verwenden, Gerüchte in die Welt zu setzen und Zwietracht zu säen.« Er warf dem Zauberer und dem Hund einen verstohlenen Blick zu. Die Blicke, die beide nach seiner letzten Bemerkung ausgetauscht hatten, waren ihm nicht entgangen. »Weniger lockere Zungen werden sich darüber auslassen, ob Landovers Oberhäupter das Land regieren, wie sie es sollten.«

»Hmmm.« Questor strich sich nachdenklich über den Bart. »Ja, mag sein. Und es funktioniert wirklich?« fragte er wieder, während er Abernathy direkt in die Augen blickte und die Hand ergriff, in der er den Kristall hielt.

Abernathys Hand schloß sich noch fester um den Kristall.

»Natürlich habe ich auch einen für Euch, Questor«, sagte Horris Kew schnell. Er streckte den Arm aus und schloß den Deckel der Truhe. »Die gehören jetzt alle Euch.« Er gähnte laut. »Aber genug der Worte. Ihr solltet bereits beide im Bett liegen, um für die Aufgaben des kommenden Tages Kraft zu schöpfen. Ich bin sicher, daß ich Euch mit all dem ermüdet habe. Ich wäre Euch sehr dankbar, wenn Ihr noch ein Lager für mich hättet. Morgen werde ich dann wieder abreisen und warten, bis …«

Er hielt inne. »Es sei denn«, fuhr er fort, »Ihr würdet es in Betracht ziehen, mich bei der Verteilung der Kristalle mithelfen zu lassen?«

Er lächelte sie hoffnungsvoll an und wartete auf eine Antwort.

Greenwich

Zwei Tage lang reiste Willow mit Edgewood Dirk durch das Seenland Richtung Westen zu den Elfennebeln und dem unsichtbaren Pfad, der sie aus Landover hinaus in Bens Welt bringen würde. Dirk bestimmte den Weg, ohne daß es jedoch erkennbar war. Zufrieden damit, neben ihr herzulaufen oder ihr gar zu folgen, übernahm er nur dann die Führung, wenn sie von dem Weg, den er gewählt hatte, abwich. Lässigen Schrittes bewegte er sich vorwärts und bestimmte das Tempo allein durch seine Weigerung, sich hetzen zu lassen. Er benahm sich, als wäre die Zeit bedeutungslos und ihre Reise nicht mehr als ein vergnüglicher Spaziergang durch einen sonnigen Park.

Willow war Edgewood Dirk erst ein einziges Mal zuvor begegnet, und fast alles, was sie über ihn wußte, hatte sie von Ben erfahren. Dirk war Bens ständiger Begleiter auf der Suche nach dem schwarzen Einhorn gewesen, nachdem Meeks, Questors älterer Bruder und ehemaliger Hofzauberer von Landover, Ben durch einen Trick soweit gebracht hatte, daß er glaubte, das Medaillon verloren zu haben, das ihm die Macht und die Autorität des Königs verlieh. Seiner Identität beraubt und von seinen Freunden als Schwindler verschmäht, war Ben in die Wildnis getrieben und sich selbst überlassen worden, während Meeks an seiner Stelle den Thron bestieg. Doch die Elfen hatten ihm aus Gründen, die nur sie selber kannten, Edgewood Dirk geschickt. Er sollte Ben dabei helfen, die Wahrheit über das, was mit ihm passiert war, herauszufinden. Dirk hatte Ben auf seiner Reise begleitet, ihm mit der rätselhaften Weisheit einer Katze zur Seite gestanden und dem thronlosen König auf sehr sonderbare und vage Weise die Richtung gewiesen. Ben war auf der Suche nach Willow gewesen, die sich damals auf der Suche nach dem schwarzen Einhorn befand, und schließlich waren die Geschehnisse auf eine gewaltsame Konfrontation zwischen Dirk und Meeks hinausgelaufen, die den Ausschlag für Bens Rettung gab.

Das war vor fast zwei Jahren gewesen. Seither hatte niemand mehr etwas von Edgewood Dirk gesehen oder gehört. Doch jetzt war er plötzlich wieder da, ein zweites Mal von den Elfen geschickt und abermals aus Gründen, die außer ihnen selbst niemand kannte.

Edgewood Dirk war selbst ein Elfenwesen, wenn er auch zu den unabhängigeren von ihnen gehörte. Er war so sehr Katze wie alles andere, und aus diesem Grunde nahm er sich stets die Freiheit, das zu tun, was er wollte, ohne Rücksicht auf die Wünsche eines anderen. Das machte es oftmals sehr schwer, seine Absichten zu durchschauen, wie sich auch während seiner Zeit mit Ben zweifelsfrei bewiesen hatte. Dirk war eine Prismenkatze, ein Wesen, das über eine sehr seltene Art von Magie verfügte. Er konnte sich von einer Kreatur aus Fleisch und Blut in ein Wesen aus unzerstörbarem Kristall verwandeln, was ihn dazu befähigte, Licht einzufangen und zu tödlichem Feuer zu bündeln. Dirk setzte diese Fähigkeit nur sehr sparsam ein, doch wenn er es tat, dann mit großem Selbstvertrauen. Wie distanziert und abwesend Dirk auch scheinen mochte, wie unbeteiligt und desinteressiert an den Dingen, die um ihn herum passierten, so war er doch niemand, der mit sich spaßen ließ.

Also begleitete ihn Willow mit einem gewissen Gefühl von Sicherheit, denn jeder Gefahr, die ihr drohen mochte, würde Dirk ganz bestimmt gewachsen sein. Sie hätte es vorgezogen, Ben als Begleiter mitzunehmen, doch diese Möglichkeit hatte die Erdmutter von vornherein ausgeschlossen. Manchmal mußte man nehmen, was man kriegen konnte. Willows Mission war so oder so voller Unsicherheiten, und sie war dankbar, daß man ihr überhaupt einen Begleiter geschickt hatte.

Dirk schien die ganze Sache natürlich völlig gleichgültig zu sein.

»Wurdest du wegen Ben geschickt?« fragte sie ihn in der ersten

Nacht. Sie saßen gemeinsam vor einem kleinen Feuer, auf dem Dirk bestanden hatte, um sich vor jedweder denkbaren Kälte zu schützen. Sie hatte trockene Äste und Zweige gesammelt, und er hatte sie angesteckt. Die Anfänge einer funktionierenden Partnerschaft, hatte sie gedacht.

Dirk leckte sich sorgfältig die Pfoten. »Ich wurde nicht geschickt. Ich werde nie geschickt. Ich gehe, wann und wohin ich will.«

»Verzeih mir«, entschuldigte sie sich. »Warum hast du dich dann entschieden, mich zu begleiten?«

Er leckte weiter. »Ich weiß es nicht mehr, wirklich. Es schien mir eine gute Idee, nehm' ich an.« Dann fuhr er mit seiner Toilette fort.

»Kannst du mir sagen, wohin wir gehen?«

»Nach Westen«, sagte die Katze und fuhr fort, sich zu lecken.

»Ja, aber …«

Dirk hörte auf, sich zu putzen, und bedachte sie mit seinem Katzenblick – ein Blick, der gleichzeitig spöttische Belustigung, tiefes Verständnis, ernste Besorgnis und totale Verwunderung ausdrückte. »Einen Moment mal, bitte. Ich kann dir nicht mehr folgen. Weißt *du* denn nicht, wohin wir gehen müssen?«

Sie schüttelte verwirrt den Kopf. »Nein, nicht genau.«

Er starrte sie gedankenverloren an. »O je«, sagte er. »Na ja. Ich schätze, wir werden schon irgendeinen Weg finden.« Dann putzte er sich weiter.

Eine Weile später war sie mutig genug, ihn erneut zu fragen, wobei sie diesmal allerdings anders vorging.

»Bis übermorgen sollten wir die Elfennebel erreicht haben«, sagte sie vorsichtig. »Wenn wir dort ankommen, was machen wir dann?«

Dirk hatte seine Toilette inzwischen beendet und saß mit untergeschlagenen Pfoten und geschlossenen Augen auf einem Fleckchen Gras in der Nähe des Feuers.

Die Augen öffneten sich zu engen Schlitzen. »Wir reisen durch die Nebel in Bens Welt.« Die Augen schlossen sich wieder.

»Wie machen wir das?«

Die Augen wurden wieder geöffnet, diesmal etwas weiter. »Was ist das für eine Frage? Ich muß schon sagen, ich werde die Menschen nie verstehen.«

»Ich bin eine Sylphe.«

»Sylphen auch nicht.«

Willow preßte die Lippen zusammen. »Es ist nur, daß ich mir Sorgen um mein Baby mache. Man verlangt von mir, daß ich all diese Dinge tue, um es zu schützen, aber ich weiß nicht, wie ich's anstellen muß.«

Dirk betrachtete sie mit aufrichtigem Interesse. »Katzen lernen schon sehr früh, daß es wenig nützt, sich Sorgen zu machen. Katzen wissen auch, daß sich die meisten Dinge ganz von alleine ergeben, selbst wenn uns das *Wie* und *Wann* verborgen bleibt. Am besten nimmt man die Dinge, wie sie kommen, und wartet ab, was die Zukunft bringt.«

»Das scheint mir aber sehr kurzsichtig«, wagte sie zu sagen.

Möglicherweise zuckte Dirk mit den Achseln, es war schwer zu sagen. »Ich bin eine Katze«, antwortete er, als würde das alles erklären.

Sie rührte nicht mehr an dieses Thema, weder in dieser Nacht noch am nächsten Tag. Als sie bei Einbruch der Dunkelheit das Seenland hinter sich ließen und die Hügel hinaufwanderten, die an die Elfennebel grenzten, fing er jedoch überraschenderweise selber an, davon zu sprechen.

»Morgen früh werde ich dich durch die Nebel führen«, sagte er, während sie das Holz für das obligatorische Abendfeuer aufschichtete. Sie hatte ihren Umhang auf dem Boden ausgebreitet, und Dirk hatte es sich darauf bequem gemacht.

Sie sah zu ihm hinüber. »Das kannst du?« fragte sie.

»Natürlich kann ich das«, sagte er ein bißchen indigniert. »Schließlich lebe ich dort, falls du das vergessen hast. Ich kenne alle Wege und Pforten.«

»Tut mir leid. Ich glaube, ich war mir nur nicht sicher, was du noch alles kannst und was nicht.« Sie hockte sich auf die Fersen. »Ich wußte nicht, ob Elfenwesen die Nebel überall passieren können oder in jedes beliebige Land. Ich dachte, daß es da vielleicht Einschränkungen gibt.«

Dirk gähnte. »Dann hast du eben falsch gedacht. Katzen können überall hingehen. Das ist nichts Neues.«

»Weißt du, wo wir herauskommen werden?« drängte sie weiter.

Er dachte eine Weile nach. »In einer Stadt, glaub' ich. Ist das wichtig?«

Sie spürte, wie sie allmählich die Geduld mit ihm verlor. »Ja, das ist es. Ich muß in eine Welt zurückgehen, in der ich einmal fast gestorben wäre. Ich tue das gegen meinen Willen und zum Schutze meines Kindes. Das, was ich dort zu tun habe, will ich so schnell wie möglich erledigen, damit ich den Ort sofort wieder verlassen kann. Glaubst du, daß das möglich ist?«

Dirk stand auf, streckte sich und ließ sich wieder nieder. »Ich habe nicht die geringste Ahnung.« Er warf ihr einen würdevollen Blick zu. »Ich denke, das hängt alles von dir ab.«

»Ja, aber ich weiß nicht, wohin wir gehen müssen«, drängte sie verzweifelt. »Ich weiß nur, daß ich Erde aus Bens Welt mitbringen soll, aber ich weiß nicht, wo diese Erde zu finden ist. Es ist eine ziemlich große Welt, um nach so etwas zu suchen, weißt du?«

»Nein, weiß ich nicht«, sagte der Kater. »Ich war noch nie dort. Aber für eine Katze ist es überall so ziemlich dasselbe. Ich bin mir sicher, daß wir das, was wir brauchen, dort finden werden, ohne lange suchen zu müssen. Ich habe ein Talent dafür, Geheimnisse zu lüften.«

Sie widmete sich wieder dem Feuer, beendete ihre Arbeit, trat einen Schritt zurück und sah zu ihm hinüber. »Wie viele Geheimnisse kennst du eigentlich, Dirk?« fragte sie ruhig. »Weißt du auch Dinge über mich?«

Der Kater blinzelte. »Natürlich.«

»Und über Ben?«

»Holiday? Ja, ein paar.«

»Kannst du sie mir verraten?«

»Wenn ich es möchte.« Dirk begann sich wieder zu putzen.

»Katzen sind von Natur aus sehr schweigsam und verraten nur wenig von dem, was sie wissen. Größtenteils deswegen, weil uns sowieso niemand zuhört. Ich habe das Holiday gegenüber öfter erwähnt, als ich mit ihm reiste. Er war wie alle anderen. Ich sagte ihm etwas, aber er hörte mir nicht zu. Ich habe ihn gewarnt, daß er dabei sei, einem Irrtum zu erliegen, und daß Katzen vieles wissen. Aber keiner scheint je auf eine Katze hören zu wollen. Das war ein Fehler, den er besser vermieden hätte.«

»Ich werde auf dich hören, wenn du mir etwas sagst«, bot ihm Willow an. »Sag mir irgend etwas, Dirk. Verrate mir irgendeins von deinen Geheimnissen. Ich weiß so wenig von dem, was geschieht, und ich hungere selbst nach dem kleinsten Häppchen Wissen. Kannst du mir nicht irgend etwas verraten?«

Dirk sah sie an, dann setzte er seine Katzenwäsche fort. Erst leckte er gegen den Strich, dann leckte er sein Fell wieder glatt, wobei er gelegentlich innehielt, um sich ihrer Aufmerksamkeit zu vergewissern. Er nahm sich Zeit mit seiner Toilette, aber Willow wartete geduldig. Schließlich war Dirk fertig und richtete seine smaragdfarbenen Augen auf sie.

»Du wirst ein Kind bekommen«, verkündete er. »Aber die Dinge werden nicht so sein, wie ihr zwei, Holiday und du, es erwartet. Erwartungen sind etwas Gefährliches für Eltern, mußt du wissen. Katzen haben keine und fahren besser damit.«

Sie nickte. »Wir können nichts dafür. Ich meine, daß wir zum Beispiel nicht auf Katzen hören.«

»Ich schätze, das ist wahr«, stimmte ihr Dirk zu. »Leider.«

»Erzähl mir noch etwas.«

Dirk verengte seinen Blick. »Bist du sicher, daß du hören willst, was ich zu sagen habe? Ich meine, das ist doch teilweise der Grund dafür, daß man Katzen keine Beachtung schenkt.«

Sie zögerte. »Ja, ich will es hören.«

»Also gut.« Er überlegte kurz, dann fuhr er fort. »Du und Holiday, ihr werdet euch eine Zeitlang verlieren. Um es genauer zu sagen, habt ihr euch bereits verloren. Wußtest du das denn nicht?«

»Die Vision«, sagte sie leise. »Der Tanz meiner Mutter.«

Dirks Blick wanderte in die Ferne. »Ihr verbringt gewaltig viel Zeit damit, euch zu fragen, wer ihr seid, findest du nicht? Ihr strampelt euch ab auf der Suche nach eurer Identität, wo sie doch die meiste Zeit so leicht zu erkennen ist wie die Nase in eurem Gesicht. Ihr beschäftigt euch mit Fragen über Sinn und Bedeutung und vergeßt, daß die Antworten größtenteils in euch selber liegen.« Er hielt inne. »Katzen halten nichts von solchen Analysen. Katzen verschwenden keine Zeit mit derartigen Überlegungen. Katzen gehen einfach ihren Geschäften nach und nehmen das Leben, wie es kommt.«

»Dann ist die Vision also wahr?« fragte sie. Ihre Angst, daß irgend etwas Schreckliches mit Ben passierte, etwas, auf das sie keinen Einfluß hatte, nahm ständig zu, doch sie versuchte, sie zu verbergen.

Dirk blinzelte. »Welche Vision?«

»Ist Ben in Gefahr?« drängte sie.

»Woher soll ich das wissen?« murmelte Dirk und streckte sich. »Rück lieber ein Stück von dem Brennholz ab.«

Sie befolgte seinen Rat. Dirk begann zu schimmern und verwandelte sich in der verblassenden Abenddämmerung in seine Kristallform. Fleisch und Blut wurden zu flüssigem Glas, und als er die Transformation vollendet hatte, nahm er das Glühen des Sonnenuntergangs und das Licht zweier Monde und vereinzelter Sterne in sich auf und bündelte es zu einem Feuerstrahl, den er aus seinen smaragdgrünen Augen auf das Brennholz lenkte. Das Feuer begann sofort zu knistern, und die Prismenkatze verwandelte sich wieder zurück, rollte sich behaglich auf Willows Umhang zusammen, schloß die Augen und schlief ein.

Willow beobachtete Dirk noch eine Weile, bis ihr selbst die Augen zufielen.

Sie hatte einen unruhigen Schlaf, denn sie wurde von Träumen verfolgt, in denen unsichtbare Hände nach Ben und dem Kind griffen und ihr beide von der Seite rissen, bis nichts mehr blieb, außer dem Echo ihrer eigenen Stimme, die nach ihnen rief. In dem Traum lag der unausgesprochene Vorwurf, daß sie die Schuld an allem trug, was mit ihnen passiert war, daß sie die beiden im Stich gelassen hatte, als sie sie am meisten brauchten.

Sie verspürte keinen Appetit, nachdem sie aufgewacht war, und da Dirk niemals irgendwelches Interesse an Nahrung bekundete, wuschen sie sich und machten sich gleich nach Sonnenaufgang auf den Weg zu den Elfennebeln.

Es war ein windstiller Morgen, und die stickige Sommerhitze legte sich wie ein Tuch über das Land und war selbst in den höher gelegenen Hügeln zu spüren. Der Morgentau breitete seinen feuchten Schleier über dem Boden aus, und seine Tröpfchen glitzerten im ersten dunstigen Tageslicht. Sie wanderten weiter die Hügel hinauf, fanden eine Felsenge, die zu einem Paß führte, und begannen dann den Abstieg in das graue Zwielicht der Nebel.

Sie erreichten ihr Ziel in weniger als einer Stunde und betraten die Nebelschwaden, ohne ein Wort zu wechseln. Dirk hatte die Führung übernommen und schien nicht länger geneigt, die Dinge dem Zufall zu überlassen. Er lief direkt vor der Sylphe her und bahnte sich vorsichtig seinen Weg durch Risse im Boden, um Steine herum und über nackten Boden, wo aus Mangel an Sonnenlicht nicht einmal Gräser wuchsen. Sie folgten dem Pfad immer tiefer in den Dunst hinein, bis es keinen Pfad mehr gab und das Licht der aufgehenden Sonne vollständig hinter ihnen verschwunden war. Um sie herum gab es nichts als dichte Nebelschwaden, die sie in unerbittlicher Hartnäckigkeit umkreisten, mal in diese Richtung zogen, mal in jene, die Augen zur einen Seite lenkten und dann wieder zur anderen, um ihnen jegliche Orientierung zu nehmen. Willow ignorierte diese verwirrenden Bewegungen und konzentrierte sich ganz auf Dirk, der mit seiner üblichen Gleichgültigkeit voranschlenderte und seinen Weg eher zufällig als bewußt zu wählen schien. Er blickte weder nach rechts noch nach links noch hinter sich, um zu sehen, ob sie ihm folgte. Hin und wieder hielt er inne und streckte die Nase schnüffelnd in die Luft, doch ansonsten zeigte er kein Interesse an ihrer Umgebung.

Die Minuten strichen dahin, doch Willow hatte keine Ahnung, wieviel Zeit inzwischen vergangen war. Zeit und Raum verloren ihre Bedeutung, und alles verschwamm zu einer beunruhigenden Gleichförmigkeit. Zuerst herrschte eine tiefe, betäubende Stille, dann hörten sie eine Reihe zarterer Geräusche, wie das Rascheln kleinerer Tiere oder Vögel im Gestrüpp oder zwischen den Blättern. Nach einer Weile nahmen die Geräusche deutlichere Formen an und begannen auf die Anwesenheit anderer Wesen hinzuweisen. Gesichter tauchten am Rande ihres Blickfeldes auf, die sie gerade noch aus dem Augenwinkel wahrnehmen konnte, mehr aber auch nicht. Die Gesichter waren schmal und hatten scharfgeschnittene Züge und spitze Ohren. Augen, so durchdringend wie die einer Eule, beobachteten sie. Das Elfenvolk war gekommen, um sie zu sehen, sie einzuschätzen und sie vielleicht passieren zu lassen. Sie sah nicht zu ihnen hin; sie konzentrierte den Blick auf ihre Füße und auf Edgewood Dirk. Sie traute sich nicht, in die Gesichter zu blicken, weil sie Angst hatte, daß sie sofort verloren wäre, wenn sie es täte.

Irgend etwas strich über ihre Wange, und ihre Augen füllten sich mit Tränen. Irgend etwas berührte ihre Hand, und sie fühlte sich von einer plötzlichen Hitze durchströmt. Ihre Haut kribbelte, und ihr Mund wurde trocken. *Sieh nicht hin,* mahnte sie sich selbst, *dreh dich nicht um.* Sie drängte vorwärts und achtete sorgfältig darauf, Dirk nicht aus den Augen zu verlieren, während sie an das Baby dachte und an Ben, der irgendwo auf sie wartete. Sie zwang sich, ruhig zu bleiben, und kämpfte mutig gegen ihre eigenen Ängste an...

Es dauerte lange, bis sich die Nebel schließlich aufzulösen begannen und sie vor sich durch den Dunst deutliche Formen erkennen konnte. Dunkle Schatten umhüllten eine Wand aus Ziegelsteinen, und Regen nieselte aus einem bleigrauen Himmel. Sie hörte merkwürdige, mechanische Geräusche und gedämpfte Rufe, und die

Wand stieg weit über ihrem Kopf in die Höhe und verlor sich irgendwo in der Finsternis. Die Nebelschwaden wichen hinter ihr zurück, und sie stand im Regen auf einer schmalen Straße, die wie eine tiefe Spalte zwischen zwei riesigen Gebäuden hindurchführte. Wolken bedeckten den Himmel und umhüllten weit über ihr die Spitzen der Gebäude. Schatten glitten über die Wände, und scharfe, derbe Gerüche stiegen von dem rissigen Steinboden auf, auf dem sie standen.

»Wo sind wir?« flüsterte sie voller Entsetzen.

Zu ihrer Linken bewegte sich etwas. Es war ein Mann in Lumpen, der sich im Windschatten einer Toreinfahrt zusammengerollt hatte und schlief. Gegen das Wetter hatte er sich mit Stücken von Pappkarton geschützt. Seine Hand umklammerte eine leere Flasche.

Dirk schnüffelte in die Richtung des Mannes und wandte sich schnell ab. Er blickte die Gasse hinauf und hinunter. Das eine Ende führte nirgendwohin, das andere führte zu einer lärmenden Straße. Letzteres schien ihm die besser Wahl, und geziert stieg er über den Müll einer umgekippten Tonne, wobei er nach jedem Schritt angewidert mit den Pfoten zuckte. Willow folgte ihm.

Langsam näherten sie sich dem Ende der Gasse und dem Lärm. Immer deutlicher sahen sie die Straße durch den Regen, konnten Bewegungen erkennen und hören, wie der Lärm stetig anstieg. Autos und Busse rumpelten vorbei, hielten an und fuhren weiter mit dröhnendem Hupen und quietschenden Bremsen. Willow kannte diese Dinge von ihrem letzten Besuch. Sie hatte jedoch keine Ahnung, was Dirk darüber wußte. Ihre Erinnerungen waren jedenfalls unangenehm, und sie litt schon jetzt unter dem Lärm der Stadt und ihrem Gestank. Das Regenwasser war schmierig von Staub und Schmutz, rann über die Steine zu ihren Füßen und sammelte sich in kleinen Pfützen zwischen dem Müll. Überall glitzerten Glasscherben.

Sie erreichten das Ende der Gasse und blickten auf die Straße hinaus. Die Autos und Busse rollten dicht an dicht durch den grauen Nieselregen; sie krochen alle in dieselbe Richtung, bis sie an eine Stelle kamen, wo andere Vehikel ihren Weg kreuzten. Rote und grüne Lichter blinkten über ihnen auf. Gelbes Licht schimmerte in den Straßenlaternen und durch die Fenster der heruntergekommenen Gebäude mit ihrer abblätternden Farbe und dem rissigen Putz.

Und überall wimmelte es von Menschen; die meisten trugen lange Mäntel und manche auch Stiefel. Sie hasteten mit gebeugten Köpfen über die Straße und hielten merkwürdige Vorrichtungen in der Hand – Willow kannte den Namen dieser Dinger nicht –, um sich gegen den Regen zu schützen. Alle bewegten sich mit zielgerichteter Eile, und dennoch sah Willow nichts als Resignation in ihren Gesichtern. Einige blickten in ihre Richtung und sahen dann schnell wieder weg. Einige stiegen in Autos und Busse ein, andere stiegen aus den Fahrzeugen aus, und in den Eingangsbereichen der Gebäude herrschte ein ständiges Kommen und Gehen. Einige sagten etwas in ruhigem Ton, meistens riefen sie einander etwas mit ärgerlicher Stimme zu.

Dirk sog die Luft ein und sah sich scheinbar unbeeindruckt um. Dann trat er aus der Gasse und bog nach links auf den Gehweg der großen Straße. Willow folgte ihm. Sie gerieten in eine Gruppe von Passanten und wurden mitgerissen. Willow zog sich den Umhang fester um die Schultern. Sie verabscheute die Nähe der Menschen und den Geruch, den sie verströmten. Sie dachte an Ben und konnte sich überhaupt nicht vorstellen, daß er in dieser Welt gelebt hatte.

Sie erreichten eine Kreuzung und blieben stehen, weil alle anderen ebenfalls stehenblieben. Neugierige Blicke wurden ihr zugeworfen, doch sie ignorierte das. Sie starrte an den Gebäuden hoch, von denen einige wie monströse Glas- und Steinmonolithen in den Himmel ragten; sie wirkten ausdruckslos und uneinnehmbar. Welchem Zweck dienten sie? Und sie fragte sich, ob in ihnen Menschen wohl leben konnten.

Zu ihrer Überraschung konnte sie verstehen, was die Menschen um sie herum sagten. Eigentlich hätte das gar nicht sein können, es sei denn, sie redeten in einer der Sprachen Landovers. Sie blickte zu einem Schild hoch, das neben ihr an der Straßenecke befestigt war. GREENWICH AVENUE stand darauf.

Über ihr veränderten sich die Lichter, und die Menschen begannen die Straße zu überqueren. Mit Dirk folgte sie ihnen.

Auf der anderen Seite, etwa einen Block weiter, versuchte eine Frau mit einem Ring durch die Nase, Dirk zu treten, als er vor ihr herlief. Der Tritt hätte sitzen müssen, doch irgendwie verfehlte sie ihn und traf statt dessen das Eisengitter vor einem niedrigen Fenster, wobei sie das Gleichgewicht verlor und stürzte. Die Frau kreischte vor Wut und verfluchte Dirk, doch der Kater ging an ihr vorbei, ohne sie eines Blickes zu würdigen. Willow tat das gleiche.

»Hey, Lady, haste 'n bißchen Kleingeld für mich?« fragte ein blasser Mann mit langen Haaren und Bart. Sie schüttelte den Kopf und lief weiter. »Isses nich' 'n bißchen spät für St. Patricks?« rief er ihr nach und lachte.

Sie beugte sich zu Dirk hinunter. »Verstehen wir wirklich ihre Sprache?« fragte sie neugierig.

»Ja, das tun wir«, antwortete Dirk. »Ein bißchen Elfenmagie verleiht uns diese Fähigkeit.«

Eine Zeitlang bewegten sie sich auf diese Weise durch die Menge. Der Regen ließ nach, und der Himmel klarte auf. Die Autos und Busse erhöhten ihr Tempo. An den Kreuzungen wurde es noch gefährlicher. Es liefen nicht mehr so viele Menschen auf dem Bürgersteig, und außerdem schien sich deren Aussehen zu ändern, je weiter sie die Straße hinunterliefen. Die Männer und Frauen in konventioneller Kleidung machten lässiger und individueller gekleideten Menschen Platz. Sie sahen Menschen in Leder und Ketten mit metallverstärkten Stiefeln, die mit übertriebenen Bewegungen über den Gehsteig schlenderten oder an Häuserwänden lehnten; Menschen in langen, pfirsichfarbenen Gewändern, die mit ernsten Gesichtern Zettel verteilten; heruntergekommene Menschen mit Hunden, Katzen, Babys und handgemalten Schildern, auf denen *BITTE HELFT UNS* oder *WIR HABEN NICHTS ZU ESSEN* stand; Menschen, die ihre Einkaufstüten und Handtaschen fest an ihre Brust drückten, während sie die Straße entlangschritten; Menschen jeder Art, die jedoch alle denselben unsicheren, zurückhaltenden Blick teilten. Wachsam und ruhelos bewegten sich ihre Blicke hin und her, und die Körperhaltung jener Menschen zeugte entweder von Angriffslust oder Fluchtbereitschaft.

Laute Kommentare über Willows Erscheinung ertönten, manche unverschämt und beleidigend, manche humorvoll und neugierig. Ein paar Leute stellten sich ihr in den Weg, um sie aufzuhalten, doch sie ging einfach an ihnen vorbei und folgte Dirk.

Sie kamen an eine besonders verkehrsreiche Kreuzung, und Dirk blieb stehen. Auf dem Straßenschild stand AVENUE OF THE AMERICAS. Dirk warf Willow einen Blick zu, als wolle er sagen: *Siehst du?* Doch Willow sah nichts. Sie verstand nicht, wo sie waren oder warum. Sie wollte nur endlich dort ankommen, wohin sie gingen – wo immer das auch sein mochte –, und diesen Ort so schnell wie möglich wieder verlassen. Alles an ihm war unfreundlich und abweisend. Am liebsten hätte sie Dirk gefragt, ob er überhaupt eine Vorstellung davon hatte, wohin sie gehen mußten, doch er hätte sicher etwas dagegen gehabt, daß sie vor all den Leuten mit ihm sprach. Abgesehen davon lief er so zielstrebig voraus, als wüßte er tatsächlich Bescheid.

»Hast du dich verlaufen?« fragte eine junge Frau neben ihr. Sie war dunkelhäutig und hielt ein kleines Kind in den Armen.

»Nein«, sagte Willow, ohne nachzudenken, und stellte überrascht fest, daß sie Bens Sprache nicht nur verstehen oder lesen, sondern auch sprechen konnte. Sicherlich war Dirk mit seiner Elfenmagie am Werke, dachte sie.

»Bist du sicher? Du wirkst so verloren.« Die Frau lächelte. »In dieser Stadt kann man sich sehr leicht verlaufen.«

»Danke, aber es ist alles in Ordnung«, sagte Willow.

Das Licht wechselte, und die Frau ging weiter. Dirk und Willow überquerten die Kreuzung und gelangten zu einer anderen Straße. WEST 8th stand auf dem Schild. Es wimmelte von Menschen, und

Läden säumten den Gehweg: kleine Obst- und Gemüsemärkte, Kunstgewerbeläden mit Schmuck und bunter Kleidung und Waren aller Art. Am Straßenrand waren Stände mit Büchern und noch mehr Schmuck aufgebaut. Verkäufer riefen ihr etwas zu und boten ihr dieses und jenes an. Einige von ihnen lächelten sie an, und sie lächelte zurück und schüttelte den Kopf.

»Was für eine großartige Aufmachung!« sagte jemand, und sie drehte sich um. Vor ihr stand ein junger Mann mit einem langen Mantel und Stiefeln. Er hatte einen leichten Bart und trug eine Ledermappe unter dem Arm. »Du bist nicht zufällig Schauspielerin, oder?« fragte er.

»Nein.« Sie schüttelte den Kopf. Dirk lief weiter die Straße hinunter. »Ich muß jetzt gehen.«

»Warte!« Er begann neben ihr herzulaufen. »Äh, ich dachte, daß ... na ja, weil du grün bist und dich so verkleidet hast, dachte ich, daß du Schauspielerin bist oder so was. Wie in *Cats* zum Beispiel. Tut mir leid, ich hab's nicht böse gemeint.«

Sie lächelte. »Ist schon gut.«

»Ich heiße Tony. Tony Paolo. Ich wohne ein paar Blocks von hier entfernt. Ich mache eine Schauspielausbildung. Ich studiere im zweiten Jahr an der American Academy. Warst du vielleicht auch mal da? Dustin Hoffman hat da studiert. Und Danny DeVito. Eine Menge Leute. Ich hab gerade für eine Rolle am Broadway vorgesprochen. Eine Komödie, Neil Simon. Das hier ist mein Portfolio, du weißt schon, Fotos von mir und so 'n Zeug.« Er zeigte auf die Mappe. »Es ist nur eine kleine Rolle, nur ein paar Sätze, aber es ist ein Anfang.«

Sie nickte und lief weiter. Sie hatte nicht die geringste Ahnung, wovon er sprach.

»Hör mal, kann ich dich auf eine Tasse Kaffee einladen oder so? Falls du Zeit hast?«

Dirk hatte inzwischen kehrtgemacht und war zu ihr zurückgekommen. Er strich zwischen ihren Beinen hindurch und blickte zu Tony hoch. »Ist das deine Katze?« fragte Tony. »Hey, Miez, Miez.«

»Behalt deine Hände bei dir«, fauchte Dirk, als Tony sich bückte, um ihn zu streicheln.

Tony fuhr sofort hoch. Er starrte Willow an. »Hey, das war ziemlich gut! Wie hast du das gemacht?« Er grinste. »Das war das Beste, was ich je in dieser Richtung gehört habe. Mach's noch mal.«

»Wir könnten was zu essen gebrauchen«, sagte Dirk.

»Mann, ich hab' nicht mal gesehen, daß sich deine Lippen bewegen!« rief Tony verblüfft. »Was für ein Talent! Was zu essen, häh? Okay, warum nicht? Es gibt ein kleines Café gleich um die Ecke. Kennst du das Village? Wohnst du hier irgendwo?«

Tony führte sie durch die Menge zu einem kleinen Café mit runden Tischen, karierten Plastikdeckchen und gradlehnigen Eisenstühlen mit passenden karierten Sitzkissen. Tony winkte jemandem hinter der Theke zu und führte sie an einen Tisch in der Nähe des Eingangs. Willow und Dirk nahmen mit ihm Platz.

»Also, was möchtet ihr?« fragte Tony. Er hatte strähnige, braune Haare, dunkle Augen und ein schnelles, bescheidenes Lächeln.

»Du entscheidest«, sagte Dirk.

Tony zuckte bereitwillig mit den Schultern und bestellte Essen für sich und Willow und eine Schale Milch für Dirk. Als das Essen serviert wurde, stellte Willow fest, daß sie hungriger war, als sie gedacht hätte, und aß alles auf, ohne darauf zu achten, ob es ihr schmeckte oder nicht. Während sie aßen, beteuerte Tony immer wieder, wie gut sie ihre Stimme verstellen könne, und erzählte ihr von seinem Leben als Schauspielschüler. Dirk saß vor der Milchschale und ignorierte sie.

»Ich hab' ganz vergessen, nach deinem Namen zu fragen«, sagte Tony plötzlich und hielt mit der Gabel auf halbem Wege zum Mund inne.

»Willow«, antwortete sie.

»Wirklich? Was für ein schöner Name. Verdienst du dein Geld ausschließlich mit Bauchreden, oder hast du noch einen anderen Job?«

Sie zögerte. Was sollte sie ihm antworten?

»Ist schon gut. Du mußt es mir nicht sagen, wenn du nicht willst. Aber du bist keine Schauspielerin, richtig?«

»Nein, keine Schauspielerin.«

Als sie fertig waren, fragte Tony sie wieder. »Wohnst du hier irgendwo in der Nähe?«

Sie warf Dirk einen Blick zu, doch der Kater starrte zur Tür. Er war bereit, sich wieder auf den Weg zu machen. »Nein, ich bin nur zu Besuch hier.«

»Woher kommst du?«

»Aus Landover«, rutschte es ihr heraus, bevor sie es verhindern konnte.

»Sicher Maryland, stimmt's? Ich kenne Landover. Wo bist du hier untergekommen? Wohnst du bei Freunden oder so?«

Sie schüttelte den Kopf. »Ich muß jetzt gehen, Tony. Danke für das Essen. Ich hoffe, du wirst ein guter Schauspieler.«

Sie stand auf und ging zur Tür. Dirk wartete bereits auf dem Gehsteig. »Hey, warte!« rief Tony, warf schnell ein paar Geldscheine auf den Tisch und stürzte ihr nach. Draußen holte er sie wieder ein. »Kann ich dich vielleicht irgendwann wiedersehen?«

Sie schüttelte den Kopf, lief weiter und fragte sich, wie sie ihn wieder loswerden sollte. Tony lief neben ihr her. »Ich weiß, es ist vielleicht ein bißchen plötzlich, aber ... na ja, ich würde dich gerne zum Abendessen einladen oder ins Theater oder so. Selbst wenn ich dafür nach Landover kommen muß ...«

»Sie ist glücklich verheiratet«, verkündete Dirk.

Tony blieb wie angewurzelt stehen. »Oh, tut mir leid. Ich hatte ja keine Ahnung ...«

Sie überquerten die Straße und ließen ihn stehen, während er noch nach Worten suchte. Aufmerksam beobachtete er, in welche Richtung sie liefen.

Kurz darauf setzte die Dämmerung ein. Plötzlich kehrten die Wolken zurück, der Himmel verdunkelte sich, und die Straßenlaternen ersetzten das Licht der untergehenden Sonne. Willow und Dirk saßen auf einer Bank in einem Park mit einem großen Torbogen aus Marmor. Es war der Washington Square. Vor wenigen Minuten war er noch voller Menschen gewesen, Leuten mit Zeitungen und Hunden, Müttern mit ihren Babys und Kindern mit ihren Spielsachen. Doch jetzt, wo die Sonne unterging und sich der Tag dem Ende neigte, wurden es immer weniger. Nur ein paar alte Männer saßen noch auf den Bänken, und eine Handvoll Halbwüchsiger kauerte unter einem Baum auf der anderen Seite des Parks. An der Straßenecke stand ein zerlumpter Mann mit seinem Hund und streckte den Passanten eine leere Blechtasse entgegen.

Es waren erst wenige Stunden vergangen, seit Willow und Dirk Landover am frühen Morgen verlassen hatten, und das bedeutete, daß die Zeit in den beiden Welten nicht mit derselben Geschwindigkeit verstrich. Wie wirkte sich das wohl auf den Alterungsprozeß aus, wenn man von der einen Welt in die andere reiste, fragte sich Willow. Alterte sie anders als Ben? Willow starrte in die Dämmerung und beobachtete, wie die Lichter der Stadt immer heller wurden. Dirk hatte sich neben ihr zusammengerollt, seine Pfoten waren eingezogen und seine Augen geschlossen. Als sie schließlich alleine waren, hatte er ihr gesagt, daß sie auf die Nacht warten müßten. Dann würde der Park leer sein, und sie würden nicht gestört werden. Anscheinend war dies der Ort, an dem sie die Erde einsammeln sollte, doch Dirk hatte wie immer nichts Genaues verlauten lassen.

Es wurde dunkler, die Stunden verstrichen, und sie saßen noch immer auf der Bank und warteten. Willow war geduldig, und das Warten störte sie nicht. Jetzt verstand sie, warum Dirk darauf geachtet hatte, daß sie etwas zu essen bekam. Sie hätte es vielleicht so lange ohne Essen ausgehalten, doch ihr Baby brauchte die Nahrung. Der Kater wußte das. Sie blickte auf ihn hinunter und fragte sich, wieviel von seiner Gleichgültigkeit nur Verstellung war.

Bald waren sie alleine bis auf den einen oder anderen Passanten, der gelegentlich vorbeikam. Mitternacht kam und ging, und die Stadt machte keine Anstalten, ihre Tore für die Nacht zu schließen. Die Läden waren geschlossen, doch die Lokale, in denen Essen und

Getränke serviert wurden, blieben geöffnet. Auf den Straßen gab es immer noch Menschen, ganze Gruppen davon, die in die verschiedensten Richtungen zogen, sich gegenseitig etwas zuriefen und lachten. Alle waren auf dem Weg irgendwohin oder irgendwoher. Niemand schien schlafen zu wollen, und niemand schien es eilig zu haben, nach Hause zu kommen.

Willow beobachtete die Leute und die Lichter in der Ferne und versuchte sich vorzustellen, wie es wohl sein mußte, hier zu leben. Steine und Mörtel und Glas, wohin man auch blickte; die Gebäude wie lange Reihen marschierender Soldaten; die Straßen flach und endlos, und der sichtbare Erdboden auf kleine Rechtecke heruntergetretenen Grases reduziert, so wie in diesem Park – es war wie ein Alptraum. Nichts war echt, alles war von Menschenhand produziert. Der Geruch, der Geschmack, das Aussehen und das Gefühl von alledem überwältigten sie von allen Seiten und drohten sie zu verschlingen wie ein kleines bißchen Licht in einer unendlichen Finsternis.

Jemand verließ den gegenüberliegenden Gehsteig und kam auf sie zu – eine vertraute Gestalt mit langem Mantel, Stiefeln, strähnigen Haaren und einem breiten Lächeln. Willow erstarrte.

»Immer noch hier, wie ich sehe«, verkündete Tony, während er näherkam und vor ihr stehenblieb. »Sag mir die Wahrheit, Willow. Hast du einen Platz zum Schlafen? Ich bin dir gefolgt, und du scheinst nirgendwohin zu gehören.«

Sie fixierte ihn mit ihren smaragdfarbenen Augen. »Geh nach Hause, Tony.«

»Du hast wohl keins, oder?« drängte er. »Ich bin ein paarmal vorbeigekommen, um zu sehen, ob du immer noch hier herumsitzt, und tatsächlich, du bist immer noch hier. Du würdest dich nicht so spät hier im Park aufhalten, wenn du einen Platz zum Schlafen hättest. Hör zu, ich mach' mir Sorgen um dich. Brauchst du 'ne Bleibe?«

Sie starrte ihn an. »Was?«

»Einen Platz zum Schlafen für die Nacht.« Er streckte ihr seine offenen Hände entgegen. »Das ist keine blöde Anmache, mein Ehrenwort.«

»Anmache?«

»Du hast mir gesagt, daß du verheiratet bist, richtig? Also, wo ist dein Ring? Ich glaube, daß du das nur so gesagt hast, aber das ist in Ordnung. Ich will nur, daß du weißt, daß ich nicht hinter deinem Körper her bin oder so. Ich mag dich, das ist alles. Ich will nicht, daß dir irgendwas passiert. Wir leben in einer gefährlichen Stadt.«

Dirk stand auf, streckte sich und gähnte. Ohne ein Wort sprang er von der Bank und machte sich auf den Weg durch den Park. Willow warf Tony einen kurzen Blick zu, dann stand sie ebenfalls auf und folgte Dirk. Dirk durchquerte den Park von Norden nach Süden, schlenderte zufrieden voran, schnüffelte hier und dort und schien weder Eile zu haben noch ein bestimmtes Ziel.

»Hier draußen kann es gefährlich sein«, wiederholte Tony, während er neben ihr herlief und zu ihr hinüberblickte. »Besonders nachts. Du hast ja keine Ahnung.«

Sie schüttelte den Kopf.»Mir wird schon nichts passieren.«

»Ich kann dich hier draußen nicht einfach allein herumlaufen lassen«, verkündete er. »Hör zu, ich werde bei dir bleiben, okay? Und sag mir jetzt nicht, daß ich nach Hause gehen soll. Ich werde es nicht tun.«

Dirk war am anderen Ende des Parks unter einem alten, schattigen Baum stehengeblieben, an dessen Stamm sich ein wenig Wein emporrankte und unter dem das Gras so spärlich wuchs, daß die festgetretene Erde sichtbar war. An dieser Stelle hatte eine Mutter mit ihrem Baby auf einer Decke gesessen und gelesen, bis es fast dunkel war. Dirk schnüffelte ein bißchen herum, dann setzte er sich auf die Hinterpfoten und wartete auf Willow.

»Hier!« Das war alles, was er sagte.

Willow nickte. Sie kniete sich hin und berührte die Erde, dann zog sie die Hand schnell wieder zurück. Ihre Elfensinne waren wie elektrisiert von dem, was sie spürte.

»An diesem Ort ist viel passiert«, sagte Edgewood Dirk mit

ruhiger Stimme. »Hier wurden großartige Ideen entwickelt und furchtbare Pläne geschmiedet. Hoffnungen und Erwartungen wurden hier geteilt. Morde und andere Verbrechen wurden an Unschuldigen und Schuldigen gleichermaßen begangen. Ein Baby ist einmal hier geboren worden. Tiere haben sich hier versteckt. Geflüsterte Versprechen wurden hier ausgetauscht und Liebe sowohl als auch Liebesdienste.« Er sah sie an. »Die Erde hier ist reich an Erinnerungen. Sie ist die Quelle und das Grabmal vieler Leben.«

Tony kam näher. »Wovon sprichst du? War das die Katze, die all das gesagt hat? Also, natürlich war es nicht die Katze – ich meine, wie könnte sie, stimmt's? Aber es klang wirklich so. Was hat das alles zu bedeuten?«

Willow ignorierte ihn und fing an zu graben. Sie benutzte das Jagdmesser, das sie unter ihrem Umhang trug, um die Erde zu lockern, damit sie auch die tieferen Schichten an die Oberfläche brachte, um eine reichhaltige Probe zu erhalten. Das Lebensblut und die Erinnerung anderer zur Kräftigung ihres Kindes. War die Erde als Balsam oder zur Vorbeugung gedacht, oder diente sie einem ganz anderen Zweck? Würde sie heilen oder verletzen? Sie wußte es nicht. Sie wußte nur, daß diese Erde ihr Kind kräftigen und schützen würde und daß sie ihm einen Teil der Lebensweisheit mitgeben würde, wie sie durch die Menschheit verkörpert wurde.

Sie hörte auf zu graben und fing an, die Erde in denselben Lederbeutel zu schaufeln, in dem sich bereits die Erde von den alten Kiefern befand. Tony redete immer noch, doch sie schenkte seinen Worten keinerlei Aufmerksamkeit. Dirk hatte eine andere Katze gesehen und war für eine Weile verschwunden.

Sie füllte den Beutel zur Hälfte und schnürte ihn dann wieder fest zu. Dann stand sie auf und sah Tony an.

»Das ist wirklich seltsam«, sagte er. »Du gräbst hier mitten in der Nacht im Park herum und füllst deine Tasche mit Erde. Ich meine, was soll das alles? Bist du eine Hexe oder so was? Beschäftigst du dich mit irgendeiner Art von …«

Er hielt abrupt inne und blickte alarmiert an ihr vorbei. Sie drehte sich um. Eine Gruppe Halbstarker stand hinter ihr und musterte sie. Sie schienen aus dem Nichts aufgetaucht zu sein, so leise hatten sie sich versammelt. Sie waren von unterschiedlichem Alter und verschiedener Größe, doch alle trugen ein schwarzes T-Shirt und Jeans. Einige von ihnen trugen auch Stiefel und Lederjacken. Auf den T-Shirts und Jacken stand etwas geschrieben, doch sie konnte die Worte nicht deuten. Einer hielt einen Baseballschläger in der Hand, ein anderer eine Eisenstange. Einige waren tätowiert. Ihre Gesichter wirkten hart und abgebrüht, und ihre stumpfen Blicke hatten etwas Gemeines und Hinterhältiges.

Willow schaute sich sofort nach Dirk um, doch die Prismenkatze war nirgends zu sehen.

»Was ist in dem Beutel, grüne Hexe?« fragte einer von ihnen spöttisch.

»Hört zu, wir wollen keinen Ärger ...«, begann Tony, doch der Sprecher der Gruppe trat sofort vor und schlug ihm ins Gesicht. Tony sank auf die Knie: Aus Mund und Nase tropfte Blut.

»Ich hab' gefragt, was in dem Beutel ist?« wiederholte der Sprecher und griff nach Willow.

Sie wich ihm mühelos aus und stellte sich vor Tony. »Kommt mir nicht zu nahe«, warnte sie.

Einige lachten. Einer von ihnen sagte, daß man ihr eine Lektion erteilen solle, und die anderen murmelten zustimmend.

Edgewood Dirk trat neben ihnen aus dem Schatten. »Ich finde, ihr solltet jetzt nichts mehr sagen. Ich finde, ihr solltet lieber verschwinden.«

Die Jungen starrten ihn ungläubig an. Es gab ein paar derbe Sprüche und noch mehr Gelächter. Eine sprechende Katze! Sie verteilten sich vorsichtig und drängten Willow und Tony gegen den Baum. Der Junge mit dem Baseballschläger kam auf sie zu. »Hey, Katze!« rief er. »Kleiner Mitternachts-Snack gefällig?«

Im nächsten Moment begann Dirk zu glühen. Die Jungen zögerten, während sie schützend die Hände über ihre Augen legten. Das Glühen wurde stärker, und Dirk veränderte seine Form. Seine

Katzengestalt löste sich auf und wurde durch etwas so Furchtbares ersetzt, daß selbst Willow erschreckt zusammenfuhr. Er wurde zu einem riesigen Monster und ragte empor wie eine Erscheinung aus Abaddon. Er bestand nur noch aus Klauen und Zähnen. Die Reihe der Angreifer brach auseinander. Die meisten wandten sich um und rannten schreiend und fluchend davon. Eine Handvoll von ihnen zögerte und blieb wie angewurzelt stehen, doch diese Unentschlossenheit sollten sie noch bereuen. Dirk fauchte sie mit solcher Kraft an, daß sie von den Füßen gerissen wurden und zehn Meter weiter verletzt und benommen am Boden landeten. Als sie wieder in der Lage waren, sich aufzuraffen, flüchteten sie genauso wie die anderen.

Innerhalb von Sekunden war wieder Stille eingetreten.

Dirk hörte auf zu glühen und verwandelte sich wieder in eine Katze. Eine Weile starrte er den Jungen gähnend hinterher. Dann begann er sich zu putzen.

Willow half Tony wieder auf die Beine. »Ist alles in Ordnung?« fragte sie ihn.

Er nickte, obwohl sein ganzes Gesicht blutverschmiert war. »Wie hat die Katze das...?« Doch er konnte den Satz nicht zu Ende sprechen.

»Geh nach Hause, Tony«, sagte sie zu ihm, während sie ihm den Mantel abklopfte und die Schultern glattstrich. »Geh jetzt.«

Tony starrte sie an, und der Ausdruck in seinen Augen schmerzte sie. Dann drehte er sich um und stolperte davon. Sie sah ihm nach, bis er die Straße erreicht hatte und um die Ecke des Gebäudes verschwand. Er hatte sich nicht mehr umgedreht. Sie sagte sich, daß sie ihn wohl niemals wiedersehen würde.

Erschöpft drehte sie sich zu Dirk um. Sie fühlte sich mitgenommen und elend, als hätte sich die entsetzliche Rauheit dieser Welt tief in ihre Seele gegraben. »Ich will keine Sekunde länger hierbleiben. Können wir jetzt gehen?«

Dirk blinzelte, und seine smaragdfarbenen Augen funkelten. »Es war notwendig, daß du hergekommen bist.«

»Ja, aber sind wir jetzt fertig?«

Dirk stand abrupt auf und lief los. »So etwas Ungeduldiges. Na gut. Zu den Elfennebeln geht's hier entlang.«

Sie fühlte, wie ihr ein Schauer über den Rücken lief. Die Elfennebel. Doch sie würde tun, was sie tun mußte. Für sich selbst, für Ben, für ihr Kind. Es war die letzte Etappe ihrer Reise, dann konnte sie wieder nach Hause zurückkehren.

Entschlossen machte sie sich auf den Weg durch die Nacht.

Der Brodem

Am dritten Tag ihrer Reise durch das Labyrinth stießen der Ritter, die Lady und der Gargoyle auf ein Dorf.

Es war später Nachmittag, und die kaum wahrnehmbare Dämmerung hatte bereits eingesetzt – der trübe Schimmer, der, wie sie inzwischen wußten, niemals die Helligkeit eines normalen Tageslichts erreichte, wurde allmählich dunkler. Sie waren stetig durch die stets gleichbleibende Welt des Waldes geirrt, bis plötzlich und unerwartet hinter einem kleinen Hügel das Dorf aufgetaucht war. Es bestand aus einer Ansammlung windschiefer Holzhäuser und zerfurchten, schmutzigen Straßen. Es kauerte in einer Talsenke, in der alle Bäume gefällt worden waren, so daß es jetzt aussah, als würde der Wald das Dorf umspülen wie das Wasser eines Stromes eine Insel. Weder führte eine Straße in das Dorf hinein noch eine aus ihm hinaus. Doch da waren Menschen; der Ritter konnte sehen, wie sie über die Dorfstraßen liefen. Und es gab Tiere, obwohl sie mickrig und schäbig waren wie Kreaturen, die das Leben gestraft hat. Einige Fenster waren erhellt, und während sie auf das Dorf hinabstarrten, gingen noch mehr Lichter an. Sie warfen einen schwachen, verzweifelten Schimmer in die Finsternis, als wären sie der sinnlosen Kämpfe gegen die Nacht überdrüssig.

Über dem Dorf, wo keine Bäume den Blick auf den Himmel verdeckten, waren weder Monde noch Sterne zu sehen, nur die endlosen Schichten undurchdringlichen Nebels.

»Menschen«, sagte der Gargoyle, und in seiner Stimme schwang sowohl Überraschung als auch Abscheu mit.

Der Ritter sagte gar nichts. Er wußte nur, daß er von der Reise durch diese verlassene Welt, in der sich niemals etwas änderte, genug hatte. Die letzten drei Tage hatten sich auf betäubende Weise dahingeschleppt, voller Schweigen und Dunkelheit und einem unabänderlichen Gefühl der Hoffnungslosigkeit. Zweimal hatte die Lady versucht, ihn zu töten; einmal, indem sie sein Wasser vergiftete, und ein anderes Mal mit einem gespitzten Stock, als sie glaubte, er sei eingeschlafen. Ihre Bemühungen waren jedoch fruchtlos, denn er spürte es sofort, wenn sie etwas im Schilde führte. Sie schien sich damit abzufinden. Sie vollzog diese Handlungen, als hätte sie schon vorher resigniert, als müsse aber der Versuch gemacht werden, obwohl die Niederlage schon sicher war. Dennoch war er zutiefst verletzt. Es war der Ausdruck in ihren Augen, der ihn zermürbte. Er war ein Krieger und konnte ihren physischen Angriffen standhalten. Doch mit diesem Ausdruck von Wut und Haß und unendlicher Verzweiflung konnte er nicht umgehen, und es machte ihn krank, daß sich diese Blicke nicht änderten.

Natürlich verabscheute sie auch den Gargoyle, doch der Haß, den sie für den empfand, war angeboren und unpersönlich.

»Warum gibt es hier ein Dorf?« fragte er leise.

Er bekam keine Antwort. Ja, warum eigentlich? Ein Dorf, das aus dem Nichts entstanden war, als wäre es nur eine Vision. Ein Dorf, das keinem Zweck diente und losgelöst von der Außenwelt zu existieren schien. Wo war der Handel, der es erhielt? Wo waren die Straßen? Wo war die Ernte, die es ernährte? Wo waren die Felder? War dies ein Dorf von Jägern und Trappern? Wenn ja, wohin brachten sie dann ihre Beute, und von wem wurden sie versorgt? In den drei Tagen waren ihnen nur ganz selten Waldtiere begegnet, und die wenigen, die sie gesehen hatten, waren klein und schattenhaft gewesen, als existierten sie nur aufgrund und nicht trotz der Finsternis.

»Was spielt es für eine Rolle, warum es hier ist?« fauchte die Lady gereizt. »Es ist hier, und das ist alles, was zählt. Es ist unsere Chance, einen Weg zu finden. Was hat es für einen Sinn, an seiner Existenz herumzudeuteln?«

Der Gargoyle kam einen Schritt näher. Krumm und gebückt verharrte er im Schatten seines dunklen Umhangs. »Ich mißtraue dem Ganzen«, sagte er. »Irgend etwas stimmt hier nicht.«

Der Ritter nickte. Er spürte es auch. Trotzdem, das Dorf war da, und sie konnten nicht einfach daran vorbeilaufen. Irgend jemand, der dort lebte, kannte vielleicht einen Weg aus dem Labyrinth, einen Weg zurück in die Wirklichkeit.

»Wir werden hinuntergehen, um zu sehen, was wir erfahren können. Es wäre töricht, diese Möglichkeit auszulassen.« Er sah zu den anderen beiden hinüber.

»Wenn sie mich entdecken, werden sie mich töten«, sagte der Gargoyle.

»Dann bleib doch hier«, erwiderte die Lady bissig ohne jedes Zeichen von Anteilnahme.

»Ah, aber es hungert mich nach ihren Worten«, murmelte der Gargoyle, als schäme er sich dessen. »Das ist mein Schicksal: Verabscheut von allen, denen ich begegne.«

»Du wärst selber gerne wie sie, du jämmerliches Monster«, spottete sie. »Gib es zu!«

Doch der Gargoyle schüttelte den Kopf. »Oh, nein, sicherlich nicht, nicht für alles Gold und Silber dieser Welt. Es sind solch schwache, unentschlossene Kreaturen, beschränkt auf die Nichtigkeiten ihres armseligen Lebens. Ich dagegen bin stark und besitze Unsterblichkeit. Ich habe nicht die Last ihrer Existenz auf Zeit.«

»Aber dir fehlt auch ihre Schönheit. Wie einfach, jene herabzusetzen, deren Leben begrenzt ist, wenn der Tod für dich in so weiter Ferne liegt, daß er kaum von Bedeutung ist.« Die Lady fixierte ihn mit kalten Augen. »Auch mein Leben reicht weit über das der Menschen hinaus, Gargoyle, doch Schönheit ist mir ebenso wichtig. Niemals will ich so häßlich sein wie du, auch wenn ich dadurch Unsterblichkeit erlangen könnte.«

»Deine Häßlichkeit kommt von innen«, flüsterte der Gargoyle.

»Und deine ist für alle Zeiten sichtbar, damit jeder gleich weiß, woran er ist!«

Der Ritter stellte sich vor die Lady, um ihren harten Blick von dem Gargoyle auf sich selbst zu lenken. Es schauderte ihn, als ihre kalten Augen sich ihm zuwandten und er sich in ihnen spiegelte.

»Wir werden unter uns bleiben und nur sprechen, wenn es wirklich nötig ist. Du und ich«, sagte er zu der Lady, »wir werden uns umhören. Und er«, sagte er mit einem Kopfnicken auf die gebückte Gestalt hinter ihm, »wird sich still verhalten. Doch sei gewarnt: Solltest du versuchen, irgendeinen Trick oder Verrat zu begehen, werde ich dich zum Schweigen bringen. Also gib mir dein Wort!«

»Ich gebe dir gar nichts!« erwiderte sie hochmütig.

»Dann werde ich dich hier in seiner Obhut zurücklassen«, sagte der Ritter mit ruhiger Stimme. »Alleine bin ich dort unten sicherer.«

Bei diesem Vorschlag erblaßte die Lady, und der Zorn, der in ihr aufloderte, war fast greifbar. »Das kannst du nicht tun!« zischte sie.

»Dann gib mir dein Wort!«

Sie zitterte vor Wut, weil ihr nichts anderes möglich war. »Also gut. Du hast mein Wort, edler Ritter. Auf daß es sich durch deinen Panzer bohrt und deine Seele verschlingt!«

Der Ritter wandte sich ab. Er mahnte den Gargoyle, sich unter seinem Umhang versteckt zu halten, das Licht zu meiden, sich nicht in Gespräche verwickeln zu lassen und nicht von seiner Seite zu weichen.

Schnell stiegen sie den Hügel hinab, während das Dorf bereits in der Dunkelheit versank und von den Häusern nur noch der dumpfe Schein der Fenster sichtbar blieb, als hätte man Bilder vor einem schwarzen Samtvorhang aufgehängt. Wie Gespenster des Waldes huschten sie durch die alles umhüllende Finsternis und folgten der Biegung des Abhangs hinab ins Tal. In wenigen Minuten hatten sie die ersten Häuser des Dorfes erreicht. Sie hielten kurz inne, bis sich ihre Augen an das fahle Licht gewöhnt hatten, dann folgten sie der kurzen Straße, die mitten durch das Dorf führte. Sie war nichts weiter als ein zerfurchter, abgetretener Streifen Erde, der am ersten Haus begann und am letzten wieder aufhörte. Die Türen und Fenster der Häuser und Läden zu beiden Seiten waren verschlossen, und Hunde und Katzen strichen an den Wänden entlang und kauerten unter den Stufen der Eingänge. Die Stimmen der Bewohner drangen gedämpft und unverständlich nach draußen. Der Ritter lauschte ebenso mit dem Herzen wie mit den Ohren, doch er empfing weder Trost noch das geringste Zeichen von Geborgenheit. Das Dorf schien wie ein Sarg, der darauf wartete, zugenagelt zu werden.

In der Mitte des Dorfes gab es eine Schenke. Die Eingangstür stand offen, und die Leute kamen und gingen, wie es ihnen gefiel. Es roch nach Rauch und frisch gezapftem Bier. Sie hörten das Klirren der Gläser, das Schlurfen von Stiefeln und rauhes, herzliches Gelächter, wie es diese zeitweilige Flucht vor den Härten des Alltags begleitet. Der Ritter schritt auf den Eingang zu; die Lady und der Gargoyle folgten ihm. Ihnen entgegen waberte trüber Dunst aus dem Inneren der Schenke; eine Mischung aus Rauch und spärlichem Licht. Gesichter ließen sich dahinter nicht leicht erkennen; ihre Anonymität würde gewahrt bleiben. Der Ritter stieg die Stufen zu der Veranda hinauf, die sich über die gesamte Vorderseite des Gebäudes erstreckte, und sah, daß trotz des großen Andrangs in der Schenke noch Tische und Stühle frei waren. Natürlich würde man sie sofort als Fremde erkennen; in einem so kleinen Dorf war das unvermeidbar. Der Trick dabei war, daß er die Aufmerksamkeit auf sich lenken mußte, damit seine Begleiter unbehelligt blieben.

Sie betraten den Schankraum in einem Schwall rauhen Gelächters, das seinen Ursprung an der Theke zu haben schien. Dort hockten etliche Männer Ellbogen an Ellbogen über ihren Gläsern und hatten ihre Gesichter dem Wirt zugewandt. Der Ritter schob sich zwischen den Tischen hindurch zum hintersten Teil des Raumes. Die anderen beiden folgten ihm, und wortlos nahmen sie alle drei Platz. Der Gargoyle drehte sich umsichtig und wachsam zur Wand, doch die Lady setzte sich so, daß sie direkt in den Raum blickte. Mit zurückgeschlagenem Umhang und ohne Kapuze wirkte ihre Kühnheit wie eine Herausforderung, und sofort zog sie hungrige Blicke auf sich.

Der Ritter setzte sich so, daß er sie halb verdeckte. Es war zu spät, ihr jetzt noch zu sagen, daß sie sich bedecken sollte. Seine Haltung mußte deutlich machen, daß er sie beschützte, und er konnte nur hoffen, daß es reichte.

Als die anderen ihrer gewahr wurden, verstummten plötzlich die Stimmen im Raum, und alle Anwesenden hielten inne, um die Neuankömmlinge zu mustern. Die Lady ließ ihren kühlen Blick durch den Raum schweifen, ohne irgend etwas zu fixieren, und gab damit deutlich zu verstehen, daß es für sie nichts Sehenswertes gab. Der Ritter bereute jetzt schon, daß er sie mitgenommen hatte; er wäre besser dran gewesen, wenn sie am Dorfrand auf ihn gewartet hätte. Allerdings wollte er sie auch nicht aus den Augen lassen; er konnte es nicht riskieren, sie zu verlieren.

Er fixierte den Wirt mit seinem Blick und bestellte per Handzeichen drei Krüge. Der Wirt nickte und eilte an die Fässer.

Der Moment verstrich, die Blicke wandten sich wieder ab, und die Stimmen schwollen an, als die Gespräche wieder aufgenommen wurden. Der Raum beherbergte eine Mischung ärmlich gekleideter Männer und Frauen, die alle denselben harten, erschöpften Ausdruck jener Menschen im Gesicht trugen, die sich ohne Glück, Talent oder Hilfe anderer eine spärliche Existenz zusammenkratzen. Vom Bauern und Trapper bis zum Bergarbeiter hätten sie alles sein können; der Ritter konnte es nicht sagen. Daß sie mit ihren Händen arbeiteten, war sicher, doch ob sie ein bestimmtes Handwerk ausübten, ließ sich nicht erkennen. Sie waren unterschiedlichen Alters und saßen auf eine Weise beisammen, daß man unmöglich feststellen konnte, wer zu wem gehörte. Beziehungen schienen keine Rolle zu spielen. Es war, als ob sie möglicherweise erst im Begriff waren, sich zu entwickeln, oder als ob sie gar nicht erst in Betracht gezogen würden. Hin und wieder standen Leute auf und setzten sich an einen anderen Tisch, jedoch nie in Paaren oder in Gruppen. Es war, als lebte jeder Mann und jede Frau für sich alleine und als würde die Gemeinschaft nur aus einsamen Individuen bestehen.

Es gab weder Kinder noch Babys noch die geringsten Hinweise darauf, daß irgend jemand, der noch nicht erwachsen war, in diesem Dorf lebte. Es gab nicht einmal, wie sonst in jeder Kneipe üblich, einen Jugendlichen, der den Boden fegte oder die Tische abräumte.

Der Wirt durchquerte den Raum mit den Bierkrügen und setzte sie vor dem Ritter ab. Er warf einen Blick auf die Waffen des Ritters und rieb sich nervös die Hände. »Woher kommt ihr?« fragte er, während der Ritter in seiner Tasche nach Münzen fischte, obwohl er nicht einmal sicher war, daß er welche besaß. Schließlich holte er ein einzelnes Goldstück hervor.

Er gab es dem Wirt. »Wir haben uns verirrt«, antwortete er. »Wo sind wir hier?«

Der Wirt prüfte das Goldstück mit den Zähnen. »Im Labyrinth natürlich. In der Tat befindet ihr euch mitten in seinem Herzen.«

Dann warf der Wirt der Lady einen neugierigen Blick zu. Die Lady erwiderte seinen Blick, wobei sie jedoch direkt durch ihn hindurchzusehen schien.

»Hat dieses Dorf einen Namen?« wollte der Ritter wissen.

Der Wirt zuckte mit den Schultern. »Nein, es hat keinen. Wir brauchen keinen. Kommt ihr aus dem Norden?«

Der Ritter zögerte. »Ich bin nicht sicher.«

Der Wirt senkte verschwörerisch die Stimme und beugte sich leicht zu dem Ritter hinunter, dem jetzt seine ganze Aufmerksamkeit galt. »Habt ihr irgend etwas Außergewöhnliches im Wald gesehen?«

»Etwas Außergewöhnliches?«

»Ja.« Der Mann leckte sich über die Lippen. Er schien keinen bestimmten Namen benutzen zu wollen, als befürchte er, daß das, wonach er fragen wollte, in der Tür auftauchen könnte, sobald er es ausgesprochen hatte.

»Wir haben nichts gesehen«, sagte der Ritter.

Der Wirt musterte ihn eine Weile, als wolle er sich vergewissern, daß er nicht angelogen wurde, dann nickte er erleichtert und ging wieder weg.

Die Lady beugte sich nach vorne, und ihre Stimme klang kühl und unbeteiligt: »Wovon hat er eigentlich gesprochen?«

Der Ritter schüttelte den Kopf. Er wußte es nicht. Schweigend tranken sie ihr Bier und lauschten den Gesprächen, die um sie herum geführt wurden. Die Leute sprachen von der Arbeit, doch auf sehr allgemeine Weise. Sie hörten Bemerkungen über das Wetter und die Jahreszeiten und über den Mangel an diesem und jenem, doch es klang alles sehr vage und unbestimmt. Keiner sprach über etwas Konkretes oder machte Bemerkungen über die Besonderheiten ihres Lebens. Irgend etwas Merkwürdiges war an den Gesprächen und am Tonfall der Menschen. Es dauerte eine Weile, bis der Ritter in der Lage war, dieses Eigentümliche zu benennen und zu erkennen, daß allen ein Gefühl der Spannung anhaftete. Es war, als warteten alle darauf, daß etwas Ungeheuerliches eintrat.

Ein alter Mann blieb an ihrem Tisch stehen. »Habt einen weiten Weg hinter euch, was?« Er lallte die Worte, denn seine Zunge war schwer von dem Bier, das er getrunken hatte.

»Ja«, antwortete der Ritter und sah zu ihm auf. »Und Ihr?«

»Oh, nein, ich gehe nirgendwohin. Ich bin hier zu Hause in diesem Dorf. Für immer und ewig. Ich lebe hier schon seit Jahren.« Sein Mund verzog sich zu einem zahnlosen Grinsen. »Ist man erst mal hier, kommt man nicht mehr weg.«

Der Ritter spürte einen Stich in seiner Magengrube. »Wie meint Ihr das? Man kann doch gehen, wenn man es wünscht, oder nicht?«

Der alte Mann kicherte. »So, glaubst du das wirklich? Daß man einfach gehen kann? Du bist wohl neu hier, mein Sohn. Wir sind hier im Labyrinth. Hier kann man nicht weggehen. Niemand kommt hier jemals wieder raus!«

»Wenn man reinkommt, kommt man auch wieder raus!« fauchte die Lady plötzlich mit wütender Stimme.

»Dann versucht es doch einfach!« erwiderte der alte Mann. Er konnte nicht aufhören zu kichern. »Das haben schon viele vor euch getan, aber die sind alle zurückgekommen. Wenn man erst mal hier ist, muß man auch bleiben. Das gilt auch für euch.«

Er schlurfte davon und murmelte etwas vor sich hin. Der Ritter gab dem Wirt ein Zeichen und bestellte eine zweite Runde, während er versuchte, die wirren Worte des alten Mannes zu deuten. Kein Ausweg, das Labyrinth eine Falle, aus der es kein Entrinnen gab – flüsterte es in seinem Kopf.

»Irgendwas zu essen?« fragte der Wirt, als er mit drei vollen Krügen an den Tisch kam. »Ihr habt noch was gut von dem Goldstück.«

»Könnt Ihr uns eine Karte zeichnen?« fragte der Ritter.

Der Wirt antwortete mit dem üblichen Achselzucken. »Eine Karte wovon? Alle Wege führen zu demselben Ort. Am Ende landet man immer wieder hier.«

»Ich brauche eine Karte, die uns den Weg aus dem Labyrinth hinaus zeigt.«

Der Wirt lächelte. »Die brauchen wir alle. Das Problem ist nur, daß niemand den Weg kennt. Manche probieren es schon seit Jahren – der alte Mann zum Beispiel. Doch er schafft es nicht. Keiner von uns hat es je geschafft. Wir versuchen es, aber wir kommen immer wieder zurück.«

Der Ritter schwieg entsetzt und starrte ihn an.

»Eigentlich ist es nicht so schlimm«, fügte der Wirt hastig hinzu, als er den Gesichtsausdruck des Ritters bemerkte. »Man gewöhnt sich daran. Wir haben nicht allzuviel Sorgen. Bis auf den ...« Er schüttelte den Kopf.

»Bis auf was? Wovon sprecht Ihr?« verlangte die Lady zu wissen.

Der Wirt holte tief Luft. Als er weitersprach, waren seine Worte nur noch ein Flüstern: »Der Brodem.«

Der Ritter warf seinen Begleitern einen kurzen Blick zu, doch keiner sagte etwas. Dann wandte er sich wieder an den Wirt: »Wir wissen nicht, was das ist.«

Der Wirt schwitzte plötzlich, als wäre es auf einmal im Raum so heiß wie unter der Mittagssonne. »Besser, wenn ihr es nie erfahrt!« zischte er. »Man erzählt sich, daß er aus dem Wald kommt, wenn man es am wenigsten erwartet, und daß er alles verschlingt, bis nichts mehr übrig ist!« Er kniff die Lippen zusammen. »Ich hab' ihn selbst nie gesehen. Keiner von uns. Aber manchmal hören wir etwas. Besonders in letzter Zeit. Es ist, als ob uns etwas beobachtet. Man sagt, seiner Ankunft würde immer das Erscheinen eines Ungeheuers vorausgehen, einer Kreatur aus Mythen und Legenden, einer Bestie aus der alten Welt.«

Er schüttelte den Kopf. »Ich habe genug gesagt. Es bringt Unglück, darüber zu reden. Er kommt nicht oft. Aber wenn er kommt ...«

Wieder schüttelte der Wirt den Kopf, dann drehte er sich um und eilte davon. Der Ritter starrte ihm nach und wandte sich dann wieder seinen Begleitern zu. »Wißt ihr etwas davon?« fragte er leise.

»Ich habe Gerüchte gehört«, ließ sich der Gargoyle vernehmen. Seine Stimme war ein körperloses Gemurmel, das aus der düsteren Tiefe seines Umhangs drang. »Eine uralte Legende, die es seit Tausenden von Jahren gibt. Die Menschen sehen den Brodem als göttliche Vergeltung für ihre Sünden an.«

»Was für ein Blödsinn!« spottete die Lady. »Schenkst du dem Aberglauben dieser gewöhnlichen Leute etwa Beachtung? Identifizierst du dich so sehr mit ihnen?«

Der Gargoyle erwiderte nichts und hielt seinen Blick auf den Ritter gerichtet. Der Ritter trank sein Bier und versuchte nachzudenken. Keiner kannte einen Weg aus dem Labyrinth. Egal, welche Richtung man einschlug, man landete immer wieder in diesem namenlosen Dorf. So jedenfalls behaupteten die Leute hier. Wurde dies von allen als Tatsache akzeptiert, oder gab es wenigstens einen einzigen unter ihnen, der anderer Meinung war? Außer mit dem Wirt und dem alten Mann hatte der Ritter mit niemandem gesprochen. Vielleicht sollte er das erst einmal versuchen.

»Bleibt hier«, befahl er den anderen beiden.

Mit dem Krug in der Hand stand er auf und ging zur Theke. Zum ersten Mal wurde er sich des Aufsehens bewußt, das er mit seinen Waffen und seiner leichten Rüstung erregte, denn für die Anwesenden schien weder das eine noch das andere üblich. Er fing an, den

Männern an der Theke Fragen zu stellen. War einer von ihnen jemals außerhalb des Labyrinths gewesen? Kannte einer von ihnen einen Weg hinaus? Gab es irgend jemanden, der vielleicht mehr darüber wußte? Die Männer schüttelten den Kopf und wandten ihre Blicke ab.

»Vielleicht die Flußzigeuner«, sagte einer. »Die sind doch schon überall herumgekommen. Natürlich muß man sie zuerst finden.«

Wie nach einem gelungenen Witz brachen alle in schallendes Gelächter aus. Der Ritter warf einen Blick zu ihrem Tisch hinüber und erstarrte. Zwei Männer waren im Begriff, zu beiden Seiten der Lady Platz zu nehmen. Sie hatte sich ihren Umhang fester um den Körper gezogen und starrte unbeirrt vor sich hin, während sie mit ihr sprachen und ihre Scherze machten. Der Gargoyle hatte sich noch tiefer in den Schatten zurückgezogen.

Der Ritter kehrte der Theke den Rücken und durchquerte den Raum. Einer der Männer wurde jetzt zudringlich, und die Lady fuhr herum und zerkratzte ihm das Gesicht. Mit einem Aufschrei sprang er hoch und stolperte rückwärts gegen den Gargoyle. Dabei verrutschte der schützende Umhang und entblößte dessen Gesicht, woraufhin auch der andere Mann schreiend aufsprang. Im ganzen Raum brach Panik aus. Männer und Frauen schrien vor Angst und Entsetzen, während der Gargoyle versuchte, sich wieder zu bedekken. Waffen blitzten auf, lange Jagdmesser und Dolche jeder Art wurden gezogen. Während er sich bemühte, in dem Durcheinander das Gleichgewicht zu wahren, bahnte sich der Ritter mit den Ellbogen einen Weg durch die Menschenmenge, die ihn von seinen Begleitern trennte. Krüge krachten zu Boden und Lampen zerbrachen. Menschen stürzten zur Tür.

»Seht, was Ihr angerichtet habt!« brüllte der Wirt dem Ritter hinterher. »Ihr habt ein Ungeheuer in unser Dorf gebracht! Ihr habt uns alle ins Verhängnis gestürzt! Verdammt sollt Ihr sein!«

Der Ritter erreichte den Tisch, packte die Lady und warf sie sich über die Schulter. Er hatte das Breitschwert gezogen und hielt es zwischen sich und jene, die sie bedrohten. Der Gargoyle duckte sich hinter ihm. Voller Panik schlug er mit seinen nutzlosen Flügeln, und sein Atem zischte durch die scharfen Zähne. Der Ritter holte aus und ließ das Breitschwert mit aller Kraft auf den Tisch niedersausen, der vor ihm stand. Der Tisch zerbrach sofort in zwei Teile. Die Männer wichen daraufhin entsetzt zurück, und er schaffte es, sich einen Weg zur Tür zu bahnen, während die Lady auf seiner Schulter schrie und zappelte und der Gargoyle sich schutzsuchend an seinen Rücken drängte. Ein Mann versuchte ihn von hinten anzugreifen, doch der Gargoyle riß ihm mit seinen Klauen den Arm bis zum Knochen auf.

Dann waren sie zur Tür hinaus und flohen in die Nacht. Die Schreie drangen noch an ihre Ohren, doch die Straßen hatten sich geleert, und die Menschen waren in den Schutz ihrer Häuser geflüchtet. Der Ritter bewegte sich schnell durch das Dorf, nachdem sich seine Augen an die Dunkelheit gewöhnt hatten. Jetzt blieb ihnen nichts anderes übrig, als den Weg alleine zu finden. Er verfluchte ihr Pech und die Dummheit der Dorfbewohner.

Am Fuß der Talsenke ließ er die Lady wieder herunter, hielt sie jedoch am Handgelenk fest, um sicherzugehen, daß sie nicht weglief.

»Laß mich los!« fauchte sie und versuchte sich loszureißen. »Wie kannst du es wagen, mich anzufassen!« Sie spuckte Gift und Galle. »Ich hasse dich! Ich werde dafür sorgen, daß man dich für diese Unverschämtheit bei lebendigem Leibe in Stücke reißt!«

Er ignorierte sie und zog sie hinter sich her den Abhang hinauf, dem Schutz des Waldes entgegen. Hinter ihnen schimmerten schwach die Lichter des Dorfes, und er sah die schattenhaften Umrisse der Menschen im Schein der Fenster. Der Ritter warf nur einen kurzen Blick zurück und konzentrierte seine Aufmerksamkeit dann auf die Baumreihen oberhalb des Hügels. Es war nicht auszuschließen, daß sie verfolgt wurden.

Sie hatten beinahe den Waldrand erreicht, als der Gargoyle herumfuhr und sich ängstlich duckte. »Da kommt was!« warnte er mit dünner, atemloser Stimme.

Im selben Augenblick hörten sie auch schon die entsetzten Schreie der Dorfbewohner. Der Ritter und die Lady drehten sich um. Eine Wand aus gräßlich grünem Licht erhob sich auf der anderen Seite der Talsenke aus den Bäumen. Flackernd wie Feuer und brodelnd wie Säure fraß sie sich durch die stille Finsternis. Sie bewegte sich stetig vorwärts, und während sie näherkam, schien sie sich zu verändern und die Form eines heftigen Regens anzunehmen. Es war ein Wall aus Schatten und Licht, der gnadenlos alles verschlang, was ihm im Wege war.

Die Schreie der Leute wurden lauter. »Der Brodem! Der Brodem ist hier! Rennt! Rennt um euer Leben!«

Doch es schien weder einen Ort zu geben, wohin sie hätten rennen können, noch genügend Zeit, um zu entkommen. Der grünliche Regen trat zwischen den Bäumen hervor und bewegte sich den Abhang hinunter auf das Dorf zu. Die Welt verschwand hinter ihm. Nicht ein einziger Baum, nicht ein einziger Busch, nicht das geringste Lebenszeichen blieb hinter ihm zurück. Alles wurde aufgesaugt. Der Brodem erreichte das Dorf und begann die Häuser zu verschlingen. Eines nach dem anderen verschwanden sie alle in seinem seltsamen Schleier und mit ihnen ihre Bewohner, die vor Panik kreischten, aber unfähig waren zu fliehen. Der Brodem holte alle ein und verschluckte selbst ihre Schreie.

Der Ritter, der am Rande des Abhangs stand, erstarrte, als das letzte Haus und der letzte Bewohner des namenlosen Dorfes verschwanden und der Brodem immer näher kam. Doch plötzlich und ohne ersichtlichen Grund begann sich der Brodem zurückzuziehen. In wenigen Sekunden hatte er kehrtgemacht wie eine Gewitterfront, die durch einen unerwarteten Windwechsel in eine andere Richtung getrieben wird. Langsam und bedächtig bewegte er sich den gegenüberliegenden Abhang hinauf, wo er mit den Bäumen verschmolz und sich auflöste.

Der Ritter, die Lady und der Gargoyle starrten hinab in die Talmulde. Sie war leer. Das Dorf, aus dem sie geflohen waren, war verschwunden – jedes Haus, jeder Mensch, jedes Tier und jegliche

Spuren seiner Existenz. Nur die nackte Erde war übriggeblieben und dampfte noch wie versengtes Fleisch. Der Brodem hatte alles niedergebrannt.

Der Ritter blickte zu dem Gargoyle hinüber. Der Brodem schien mehr als nur eine Legende zu sein. Doch was hatte ihn in dieser Nacht aus dem Wald gelockt? Wurde er tatsächlich durch ein Ungeheuer angekündigt, wie der Wirt sie gewarnt hatte? War der Gargoyle etwa dieses Ungeheuer? Gab es eine Verbindung zwischen den beiden, eine furchtbare Übereinkunft, gemeinsam die Erde zu verwüsten und alles Leben zu verschlingen, das auf ihr existierte? Immerhin war der Gargoyle ein Ungeheuer aus vorzeitlichen Welten. Der Ritter dachte über die Möglichkeit nach. Auch die Lady starrte den Gargoyle an, und in ihren kalten Augen lag ein Anflug von Angst. Der Gargoyle starrte in die Dunkelheit, ohne ihre Blicke zu erwidern.

Nach einer Weile wandte sich der Ritter ab. Jetzt waren diese Menschen verschwunden, dachte er. Alle. In Gedanken sah er sie immer noch flüchten und hörte sie schreien. Die Schreie klangen entsetzlich, doch irgendwie waren sie ihm vertraut. Er kannte diese Schreie. Er hatte sie sein ganzes Leben lang gehört. Es waren die Schreie der Männer, die er im Kampf getötet hatte, die Schreie seiner Opfer. Die Schreie spukten durch seine Erinnerung wie gefangene Seelen, und er würde sie für immer mit sich tragen.

Jetzt aber, als Zeuge dieser entsetzlichen Zerstörung, packte ihn das Entsetzen bei dem Gedanken, daß er vielleicht auch die Last dieser letzten Schreie würde tragen müssen.

Flußzigeuner

Sie wanderten die ganze Nacht, denn sie waren viel zu aufgewühlt, um schlafen zu können. Sie sprachen nicht über das, was passiert war, doch jeder von ihnen wußte, daß die anderen darüber nachdachten. Der endlose Wald umschloß sie wieder von allen Seiten, und über ihnen erstreckte sich das undurchdringliche Dach aus Blattwerk und Nebelschwaden. Das Labyrinth schien wieder einmal ewig gleich zu sein, und nach einer Weile kam es ihnen so vor, als hätten das Dorf und seine Bewohner niemals existiert.

Als es Morgen wurde, und die Dunkelheit zu einem trüben Grau aufriß, fanden sie eine Lichtung und schliefen für eine Weile. Der Ritter fiel in einen Halbschlaf, in dem ein kleiner Teil von ihm immer wach blieb. Es war der Teil seiner Instinkte, der sofort auf drohende Gefahr reagierte, und er hatte schon vor langer, langer Zeit gelernt, sich in diesen tranceähnlichen Zustand zu versetzen. Normalerweise hätte er geträumt, doch immer noch verfolgten ihn die Schreie derer, die er hatte sterben sehen, und er fühlte sich außerstande, sich selbst von dieser Qual zu befreien. Es waren die Schatten der Toten, und sie waren alles, was von der einst menschlichen Existenz noch übriggeblieben war. Sie lebten in ihm weiter, als hätten sie sich festgeklammert und als würden sie erst wieder loslassen, wenn auch ihn der Tod ereilte.

Wenn er nicht schlief, dachte er über den Gargoyle nach und überlegte, welche Rolle diese Kreatur bei der Zerstörung des Dorfes gespielt hatte. Es beunruhigte ihn, daß er sich nicht mehr dran erinnern konnte, warum der Gargoyle bei ihm war. Wie war es dazu gekommen, daß sie zusammen reisten? Diese Frage stellte er sich immer wieder. Aus welchem Grund begleitete er eigentlich den Ritter und die Lady durch das Labyrinth? Vielleicht gehörte der Gargoyle hierher, dachte der Ritter immer wieder. Er wußte als erster, was sie danach immer wieder erfahren hatten, daß es keinen Ausweg aus dem Labyrinth gab. Er hatte das zuerst erwähnt, und es war später durch die Dorfbewohner bestätigt worden. Außerdem hatte er von dem Brodem gewußt. Es gab so vieles, was der Ritter nicht wußte, was der Gargoyle jedoch zu wissen schien. Es war wirklich beunruhigend. Der Ritter hatte keine Angst vor ihm, doch er war auf der Hut, weil er die Absichten des Gargoyles nicht durchschauen konnte. Das Ungeheuer schien etwas grundlegend Ehrenhaftes und Faires an sich zu haben, doch so sehr sich der Ritter auch bemühte, er konnte sich nicht dazu überwinden, ihm zu trauen.

Als sie aufwachten, wanderten sie weiter. Sie setzten ihren Weg fort, weil sie keine andere Wahl hatten. Hätten sie es nicht getan, so hätten sie sich damit ihre Niederlage eingestanden, doch das würde der Ritter niemals zulassen. Er spürte, wie er allmählich die Kontrolle über die Dinge verlor und wie sein Selbstvertrauen und seine Entschlossenheit stetig schwanden. Nach und nach erkannte er, wie unsicher seine Position geworden war. Hier war er selbst ein Opfer von Umständen, die er weder kontrollieren noch begreifen konnte. In dem Labyrinth gab es nichts Bekanntes oder Vertrautes, und seine Erinnerung an das Leben davor bestand nur noch aus einem undeutlichen Tanz von Silhouetten vor einem nebelhaften Hintergrund. So sehr er sich auch konzentrierte und zu erinnern versuchte, nichts aus seinem ehemaligen Leben wollte vor seinem geistigen Auge Gestalt annehmen. Es war, als wäre er im Labyrinth geboren worden, und nur die Anwesenheit der Lady – und vielleicht auch die des Gargoyles – bewiesen ihm, daß es ein Vorher gegeben haben mußte.

An diesem Tag sprach die Lady mit ihm, als fühlte sie sich gezwungen, den Kontakt mit ihm zu erhalten. Sie unterhielt sich mit ihm aber nicht wie eine Freundin oder Vertraute, sondern lediglich wie eine Gefangene und Weggefährtin wider Willen. Immer wieder fragte sie ihn darüber aus, wer er war und warum er sich hier befand.

Sie fragte nach seinem vorigen Leben und woran er sich erinnern konnte. Sie wollte wissen, warum und für wen er sie mitgenommen hatte. Er wich ihren Fragen aus und wies sie alle, so nachdrücklich er konnte, von sich, weil er die Antworten nicht kannte. Sie drängte ihn, bis sie seiner überdrüssig wurde, dann verfiel sie wieder in Schweigen.

»Du spielst mit mir«, sagte sie, und an die Stelle ihrer ständigen Gereiztheit traten wieder Trauer und Verzweiflung. »Du machst mit mir, was du willst, weil ich deine Gefangene bin.«

Er schüttelte den Kopf und starrte in die nebelverhangene Ferne. »Das würde ich niemals wagen.«

»Dann erzähl mir etwas von dir«, bettelte sie. Sie war jetzt kaum in der Lage, ihre Stimme zu kontrollieren. »Gib mir irgendeinen Beweis dafür, daß du nicht lügst.«

Eine Weile lief er neben ihr her, ohne zu sprechen, dann senkte er den Kopf. »Es gefällt mir auch nicht, daß die Dinge so sein müssen. Ich wünschte, es wäre anders. Es tut mir leid, daß ich dich mitgenommen habe, aus welchem Grund und zu welchem Zweck auch immer. Sollte sich jemals die Möglichkeit dazu bieten, werde ich es wieder gutmachen.«

Er dachte, sie würde offen über sein Angebot lachen oder ihn verspotten, doch sie überraschte ihn, indem sie einfach wortlos nickte und weiterlief.

Es war früher Nachmittag, als sie den Fluß erreichten. Er war genauso plötzlich da, wie es das Dorf gewesen war, und tauchte in ihrem Blickfeld auf, als sie einen Hügelkamm überquerten und der Wald sich lichtete. Der Fluß war breit und träge, und er erstreckte sich in beide Richtungen, so weit das Auge reichte. Auch am anderen Ufer zogen sich die endlosen Wälder des Labyrinths dahin, und der Himmel über ihnen war unverändert grau und leer.

Sie stiegen ans Ufer hinab und blieben stehen; ihre Blicke wanderten zum anderen Ufer hinüber, dann flußaufwärts und flußabwärts. Sie entdeckten nicht das geringste Lebenszeichen. Dort, wo der Fluß nicht durch Stromschnellen und Felsen verwirbelt wurde, war das Wasser trübe und glatt. Es gab kein Treibgut auf diesem Fluß, und kein einziger Fisch durchbrach im Sprung seine gläserne Oberfläche.

»Wenn es hier einen Fluß gibt, dann muß es an seinen Ufern auch irgendwo ein Dorf geben«, sagte die Lady hoffnungsvoll.

»Die Frage ist nur, ob dieses Dorf innerhalb oder außerhalb des Labyrinths liegt«, sagte der Ritter. »Wir folgen dem Fluß und werden sehen. Welche Richtung sollen wir einschlagen?«

Wieder überraschte sie ihn. »Das entscheidest du. Du bist derjenige, der uns führt.«

Er führte sie flußabwärts. Die Ufer waren breit und grasbewachsen und gut begehbar. Größtenteils endeten die Bäume des Waldes an die hundert Meter vom Flußufer entfernt, und der Weg war für die Reisenden frei und übersichtlich. Als sich der graue Tag dem Abend zuneigte, trat Nebel zwischen den Bäumen hervor und legte sich über den Fluß und seine Ufer. Zuerst bedeckte er nur ihre Füße, dann reichte er bis zu den Knien. Als es dunkel war, reichte er bis an die Hüften, und sie konnten nicht mehr erkennen, wo das Ufer aufhörte und der Fluß begann.

Der Ritter hatte sich gerade gesagt, daß sie sich für die Nacht in den Wald zurückziehen sollten, als sie Gesang hörten. Im selben Moment blieben sie alle drei stehen und lauschten. Die Quelle des Gesangs schien nur ein kleines Stück weit vor ihnen zu liegen, gleich hinter der nächsten Flußbiegung, kaum zweihundert Meter entfernt. Der Ritter führte sie zurück an den Waldrand, damit keiner versehentlich in den Fluß stürzen konnte, und sie setzten ihren Weg von dort aus fort. Als sie die Biegung umrundet hatten, sahen sie das Licht mehrerer kleiner Feuer. Von dort tönte auch der Gesang zu ihnen herüber. Sie bewegten sich auf die Feuer zu und spähten angestrengt durch den Nebel. Als sie näherkamen, erkannten sie eine Handvoll bemalter Wagen. In der Nähe waren Maultiere angebunden, und Zelte aus bunten Tüchern waren zwischen den Karren und einigen Pfosten aufgespannt worden. Den Gesang hatte eine Gruppe von Menschen angestimmt, über ein Dutzend Männer und

Frauen in farbenfroher Kleidung, die sich alle um die Feuer versammelt hatten.

Der Ritter und seine Begleiter traten näher und wurden jetzt auch von der Gruppe entdeckt, die jedoch weitersang, als spiele ihr Erscheinen keine Rolle. Der Gargoyle blieb etwas zurück und versteckte sich im Schutze seines Umhangs, doch einer der Sänger stand auf und winkte sie alle näher, den Gargoyle eingeschlossen. Langsam kamen sie der Einladung nach; von Natur aus vorsichtig und den Umständen entsprechend auf der Hut blieben sie selbst in dieser scheinbar freundlichen Umgebung wachsam.

»Willkommen in unserem Lager«, grüßte sie der Mann, der sie herangewunken hatte. »Wollt ihr mit uns singen? Für euer Abendessen vielleicht?«

Der Mann war dick und rund und hatte riesige, knotige Hände. Seine Haare und sein Bart waren dicht und schwarz. Er trug mehrere goldene Ohrringe und eine Kette mit einem Medaillon. Zwei Dolche steckten in der Schärpe, die er sich um seinen gewaltigen Bauch gebunden hatte, und ein dritter ragte aus seinem Stiefelschaft.

»Wer seid Ihr?« fragte der Ritter.

»Ah, ah – keine Namen, mein Freund«, sagte der andere. »Namen sind etwas für Feinde, denen wir aus dem Weg zu gehen wünschen, nicht für Freunde, wie wir sie im Begriff sind zu machen. Wollt ihr euch zu uns setzen?«

»Flußzigeuner«, sagte der Gargoyle, der abrupt stehengeblieben war, und der Ritter sah ihn schnell an.

Der fette Mann lachte. »Das sind wir! Und wen haben wir denn da, mein Freund! Einen Gargoyle! Von deiner Art gibt es nicht mehr viele in der Welt. Soweit ich weiß, ist zu meinen Lebzeiten jedenfalls keiner mehr im Labyrinth gesehen worden. Also dann. Sei nicht so scheu. Es besteht kein Anlaß für dich, im Schatten herumzulungern. Ihr seid alle willkommen. Setzt euch zu uns und singt mit! Teilt unser Feuer mit uns!«

Wie ein Schäfer trieb er die drei voran, damit sie sich zu den anderen gesellen konnten. Man machte ihnen Platz, reichte ihnen Getränke und setzte den Gesang fort. Alle lächelten einander zu, wenn ein Lied beendet war und ein neues begonnen wurde. Ein Mann spielte ein eigenartiges Saiteninstrument, ein anderer blies auf der Flöte. Der Ritter und seine Begleiter lauschten den Liedern, sangen jedoch nicht mit. Vom Wein, den man ihnen reichte, tranken sie auch nur wenige Schlucke. Ihre Blicke wanderten über die bunte Versammlung, und sie fragten sich, wie sie dort gelandet waren.

»Kommt ihr von weit her?« fragte der fette Mann den Ritter, als er sich nach einer Weile zu ihm herüberlehnte.

»Wir sind fünf Tage lang gelaufen«, antwortete der Ritter. »Es scheint so, als könnten wir keinen Ausweg aus dem Labyrinth finden.«

»Ein weitverbreitetes Problem in dieser Gegend«, sagte der andere mit einem Kopfnicken.

»Kennt Ihr einen Weg?« drängte der Ritter.

Der andere begann, im Rhythmus eines Liedes mit den Händen zu klatschen. »Vielleicht, vielleicht.«

Der Gesang wurde bis tief in die Nacht fortgesetzt. Den Ritter überkam Müdigkeit. Die Lady hatte mehr getrunken als er und lag bereits mit geschlossenen Augen ausgestreckt im Gras. Der Gargoyle kauerte unter seinem Umhang, und seine Züge wurden vom Schatten der Kapuze verhüllt. Ein paar von den Zigeunern hatten angefangen zu tanzen; ausgelassen hüpften und wirbelten sie um die Feuer herum. Die Frauen hatten sich Glöckchen um die Finger gebunden, und deren silbriger Klang übertönte den Gesang. Die Männer wirbelten rote und goldene Tücher durch die Luft, und der Wein floß in Strömen. Der fette Mann hatte zuvor etwas von einem Abendessen erwähnt, dachte der Ritter, doch bisher war nichts aufgetischt worden.

»Ist das nicht die Art und Weise, wie man das Leben leben sollte?« fragte der dicke Mann plötzlich, während er sich abermals zu ihm herüberlehnte. Der Wein hatte ihm die Röte ins Gesicht getrieben, und er lächelte breit. »Mach dir keine Gedanken über das

Morgen, solange es nicht da ist. Sorge dich nicht über Dinge, die du sowieso nicht ändern kannst. Singe und tanze. Trinke und lache. Heb dir deine Probleme für ein andermal auf!«

Der Ritter schüttelte den Kopf. »Die Probleme haben es so an sich, daß sie einen immer wieder einholen.«

Der andere lachte. »Was für ein Pessimist! Sieh einer an! Ihr singt nicht, ihr tanzt nicht! Ihr trinkt zu wenig! Wie könnt ihr euch da amüsieren? Ihr müßt dem Leben eine Chance geben!«

»Gibt es einen Weg aus dem Labyrinth?« fragte der Ritter wieder.

Der Zigeuner schüttelte fröhlich den Kopf, stand auf und zuckte mit den Schultern. »Heute nacht nicht mehr, glaube ich. Vielleicht morgen.« Und dann begann er trotz seines Gewichts leichtfüßig wie die anderen um das Feuer herumzutanzen.

Der Ritter leerte seinen Becher und blickte zu seinen Begleitern hinüber. Die Lady schlief tief und fest. Der Gargoyle war verschwunden. Der Ritter sah sich vergeblich nach ihm um und spähte in die Dunkelheit jenseits der Feuer. Doch von dem Gargoyle war nichts zu sehen.

Der Ritter versuchte aufzustehen und stellte fest, daß er es nicht konnte. Seine Beine gehorchten ihm nicht, und sein Körper fühlte sich an, als wäre er von Eisen umschlossen. Er kämpfte gegen die Schwere an, die ihn an den Boden zu fesseln schien, und er schaffte es fast, sich vollständig aufzurichten, doch gleich darauf fiel er wieder ins Gras. Die Flußzigeuner tanzten und sangen, ohne ihm Beachtung zu schenken. Farben und Formen huschten an ihm vorbei, als er sich der Dunkelheit zuwandte. Irgend etwas stimmte nicht. Man hatte ihn irgendwie überlistet.

Er fragte sich immer noch, was mit ihm geschehen war, als er plötzlich im Gras zusammensackte.

Als er wieder aufwachte, war er alleine. Die Flußzigeuner waren verschwunden – die Männer, die Frauen, die Wagen und die Maultiere. Alles, was geblieben war, waren die Aschehäufchen der

Feuer, die in der diesigen Morgendämmerung schwach vor sich hinqualmten. Der Ritter lag lang ausgestreckt im Gras. Mühevoll rollte er herum und rappelte sich auf die Knie hoch. Sein Kopf brummte von dem Wein, und seine Muskeln waren vom Schlafen verkrampft. Zu seiner Linken erstreckte sich der Fluß glatt, geräuschlos und friedlich. Zu seiner Rechten erstreckte sich der dunstige Schleier des Waldes.

Der Ritter stand auf und wartete, bis das Schwindelgefühl nachließ.

Die Lady war ebenfalls verschwunden.

Er spürte, wie sein Atem schneller wurde und sich sein Brustkorb vor Wut und Verständnislosigkeit zusammenzog. Wohin war sie gegangen? Er spähte durch den frühmorgendlichen Nebel, doch er entdeckte nicht die geringste Spur von ihr. Sie war einfach verschwunden.

Er war immer noch dabei, um seine Fassung zu kämpfen, als der Gargoyle zwischen den Bäumen hervortrat und auf ihn zukam. Plötzlich bemerkte der Ritter, daß auch alle seine Waffen verschwunden waren. Er war völlig schutzlos.

»Gut geschlafen?« fragte der Gargoyle, während er näherkam, und der Sarkasmus in seiner Stimme war nicht zu überhören.

»Wo sind meine Waffen?« fragte der Ritter ärgerlich. »Was ist mit der Lady geschehen?«

Der Gargoyle kauerte sich vor ihm ins Gras. »Die Flußzigeuner haben deine Waffen und die Lady mitgenommen, während du geschlafen hast.«

»Sie haben sie mitgenommen?« Der Ritter war wie vor den Kopf gestoßen. »Du meinst, sie haben die Waffen gestohlen und die Lady geraubt?«

Der Gargoyle lachte leise. »Die Zigeuner sehen das nicht so. Für sie sind die Waffen und die Frau eine angemessene Bezahlung für den unterhaltsamen Abend, den sie uns gestern geboten haben. Was gerecht ist, ist gerecht, denken sie. Sie haben dir nur das genommen, was du nicht brauchst.«

Der Ritter starrte ihn wütend an. »Und du hast nichts getan, um sie daran zu hindern?«

Der Gargoyle zuckte mit den Schultern. »Warum sollte ich? Was geht es mich an, was mit deinen Waffen oder der Lady passiert? Mich kümmert weder das eine noch das andere. Um ehrlich zu sein, bist du ohne beides besser dran. Im Labyrinth braucht man keine Waffen, sondern Geduld und Verstand. Die Lady war ein Mühlstein um unser beider Nacken, eine Last, die zu tragen kein gescheiter Mann bereit ist.«

»Es stand dir nicht zu, diese Entscheidung zu treffen!«

»Das habe ich auch nicht getan«, erklärte der Gargoyle voller Gleichmut. Er hob sein häßliches Gesicht ins Licht, und seine gelben Augen erwiderten ruhig den Blick des Ritters: »Ich habe die Dinge sich selbst überlassen, mehr nicht.«

»Du hättest mich warnen können!«

»Du hättest selbst gewarnt sein müssen, wenn du bei Verstand gewesen wärst. An den Zigeunern ist nichts Geheimnisvolles – egal, wo man hinkommt, sie sind überall dieselben und werden es immer sein. Sie leben nach ihren eigenen Regeln, und wenn man beschließt, mit ihnen zu trinken und zu singen, dann akzeptiert man diese Tatsache. Laß es dir eine Lektion sein, holder Ritter, und denk nicht weiter drüber nach.«

Der Ritter kämpfte gegen seine Wut an, und die Angst lauerte gleich dahinter, die Befürchtung, daß er die Kontrolle verlieren und nichts dagegen tun könnte. Die Lady und seine Waffen waren verschwunden, ohne daß er etwas dagegen hatte tun können. Warum hatte er das nicht kommen sehen? Warum hatte er nicht die nötigen Vorsichtsmaßnahmen getroffen?

Er holte tief Luft und blickte flußauf- und flußabwärts. »In welche Richtung sind sie weitergezogen?« Der Gargoyle gab ihm keine Antwort, und der Ritter fuhr wütend herum. »Gib mir keinen Anlaß, dir noch mehr zu mißtrauen!«

Der Gargoyle hielt seinem wütenden Blick stand. »Ich habe dir noch nie einen Anlaß dazu gegeben.«

»So, hast du nicht?« Der Ritter baute sich vor ihm auf. »Als ich im Labyrinth aufwachte, warst du bereits da. Du wußtest, wo wir waren, und hast das Labyrinth beim Namen genannt. Du hast schon gesagt, daß es keinen Ausweg aus dem Labyrinth gibt, bevor das noch irgendein anderer erklärt hatte. Als wir in das Dorf kamen und von dem Brodem erfuhren, kanntest du die Geschichte schon. Der Wirt erkannte in dir das Ungeheuer, das sein Erscheinen ankündigt. Letzte Nacht, als wir auf die Flußzigeuner stießen, wußtest du, wer sie waren, während die Lady und ich keine Ahnung hatten. Du scheinst eine Menge über diesen Ort zu wissen, obwohl du behauptest, noch nie hier gewesen zu sein.«

Lange starrte der Gargoyle den Ritter schweigend an. »Ich schätze, du hast guten Grund, mich zu verdächtigen«, gab er schließlich widerwillig zu. »An deiner Stelle wäre ich genauso mißtrauisch. Es muß so scheinen, als sei ich arglistig und doppelzüngig. Doch das bin ich nicht. Ich weiß vieles, weil ich schon sehr lange lebe und viel herumgekommen bin. Ich verfüge über ein Wissen, dessen Quellen ich oftmals nicht mehr zu nennen vermag. Ich erinnere mich an Dinge, die ich vor Jahrhunderten entdeckt oder erfahren habe. Ich bin sehr alt. Wie die Flußzigeuner bereits erwähnten, gab es einmal sehr viele von meiner Art. Und jetzt bin ich der einzige in der ganzen Welt.«

Er hielt inne, als müsse er nachdenken. »Dieser Ort und jene, die hier leben, und die Dinge, die hier passieren, sind mir irgendwie vertraut, als würde ich sie aus einer anderen Zeit kennen, an die ich mich jedoch schon lange nicht mehr erinnern kann. Ich ahne auch einen Teil dessen, was in der Zukunft passieren wird. Ich kenne diesen Ort; ich habe ihn wiedererkannt. Ich kann manche Ereignisse voraussehen. Aber ich kann mich nicht erinnern, jemals zuvor an diesem Ort gewesen zu sein.« Der Blick des Gargoyles verfinsterte sich. »Es quält mich, daß es so ist. Mein Gedächtnis ist sehr lückenhaft, und ich gestehe, daß ich mich an nichts erinnern kann, was mein voriges Leben betrifft. Außer«, fügte er finster hinzu, »daß ich nicht länger der oder das bin, was ich einmal war.«

Der Ritter nickte langsam mit dem Kopf. In den Worten des Gargoyles schien Wahrheit zu liegen. »Ich auch nicht. Die Vergangenheit scheint lange her und weit entfernt.«

»Aber es gibt Assoziationen, die Erinnerungen auslösen, so wie mit den Zigeunern letzte Nacht«, sagte der Gargoyle. »Ich kannte sie, ohne sie je getroffen zu haben. Ich wußte, daß man ihnen nicht trauen kann. Ich hätte dich warnen können, das ist wahr. Aber ich habe es nicht getan. Ich wollte, daß sie die Lady mitnehmen. Ich wollte sie nicht mehr sehen.« Sein Blick war sehr direkt. »Und ich schäme mich dessen auch nicht.«

»Ich muß sie zurückholen«, sagte der Ritter.

»Warum? Aus welchem Grund nur willst du das tun?« Der Gargoyle schien an einer Antwort aufrichtig interessiert zu sein.

Der Ritter war still. Er ballte die Hände zu Fäusten, während er sich um eine Antwort bemühte. »Weil es das ist, was man mir aufgetragen hat, bevor ich hierher kam. Es ist das einzige, woran ich mich halten kann. Ohne sie bin ich verloren. Sie ist der Grund für meine Existenz. Verstehst du?«

Der Gargoyle dachte einen Moment lang nach und nickte dann. »Ich glaube, ja. Es ist deine Mission, sie zu deinem Herrn zu bringen, und darüber hinaus hast du keine Aufgabe, jedenfalls keine, an die du dich erinnern kannst. Aber kannst du dich denn wenigstens an etwas erinnern, was mit dieser Mission zu tun hat?«

Der Ritter schüttelte den Kopf. »Dieser Ort scheint mir meine Vergangenheit gestohlen zu haben.«

»Und meine auch.« Der Gargoyle klang verbittert. »Ich wünsche mir mein Leben zurück. Ich möchte mich erinnern können!«

»Hast du gesehen, in welche Richtung sie gegangen sind?« fragte der Ritter wieder.

»Ohne sie bist du besser dran«, antwortete der Gargoyle. Der Ritter erwiderte nichts; sein Gesichtsausdruck blieb unverändert. Der Gargoyle seufzte. »Flußaufwärts, zurück in die Richtung, aus der wir gekommen sind.« Er schüttelte resigniert den Kopf. »Ich werde mit dir gehen.«

Sie machten sich sofort auf den Weg und wanderten durch die hohen Gräser des Ufers und folgten dem erdfarbenen Band des Flusses durch den grauen Nebel. Schon bald stießen sie auf die Wagenspuren der Zigeuner, und es wäre dem Ritter nicht schwergefallen, selbst herauszufinden, in welche Richtung sie gezogen waren. Das brachte ihn erneut ins Grübeln, welche Rolle der Gargoyle in dieser mißlichen Situation spielte; schließlich hätte er ihn einfach alleine gehen lassen können. Doch das waren harte Gedanken, und er fühlte sich nicht wohl dabei. Er glaubte, wie schon zuvor, daß der Gargoyle im Grunde ein ehrenhaftes Wesen war. Das, was er ihm anvertraut hatte, schien nicht gelogen zu sein. Sie waren beide aus einer anderen Welt in diese hier gekommen, und auch die Lady teilte mit ihnen dasselbe Schicksal.

Unermüdlich den Wagenspuren folgend, eilten sie weiter, da sie vorhatten, die Zigeuner bis zum Sonnenuntergang einzuholen. Nur wenige Male und auch nur für kurze Zeit gönnten sie sich etwas Ruhe. Nach einer Weile wurde der Fluß immer breiter, so daß das andere Ufer kaum mehr als eine dunkle Linie vor dem bewölkten Horizont war. Den Ritter bedrückte diese endlose Trübsinnigkeit, der Mangel an Sonnenlicht und die erdrückende Nähe des verhangenen Himmels über der Erde. Er vermißte Menschen und Tiere und andere Zeichen von Leben. Er wußte, daß er das alles mal gekannt und geliebt hatte. Am meisten quälte ihn jedoch der Verlust seiner Identität, der zu der Unsicherheit seiner derzeitigen Existenz geführt hatte. Es reichte nicht, nur zu spüren, wer oder was man war; man brauchte die Erinnerung, ein klares Bild von seinem bisherigen Leben und von den Dingen, die man getan hatte, als man es lebte. Doch ihm war fast nichts mehr davon geblieben – jedenfalls weniger als dem Gargoyle, wie es schien. Er schwebte in einem Vakuum, und die Leere, die er empfand, drohte ihn in den Wahnsinn zu treiben.

Die Sonne war bereits untergegangen, als sie wieder auf die Flußzigeuner trafen. Sie hatten Glück, daß sie das Licht der Feuer sahen, bevor sie so nahe waren, daß sie selbst gesehen werden konnten. Die Zigeuner hatten ihr Lager auch diesmal direkt am Flußufer aufgeschlagen, und ihr Gesang tönte mit unbeschwerter Respektlosigkeit durch die Stille der Abenddämmerung. Der Ritter und der Gargoyle zogen sich hinter die Bäume zurück und näherten sich in ihrem Schutz dem Lager, bis sie erkennen konnten, was dort vor sich ging. Was sie sahen, überraschte sie nicht weiter. Die Flußzigeuner hatten sich abermals um ihre Feuer versammelt, tranken Wein und ließen sich von der hereinbrechenden Nacht umhüllen. Die Lady saß bei ihnen. Es machte nicht den Eindruck, als wäre sie gefesselt, und ihre Bewegungsfreiheit schien in keiner Weise eingeschränkt zu sein. In der Hand hielt sie eine Tasse, an der sie immer wieder nippte. Ihr Gesicht wirkte kalt und ausdruckslos, doch sie schien keine Angst zu haben.

»Vielleicht ist sie gerne bei ihnen«, flüsterte der Gargoyle. »Vielleicht fühlt sie sich bei ihnen freier als bei dir.«

Der Ritter ignorierte den Einwand. »Ich brauche mein Schwert zurück.«

Der Gargoyle schüttelte tadelnd den Kopf. »Du interessierst dich auch nur für deine Sache, was? Keine Abweichungen in deinem Leben.« Sein Lachen klang tief und weich. »Es ist, als stammten wir alle aus einer Gußform, die sich nie mehr ändern läßt.«

Abrupt stand er auf. »Warte hier auf mich.«

Er verschwand zwischen den Bäumen. Der Ritter wartete und beobachtete das Lager. Es wurde immer dunkler, bis alles, was nicht vom Schein der Feuer erleuchtet wurde, mit der Finsternis verschmolz. Und das Trinken und Singen setzten die Flußzigeuner ohne Unterlaß fort. Alle anderen Geräusche und Bewegungen verblaßten hinter dieser Ausgelassenheit und versanken darin wie ein Stein im Fluß. Die Zeit verstrich, und der Ritter begann nervös zu werden.

Doch dann tauchte der Gargoyle plötzlich wieder an seiner Seite auf und streckte ihm das Breitschwert entgegen. Seine scharfen Zähne glitzerten, als er das Maul zu einem breiten Grinsen verzog. Der Ritter nahm das Schwert, wog es in seinen Händen, um seinen

Zustand zu überprüfen, und steckte es dann zurück in die Scheide, die er auf seinem Rücken trug.

»Und jetzt werden wir sie bitten, uns die Lady zurückzugeben«, sagte er, während er aufstand.

»Warte«, sagte der Gargoyle, während er ihn mit seinen Klauen zurückhielt. »Warum sollten wir um etwas bitten, was wir uns auch so holen können? Wir warten bis zum frühen Morgen, dann schleichen wir uns ins Lager und nehmen sie mit. Wenn alle schlafen. Das ist mit Sicherheit der leichtere Weg.«

Der Ritter dachte eine Minute lang darüber nach und nickte dann. »Gut, wir werden warten.«

Schweigend verharrten sie im Schutz der Bäume. Die Flußzigeuner begannen zu tanzen, und die Fröhlichkeit nahm kein Ende. Jedenfalls nicht, bis der Morgen graute und die Feuer heruntergebrannt waren. Dann rollten sich die Männer und Frauen in ihren Decken ein, und Stille legte sich über das Lager. Die Lady schlief neben ihnen. Sie hatte die Stelle, an der sie gesessen hatte, nicht verlassen und sich lediglich im Gras ausgestreckt. Nebelschwaden begannen die Wagen und Tiere einzuhüllen, nachdem sie von der Hitze des Feuers nicht länger vertrieben wurden, und bald war auch von den Schlafenden nichts mehr zu erkennen.

Der Ritter und der Gargoyle erhoben sich und schlüpften aus dem Schutz der Bäume. Schweigend bahnten sie sich durch das hohe Gras einen Weg ins Lager hinunter. Sie hielten nach einer Wache Ausschau, konnten jedoch niemanden entdecken. Als sie die Wagen erreichten, hielten sie kurz inne und lauschten. Doch das einzige, was sie hörten, war das Atmen und das Schnarchen der Zigeuner und das entfernte Rauschen des Flusses. Sie schlichen um die Wagen herum, bis sie ganz in der Nähe der Stelle waren, wo die Lady schlief. Dann ging der Ritter alleine weiter.

Er fand sie, kniete neben ihr nieder und legte ihr seine Hand auf den Mund. Sie wachte sofort auf und blickte mit kalten, prüfenden Blicken zu ihm hoch, ohne daß in ihren Augen die kleinste Spur von Angst zu erkennen war. Er wollte ihr gerade auf die Beine helfen, als er die Kette sah, die von einer Schelle an ihrem Fußgelenk zu einem der Wagenräder führte.

Zornesröte stieg dem Ritter ins Gesicht. Er hatte genug. Achtlos bahnte er sich einen Weg durch die Schlafenden, bis er den dicken Mann fand, der ihm mit seinem so verlockenden Lächeln nahegelegt hatte, sich die Probleme doch für ein andermal aufzuheben. Er bückte sich, packte den Mann an seinem Hemd und zog ihn mit einem Ruck auf die Beine.

»Ich werde dich der Länge nach aufschlitzen, wenn du sie nicht sofort freiläßt«, zischte er ihm zu.

Der Mann blickte ihm in die Augen und nickte wortlos. Der Ritter schubste ihn vor sich her durch das Lager bis zu der Stelle, wo die Lady wartete. Der bärtige Zigeuner griff in seine Tasche, holte einen Schlüssel hervor, öffnete das Schloß der Fußschelle und trat zurück.

»Ihr solltet uns dafür nicht böse sein«, sagte er ruhig.

Der Ritter streifte der Lady den Eisenring vom Fuß und half ihr hoch. Sie bückte sich, um sich den Knöchel zu reiben, dann drehte sie sich um und lief mit ruhigen Schritten auf die Bäume zu.

»Wein und Gesang haben ihren Preis«, verkündete der Zigeuner. »Ihr schuldet uns was.«

Der Ritter drehte sich noch einmal um. »Sei froh, daß ich dich nicht getötet habe.«

Der Zigeuner legte die Finger auf die Lippen und stieß einen schrillen, durchdringenden Pfiff aus. Sofort war das ganze Lager auf den Beinen, und überall wimmelte es von bewaffneten Männern. Sie hielten Dolche, Kurzschwerter und Äxte in den Händen, und die Klingen blitzten in der feuchten Morgenluft. Mit einem einzigen Blick erkannten sie die Situation und bewegten sich auf den Ritter zu.

»Seid nicht töricht«, warnte der Ritter und plazierte sich mit dem Rücken zum Wagen.

»Ich glaube, Ihr seid derjenige, der töricht ist«, erwiderte der bärtige Zigeuner.

Ein ganzer Schwarm stürzte sich auf den Ritter, doch er zerschlug ihre Reihen mit einem einzigen Hieb seines Breitschwertes. Sein Kettenhemd schützte ihn vor den Messern, mit denen sie auf seine Brust zielten, und er sprang behend um den Wagen herum und lief auf den Wald zu. Wo denn nur seine Rüstung war, fragte er sich plötzlich. Wo waren seine Panzer, sein Schild und sein Helm? Wieder spürte er, daß sie irgendwo in der Nähe sein mußten, doch sie kamen immer noch nicht zu ihm. Zum zweiten Mal war er jetzt gezwungen gewesen, ohne sie zu kämpfen. Nie zuvor hatte er das tun müssen. Seine Rüstung war immer dagewesen, wenn er sie gebraucht hatte. Warum nicht auch jetzt?

Wieder holten ihn die Zigeuner ein, und er war gezwungen, sich zu verteidigen. Er tötete zwei von ihnen und verwundete einen dritten, ohne selbst verletzt zu werden. Er hörte den Gargoyle rufen. Als er sich umdrehte, sah er, daß die Lady ihn vom Waldrand aus beobachtete.

Plötzlich packte ihn eine ungeheure Wut über die Dummheit der Flußzigeuner, und er wappnete sich gegen einen weiteren Angriff.

Doch der blieb aus. Ein grünes Licht, wie er es bereits kannte, stieg aus dem Fluß empor und schob sich wie eine Wand auf das Lager zu. Die Zigeuner wirbelten herum und schrien entsetzt auf, als sie die Bedrohung erkannten. Der Brodem trat aus dem diesigen Zwielicht hervor, und sein zischender Niederschlag fraß sich durch die Landschaft. Der Ritter nutzte die Verwirrung und das Entsetzen der Zigeuner und rannte auf den Wald zu. Er erreichte die Bäume, als der Brodem gerade begann, sich durch das Lager zu fressen. Er verschlang die Wagen, Tiere und Menschen so schnell, daß alles in wenigen Sekunden verschwunden war. Selbst die Schreie verstummten sofort. Niemand schien in der Lage, vor ihm zu fliehen.

Einen Augenblick später war alles vorbei. Der Brodem war nur so weit herangekommen, daß er das Lager vernichten konnte, dann zog er sich wieder zurück. Genauso wie nach der Zerstörung des Dorfes schob er sich in umgekehrter Richtung über die blanke, verbrannte Erde und verschwand aus ihrem Blickfeld. Und den

Zigeunern erging es so wie den Dorfbewohnern; nichts war von ihnen mehr übriggeblieben.

Die verwüstete Erde dampfte im frühen Morgenlicht. Der Ritter starrte entsetzt zwischen den Bäumen hervor, die Lady zu seiner Linken und der Gargoyle zu seiner Rechten. Keiner sprach ein Wort. Der Ritter fragte sich, wie das geschehen konnte. Warum hatte sich der Brodem wieder gezeigt, und wie kam es, daß er nur das Lager verschlungen und ihn und seine Begleiter jedoch verschont hatte? Was hatte den Brodem angelockt? Was hielt ihn davon ab, auch ihn und seine Begleiter zu verschlingen? Irgend etwas an dieser ganzen Sache stimmte nicht. Alles, was bisher passiert war, hatte einen unwirklichen Beigeschmack – die Entdekkung jenes namenlosen Dorfes, ihre Begegnung mit den Flußzigeunern und das Erscheinen des Brodems. Es war ganz offenbar eine Verzerrung der Wirklichkeit, die sich zwar vertrauter Formen bediente, den Dingen jedoch keine Substanz verlieh. Obwohl er nicht wußte, woher dieser Umstand rührte, so war er sich dessen trotz allem bewußt.

Ein unangenehmer Verdacht begann in seinem Hinterkopf Gestalt anzunehmen – eine Vorstellung, die so erschreckend war, daß er sie nicht auszusprechen wagte. Voller Verzweiflung und ungläubigem Staunen vergrub er sie in den tiefsten Winkeln seines Inneren.

»Was ist das für ein monströses Ding?« flüsterte die Lady und trat einen Schritt nach vorne, um auf den Fluß hinauszuspähen. »Stellt es uns etwa nach wie eine Hundemeute bei der Hetzjagd?«

»So ist es«, knurrte der Gargoyle leise. »Ich kann seinen Hunger spüren.«

Der Ritter spürte es auch. Und obwohl er es nicht sagen konnte, obwohl er es nicht über sich brachte, die Worte auszusprechen, wußte er, daß dieser Hunger noch nicht gestillt war.

Alles umsonst

Sie boten sicherlich einen merkwürdigen Anblick, dachte Abernathy, als sie sich den Toren von Rhyndweir näherten, der Schloßburg Kallendbors, des mächtigsten Herren von Grünland. Ein langer, schlaksiger Mann mit einem Vogel auf der Schulter, eine kleine, drahtige Kreatur, die ein bißchen aussah wie ein wahnsinniger Affe, und ein Hund mit menschlichen Händen und einer Lesebrille auf der Nase – Horris Kew, Biggar, Bunion und er selbst. Sie trotteten die Straße zum Schloß hinauf, wobei sie das Banner des derzeitigen und immer noch abwesenden Königs von Landover durch die Stadt vor sich hertrugen – um genauer zu sein, war es Bunion, der mit dem Banner voranging. Ihre Pferde trotteten in einer Reihe hinter ihnen her, zweifelsohne dankbar, die Reiter loszusein, die sich sowieso nicht viel aus ihnen machten. Der Packesel mit den Truhen voller Traumkristalle lief in ihrer Mitte. Der Tag war heiß und feucht, die Luft stand still, und die Aussicht auf ein Bad und ein kaltes Getränk beflügelte ihren Schritt.

Die Stadtbewohner versammelten sich, um die Ankunft der Reisenden mit neugierigen Blicken zu verfolgen. Sie standen im Schatten der Eingänge und Vordächer, stupsten sich gegenseitig an und steckten flüsternd die Köpfe zusammen. Vielleicht wußten sie es schon, dachte Abernathy. Vielleicht wußten alle schon Bescheid.

Sie hatten Sterling Silver drei Tage zuvor verlassen, eine Delegation des Königs, die zu dem einzigen Zweck aufgebrochen war, Traumkristalle an das Volk des Grünlandes zu verteilen, an die Reichen und Armen gleichermaßen. Die Entscheidung, die Traumkristalle an alle zu verteilen, war mit einigen Vorbehalten getroffen worden, doch schließlich hatte auch Questor zugestimmt, denn dies schien seinen verzweifelten Bemühungen, die Abwesenheit des Königs zu vertuschen, irgendwie entgegenzukommen. Es wurde immer schwerer, Ausreden zu erfinden, die den Umstand erklären konnten, daß der König niemanden empfing und alle Aufgaben an seinen ersten Berater delegierte. Irgendeine Ablenkung war nötig, um sich die ganz Hartnäckigen vom Leibe zu halten. Und wenn die Kristalle auch sonst nichts taugen mochten, so würden sie diesen Zweck vielleicht erfüllen. Man konnte sie an die Leute verteilen, alle eine Weile damit spielen lassen und hoffen, daß diese Neuheit nicht allzu schnell ihren Reiz verlieren würde.

Questor konnte natürlich nicht selber gehen, also war es ganz selbstverständlich, daß Abernathy, trotz seiner ablehnenden Haltung gegenüber dieser Idee, an seiner Stelle ging. Außer Horris Kew und dem Vogel mußte ein Vertreter des Königs dabeisein, und so blieb diese Aufgabe an Abernathy hängen, wobei Bunion sich bereit erklärte, zum Schutz und zur Unterstützung mitzureisen. Questor hätte ihnen gerne noch eine Eskorte königlicher Soldaten mitgeschickt, doch die wollte keiner dabeihaben. Auch Abernathy nicht, denn der zog es vor, die Angelegenheit direkt und ohne große Umstände abzuwickeln. Besuchte man die Herren des Grünlandes mit einer königlichen Eskorte, so zog man sofort alle Aufmerksamkeit auf sich, was, wie Abernathy meinte, keine gute Idee war, und so wurde der Gedanke wieder fallengelassen.

Abgesehen davon herrschte Friede im Land. Was sollte ihnen also schon Großes passieren, solange sie unter dem Banner des Königs reisten?

So waren sie schließlich durch die Tore von Sterling Silver marschiert und in nordöstlicher Richtung von dannen gezogen, durch die Wälder und über die Hügel bis zu den Weiden des Grünlandes. Jedem, dem sie begegneten, wurde ein Kristall angeboten. Die meisten nahmen das Geschenk dankbar entgegen und waren von seiner Wirkung fasziniert. Nur ein oder zwei ganz nüchterne Gesellen wollten von diesem Unsinn nichts wissen. Zwischen Sterling

Silver und den Schlössern der Grünlandherren lagen viele Höfe und kleinere Gemeinden, und so hatten sie schon während ihrer Reise Hunderte von Kristallen verteilt. Die Nachricht begann sich zu verbreiten, und es dauerte nicht lange, bis die Leute bereits am Straßenrand auf sie warteten. Noch mehr Kristalle wurden verteilt, und noch mehr Leute gingen glücklich nach Hause. So weit, so gut.

Abernathy zollte Horris Kew eine gewisse Anerkennung. Der Zauberer sorgte dafür, daß jede Person, die einen Kristall bekam, auch erfuhr, daß dies ein Geschenk des Königs war und daß er lediglich als sein Stellvertreter fungierte. Jedenfalls machte er keinen Versuch, sich selbst als Gönner aufzuspielen oder irgendeine Anerkennung für sich zu beanspruchen. Das war ganz und gar nicht typisch für den Horris Kew, den Abernathy aus früheren Zeiten kannte. Daher machte es den Hofschreiber auch von neuem äußerst mißtrauisch.

Doch bei aller Loyalität war er in diese Angelegenheit doch zu sehr persönlich verwickelt. So sehr er Horris Kew und seinen Plänen auch mißtraute – und dieser neue Einfall war da keine Ausnahme –, so verzweifelt hing er doch auch an seinem eigenen, persönlichen Kristall. Wenn er sich selbst gegenüber ehrlich war, was immer seltener vorkam, so mußte er sich leider eingestehen, daß sein Interesse an dem Kristall schon fast an Abhängigkeit grenzte. Er schien wie gefesselt, seitdem er die Tiefen des Kristalls zum ersten Mal erblickt hatte. Was sah er nicht nur einmal, sondern jedesmal, wenn er ihn benutzte? Sich selbst als das, was er einmal gewesen war: als einen Mann in der Gestalt eines Mannes und nicht in der eines Hundes, in der er seit so langer Zeit schon gefangen war. Es war sein größter Wunsch, ein Traum, dessen Erfüllung er sein Leben widmete, und wenn er in das facettenreiche Feuer des Kristalls blickte, schien dieser Traum wahr zu werden. Er konnte sich selbst so lange betrachten, wie er wollte – und zwar jeden Tag ein bißchen länger. Er konnte sich nicht nur als Mann sehen, sondern sich auch so fühlen; er konnte sich erinnern, wie es war, bevor

Questor Thews die unglückselige Zauberformel ausgesprochen und ihm sein derzeitiges Schicksal beschert hatte.

Es war ein bittersüßes Vergnügen, in die Vergangenheit zu schauen, und Abernathy konnte nicht genug davon bekommen. Es war zwar nicht so gut, wie wenn er wirklich wieder er selbst wäre, doch es war das, was diesem Zustand am nächsten kam. Auf jeden Fall verschaffte es ihm höchste Befriedigung. Und das alles hatte er Horris Kew zu verdanken.

Selbst jetzt, als er sich den riesigen Toren von Rhyndweir näherte und dankbar an ein Bad und ein kaltes Bier dachte, die ihn dort sicher erwarteten, freute er sich schon auf die Zeit, die er in seinem Zimmer damit verbringen würde, abermals in die Tiefen des Kristalls zu blicken.

Die Tore öffneten sich, um sie hereinzulassen, und sie marschierten an einer Handvoll Wachen vorbei, bevor sie von einem einzelnen Hofdiener unteren Ranges empfangen und weitergeleitet wurden. Keine Trompeten, kein Garnisonsantritt und kein persönlicher Empfang durch Kallendbor, wie es die Etikette verlangt hätte, wäre der König persönlich erschienen. Den Gesandten des Königs jedoch wurde ein Minimum an Respekt entgegengebracht und noch weniger Interesse, wie Abernathy registrierte. Kallendbor hatte Holiday noch nie leiden können, doch inzwischen zeigte er seine Verachtung immer offener. Die Erinnerungen an Holidays Triumphe und Erfolge schienen allmählich zu verblassen. Holiday hatte Kallendbor bei mehreren Gelegenheiten die Stirn geboten und außerdem erreicht, wozu die Herren des Grünlandes nie in der Lage waren. Er hatte den Eisernen Markus besiegt, die Dämonen nach Abaddon zurückgetrieben und das Königreich unter seiner Herrschaft vereinigt. Er hatte jeden Gegner besiegt, der sich ihm in den Weg gestellt hatte, und alle Hindernisse überwunden. Kallendbor hatte all das respektiert, jedoch niemals wirklich zu schätzen gewußt. Und jetzt schien ihnen nicht mal sein Respekt sicher zu sein.

Kallendbor empfing sie im roten Umhang und juwelenbehängt

an der Tür des Palastes. Er wurde begleitet von seinen engsten Beratern und derzeitigen Favoriten. Er war ein großer, gut gebauter Mann mit Haaren und Bart so rot, daß sie im Sonnenlicht fast golden schimmerten. Seine Hände und Unterarme waren sehnig und voller Kampfnarben. Arrogant stand er hocherhobenen Hauptes in der Tür. Während er darauf wartete, daß sie näherkamen, vermittelte er ihnen den Eindruck, als blicke er auf sie hinab. Seine Haltung unterstrich, daß er sich lediglich aus reiner Großherzigkeit dazu herablasse, ihnen seine Zeit und Aufmerksamkeit zu widmen. Doch das alles überraschte Abernathy keineswegs – der Hofschreiber war daran gewöhnt –, trotzdem verurteilte er diese unverhohlene Dreistigkeit.

»Lord Kallendbor«, grüßte Abernathy mit leicht geneigtem Kopf, als er ihm als erster gegenübertrat.

»Hofschreiber«, erwiderte der andere mit einer noch leichteren Verbeugung.

»Gaak! Mächtiger Herr! Mächtiger Herr!« krächzte Biggar.

Kallendbor blinzelte. »Was haben wir denn da? Einen sprechenden Vogel? Na, so was, ist das vielleicht ein Geschenk für mich?« Plötzlich strahlte er. »Natürlich, was sonst? Gut gewählt, Abernathy.«

Dies war eine Gelegenheit, für die Abernathy fast alles gegeben hätte – eine Chance, Biggar loszuwerden. Abernathy hatte den Vogel vom ersten Tag an nicht ausstehen können und der Vogel ihn auch nicht, und beide wußten, wie der andere fühlte. Biggar hatte irgend etwas an sich, was Abernathy mehr störte, als er in Worte zu fassen vermochte. Er konnte es nicht genau benennen, doch es war eine unumstößliche Tatsache. Er wollte den Vogel auf der Reise nicht dabeihaben; vehement hatte er sich dagegen gewehrt. Doch Horris Kew hatte darauf bestanden, den Vogel mitzunehmen, und am Ende hatte er gesiegt – größtenteils wegen der Traumkristalle, die immerhin seine Errungenschaft und der alleinige Grund für die Reise waren.

Abernathy öffnete den Mund, um Kallendbor gerade zu bestätigen, daß der Vogel tatsächlich ein Geschenk für ihn sei, doch er war nicht schnell genug.

»Eure Lordschaft, ich bitte um Vergebung dafür, daß Euch diese nichtige Kreatur vom eigentlichen Zweck unseres Besuches abgelenkt hat«, fuhr Horris Kew schnell dazwischen. »Leider ist der Vogel kein Geschenk für Euch. Er ist mein Begleiter und der einzige Schatz, den ich aus meinem alten Leben in diese Welt mitgebracht habe. Er wurde mir von Menschen anvertraut, die mir sehr viel bedeuten, die mir alles gaben und mich zu dem machten, was ich bin. Ich bin sicher, Ihr habt Verständnis dafür.« Und hastig setzte er hinzu: »Um die Wahrheit zu sagen, ist der Vogel außerdem von sehr aufsässigem Temperament. Er ist oft übellaunig und beißt. Ihr würdet keine Freude an ihm haben.«

Wie zur Bestätigung dieser Worte beugte sich Biggar vor und biß Horris Kew ins Ohr. »Autsch! Seht Ihr!« Horris holte aus, doch bevor er Biggar erwischen konnte, hatte sich dieser schon flatternd in die Luft erhoben. Er drehte ein paar Kreise und ließ sich dann wieder auf Horris' Schulter nieder, wo er wachsam weitere Angriffe erwartete.

»Warum wird mir der Vogel nicht als Geschenk dargebracht, wenn ich es wünsche?« fragte Kallendbor, während sich sein Gesicht verfinsterte. »Wollt Ihr damit sagen, daß ich nicht über den Vogel verfügen kann, wie es mir gefällt?«

Abernathy fürchtete schon, daß dies das Ende ihrer Kristall-Verteilungs-Aktion sein könnte und daß sie jetzt gleich wieder umkehren und nach Hause gehen müßten – außer Biggar, der, wie es schien, dazu bestimmt war, bei Kallendbor zu bleiben.

»Eure Lordschaft, der Vogel gehört Euch, wenn Ihr es wünscht«, verkündete Horris im gleichen Augenblick, und Biggar begann wieder zu krächzen. »Doch Ihr solltet wissen, daß er nur sehr wenig spricht und daß das, was er gerade sagte – ›Mächtiger Herr‹ –, ein Spruch ist, den er von Seiner Hoheit gelernt hat. Mit anderen Worten: Der König hat ihm diese Worte beigebracht, weil er persönlich so angeredet werden wollte.«

Abernathy fiel der Unterkiefer hinunter. Eine Weile herrschte Schweigen. Kallendbor war rot angelaufen und hatte sich zu voller Größe aufgerichtet; er sah aus, als würde er jeden Augenblick explodieren. Doch dann begann sich das drohende Gewitter langsam zu verziehen.

»Schon gut, ich will ihn doch nicht mehr«, sagte er voller Verachtung. »Es reicht mir, zu wissen, daß er mir gehört, wenn ich es wünsche. Holiday soll ihn behalten.« Er holte tief Luft. »Nun denn, da die Sache mit dem Vogel erledigt ist, was gibt es sonst noch?«

»Eure Lordschaft«, sagte Horris Kew an Abernathys Stelle, dem nach wie vor die Worte fehlten. »Ihr hattet recht mit Eurer Annahme. Wir haben in der Tat ein Geschenk für Euch, etwas weitaus Faszinierenderes und Nützlicheres als diesen Vogel. Es ist ein Traumkristall.«

Kallendbor war von neuem interessiert. »Laßt mich sehen.«

Diesmal war Abernathy schneller. »Nichts lieber als das, Eure Lordschaft, doch vielleicht sollten wir besser hineingehen, wo es kühler ist und wo man uns doch sicherlich die Quartiere zeigen kann, die Ihr für die Gesandten des Königs habt vorbereiten lassen.«

Kallendbor lächelte, aber das war kein erfreulicher Anblick. »Natürlich, Ihr müßt erschöpft sein. Das Reiten dürfte Euch schwerfallen, wie ich annehme. Folgt mir.«

Abernathy war die Anspielung nicht entgangen, doch er ignorierte sie, und die kleine Gruppe folgte Kallendbor und seinen Begleitern in den großen Saal. Man servierte ihnen kaltes Bier aus Fässern, die in den Tiefen des Bairns und des Cosselburns – der beiden Flüsse, die Rhyndweir umgaben – gekühlt wurden, und Kallendbor ließ Zimmer und Bäder für die Besucher vorbereiten. Dann führte er sie an die jenseitige Front des riesigen Saales, wo man durch eine Reihe geöffneter Türen auf das Exerzierfeld blicken konnte, und bat sie, auf einigen halbkreisförmig angeordneten Stühlen Platz zu nehmen. Der Großteil seines Gefolges blieb stehen und versammelte sich hinter ihm.

»Nun, was ist das für ein Geschenk?« fragte Kallendbor.

»Dies hier, Eure Lordschaft«, verkündete Horris Kew, während er einen der Traumkristalle aus seiner Tasche hervorholte und ihn Kallendbor entgegenstreckte.

Kallendbor nahm den Kristall in die Hand und untersuchte ihn mit gerunzelter Stirn. »Das sieht aber nicht sehr kostbar aus. Was ist es wert? Moment mal!« Er beugte sich zu Abernathy und zeigte mit dem Finger auf Horris Kew. »Wer ist das überhaupt?«

»Sein Name ist Horris Kew«, antwortete der Hofschreiber, wobei er sein Verlangen, dem noch einiges hinzuzufügen, nur mit Mühe unterdrücken konnte. »Er befindet sich zur Zeit im Dienste des Königs. Er ist der Entdecker dieser Kristalle.«

»*Dieser Kristalle?*« Kallendbor wandte sich wieder an Horris Kew. »Es gibt mehr als einen? Wie viele denn?«

»Tausende«, antwortete der Zauberer lächelnd. »Doch jeder einzelne davon ist etwas ganz Besonderes. Haltet ihn vor Euch hoch, Eure Lordschaft, damit sich das Licht darin fängt, und dann blickt hinein.«

Für eine Weile starrte Kallendbor den Kristall argwöhnisch an, doch dann folgte er der Anweisung. Er hielt ihn vor sich in die Sonnenstrahlen, die in den Saal fielen, und beugte sich dann nach vorne, um in seine Tiefen blicken zu können. Er verharrte blinzelnd in dieser Position, bis der Kristall ein weißes Feuer zu entfachen schien, dann fuhr er keuchend zurück, ohne jedoch den Blick abzuwenden. Plötzlich beugte er sich mit offenem Mund wieder über den Kristall, und ein Glitzern trat in seine Augen. »Nein, das gibt's doch nicht!« murmelte er. »Ist denn so etwas möglich?«

Dann riß er den Kristall an sich und verdeckte sein Licht und das, was er ihm gezeigt hatte. »Hinaus mit euch!« befahl er all jenen, die erwartungsvoll über seine Schulter blickten. »Sofort!«

Sie verließen überraschend schnell den Saal, und als sie allein waren, wandte sich Kallendbor wieder an Horris Kew. »Was sind das für Kristalle?« zischte er. »Welche Macht befehligen sie?«

Horris schien verwirrt. »Na ja, sie ... sie bieten vielerlei Visionen,

Eure Lordschaft – Visionen, die für jeden ihrer Besitzer einzigartig sind. Sie sind eine Art Unterhaltung, mehr nicht.«

Kallendbor schüttelte den Kopf. »Ja, aber ... zeigen sie vielleicht auch die Zukunft? Sagt es mir!«

»Nun ja, mag sein«, antwortete Horris Kew, der nicht dumm war. »Einigen vielleicht, natürlich nicht allen.«

Und plötzlich fragte sich Abernathy, ob es sich tatsächlich so verhielt. Horris schien die Antwort auf diese Frage selbst nicht genau zu kennen, doch was, wenn Kallendbors Vermutung stimmte? Bedeutete das etwa, daß sich die gezeigten Bilder vielleicht verwirklichen ließen? Konnte es folglich sein, daß Abernathy sich nicht so gesehen hatte, wie er einst war, sondern so, wie er wieder sein würde?

»Die Zukunft«, flüsterte Kallendbor gedankenverloren. »Ja, so könnte es sein.«

Was immer er auch gesehen hatte, es schien ihm gefallen zu haben, dachte Abernathy, der jedoch kaum daran interessiert war, was es gewesen sein mochte, denn er war viel zu sehr mit den eigenen Bildern beschäftigt. Die Gefühle, die in ihm aufstiegen, als er daran dachte, vielleicht wieder ein Mensch zu werden, drohten seinen Brustkorb zu sprengen. Wenn es doch nur wahr wäre!

»Wie viele habt Ihr davon?« fragte Kallendbor plötzlich.

Horris Kew schluckte, da er nicht wußte, wohin das alles führen würde. »Wie ich schon sagte, Tausende, Eure Lordschaft.«

»Tausende. Wieviel kosten sie?«

»Nichts, Eure Lordschaft. Die sind umsonst.«

Kallendbor schien sich an irgend etwas verschluckt zu haben. »Habt Ihr schon viele davon verteilt?«

»Ja, Eure Lordschaft, sehr viele. Das ist der Zweck unserer Reise. Wir sind nach Grünland gekommen, um sie an das Volk zu verteilen, damit sich die Menschen nach der Arbeit ein bißchen an ihren Bildern erfreuen können. Natürlich mag es sein, Eure Lordschaft«, fügte er schnell hinzu, keine Gelegenheit auslassend, die sich ihm bot, »daß der Kristall für Euch von besonderem Nutzen ist.«

»Ja, von besonderem Nutzen«, murmelte Kallendbor nachdenklich. »Ich habe eine Idee. Erlaubt mir, selbst die Kristalle weiterzugeben, die für die anderen Herren des Grünlandes bestimmt sind. Ich werde sie natürlich im Namen des Königs verteilen. Dadurch könntet Ihr Euch den Weg zu den einzelnen Festungen sparen und hättet mehr Zeit, um die einfachen Leute zu besuchen.«

Das war keine Bitte. Horris Kew sah Abernathy hilfesuchend an, und der durchschaute Kallendbors Absichten. Er würde den anderen Herren des Grünlandes die Traumkristalle nicht umsonst überlassen; er würde einen hohen Preis dafür verlangen. Wahrscheinlich würde er ihnen weismachen, daß diese Kristalle, im Gegensatz zu den anderen, die umsonst an das gewöhnliche Volk verteilt wurden, die Zukunft vorhersagen konnten. Doch eigentlich war es Abernathy so oder so egal. Die Nachricht hatte sich sowieso schon verbreitet. Sollte Kallendbor doch mit seinen Nachbarn verfahren, wie er wollte.

Abernathy zuckte die Schultern. »Natürlich, Eure Lordschaft«, antwortete er. »Wie Ihr es wünscht.«

Kallendbor stand abrupt auf. »Eure Zimmer sind hergerichtet. Ihr könnt ein Bad nehmen und Euch bis zum Abendessen ausruhen. Dann reden wir weiter.«

Er verließ den Saal so schnell, als wäre er hinauskatapultiert worden, und war augenblicklich verschwunden.

Allein in seinem Zimmer, genehmigte sich Abernathy ein Bad, dann zog er sich an, trank noch ein Glas von dem guten, kalten Bier und streckte sich der Länge nach auf seinem Bett aus. Er holte den Kristall hervor, hielt ihn ins Licht und starrte hinein. Inzwischen hatte er Übung darin, und das Leuchten und die Bilder stellten sich sofort ein. Er beobachtete, wie er selbst in seiner alten Gestalt erschien, ein junger Mann mit einem breiten, fröhlichen Lächeln und erwartungsvollem Blick, der für einen Gelehrten ziemlich gut aussah und anziehend wirkte. Er spielte mit einigen Kindern und wurde dabei von einer hübschen, schüchternen Frau beobachtet.

Abernathy spürte, wie ihm die Luft wegblieb. In seinem Leben hatte es noch nie zuvor eine Frau gegeben, weder eine Gemahlin noch Geliebte, und dennoch sah er sie dort stehen. War das vielleicht die Zukunft? War es möglich, daß er jetzt sah, was einmal sein würde?

Abrupt schloß er seine Hand um den Kristall und widmete sich ganz und gar diesem einen Gedanken – der Zukunft. Alles war möglich, oder nicht? Was würde er darum geben, wenn es so wäre? Er kannte die Antwort, ohne zu fragen. Er starrte zur Decke, auf die Risse in dem alten Putz, auf die ausgebleichten Farben einer historischen Darstellung, deren Details nicht länger erkennbar waren. Genau wie seine eigene Vergangenheit war das Ereignis unter dem Einfluß der Zeit verblaßt. So viel von dem, was einst war, hatte sich im Laufe der Jahre und unter den vielfältigen Veränderungen aufgelöst. An vieles wollte er sich auch gar nicht mehr erinnern, gestand er sich selbst, nur an die Essenz dessen, was er einst gewesen war.

Plötzlich dachte er an Ben Holiday, der so sehr darauf bedacht war, seine Vergangenheit hinter sich zu lassen. Dem König waren nur wenige Erinnerungen geblieben, und die Veränderung, die er gesucht hatte, war keine Veränderung des Lebensstils, sondern des gesamten Lebens gewesen. Abernathy hatte die Veränderung in seinem Leben zwar nicht freiwillig herbeigeführt, dennoch ließen sich Parallelen ziehen. Er fragte sich, wo Holiday steckte und was aus ihm geworden war. Es hatte keine Spur von dem König gegeben, nicht den geringsten Hinweis auf seinen Verbleib, obwohl man lange und gründlich gesucht hatte und es immer noch tat. Es war beunruhigend, daß er so spurlos verschwinden konnte, und es bedeutete nichts Gutes für sie, wenn er für immer verschollen blieb. Ein anderer König brachte möglicherweise Veränderungen, die nicht unbedingt willkommen waren. Ein anderer König würde weder über Holidays Charakterstärke noch über seine Entschlossenheit verfügen. Für einen anderen König würde die Magie wahrscheinlich gar nicht funktionieren.

Deprimiert saß Abernathy auf der Bettkante und nahm den letzten Schluck seines Bieres. Ohne Holiday schien nichts mehr zu stimmen. Alles schien auseinanderzufallen und aus den Fugen zu geraten. Er wünschte, er könnte irgend etwas tun, um das zu ändern.

Bunion war losgezogen, um die Umgebung abzusuchen und zu sehen, ob er irgend etwas über das Verschwinden des Königs in Erfahrung bringen konnte. Vielleicht würde er auf einen Hinweis stoßen. Vielleicht war sein Ausflug ins Grünland erfolgreich. Vielleicht würde etwas Gutes dabei herauskommen. Vielleicht.

Abernathy legte sich wieder auf sein Bett zurück und hielt den Kristall ins Licht.

Kallendbor erschien nicht zum Abendessen. Auch Bunion ließ sich nicht blicken. Abernathy und Horris Kew saßen alleine an der Tafel, während Biggar auf der Stuhllehne des Zauberers hockte wie ein unheilverkündendes Omen. Abernathy versuchte ihn zu ignorieren, was jedoch äußerst schwierig war, da ihm der Vogel direkt gegenübersaß und ihn mit boshaften Augen anstarrte. Abernathy konnte es sich nicht verkneifen, die Zähne gegen den Vogel zu fletschen, als Horris einmal nicht hinsah.

Biggar erzählte Horris später davon, doch es interessierte den nicht. Sie saßen wieder in ihrem Zimmer, das nur von dem Licht einer einzelnen Kerze erhellt wurde, die auf dem Nachttisch brannte. Horris saß auf dem Bett, und Biggar hockte auf der Fensterbank.

»Er hat mich angeknurrt, wenn ich es dir doch sage!« zeterte der Vogel hartnäckig. »Er hat praktisch nach mir geschnappt!«

Horris sah sich nervös im Zimmer um. Sein Augenlid zuckte wie wild. »Er hat dich angeknurrt? Ich habe nichts gehört.«

»Na gut, vielleicht hat er nicht gerade geknurrt.« Biggar wollte keine Haarspalterei betreiben. »Aber er hat mir alle seine beachtlichen Zähne gezeigt, und an seiner Absicht bestand kein Zweifel! Horris, hör mir wenigstens zu, ja? Und hör auf, dich die ganze Zeit wie ein Verrückter im Zimmer umzusehen!«

Horris Kew war tatsächlich dabei, das Zimmer von vorne bis hinten abzusuchen. Er hielt lange genug inne, um Biggar einen ziemlich gequälten und argwöhnischen Blick zuzuwerfen. Sein Auge hüpfte. Der Vogel musterte ihn prüfend. »Ist alles in Ordnung, Horris?«

Horris schüttelte zweifelnd den Kopf. »Ich sehe andauernd was...« Er machte eine vage Geste. »Da draußen.« Er zuckte mit den Schultern. »Manchmal sehe ich was im Schatten der Bäume oder Häuser oder nachts in den dunklen Ecken. Ich fühle mich ständig beobachtet.« Er holte tief Luft. »Ich glaube, daß *er* vielleicht hier ist.«

»Der Gorse?« seufzte Biggar. »Mach dich nicht lächerlich! Wie sollte er hergekommen sein? Er verläßt doch nie die Höhle. Das bildest du dir nur ein!«

Horris schlang die Arme um seinen schlaksigen Körper, als wäre ihm kalt. »Ich muß immer an Holiday und die Hexe und den Drachen denken und an das, was mit ihnen passiert ist. Ich habe immerzu Angst, daß du recht hattest und daß er mit uns vielleicht dasselbe macht.«

»Na ja, du kannst nicht sagen, daß ich dich nicht gewarnt hätte.« Biggar verschaffte dieses Geständnis eine enorme Befriedigung. »Andererseits haben wir die Sache mit den Traumkristallen schon ein bißchen zu weit getrieben, als daß wir uns jetzt noch Sorgen darüber machen können.«

Horris stand auf und bewegte sich unsicher durch das Zimmer, wobei er in jede Ecke und hinter jedes Möbelstück spähte. Biggar neigte seinen weißbekrönten Kopf. Was für eine Zeitvergeudung, dachte er. Wenn der Gorse nicht gesehen werden wollte, dann nützte die ganze Sucherei nichts. Nicht bei einem solchen Wesen.

»Würdest du dich jetzt bitte hinsetzen und ruhig bleiben?« kreischte er gereizt. Horris machte ihn ganz nervös.

Horris ging zum Bett zurück und setzte sich wieder. »Weißt du, was der Gorse gesagt hat, als ich ihn fragte, was aus Holiday und den anderen in dem Wirrkästchen werden würde?«

Biggar konnte sich nicht mehr erinnern, und es war ihm auch egal, trotzdem sagte er: »Was, Horris, erzähl es mir.«

»Er sagte, sie würden sich in den Elfennebeln verlieren. Er sagte, daß der Fluch der Vergessenheit sie auf eine Reise ohne Ende schicken würde. Daß sie bald nicht mehr wüßten, wer sie sind. Daß sie sich nicht mehr daran erinnern würden, woher sie gekommen sind. Sie würden in den Nebeln eingeschlossen bleiben, und die Nebel würden mit ihnen spielen und sie schließlich in den Wahnsinn treiben.« Horris erschauderte. »Der Gorse sagte, es würde sehr, sehr lange dauern.«

»Das soll uns doch egal sein«, schniefte Biggar. »Wir haben schon genug Sorgen.«

»Ich weiß, ich weiß.« Horris starrte plötzlich in die Finsternis, als hätte er etwas gehört. »Ich muß nur immerzu daran denken.«

Biggar war angewidert. »Nun, dann laß dir was einfallen, damit du nicht mehr dran denkst. Wir haben eine Menge zu verlieren, wenn das mit den Kristallen nicht so klappt, wie sich der Gorse das vorstellt. Andererseits gibt es viel zu gewinnen, wenn alles gutgeht. Für den Gorsen ist Landover nur eine Sprosse auf der Leiter zu weiteren Zielen, für uns ist es der Topf voller Gold am Ende des Regenbogens. Wenn wir bei der Sache bleiben, können wir viel mehr erreichen als mit Skat Mandu.«

»Ich weiß, ich weiß.«

»Hör auf, immer dasselbe zu sagen. Ich hasse es, wenn du so herablassend tust!«

Horris sprang wütend auf die Füße. »Halt den Schnabel, Biggar! Ich kann so herablassend sein, wie ich will!« Er rang mit den Händen, während sein Blick durch das Zimmer streifte. »Ich weiß, was zu tun ist, und ich werde es tun! Ich tu's schon die ganze Zeit, oder etwa nicht? Aber ich hasse es, dabei beobachtet zu werden! Mir gefällt der Gedanke nicht, daß mir jemand über die Schulter blickt, den ich nicht sehen kann!«

Biggar spuckte auf den Boden. »Zum letzten Mal, Horris, der Gorse ist nicht hier!«

Horris ballte frustriert die Fäuste. »Und wenn er doch hier ist?«

»Ja, was, wenn ich tatsächlich hier bin?« ertönte die Stimme des Gorsen aus den dunklen Tiefen des Kleiderschranks, und Horris sank ohnmächtig zu Boden.

Als er mit ihnen fertig war, als er die beiden so gründlich erschreckt hatte, daß sie genau das tun würden, was er von ihnen verlangte, ohne auch nur einen Zentimeter von dem Weg abzuweichen, den er ihnen vorgegeben hatte, kletterte der Gorse befriedigt die Außenwand des Schlosses hinab wie eine Spinne. Als er den Boden erreichte, verwandelte er sich in einen Mann und schritt durch die Tore der Stadt, die jenseits der Festungsmauern lag. Es fiel ihm immer leichter, sich ungehindert zu bewegen, denn seit seiner Befreiung aus den Elfennebeln wurde seine Magie mit jedem Tag stärker. Inzwischen war er in der Lage, verschiedene Gestalten anzunehmen. Er konnte sich in alles und jeden verwandeln.

Er lächelte im stillen, als er an all die Möglichkeiten dachte.

Horris und der Vogel waren Idioten, allerdings nützliche Idioten, und der Gorse beabsichtigte, sie gerade so lange leben zu lassen, wie er es zur Durchführung seines Planes für nötig hielt. War die Zerstörung Landovers erst einmal vollendet, würde er sich ihrer entledigen.

Sie hatten nicht erwartet, daß er sie auf ihrer Reise begleiten würde. Sie konnten nicht begreifen, wie er dazu in der Lage war. Nun, es warteten noch mehr Überraschungen auf sie. Es war das beste, sie stets von neuem aus der Fassung zu bringen und dafür zu sorgen, daß sie immer ein bißchen unsicher blieben. Sie konnten über ihn sagen, was sie wollten, solange sie sich nicht ganz wohl dabei fühlten. Ein bißchen Angst war gar nicht schlecht.

Nachdem er das Schloß und die Stadt hinter sich gelassen hatte, änderte der Gorse abermals die Gestalt und bewegte sich auf ein dunkles Gehölz am Rande der Felder zu. Jetzt war er kaum mehr als ein Schatten, der über das Land huschte. So, sie machten sich also Sorgen um Holiday, die Hexe und den Drachen? Nun, das sollten sie auch, denn schließlich konnte ihnen ganz leicht dasselbe passieren, und es würde noch furchtbarer sein, als sie es sich je ausmalen konnten. Inzwischen dürften sich seine drei Gefangenen in dem Wirrkästchen nichts sehnlicher wünschen, als dieser alptraumhaften Existenz zu entfliehen. Mit Sicherheit fragten sie sich in diesem Moment, wie sie es wohl bewerkstelligen konnten. Zu dumm, daß sie es nie herausfinden würden.

Er erreichte den Wald und sammelte seine Magie, um die Dämonen von Abaddon herbeizurufen. Zeit für eine weitere Konferenz. Ihr Einzug in Landover stand kurz bevor. Der Gorse wollte, daß sie sich bereithielten. Feuerstrahlen sprangen von seinen Händen in die Erde. Gleich darauf ertönte ein unzufriedenes Grollen als Antwort.

Gristlies

Der Ritter, die Lady und der Gargoyle folgten dem Strom flußabwärts durch das Labyrinth. An manchen Stellen war der Fluß so breit, daß das andere Ufer gänzlich im Nebel verschwand und sich die glatte, graue Wasseroberfläche dahinzog wie blanker Granit. Kein Fisch tauchte aus der Tiefe des Flusses auf; kein Vogel kreiste über seinem Wasser. Sie folgten vielen Biegungen und Schleifen, doch der Fluß schien unveränderlich und endlos.

Sie trafen weder Flußzigeuner noch andere Leute. Sie sahen keine Tiere, und die flüchtigen Bewegungen, die ihre Aufmerksamkeit erregten, kamen aus dem tiefen Schatten des Waldes und waren so schnell vorbei wie ein Augenzwinkern.

Der Ritter hielt oft nach dem Brodem Ausschau, doch er fand nicht die geringste Spur. Er dachte lange und angestrengt über dessen Ursprung nach, denn er war davon überzeugt, daß zwischen dem Brodem und ihnen irgendein Zusammenhang bestand. Es lag, wie der Gargoyle bemerkt hatte, ein gewisser Hunger in der Art und Weise, wie er ihnen nachstellte. Er folgte ihnen aus einem bestimmten Grund, und dieser Grund hatte irgend etwas mit ihrer Gefangenschaft in dem Labyrinth zu tun. Er konnte den Brodem weder sehen noch hören, doch er spürte seine Anwesenheit. Er war immer gegenwärtig und schien knapp außer Sichtweite zu warten.

Doch worauf wartete er?

Am Abend, nachdem sie aus den Händen der Flußzigeuner befreit worden war, fragte die Lady den Ritter, warum er sie zurückgeholt hatte. Sie saßen in der Dämmerung, während die letzten schwachen Strahlen des Tageslichts verblaßten, und starrten in den

Nebel, der zwischen den Bäumen hervorkroch und sich auf den Fluß zubewegte. Sie waren allein; der Gargoyle war für eine Weile verschwunden, wie er es nachts oft zu tun pflegte.

»Du hättest mich zurücklassen und allein weiterziehen können«, stellte sie fest. Ihre Stimme kühl und sachlich. »Ich hatte damit gerechnet, daß du das tun würdest.«

»Das wäre mir nie in den Sinn gekommen«, antwortete er, ohne sie anzusehen.

»Warum nicht? Warum solltest du dich mit mir herumplagen? Bin ich wirklich so wichtig für deinen Herrn, daß du dein Leben für mich riskierst? Bin ich ein so wertvoller Schatz, daß du lieber sterben würdest, als mich zu verlieren?«

Ohne zu antworten, starrte er in die Dunkelheit.

Sie strich sich über ihr langes, schwarzes Haar. »Ich bin in deinem Besitz, und du würdest es nie zulassen, daß dir jemand etwas wegnimmt, was dir gehört. Das ist der Grund, warum du mich befreit hast, nicht wahr?«

»Du gehörst mir nicht«, antwortete er.

»Dann gehöre ich eben deinem Herrn. Ein Besitz, den du auf keinen Fall verlieren willst. Aus Angst, ihn dadurch zu erzürnen. Ist es das?«

Ihre Blicke trafen sich, und er sah Spott und Bitterkeit in ihren Augen.

»Verrate mir etwas. Was weißt du noch von deinem Leben, bevor wir ins Labyrinth kamen?«

Ihr Mund verzog sich zu einer schmalen Linie. »Warum sollte ich dir das sagen?«

Diesmal wandte er den Blick nicht ab, als ihre Wut wie Funken aus ihren Augen sprühte und ihn zu verbrennen drohte. »Ich kann mich an fast gar nichts mehr erinnern. Ich weiß, daß ich ein Ritter im Dienste des Königs war. Ich weiß, daß ich Hunderte von Schlachten in seinem Namen ausgetragen und sie alle gewonnen habe. Ich weiß, daß unser Schicksal irgendwie miteinander verknüpft ist, deins und meins, und ich glaube, auch das des Gargoyles. Irgend etwas ist mit mir passiert, was mich an diesen Ort gebracht hat, aber ich kann mich nicht erinnern, was es war. Es ist, als hätte man mich meiner Vergangenheit beraubt.«

Er hielt inne. »Ich bin es müde, deine Fragen nicht beantworten zu können, weil ich die Antworten selbst nicht weiß. Ich kenne den Namen des Herrn nicht, dem ich diene. Ich kenne nicht einmal meinen eigenen. Ich weiß nicht, woher ich kam und wohin ich gehen wollte. Ich habe dich nicht aus Treue zu einem Herrn befreit, an den ich mich gar nicht erinnern kann, auch nicht, um meine Pflicht zu erfüllen, denn von solch einer weiß ich nichts mehr. Ich habe dich zurückgeholt, weil du alles bist, was mir noch aus meinem Leben vor dem Labyrinth geblieben ist, das einzige, woran ich mich halten kann. Wenn ich dich verliere, wenn ich dich aufgebe, dann bleibt mir gar nichts mehr.«

Sie starrte ihn an, und der Ärger und die Bitterkeit verschwanden aus ihrem Blick. An ihre Stelle traten Verständnis und ein Hauch von Furcht. »Ich kann mich auch an nichts mehr erinnern«, sagte sie leise und auf eine Art und Weise, als täten ihr die Worte weh. »Ich war wichtig und mächtig, und ich kannte meine Bedeutung. Ich verfügte einst über große Magie.«

Die Stimme blieb ihr im Halse stecken, und er dachte, daß sie gleich weinen würde. Aber das tat sie nicht. Sie riß sich zusammen und fuhr fort: »Ich glaube, daß ich durch Magie hierhergekommen bin. Ich glaube, du hast recht. Wir waren vorher zusammen und sind aus demselben Grund hergeschickt worden. Aber ich spüre auch, daß es durch deine Schuld geschehen ist, nicht durch meine.«

Er nickte. »Das mag sein.«

»Dafür verurteile ich dich.«

Er nickte wieder. »Ich bin deswegen nicht gekränkt.«

»Aber ich bin auch froh, daß du hier bist und mich befreit hast.«

Er war zu erstaunt, um antworten zu können.

In der zweiten Nacht, als der Gargoyle wieder einmal in der Dunkelheit verschwunden war und die beiden zusammengekauert am Ufer saßen, nahm die Lady das Gespräch wieder auf. Sie hatte sich in ihren Umhang gehüllt, als müsse sie frieren, obwohl es schwül und windstill war.

»Glaubst du, daß wir diesem Ort entfliehen können?« fragte sie mit dünner Stimme.

»Ja, das werden wir«, antwortete er, weil er nach wie vor daran glaubte.

»Der Wald und der Fluß scheinen so endlos. Es gibt keine Zeichen von Veränderung. Die Nebel schließen uns immer noch ein. Es gibt keine Menschen oder Tiere. Nicht mal Vögel.« Langsam schüttelte sie den Kopf. »Überall ist Magie: Sie kontrolliert das ganze Labyrinth. Vielleicht bist du nicht in der Lage, das zu fühlen, aber ich spüre das ganz deutlich. Es ist ein magischer Ort, und ohne die Hilfe der Magie werden wir ihm nicht entfliehen können.«

»Es wird eine Stadt geben oder einen Gebirgspaß oder –«

»Nein«, unterbrach sie ihn, wobei sie schnell ihre schlanke, weiße Hand hob, um seinen Worten Einhalt zu gebieten. »Nein. Es wird nichts geben, außer dem Fluß und dem Wald und den endlosen Nebeln. Nichts.«

Am nächsten Morgen wachte er sehr früh auf, nachdem er eine unruhige und fast schlaflose Nacht verbracht hatte. Die Worte der Lady quälten ihn. Sie waren eine düstere Prophezeiung, die er nicht vergessen konnte. Eingerollt in ihren Umhang, lag sie im hohen Gras und schlief noch. Sie sah entspannt und würdevoll aus, ohne eine Spur von Ärger oder Verzweiflung, Bitterkeit oder Angst. Sie war sehr schön, wie sie so dalag. Mit ihrer blassen Haut und dem dunklen Haar wirkte sie makellos und vollendet, und die Kälte, die ihr Gesicht zeichnete, wenn sie wach war, wurde im Schlaf durch Sanftheit ersetzt.

Er sah auf sie hinab und fragte sich, was sie einander wohl bedeutet hatten, bevor sie ins Labyrinth gekommen waren.

Nach einer Weile stand er auf und ging zum Fluß. Er bückte sich über das Wasser und wusch sein Gesicht. Als er sich wieder aufrichtete, stand der Gargoyle neben ihm. Das Ungeheuer hatte seinen Umhang abgelegt. Tau glitzerte auf den nackten Stellen seiner borstigen Haut wie Wasser auf den Schuppen eines Reptils, das gerade den Tiefen des Flusses entstiegen ist. Seine Flügel hingen kraftlos an seinem buckligen Rücken. Sein häßliches, verwachsenes Gesicht schien sehr nachdenklich, als er auf den Fluß hinausspähte. Er stand einfach nur da, ohne etwas zu sagen.

»Wo gehst du nachts hin?« fragte ihn der Ritter.

Der Gargoyle lächelte und entblößte seine gelben Zähne. »In den Wald, wo er am dunkelsten ist. Ich kann dort besser schlafen als auf offenem Feld.« Er sah den Ritter an. »Hast du gedacht, ich ziehe los, um kleine Tiere zu jagen und zu fressen, die zu langsam oder zu jung sind, um fliehen zu können? Oder daß ich irgendein teuflisches Blutritual vollziehe?«

Der Ritter schüttelte den Kopf. »Ich habe gar nichts gedacht. Ich habe mich nur gefragt.«

Der Gargoyle seufzte. »Die Wahrheit ist, daß ich ein Gewohnheitstier bin. Wir haben darüber gesprochen, an was wir uns erinnern oder an was wir uns nicht mehr erinnern. Am besten kann ich mich an meine Gewohnheiten erinnern. Die meisten halten mich für häßlich und verachtungswürdig; das ist ein fester Bestandteil meines Lebens. Da die anderen mich fürchten, schöpfe ich Trost aus der Einsamkeit. Ich ziehe mich an Orte zurück, die andere nie betreten würden. Ich verstecke mich in der Dunkelheit und im Schatten. Es ist das Beste für mich, wenn ich mit mir alleine bin.«

Sein Blick schweifte wieder in die Ferne. »Früher habe ich andere Kreaturen gefressen. Ich nahm mir, worauf ich Lust hatte, und reiste, wohin ich wollte. Ich konnte fliegen. Ungehindert zog ich durch die Lüfte, und es gab nichts, was mich hätte aufhalten können.« Die gelben Augen sahen wieder zu dem Ritter hinüber. »Aber irgend etwas hat dem ein Ende bereitet, und ich glaube, daß es mit dir zu tun hat.«

Der Ritter zuckte zusammen. »Mit mir? Aber ich kann mich nicht mal an dich erinnern.«

»Seltsam, nicht wahr? Ich habe gehört, was die Lady zu dir gesagt hat. Daß sie glaubt, das Labyrinth bestünde aus Magie. Ich habe es hinter den Bäumen mitbekommen, und ich glaube, sie hat recht. Ich nehme an, daß wir durch Magie transportiert worden sind und daß uns diese Magie hier gefangen hält. Spürst du das auch?«

Der Ritter schüttelte den Kopf. »Ich weiß nicht.«

»Das Labyrinth fühlt sich nicht wie ein wirklicher Ort an«, sagte der Gargoyle. »Es fehlen die kleinen Dinge, die es dazu machen würden. Es fühlt sich unwirklich an, so als wäre es durch Träume entstanden, in denen alles ein Stück von der Realität abweicht, wie wir sie aus Zeit und Raum kennen. Hast du das nicht gespürt, als wir in dem Dorf waren oder als wir den Zigeunern begegnet sind? Magie kann so etwas bewirken, und ich glaube, daß sie auch hier am Werk war.«

»Wenn es so ist«, sagte der Ritter leise, »dann hat die Lady also recht, wenn sie sagt, daß wir nicht entfliehen können.«

Doch der Gargoyle schüttelte den Kopf. »Wenn uns Magie hergebracht hat, kann uns auch nur Magie wieder hinausführen. Das bedeutet, daß wir uns unseren Fluchtweg auf andere Weise suchen müssen.«

Der Ritter starrte in die Ferne und fragte sich, welche anderen Möglichkeiten es wohl gab. Ihm fiel keine ein. Sie verfügten selbst über keine Magie; um sich zu schützen, hatten sie nur die Waffen, die er trug, und ihren Verstand. Das schien nicht genug.

An diesem Tag folgten sie wieder dem Fluß, und nichts änderte sich. Der Strom schlängelte sich endlos dahin, der Wald erstreckte sich unverändert zu beiden Seiten, und die grauen Nebelschwaden durchdrangen alles. Die Gleichförmigkeit des Labyrinths wurde fast unerträglich. Der Ritter bekam allmählich den Eindruck, daß sie über denselben Boden liefen, über den sie schon zuvor gelaufen waren. Er sah Orientierungspunkte, die er schon vorher gesehen hatte, und geographische Gegebenheiten, die er bereits kannte. Natürlich war das unmöglich. Sie waren immer in dieselbe Richtung gelaufen, ohne auch nur einmal umzukehren, also war es ausgeschlossen, daß sie denselben Weg zweimal gingen. Dennoch, das Gefühl hielt an, und es begann, die Selbstsicherheit des Ritters zu untergraben.

Sie schlugen ihr Lager an einer Flußbiegung auf, wo der Wald fast bis ans Wasser reichte und sie sich in seinen Schutz zurückziehen konnten. Der Ritter hatte die Stelle gewählt, damit der Gargoyle bei ihnen schlafen konnte und nicht gezwungen war, die Nacht alleine zu verbringen. Das Ungeheuer war durch sein entsetzliches Äußeres schon genug gestraft, und es schien grausam, daß er sich gezwungen fühlte, sich jede Nacht fern von ihnen verbergen zu müssen. Sie waren Gefährten auf dieser Reise und hatten nur sich selbst. Sie mußten tun, was sie konnten, um das Band zwischen ihnen zu stärken. Selbst die Lady hatte aufgehört, den Gargoyle zu quälen und abschätzige Bemerkungen über ihn zu machen. Sie hatte sogar begonnen, hin und wieder in freundlichem Ton mit ihm zu sprechen. Es war ein Anfang, dachte der Ritter.

Seine Rücksichtnahme wurde belohnt, als der Gargoyle diesmal nicht wie jede Nacht in der Dunkelheit verschwand, sondern sich einige Meter weiter unter einem alten Baum zusammenrollte. Zumindest in dieser Nacht brauchte er nicht alleine zu schlafen.

Grobe Hände rüttelten sie wach und rissen sie aus dem Schlaf wie Wurzeln aus der Erde. Der Ritter sprang auf die Füße und blickte mit gehetzten Augen um sich. Wie war es ihnen gelungen, so nahe an sie heranzukommen, ohne daß er sie gehört hatte? Die Lady preßte sich an ihn, und er konnte ihr keuchendes Atmen hören. Der Gargoyle kauerte ein paar Meter weiter am Boden, und seine Augen funkelten in dem schwachen Licht des neuen Tages.

Überall um sie herum waren Monster. Sie hatten ihr Lager umzingelt und ihnen jeden Fluchtweg abgeschnitten. Es waren mindestens zehn oder zwölf riesige, knorrige Ungeheuer, die aufrecht auf zwei Beinen standen, den Oberkörper jedoch so gebückt hielten, als wäre es ihnen genauso vertraut, auf allen vieren zu laufen. Ihre äußere Erscheinung hatte fast etwas Menschliches – zwei Arme, zwei Beine, einen Rumpf, Hände und Füße und einen Kopf – doch ihre Körper waren knorrig und auf groteske Weise muskulös. Ihre Gesichter waren flach und ausdruckslos, aber ihre Augen und Schnauzen glänzten feucht, während sie ihre drei Gefangenen musterten.

Einer von ihnen begann zu sprechen, und sein Maul öffnete sich weit und entblößte riesige Hauer. Er schnatterte auf sie ein, eine Mischung aus Schnauben und Grunzen. Mit vagen Gesten deutete er zuerst auf sie, dann auf den Fluß und schließlich auf den Wald.

»Sie wollen wissen, woher wir kommen«, sagte die Lady.

Der Ritter starrte sie überrascht an. »Du verstehst sie?«

Sie nickte. »Ich kann es mir zwar nicht erklären, aber es ist so. Ich habe sie noch nie zuvor gesehen. Ich spreche auch nicht ihre Sprache. Ich bin nicht mal in der Lage, jedem einzelnen ihrer Geräusche ein Wort zuzuordnen. Aber die Bedeutung ist klar. Ich kann sie entschlüsseln. Mal sehen, ob ich mich ihnen verständlich machen kann.«

Sie machte ein paar heftige Bewegungen mit ihren Fingern und Händen. Das Monster, das zuerst gesprochen hatte, stieß ein paar Grunzer aus. Dann blickte es zu den anderen und schüttelte den Kopf.

»Sie wollen wissen, was wir hier machen. Sie sagen, daß wir nicht hierhergehören, daß wir Eindringlinge sind.« Die Lady war einen Schritt weit von dem Ritter abgerückt und schien wieder ganz gefaßt. »Sie mögen nicht, wie wir aussehen.«

»Was sind das für Kreaturen?« knurrte der Gargoyle und zeigte jetzt seine eigenen Zähne.

Es folgte ein weiterer Austausch zwischen den Monstern und der Lady. »Sie nennen sich Gristlies«, berichtete die Lady, und dann wurde ihr Gesicht hart. »Sie sagen, daß sie uns fressen werden.«

»Sie wollen uns fressen?« Der Ritter glaubte, nicht richtig gehört zu haben.

»Sie sagen, wir wären Menschen, und Menschen wären dazu da, gefressen zu werden. Ich kann nicht alles verstehen, was sie sagen, aber es hat etwas mit einem alten Brauch zu tun.«

»Die sollten lieber die Finger von mir lassen«, fauchte der Gargoyle. Seine Muskeln zogen sich zu eisernen Strängen zusammen, und er fuhr die Klauen aus. Er war kurz davor, etwas zu tun, was sie alle ins Verhängnis stürzen konnte.

Die Gristlies hatten sich in eine neue Debatte verstrickt, und alle grunzten und gestikulierten wild herum. Offensichtlich waren sie sich nicht einig. Der Ritter musterte die Monster mit einem schnellen, abschätzenden Blick. Sie waren alle riesig, und in jedem Zweikampf waren sie mehr als nur ebenbürtige Gegner, falls es dazu kam. Er spürte das Gewicht des Breitschwertes auf seinem Rücken. Mit dem Schwert hatten sie immerhin eine Chance, doch es waren immer noch zu viele, um den Kampf mit ihnen aufzunehmen. Er mußte eine Möglichkeit finden, ihre zahlenmäßige Überlegenheit auszugleichen.

Der Gargoyle hatte denselben Gedanken. »Wir müssen versuchen abzuhauen«, zischte er.

»Bleib, wo du bist.« Die Stimme der Lady klang kühl und ruhig. »Sie streiten sich darüber, was mit uns geschehen soll. Sie sind sehr primitiv und abergläubisch. Irgend etwas an uns stört einige von ihnen. Ich will erst einmal herauszufinden versuchen, was es ist.«

Die Auseinandersetzung ging weiter und wurde immer heftiger. Mit gefletschten Zähnen und ausgefahrenen Klauen begannen zwei der Gristlies sich gegenseitig anzuknurren. Es waren wild aussehende Kreaturen, und der Ritter befürchtete, daß sie wesentlich schneller und stärker waren, als er anfänglich vermutet hatte.

»Wir müssen aus ihrer Umzingelung herauskommen«, sagte er ruhig, während sich seine Hand langsam zu dem Griff seines Schwertes stahl.

Im selben Moment gingen die beiden streitlustigen Gristlies aufeinander los; beißend und reißend und entsetzlich kreischend stürzten sie sich in den Kampf. Ihre Gefährten wichen vor dem Gemetzel zurück, und der Kreis um den Ritter und seine Begleiter brach zusammen. Der Gargoyle nutzte sofort die Gelegenheit und rannte auf den Fluß zu. Der Ritter folgte ihm und riß die Lady mit sich. Zu ihrer Überraschung dachten die Gristlies gar nicht daran, die Verfolgung aufzunehmen. Während er rannte, warf er über die Schulter einen Blick zurück, doch keiner kam ihnen nach. Aus dem Schatten der Bäume drangen die Kampfgeräusche der beiden Widersacher zu ihnen. So unwahrscheinlich es auch sein mochte, die Gristlies schienen das Interesse an ihren Gefangenen verloren zu haben.

Sie hatten den Fluß erreicht und suchten nach einer Möglichkeit, ihn zu durchqueren, als die Gristlies wieder auftauchten. Sofort war ihnen klar, warum die Monster bei der Verfolgung keine Eile gezeigt hatten. Sie sprangen zwischen den Bäumen hervor wie Katzen und vermochten sich so schnell zu bewegen, daß sie die drei in Sekunden eingeholt hatten. Jetzt waren es nur noch sieben, doch mit ihren massigen Körpern und den Klauen und Zähnen, die in dem trüben Licht wie scharfe Klingen aufblitzten, wirkten sie immer noch unbezwingbar.

»Zieh dein Schwert!« stieß die Lady warnend aus, und als er zu langsam reagierte, griff sie selbst nach der Waffe und versuchte sie herauszuzerren.

»Nein!« brüllte er, packte ihr Handgelenk und stieß sie von sich.

Wutschnaubend hielt sie inne. Die Gristlies näherten sich jetzt etwas langsamer und begannen wieder, sie einzukreisen. »Hör mir zu!« keifte sie. »Dein Schwert kann mehr ausrichten, als du denkst! Erinnerst du dich an die Dorfbewohner? Und die Zigeuner? Immer wenn du dein Schwert gezogen und dich dem Kampf gestellt hast, tauchte der Brodem auf!«

Er starrte sie ungläubig an. »Nein! Da gibt es keinen Zusammenhang!«

»Muß es aber!« zischte sie. »Bei keiner anderen Gelegenheit haben wir den Brodem gesehen. Und wenn er auftauchte, dann hat er niemals uns vernichtet, sondern immer nur jene, die uns bedrohten! Die beiden Dinge müssen irgendwie in Verbindung stehen! Das Schwert und der Brodem, beides Waffen, die unsere Feinde vernichten! Denk doch mal nach!«

Sie atmete schnell, und ihr blasses Gesicht glänzte vor Schweiß.

Der Gargoyle hatte sich zu ihnen gestellt, und seine scharfen Augen konzentrierten sich auf die Gristlies.

»Sie kann recht haben«, sagte er leise. »Hör auf sie.«

Der Ritter schüttelte störrisch den Kopf. »Nein!« sagte er wieder, während er dachte: *Wie konnte es sein? Wie war es überhaupt möglich ...?*

Und plötzlich wußte er es. Die Wahrheit sprang ihm ins Gesicht wie eine grauenerregende, furchtbare Bestie. Er hätte es schon vorher sehen müssen; er hätte erkennen müssen, was es war. Er hatte vermutet, daß zwischen ihnen und dem Brodem eine Verbindung bestand, daß es da irgendeinen Zusammenhang gab, den er jedoch nicht genau erkennen konnte. Er hatte die ganze Zeit gedacht, daß der Brodem hinter ihnen her war wie ein Jäger, der nur auf den richtigen Moment wartet, um zuzuschlagen. Er hatte sich geirrt.

Der Brodem verfolgte sie nicht, er reiste mit ihnen.

Weil er zu *ihm* gehörte.

Der Brodem war nichts anderes als seine verschwundene Rüstung.

Das Blut gefror ihm in den Adern. Er hatte seine Rüstung nicht gesehen, als er in dem Labyrinth erwacht war, und dennoch hatte er ihre Nähe gespürt. So war es mit seiner Rüstung immer gewesen; stets wartete sie im verborgenen, bis sie gebraucht wurde. Sie erschien auf sein Kommando und umhüllte ihn, damit er den Kampf gegen seine Feinde antreten konnte. So war es sonst immer geschehen.

Doch hier, in den Nebeln des Labyrinths, hatte sich ihre Form verändert. Die Magie hatte die Rüstung umgewandelt, hatte sie vergiftet, ins Böse verwandelt und bis zur Unkenntlichkeit entstellt. Seine Rüstung war zum Brodem geworden. So mußte es sein! Aus welchem anderen Grund sonst eilte ihnen der Brodem jedesmal zu Hilfe, wenn sie bedroht wurden, um sich danach wieder in die Nebel zurückzuziehen? Welche andere Erklärung gab es dafür?

Er konnte nicht atmen; die eisige Erkenntnis lähmte ihn. Seine Befürchtung hatte sich also bewahrheitet: Er war verantwortlich für den Tod all dieser Menschen. Er hatte die Dorfbewohner vernichtet und die Flußzigeuner, hatte sie alle in seiner Kriegergestalt umgebracht, ohne zu wissen, was er tat.

Er stand da, von der Wucht dieser Erkenntnis wie erschlagen. »Nein!« flüsterte er verzweifelt.

Die Lady legte ihre Hand auf seine Schulter, um ihm Kraft zu geben. Die Gristlies zogen ihren Kreis immer enger und wurden durch seine Unentschlossenheit und Unfähigkeit zu handeln, nur noch weiter ermutigt.

»Tu etwas!« schrie die Lady.

Der Gargoyle tat so, als wollte er die Gristlies angreifen, doch ihr Anführer knurrte nur herausfordernd und wich nicht von der Stelle.

»Ich habe keine Magie!« drängte die Lady verzweifelt, während sie den Ritter heftig am Arm zerrte.

Er schüttelte sie ab, kam wieder zu sich und erkannte, in welcher Gefahr sie schwebten. Die Lady war machtlos. Der Gargoyle konnte es nicht mit allen gleichzeitig aufnehmen. Sie brauchten ihn, wenn sie überleben wollten. Doch wenn er sein Breitschwert zog, würde der Brodem auftauchen und diese Kreaturen vernichten, wie er auch die Dorfbewohner und die Zigeuner vernichtet hatte, und das konnte der Ritter nicht ertragen.

Doch welche anderen Waffen besaß er?

Vor lauter Verzweiflung und ohne wirkliches Wissen, was er tat, griff er unter seinem Hemd nach dem Medaillon mit dem eingravierten Bild eines Ritters, der bei Sonnenaufgang die Schloßtore verläßt. Er zog es heraus und hielt es vor sich hoch wie einen Talisman. Er wußte selbst nicht genau, was er sich davon versprach, er wußte nur, daß es eines der wenigen Dinge war, dic er noch aus seinem alten Leben besaß, und daß es ihm genauso fremd und unwirklich erschien wie seine Rüstung.

Die Wirkung des Medaillons auf die Gristlies war erstaunlich. Sie wichen sofort zurück wie geprügelte Hunde. Einige fielen auf die Knie, andere bedeckten ihre Augen, und alle duckten sich davor, als wäre es ein Fluch. Heulend, wimmernd und vor Angst und Ehrfurcht zitternd, zogen sie sich zurück. Der Ritter hob das Medaillon höher und lief ein paar Schritte auf sie zu. Sie wichen zur Seite und rannten auf den Wald zu, als würden sie von Dämonen verfolgt. Ihre ganze Angriffslust hatte sich in Luft aufgelöst, und sie schienen nur noch daran interessiert, so weit und so schnell wie möglich von dem Medaillon wegzukommen. Auf allen vieren schossen sie davon und waren im nächsten Augenblick verschwunden.

Warum, fragte sich der Ritter voller Erstaunen.

In der Stille, die folgte, konnte er seinen Atem hören. Er senkte den Arm und hob sein Gesicht dem Nebel entgegen.

Die Lady trat vor den Ritter, so daß ihr Gesicht dicht vor dem seinen war. Er sah sie nicht; er starrte geradeaus ins Nichts, und sein Blick war gefährlich starr und leer.

»Wie hast du das gemacht?« fragte sie leise.

Er antwortete nicht.

»Du hast uns gerettet. Alles andere zählt nicht.«

Er blieb stumm.

»Hör mir zu«, sagte sie. »Vergiß die Leute aus dem Dorf und die Zigeuner. Was mit ihnen passiert ist, ist nicht deine Schuld. Du konntest es nicht wissen. Du hast getan, was du tun mußtest. Wenn du dich anders verhalten hättest, wären wir jetzt tot oder gefangen.«

Der Gargoyle kauerte sich neben sie; er hatte den Umhang um sich gezogen und sein Gesicht darin verborgen. »Er kann dich nicht hören.«

Die Lady nickte. Ihr Ton wurde härter. »Willst du uns jetzt im Stich lassen? Willst du dich deswegen selbst aufgeben? Als Ritter des Königs hast du dein ganzes Leben lang andere getötet. Das ist die Essenz dessen, was du bist. Kannst du das überhaupt verleugnen? Sieh mich an.«

Seine Augen bewegten sich nicht, und Tränen verschleierten seinen Blick.

Sie holte aus und schlug ihn dreimal hart ins Gesicht; jeder Schlag war ein lautes Klatschen in der Stille. »Sieh mich an!« zischte sie.

Schließlich gehorchte er ihr, und Leben trat in seine Augen

zurück, als sich ihre Blicke trafen. Sie wartete, bis sie sicher war, daß er sie erkannte. »Du hast getan, was du tun mußtest. Du solltest akzeptieren, daß die Konsequenzen manchmal grausam und unvorhersehbar sind. Du darfst dich nicht für alles, was möglicherweise daraus entsteht, verantwortlich fühlen. Daran ist nichts Schlimmes.«

»Alles daran ist schlimm«, flüsterte er.

»Sie haben uns bedroht!« fuhr sie ihn an. »Sie hätten uns getötet! Ist es ein Unrecht, daß wir sie zuerst getötet haben? Ist dein Schuldgefühl so groß, daß du ihr Leben über unseres stellst? Hast du den Verstand verloren? Wo ist deine großartige Stärke? Ich will dich nicht länger zum Beschützer haben, wenn sie verloren ist! Von einem solchen Mann würde ich mich nicht führen lassen! Gib mir meine Freiheit zurück, wenn du dich so bloßstellen willst.«

Er schüttelte den Kopf. »Ich habe aus Instinkt gehandelt, wo ich hätte meinen Verstand gebrauchen müssen. Es gibt keine Entschuldigung.«

»Du bist ein Jammerlappen!« höhnte sie. »Warum verschwende ich überhaupt noch meine Zeit mit dir? Ich bin dir nichts schuldig. Deinetwegen bin ich in dieser Welt gefangen und weiß nicht einmal, warum! Du hast mein Leben gestohlen und mich meiner Magie beraubt! Und jetzt willst du uns auch noch den Schutz deiner eigenen, fragwürdigen Stärke verweigern! Du willst sie nicht einsetzen, weil sie vielleicht Schaden anrichten könnte! Du bemitleidest jene, die uns töten wollen, weil du sie zuerst töten mußt!«

Er kniff die Lippen zusammen. »Ich habe Mitleid mit jedem, der durch meine Hand sterben muß.«

»Dann bist du nichts oder noch weniger als das! Schau dich um, und sag mir, was du siehst! Dies ist eine Welt aus Nebel und Wahnsinn, edler Ritter! Könnte es sein, daß dir das entgangen ist? Sie wird uns ganz schnell zerstören, wenn wir ihre Gefahren unterschätzen oder angesichts ihrer beachtlichen Stärke nur unsere Schwäche zeigen! Stell dich auf die Hinterbeine! Oder willst du herumkriechen wie ein Hund?«

»Du weißt nichts von mir!«

»Ich weiß genug! Ich weiß, daß du die Nerven verloren hast! Ich weiß, daß du nicht länger in der Lage bist, uns zu führen!« Ihr Gesicht war so hart und kalt wie Eis. »Jetzt bin ich stärker als du. Ich kann meinen eigenen Weg finden! Geh in die Knie, wenn es sein muß! Bleib hier und schwelge in Selbstmitleid! Ich will nichts mehr mit dir zu tun haben!«

Sie drehte sich um und wollte gerade davongehen, als der Ritter sie am Arm packte und zurückzog. »Nein!« brüllte er. »Du gehst nicht!«

Die Lady holte mit der Faust aus, doch er fing ihren Schlag ab. Sie holte erneut aus, doch er packte ihr Handgelenk. Sie blickte ihm direkt ins Gesicht und sah, daß es hart und angespannt war. Die Schwäche war aus seinen Augen verschwunden.

»Wenn du gehst«, sagte er in scharfem Ton, »dann gehst du mit mir!«

Wortlos starrte sie ihn an. Dann hob sie langsam ihre freie Hand und berührte seine Wange. Sie sah, wie er zusammenzuckte, und sie mußte lächeln. Ihre Finger strichen über sein Gesicht und seinen Hals, bevor sie den Arm wieder senkte.

Und dann beugte sie sich vor und küßte ihn auf den Mund.

Eine Handvoll Staub

Abernathy blieb abrupt auf der Treppe stehen, die von seinem Schlafgemach in den großen Saal von Rhyndweir führte, und lauschte bestürzt. Am Fuß der Treppe brüllte Kallendbor Horris Kew an. Die Leute des Grünlandes hatten sich vor den Toren versammelt und versuchten, in die Festung einzudringen. Im ganzen Land herrschte Chaos.

Es waren keine fröhlichen Zeiten.

Abernathy hatte von Anfang an gewußt, daß mit Horris Kew und der Verteilung der Traumkristalle irgend etwas schiefgehen mußte. Er hatte das so sicher gewußt wie seinen eigenen Namen. Es war so vorhersehbar, als wäre es in Stein gemeißelt. Horris Kew war im Laufe der Jahre in vielerlei Pläne verwickelt gewesen, war mit ganzen Wagenladungen voller Ideen vorgefahren, von denen nicht eine funktioniert hatte. Es war jedesmal dasselbe. Die Dinge begannen stets auf vielversprechende Weise und gerieten dann irgendwann außer Kontrolle. Egal unter welchen Umständen, das Ergebnis war immer dasselbe. Irgendwann und irgendwie verlor Horris Kew unweigerlich die Übersicht über die Dinge, die er in Bewegung gesetzt hatte.

In diesem Falle reichte das Wissen um diese Tatsache allein jedoch bei weitem nicht aus, um Abernathy selbst vor Schlimmem zu bewahren. Das Wissen vermochte gar nichts auszurichten, wenn man nicht gleichzeitig daran glaubte. In Wirklichkeit mußte Abernathy ganz fest an das Gegenteil glauben, denn wenn er sich erst einmal eingestand, daß sich an Horris Kew und seinen Einfällen selbst nach zwanzig Jahren nichts geändert hatte, dann mußte er auch zugeben, daß die Traumkristalle nicht das waren, was sie zu sein schienen. Und dazu konnte er sich einfach nicht überwinden. Und so litt Abernathy unter einem schweren Anfall von Selbstbetrug. Sein eigener wundersamer Kristall hatte ihn völlig in seinen Bann gezogen. Er war ein Sklave seiner eigenen Visionen. Durch die Aussicht darauf, sich selbst in seiner alten Gestalt sehen zu können, wann immer er wollte, und durch die Hoffnung, daß das, was er sah, vielleicht ein Versprechen auf die Zukunft war, hatte er sich zu seinem eigenen Gefangenen gemacht. Die Visionen waren seine persönliche Traumwelt, seine geheime Flucht vor der rauhen Wirklichkeit des Lebens. Abernathy hatte immer einen praktischen Verstand besessen, doch gegen diesen speziellen Köder war er machtlos. Je öfter er sich in diese Visionen vertiefte, um so mehr wurde er von ihnen verzaubert. Seine anfangs leichte Abhängigkeit steigerte sich zu einer ernsthaften Sucht. Es war nicht nur, daß ihn die Visionen mit Freude erfüllten, sondern daß sie die einzige Ablenkung boten, die ihm etwas bedeutete.

Also überhörte er die mahnende Stimme in sich selbst, schob sein angeborenes Mißtrauen und seinen gesunden Menschenverstand beiseite und begleitete Horris Kew und seinen gräßlichen Vogel auf dem Weg ins Chaos.

Schon bald waren die Hinweise auf die bevorstehende Katastrophe, in der das alles enden würde, nicht mehr zu übersehen gewesen. Die kleine Gruppe war von Rhyndweir in die anderen Teile des Grünlandes gereist, wo die Menschen bereits von den Traumkristallen erfahren hatten und nun darauf warteten, ob das, was sie gehört hatten, der Wahrheit entsprach. Massenweise versammelten sich die Menschen an jeder Straßenkreuzung und in jedem Dorf, und die Kristalle wurden eimerweise unter das Volk gebracht. Als Horris Kew es versäumte, die anderen Herren des Grünlandes aufzusuchen – aufgrund von Kallendbors falschem Versprechen, die Kristalle persönlich weiterzugeben –, ließen die Herren nicht lange auf sich warten und kamen zu ihm. Wo waren ihre Kristalle? Waren etwa keine für sie bestimmt? Wollte man ihnen den Schatz vorenthalten, der so freigebig an das gemeine Volk verteilt wurde? Weil er befürchtete, persönlichen Schaden zu erleiden, gab der Zauberer ihnen schnell, wonach sie verlangten, wobei er Kallendbor im stillen für dessen Hinterhältigkeit verfluchte. Abernathy wurde klar, daß Kallendbor die übrigen Kristalle gar nicht hatte haben wollen, um sie zu verkaufen. Er hatte sie sich auf diese Weise erschlichen, um sicherzugehen, daß er über einen angemessenen Vorrat verfügte, falls ein Kristall verlorenging, gestohlen wurde oder zerbrach. Doch seine Gier war überflüssig. Von den Kristallen gab es mehr als genug, und ihr Vorrat schien unerschöpflich. Egal, wie viele sie auch verteilten, die Truhen waren immer voll. Abernathy bemerkte dieses Phänomen, doch wie alles, was mit diesen großartigen Kristallen zusammenhing, ignorierte er es.

Plötzlich tauchten Gerüchte auf. Zuerst nur vereinzelt, doch bald wurden es von Tag zu Tag mehr. Die Leute fingen an, die Arbeit zu verweigern. Bauern ließen ihre Äcker brachliegen, während sich das Vieh unbewacht über die Ernte hermachte. Löcher klafften in den Zäunen, und Scheunen stürzten ein, weil sich niemand um die nötigen Reparaturen kümmerte. Ladenbesitzer und Händler öffneten ihre Geschäfte ganz nach Lust und Laune und zeigten nur geringes Interesse am Verkauf ihrer Ware. Einige ließen sich die Ware ganz einfach stehlen, und andere gaben sie umsonst heraus. Straßen- und Häuserkonstrukteure erschienen nicht mehr zur Arbeit. Sämtliche Bauarbeiten kamen zum Stillstand. Gerichtssitzungen fanden nur noch halbtägig statt und fielen mitunter ganz aus. In der Rechtssprechung machten sich Desinteresse und Leichtfertigkeit breit. Kuriere mit wichtigen Botschaften kamen Tage zu spät. Die Botschaften selbst wurden von nachlässigen Schreibern halbherzig auf das Papier gekritzelt. Das Privatleben funktionierte auch nicht besser als das Arbeitsleben. Ehemänner und Ehefrauen vernachlässigten ihre Partner und Kinder. Die Hausarbeiten blieben liegen, und überall stapelte sich das schmutzige Geschirr. Keiner hatte mehr gewaschene Kleidung, und auch Hunde und Katzen mußten hungern.

Die Ursache für diese allgemeine Nachlässigkeit war kein Geheimnis. Ein jeder verbrachte jeden freien Moment mit seinem neuen Traumkristall.

Es war erstaunlich, wie schnell die Dinge zusammenbrachen, nachdem alle von den Kristallen wie besessen waren. Ein Versäumnis kam zum anderen, ein Moment der Unachtsamkeit führte zum nächsten, und schon bald war es eine regelrechte Kettenreaktion, die einen Dominostein nach dem anderen zu Fall brachte. Die Arbeit konnte warten, war die Auffassung eines jeden; schließlich ließ sich alles auf morgen verschieben. Abgesehen davon war jede Arbeit langweilig und mühselig im Vergleich damit, wie interessant es war und wieviel Spaß es machte, in die Kristalle zu starren. Es war erstaunlich, wie schnell die Zeit verging, wenn man in ihren Tiefen verharrte. Wirklich, ganze Tage schienen im Nu zu vergehen!

So war das. Und der Verlust des einen Tages führte zum Verlust des nächsten. Jeder hörte auf, seine Aufgaben zu erledigen, und bald tat niemand mehr etwas, außer herumzusitzen und in den Kristall zu starren. Abernathy wußte in seinem tiefsten Inneren, wo die Wahrheit immer noch wie das schwache Licht einer Kerze flackerte, daß das, was mit den Leuten von Landover passierte, auch ihm widerfuhr. Doch er konnte es nicht zugeben. Er konnte seinen Kristall nicht aufgeben, nicht mal für eine einzige Sekunde. Jedenfalls nicht heute – vielleicht morgen. Und überhaupt, so schlimm war es nun auch wieder nicht, oder?

Natürlich war es das. Und es wurde immer schlimmer. Abernathy war der erste, der feststellen mußte, wie schlimm es tatsächlich kommen konnte. Eines Morgens, zwei Wochen, nachdem sie Rhyndweir verlassen hatten, wachte er auf, griff in seine Tasche, holte den Kristall hervor und beschwor seine Lieblingsvision herauf. Hilflos mußte er zusehen, wie der Kristall in seiner Hand zu Staub zerfiel. Zuerst starrte er ungläubig auf das Häufchen Staub, dann schockiert und schließlich verzweifelt. Er wartete darauf, daß sich aus dem Häufchen wieder ein Kristall bilden würde, doch was ihm blieb, war nichts als eine Handvoll Staub. Er trug sie zu Horris

Kew, denn ihn quälte nur der Wunsch, den Kristall wieder zurückzugewinnen. Doch Horris hatte nicht die leiseste Ahnung, wie das hatte passieren können. Vielleicht war es ein schlechter Kristall gewesen, überlegte er. Er wollte Abernathy einen neuen geben.

Doch als er die Truhe öffnete, um einen herauszuholen, war diese leer. Mit der zweiten Truhe verhielt es sich ebenso. Nicht ein Kristall war übriggeblieben, obwohl Abernathy hätte schwören können, daß die Truhen gestern noch voll gewesen waren. Oder zumindest vorgestern – keiner wußte es so genau. Hatten sie etwa alle Kristalle verteilt, ohne es zu merken? Wie konnten sie alle verschwunden sein?

Inzwischen waren sie an der östlichen Grenze des Grünlandes angekommen, nachdem sie den Großteil dieses Landstriches und einige Teile des Melchors besucht hatten, und sie hatten beschlossen, sich schnell auf den Heimweg zu machen. Vielleicht würden sich auf ihrem Rückweg ja noch mehr Kristalle finden, erklärte Abernathy voller Hoffnung, wobei er sein Bestes tat, um nicht allzu erwartungsvoll zu klingen, denn er wußte, daß sich Horris und dieser blöde Vogel keines seiner Worte entgehen ließen. Das wäre sicherlich möglich, stimmte Horris zu. Ja, mit großer Wahrscheinlichkeit sogar. Doch es klang nicht so, als ob er wirklich daran glaubte.

Während Abernathy, Bunion, Horris und der Vogel die Heimreise antraten, wurden neue Gerüchte laut. Überall zerfielen die Kristalle zu Staub. Die Leute waren außer sich. Was würde jetzt geschehen? Was sollten sie ohne ihre Visionen tun? Die allgemeine Lethargie verwandelte sich in Gewalttätigkeit. Die Menschen wandten sich an ihre Nachbarn, um sich Kristalle zu erbetteln, zu borgen oder gar zu stehlen. Jeder trachtete danach, den Verlust seines eigenen Kristalles durch den mehr oder weniger gewaltsamen Erwerb eines neuen zu ersetzen. Doch niemand hatte einen Kristall übrig. Alle waren in derselben furchtbaren Situation. Alle fühlten sich ihres Kleinods beraubt, das anfangs nichts weiter gewesen war als eine harmlose Ablenkung, sich jedoch bald zu einer absoluten

Notwendigkeit in jedermanns Lebens ausgewachsen hatte. Die Leute irrten auf ihrer Suche nach neuen Kristallen umher und ließen ihre Wut und Verzweiflung an ihren Mitmenschen aus. Das ging ein paar Tage so, und dann taten die Leute das, was immer geschieht, wenn die Enttäuschung über die Erfolglosigkeit ihrer Bemühungen einen gewissen Punkt erreicht hat – sie richteten ihre Wut gegen die Regierung. In diesem Falle gegen die Herren des Grünlandes. Schließlich waren sie diejenigen, die als erste Instanz die Verteilung der Kristalle autorisiert und ermöglicht hatten. Also mußten sie auch in der Lage sein, Nachschub herbeizuschaffen.

Mit einmütiger Zielstrebigkeit marschierten die Leute zu den Festungen ihrer Landesherren. Sie waren fest entschlossen, Abhilfe für das ihnen widerfahrene Unrecht zu verlangen.

Spätestens jetzt hätte Abernathy erkennen müssen, worauf das alles hinauslief, doch der Verlust seines eigenen Kristalles hatte ihn derart getroffen, daß er an nichts anderes denken konnte. Niedergeschlagen trottete er neben den anderen her und versuchte sich vorzustellen, wie er das Leben in Zukunft ertragen sollte, wenn es keine Kristalle mehr gäbe und die Visionen für immer versiegt wären. Doch diese Vorstellung war so erschreckend, daß er sich nicht lange mit ihr befassen mochte. Er war sich der anderen und dessen, was sie taten, kaum noch bewußt. Als Horris und sein Vogel miteinander zu flüstern begannen und voller Unruhe über ihre Schultern sahen, merkte er es nicht einmal. Auch schien ihm die Tatsache völlig zu entgehen, daß sich ein Fremder in schwarzem Umhang zu ihnen gesellt hatte, der mal auftauchte und mal wieder verschwand. Selbst als Bunion von einer seiner regelmäßigen Suchpatrouillen zurückkehrte und ihm warnend zuflüsterte, daß mit diesem Fremden irgend etwas nicht stimmte, zeigte Abernathy keinerlei Reaktion. Überwältigt von seinem eigenen persönlichen Kummer und kurz davor, sich seiner Umwelt ganz zu entziehen, hatte er kein Ohr für diese banalen Sorgen.

Sie erreichten Rhyndweir und fanden ein solches Chaos vor, daß sie die Festung am liebsten gleich hinter sich gelassen hätten. Doch inzwischen waren ihnen die Vorräte ausgegangen, und sie wollten gerne wissen, ob Kallendbors persönlicher Bestand an Kristallen noch unversehrt war. Bisher hatten sie nichts Gegenteiliges vernommen, und als sie sich ihren Weg durch die Menschenmenge vor den Festungstoren gebahnt hatten und das Innere der Burg erreichten, stellten sie fest, daß tatsächlich alles in bester Ordnung schien. Kallendbor war wie immer mit sich selbst beschäftigt und begegnete ihnen mit der üblichen Gleichgültigkeit. Er begrüßte sie kurz und verschwand gleich wieder. Seine Kristalle waren unversehrt, wie es schien. Warum sie jedoch keinen Schaden genommen hatten, während alle anderen zu Staub zerfielen, war ein Rätsel. Allerdings hielten sie es für klüger, diesem Rätsel nicht weiter auf den Grund zu gehen. Sie beschlossen, die Nacht auf Rhyndweir zu verbringen, ihre Vorräte aufzustocken und sich in der frühen Morgendämmerung auf den Weg nach Sterling Silver zu machen. Keiner von ihnen wollte in der Nähe sein, wenn mit Kallendbors Kristallen vielleicht doch irgend etwas passierte.

Abernathy zog sich auf sein Zimmer zurück und blieb dort. Er hatte keinen Hunger, also begab er sich auch nicht zum Abendessen nach unten. Er wollte so wenig Zeit wie möglich in Kallendbors Gesellschaft verbringen. Bunion war unmittelbar nach ihrer Ankunft verschwunden. Abernathy hatte keine Ahnung, wo der Kobold steckte, und es kümmerte ihn auch nicht. Bunion war nicht auf die Kristalle und ihre Visionen hereingefallen. Wie die meisten Kobolde war er jedweder Magie gegenüber äußerst mißtrauisch und hatte das Angebot, einen eigenen Kristall zu erhalten, sofort abgelehnt. Von Anfang an hatte er Horris und Abernathy die Verteilung der Kristalle überlassen, während er seine Zeit damit verbracht hatte, das Land nach dem verschwundenen König abzusuchen. Bis jetzt hatte er nichts gefunden, doch er weigerte sich, die Suche aufzugeben. Früher oder später, davon war er überzeugt, würde er auf eine Spur stoßen.

Und so saß Abernathy allein in seinem Zimmer, als die Nacht hereinbrach und die Leute vor den Toren anfingen, riesige Feuer zu entfachen, die sie mit den Strohdächern und Holzteilen der nächstgelegenen Läden und Marktstände fütterten. Mit zunehmender Größe der Feuer und steigender Hitze, erhitzten sich auch die Gemüter der Leute. Bald darauf wurden Gegenstände gegen die Tore und über die Wälle geworfen. Ihr Gebrüll wurde immer drohender. Man solle etwas tun, schrien sie, und zwar sofort! Wo waren ihre Kristalle? Sie wollten ihre Kristalle zurück! Die Wachposten hielten die Stellung und ließen den Sturm über sich ergehen, wobei sie sich ihrer eigenen Position nicht ganz sicher waren. Viele von ihnen hatten selbst ihre Kristalle verloren und unterstützten die Forderungen der Masse. Etliche hatten Freunde und Verwandte unter den versammelten Menschen und mußten es über sich ergehen lassen, von ihnen angebrüllt zu werden. Einige von ihnen waren dafür, die Tore zu öffnen, und das einzige, was sie davon abhielt, war ein äußerst brüchiges Pflichtgefühl, die Macht der Gewohnheit und eine gesunde Angst vor Kallendbor. Doch es war nicht abzusehen, wie lange sie sich durch diese psychologischen Hindernisse noch bremsen lassen würden.

Kallendbor schien diesen Problemen gegenüber völlig gleichgültig. Seit ihrer Ankunft hatten sie nichts von ihm gesehen, und Abernathy konnte das nur recht sein. Als der Tumult vor den Toren jedoch immer bedrohlichere Ausmaße annahm, fragte er sich, was der Herr des Hauses dagegen zu tun gedachte. Kochendes Öl wäre eine mögliche Alternative, wenn Kallendbors Reaktion von seinem Temperament bestimmt würde. Doch vielleicht hatte sich Kallendbor ganz einfach in seine privaten Gemächer zurückgezogen, um sich in diesem Moment allein dem wundersamen Licht seines eigenen Kristalles hinzugeben, in seine Tiefen einzutauchen und sich von den Visionen einlullen zu lassen, die auch Abernathy einst so verzaubert hatten …

Abernathy kniff die Augen zusammen und knirschte mit den Zähnen. Das war einfach zuviel für ihn. Plötzlich machte ihn die Vorstellung von Kallendbor und seinem Traumkristall unendlich wütend. Nicht genug, daß er die Visionen seines eigenen Kristalles genießen konnte, er hortete auch noch mehrere Dutzend davon! Sollte er nicht ein oder zwei dieser Kristalle mit seinen Gästen teilen, zumal es sich um Abgesandte des Königs handelte? Sollte er sich nicht aufgrund der Etikette und der guten Manieren dazu verpflichtet fühlen? Sollte man nicht Beschwerde einlegen und eine entsprechende Forderung stellen?

Abernathy verließ ärgerlich sein Zimmer, angetrieben von einem Jucken in seiner Seele, von einem Verlangen, das er selbst kaum fassen konnte.

Und so kam es, daß er jetzt auf halber Treppe stand und hörte, wie Kallendbor und Horris Kew das Gebrüll der Massen vor den Toren noch übertönten.

»Sie sind verschwunden, du Scharlatan!« brüllte Kallendbor wütend, während seine Stimme durch den großen Saal und über die Treppe hallte. »Kein einziger ist mehr übrig! Alle weg! Einfach zu Staub zerfallen! Was hast du dazu zu sagen?«

»Eure Lordschaft, ich –«

»Hör mir gut zu, du Idiot!« Kallendbor war nicht an Erklärungen interessiert. »Du bist dafür verantwortlich! Ich werde dich dafür zur Rechenschaft ziehen! Entweder läßt du dir etwas einfallen, um sie auf der Stelle zu ersetzen, oder ich werde dir solche Schmerzen zufügen, daß du mich anflehen wirst, dich von deinen Qualen zu befreien! Dich und deinen blöden Vogel, alle beide!«

Abernathy hielt den Atem an. Also hatten sich Kallendbors Kristalle auch in Staub aufgelöst! Er empfand sowohl Befriedigung als auch Enttäuschung. Stufe für Stufe schlich er sich die Treppe hinunter; vorsichtig setzte er ein Bein vor das andere.

»Also?« Kallendbors Geduld hatte die Lebensdauer einer Motte im Kerzenlicht.

»Eure Lordschaft, bitte, ich tu, was ich kann, um...«

»Du tust, was ich sage!« schrie Kallendbor, und dann hörte Abernathy, wie jemand geschüttelt wurde, bis seine Zähne klapperten, und wie Biggar krächzend davonflatterte.

Inzwischen hatte Abernathy einen Treppenabsatz erreicht, von dem aus er einen Blick auf das Geschehen unter ihm werfen konnte. Kallendbor hatte Horris Kew an seinen Bittstellerlumpen in die Luft gehoben und war gerade dabei, ihn durchzuschütteln, so heftig er konnte. Der unglückliche Zauberer baumelte unter dem Griff des großen Mannes hin und her wie eine Stoffpuppe, wobei seine Beine wild herumzappelten und sein Kopf auf dem dürren Hals in alle Richtungen geworfen wurde. Biggar kreiste vor Entsetzen krächzend über ihren Köpfen, flatterte hierhin und dorthin und wußte offensichtlich nicht, was er tun sollte.

»Gib – mir – meine – Kristalle – zurück!« Kallendbor spuckte die Forderung aus wie einen Fluch, wobei er Horris mit jedem Wort heftiger schüttelte.

»Laßt ihn runter«, ertönte eine Stimme aus dem Schatten.

Kallendbor drehte sich verdutzt um. »Was? Wer spricht da?«

»Laßt ihn runter«, wiederholte die Stimme. »Ihn trifft keine Schuld.«

Kallendbor ließ Horris Kew zu Boden plumpsen, wo der Beschwörer noch eine Weile zitternd und nach Luft schnappend liegenblieb. Der Herr des Grünlandes drehte sich blitzschnell nach der Stimme um, wobei seine Hand nach dem Breitschwert griff, das er immer bei sich trug. »Wer ist da? Zeigt Euch!«

Eine Gestalt im schwarzen Umhang löste sich aus der Wand zu seiner Rechten, als hätte sie sich aus dem Nichts materialisiert. Ganz Finsternis und fließende Schatten, trat sie in ihr Blickfeld, wobei jede Bewegung eher ein Gleiten als ein Laufen war. Abernathy wich instinktiv zurück. Es war der Fremde, der sich ihnen auf der Straße angeschlossen hatte. Wie war er hier hereingekommen? Hatte er die Festung mit ihnen zusammen betreten? Abernathy konnte sich nicht daran erinnern, ihn vor dem Tor gesehen zu haben.

»Wer seid Ihr?« fragte Kallendbor gebieterisch, doch die Schärfe war aus seiner Stimme verschwunden und einem Hauch von Unsicherheit gewichen.

»Ein Freund«, antwortete der Fremde. Er blieb etwa drei Meter entfernt vor Kallendbor stehen. Abernathy strengte seine Augen an, doch er konnte das Gesicht des Mannes nicht erkennen. »Ihr könnt Horris Kew die Knochen aus dem Leib schütteln, doch dadurch bekommt Ihr Eure Kristalle nicht zurück. Horris Kew hat keine Kristalle, die er Euch geben könnte.«

Kallendbor erstarrte. »Woher wißt Ihr das?«

»Ich weiß eine Menge«, sagte der Fremde. Seine Stimme klang merkwürdig zischend, so als hätten seine Stimmbänder einst eine ernsthafte Verletzung erlitten. »Ich weiß, daß Horris Kew und seine Begleiter in dieser Angelegenheit nichts als Handlanger sind, die nur das tun, was ihnen aufgetragen wurde, und daß sie keine Kristalle mehr haben, die sie noch verteilen könnten. Außerdem hatten sie keine Ahnung davon, daß die Kristalle, die sie Euch gaben, schon nach kurzer Zeit zu Staub zerfallen würden. Ihr seid betrogen worden, Eure Lordschaft. Man hat Euch einen üblen Streich gespielt.«

Kallendbors Hand schloß sich um sein Schwert. »Wer ist dafür verantwortlich? Wenn Ihr so viel wißt, dann verratet mir auch das!«

Der Fremde blieb reglos stehen; seine rätselhafte Gestalt blieb undurchdringbar angesichts der Wut des anderen. »Nehmt Eure Hand von Eurer Waffe. Ihr könnt mich nicht verletzen.«

Eine ganze Weile herrschte Schweigen. Horris Kew kroch vorsichtig auf allen vieren aus Kallendbors Reichweite. Biggar kauerte auf dem Treppengeländer wie aus Stein gemeißelt. Abernathy hielt den Atem an.

Kallendbors enorme Pranke ließ den Griff des Schwertes los. »Wer seid Ihr?« wiederholte er verwirrt.

Der Fremde ignorierte die Frage. »Denkt doch mal nach«, sagte er leise. »Wer hat Euch diese Kristalle geschickt? Wer hat den Beschwörer und seinen Vogel ausgesandt? Wer hat den Schreiber und den Boten bereitgestellt? Wem dienen sie?«

Kallendbor war wie gelähmt. »Holiday!« entfuhr es ihm.

Oh, oh, dachte Abernathy.

Der Fremde lachte, und es klang wie ein hohles Ächzen. »Seht Ihr jetzt? Wie hätte er Eure Position besser schwächen können als durch diesen Trick, Eure Lordschaft? Er hat Euch zum Narren gemacht. Ihr wart dem König von Anfang an ein Dorn im Auge, und er wollte Euch für immer aus dem Weg schaffen. Wenn sich die Kristalle in Staub verwandeln, richtet sich der Zorn des Volkes gegen Euch. Ihr seid der Herrscher und somit verantwortlich für das Elend Eurer Untertanen. Der Plan funktioniert doch bestens, glaubt Ihr nicht auch?«

Kallendbor war nicht in der Lage, eine Antwort hervorzubringen. Er schien sich an dem, was er sagen wollte, verschluckt zu haben.

»Doch es gibt noch mehr Kristalle«, sagte der Fremde, und seine Stimme klang jetzt glatt und verführerisch. Abernathy beugte sich vor, um jedes Wort verstehen zu können. Wer war dieser verlogene Provokateur? »Auf Sterling Silver haben sie eine ganze Kammer voller Kristalle, die sie für Notzeiten zurückhalten. Ich habe sie mit eigenen Augen gesehen; es gibt Tausende und Abertausende davon. Sollten sie nicht Euch gehören?«

Einen Moment lang war Abernathy selbst davon überzeugt. Alles, was er vor Augen hatte, war ein glitzernder Haufen wertvoller Kristalle, die man wie Gold hortete und selbstsüchtig jenen vorenthielt, die sie brauchten. Doch schon im nächsten Moment erkannte er das Argument als Lüge, denn er wußte, daß Ben Holiday so etwas niemals tun würde. Außerdem erinnerte er sich an die Tatsache, daß die Kristalle von Horris Kew herangeschleppt worden waren, und das auch erst, nachdem der König bereits verschwunden war.

Plötzlich kam ihm zum ersten Mal die Frage in den Sinn, ob diese beiden Ereignisse nicht vielleicht irgendwie miteinander zusammenhingen.

»Es gibt eine einfache Lösung für Euer Problem«, sagte der Fremde. Er hatte sich zu Horris Kew hinüberbewegt und ihn scheinbar mühelos wieder auf die Beine hochgezogen. »Teilt Euren Leuten die Wahrheit über diese Sache mit. Sagt ihnen, daß der König einen geheimen Vorrat an Kristallen auf Sterling Silver zurückhält. Sagt ihnen, daß sie zu seinem Schloß marschieren und dort die Herausgabe fordern sollen! Trommelt alle Herren des Grünlandes zusammen. Sie sollen ihre Armeen und ihre Untertanen versammeln und sich vor die Tore des Königs begeben. Er kann euch nicht alle zurückweisen. Einer solchen Übermacht kann er sich nicht widersetzen, selbst wenn er es versuchen sollte.«

Kallendbor nickte überzeugt. »Ich habe genug von Holiday – genug von seinen Einmischungen!«

»Vielleicht«, flüsterte der Fremde nachdenklich, »ist es an der Zeit für einen neuen König. Vielleicht ist die Zeit reif für einen Mann, der Euresgleichen mehr Respekt entgegenbringt, ein Mann, der sich den Ranghöchsten im Reich gegenüber nicht so unnachgiebig verhält.«

Abernathy hätte fast gebellt. Er war zwar nicht sehr stolz auf diese Reaktion, doch sie kam von Herzen. Er schluckte den Laut hinunter, und es klang nur noch wie ein gedämpftes Ächzen.

»Da sind jene, die eine angemessene Herrschaft zu schätzen wissen.« Die Stimme des Fremden klang tief und verlockend. Er machte eine kurze Armbewegung in Horris Kews Richtung, die diesen einschloß. »Jene, die wissen, was Loyalität bedeutet und ihre Bedingungen kennen. Mit anderen Worten, Lord Kallendbor, es gibt Untertanen, die jedem Herren dienen würden, solange er den richtigen Preis zahlt.«

Horris Kew starrte den Fremden mit offenem Mund an. Für eine Weile herrschte abermals Schweigen.

Dann nickte Kallendbor nachdenklich. »Vielleicht ist es so. Ja, warum nicht? Wenn er sich an bestimmte Bedingungen halten würde, natürlich. Genau. Warum sollten wir uns nicht einen anderen König aussuchen?« Dann schüttelte er abrupt den Kopf. »Doch da ist immer noch Holiday. Es ist eine Sache, die Herausgabe der Kristalle zu fordern, doch es ist etwas ganz anderes, ihn völlig vom Thron zu stoßen. Der Paladin steht in seinem Dienst, und gegen den kann niemand antreten.«

»Ah, doch was wäre, wenn Holiday ganz einfach verschwinden

würde?« gab der Fremde zu bedenken. Er machte eine bedeutungsvolle Pause. »Was, wenn er bereits verschwunden ist?«

Abernathy durchfuhr es wie ein Blitz. Das war es also – endlich kannte er die Wahrheit. Ben Holidays Verschwinden hing tatsächlich mit Horris Kew und seinen Traumkristallen zusammen, und alles hatte mit diesem mysteriösen Fremden zu tun. Irgend etwas Furchtbares ging da vor, etwas, das Abernathy noch nicht ganz begreifen konnte. Doch er war sich fast sicher, daß dieser Fremde dahintersteckte.

Was sollte er tun?

Leise atmete er aus. Er wußte es nicht, doch was auch immer er tun konnte, zuerst mußte er hier herauskommen, um überhaupt irgend etwas unternehmen zu können.

Vorsichtig begann er, sich wieder die Treppe hinaufzustehlen.

Jedoch nicht vorsichtig genug. Sein Stiefel schabte über den Steinboden, als er sich umdrehte. Es war ein sehr leises Geräusch, doch wenigstens zwei Ohren waren scharf genug, um es zu hören.

»Gaak! Da ist jemand!« krächzte Biggar warnend.

Alle fuhren herum. »Schnappt ihn!« zischte der Fremde sofort.

Abernathy rannte los, denn er hielt es für keine gute Idee, sich ausgerechnet jetzt schnappen zu lassen. Die ersten paar Treppenstufen bewältigte er in aufrechter Haltung, doch dann war ihm alles egal, und er rannte auf allen vieren weiter. Geschwindigkeit war in diesem Moment wichtiger als Würde, und immerhin war ein beachtlicher Teil seines Körpers der eines Hundes. Er raste die Treppe hinauf und über den Flur zu seinem Zimmer, denn er wußte nicht, wohin er sonst hätte laufen sollen. Hinter sich hörte er den Flügelschlag des Vogels und etwas weiter entfernt das Trampeln von Stiefeln. Jede Chance, sich unbemerkt in der Nacht davonzustehlen, war verpatzt. Was sollte er tun? Wenn sie ihn fanden, würden sie ihn in das finsterste Loch des Schloßkerkers werfen. Und das auch nur, wenn er Glück hatte. Wenn er Pech hatte, würden sie ihn auf der Stelle beseitigen.

Er erreichte sein Zimmer, rannte hinein, warf die Tür hinter sich zu und schob den Riegel vor. Der Raum war schattig und dunkel, denn die Kerzen waren noch nicht angezündet. Er lehnte mit dem Rücken an der Tür, schnappte nach Luft und hörte Biggars Flügelschlag, als der Vogel krächzend vorbeiflog. »Hier oben! Er versteckt sich hier oben!«

Der blöde Vogel sprach wesentlich besser, als er die ganze Zeit vorgegeben hatte, dachte Abernathy finster, als er plötzlich feststellte, daß er in der Dunkelheit des Zimmers auf einmal von zwei gelben Augen angestarrt wurde.

»Arf!« bellte er, da er sich diesmal nicht zurückhalten konnte. Starr vor Schreck preßte er sich gegen die Tür. Jetzt saß er in der Falle. Er wühlte in seiner Kleidung nach einer Waffe, doch er besaß keine, also fletschte er statt dessen die Zähne. Die gelben Augen blinzelten eigenartig, und ein vertrautes Gesicht zeichnete sich in der Dunkelheit ab.

»Bunion!« stöhnte Abernathy erleichtert, denn da war tatsächlich der Kobold. »Bin ich froh, dich zu sehen!«

Bunion schnatterte irgend etwas zur Antwort, doch Abernathy hörte ihm nicht zu. »Wir müssen hier raus, Bunion. Kallendbor und Horris Kew und dieser Fremde haben mich beim Lauschen erwischt. Sie wollen Holiday vom Thron stoßen! Ich glaube, sie haben ihm schon was angetan. Ich werde dir das alles später erzählen, wenn du uns nur hier herausbringen kannst!«

Bunion sprang von der Fensterbank herunter, auf der er gehockt hatte, schoß durch das Zimmer zur Tür, riß sie auf und stürzte sich auf Biggar, der gerade versuchte, zu ihnen hereinzufliegen. Biggar wich kreischend aus, doch Bunion war es gelungen, ihm eine Handvoll schwarzer Federn auszureißen. Der Vogel schrie vor Schmerz und Entrüstung auf und flog davon. Bunion gab Abernathy ein Zeichen, und der Schreiber folgte ihm zur Tür hinaus. Kallendbor und Horris Kew waren gerade oben an der Treppe angekommen, doch von dem Fremden war nichts zu sehen.

Bunion und Abernathy flohen in die entgegengesetzte Richtung, beide auf allen vieren. Wie gepeitschte Köter, dachte Abernathy.

Sie liefen eine Hintertreppe hinunter und durch einen niedrigen Flur, bis sie in einen kleinen Lagerraum gelangten. Ein Teil der Wand ließ sich öffnen. Dahinter befand sich ein Geheimtunnel, und wenige Sekunden später tasteten sie sich ihren Weg durch die Finsternis – zumindest tat Abernathy das, denn es mangelte ihm an Bunions außergewöhnlicher Sehschärfe. Sie brauchten sehr lange, doch als sie das Ende des Tunnels erreichten, befanden sie sich außerhalb der Festungsmauern.

Von dort aus schlichen sie sich durch die schlafende Stadt hinaus ins offene Land. Während sie ihren Weg fortsetzten, fiel Abernathy wieder der Verlust seines Kristalls ein. Es brachte ihn zum Weinen, und er mußte seine Tränen vor Bunion verbergen. Doch nach einer Weile ließ der Schmerz nach, der beachtlich gemildert wurde durch die Erkenntnis, daß die Visionen von seiner Vergangenheit das Geschenk eines falschen Propheten waren. Horris Kew hatte ihn benutzt, und das war noch schmerzlicher als der Verlust seiner Vision. So unangenehm die Einsicht auch sein mochte, seine eigene Maßlosigkeit hatte dieser Intrige Vorschub geleistet, und vielleicht mußte Ben Holiday jetzt den Preis dafür zahlen. Es stand außer Zweifel, daß er alles in seiner Macht Stehende tun mußte, um die Situation zu retten, und das bedeutete, daß er Questor Thews so schnell wie möglich über die Sachlage informieren mußte. Nach allem, was passiert war, würde es schwerer werden, dem Zauberer unter die Augen zu treten. Es würde ihm nicht leichtfallen, Questor die Wahrheit zu gestehen. Schließlich hatte der Zauberer es abgelehnt, selbst auch einen dieser Kristalle auszuprobieren. Er war zu dickköpfig und zu stolz, um irgend etwas von Horris Kew anzunehmen, vermutete Abernathy, und wie sich herausstellte, hatte er gut daran getan. Ja, ihm gegenüberzutreten, würde verdammt hart werden. Doch es war unerläßlich. Vielleicht gab es immer noch eine Möglichkeit, die Dinge wieder in Ordnung zu bringen.

In dieser Nacht schliefen sie in einer alten Scheune einige Meilen südwestlich von Rhyndweir. Das Stroh, in dem sie ihr Lager errichteten, war voller Flöhe und stank nach Mist, doch Abernathy sagte sich, daß dies noch die geringste Strafe für seine grobe Dummheit war und ein sehr kleiner Preis für seine Freiheit. Während er sich in der Dunkelheit herumwälzte und Bunions ruhigem Atem lauschte, dachte der Hofschreiber von Landover, daß in nicht allzu ferner Zukunft der Tag der Abrechnung kommen würde, und wenn es soweit war, so schwor er sich, würde er höchstpersönlich dafür sorgen, daß Horris Kew, sein Vogel und der Fremde mit dem schwarzen Umhang die Strafe bekamen, die sie verdienten.

Der Traumtanz

Die Nacht neigte sich dem Morgen zu, ein langsames, dumpfes Verebben der Geräusche und Bewegungen, und in den Straßen von Greenwich Village herrschte beinahe völlige Stille und Leere. Nur wenige Autos und Laster krochen ziellos und einsam vorbei, und vereinzelt schleppten sich Menschen an den Wänden und Mauern entlang, doch das war alles. Mit ungebrochener Präzision durchliefen die Verkehrslichter blinkend ihre Farbskala von Rot, Gelb und Grün, und ihr bunter Glanz wurde vom Asphalt reflektiert, auf dem der Nieselregen einen feuchten, schmierigen Film hinterlassen hatte. In den Einfahrten und Gassen schliefen die Obdachlosen, von denen oft nicht mehr zu erkennen war als ein Haufen lumpiger Kleidung oder ein geduckter Schatten im Zwielicht der Stadt. Der scharfe Gestank des Abfalls wehte durch die Luft und vermischte sich mit dem Dampf, der aus den Gullis und den Lüftungsschächten der U-Bahn stieg. Irgendwo draußen im Hafen ertönte das Nebelhorn eines Frachters, der auf das offene Meer zusteuerte.

Willow lief schweigend neben Edgewood Dirk her, und sie fühlte sich gefangen und einsam, obwohl sie sich nicht so hätte fühlen dürfen. Eigentlich hätte ihre Zuversicht jetzt, da sie zwei Drittel ihrer Reise bereits bewältigt hatte, größer sein müssen. Doch ihr stand noch die Reise ins Elfenreich bevor, und gerade vor diesem Teil ihrer Mission fürchtete sie sich am meisten. Denn so sehr sie Bens Welt mit ihren riesigen Städten, die sich ins Land fraßen, und ihrer fast krankhaften Mißachtung allen Lebens verachtete, so waren es doch die Elfennebel, vor denen sie am meisten Angst hatte.

Es war eine Angst, die sich nicht sehr leicht überwinden ließ. Sie hatte ihre Wurzeln in der Geschichte ihres Volkes, in seinem freiwilligen Rückzug aus den Nebeln, in seiner Entscheidung, die Last und Verantwortung eines vergänglichen Lebens auf sich zu nehmen. Sie wurzelte in den Geschichten, die man sich über jene Sterblichen erzählte, die in die Elfennebel gereist und dort dem Wahnsinn erlegen waren, weil sie sich nicht an die Gebote einer Welt anpassen konnten, in der alles der eigenen Phantasie entsprang und nichts wirklich war. Auch beruhte sie zum Teil auf den Warnungen der Erdmutter, sich nicht von möglicher Hilfsbereitschaft des Elfenvolkes irreführen zu lassen, da es seine wahren Absichten stets verbarg und vor den Sterblichen wie ein Geheimnis hütete.

Sie warf Edgewood Dirk einen kurzen Blick zu und fragte sich, welche Geheimnisse die Prismenkatze wohl vor ihr verbarg. Wieviel von dem, was er tat, tat er aus Gründen, die nur er selber kannte? Betrieb er eine Art Doppelspiel, indem er sie in diese und in die nächste Welt begleitete? Sie hätte ihn fragen können, doch sie wußte, daß sie keine Antwort erhalten würde. Weder die Katze noch das Elfenwesen in ihm würden eine ehrliche Antwort zulassen. Er war von Natur aus ein Rätsel, und diese Identität würde er so schnell nicht aufgeben.

Also lief sie weiter und versuchte, nicht daran zu denken, was ihr als nächstes bevorstand. Sie verließen die Hauptstraße und bahnten sich ihren Weg durch schmale Gassen, die mit Mülltonnen, Abfall und rostigen Autos verstopft waren. Sie ließen die Straßenlichter hinter sich und bewegten sich durch die diesige Dunkelheit. Die einzige Wegmarkierung waren die entfernten Straßenlaternen, die ihr dumpfes Licht auf die Häuserwände warfen. Nebel- und Dampfschwaden sammelten sich in den engen Passagen und verhüllten den Weg. Willow erzitterte unter ihrer feuchten Berührung und wünschte, die Sonne wieder sehen zu können.

Schließlich kamen sie an eine Lücke zwischen den Gebäuden, wo der Nebel so dicht war, daß sie nicht mehr sehen konnte, was dahinter lag. Dirk verlangsamte seinen Schritt und drehte sich nach ihr um. Sofort wurde ihr klar, daß sie nun keine Wahl mehr hatte.

»Seid Ihr bereit, Mylady?« fragte er respektvoll, was für Dirk sehr ungewöhnlich war und sie von neuem mit Angst erfüllte.

»Ja«, antwortete sie, ohne hinterher zu wissen, ob sie das Wort überhaupt ausgesprochen hatte.

»Bleib in meiner Nähe«, riet er ihr und wandte sich dann wieder nach vorn.

»Dirk«, rief sie schnell. Er warf einen Blick zurück und hielt inne. »Ist das eine Falle?«

Die Prismenkatze blinzelte. »Nicht, daß ich wüßte«, sagte er. »Allerdings kann ich nicht für dich sprechen. Menschen sind dafür bekannt, daß sie in Fallen stolpern, die sie sich selbst gegraben haben. Vielleicht kann dir das auch passieren.«

Sie nickte und schlang ihre Arme um sich, um ein bißchen Wärme zu spüren. »Ich vertraue dir in dieser Sache. Ich habe Angst um mich und mein Baby.«

»Trau der Katze nicht«, philosophierte Dirk, »die keine Handschuhe trägt.«

»Handschuhe hin oder her, ich vertraue dir, weil mir nichts anderes übrigbleibt. Wenn du mich im Stich läßt, bin ich verloren.«

»Du bist nur dann verloren, wenn du es selbst zuläßt. Nur dann, wenn du aufhörst zu denken.« Er betrachtete sie mit ernstem Blick. »Du bist stärker, als du denkst, Willow. Glaubst du mir das?«

Sie schüttelte den Kopf. »Ich weiß nicht.«

Eine Nebelschwade wehte zwischen die beiden, und einen Moment lang war die Katze verschwunden. Als sich der Schleier wieder lichtete, ruhte Dirks Blick immer noch auf ihrem Gesicht. »Ich habe einmal zu Holiday gesagt, daß die Menschen besser auf das hören sollten, was Katzen zu sagen haben, weil sie eine Menge nützlicher Dinge wissen. Ich sagte ihm, daß es eine typisch menschliche Schwäche sei, nie genau hinzuhören. Dasselbe sage ich jetzt dir.«

»Ich habe genau zugehört«, sagte sie. »Aber ich bin mir nicht sicher, ob ich es auch verstanden habe.«

Dirk neigte den Kopf. »Manchmal stellt sich das Verständnis erst im Zuge der Ereignisse ein. Also, bist du bereit?«

Sie machte einen Schritt nach vorne. »Verlaß mich nicht, Dirk. Was immer auch passiert, bitte bleib bei mir. Versprichst du mir das?«

Edgewood Dirk schüttelte den Kopf. »Katzen machen keine Versprechen. Bist du nun bereit oder nicht?«

Willows Körper straffte sich. »Ich verlasse mich auf dich.« Dirk schwieg. »Ja«, sagte sie dann. »Ich bin bereit.«

Sie betraten den schmalen, nebelverhangenen Durchgang und wurden sofort von seinem Dunst verschluckt. Willow hielt ihren Blick nach unten gerichtet, um Dirk, der vor ihr herlief und in dem Nebel kaum zu sehen war, nicht aus den Augen zu verlieren. Zuerst war es sehr dunkel gewesen, doch dann wurde es merklich heller. Die Gebäude verblaßten, und der Geruch der Stadt verschwand. In einem kurzen Augenblick hatte sich alles um sie herum verändert. Sie befanden sich jetzt in einem Wald, in einer Welt voller großer, alter Bäume, deren dichte Kronen den Himmel verdeckten, in einer Welt voll uralter Vegetation und riesiger Farne, in der es nach längst vergangenen Zeiten roch. Die Luft war schwer vom fauligen Geruch der Erde, und der trübe Dunst, der alles umhüllte, verwandelte den Wald in ein Spiel aus Zwielicht und Schatten. Willow glaubte, flüchtige Bewegungen wahrzunehmen, doch nichts war sicher an einem düsteren Ort wie diesem.

Dirk schritt unbeirrt voran, und Willow folgte ihm. Nur ein einziges Mal drehte sie sich um, doch von der Stadt war nichts mehr zu sehen. Sie war aus der einen Welt in die andere gekommen und bewegte sich jetzt in den Elfennebeln, wo alles wieder ganz neu für sie sein würde.

Dann hörte sie die Stimmen, ein vages Geflüster und Gemurmel, das aus dem Schatten der Baume drang. Die Stimmen schwollen an und verebbten wieder, und sie lauschte angestrengt, um die Worte zu verstehen, doch sie blieben verschwommen und undeutlich.

Dirk lief weiter. Als nächstes sah sie ihre Gesichter, die mit ihren fremden, eigenartigen Zügen aus den Schatten auftauchten. Es waren scharf geschnittene, kantige Gesichter mit moosigen Haaren und seidigen Brauen. Die Augen, von denen sie fixiert wurde, waren so durchdringend wie Messerklingen, und die Körper der Elfenwesen waren so zierlich und leicht, daß sie fast so ätherisch wirkten wie Geister. Die Elfenwesen kamen und gingen, schossen hinter den Bäumen hervor und verschwanden wieder. Es war das kurze Aufblitzen von Lebenszeichen in dieser schleierhaften Welt des Nebels. Dirk lief weiter.

Schließlich kamen sie an eine Lichtung, die von Bäumen und noch dichterem Nebel umgeben war, und Dirk begab sich direkt in ihre Mitte und blieb dort stehen. Willow folgte ihm, und als sie sich kurz umdrehte, sah sie, daß sie ringsherum von Elfenwesen beobachtet wurden, die ihre Gesichter und Körper gegen den Nebel preßten wie gegen eine Glasscheibe.

Aufgeregte Stimmen drangen flüsternd und verführerisch an ihr Ohr.

Willkommen, Königin von Landover.

Willkommen im Land deiner Vorfahren, Einstmals-Elfe.

Schließe Frieden und bleib eine Weile bei uns.

Schau her, was für ein Leben du hier führen könntest mit dem Kind, das du trägst ...

Und plötzlich lief sie durch ein Feld wunderschöner, roter Blumen, wie sie sie noch nie gesehen hatte. Sie trug ein Baby in ihren Armen, das sorgfältig in weiße Tücher gehüllt war, um es gegen das strahlende Licht zu schützen. Die Luft war reich an wunderbaren Düften, und die Sonne gab ihr Wärme und Zuversicht. Sie fühlte sich unglaublich leicht und glücklich und voller Hoffnungen. Die ganze Welt erstreckte sich zu ihren Füßen, mit all ihren Städten, Dörfern und Höfen, mit all ihren Menschen und anderen Lebewesen. Das Kind bewegte sich in ihren Armen. Sie zog das Tuch ein Stück zurück, um sein Gesicht zu sehen. Es erwiderte ihren Blick und sah genauso aus wie sie. Es war vollkommen.

»Oh!« seufzte sie und begann vor Freude zu weinen.

Dann stand sie wieder auf der Lichtung inmitten der Elfennebel und starrte in das trübe Licht.

Wieder begannen die Stimmen ihr zuzuflüstern.

So wird es sein, wenn du es wünschst.

Erschaffe dir dein eigenes Glück, Königin von Landover. Du hast ein Recht dazu. Du hast die Macht.

Hier in den Nebeln bei uns seid ihr sicher, du und dein Kind. Bleib, und es wird so sein, wie es dir gezeigt wurde.

Verwirrt schüttelte sie den Kopf. »Sicher?«

Bleib bei uns, Einstmals-Elfe.

Sei wieder das, was ihr einst wart.

Bleib hier, wenn deine Vision Wirklichkeit werden soll...

Dann begann sie zu verstehen und erkannte, welchen Preis sie für die Zusicherung zahlen sollte, daß ihr Kind genauso werden würde, wie es ihr die Vision gezeigt hatte. Doch die Vision konnte niemals Wirklichkeit werden, denn sie würden beide in einer Phantasiewelt leben, in der die Wirklichkeit nichts anderes war als das, was sie sich in ihren Köpfen vorstellten. Und sie würde Ben verlieren. Ben hatten die Wesen natürlich gar nicht erst erwähnt, denn für ihn galt das Versprechen nicht. Er war ein Außenseiter, ein Fremder aus einer anderen Welt, der niemals zum Elfenreich gehören konnte.

Sie blickte zu Dirk hinunter, doch der schenkte ihr keinerlei Aufmerksamkeit. Er saß leicht von ihr abgewandt im Gras und putzte sich in gleichförmigen Bewegungen sorgfältig das Gesicht. Die Gleichgültigkeit, die die Prismenkatze an den Tag legte, war einstudiert und aufgesetzt.

Ihr Blick wanderte zurück zu dem Meer von Gesichtern im Nebel. »Ich kann nicht hierbleiben. Mein Platz ist in Landover. Ihr müßtet das wissen. Die Wahl ist vor langer Zeit für mich getroffen worden. Ich kann nicht hierher zurückkehren, und ich möchte es auch nicht.«

Du begehst einen großen Fehler, Königin von Landover.

Deine Wahl wirkt sich auch auf dein Kind aus. Was soll aus ihm werden?

Die Stimmen hatten ihren Ton geändert und klangen jetzt ungeduldig und gereizt. Willow konnte sich gut vorstellen, was das bedeuten mochte, doch sie schluckte ihre Angst hinunter. »Wenn mein Kind alt genug ist, wird es seine eigene Entscheidung treffen.«

Ein allgemeines Gemurmel setzte ein, und es klang nicht gerade wohlwollend. Es zeugte von Unzufriedenheit und unterdrücktem Ärger und ließ die Vermutung zu, daß sie nichts Gutes im Schilde führten.

Willow bewahrte ihre Haltung. »Werdet ihr mir die Erde geben, die mein Kind braucht?« fragte sie.

Plötzlich herrschte Stille, und dann antwortete eine Stimme:

Natürlich. Dir wurde diese Erde von vornherein zugesichert. Du kannst sie dir nehmen. Doch um sie zu nehmen, mußt du sie dir erst zu eigen machen.

Elfenerde kann nicht aus den Nebeln mitgenommen werden, bevor sie nicht von ihrem Sammler gefeiert und geehrt wurde.

Willow blickte wieder zu Dirk. Keine Reaktion. Der Kater putzte sich noch immer, als gäbe es nichts Wichtigeres auf der Welt.

»Was muß ich tun?« fragte sie die Gesichter.

Das, was dir im Blut steckt, Sylphenkind. Tanze, wie es deine Mutter dir beigebracht hat. Tanz über die Erde, auf der du stehst. Wenn du das getan hast, so gehört die Erde dir, und du kannst sie einsammeln und die Nebel verlassen.

Willow stand wie angewurzelt auf der Lichtung. Tanzen? Irgendeine geheime Absicht steckte dahinter. Sie konnte es fühlen und war sich dessen ganz sicher, doch sie vermochte es nicht genau zu durchschauen.

Tanze, Königin von Landover, und die Erde für dein Kind ist dir sicher.

Tanze, wenn du deine Reise beenden und dein Kind gebären willst.

Tanze, Willow, Kind der Einstmals-Elfen.

Tanze ...

Und sie tat es. Sie begann langsam mit ein paar vorsichtigen Schritten, um zu sehen, was passieren würde. Sie machte einige zaghafte Bewegungen, um zu prüfen, ob alles in Ordnung war. Ihre

Kleidung kam ihr plötzlich schwer und hinderlich vor, doch sie war nicht bereit, sie abzulegen, wie sie es unter anderen Umständen vielleicht getan hätte. Sie wollte jederzeit in der Lage sein, zu fliehen, falls es nötig wurde. Doch es geschah nichts, was sie zur Flucht veranlaßt hätte. Sie tanzte eine Weile weiter, steigerte die Anzahl ihrer Schritte und vollführte kompliziertere Bewegungen. Ihre Angst und ihre Vorsicht schwanden angesichts der Freude, die sie darüber empfand, etwas zu tun, was sie so sehr liebte. Die Gesichter der Elfen schienen sich in die Nebel zurückzuziehen. Ein paar Bewegungen, ein Wechselspiel aus Schatten und Licht, und die scharfen Augen und schmalen Nasen waren im Dunst untergetaucht. Eben noch da und in der nächsten Minute verschwunden. Jetzt war sie alleine.

Bis auf Dirk, der sich ein paar Schritte von ihr entfernt hatte und sie aufmerksam beobachtete. Er saß da, als wäre er aus Stein gemeißelt.

Sie tanzte schneller und versank plötzlich im Fluß der Schritte, im Rhythmus der Bewegungen und im Rausch der Freude, die sie durchströmte. Es kam ihr so vor, als könne sie hier in den Nebeln schneller, leichter und anmutiger tanzen als in der wirklichen Welt. Ihre tänzerischen Bemühungen wurden mit einem Erfolg belohnt, der alles übertraf, was sie je gekannt hatte. Ihre Freude steigerte sich, während sie immer kompliziertere Bewegungen vollführte, sich drehte, herumwirbelte, sprang und hüpfte, so leicht wie die Luft, so schnell wie der Wind. Sie tanzte und tanzte und erkannte plötzlich, daß sie viel besser war, als ihre Mutter es jemals sein würde, daß sie in Sekunden das zu meistern imstande war, wozu ihre Mutter ein ganzes Leben gebraucht hatte.

Schließlich warf sie ihre Kleider ab; alle Vorbehalte waren vergessen, Vorsicht und Zurückhaltung schienen nicht mehr wichtig. Innerhalb von Sekunden war sie nackt.

Selbstvergessen tanzte sie über die Lichtung durch Nebel und Zwielicht, ohne ihre Umwelt noch wahrzunehmen. Ja, der Tanz war alles, was sie je gewollt hatte! Ja, er vermittelte ihr ein Gefühl, das sie nie für möglich gehalten hatte! Sie erhob und neigte sich in wellenhaften Bewegungen und mit berauschender Schnelligkeit. Farben erschienen vor ihren Augen, so bunt wie ein Regenbogen und so frisch wie die Blumen in einem prachtvollen, unendlichen Garten, in wunderbarer Vielfalt und von einem unvorstellbaren Duft. Sie schwebte darüber hinweg, flog durch die Luft wie ein Vogel, so frei wie der Wind. Auf einmal war sie tatsächlich von Vögeln umgeben, die mit ihrem wundervollen Gesang und in ihrer ganzen Farbenpracht um sie herumschwirrten und ihr den Weg zeigten. Sie erhoben sich aus dem Garten in die Luft, hinauf in den Himmel, der Sonne entgegen. Der Tanz beschleunigte sie, trug sie höher und höher und gab ihr Flügel.

Sie erfuhr im Traum, was sie gerne wollte, und jede Möglichkeit, jede Hoffnung ließ sich verwirklichen. Alles war da, und alles gehörte ihr. Sie tanzte, und alles andere war vergessen. Sie wußte nicht länger, wo sie war und woher sie kam. Sie erinnerte sich weder an Ben noch an ihr Kind. Der Tanz war alles.

Aus den Nebelschwaden, die die Lichtung umgaben, beobachteten die Elfen heimlich ihren Tanz und lächelten.

In diesem Augenblick wäre Willow vielleicht verloren und für immer in ihrem Tanz gefangen gewesen, hätte Dirk nicht plötzlich geniest. Es schien keinen Grund dafür zu geben; es passierte einfach. Es war nur ein kurzes, leises Geräusch, doch es reichte aus, um sie vor dem Abgrund zu bewahren. Für den Bruchteil einer Sekunde sah sie die Prismenkatze am Rande ihrer Vision, und ihre Erinnerungen kehrten zurück. Ihre Blicke trafen sich, und seine starren, unergründlichen Augen sahen sie vorwurfsvoll an. Was hatte er zu ihr gesagt? Sie hatte ihn nach Tücken und Fallen gefragt, und er hatte sie gewarnt, daß die Menschen meistens in Fallen stolperten, die sie sich selber gruben. Ja, wie diese hier. Wie dieser Tanz.

Doch sie konnte nicht aufhören. Sie war zu berauscht von der Ekstase und den Wundern ihrer Visionen, um in ihren Bewegungen innehalten zu können. Die Träume, die der Tanz heraufbeschwor, waren zu verlockend, um sie so einfach aufzugeben. Sie hatte getan, wovor er sie gewarnt hatte; sie war in ihre eigene Falle geraten und konnte sich nicht mehr daraus befreien. Jetzt erkannte sie auch die Absicht der Elfen – sie wollten, daß sie weitertanzte und die Nebel nie wieder verließ. Ihr Kind sollte hier geboren werden, hier in den Elfennebeln, und wenn es auf der Welt war, würde es ihnen gehören. Sie und ihr Kind würden für alle Zeit im Elfenreich gefangen sein.

Warum? Warum wollten sie es so? Sie wußte keine Antwort darauf.

Ihre Gedanken zerstreuten sich, und einen Moment lang lief sie Gefahr, wieder in ihre Traumwelt zu versinken. Doch diesmal behielt sie Dirk im Auge, während sie über die Lichtung wirbelte. Sie sah, wie er sie beobachtete, und überlegte verzweifelt, was sie tun sollte. Für immer tanzen? Niemals aufhören? Doch sie mußte aufhören. Sie mußte! Sie konnte es nicht zulassen, daß man sie überlistete, sagte sie zu sich selbst. Sie mußte einen Weg finden, sich aus dem Tanz zu befreien.

Ben. Wenn Ben doch nur bei ihr wäre! Er würde ihr helfen. Ben, auf den sie sich immer hatte verlassen können und der ihr für alle Zeiten Treue geschworen hatte. Ben, die rettende Kraft, wenn alles andere versagte. Er würde immer kommen! Immer!

Doch wie sollte er sie diesmal erreichen?

Ben!

Hatte sie seinen Namen laut gerufen? Sie war sich nicht sicher. Sie spürte, wie Dirk sich entfernte. Sie konnte ihn durch den Schleier ihres Tanzes kaum noch sehen, ihn jenseits der Magie, die sie verzauberte, kaum noch erkennen.

Ben!

Und für den Bruchteil einer Sekunde war er da. Sie erhaschte einen Blick auf sein Gesicht, auf seine Augen, die sie aus weiter Ferne ansahen. Er war da, in greifbarer Nähe und dennoch weit entfernt.

Plötzlich erkannte sie eine Möglichkeit zur Flucht. Sie würde die Elfenmagie zu ihrem eigenen Vorteil nutzen. Die Elfen hatten sie angewandt, um Willow in die Falle zu locken, und sie hatte es zugelassen. Doch es gab noch einen Ausweg. Der Tanz war ein Traum, und sie selbst konnte den Traum beeinflussen, wenn sie stark genug war. Sie war nicht völlig verloren, noch nicht. Nicht, wenn sie es nicht zuließ. Nicht, solange sie ihre Erinnerungen behielt.

Sie schloß die Augen und rief im Taumel ihres Tanzes nach Ben Holiday. Sie konnte sein Bild heraufbeschwören wie jede andere Vision. Das war die Magie des Elfenreiches. Sie mußte ihre Angst vertreiben, dann würde sie in der Lage sein, ihre Visionen zu kontrollieren, selbst zu bestimmen, was und wie sie etwas sehen wollte. Das war die Lektion, die auch Ben einst gelernt hatte. Es war genau das, was Dirk ihr hatte erklären wollen: Benutze die Magie, um dich selbst zu befreien. Benutze sie, um zu entkommen.

Ben! rief sie mit starker, ruhiger Stimme.

Und dann passierte etwas Wundersames und gänzlich Unerwartetes.

Der Ritter lag auf dem Boden ausgestreckt schlafend im Labyrinth. Er lag im Schutze eines Hartholzhaines, dessen Blattwerk sich wie ein Zelt über ihn spannte. Die Lady hatte sich dicht an ihn geschmiegt; ihr Kopf ruhte auf seiner Schulter, und ihr Arm lag auf seiner Brust. Die Lady lächelte im Schlaf, und die Härte war in dieser Nacht aus ihrem Gesicht verschwunden. Um sie herum wurde die Welt von Nebel und Finsternis verschleiert, doch für den Moment waren zumindest der Ritter und die Lady der Trübsinnigkeit entrückt.

Der Gargoyle saß, in seinen Umhang gekauert, ein paar Meter von ihnen entfernt und beobachtete die beiden mit einem unguten Gefühl. Es schien nicht richtig zu sein. Er konnte es nicht erklären, doch in dem, was mit den beiden geschah, verbarg sich eine Lüge. Soviel war sicher. Diese beiden waren Feinde, und ihrer plötzlichen Vereinigung mangelte es an Weisheit und Verstand. Die Kluft zwischen ihnen würde sich früher oder später wieder bemerkbar machen, davon war er überzeugt. Vielleicht würde es sie zerstören.

Seine mißgestalteten Züge zogen sich angewidert zusammen, und er blickte demonstrativ in eine andere Richtung.

Als er eingeschlafen war, begann der Ritter zu träumen. Zuerst mangelte es dem Traum an Klarheit, und außer einem verschwommenen Durcheinander aus Geräuschen und Bewegungen war nichts zu erkennen, während er durch Zeit und Raum auf ein unbekanntes Ziel zutrieb. Alles war friedlich, und er fühlte sich entspannt und leistete der treibenden Kraft keinen Widerstand. Auf einmal begann er Stimmen zu hören – besser gesagt, eine einzelne Stimme. Sie rief einen Namen. Er hörte, wie sie immer wieder denselben Namen ausrief. Er kannte die Stimme, konnte sie jedoch keinem Menschen zuordnen. Der Name kam ihm auch bekannt vor.

Ben.

Er lauschte der Stimme und merkte, daß er sich ihr näherte, daß er angezogen und absichtlich von ihr gerufen wurde.

Ben.

Dann endete die Reise plötzlich mit einem heftigen Ruck, und er fand sich aufrecht stehend am Boden wieder, so als hätte ihn eine riesige Hand dort abgesetzt. Die Stimme klang jetzt deutlich und ganz nahe. Es war eine Frauenstimme, und ihr Ruf klang dringend. Es war eine Frau, die er kannte, der er verbunden war, und sie rief ihn um Hilfe an.

Der Ritter begab sich sofort zu ihr und zog sein Breitschwert, während er sich einen Weg durch den Wald bahnte, der ihn von allen Seiten umschloß. Es war das Labyrinth, und dennoch war es das nicht. Er konnte es sich nicht erklären, denn obwohl die beiden Welten getrennt waren, waren sie doch vereint. Die Elemente waren dieselben. Er hielt sein Breitschwert vor sich und machte sich bereit, den Kampf anzutreten. Ihm fehlte immer noch die schwere Rüstung, und so hatte er nur sein Kettenhemd, seine Lederkleidung, Gürtel, Stiefel und Handschuhe. Doch daran dachte er nur flüchtig. Er hatte keine Angst vor dem, was ihn erwartete. Er war sich seiner Sache so sicher, daß er jeden Zweifel beiseite schob. Es war seine Aufgabe, all denen zu helfen, denen er Treue gelobt hatte, und die Frau, die dort rief, stand an allererster Stelle.

Er gelangte auf eine Lichtung, und dort, wo die Bäume den Blick auf den Himmel freigaben, wurde der trübe Dunst von einer vagen Helligkeit durchbrochen. Zahlreiche Gestalten zerstreuten sich bei seiner Ankunft, kleine, dünne, knochige Kreaturen, von denen er deutlich die Umrisse sah, die sonst aber nur aus Moosstücken und Stöckchen zu bestehen schienen. Fauchend und murrend wie in die Enge getriebene Ratten wichen sie vor ihm zurück, als brächte er eine Plage mit sich. Ohne seinen Schritt zu verlangsamen, trat er durch ihre Reihe in die Mitte der Lichtung und blieb dort stehen.

Die Frau, die dort durch Schatten und Zwielicht tanzte, wirbelte in seine Arme und hielt sich an ihm fest, als wäre er ein rettender Felsen in der tosenden See. Nackt und zitternd preßte sie ihr Gesicht und ihren Körper an ihn.

»Ben«, flüsterte sie. »Du bist gekommen!«

Der Ritter drückte sie fest an sich, um ihren zitternden Körper zu beruhigen, und als er das tat, versank er in einem Meer von Erinnerungen.

»Willow!« flüsterte er mit glühender Stimme.

Auf einmal wußte er alles. Die Täuschung, der er erlegen war, fiel von ihm ab, als sie ihn berührte, als er ihre Stimme hörte und ihr Gesicht sah. Obwohl er träumte, hatte die Begegnung etwas Wirkliches. Er war im Schlaf zu ihr gerufen worden, doch in diesem Moment waren sie so sicher vereint wie zwei Wesen aus Fleisch und Blut in einer wirklichen Welt. Sie klammerte sich an ihm fest, flüsterte immer wieder seinen Namen und erzählte ihm Dinge, die er nicht verstand. Sie befanden sich im Elfenreich. Sie war von den Elfen in ihrem eigenen Tanz gefangen worden und konnte nicht mehr hinausfinden. Ihr Kind sollte ihnen genommen werden und für immer bei den Elfen bleiben. Doch alles, was man sich vorstellen konnte, wurde hier zur Wirklichkeit, und so hatte sie sich vorgestellt, daß er kommen würde, um sie zu retten. Und er war gekommen, doch nicht so, wie sie es erwartet hatte. Er war tatsächlich bei ihr. Wie konnte das sein? Wie hatte er die Elfennebel durchbrechen können?

Zischend und außer sich vor Wut schwärmten die Elfen um sie herum wie aufgescheuchte Bienen und irrlichterten durch den Dunst. Er sah Edgewood Dirk in der Nähe sitzen, der sie mit typischem Katzenblick beobachtete. Edgewood Dirk? Was hatte der hier zu suchen?

Aber was noch wichtiger war: Was war mit dem Ritter aus dem Labyrinth geschehen, der sich jetzt selbst als Ben Holiday wiedererkannte? Erinnerungen durchströmten ihn, und der Fluch der Vergangenheit war gebrochen. Er war beim Herzen gewesen und dort durch Magie in ein geschnitztes, runenverziertes Kästchen gesperrt worden. Jetzt konnte er sich wieder an alles erinnern, was sich ereignet hatte, bevor er im Labyrinth aufgewacht war. Horris Kew hatte dagestanden, das Kästchen abgestellt und war schnell zurückgetreten, bevor Ben hineingeschleudert worden war. Zusammen mit...

Ihm blieb das Herz stehen.

Zusammen mit Nightshade und Strabo.

Mit der Lady und dem Gargoyle.

Die Wahrheit überwältigte ihn mit solcher Kraft, daß er sich einen Moment lang weder regen noch atmen konnte. Er klammerte sich an Willow fest, als hätten sie die Rollen getauscht und als wäre sie jetzt die Rettungsleine, die ihn davor bewahrte, abgetrieben zu werden. Sie spürte seinen Schock und sah schnell zu ihm auf, dann nahm sie sein Gesicht in ihre Hände.

»Ben«, flüsterte sie wieder. »Bitte! Es ist alles in Ordnung!«

Es kostete ihn gewaltige Mühe, seine Bewegungslosigkeit zu brechen. Irgend etwas zerrte am Rande seines Blickfeldes. Der Traum, der sie vereinte, war dabei, sich aufzulösen, und die Magie hatte sich erschöpft. Willow spürte es ebenfalls. Mit dem Ende des Tanzes konnte der Traum nicht länger aufrechterhalten bleiben. Sie ließ von Ben ab, um sich wieder anzukleiden, ohne auf die gereizten

Laute, die aus dem Nebel an ihr Ohr drangen, zu achten. Sie war wieder zu sich gekommen und entschlossen, sich nicht noch einmal überlisten zu lassen. Angezogen beugte sie sich über die Erde, auf der sie getanzt hatte, und schaufelte eine Handvoll davon in den Beutel, den sie an ihrem Gürtel trug.

Ben beobachtete sie verständnislos. Er wollte zu ihr gehen und merkte, daß er sich nicht bewegen konnte. Er sah an sich hinunter und stellte voller Entsetzen fest, daß er sich aufzulösen begann.

»Willow!« rief er verzweifelt.

Sie sprang sofort auf und eilte zu ihm. Doch er verlor bereits Form und Gestalt, während er in seinen Schlaf und in seinen Traum zurückglitt, zurück in das Gefängnis, das ihn immer noch festhielt. Er hörte, wie sie nach ihm rief, und sah, wie sie die Hand nach ihm ausstreckte und versuchte, ihn zu halten. Doch sie konnte es nicht. Die Magie, durch die sie aus den Elfennebeln zweier Welten zueinandergefunden hatten, verblaßte.

»Willow!« rief er noch einmal voller Verzweiflung, denn er konnte sein allmähliches Verschwinden nicht aufhalten. »Ich werde dich irgendwie finden! Das verspreche ich dir! Ich komme wieder!«

»Ben!« hörte er sie ein letztes Mal rufen, und dann wurde er hochgehoben und schwebte unsichtbar durch den Nebel – nichts als ein bißchen Luft und Wind, das über die Kluft zurückglitt, die sie trennte, zurück in den Schlaf, aus dem er gekommen war.

Willow stand wieder alleine auf der stillen Lichtung und starrte himmelwärts in die verzerrten Nebelschwaden. Ben war verschwunden. Die Magie ihrer Vision war stark genug gewesen, ihn zu ihr zu bringen, jedoch nicht stark genug, um ihn zu halten. Er hatte sie aus dem Tanz befreit, doch er konnte nicht bleiben, um ihr weiterhin Schutz zu gewähren. Erneut überkam sie Verzweiflung, und sie kämpfte gegen ihre Tränen an. Doch zum Trauern blieb ihr keine Zeit. Sie dachte an ihr Kind und verwandelte ihre Verzweiflung in Ärger, den sie wie ein Schutzschild vor sich hielt. Entschlossen drehte sie sich zu Edgewood Dirk um.

»Ich will nach Hause«, sagte sie ruhig und nachdrücklich. »Jetzt sofort.«

Die Prismenkatze blinzelte. »Dann geh doch, Königin von Landover.«

»Du wirst mich nicht aufhalten?«

»Warum sollte ich?«

»Und die Elfen auch nicht?«

Dirk gähnte. »Sie haben das Interesse an diesem Spiel verloren. Interessant, findest du nicht, daß sie versäumt haben, Holiday herauszufordern?«

Sie dachte darüber nach. Es war in der Tat sehr merkwürdig. Warum hatten sie ihn gehen lassen? Und warum stellten sie sich ihr nicht in den Weg? Was hielt sie davon ab, sich einzumischen?

»Welchen Weg muß ich einschlagen, Dirk?« fragte sie.

Edgewood Dirk stand auf und streckte sich. »Irgendeinen. Sie führen alle dahin, wohin du gehen sollst. Laß dich von deinem Instinkt leiten. Wie ich schon früher bemerkte, bist du stärker, als du glaubst.«

Sie antwortete ihm nicht, denn sie war noch zu verärgert darüber, was ihr angetan worden war, um Komplimente anzunehmen. Er hatte ihr auf seine eigene, sonderbare Art und Weise geholfen – ob durch Zufall oder mit Absicht, dessen war sie sich nicht sicher –, doch so oder so, die Prismenkatze gehörte nicht zu ihren Freunden. Die Elfennebel und die Kreaturen, die darin lebten, Dirk eingeschlossen, waren wie ein Fluch, und sie wollte das alles so schnell wie möglich hinter sich lassen.

»Du kommst nicht mit mir?« fragte sie.

»Nein«, antwortete er. »Du brauchst mich nicht länger. Deine Mission ist beendet.«

Und so war es auch. Sie hatte die Erdproben aus den drei Welten, denen ihr Kind entstammte. Wenn die Erdmutter die Wahrheit gesagt hatte, so konnte ihr Kind jetzt geboren werden. Jetzt wurde nichts mehr von ihr verlangt. Jetzt gab es nichts mehr zu tun, als nach Hause zu gehen.

Sie hüllte sich in ihren Umhang, drückte den Beutel mit der Erde fest an ihren Körper, drehte sich um und machte sich auf den Weg. Sie tat, wie Dirk ihr geraten hatte, und folgte ihren Instinkten. Überraschenderweise schienen sie sehr klar. Sie führten sie auf direktem Wege durch die Bäume, tief hinein in den Nebel, bis sie verschwunden war.

Erwachen

Ben Holiday erwachte, weil ein Schreck ihn durchfuhr. Er schlug die Augen auf und starrte durch das morgendliche Zwielicht auf die Bäume des Labyrinths. Er bewegte sich nicht; er konnte sich nicht dazu überwinden. Wie erstarrt blieb er auf dem Boden liegen, als wäre er an Ort und Stelle festgefroren. In seinem Kopf überschlugen sich die Fragen in einem quälenden, düsteren Geflüster. Hatte er seine Begegnung mit Willow nur geträumt, oder hatte sie tatsächlich stattgefunden? War es Wirklichkeit gewesen oder ein wilder Ausbruch seiner Phantasie? Wieviel davon, woran er sich erinnern konnte, war Realität?

Die Lady lag in seinem Arm und schlief noch. Der Gargoyle saß zusammengekauert am Rande der Bäume ein paar Meter entfernt mit dem Kinn auf der Brust. Ben blinzelte. Nightshade? Strabo?

Er schloß die Augen und dachte eine Weile nach. Irgend etwas war passiert, was ihm die Wahrheit offenbart hatte – soviel war sicher. Er war nicht der Ritter; er war Ben Holiday. Der Ritter war eine Personifizierung seiner wahren Identität. Und so verhielt es sich auch mit der Lady und mit dem Gargoyle. Sie waren durch das Labyrinth und seine Magie verwandelt worden oder durch die Magie, die sie hergebracht hatte, oder durch irgendeine üble Täuschung, die sie noch nicht durchschaut hatten. Sie waren alle mit einer Identität ausgestattet worden, die einen Teil ihrer Persönlichkeit widerspiegelte, den Rest jedoch verschleierte. Sie erschienen deutlich anders, als sie vorher waren. Strabo hatte es am schlimmsten erwischt; er war nicht mal mehr ein Drache. Nightshade war zwar erkennbar, doch auch sie war auf eine Art und Weise verändert worden, die er nicht begreifen konnte. Keiner von ihnen war noch im Besitz seiner Magie, keiner von ihnen besaß die Stärke oder Macht, die ihm in Landover zu eigen gewesen war.

Er öffnete wieder die Augen. Nebelschwaden hingen zwischen den Stämmen und Ästen. Sie bedeckten das Gras, in dem er lag. Das Labyrinth war ein gewaltiges, endloses Trugbild, das sie mit ihren Augen nicht durchschauen konnten.

Was war mit ihnen geschehen?

Horris Kew. Der Beschwörer hatte irgend etwas damit zu tun, obwohl es eigentlich kaum zu glauben war, daß er die Macht besaß, sie in dieser anderen Welt gefangen zu halten. Doch er war dagewesen und hatte zugesehen. Er hatte das Kästchen bereitgestellt, in das sie gestürzt waren und in dem sie jetzt festsaßen. Ben wiederholte die Worte. *Gefangen in einem Kästchen.* Wie, so fragte er sich plötzlich, konnte das geschehen? Horris Kew. Ben atmete bewußt langsam und versuchte, sich zu konzentrieren. War es eine Hilfe, daß er jetzt wußte, daß Horris Kew in die Sache verwickelt war? Wo waren sie? Ach ja, im Labyrinth, doch wo war das?

Seine Gedanken schweiften ab. Willow. Er war bei ihr gewesen. Er hatte es nicht nur geträumt, und wenn doch, dann war in dem Traum ein Großteil Realität gewesen. Alles war möglich, wenn man sich in den Elfennebeln aufhielt, wo die Wirklichkeit etwas Veränderbares und Fließendes war und alles geschehen konnte. Magie hatte ihn zu ihr gebracht, die Magie ihres Tanzes und ihrer Vorstellungskraft. Sie hatte ihn zu sich gerufen, weil sie sich nicht befreien konnte. War sie jetzt frei? Hatte er ihr zur Flucht verholfen, bevor der Traum zu Ende war? Und was machte sie überhaupt in den Elfennebeln?

Auf seine Fragen gab es keine Antworten; ihm fielen nur noch weitere Fragen ein. Er mußte aufpassen, daß es nicht zu viele wurden. Zu viele Fragen würden ihn erdrücken. Ihn interessierte nur noch eines – er mußte aus dem Labyrinth ausbrechen und sie finden. Es mußte irgendeinen Weg geben. Magie war dazu benutzt worden, seine wahre Identität zu verschleiern, und dafür mußte es einen Grund geben. Irgendwo in dieser Täuschung lag etwas verborgen, das ihnen allen helfen konnte.

Er blickte wieder zu den anderen beiden, auf ihre stillen, schlafenden Körper.

Wenn sie es erst mal wußten, natürlich! Wenn er es ihnen sagte.

Vorsichtig schob er sich von Nightshade weg, während er daran dachte, was sich zwischen ihnen als Ritter und Lady angesponnen hatte und welch gefährlicher Illusion sie damit erlegen waren. Er erinnerte sich daran, wie sie ihn geküßt hatte. Er erinnerte sich an ihre Berührung. Bestürzt schloß er die Augen. Wie sollte er ihr beibringen, daß das alles eine Lüge war? Wie sollte er ihr sagen, daß er nicht die Verantwortung für sie trug, wie er geglaubt hatte. Wie sollte er ihr erklären, daß die Magie sie irregeführt und sie dazu gebracht hatte, ihre Beziehung für etwas anderes zu halten, als sie tatsächlich war, und daß sie deswegen...

Er konnte den Gedanken nicht zu Ende bringen. Für ihn zählte nur noch eine, und das war Willow.

Er stand auf, obwohl seine Beine der Anforderung noch nicht ganz gewachsen waren. Er entfernte sich von der Lady, während er auf die Bäume zuging und versuchte, alle Teile des Fragments, die er kannte, zu einem erkennbaren Ganzen zusammenzusetzen. Er dachte über seine verzerrte Erscheinung nach – ein Ritter ohne Vergangenheit und Zukunft, ein namenloser Krieger, Kämpe eines Herren, den er nicht kannte, und einer Mission ohne Inhalt. Sein schlimmster Alptraum. Seine größte...

Angst.

In diesem Moment erkannte er die Wahrheit, die die ganze Zeit vor ihnen verborgen war. Auch sie befanden sich in den Elfennebeln!

Plötzlich stand der Gargoyle neben ihm; wie ein dunkler Schatten hatte er sich aus dem Dunst erhoben. Mit einer knorrigen Hand stützte er sich gegen einen Baumstamm, während sich sein verunstalteter Körper nach vorne beugte. »Was ist los?« fragte er, als er Bens Gesicht sah.

Ben sah ihn an und versuchte, die häßliche Maske zu durchdringen, die die Magie ihm aufgesetzt hatte. Doch er schaffte es nicht. »Ich weiß, was mit uns geschehen ist«, sagte er. »Ich weiß, woher wir kommen. Ich weiß, wer wir sind.«

Das Gesicht des Gargoyles erstarrte; seine Augen flackerten wie Kerzen. »Sag es mir!«

Ben schüttelte den Kopf. Er zeigte auf die Lady. »Zuerst müssen wir sie aufwecken.«

Sie gingen zu ihr, und Ben bückte sich und berührte ihren Arm. Sie wachte sofort auf, und ein verschlafenes Lächeln umspielte ihre makellosen, kühlen Züge. »Ich habe von dir geträumt«, begann sie.

Er legte ihr warnend einen Finger auf die Lippen. »Nein, sag jetzt nichts. Setz dich auf, und hör mir zu. Ich habe dir etwas zu sagen.« Er trat einen Schritt zurück, damit sie sich aufstützen konnte. »Hör mir gut zu! Ich weiß, wer wir sind!«

Einen Moment lang starrte sie ihn an, dann schüttelte sie den Kopf. »Ich will es nicht wissen.« In ihrer Stimme lag Furcht, und die entsprang der Erkenntnis, daß ihr irgend etwas weggenommen werden würde. »Was spielt es hier schon für eine Rolle?«

Er bemühte sich, seine Stimme ruhig und beherrscht klingen zu lassen. »Dadurch, daß wir wissen, wer wir sind und woher wir kommen, haben wir eine Chance zu entfliehen. Und ich glaube, das ist unsere einzige Chance.«

»Wie kommt es, daß du es weißt, und wir nicht?« fragte sie bissig und verärgert.

»Mir wurde ein Traum geschickt«, antwortete er. »In dem Traum erfuhr ich, was mit uns geschehen ist. Wir sind durch Magie an diesen Ort gefesselt worden. Wir sind aus einer anderen Welt, aus unserer Welt, hierher geschickt worden. Magie wurde dazu benutzt, uns vergessen zu lassen, wer wir sind, und uns eine andere Erscheinung zu geben. Ich glaube, wir sind hier eingesperrt worden, weil wir für alle Zeiten umherirren und den Rest unseres Lebens mit der erfolglosen Suche nach einem Ausweg verbringen sollen. Doch es gibt keinen Ausweg aus diesem Labyrinth, es sei denn, wir machen uns die Magie zunutze. Du hattest recht – nur die Magie kann uns noch retten. Doch zuerst müssen wir verstehen, wie diese Magie funktioniert. Um das zu erreichen, müssen wir wissen, wer wir sind, woher wir kommen und was wir hier tun.«

»Nein«, sagte sie leise und schüttelte den Kopf. »Sag nichts mehr.«

»Ich bin nicht der Ritter«, fuhr er schnell fort, um die Sache hinter sich zu bringen. »Ich bin Ben Holiday, König von Landover.«

Zitternd hob sie die Hände vor den Mund, und ein Stöhnen drang tief aus ihrer Kehle.

Unfähig, ihren Blick zu ertragen, wandte sich Ben an den Gargoyle. Das Ungeheuer starrte ihn mit ausdruckslosen Augen an. »Dein Name ist Strabo. Du bist ein Drache und kein Gargoyle.«

Entschlossen drehte er sich wieder zu der Lady um. »Und du bist –«

»Nightshade!« zischte sie außer sich vor Wut. Sie wich vor ihm zurück, und ihr glattes Gesicht war von Verzweiflung und Entsetzen verzerrt. »Holiday, was hast du uns angetan? Was hast du *mir* angetan?«

Ben schüttelte den Kopf. »Wir haben uns das selbst angetan, jeder von uns. Dieser Ort hat es möglich gemacht. Die Magie hat uns unsere Erinnerungen geraubt, als wir aus dem Herzen an diesen Ort verbannt wurden. Erinnert ihr euch? Da war ein Mann mit einem Kästchen. Da waren die Nachrichten, die wir uns angeblich gegenseitig zugeschickt haben. Sie waren der Köder für die Falle, in die wir getappt sind. Irgendein Fluch hat uns eingefangen und uns hier eingesperrt, in dem Kästchen …«

»Ja, jetzt erinnere ich mich!« knurrte Strabo, der trotz der Enthüllung seiner wahren Identität immer noch nicht aussah wie ein Drache. »Ich erinnere mich an den Mann und sein Kästchen und an das magische Netz, das uns einfing wie Fische! Was für eine Macht! Aber warum das alles? Seht mich an! Wie kann ich mich so verändert haben?«

Ben kniete sich vor ihn hin. Die Lichtung war still und dicht von

Bäumen umschlossen. Es war, als hätte die Welt aufgehört, sich zu drehen.

»Wir befinden uns in den Elfennebeln«, sagte er ruhig. »Denkt mal über unsere Erscheinungen nach! Wir sind zu dem geworden, von dem wir am meisten fürchten, daß wir es wirklich sein könnten. Du bist ein Ungeheuer, von allen gehaßt und verachtet; ein Ausgestoßener, den niemand zu sehen wünscht, der von allen gejagt und für alles verantwortlich gemacht wird, was man sich nicht anders erklären kann. Und du kannst nicht fliegen, oder? Deine Flügel sind zu nutzlosen Lappen verkümmert. Hast du dich nicht immer davor gefürchtet, an die Erde gebunden zu sein? Die Fähigkeit, fliegen zu können, gab dir immer eine Möglichkeit zur Flucht, egal, wie entsetzlich die Dinge auch waren. Hier bist du selbst um diesen Vorteil betrogen worden.«

Er hielt inne. »Und seht mich an. Ich bin zu dem geworden, vor dem ich mich am meisten gefürchtet habe. Ich bin der Kämpe des Königs, sein unüberwindbarer Zerstörer, Schlächter seiner Feinde, namenlos und leer, bis auf meine Kampfkraft und das Verlangen, sie einzusetzen. Selbst meine Rüstung ist zu einer Waffe geworden, zu einer monströsen Erscheinung, die man den Brodem nennt und die jeden Feind vernichtet, der uns bedroht. Ich fürchte das Töten mehr als alles andere, und deswegen bin ich hier in dieser Rolle gefangen.«

Mehr wollte er darüber nicht sagen, daher machte er eine Pause. Sie wußten zwar, daß der Paladin dem König diente, doch sie wußten nicht, daß er selbst der Paladin war, und so sollte es auch bleiben.

»Nightshade«, sagte er leise, während er sich ihr wieder zuwandte. Sie duckte sich wie ein Tier, das man in die Enge getrieben hat. »Wovor fürchtest du dich am meisten? Was macht dir angst, Nightshade? Erst einmal sicherlich der Verlust deiner Magie. Das ist gewiß, denn das hast du bereits erwähnt. Aber da ist noch etwas...«

»Sei still!« schrie sie.

»Menschlich zu sein«, fuhr Strabo dazwischen. »Sie verliert an

Macht, wenn sie ihre menschliche Natur akzeptiert. Ihre Gefühle machen sie schwach; ihre Emotionen berauben sie ihrer Stärke. Sie darf es nicht zulassen, daß sie fühlt. Sie darf nicht zärtlich oder sanft sein. Sie darf nicht lieben ...«

Nightshade stürzte sich auf Strabo, und ihre Finger zerkratzten sein Gesicht, doch Ben stieß sie beiseite und hielt sie am Boden fest, während sie Gift und Galle spuckte und wie eine Verrückte herumschrie. Nightshade hatte sich in mehrfacher Hinsicht verändert, dachte er, während er sie bändigte. In Landover wäre er nie dazu in der Lage gewesen, denn sie war zehnmal stärker als er. Sie hatte also auch ihre Kraft verloren.

Schließlich wurde sie ruhiger und wandte ihr Gesicht von ihm ab; Tränen liefen ihr über die blassen Wangen. »Ich werde dich für immer hassen«, flüsterte sie, und ihre Worte waren kaum hörbar. »Für das,was du mir angetan hast. Für die Gefühle, die du in mir geweckt hast und die nichts als eine Lüge sind, ein ungeheurer Betrug! Ich habe geglaubt, daß du mir etwas bedeuten könntest, daß ich dich lieben könnte, daß ich dich haben könnte wie eine Frau einen Mann – wie kann ich nur so dumm gewesen sein? Ich werde dich für immer hassen, Ben Holiday. Ich werde diese Erniedrigung niemals vergessen.«

Er stand auf und ließ sie dort liegen. Es gab nichts, was er sagen konnte, um ihr zu helfen. Daß sie dazu verführt worden war, etwas für ihn zu empfinden, war unverzeihlich; daß sie dem Irrtum erlegen war, er sei ihr Geliebter, war unentschuldbar. Es spielte keine Rolle, was sie vorher gefühlt hatte – die Kluft, die sich zwischen ihnen geöffnet hatte, konnte nie mehr überbrückt werden.

»Das Labyrinth ist ein Teil der Elfennebel«, fuhr er fort, während er seine Kleidung glättete. »Es war Willow, die mich in meinem Traum zu sich gerufen hat. Ihr Ruf drang aus einem anderen Teil der Nebel zu mir. Als ich zu ihr ging, spürte ich, daß die Welten, in denen wir uns befanden, irgendwie miteinander verknüpft sind. Mir fiel wieder ein, wie die Nebel auf jene wirken, die nicht in ihnen zu Hause sind. Sie richten unsere eigenen Ängste gegen uns, um unsere

Persönlichkeit zu verändern, um uns zu verwirren und um uns mit all den Dingen zu konfrontieren, die uns sicher in den Wahnsinn treiben. Dort, wo es keine Wirklichkeit gibt, außer der, die wir uns selbst erschaffen, haben unsere Gefühle verheerende Folgen auf unsere Vorstellungskraft. Vor allem die Angst. Wenn das passiert, sind wir verloren. Wir können unsere Gefühle nicht so kontrollieren wie die Elfenwesen. Das haben sie mir einmal erzählt. Sie haben mich davor gewarnt.«

Er holte tief Luft. »Was wir auf unserer Reise getan haben, wohin wir gegangen sind, was wir gesehen haben – nichts davon ist wirklich. Oder zumindest nicht wirklich über die Grenzen des Labyrinths hinaus. Versteht ihr das? Wir haben es selbst erfunden, alles davon! Gemeinsam oder alleine, wie auch immer, ich weiß es nicht. Die Dorfbewohner, die Flußzigeuner, die Gristlies – das waren alles Abbilder uns vertrauter Kreaturen aus Landover, wie die Menschen aus dem Grünland, die Einstmals-Elfen, die Felstrolle oder G'heim-Gnome, wer auch immer. Jedenfalls existieren sie nicht außerhalb unserer Vorstellung oder außerhalb dieser Nebel oder außerhalb dieses Gefängnisses, in das man uns gesperrt hat.«

Strabo schüttelte den Kopf. »Die Elfennebel haben aber auf mich oder die Hexe nicht die gleichen Auswirkungen wie auf dich. Wir sind selbst Elfenwesen. Und dennoch, sieh mich an. Ich bin stärker verändert worden als du! Und kein bißchen weniger von der Angst besessen, die du eben beschrieben hast. Und ich habe nichts gespürt! Ich hätte es ahnen müssen, denn schließlich habe ich auf meinen Reisen von Welt zu Welt Zugang zu den Nebeln. Nightshade mag vielleicht aus den Nebeln verbannt worden sein, ich jedoch nicht. Nein, Holiday, da steckt noch mehr dahinter.«

»Da ist noch das Kästchen!« erklärte Ben. »Das Ding ist mehr als nur ein Behälter für den Nebel. Es ist eine Falle, die stark genug ist, um selbst Wesen wie uns gefangen zu halten. Innerhalb dieser Falle muß noch eine andere Magie am Werke sein.«

»Das ist möglich«, stimmte Strabo nachdenklich zu. »Doch wenn das so ist, welche Magie kann uns dann befreien?«

»Darüber habe ich auch schon nachgedacht«, sagte Ben. »Als ich wieder wußte, wer ich war, fiel mir auch noch etwas anderes ein. Ich glaube, wir sind unserer Identität beraubt worden, um jede Möglichkeit auszuschließen, daß wir uns vielleicht an etwas erinnern könnten, das uns zur Flucht verhelfen würde. Diese Falle wirkt auf zweierlei Art. Erstens läßt sie uns vergessen, wer wir sind, und zweitens beraubt sie uns jeglicher Magie, um uns machtlos zu machen. Das erste Problem haben wir bewältigt, bleibt noch das zweite. Keine Magie. Und ohne Magie können wir uns nicht aus dieser Falle befreien.«

Er blickte vom einen zum anderen. Nightshade war wieder auf den Beinen. Stocksteif stand sie da, das Gesicht starr und ausdruckslos. »Aber ich glaube, daß Horris Kew oder wer immer, der hinter dem allen steckt, einen Fehler begangen haben mag. Die Magie, die euch genommen werden sollte, war eine euch angeborene Magie. Deswegen sind wir auch auf so unterschiedliche Weise verändert worden. Dich hat die Veränderung am meisten getroffen, Strabo. Deine Magie beruht auf dem, was du bist – nämlich ein Drache –, also wurdest du in etwas ganz anderes verwandelt. Ansonsten hättest du dein Feuer benutzen können, um aus dieser Falle zu entkommen, denn dein Feuer ist deine größte Macht, die dich unter anderem dazu befähigt, zwischen den Welten zu reisen.«

Er wandte sich an Nightshade. »Und du wurdest aus demselben Grund deiner Magie beraubt, obwohl es nicht nötig war, deine Erscheinung zu verändern, weil deine Gestalt nichts mit der Art und Weise zu tun hat, wie deine Magie funktioniert. Doch das Ergebnis ist dasselbe. Wie Strabo wurdest du aller Mittel zur Flucht beraubt, weil die Magie, die dir innewohnt und auf die du dich am meisten verlassen konntest, plötzlich verschwunden war.«

Er machte eine kurze Pause. »Aber bei mir ist das anders. Ich besitze keine angeborene Magie. Ich kam ohne Magie nach Landover und verfüge nach wie vor nicht über irgendwelche magischen Fähigkeiten. Also bin ich nicht davon betroffen. Meine Erinnerungen sind mir genommen worden, und das reichte aus. Solange ich nicht wußte, wer ich bin, stellte ich auch keine Gefahr dar.«

»Komm zur Sache«, sagte Nightshade mit eiskalter Stimme.

»Das hier ist es«, erwiderte Ben und griff unter sein Hemd und zog das Medaillon hervor. »Das Medaillon der Könige von Landover, das mir vor meiner Reise nach Landover übergeben wurde. Es ermächtigt mich, über Landover zu herrschen, und gibt mir die Befehlsgewalt über den Paladin. Außerdem vermag es noch etwas anderes zu tun. Es verschafft mir freies Geleit durch die Elfennebel.«

Es herrschte lange Schweigen. »Dann glaubst du also ...«, begann Strabo und verstummte dann wieder.

»Es ist denkbar, daß die Magie dieses Talismans nicht auf dieselbe Weise beeinträchtigt wurde wie eure eigene. Vielleicht ist diese Falle ja so beschaffen, daß sie nur die angeborene Magie lebender Kreaturen außer Kraft setzt, nicht aber die Magie lebloser Gegenstände.« Ben hielt inne. »Außerhalb von Landover verleiht einem das Medaillon weder die Herrschaft noch die Macht über den Paladin. Allerdings gelangt man mit ihm überall durch die Elfennebel. Vielleicht funktioniert es auch hier. Es hat doch schon einmal seine Verbindung zur Rüstung des Paladins aufrechterhalten, obwohl diese Rüstung hier in Gestalt des Brodems auftritt. Das Medaillon wurde sogar von den Gristlies erkannt und schützte uns vor ihnen. Vielleicht vermag es uns auch aus dem Labyrinth zu befreien.«

»Wenn wir uns tatsächlich in einem Teil der Elfennebel befinden«, entgegnete Strabo skeptisch.

»Wenn«, stimmte ihm Ben zu.

»Das ist eine sehr magere Chance, die du uns da bietest«, sinnierte der andere.

»Aber die einzige, die wir haben.«

Strabo nickte, und sein häßliches Gesicht nahm einen fast feierlichen Ausdruck an. »Die einzige.«

Im selben Augenblick stürzte Nightshade auf sie zu; finsterer als die Nacht und voll unterdrückter Wut blieb sie vor Ben stehen.

»Und das soll funktionieren?« fragte sie mit gefährlich ruhiger Stimme.

Ihre Blicke trafen sich, und er hielt dem ihren stand. »Ich glaube schon. Wir müssen das Medaillon mit in die Nebel nehmen und es ausprobieren. Wenn alles gutgeht, werden wir dort aus den Nebeln auftauchen, wo wir sie betreten haben.«

»In unserer ursprünglichen Gestalt?« Ihre Augen funkelten.

»Das weiß ich nicht. Aber wenn wir dieses Gefängnis und seine Magie erst einmal hinter uns gelassen haben, müßten wir eigentlich wieder wir selbst sein.«

Sie nickte. In ihrem marmorweißen Gesicht glitzerten die Augen jetzt fast feuerrot. In ihnen spiegelte sich ein solcher Zorn wider, daß Ben innerlich erstarrte.

»Hoffentlich, Möchtegern-König«, sagte sie leise. »Denn wenn es uns nicht gelingt, diesem Wahnsinn zu entfliehen, und meine ursprüngliche Kraft nicht wieder hergestellt wird, dann werde ich den Rest meiner Tage auf eine Gelegenheit warten, dich zu vernichten.«

Sie zog ihren langen Umhang dicht um ihren Körper: ein dunkler Geist in der trüben Dämmerung. »Darauf gebe ich dir mein Wort. Und jetzt sieh zu, daß du uns hier herausbringst.«

Die Zeit schien stehengeblieben zu sein.

Willow lief langsam und stetig durch die Nebelschwaden, indem sie vorsichtig einen Fuß vor den anderen setzte. Sie wußte nicht, wohin sie ging. Sie konnte kaum den Boden erkennen, über den sie sich bewegte. Wenn jetzt irgendwo eine Falle auf sie lauerte, würde sie blindlings hineintappen, so dicht war der Nebel. Ihr blieb nichts anderes übrig, als einfach darauf zu vertrauen, daß alles gutgehen würde. Da jedoch die Elfen immer noch ihre Hand im Spiel hatten, war das kein besonders tröstlicher Gedanke.

Nach einer Weile begann der Nebel schließlich aufzuklaren. Allmählich wurde es heller, und die Schatten wurden verdrängt. Die Nacht wich der Morgendämmerung, doch es war immer noch keine

Sonne zu sehen. Langsam lichtete sich das dämmrige Zwielicht, bis nur noch ein paar Dunstschwaden zwischen den Bäumen hingen. Willow schaute sich um. Sie befand sich in einem Dschungel aus überrankten Bäumen und Lianen, feuchter, fauliger Erde. Absolute Stille herrschte ringsum. Sie hörte nicht das leiseste Geräusch und nahm nicht die flüchtigste Bewegung wahr, so als wäre alles Leben von diesem Ort verbannt worden.

Sie machte ein paar verhaltene Schritte vorwärts und blieb dann erneut stehen. Wieder sah sie sich um. Ein flaues Gefühl machte sich in ihrer Magengrube breit. Sie wußte jetzt, wo sie war. Sie befand sich im Tiefen Schlund, dem Zufluchtsort von Nightshade.

Einen Moment lang glaubte sie, daß sie sich geirrt hatte. Wie war es möglich, daß sie von allen Orten ausgerechnet an diesem hier gelandet war? Sie lief weiter und versuchte, den Dschungel um sich herum und das dichte Blattwerk der Bäume mit ihren Augen zu durchdringen, um hinter die Schatten zu sehen, um sich davon zu überzeugen, daß sie sich geirrt hatte. Doch es half alles nichts. Ihr Gedächtnis und ihr Instinkt ließen keinen Zweifel daran, daß sie tatsächlich im Tiefen Schlund war.

Sie atmete tief durch, um sich zu beruhigen. Vielleicht war das wieder so ein Elfentrick, dachte sie. Vielleicht war es ihre Rache, daß sie sie geradewegs in Nightshades Refugium stolpern ließen. Vertraue deinen Instinkten, hatte Edgewood Dirk ihr geraten. Vertraue keiner Katze! Sie atmete aus. Wie auch immer, sie mußte so schnell wie möglich von hier verschwinden, bevor sie entdeckt wurde.

Mit raschen Schritten bahnte sie sich ihren Weg durch das dichte, grüne Wirrwarr des Tiefen Schlunds, um den Rand der Senke zu erreichen, solange es noch hell war. Obwohl die Morgendämmerung gerade erst eingesetzt hatte, war es ohne weiteres möglich, daß sie bis zum Einbruch der Dunkelheit durch den Schlund irrte, ohne hinauszugelangen, wie es schon anderen vor ihr zugestoßen war. Viele waren nie mehr aus dem Schlund zurückgekehrt. Sie versuchte, die Ruhe zu bewahren, und vertraute auf die Fähigkeiten, die ihr als Einstmals-Elfe zu eigen waren. Sie schöpfte Trost aus der Tatsache, daß sie sich zumindest wieder in Landover befand. Sie fragte sich jedoch, wie ihre Instinkte sie so irregeführt haben konnten. Sie mußte durch Elfenmagie getäuscht worden sein. Wie grausam und boshaft von ihnen, dachte sie ärgerlich.

Plötzlich schoß ein Schmerz durch ihren Bauch und ihre Glieder, und sie brach fast zusammen. Sie sank auf die Knie und schnappte nach Luft. Der Schmerz hielt einen Moment lang an und ließ dann nach. Sie raffte sich wieder auf und eilte weiter. Innerhalb von Minuten kehrte der Schmerz zurück. Diesmal war er noch stärker und hielt doppelt so lange an. Sie kniete sich in das hohe Gras und hielt sich den Bauch. Was geschah mit ihr?

Die plötzliche Erkenntnis ließ sie den Kopf hochwerfen.

Das Baby! Es war an der Zeit!

Verzweifelt und ungläubig schloß sie die Augen. Aber doch nicht hier! Bitte nicht an diesem Ort!

Sie bemühte sich, wieder auf die Beine zu kommen, und setzte ihren Weg fort, doch schon nach wenigen Sekunden zwang sie der Schmerz wieder in die Knie. Diesmal war er so stark, daß sie kaum atmen konnte. Sie biß die Zähne zusammen und versuchte sich ein letztes Mal aufzuraffen, doch sie schaffte es nicht mehr. Das Baby würde selbst entscheiden, wann der Zeitpunkt gekommen war, hatte ihr die Erdmutter gesagt, und offensichtlich hatte das Baby jetzt entschieden. Willow kniete am Boden des Tiefen Schlunds und weinte. Ihr Baby sollte nicht an diesem furchtbaren Ort geboren werden! Es sollte nicht in Schatten und Dunkelheit zur Welt kommen, sondern unter dem Licht der Sonne! Hatten die Elfen irgend etwas damit zu tun? Hatten sie es so geplant? Waren sie über ihre Niederlage dermaßen erbost, daß sie jetzt danach trachteten, dem Kind Schaden zuzufügen?

Die Tränen strömten aus Willows zusammengepreßten Augen, während sie nach dem Beutel an ihrem Gürtel tastete, der die wertvolle Erde enthielt. Sie fand ihn, machte ihn los und lockerte die Schnur. Der Schmerz kam in plötzlichen Schüben, die ihren ganzen

Körper schüttelten, und ließ ihr keine Zeit für Vorbereitungen, keine Zeit, um sich auf die Geburt einzustellen. Alles passierte so schnell, daß sie nicht einmal Zeit zum Nachdenken hatte.

Sie kroch ein Stückchen weiter zu einer Stelle, wo die nackte Erde sichtbar war, und kratzte mit ihren Fingern über den Boden, um ihn etwas aufzulockern. Es war nicht schwer, denn die Erde des Tiefen Schlunds war weich und feucht. Nachdem sie eine kleine Stelle bearbeitet hatte, öffnete sie den Beutel und verteilte die Erdproben daraus um sich herum am Boden. Der Schmerz dauerte jetzt an; in regelmäßigen Wellen durchfuhr es ihren Körper. Sie hätte gern mehr über das, was sie erwartete, gewußt. Hätte sie doch nur die Erdmutter gefragt! Für die Einstmals-Elfen war die Geburt eine wechselhafte und veränderliche Erfahrung, die mit jedem Kind anders verlief, und Willow wußte so wenig darüber. Sie biß die Zähne noch härter zusammen und vermischte die verschiedenen Erdproben mit der Erde des Tiefen Schlunds – die Erde von den alten Kiefern aus dem Seenland, die Erde aus Bens Welt und die Erde aus den Elfennebeln.

Bitte, flehte sie, bitte, laßt mein Kind nicht zu Schaden kommen.

Dann legte sie den leeren Beutel beiseite und erhob sich unter großen Mühen. Dabei spürte sie das ungeduldige Drängen des Babys in ihrem Bauch. Sie krümmte sich vor Schmerzen, während sie sich auf die Verwandlung vorbereitete. Das Kind würde zur Welt kommen, wenn sie die Gestalt eines Baumes angenommen hatte. Sie war nicht in der Lage gewesen, Ben davon zu erzählen, und sie wußte nicht, ob sie das jemals fertigbringen würde.

Sie legte ihre Kleider ab und war nackt. Dann stellte sie sich genau in die Mitte der aufgewühlten Stelle und grub ihre Zehen in die Erde.

Als dann die Verwandlung einsetzte, entspannte sie sich. Jetzt lag es nicht mehr an ihr. Sie hatte alles getan, was sie konnte, um die sichere Geburt ihres Kindes vorzubereiten. Sie hatte sich dem Vertrauen der Erdmutter als würdig erwiesen und die nötigen Erdproben zurückgebracht. Jetzt gab es nichts mehr für sie zu tun, als die

Geburt ihres Kindes geschehen zu lassen. Plötzlich spürte sie eine große Sehnsucht nach Ben. Sie hätte so gerne seine Gegenwart und seine Berührung gefühlt, hätte so gerne ein paar ermutigende Worte gehört. In diesem Moment war sie nicht gerne alleine.

Sie schloß die Augen.

Langsam verwandelte sie sich; ihre Finger und Zehen verlängerten sich zu Zweigen und Wurzeln, ihre Arme spalteten sich zu Ästen, und ihre Beine verschmolzen zu einem Stamm. Ihr ganzer Körper veränderte seine Gestalt, Farbe und Substanz. Ihre Haare verschwanden. Ihr Gesicht verblaßte. Sie bog sich geschmeidig im Wind, als die Rinde ihren Körper überwucherte. Schließlich seufzte Willow noch einmal, und dann war sie still.

Stunden verstrichen, und nichts bewegte sich in dem Tiefen Schlund, dort wo die Weide wurzelte. Kein Windhauch streifte ihre Blätter, kein Vogel ließ sich auf ihren Ästen nieder, nicht ein einziges kleines Tier kletterte an ihrem glatten Stamm hinauf. Der Himmel erhellte sich zu einem dumpfen, diesigen Grau, und eine unerträglich schwüle Sommerhitze breitete sich im verworrenen Dikkicht des Dschungels aus. Ein Regenschauer zog vorbei, und Wasser tropfte von den geschmeidigen Ästen zu Boden.

Der Mittag nahte.

Plötzlich schien der Baum unter einem inneren Aufruhr zu erzittern. Dort, wo sich der Stamm nach oben hin in Äste zu gabeln begann, öffnete sich langsam und qualvoll ein Riß in der Rinde, und ein breiter Trieb drängte daraus hervor ans Licht. In Windeseile wurde er größer, als wäre sein Wachstum beschleunigt, und während er himmelwärts zu sprießen begann, wurde er immer breiter und veränderte seine Form.

In wenigen Augenblicken war er zu einer Schote geworden.

Und in der Schote regte sich etwas.

Die Belagerung

Questor Thews und Abernathy standen auf den Festungsmauern von Sterling Silver und spähten über den See, der das Schloß umgab, auf die Menschenmenge, die auf den Wiesen jenseits des Sees lagerte. Einen ganzen Tag lang waren sie herbeigeströmt, erst in kleinen Gruppen, dann zu Hunderten und schließlich zu Tausenden. Die meisten waren aus dem Grünland gekommen, obwohl sich in der Menschenmenge auch Trolle aus dem Melchor befanden, Wichte aus dem östlichen Ödland und Dorfbewohner und Bauern aus zahlreichen kleineren Gemeinden, die direkt im Süden oder Norden lagen. Sie kamen wie die Landstreicher, führten weder Proviant noch Decken bei sich und verfügten nicht einmal über die einfachsten Mittel zum Feuermachen. Es schien sie nicht zu kümmern. Männer, Frauen und Kinder, einige mit altersschwachen Zugpferden und Maultieren, einige mit einem zottigen Gefolge aus Hunden und Katzen, hatten sich von überall her auf den Weg gemacht und zu einem so bunt gemischten Haufen gesammelt, wie man ihn vor den Toren von Sterling Silver noch nie gesehen hatte. Alle lungerten sie auf der anderen Seite des Sees herum und starrten mit hungrigen Blicken auf das Schloß, als hätte sie die Hoffnung getrieben, daß irgend jemand sie zu einem guten Abendessen hereinbitten würde.

Doch es war kein Essen, nach dem sie hungerten. Wonach jeder von ihnen verlangte, was sie alle um jeden Preis haben wollten, das war ein Traumkristall.

»Sieh sie dir an«, murmelte Abernathy und schüttelte dabei so heftig den Kopf, daß seine Hundeohren schlackerten, »das ist wirklich furchtbar.«

»Schlimmer, als wir erwartet haben, fürchte ich«, stimmte ihm Questor mit ernster Miene zu.

Sie hatten mit irgendeiner Art von Ärger gerechnet, seit Abernathy und Bunion mit ihrem Bericht von dem Fremden mit dem schwarzen Umhang und Horris Kew zurückgekehrt waren. Ein riesiger Vorrat an Traumkristallen befände sich auf Sterling Silver, hatte der Fremde mit Nachdruck behauptet. Und alle Einwohner von Landover hätten ein Anrecht darauf. Abernathy hatte Questor Thews pflichtbewußt informiert und ihm alles Wort für Wort erzählt, und so waren sie auf einen gewissen Ansturm vorbereitet gewesen. Doch sie hatten erwartet, daß Kallendbor und die anderen Herren des Grünlandes mit ihren Armeen vor den Toren aufmarschieren würden, um sich Einlaß zu verschaffen und Wiedergutmachung zu fordern. Statt dessen sahen sie sich jetzt mit Tausenden von Bauern und Händlern samt ihren Familien konfrontiert, alles einfache Leute, die weder Waffen noch Rüstungen trugen und die jetzt hungrig, müde und fehlgeleitet auf den Wiesen herumstanden wie Vieh, das darauf wartet, in den Stall geführt zu werden.

Nun, der Stall lag natürlich dort, wo sie hergekommen waren, doch das wollte niemand hören. Sie wollten überhaupt nichts hören, wenn nicht wenigstens das Wort »Traumkristall« dabei war, und das war eine traurige, jedoch unumstößliche Tatsache.

Mit Sicherheit wollten sie nichts von dem hören, was Questor Thews und Abernathy ihnen mitzuteilen hatten. Als die ersten kleinen Trupps in den frühen Morgenstunden eingetroffen waren, hatten sie sich direkt auf die Brücke begeben, die das Schloß mit dem Festland verband. Die Fallgitter waren zur Nacht herabgelassen worden, und so waren sie vor den Toren stehengeblieben und hatten lauthals nach Ben Holiday gerufen. Questor Thews war an die Brüstung getreten und hatte zurückgerufen, daß der König im Moment nicht anwesend sei, und gefragt, was sie denn von ihm wollten. Traumkristalle, hatten sie wie aus einem Munde geantwortet, einen für jeden von ihnen. Questor Thews hatte ihnen entgegnet, daß es keine gebe. Daraufhin hatten sie ihn einen Lügner genannt, ihm noch ein paar andere unflätige Ausdrücke an den Kopf geworfen und angefangen, abschätzige Bemerkungen über seine Herkunft zu machen. Abernathy, der sich für das ganze Durcheinander verantwortlich fühlte, war neben seinen Freund getreten und hatte den Leuten auf der Brücke, deren Zahl stetig wuchs, versichert, daß Questor Thews die Wahrheit sagte und daß es in der Tat keine Traumkristalle auf Sterling Silver gebe. Doch auch das überzeugte niemanden. Die Bedrohungen und Beschimpfungen wurden fortgesetzt. Die Menge wurde immer größer.

Schließlich schickte Questor einen Trupp Soldaten aus, die Brücke zu räumen und eine Sperrzone am anderen Ufer zu errichten. Unter heftigem Geschiebe und Geschubse scheuchten die Soldaten die Leute von der Brücke, doch niemand dachte daran, umzukehren und sich wieder auf den Heimweg zu machen, wie es der Zauberer gehofft hatte. Statt dessen hielten sie ihre Stellung jenseits der Sperrlinie und warteten darauf, daß irgend etwas passierte. Natürlich geschah gar nichts, und Questor war sich nicht ganz sicher, was die Leute denn nun noch erwarteten. Auf jeden Fall war die Ansammlung bis zur Mittagszeit in die Tausende gestiegen. Alle drängten vom Hochplateau und den umliegenden Hügeln hinab auf die Wiesen vor dem Schloß. Es war ein herrlicher, wolkenloser Sommertag, und unter der erbarmungslosen Sonne begannen sich die Gemüter zu erhitzen.

Jenseits der Sperrlinie wurde etwas gerufen, dann wurde vom Schloß etwas zurückgerufen, und im Handumdrehen durchbrach der Mob die Linie, überwältigte die Soldaten und warf sie in den See. Die Menschenmassen stürmten die Brücke, um zu den Toren zu gelangen.

Das hätte wirklichen Ärger bedeuten können, hätte Questor nicht immer noch mit Abernathy auf der Mauer gestanden und überlegt, was er noch tun konnte. Als er sah, wie der Mob auf das Schloß zustürmte, krempelte er die Ärmel seiner alten, grauen Robe hoch und besann sich auf seine Magie. Das war eine äußerst überstürzte Handlung, zumal Questors Zaubereien nie so richtig funktionierten, wenn er sich beeilen mußte (genauer gesagt, war selten Verlaß auf seine Fähigkeiten, selbst wenn ihm alle Zeit der Welt zur Verfügung stand), doch inzwischen konnte sowieso niemand mehr einen klaren Gedanken fassen. Eigentlich hatte er vorgehabt, einen Blitz in ihre Mitte hinabfahren zu lassen, damit sie sich zerstreuten oder gar ins Wasser fielen. Statt dessen überschüttete er die ersten Reihen mit einem Schwall von Öl – aber nicht etwa von der heißen, brennenden Sorte, sondern mit ganz gewöhnlichem, schmierigem Öl, wie man es zum Braten benutzt. Das Öl platschte hinab auf die hölzerne Oberfläche der Brücke, und die gesamte Vorhut der Menge ging in einem glitschigen Wirrwarr aus Armen und Beinen zu Boden. Die Nachkommenden stolperten über ihre Anführer, während sie versuchten, abzubremsen oder sich vorbeizudrängen, und landeten ebenfalls in der Öllache. In Sekundenschnelle war die ganze Brücke mit ölverschmierten Körpern bedeckt.

Questor Thews befahl, die Tore zu schließen, und das Schloß wurde kurzerhand verriegelt. Die Leute schleppten sich wieder von der Brücke herunter, wobei sie mit jedem glitschigen Schritt Flüche und Drohungen ausstießen: Das ist noch nicht das Ende! Paß lieber auf, Questor Thews! Warte nur, bis die Herren aus dem Grünland ankommen! Dann wird's erst richtig Ärger geben!

Wohl wahr, stimmte Questor Thews ihnen insgeheim zu, doch es gab nichts, was er dagegen hätte tun können. Und so standen sie viele lange Stunden oben auf den Zinnen, während sich der Tag seinem Ende zuneigte, und warteten, was zuerst kommen würde, Kallendbor oder der Sonnenuntergang.

Der Sonnenuntergang hatte ziemlich gute Chancen, das Rennen zu gewinnen. Im Osten verdunkelte sich bereits der Himmel, und der westliche Horizont war in goldenes Licht getaucht. Im Norden waren schon einige Monde aufgegangen; knapp über dem Horizont liegend, begannen sie ihren langsamen Aufstieg zu den Sternen. Von Kallendbor und den Herren des Grünlandes gab es bisher noch kein Zeichen – kein Gebrüll, das ihr Kommen ankündigte, keine Staubwolken auf der Hochebene, kein Hufgetrappel und kein Waffengeklirr. Es sah ganz so aus, als wäre jeder weitere Ärger auf den Morgen verschoben worden.

Das hoffte zumindest Abernathy. Es war schwer gewesen, Questor Thews zu erzählen, wie er von Horris Kew hereingelegt worden war. Es war wie Zähneziehen gewesen, als er hatte zugeben müssen, daß er sich derart gründlich hatte blenden lassen, daß er die Verteilung dieser verdammten Traumkristalle auch noch befürwortet und damit dem jetzigen Schlamassel Vorschub geleistet hatte. Er litt immer noch unter dem Verlust seines eigenen Kristalls und seiner Visionen, und am Ende erzählte er Questor Thews auch das. Jetzt konnte er genauso gut alles zugeben, sagte er sich. Welche Rolle spielte das jetzt noch?

Erfreulicherweise erwies sich Questor Thews als außerordentlich verständnisvoll. Das sei schon in Ordnung, hatte er gesagt. Wer könne ihm das vorwerfen? Er an seiner Stelle hätte wahrscheinlich dasselbe getan. Er dankte Abernathy sogar dafür, daß er seine persönlichen Probleme hinter dem allgemeinen Wohlergehen des Königreiches zurückstellte.

»Mich trifft ebenso viel Schuld wie dich«, verkündete Questor mit ernster Miene. Sein flusiges Haar stand von seinem Kopf ab, als wäre er ein Igel in Abwehrstellung. »Ich habe Horris Kews Worte ebenso leichtgläubig hingenommen wie du. Mir ist es auch nicht in den Sinn gekommen, den Wert dieser Kristalle in Frage zu stellen. Sie schienen die perfekte Lösung für unser Dilemma. Um die Wahrheit zu sagen, ich war nahe dran, mir selbst einen zu nehmen.«

»Aber du hast es nicht getan«, entgegnete Abernathy bedrückt. »Für meine Dummheit gibt es keine Entschuldigung.«

»Unsinn!« Questor schüttelte heftig den Kopf. »Ich habe dir den Kristall praktisch aufgedrängt, als Horris uns damals einen zur Probe anbot. Ich hätte ihn selbst ausprobieren können, doch ich habe die Verantwortung auf dich abgewälzt. Außerdem ist es noch gar nicht so lange her, daß ich in einer ähnlichen Situation war wie du jetzt, alter Freund. Schließlich war ich es, der dich samt dem Medaillon des Königs durch einen mißlichen Beschwörungsversuch in Bens alte Welt verfrachtet hat. Nein, ich kann es nicht zulassen, daß du dir dafür die Schuld gibst.«

Doch auch dadurch fühlte sich Abernathy keinen Deut besser, wenn er daran dachte, was er angerichtet hatte. Wie auch immer, Questor Thews bemühte sich hartnäckig, ihm die Schuldgefühle zu nehmen, und Abernathy wußte das zu schätzen. Doch das einzige, was ihn jetzt noch aufheitern konnte, war herauszufinden, was aus Ben Holiday geworden war. Questor hatte erst an diesem Morgen den Schau-ins-Land benutzt, und Bunion hatte noch einmal die nähere Umgebung abgesucht, doch keiner von beiden konnte irgendeinen Erfolg verbuchen. Wo immer Ben Holiday auch sein mochte, er war jedenfalls gut versteckt. Abernathy hätte diesen schwarzumhüllten Fremden nur allzu gerne zu fassen bekommen, um ihm so richtig fest ins Ohr oder sonstwohin zu beißen. Er schämte sich, daß seine animalische Seite in dieser Situation derart zum Vorschein kam, doch er war verzweifelt bemüht, den Schaden, den er angerichtet hatte, wiedergutzumachen.

»Oh-oh«, sagte Questor Thews plötzlich und setzte den Grübeleien des Hofschreibers ein Ende. »Sieh mal da.«

Abernathy sah in die angegebene Richtung. Aus dem Wald im Westen war eine Gruppe von Männern mit einem riesigen Baumstamm aufgetaucht, den sie zu einem Rammbock zurechtgeschlagen hatten. Sie schleiften den Stamm den Hang hinunter und über die Wiese auf den See zu. Sie schnauften und grölten, während sie sich der Brücke näherten, und die versammelte Menschenmasse jubelte und stachelte sie noch an.

»Das können sie nicht ernst meinen«, stöhnte der Zauberer.

Doch das taten sie. Sie meinten es sogar todernst. Es waren dreißig oder mehr, die sich gleichmäßig auf beide Seiten ihres improvisierten Rammbocks verteilt hatten und jetzt langsam über die Wiese auf die Brücke zustampften. Überall um sie herum waren die Leute aufgesprungen und streckten ihre geballten Fäuste in die Luft.

»Ihr da unten!« brüllte Questor Thews mit wehenden, weißen Haaren. »Dreht sofort um! Laßt den Stamm fallen!«

Keiner konnte ihn hören; das Gebrüll war zu laut. Die Menschenmenge schrie einfach vor Vergnügen. Die Männer erreichten mit ihrem Rammbock die Brücke und nahmen Anlauf. Entschlossenes Kampfgebrüll dröhnte aus ihren Kehlen.

Oben auf der Festungsmauer krempelte Questor Thews abermals die Ärmel hoch. »Das werden wir ja sehen!« brummte er wütend.

Abernathy blieb wie angewurzelt stehen. Was sollte er nur tun? Seine Ohren zuckten, und er knurrte leise.

Die Männer auf der Brücke beschleunigten ihren Anlauf und rammten den Baumstamm gegen das Schloßtor. Es gab einen enormen, dumpfen Knall, und sie hörten das Zersplittern von Holz. Der Rammbock und die Männer prallten ein paar Meter zurück und brachen auf der Brücke zusammen. Abernathy glaubte, die Wucht des Aufpralls bis oben hinauf auf die Mauer zu spüren, wo er mit den Händen vor dem Mund halbgeduckt hinter den Zinnen verharrte.

»So, das reicht!« brüllte Questor Thews mit wehender Robe und flatternden Armen. Es sah ganz so aus, als würde er gleich etwas unternehmen. Er schien zum Gegenschlag bereit. Weißes Licht sammelte sich an seinen Fingerspitzen. Abernathy biß die Zähne zusammen. Etwas Schlimmes drohte zu passieren.

Die Männer mit dem Rammbock rafften sich wieder auf und nahmen erneut Anlauf. Sie wirkten unerschrocken und siegessicher.

Questors Arme wedelten wild durch die Luft wie die durchgedrehten Flügel einer Windmühle. Viel zu wild. Was immer er auch heraufzubeschwören versuchte, es strengte ihn jedenfalls dermaßen an, daß er das Gleichgewicht verlor, und bei dem Versuch, es wiederzuerlangen, trat er sich auf seine Robe. Dabei stolperte er nach vorne und stürzte gefährlich nahe auf den Rand der Mauer zu. Abernathy machte einen Satz und hielt ihn fest. Dabei löste sich Questors Magie aus seinen Fingern und prasselte auf die Männer hinab. Nach dem Geräusch zu urteilen, das dem Zauberer dabei über die Lippen kam, wußte Abernathy, daß irgend etwas Unerwartetes passieren würde.

Er hatte sich nicht geirrt. Die Magie fiel sanft und leise auf die Brücke wie Silberregen. Vielleicht hatte Questor beabsichtigt, die Männer mit einem Blitz in die Flucht zu schlagen. Vielleicht wollte er sie wieder einmal in Öl ertränken. Doch nichts dergleichen passierte. Statt dessen regnete die Magie auf die Brücke hinab und versickerte in ihrem Holz wie Wasser im Sand, woraufhin die Brücke wenige Sekunden später erbebte und sich aufbäumte wie eine erwachende Riesenschlange. Ein zweites Mal gingen die Männer samt Rammbock zu Boden, wieder nur wenige Meter von ihrem Ziel entfernt. Sie fluchten und schrien, während die Brücke bebte und die Männer herumschleuderte wie Stoffpuppen. Der Rammbock rollte von der Brücke und trieb im Schloßgraben davon. Daraufhin schrien und fluchten die Männer noch mehr. Questor und Abernathy klammerten sich aneinander fest und starrten ungläubig in die Tiefe. Die Brücke wand sich hin und her. Sie riß sich vom Schloß und vom anderen Ufer los und begann sich zusammenzurollen. Die wenigen Männer, die sich immer noch an ihren Planken festhielten, gaben auf und stürzten davon, um sich in Sicherheit zu bringen. Balken knarrten und brachen entzwei. Eisennägel flogen durch die Luft. Seile scheuerten durch und zerrissen. Die Brücke erhob sich ein letztes Mal wie ein Ungeheuer aus der Tiefe, dann zerbrach sie in tausend Stücke und war verschwunden.

Lange Zeit herrschte verblüfftes Schweigen. Die Männer, die den Rammbock geschleppt hatten, gelangten mit der Hilfe von Freunden und Verwandten wieder an Land. Der Rest des bunten Haufens stand am Ufer und starrte entsetzt auf den See. Das Wasser schäumte und brodelte wie eine kochende Suppe.

Questor blickte zu Abernathy. »Nun, was sagt man dazu!« rief er mit einem Augenzwinkern.

Die Sonne ging unter, und es gab keine weiteren Zwischenfälle. Die Leute hatten offensichtlich genug für den Tag und waren jetzt damit beschäftigt, Feuerstellen zu bauen und etwas Eßbares aufzutreiben.

Mit der Zerstörung der Brücke war auch die letzte Verbindung zum Festland abgebrochen, und Sterling Silver war jetzt eine abgeschiedene Insel mitten im See. Es gab keine Möglichkeit mehr, dorthin zu gelangen, das war sicher, es sei denn, man war bereit zu schwimmen. Die meisten der Versammelten konnten nicht schwimmen und mißtrauten dem Wasser ohnehin. Questor hätte sich am liebsten selbst für diesen gelungenen Magiestreich gratuliert, doch er nahm Abstand davon, weil er im Grunde ein Zufallstreffer gewesen war und Abernathy dies auch wußte.

Abernathy war seinerseits in nachdenkliches Schweigen versunken und grübelte darüber nach, wie sie nur ohne Ben Holiday wieder aus diesem Schlamassel herauskommen sollten.

Es war immer noch hell, als Kallendbor, allen Hoffnungen und unausgesprochenen Vorhersagen Questors und Abernathys zum Trotz, mit seiner Armee eintraf und den Schloßtoren gegenüber Stellung bezog. Das gemeine Volk wurde einfach beiseitegedrängt, um den Kriegern und ihrem Anführer Platz zu machen. Ganz in Kallendbors Nähe befanden sich auch Horris Kew und sein Vogel, wobei ersterer nervös von einem Bein auf das andere trat und letzterer wie das sprichwörtliche Zeichen des Untergangs auf seiner Schulter thronte. Abernathy beobachtete sie voller Mißtrauen. Der Auslöser für dieses Chaos, dachte er finster, Horris Kew und sein Vogel. Wenn er doch nur an sie herankäme! Wenn er sie doch nur für fünf Minuten in die Finger bekommen könnte! Sehnsüchtigst verharrte er bei diesem Gedanken.

Von dem schwarzgewandeten Fremden war nichts zu sehen. Questor und Abernathy suchten die Menge erfolglos nach ihm ab. Vielleicht war er zurückgeblieben, doch das konnte sich keiner der beiden vorstellen.

Die Sonne verschwand, die Dunkelheit brach herein, und die Feuer zeichneten sich hell vor dem schwarzen Hintergrund ab. Am anderen Ufer des Sees bezogen Soldaten gut sichtbar ihre Position, damit die Schloßbewohner auch sehen konnten, daß eine Belagerung stattfand. Questor und Abernathy blieben oben auf der Befestigungsmauer stehen, wo sie bereits den ganzen Tag verbracht hatten, und grübelten.

»Was, um alles in der Welt, sollen wir nur tun?« murmelte Abernathy hilflos.

Vor ihren Augen bereiteten die Leute ihr Nachtlager, wobei sie auf der überfüllten Wiese um Platz kämpften. Der Geruch gegrillten Fleisches drang zu ihnen hinauf, Bierkrüge wurden herumgereicht, und rauhes Gelächter wurde laut.

»Ein richtig vergnügliches Picknick, was?« knurrte Questor gereizt. Dann fuhr er zusammen. »Abernathy, sieh mal da!«

Kallendbor stand mit Horris Kew und seinem Vogel am Ufer des Sees. Direkt neben ihnen stand der Fremde mit dem schwarzen Umhang, so offen und dreist, wie man es sich nur vorstellen konnte. Sie hatten sich von allen anderen abgesondert und starrten herüber auf das Schloß.

»Die machen Pläne für morgen, jede Wette«, sagte der Zauberer. Hilflos schüttelte er den Kopf. »Ich habe genug davon. Ich gehe hinauf zum Schau-ins-Land, um zu sehen, ob es irgendwas Neues gibt. Ich will noch einmal die Umgebung absuchen, vielleicht erfahre ich ja diesmal etwas über den Verbleib unseres Königs.« Er machte eine abwertende Geste mit der Hand und drehte sich um. »Alles ist besser, als diesen Idioten zuzusehen.«

Dann verschwand er in einem Geflatter grauer Roben und ließ Abernathy allein auf dem Ausguck zurück. Trotz Questors Bemerkung, daß dies reine Zeitverschwendung sei, blieb Abernathy dort oben auf den Zinnen stehen und dachte über die Ungerechtigkeit des Lebens nach und darüber, wie lächerlich es doch war, daß sich Männer einfach in Hunde verwandeln konnten. Dann fragte er sich erneut, was er tun konnte, um seine Dummheit wiedergutzumachen. Herzlich wenig, dachte er, solange er sich im Schloß vergrub. Für kurze Zeit zog er in Erwägung, den See zu durchschwimmen und sich an Horris Kew und seinen Vogel heranzuschleichen, doch das würde nur dazu führen, daß er als Gefangener oder Schlimmeres endete.

Kallendbor, Horris Kew, Biggar und der Fremde lungerten immer noch in verschwörerischer Runde am anderen Ufer herum.

Abernathy versuchte vergeblich, von ihren Lippen zu lesen, als er durch einen Tumult hinter ihm aufgeschreckt wurde. Zwei der Schloßwächter waren an der Treppe erschienen, und an ihren kräftigen Armen zappelten zwei kleine, schmutzige Kreaturen.

»Große Hoheit!« lamentierte der eine mitleiderregend.

»Mächtige Hoheit!« jammerte der andere.

Nun, da haben wir's, dachte Abernathy, während man die beiden vor ihn schleifte. Immer, wenn man dachte, daß es nicht schlimmer kommen konnte, passierte genau das. Es bestand kein Zweifel daran, wer diese beiden waren – diese robusten, haarigen, dreckverkrusteten Gestalten mit ihren bärtigen Frettchengesichtern, den spitzen Ohren und feuchten Nasen, den zerlumpten Kleidern und diesen lächerlichen Lederkappen voller kleiner, roter Federn. Sie waren so bekannt und unwillkommen wie die frostigste Winterkälte und die schwülste Sommerhitze, unvermeidbare Erscheinungen, deren Kommen und Gehen noch unvorhersehbarer war als das Wetter. Es waren G'heim-Gnome, die verachtungswürdigsten Wesen im gesamten Königreich von Landover, die Niedrigsten der Niederen, die unterste Sprosse auf der Leiter der Evolution. Sie waren Diebe und Räuber, die von der Hand in den Mund lebten und von dem Unglück, das sie absichtlich über andere brachten. Sie waren wie die Aasgeier, die von dem lebten, was andere zurückließen, und damit deren Unrat beseitigten – nur daß die G'heim-Gnome natürlich auch sehr viel beseitigten, was gar nicht für den Müll bestimmt war. Besonders versessen waren sie auf Hauskatzen, wogegen Abernathy im Grunde nichts einzuwenden hatte, und auf Hunde, was ihm jedoch entschieden gegen den Strich ging.

Speziell diese beiden Gnome waren eine Quelle ständigen Ärgernisses für den ganzen Königshof. Seitdem sie vor etwa drei Jahren gänzlich unerwartet aufgetaucht waren, um Ben Holiday und dem Thron ihre Treue zu geloben – eine äußerst fragwürdige Loyalitätsbezeugung –, zerrten sie an jedermanns Nerven. Und jetzt waren sie wieder einmal hier, dieselben alten Unruhestifter, offenbar nur, um Abernathy das Leben schwerzumachen.

Fillip und Sot zuckten erschrocken zusammen, als sie ihn sahen. Sie heulten immer noch nach Holiday, der sie zumindest aus Mitleid tolerierte. Abernathy hatte für eine solche Gefühlsduselei nichts übrig.

»Wo ist Ihre Hoheit?« fragte Fillip sofort.

»Ja, wo ist der König?« plapperte Sot ihm nach.

»Wir haben sie dabei erwischt, wie sie im Schlafgemach des Königs herumstöberten«, berichtete einer der Wächter, während er Fillip einen ordentlichen Stoß versetzte, damit dieser aufhörte, herumzuzappeln. Der Gnom winselte. »In räuberischer Absicht, wie ich vermute.«

»Niemals, niemals!« heulte Fillip.

»Niemals würden wir den König bestehlen!« schrie Sot hinterher.

Abernathy bekam Kopfschmerzen. »Setzt sie ab«, befahl er seufzend.

Die Wächter ließen sie einfach zu Boden plumpsen. Die Gnome rutschten auf den Knien auf Abernathy zu.

»Großer Hofschreiber!«

»Mächtiger Hofschreiber!«

Abernathy rieb sich die Schläfen. »Oh, hört auf damit!« Er entließ die Wächter und machte den Gnomen ein Zeichen, daß sie aufstehen sollten.

Zögernd erhoben sie sich und blickten sich ängstlich um. Offenbar fürchteten sie, daß sie irgendein furchtbares Schicksal erwartete, dem sie zu entfliehen gedachten.

Abernathy musterte sie ermattet. »Was wollt ihr?« fragte er mit barscher Stimme.

Die G'heim Gnome wechselten einen flüchtigen Blick.

»Wir wollen zu Ihrer Hoheit«, antwortete Fillip zögernd.

»Wir wollen mit dem König sprechen«, pflichtete ihm Sot bei.

Sie waren lausige Lügner, und Abernathy erkannte sofort, daß sie versuchten, seiner Frage auszuweichen. Es war ein langer, enttäuschender Tag gewesen, und er hatte keine Zeit für derlei Spielchen.

»Na, habt ihr in letzter Zeit irgendwelche streunenden Tiere vertilgt?« fragte er leise, wobei er sich nach vorne beugte, damit sie seine Zähne glitzern sehen konnten.

»Oh, nein, das würden wir niemals...«

»Nur Gemüse, so wahr wir hier stehen...«

»Hmm, denn hin und wieder überkommt mich ein unstillbarer Heißhunger auf gegrillte Gnome«, fuhr Abernathy bissig fort. Die beiden erstarrten. »Und jetzt sagt mir die Wahrheit, oder ich übernehme keine Verantwortung für das, was sonst passiert!«

Fillip schluckte. »Wir wollen einen Traumkristall«, antwortete er kläglich.

Sot nickte. »Jeder hat einen, nur wir nicht.«

»Wir wollen auch nur einen.«

»Nur einen einzigen.«

»Das ist doch nicht zuviel verlangt.«

»Nein, nicht zuviel verlangt.«

Abernathy hätte sie am liebsten erdrosselt. Nahm dieser Wahnsinn denn niemals ein Ende? »Seht mich an«, sagte er mit einer sehr überzeugenden Schärfe in der Stimme. Widerwillig blickten sie ihm in die Augen. »Hier gibt es keine Traumkristalle. Nicht einen einzigen. Hier hat es nie welche gegeben. Und wenn es nach mir geht, wird das auch in Zukunft so bleiben!« Fast hätte er diese letzte Bemerkung im stillen revidiert, doch dann entschied er, daß er es wirklich so meinte. Er streckte die Hände aus und packte sie an ihren dünnen, knochigen Armen. »Kommt her.«

Er schleifte sie an die Festungsmauer, wobei er ihr Gezeter und ihre Schreie ignorierte, daß man sie wohl in die Tiefe schubsen würde. »Seht mal da rüber!« knurrte er gereizt. »Los, seht mal genau hin!« Sie taten es. »Seht ihr den Mann da mit dem Vogel? Neben Lord Kallendbor? Neben dem Mann mit dem schwarzen Umhang?«

Sie zögerten, und dann nickten beide.

»Das«, verkündete Abernathy triumphierend, »ist derjenige, der die Traumkristalle hat! Also geht und redet mit ihm!«

Er ließ sie los und trat einen Schritt beiseite, die Hände in der Hundehüfte. Die G'heim-Gnome sahen einander unsicher an, dann blickten sie hinüber zu Horris Kew und zurück zu Abernathy.

»Es gibt keine Traumkristalle im Schloß?« fragte Fillip enttäuscht.

»Nicht einen einzigen?« fragte Sot.

Abernathy schüttelte den Kopf. »Ihr habt mein Ehrenwort als Hofschreiber und Diener des Königs. Falls es noch irgendwo Kristalle gibt, dann ist das der Mann, der sie finden kann.«

Fillip und Sot wischten sich mit schmutzverkrusteten Fingern über die feuchten Schnauzen und wässerigen Augen und starrten mit wachsendem Interesse auf den Zauberer hinab. Dann traten sie von der Mauer zurück.

»Dann werden wir uns an ihn wenden«, verkündete Fillip und übernahm wie immer die Führung.

»Ja, das werden wir«, bestätigte Sot ihre Absicht.

Sie drehten sich und hatten schon fast die Treppe erreicht, als Abernathy sie zurückrief. »Halt!« brüllte er. »Wartet einen Moment.« Er war ihnen nichts schuldig, doch er konnte sie auch nicht auf den Weg schicken, ohne sie gewarnt zu haben. »Hört mir zu! Diese Männer, besonders der mit dem schwarzen Umhang, sind sehr gefährlich. Ihr könnt nicht einfach zu ihnen hinlaufen und nach den Kristallen fragen. Wahrscheinlich würden sie euch für eure Mühen in kleine Stücke schneiden.«

Fillip und Sot sahen sich an.

»Wir werden sehr vorsichtig sein«, versprach Fillip.

»Ja, das werden wir«, bestätigte Sot.

Erneut wandten sie sich zum Gehen.

»Wartet!« rief Abernathy ein zweites Mal. Ihm war gerade etwas in den Sinn gekommen, das ihm zuvor entfallen war. Die G'heim-Gnome drehten sich wieder um. »Wie seid ihr überhaupt ins Schloß gelangt?« fragte er argwöhnisch. »Über die Brücke konntet ihr nicht kommen, und ihr seht auch nicht aus, als wärt ihr geschwommen. Also, wie seid ihr dann hereingekommen?«

Sie verlängerten ihre endlose Reihe flüchtiger Blickwechsel durch einen weiteren und blieben stumm.

Abernathy ging auf sie zu und bückte sich zu ihnen hinunter. »Ihr habt euch einen Tunnel gegraben, stimmt's?« Fillip biß sich auf die Lippe. Sot kniff die Zähne zusammen. »Hab' ich recht?«

Widerstrebend begannen sie zu nicken.

»Den ganzen Weg vom anderen Ufer hier herüber?« fragte Abernathy ungläubig.

Fillip tat beleidigt. »Hinten vom Wald sogar.«

Sot tat noch beleidigter. »Ganz hinten von den Bäumen.«

Abernathy starrte sie skeptisch an. »Nein, das ist doch nicht möglich, oder? Das würde doch Tage dauern, ja, Wochen.« Dann hielt er inne. »Moment mal. Wie lange existiert euer Tunnel denn schon?«

»Eine Weile«, murmelte Fillip und scharrte mit dem Fuß über den Steinboden.

»Und wo kommt der Tunnel raus?«

Wieder herrschte Schweigen, diesmal etwas länger. »In der Vorratskammer«, gab Sot schließlich zu.

Abernathy richtete sich wieder auf. Erinnerungen an das mysteriöse Verschwinden von Lebensmitteln aus der Vorratskammer trieben an die Oberfläche wie tote Fische. Man hatte die Küchenhilfen verdächtigt und Beschuldigungen erhoben, doch man war nie zu einer Lösung des Problems gekommen.

»So«, sagte Abernathy leise, wobei er das Wort wie die Schlinge eines Galgens dehnte. »In der Vorratskammer.«

Fillip und Sot duckten sich, als warteten sie auf den vernichtenden Schlag. Doch Abernathy sah sie nicht einmal an. Sein Blick schweifte in die Ferne jenseits der Zinnen. Er dachte gar nicht daran, die Gnome zu bestrafen, denn plötzlich öffnete sich ihm die Möglichkeit, es Horris Kew heimzuzahlen. Während der Schein der Feuer über die schattigen Mauern von Sterling Silver tanzte, stand er kurz vor einer Entscheidung, die ihn entweder rehabilitieren oder das Leben kosten würde.

Er brauchte nicht lange, um sie zu treffen.

Wieder bückte er sich und fragte unverblümt: »Ist dieser Tunnel auch für mich groß genug?«

Zeit der Gnome

Abernathy war von Natur aus weder impulsiv noch im geringsten abenteuerlustig, und so war er selbst einigermaßen überrascht, daß er es überhaupt in Betracht zog, sich durch den schmalen Tunnel zu quetschen, den Fillip und Sot von einer Ecke der Vorratskammer bis zum Wald gegraben hatten. Er konnte es kaum glauben, daß er sich dazu entschlossen hatte, den ganzen Weg zum Wald unterirdisch kriechend zurückzulegen, um hinter die Reihen der Belagerer zu gelangen und den heiklen und ziemlich tollkühnen Versuch zu unternehmen, Horris Kew zu schnappen und auszuquetschen. Dabei verblüffte ihn nicht so sehr die Tatsache, daß er gar nicht wußte, worauf er sich da einließ und welche Gefahr ihn erwartete, sondern daß ihm ein derart wahnsinniges Vorhaben überhaupt in den Sinn gekommen war.

Er tröstete sich, indem er sich sagte, daß es der Hund in ihm war, der jetzt die Führung übernahm, und daß es folglich ganz alleine Questor Thews zuzuschreiben war.

Der Zauberer hatte jedoch keine Ahnung von Abernathys Vorhaben. Wäre er darüber informiert gewesen, hätte er sofort versucht, es zu verhindern, oder darauf bestanden, selbst mitzugehen, was der Hofschreiber auf gar keinen Fall zulassen konnte. Schließlich hatte er, Abernathy, dieses Durcheinander verursacht, und es lag an ihm, seinen Stolz und sein Selbstwertgefühl zurückzugewinnen. Außerdem wurde Questor dort gebraucht, wo er war, innerhalb der Schloßmauern, wo er zumindest den Anschein einer Verteidigung gegen den unvermeidbaren Angriff, den Kallendbor und seine Armee gegen das Schloß planten, aufrechterhalten konnte.

Questors Magie mochte unberechenbar sein, doch es war eine Kraft, mit der man trotzdem rechnen mußte und die den Erfolg der Angreifer wenn schon nicht zu vereiteln, so doch wenigstens aufzuhalten vermochte.

Und in der Zwischenzeit, so hoffte er, würde er vielleicht herausbekommen, was aus Ben Holiday geworden war.

Er war gezwungen, seine Kleider abzulegen, um in den Tunnel zu gelangen, so eng war der. Doch Nacktheit war eine Demütigung, die er ertragen wollte. Schließlich hatten die G'heim-Gnome den Tunnel für sich selbst gegraben, und nicht für ihn. Kurzerhand und ohne Erklärung schickte er das Küchenpersonal hinaus und begann sich in der Dunkelheit der Vorratskammer zu entkleiden, wobei er einen Moment lang innehielt und überlegte, was er da eigentlich gerade machte. Diesmal dachte er jedoch nicht an Horris Kew und seinen Vogel oder an Kallendbor oder an den Fremden mit dem schwarzen Umhang. Die Gefahr, die von dieser Seite drohte, war bekannt. Statt dessen dachte er daran, daß er sein Leben in die Hände – und möglicherweise zwischen die Zähne – von Fillip und Sot legte. Wenn man berücksichtigte, daß Hunde und Katzen zu ihren bevorzugten Leckerbissen gehörten, konnte man nicht umhin, sie bestenfalls als äußerst dubiose Verbündete zu betrachten. Wenn sich die Gelegenheit dazu ergab, dessen war er sich ziemlich sicher, würden sie keine Sekunde zögern, ihn aufzufressen. Und warum auch nicht? Schließlich entsprach das ihrer Natur. Angesichts der prekären Situation, in der sich Abernathy daher gerade befand, mußte er ihnen einen verdammt guten Grund nennen, damit sie keine Mahlzeit aus ihm machten.

Er beschloß, an die einzige Charakterstärke zu appellieren, die sie zu besitzen schienen.

»Hört mir gut zu«, sagte er, während er nackt vor dem Tunneleingang hockte und sich anstrengte, sich nicht allzu blöde vorzukommen. »Da ist etwas, was ich euch noch nicht gesagt habe. Was wir hier tun, ist von großer Wichtigkeit für das Wohlbefinden Ihrer Hoheit. Wir haben die Nachricht noch nicht bekanntgegeben, aber dem König ist irgend etwas zugestoßen. Er ist verschwunden. Diese Männer da draußen, der mit den Traumkristallen und der mit dem schwarzen Umhang, wissen, was mit ihm passiert ist. Ich habe einen Plan, um Holiday zu retten, doch ihr müßt mir dabei helfen. Ihr wollt dem König doch helfen, oder?«

»Oh, ja!« verkündete Fillip.

»Aber sicher«, bestätigte Sot.

Sie nickten so heftig, daß er dachte, ihre Köpfe würden gleich abfallen. Was den Plan zur Rettung Holidays betraf, hatte er die Wahrheit zwar ein bißchen gedehnt, doch es war in guter Absicht geschehen. Das einzige, worauf er sich bei den G'heim-Gnomen verlassen konnte, war ihre unverbrüchliche Treue zum Thron. Die war vom Moment ihrer ersten Begegnung an untermauert worden, als Ben Holiday etwas getan hatte, was ein anderer nicht einmal in Erwägung gezogen hätte. Er war in einer denkbar fragwürdigen Angelegenheit zu ihrer Rettung geeilt, fest davon überzeugt, daß ein König alle seine Untertanen gleichermaßen schützen mußte. Er hatte ihnen das Leben gerettet, und sie hatten es ihm nie vergessen. Sie waren weiterhin Diebe und Streuner und in zwielichtige Geschäfte verstrickt, doch für den König würden sie alles tun, und das hatten sie schon bei mehreren Gelegenheiten bewiesen.

Es war ihre einzige Tugend, das einzige, worauf Abernathy sich verlassen und zählen konnte.

»Wenn wir durch den Tunnel sind, werde ich euch meinen Plan unterbreiten«, fuhr er fort. »Aber wir müssen in dieser Sache zusammenarbeiten. Holidays Leben steht auf dem Spiel.«

»Ihr könnt Euch auf uns verlassen«, verkündete Fillip eifrig.

»Ja, das könnt Ihr«, pflichtete Sot ihm bei.

Abernathy hoffte es, denn auch sein Leben stand auf dem Spiel.

Dann begaben sie sich in den Tunnel, zuerst Fillip, dann Abernathy und zuletzt Sot. Mit dem Kopf voran und der Länge nach ausgestreckt, robbten sie durch den unterirdischen Gang, der sich in die Finsternis hinabschlängelte. Abernathy stellte fest, daß er überhaupt nichts mehr sehen konnte. Er hörte, wie Fillip sich vor ihm her bewegte und folgte den schabenden Geräuschen, die er dabei verursachte. Hinter ihm stupste Sot ständig gegen seine Füße, um ihn voranzutreiben. Wurzeln kratzten über seinen Bauch und Rükken. Insekten huschten in einem Wirrwarr von Beinen über seinen Körper. An manchen Stellen war die Erde sehr feucht und verklebte sein Fell, und es herrschte ein muffiger, stickiger Geruch. Abernathy haßte Tunnel. Er haßte alles, was ihn beengte (eine weitere Hundeeigenschaft, vermutete er). Am liebsten wäre er gleich wieder umgekehrt, doch er zwang sich, jetzt durchzuhalten. Immerhin hatte er dieses Unternehmen angezettelt, und er war entschlossen, es auch zu Ende zu bringen.

Die Gnome mußten sich den ganzen Weg unter dem See durchgegraben haben, eine Leistung, die Abernathy kaum fassen konnte, wenn man dessen Tiefe berücksichtigte. Er stellte sich vor, daß die Erde über ihm zusammenbrechen und das Wasser des Sees hereinströmen könnte. Der Tunnel schien endlos, und an mehr als einem Punkt dachte er, die Grenzen seiner Belastbarkeit erreicht zu haben. Doch er weigerte sich aufzugeben.

Als er schließlich inmitten dichten Gestrüpps weit hinter der Belagerungslinie wieder das Licht der Monde und Sterne erblickte, sich den Schmutz und die Insekten vom Körper strich und von neuem mit großer Dankbarkeit die kühle Nachtluft atmete, die süßer roch und schmeckte, als er in Erinnerung hatte, schwor er sich, daß er, egal, was auch passieren mochte, unter gar keinen Umständen ein zweites Mal durch diesen Tunnel kriechen würde.

Nachdem er seine Haltung zurückgewonnen hatte, folgte er den Gnomen aus dem Dickicht und durch die Bäume an den Rand des Abhangs, von wo aus man einen guten Ausblick auf das Weideland und die behelfsmäßige Armee hatte, von der Sterling Silver belagert wurde. Die Feuerstellen waren so gut wie erloschen, und die meisten Leute lagen ausgestreckt im Gras und schliefen. Kallendbors Wachen patrouillierten am Ufer des Sees, um das Inselschloß im Auge zu behalten, und hier und da saßen Männer in kleinen Grüppchen zusammen, tranken und lachten und wollten kein Ende finden. Doch ansonsten herrschte allgemeine Nachtruhe. Abernathy suchte die Wiese, besonders in der Nähe des Ufers, nach Horris Kew und dem schwarzgekleideten Fremden ab. Doch von den beiden war nichts zu sehen. Er konnte nicht einmal Kallendbor ausfindig machen.

»Was machen wir jetzt?« fragte Fillip ungeduldig.

»Ja, was?« schob Sot hinterher.

Abernathy war sich nicht sicher. Besorgt leckte er sich die Nase. Irgendwie mußte er Horris Kew finden. Doch wie sollte er das in seinem derzeitigen Zustand anstellen? Erstens sah er aus wie ein Hund, und ohne Kleidung hatte er kaum eine Möglichkeit, diese Tatsache zu verbergen. Wenn er so in das Lager hinablief, würde man ihn sofort entdecken.

Zögernd wandte er sich an die Gnome. »Glaubt ihr, ihr könnt da hinunterschleichen und den Mann finden, den ich euch von der Schloßmauer aus gezeigt habe, den mit dem Vogel?«

»Den Mann mit den Traumkristallen«, verkündete Fillip strahlend.

»Ja, der«, sagte Sot.

Abernathy hatte gehofft, daß er ihre Aufmerksamkeit auf etwas anderes als auf die Kristalle lenken konnte. Ihm ging es um Ben Holiday, doch G'heim-Gnome gaben das, was wirklich wichtig war, sehr schnell auf, um das zu verfolgen, was ihnen persönlich wichtig erschien. Es war Abernathys größte Befürchtung, daß sie sich ablenken lassen würden. Sie schienen einfach nicht anders zu können.

»Den können wir finden«, sagte Fillip.

»Mit Leichtigkeit«, sagte Sot.

Dann schlüpften sie in die Dunkelheit und verschwanden aus seinem Blickfeld. Wir werden gut aufpassen, hatten sie versprochen. Abernathy wünschte, er könnte sich dessen sicher sein.

Nicht allzu weit entfernt, ein bißchen abseits von der Menschenmasse, die auf der Wiese lagerte, saßen Horris Kew und Biggar in der Dunkelheit und unterhielten sich leise. Horris hockte im Schatten eines alten Ahorns, der aus dem Wald hinter ihnen schräg über den Abhang gewachsen war und wie ein Späher ins Tal zu blicken schien. Biggar hockte auf dem Stamm eines Baumes, der dem Ahorn einst zur Seite gestanden hatte, später jedoch einem Blitz zum Opfer gefallen war. Horris saß mit dem Rücken gegen den Stamm des Ahorns gelehnt, den anderen Baumstamm nahe bei seinen Füßen, die vor seinen Augen aufragten wie Zeltstangen.

»Du bist ein Feigling, Horris«, sagte der Vogel verächtlich. »Eine jämmerliche, elende Memme. Das hätte ich wirklich nie von dir gedacht.«

»Ich bin Realist, Biggar.« Horris wollte von der Sache mit dem Feigling nichts hören. »Ich weiß, wann ich bis über beide Ohren in der Tinte stecke, und das ist im Moment absolut der Fall.«

Es war ein bitteres, doch keineswegs unbekanntes Eingeständnis, denn früher oder später wurde Horris Kew immer zum Opfer seiner eigenen Machenschaften. Warum die Dinge nie so funktionierten, wie er es beabsichtigt hatte, warum sie stets irgendwo im Laufe der Ereignisse außer Kontrolle gerieten, war ein Rätsel, dessen Lösung ihm unergründlich schien. Doch es war klar, daß die Dinge auch diesmal, genau wie alle anderen Male davor, in ein gefährliches Chaos gemündet waren.

Er war vollends davon überzeugt, seit sich der Gorse Kallendbor gezeigt und ihn zu diesem Marsch nach Sterling Silver angestiftet hatte. Vielleicht sogar schon früher, korrigierte er seinen Gedanken, vor allem in Anbetracht der widerwärtigen Natur dieses Wesens, mit dem er sich da eingelassen hatte. Der Gorse war genau das, wovor Biggar ihn gewarnt hatte – ein unerhört mächtiges Monster, das seine Macht jeden Moment auch gegen sie richten konnte. Daß es das früher oder später auch tun würde, stand inzwischen außer Zweifel. Auf ihrem Marsch von Rhyndweir nach Sterling Silver hatte Horris erkannt, daß sich sein Nutzen für diese Kreatur allmählich erschöpfte. Zum einen hatte der Gorse seine menschliche Gestalt wiedererlangt und konnte sich Tag und Nacht unbehelligt in der Menge bewegen. Das bedeutete, daß er nicht länger auf Horris angewiesen war, damit dieser bestimmte Dinge für ihn erledigte. Zum anderen, und das war noch schlimmer, hatte der Gorse begonnen, die Tatsache zu ignorieren, daß Horris überhaupt existierte. Als die Belagerung Sterling Silvers besprochen wurde, hatte der Gorse Kallendbor wie einen Ebenbürtigen angeredet, während er Horris nicht einmal wahrnahm. Vergessen waren all die Versprechen hinsichtlich der Rolle, die Horris in dem neuen Königreich spielen sollte. Der Plan, Horris an Holidays Stelle auf den Thron zu setzen, wurde mit keinem Wort mehr erwähnt. Horris hatte seine Schuldigkeit getan und wurde jetzt übergangen, daran bestand kein Zweifel.

»Also hast du einfach vor, wieder mal alles aufzugeben?« schalt ihn der Vogel und riß ihn damit aus seinen Grübeleien. »Willst die Chance deines Lebens einfach so verpatzen, was? Was ist bloß mit dir los? Ich dachte, du hättest mehr Rückgrat!«

Horris bedachte ihn mit einem finsteren Blick. »Was sollte ich denn deiner Meinung nach tun, Biggar? Diesem Monster sagen, daß mir die Art und Weise nicht gefällt, wie er mich behandelt, und daß ich meinen versprochenen Anteil will? Das dürfte eine äußerst interessante Unterhaltung werden. Nach dem, was wir inzwischen wissen, würde ich sagen, daß wir uns glücklich schätzen können, mit heiler Haut davonzukommen und das allenfalls, wenn wir den Mund halten!«

Biggar spuckte verächtlich aus; es war ein häßliches Geräusch. »Du kannst ihm sagen, daß du König werden willst, Horris! Jawohl, das kannst du ihm sagen! Immerhin hat der Gorse das selbst vorgeschlagen! Das ist ein guter Plan. Du bist König für einen Tag, dann schnappen wir uns so viel von dem Reichtum, wie wir können, und hauen ab. Aber ich habe keine Lust, die Kurve zu kratzen, ohne etwas mitzunehmen!«

Horris kreuzte die Arme vor seiner knochigen Brust und schnaubte. »Ich soll ihm also sagen, daß ich König werden will, was? Ist dir denn völlig entgangen, was sich da unten gerade abspielt? Hast du denn überhaupt nicht zugehört? Hier geht es nicht mehr um Traumkristalle oder um Sterling Silver oder darum, König zu werden! Hier geht es um etwas ganz anderes, um etwas weitaus Komplizierteres und Schrecklicheres. Der Gorse benutzt uns nur – Kallendbor eingeschlossen –, um das zu kriegen, was er will. Es hat ihn viel Zeit gekostet, bis er aus diesem Wirrkästchen entkommen konnte, und er war nicht gerade erfreut darüber, daß man ihn überhaupt dort eingesperrt hatte! Denk doch mal nach!«

Biggar klappte den Schnabel zu. »Wie meinst du das?«

Horris beugte sich nach vorne. »Für einen Vogel mit erhöhter Intelligenz kannst du manchmal ausgesprochen begriffsstutzig sein. Rache, Biggar! Den Gorse hungert es nach einer großen Portion davon! Siehst du das nicht? Es stehen noch alte Schulden offen für die Qualen, die er erlitten hat, und der Gorse tut all das, um sie einzutreiben. Soviel hat er uns ja praktisch schon verraten. Landover für uns, hat er gesagt, und das Elfenreich für sich selbst. Erinnerst du dich? Mir war damals noch nicht klar, was er damit meinte, aber jetzt weiß ich es. Wir haben uns immer an eine sehr vernünftige Geschäftsregel gehalten, Biggar, und wir sind gut damit gefahren. Wenn kein Geld zu machen ist, setzen wir uns ab. Und mit Rachsucht ist kein Geld zu machen, also ist es an der Zeit, die Zelte abzubrechen und die Kurve zu kratzen, solange wir dazu noch in der Lage sind!«

»Aber da ist doch Geld, Horris«, beharrte der Vogel. »Das ist ja genau der Punkt. Im Schloß, da drüben auf der anderen Seite, gibt's jede Menge zu holen. Wenn wir noch ein paar Tage aushalten, haben wir die Chance, einen ganzen Batzen davon mitgehen zu lassen. Und der Gorse kann uns dabei behilflich sein – vielleicht ohne es zu wissen. Laß doch dem Ungeheuer seine Rache; was kümmert uns das schon? Was wir brauchen, befindet sich hinter diesen Mauern. Das brauchen wir und einen Weg, um wieder aus Landover rauszukommen. Oder hast du vergessen, daß wir hier festsitzen? Der Gorse kann uns beides bieten.«

»Was er uns bieten kann, ist ein unfreiwilliger Ausflug in das

Wirrkästchen. Zu Holiday und den anderen.« Horris schüttelte hartnäckig den Kopf. »Du hast es doch mitangesehen. Er hat Holiday im Handumdrehen verschwinden lassen. Es war ein Kinderspiel für ihn. Zack, und es gab keinen König mehr. Mit uns wird er dasselbe machen, wenn er uns nicht mehr braucht, und ich glaube, der Zeitpunkt ist bald gekommen.«

Biggar hüpfte auf Horris Kews Stiefelspitze und grub seine Krallen in das Leder. »Vielleicht sollten wir uns ein bißchen absichern, Horris. Angenommen, du hast recht, dann brauchen wir irgend etwas, das den Gorsen davon abhält, uns Schaden zuzufügen. Das Wirrkästchen zum Beispiel.«

Horris blinzelte ihn ungläubig an. »Das Wirrkästchen?«

»Wir schleichen uns gleich heute nacht davon«, fuhr der Vogel fort. »Wenn wir reiten, können wir die Höhle in wenigen Stunden erreichen und vor dem Morgengrauen zurück sein. Wir nehmen das Kästchen mit und verstecken es. Wir benutzen es als Druckmittel, um sicherzugehen, daß unsere Forderungen erfüllt werden.« Seine scharfen Augen glühten.

Horris starrte den Vogel stumm an und schüttelte dann ungläubig den Kopf. »Biggar, du bist übergeschnappt. Du hast wirklich nicht mehr alle Tassen im Schrank. Wir sollen dem Gorsen drohen? Was kümmert es ihn, ob wir das Kästchen haben oder nicht? Wir wissen ja nicht einmal, wie es funktioniert!«

»Wir kennen die Worte«, flüsterte der Vogel. »Wir kennen die Formel. Was, wenn wir sie einfach ein zweites Mal aussprechen?«

Es herrschte ein langes, lastendes Schweigen. Horris wünschte, er hätte das Wirrkästchen niemals geöffnet und niemals die Worte gesprochen, die den Gorsen befreit hatten. Er wünschte, er wäre niemals nach Landover zurückgekehrt. Er wünschte, er hätte einen weniger anstrengenden Beruf ergriffen und wäre zum Beispiel Schuhmacher oder Weber geworden. Er hatte plötzlich und unwiderruflich die Nase voll von Magie in jeglicher Form.

»Komm schon, Horris, brechen wir auf!« drängte Biggar. »Sitz nicht einfach so herum. Steh endlich auf!«

Biggar konnte es natürlich nicht sehen. Vielleicht lag es an der Tatsache, daß es, trotz erhöhter Intelligenz, eben doch nur ein Vogelhirn war, das sich da in seinem winzigen, federgeschmückten Schädel abmühte, alles zu verstehen. Aber vielleicht wollte er es einfach nicht sehen.

»Wenn wir das tun«, begann Horris leise, »wenn wir tatsächlich beschließen, den Gorsen herauszufordern, wenn wir wirklich zurück zur Höhle gehen und das Wirrkästchen stehlen...«

Er konnte den Satz nicht beenden. Er konnte sich nicht dazu überwinden, die Worte auszusprechen. Er sackte gegen den Baumstamm, und sein schlaksiger Körper sank in sich zusammen wie ein Ballon, aus dem die Luft entweicht.

Biggar hüpfte zwischen der Stiefelspitze und dem Baumstamm hin und her und zischte dabei wie eine Schlange. »Du Feigling! Du jämmerlicher Wurm! Du lächerlicher Abklatsch eines Zauberers! Große Worte und keine Taten, du Matschbirne! Wie ich mich jemals mit einem Stümper wie dir einlassen konnte, ist mir unbegreiflich!«

Irgend etwas bewegte sich hinter dem Baumstamm, so unscheinbar wie ein flüchtiger Schatten, doch keiner von beiden sah es.

»Biggar, Biggar, du denkst nicht nach...«

»Und ob ich das tue! Ich bin der einzige, der nachdenkt!« Biggar plusterte sich zu doppelter Größe auf und sah aus wie ein wildgewordener schwarzer Igel. »Mach nur weiter so! Bleib ruhig da liegen wie eine verschmähte Flickenpuppe, wie ein Haufen strohgefüllter Lumpen! Mach nur so weiter!«

Horris Kew schloß die Augen und legte die Hände vors Gesicht.

»Ich werde mich nicht eine Sekunde länger mit so einem Feigling abgeben!« zeterte Biggar. »Nicht eine einzige, entsetzliche Sek –«

Eine schmutzige Hand schnellte hinter dem Stamm hervor, auf dem er hockte, schloß sich um seinen Schnabel und Nacken und zog ihn herunter.

Nach einer Weile öffnete Horris Kew wieder die Augen und sah sich um. Biggar war fort. Er war einfach so verschwunden. Horris setzte sich verwirrt auf. Eine einsame schwarze Feder schaukelte auf dem Baumstamm.

»Biggar?« rief er zögernd.

Keine Antwort.

Es war fast Mitternacht.

Abernathy saß still am Waldrand und beobachtete, wie auch die letzten Trinker langsam einnickten, so daß in der Ferne bald nur noch die Glut der Feuer und die Silhouetten der Wachposten zu sehen waren. Alles wurde von Dunkelheit eingehüllt. Sterling Silver war nur noch ein undeutliches, fast schwarzes Gebilde vor dem Horizont. Der Himmel war klar und wurde von einigen Monden und Tausenden von Sternen erhellt. Es war warm und angenehm, und unter anderen Umständen hätte eine solche Nacht jedem einen guten Schlaf beschert.

Doch so, wie die Dinge standen, wagte Abernathy nicht einmal, an Schlaf zu denken. Er war fast krank vor Angst, weil Fillip und Sot von ihrer Suche nach Horris Kew noch nicht zurückgekehrt waren. Es hatte weder Schreie noch einen Aufruhr gegeben, also nahm er nicht an, daß man sie entdeckt hatte. Trotzdem war er über ihr langes Wegbleiben äußerst beunruhigt. Es gab zu viele Möglichkeiten für diese beiden, in Schwierigkeiten zu geraten, zu viele Fehler, die sie begehen konnten, bevor sie sich dessen überhaupt bewußt waren. Er wünschte, er wäre mit ihnen gegangen. Er schalt sich selbst dafür, daß er ihnen so viel Vertrauen geschenkt hatte und sie alleine hatte gehen lassen.

Er hatte gerade beschlossen, ins Lager hinabzuschleichen und einen Umhang zu stehlen, mit dem er sich verhüllen konnte, um sich auf die Suche nach ihnen zu machen, als sie plötzlich wieder auftauchten.

»Wo wart ihr so lange?« fragte er gereizt.

Die G'heim-Gnome grinsten, wobei sie all ihre Zähne entblößten. Sie wirkten außergewöhnlich selbstzufrieden.

»Seht, was wir haben«, sagte Fillip.

»Kommt, seht her«, sagte Sot.

Abernathy versuchte etwas zu erkennen, denn er sah, daß sie in der Tat etwas bei sich hatten, etwas, das sich zu bewegen schien, doch sie liefen einfach an ihm vorbei, ohne ihren Schritt zu verlangsamen.

»Nein, nicht hier«, sagte Fillip.

»Im Wald, weiter weg vom Lager«, sagte Sot.

Also marschierten sie zurück in den Wald, bis sie weit genug vom Lager und den Menschen entfernt waren und außer ihnen niemand mehr zu sehen war. Dann drehten sich Fillip und Sot wieder zu Abernathy um, und Fillip streckte stolz die Hände aus.

»Hier!« verkündete er.

Abernathy musterte ihren Fang. Es war der Vogel, der Hirtenstar oder was immer es auch sein mochte, der zu Horris Kew gehörte. Der Gnom hatte seine schmutzige Hand nicht gerade sanft um seinen Nacken und seinen Schnabel gelegt, damit der Vogel nicht schreien konnte. Er flatterte schwach mit den Flügeln, doch seine Kräfte schienen bereits erschöpft zu sein.

Abernathy seufzte verzweifelt. »Ich habe euch doch gesagt, daß ihr nur nach dem Besitzer des Vogels Ausschau halten und dann zurückkommen sollt. Ich habe euch nicht aufgetragen, den Vogel mitzubringen! Was nützt uns das?«

»Eine ganze Menge«, sagte Sot unbeirrt. Er stupste Fillip in die Rippen. »Zeig es ihm.«

Fillip nahm den Finger von Biggars Schnabel und schüttelte den Vogel. »Los, sag was.«

Der Vogel sagte nichts. Er hing bewegungslos und mitleiderregend da und schien halbtot zu sein. Abernathy spürte ein Pochen in seinem Schädel und seufzte.

Fillip machte eine finstere Miene. Er beugte sich dicht vor das Gesicht des Vogels. »Sprich, du blöder Vogel, oder ich drehe dir den Hals um und freß dich auf«, sagte er, während er zur Bestätigung seine Klauen fester um den Nacken des Vogels schloß.

»Schon gut, schon gut!« krächzte der Vogel, während er plötzlich zu neuem Leben erwachte. Abernathy wich überrascht zurück. Der Kopf des Vogels bewegte sich wild hin und her. »Ich rede, okay? Was wollt ihr hören?«

Fillip hielt stolz den Vogel hoch. »Seht Ihr?«

Abernathy beugte sich neugierig zu dem Vogel hinab. »So, so«, sagte er leise. »Du sprichst ja viel besser, als du vorgibst, was?«

»Jedenfalls besser als du, Fellsack«, schnaubte Biggar verächtlich. »Sag diesen Maulwürfen, daß sie mich sofort loslassen sollen, oder ihr werdet es alle noch bereuen.«

Abernathy streckte den Finger aus und stupste den Vogel in den Bauch. »Wie war noch dein Name? Biggar, richtig? Nun, Biggar, rate mal was?« In seiner Stimme lag eine unverkennbare Befriedigung. »Es hat eine Weile gedauert, aber jetzt kann ich mich wieder an dich erinnern. Es ist schon sehr lange her, was? Du hast doch dem Hofzauberer des alten Königs gehört, dem Bruder von Questor Thews. Eines Tages wurdest du einfach als vermißt gemeldet. Was ist passiert? Hat man dich in Ben Holidays alte Welt verbannt, genau wie Horris Kew? Na ja, ist auch egal. Das spielt jetzt wohl keine Rolle mehr. Erzähl mir einfach, was du über das Verschwinden des Königs weißt, hmm? Und laß keine Einzelheit aus.«

Biggar klappte energisch den Schnabel zu. Doch dafür war es inzwischen zu spät. Fillip und Sot hatten den Großteil des Gesprächs zwischen Horris Kew und Biggar belauscht und berichteten jetzt Abernathy pflichtbewußt und in allen Einzelheiten, was sie gehört hatten. Ein paarmal verdrehten sie die Fakten etwas, und außerdem waren sie auch nicht in der Lage, alle Worte richtig wiederzugeben, doch es war deutlich genug, daß sich Abernathy ein Bild von dem machen konnte, was geschehen war. Der Gorse war irgendeine Art von Monster, der Horris Kew und Kallendbor für seine Zwecke benutzte. Die Traumkristalle waren sein Hilfsmittel gegen den Thron. Doch das Wichtigste war, daß Bens Verschwinden durch einen starken Zauberbann zustande gekommen war, den man irgendwie rückgängig machen mußte. Das bedeutete, daß man die Höhle des Gorsen und das darin verborgene Wirrkästchen finden mußte.

Abernathy richtete seine Aufmerksamkeit wieder auf Biggar. Der Vogel hatte seit seinem ersten spöttischen Ausbruch nichts mehr gesagt und war während der ganzen Zeit, die Fillip und Sot gebraucht hatten, das Geheimnis zu enthüllen, in eisiges Schweigen verfallen. Jetzt blinzelte er kurz zu Abernathy hoch, während sich dieser zu ihm hinunterbeugte, um ihm direkt in die Augen zu blicken.

»Möchte Polly einen Keks?« höhnte Abernathy boshaft.

Biggar schnappte nach seiner Nase.

Abernathy grinste und zeigte alle seine Zähne. »Hör mir gut zu, du nichtsnutziges Federknäuel. Du wirst uns zu dieser Höhle führen – und zwar noch heute nacht. Wenn wir dort ankommen, wirst du uns in die Höhle lassen, uns zeigen, wo dieses Wirrkästchen versteckt ist und uns die Zauberformel verraten. Hast du mich verstanden?«

Biggars Augen funkelten ihn trotzig an. »Ich werde nichts dergleichen tun. Sie werden merken, daß ich verschwunden bin und mich suchen kommen. Besonders der Gorse. Wartet's nur ab, was der mit euch machen wird!«

»Was immer das auch sein mag«, erwiderte Abernathy drohend, »du wirst es jedenfalls nicht mehr erleben.« Er machte eine lange, bedeutungsvolle Pause. »Um es ganz deutlich zu sagen«, fuhr er fort, »wenn du mir nicht sofort zeigst, wo die Höhle ist, werde ich dich meinen beiden Freunden hier überlassen und ihnen sagen, daß sie mit dir tun können, was sie wollen, solange sie mir garantieren, daß ich dich nie wiedersehe.«

Sein Blick blieb starr und seine Stimme ruhig. »Denn ich bin sehr verärgert darüber, hereingelegt worden zu sein. Und ich bin noch wütender darüber, was ihr mit dem König gemacht habt. Ich will ihn zurückhaben, wohlbehalten und sicher, und ich erwarte, daß du mir dabei hilfst, wenn du diese Nacht überleben willst. Ist das in deinem kleinen Vogelhirn angekommen?«

Wieder herrschte langes Schweigen. »Entscheide dich! Schnell!« knurrte Abernathy.

Als Biggar den Schnabel zum Sprechen öffnete, kam nur noch ein Krächzen heraus. »Die Höhle liegt westlich von hier hinter dem Herzen.« Dann erholte er sich wieder. »Aber das wird euch nichts nützen.«

Abernathy lächelte und ließ den Vogel abermals einen Blick auf seine Zähne werfen. »Das werden wir ja sehen«, erwiderte er.

Biggars letztes Gefecht

Während Fillip Biggar fest in der Hand und im Auge behielt, wurde Sot losgeschickt, um ein paar Pferde für ihre Reise nach Westen zu besorgen, wobei das Wort *besorgen* von allen Beteiligten als höfliche Umschreibung für das Wort *stehlen* verstanden wurde. Bettler konnten es sich nicht leisten, wählerisch zu sein, und die G'heim-Gnome waren von Natur und aus Gewohnheit Diebe und konnten ohnehin *besorgen* und *stehlen* nicht unterscheiden. Doch die Schwierigkeit bestand nicht darin, moralische Prinzipien abzuwägen, sondern darin, sich überhaupt damit abzufinden, daß sie Pferde benutzen mußten. Weder Abernathy noch die Gnome hatten eine besondere Vorliebe für Pferde, und um die Wahrheit zu sagen, machten sich die Pferde auch nicht allzuviel aus solchen Reitern. Es war eine dieser angeborenen Abneigungen, die man nicht einmal mit Vernunft zu überwinden vermochte. Doch die Entfernung, die sie zurücklegen mußten, würde sie zu Fuß einen ganzen Tag kosten, während sie zu Pferde nur vier Stunden brauchen würden. Und da die Zeit für Questor Thews und Sterling Silver knapp wurde – schließlich würden sich Kallendbor und der schwarzgekleidete Fremde bei Einbruch der Morgendämmerung Maßnahmen überlegen, um die Belagerung drastisch zu verkürzen –, mußte man sich der Notwendigkeit beugen und den Gebrauch der Pferde tolerieren.

Wenn auch nur zähneknirschend.

Sot war in Rekordzeit wieder zurück. Er hatte zwei Pferde mitgebracht, die Halfter und Decken trugen und die er offensichtlich von den Soldaten gestohlen hatte. Er hatte jedoch nicht daran gedacht, auch Sättel und Zaumzeug mitzubringen, was die Angelegenheit erheblich erschwerte. Die Pferde scheuten bereits schnaubend vor dem kleinen, zerlumpten, schmutzverkrusteten Nager zurück, der sie da am Halfter führte. Abernathy beschloß, anstelle von Sätteln die Decken zu benutzen. Mit Sots Jagdmesser schnitt er sie so zurecht, daß sie nicht über die Flanken der Pferde hinabhingen, und die abgetrennten Streifen benutzte er als Sattelgurte und schnürte mit ihnen die Decken, so gut es ging, auf den Pferderücken fest. Es war keine besonders gute Arbeit, aber das konnte man jetzt auch nicht mehr ändern.

Dann bestiegen sie ihre Pferde, Abernathy den Fuchs, der der wildere von beiden zu sein schien, und Fillip und Sot den Braunen. Fillip hielt den Halfterstrick und Sot den Vogel. Die Pferde tänzelten und scharrten, als ihnen zu dämmern begann, was sie erwartete, und machten keinen besonders glücklichen Eindruck. Abernathy ließ sie zuerst im Schritt reiten und sich so möglichst weit vom Lager entfernen, damit sie nicht durchgingen. Das war ohne nennenswerte Schwierigkeiten zu schaffen. Als sie einige Meilen weit geritten waren und sich bereits tief in den westlichen Hügeln befanden, stieß Abernathy seinem Fuchs leicht in die Flanken, und sie stoben davon.

Wie auf Kommando galoppierten beide Pferde los und preschten wie besessen durch die Bäume und über die Hügel. Abernathy versuchte, seinen Fuchs zu zügeln, doch der wollte nichts davon wissen. Frei von Gebißstange und Zügel, übernahm er einfach selbst die Führung. Abernathy gab auf und versuchte, nichts weiter zu tun, als sich festzuhalten. Hinter sich konnte er die Gnome vor Verzweiflung heulen hören. Wenn sie abgeworfen wurden, verloren sie möglicherweise den Vogel. Und wenn sie den Vogel verloren, waren sie erledigt. Er biß die Zähne zusammen und verkniff es sich, nutzlose Ratschläge nach hinten zu brüllen.

Schließlich ließ die Kraft der Pferde nach, und sie verlangsamten ihr Tempo zu einem leichten Trab, bis ihnen auch das zu anstrengend wurde und sie im Schritt weitertrotteten. Alle drei Reiter saßen noch immer unversehrt auf dem Rücken der Tiere, obwohl sie sich fühlten, als hätte man ihnen die Knochen vertauscht. In der kurzen Zeit waren sie sehr weit gekommen, und ehe sie sich versahen, ritten sie bereits am Herzen vorbei nach Westen. Von Zeit zu Zeit fragte Abernathy Biggar nach dem Weg, und der Vogel wies ihm widerwillig die Richtung. Die Monde wanderten gelangweilt über den Himmel, während sich die Nacht dem Tag zuneigte. Allmählich veränderte sich die Landschaft, und die Bäume verdichteten sich zu einem fast undurchdringlichen Wald, der weder Pfade aufwies noch Fehltritte erlaubte, so daß sie schon bald gezwungen waren, sich vorsichtig und Schritt für Schritt voranzutasten.

Von da an dauerte es nur etwas mehr als eine Stunde, bis sie die Höhle erreichten. Am Rand des Steilhangs angekommen, saßen sie ab, banden die Pferde an einen Baum und bahnten sich ihren Weg den Hang hinab durch das verworrene Dickicht der Mulde. Der Abstieg ging nur langsam voran, da allen vom Reiten die Glieder schmerzten. Die Gnome jammerten laut und ohne Unterlaß, und Abernathy hätte sie am liebsten geknebelt. Am Fuß des Abhangs schlugen sie sich durch dichtes Gebüsch, bis sie plötzlich vor einer riesigen Felsplatte standen, die mit komplizierten Symbolen versehen war. Abernathy konnte die Symbole weder lesen noch verstehen.

»Was müssen wir jetzt tun?« wollte er von Biggar wissen.

Der Vogel wirkte irgendwie gerupft und abgenutzt, was wohl daher rührte, daß er während des gesamten Ritts an den Beinen festgehalten worden war – manchmal sogar mit dem Kopf nach unten, nämlich immer dann, wenn Sot dagegen ankämpfen mußte, nicht von der Pferdedecke zu rutschen. Die Federn standen ihm in alle Richtungen, und Staub bedeckte sein einst so glänzendes, schwarzes Gefieder.

»Ich weiß nicht, ob ich Euch überhaupt noch was verraten soll«, erwiderte er trotzig. »Wann laßt ihr mich endlich fliegen?«

»Wenn der König wieder sicher und wohlbehalten vor uns steht!« Abernathy war nicht in der Stimmung, sich auf eine Diskussion einzulassen.

Biggar spuckte verächtlich aus. »Das wird nicht passieren. Auch nicht, wenn ich Euch in die Höhle führe und Euch das Kästchen zeige und Ihr die Formel sprecht. Es wird nicht funktionieren, weil Ihr kein Zauberer oder Beschwörer seid oder sonst jemand, der mit Magie umzugehen versteht.«

»Und das von einem Vogel!« antwortete Abernathy unwirsch. »Bring uns einfach nur in die Höhle, Biggar. Um den Rest kümmere ich mich selbst.«

Der Vogel schniefte. »Nun gut. Wie Ihr wollt. Berührt diese Symbole in der Reihenfolge, die ich Euch nenne.« Und er wiederholte die Prozedur zum Öffnen der Höhlentür, wie er sie bei Horris Kew beobachtet hatte.

Einen Moment später schob sich die Felsplatte ächzend beiseite und enthüllte ein schwarzes Loch, das nur schwach von einem silbernen, phosphoreszierenden Schimmer erleuchtet war. Die kleine Gesellschaft starrte unsicher in die wenig einladende Finsternis.

»Was ist?« höhnte Biggar. »Wollt Ihr den ganzen Tag hier draußen herumstehen? Gehen wir rein und bringen die Sache hinter uns!«

»Wie tief führt diese Höhle in den Felsen?« fragte Abernathy.

»Bis zu ihrem Ende!« erwiderte Biggar spöttisch »Tsch!«

Abernathy ignorierte ihn. Er mochte Höhlen ebensowenig wie Tunnel, doch er konnte auch nicht riskieren, die Gnome alleine hineinzuschicken. Nicht auszudenken, was dabei alles passieren konnte. Andererseits war er auch nicht scharf darauf, in eine Falle zu tappen.

»Ich geh' als erster«, schlug Fillip vor und lieferte damit die Lösung für das Problem.

»Ich geh' als zweiter«, bot sich Sot an.

»Wir haben nichts gegen Tunnel und Höhlen.«

»Wir lieben die Dunkelheit.«

Das konnte Abernathy nur recht sein. Er war damit zufrieden, das Schlußlicht zu bilden. So konnte er alle besser im Auge behalten, und falls es irgendwelche Fallen gab, so waren die Gnome viel eher in der Lage, sie zu erkennen als er. Schade, daß seine Nase besser war als seine Augen, doch so verhielt es sich nun einmal mit seinesgleichen, und es hatte keinen Sinn, sich darüber zu beklagen.

»Also gut«, stimmte er zu. »Aber seid vorsichtig.«

»Um uns braucht Ihr Euch keine Sorgen zu machen«, sagte Fillip fröhlich.

»Nicht eine Sekunde lang«, fügte Sol hinzu.

Um so besser, dachte Abernathy, der sowieso nicht geneigt war, sich ihretwegen Gedanken zu machen. »Haltet nur den Vogel gut fest«, befahl er.

Vorsichtig traten sie durch die Tür und damit aus der Dunkelheit der Nacht in die Finsternis der Höhle. Der phosphoreszierende Schimmer zog sich vor ihnen in dumpfen Streifen über die Wände des Durchgangs und schimmerte wie Kerzenlicht hinter einem verregneten Fenster. Jenseits der Schwelle hielten sie inne und sahen sich um. Die Luft in der Höhle war überraschend warm, und es herrschte eine fast hörbare Stille.

Plötzlich wurde Abernathy von einem entsetzlichen Gedanken durchzuckt. Was, wenn der Gorse aus irgendeinem Grund vor ihnen hier eingetroffen war und sie bereits erwartete? Der Gedanke war so beängstigend, daß er einen Moment lang dastand wie gelähmt. Auf einmal wurde ihm bewußt, auf welchen Wahnsinn er sich da eingelassen hatte. Er besaß weder Waffen noch Magie, noch irgendwelche Kampfstärken, um sich zu schützen. Die Gnome waren nutzlos, falls es zu einem Kampf käme; sie würden nur danach trachten, ihre eigene Haut zu retten. Das ganze Unterfangen steckte voller Gefahren und möglicher Niederlagen. Was hatte er sich nur dabei gedacht, einen derart waghalsigen Versuch zu unternehmen?

Dann verebbte seine momentane Angst wieder, und er war in der Lage, sich zu beruhigen. Er hatte getan, was getan werden mußte, was nötig und richtig war, und das reichte, um jedes Risiko zu rechtfertigen. Ihre Hoheit, Ben Holiday, brauchte ihn. Er wußte nicht genau, warum, doch er spürte, daß es so war. Von neuem ermahnte er sich selbst, daß er dem Gorsen und Horris Kew dabei geholfen hatte, die Leute von Landover zu korrumpieren und den Thron zu unterminieren. Er erinnerte sich selbst an seine Schuld, die er wiedergutzumachen hatte.

»Also dann, machen wir uns auf den Weg«, verkündete er tapfer.

Die Gnome, die sein Zögern beobachtet hatten, huschten durch die Öffnung. Abernathy holte tief Luft und folgte ihnen.

Sofort schob sich die Steinplatte ächzend an ihren Platz zurück.

Abernathy fuhr zusammen, die Gnome schrien, und einen Augenblick lang herrschte Panik. Abernathy warf sich instinktiv gegen die Tür, um sie wieder aufzudrücken. Die Gnome stürzten herbei, um ihm zu helfen, und rannten sich dabei gegenseitig über den Haufen. Als sie zusammenstießen, hackte Biggar, so heftig er konnte, in die Hand, die ihn festhielt, und Sot ließ ihn los.

Biggar kam sofort frei, erhob sich flatternd in die Luft und verschwand augenblicklich in der Tiefe der Höhle.

Im Labyrinth bahnte sich Ben Holiday langsam seinen Weg durch den Nebel, indem er den Talisman des Medaillons vor sich hertrug, und Strabo und Nightshade ihm folgten wie zwei Schatten. Seit der Enthüllung ihrer wahren Identität hatten sie alle eine innere Wandlung durchgemacht, obwohl ihre äußere Erscheinung nach wie vor verzerrt war und sie immer noch nicht über ihre alten Fähigkeiten verfügten. Die Bürde ihrer Gefangenschaft verlangsamte ihre Schritte, als wären sie durch schwere Eisenketten gefesselt. Sie alle hatten das Gefühl, als wäre es die letzte Meile, die sie zurückzulegen hatten, als würden sie für immer verdammt sein, wenn es ihnen diesmal nicht gelang, einen Ausweg zu finden. Jeder von ihnen spürte wachsende Verzweiflung in sich aufsteigen.

Keiner von ihnen war sich dieser Tatsache jedoch so bewußt wie Ben, der ihre einzige Hoffnung in seinen Händen trug. Das Medaillon sprach nicht zu ihm; es strahlte kein Licht ab und wies ihm auch sonst keine erkennbare Richtung. Wie ein Blinder lief er durch den

Wald, ohne auch nur die geringste Spur eines Pfades zu sehen, doch er wußte, daß ihn das Medaillon schon öfter durch die Nebel geführt hatte und daß es das wieder tun mußte, wenn sie überleben wollten. Denn hier ging es um ihr Überleben, auch wenn das Wort nicht ausgesprochen wurde. Wenn sie im Nebel eingeschlossen blieben, würden sie schließlich dem Wahnsinn verfallen. Und dieser Wahnsinn war eine Gewißheit, die sie so deutlich spürten wie ihre Verzweiflung, ein Totenschleier, so unaufhaltsam und erbarmungslos wie der Brodem. Doch anders als der Brodem kam er nicht, um sie zu schützen, sondern um sie zu vernichten. Ganz allmählich untergrub er ihr Vertrauen, ihre Hoffnung und ihren Willen. Er arbeitete gegen sie, so sicher wie eine Krankheit gegen die Gesundheit, und zermürbte sie, bis ihnen der Tod am Ende eine willkommene Erlösung schien.

Doch so schnell würden sie ihm noch nicht erliegen, sagte sich Ben im stillen. Daß er Willow wiedergefunden hatte, wenn auch nur in seinem Traum, wenn auch nur für diesen kurzen Moment, daß er sie gesehen und erfahren hatte, daß sie ihn brauchte, daß sie irgendwo jenseits der Nebel des Labyrinths auf ihn wartete, sie und ihr Baby, reichte aus, um seinen Überlebenswillen von neuem zu stärken. Er würde einen Ausweg finden! Das Medaillon würde ihnen zur Flucht verhelfen.

»Ich sehe überhaupt keine Veränderung«, drang Nightshades kühle Stimme von hinten an sein Ohr.

In Wahrheit hatte sie recht. Sie schienen überhaupt keinen Fortschritt zu machen, obwohl sie schon seit Stunden unterwegs waren. Wenn das Medaillon wirklich funktionierte, hätten sie dann nicht inzwischen schon frei sein müssen? Wie lange konnte es dauern? Ben spähte geradeaus durch den Dunst und versuchte, irgendeine Veränderung in der Dichte oder Konsistenz des Nebels zu erkennen, wobei er darauf achtete, nicht innezuhalten, denn er fürchtete, daß sie für immer verloren wären, wenn sie stehenblieben. Bewegung, egal, welcher Art oder in welche Richtung, gab ihnen Hoffnung.

»Die Feuchtigkeit läßt allmählich nach«, sagte Strabo plötzlich.

Ben blickte nach unten. Er hatte recht. Der Boden, über den sie liefen, war trockener und fester als jeder andere Boden, den sie seit ihrem Erwachen im Labyrinth betreten hatten. Vielleicht war das ein gutes Zeichen. Er verstand es als solches und beschleunigte seine Schritte. Vor ihnen schienen sich die Bäume zu lichten. War es möglich? Neue Hoffnung blühte in ihm auf und brachte sein Gesicht zum Glühen. Die Bäume gaben den Weg zu einer Lichtung frei, und die Lichtung öffnete sich dann wieder in einen Durchgang, der wie ein Tunnel durch die dichte, urzeitliche Vegetation in eine weit entfernte Dunkelheit führte...

»Ja«, flüsterte er laut.

Denn es war ein vertrauter Pfad, dem sie sich jetzt näherten; er war allen bekannt, die jemals durch die Elfennebel nach Landover gekommen waren. Freudig überrascht eilten sie darauf zu, und selbst Nightshades Gesicht hatte sich bei diesem ersehnten Anblick deutlich erhellt. Gemeinsam betraten sie den Tunnel und folgten seinem Pfad. Es war die Verbindung, nach der sie gesucht hatten, der Weg zurück in das Land, aus dem sie gekommen waren. Hier gab es keine Elfen, keine Geräusche, keine Bewegungen, kein Leben, außer dem der Bäume und Büsche und des Nebels, der sie umhüllte. Sie befanden sich immer noch in den Elfennebeln des Labyrinths. Doch irgendwo ganz nahe, irgendwo direkt vor ihnen lag das Tor zur Wirklichkeit.

Plötzlich jedoch verdichtete sich der Nebel vor ihnen und wurde zu einer Wand, so schwarz wie Tinte, die sich endlos hinzuziehen schien. Sobald sie es sahen, verlangsamten sie ihren Schritt. Es verblüffte sie, auf ein solches Hindernis zu stoßen. Schließlich blieben sie stehen, als sie merkten, daß es ihnen den weiteren Weg versperrte. Sie berührten die Wand und stellten fest, daß sie so hart und undurchlässig war wie Stein. Sie liefen die Mauer in beide Richtungen entlang und kamen dann wieder an ihren Ausgangspunkt zurück. Nirgendwo befand sich ein Durchlaß.

»Was ist das für ein Wahnsinn?« zischte Nightshade außer sich vor Wut und Enttäuschung.

Ben schüttelte den Kopf. Nicht einmal das Medaillon vermochte diese Nebelwand zu teilen. Diese Wand, was immer es auch sein mochte, blieb von seiner Magie unberührt. Wie konnte das sein? Wenn sie in den Elfennebeln gefangen waren, dann müßte das Medaillon auch die Kraft besitzen, sie hinauszuführen. Mit dem Medaillon gelangte man schließlich durch alle Nebel.

Dann erkannte er plötzlich, was sie da vor sich sahen. Die schwarze Wand bestand nicht aus Elfennebeln. Es war die Wand des Kastens selbst, in den sie eingesperrt worden waren, eine andere Form von Magie als die der Nebel, die letzte Barriere auf dem Weg zur Freiheit. Und das Schloß für die Tür, so fürchtete er, lag nicht im Inneren ihres Gefängnisses. Es konnte nur von außen geöffnet werden.

Frustriert und verzweifelt trat er zurück. In seinem Traum war er in der Lage gewesen, die Grenze des Kastens zu durchdringen, doch jetzt schien es nicht mehr möglich.

»Was sollen wir nun machen?« fragte Strabo ruhig, der sich neben ihm niedergekauert hatte.

Ben Holiday wußte keine Antwort.

Biggar brauchte nicht lange, um das Ende der Höhle zu erreichen, die Kammer, wo der Gorse das Wirrkästchen versteckt hatte. Biggar segelte ganz hinten in den finsteren Schatten hinab, wo das Kästchen auf einem Sims stand. Dort ließ er sich auf einem Felsvorsprung direkt über dem Kästchen nieder. Was nun? Bisher hatte er an nichts anderes als an seine Flucht gedacht, und jetzt, da er sein Ziel erreicht hatte, war er sich nicht sicher, was er als nächstes tun sollte. Es gab nur einen Weg aus der Höhle hinaus, und der führte dorthin zurück, woher er gekommen war. Oberhalb der Felsplatte waren Runen in den Stein gemeißelt, die sich von den Symbolen außen an der Tür unterschieden. Aber er kannte ihre richtige Reihenfolge, und er mußte den Hund und die Frettchen nur weit genug von der Tür weglocken, um ihren Öffnungsmechanismus auslösen zu können.

Er konnte sie bereits kommen hören. Zuerst vernahm er das Kratzen ihrer Klauen auf dem Felsboden, dann drangen ihre weinerlichen Stimmen an sein Ohr.

»Komm, kleiner Piepmatz, komm«, rief einer von ihnen.

Biggar schnaubte verächtlich. Von wegen kleiner Piepmatz!

Geduldig wartete er in der Dunkelheit, bis er sie sehen konnte. Sie tauchten aus der Finsternis auf wie kleine haarige Schweine, die sich schnüffelnd und grunzend ihren Weg durch die Höhle bahnten. Wie erbärmlich! In der Tat waren es die Frettchen, oder was immer sie auch sein mochten, die da über den Boden krochen, erdgebundene Schwachköpfe, deren Chance, ihn zu fangen, genauso gering war wie ihre Chance, physische Transformationen zu meistern.

»Komm her, kleiner Piepmatz«, wiederholte einer von ihnen geduldig.

»Hierher, du blöder Vogel«, fauchte der andere.

Das war wohl derjenige, dem er in die Hand gehackt hatte, dachte Biggar. Er hätte gegrinst, wenn sein Schnabel es zugelassen hätte. Er hoffte, daß er diesem verdammten kleinen Monster ordentlich wehgetan hatte. Er hoffte, dieses Biest würde Wundbrand bekommen und tot umfallen. Schließlich hatte es sich einen Dreck um ihn geschert, als er während des Ritts kopfüber in seinen Klauen hing! Er war völlig durchgeschüttelt worden, als dieses dämliche, kleine Monster versuchte, im Sattel zu bleiben! Nun, sie würden schon noch sehen, was sie davon hatten, wenn sie sich mit ihm anlegten!

Er erhob sich von seinem Felsvorsprung und flog durch die Höhlenkammer zurück. Sie sahen ihn sofort, denn ihre Augen waren schärfer, als er gedacht hatte, und sprangen hoch, um ihn zu fangen, während er vorbeirauschte. Natürlich war es ein hoffnungsloser Versuch. Er befand sich sieben Meter über dem Boden und war doppelt so schnell wie sie. Er war bereits an ihnen vorbei und auf dem Weg zum Ausgang, als sie immer noch in die Luft grapschten. Vielleicht war der Hund auch gekommen, um Jagd auf ihn zu machen. Vielleicht.

Doch der Hund war direkt vor der Steintür stehengeblieben und wartete. Biggar machte eiligst kehrt und entging nur knapp seinen ausgestreckten Händen und entblößten Zähnen. Der Hund war cleverer als die Frettchen. So leicht würde er Biggar nicht entkommen lassen.

»Komm zurück, du kleiner...«

Seine gebrüllten Beleidigungen verhallten im Echo der Felswände, während Biggar zu der Höhlenkammer zurückflog. Also herrschte Gleichstand. Sie waren alle in der Höhle gefangen. Biggars Hirn raste. Er mußte sich etwas einfallen lassen, um den Hund von der Felsplatte weg in die Höhlenkammer zu locken, und ihn lange genug dort festhalten, damit er zum Ausgang fliegen und die Tür öffnen konnte. Wenn er erst einmal draußen war, würden sie ihn niemals mehr einholen. Dann konnte sich der Gorse um sie kümmern. Plötzlich fragte er sich, ob die Chance bestand, daß der Gorse noch in dieser Nacht zur Höhle zurückkehrte. Vielleicht würde Horris zu ihm gehen und ihm von Biggars Verschwinden berichten. Vielleicht. Um daran zu glauben, mußte er Horris jedoch mehr Verstand zutrauen, als dieser es verdiente. In letzter Zeit konnte er sich des Eindrucks nicht erwehren, daß Horris zu dämlich war, um sich die Schuhe zuzubinden. Seit der Befreiung des Gorsen war er ängstlich und konfus und generell nutzlos gewesen. Biggar sagte sich, daß es vielleicht an der Zeit war, sich einen neuen Partner zu suchen. Wozu brauchte er Horris überhaupt noch? Er war das Gehirn ihres Gespanns. War es immer gewesen.

Er flog dichter unter die Decke, als er sich der Kammer näherte, doch trotz dieser Vorsichtsmaßnahme entging er nur knapp den Klauen Sots, als der Gnom sich von einem Felsvorsprung auf ihn zu stürzen versuchte, den er hoch oben in der Felswand erklommen hatte. Der Gnom segelte mit grapschenden Händen an ihm vorbei und plumpste auf den Höhlenboden. Biggar lauschte dem dumpfen Aufprall und hörte ihn dann stöhnen und jammern. Gut.

»Netter Versuch, du Flugfrettchen«, rief er schadenfroh und mußte sich schnell ducken, weil das andere Frettchen irgend etwas an seinem Kopf vorbeischleuderte. Es war eine Blechpfanne oder ein Teller, irgendein Teil des Kochgeschirrs, das Horris mitgebracht hatte. Er stieß ein verärgertes Krächzen aus und flog so hoch, wie er konnte. Zeit für Ausweichmanöver.

Alle möglichen Dinge begannen jetzt durch die Luft zu fliegen, als die Gnome einen ernsten Angriff starteten, um ihn abzuschießen. Sie warfen alles nach ihm, was sie hochheben konnten, wobei sie ihn beschimpften, »dämlicher Vogel« und Schlimmeres nannten und immer wütender wurden. Das konnte Biggar nur recht sein. Blinde Wut begünstigte Fehler, und er zählte darauf, daß sie bald einen begehen würden. Sie hatten das Wirrkästchen noch nicht entdeckt, und er hielt sich bewußt von ihm fern. Durch die Luft brausend, abtauchend, sich außer Reichweite schwingend, reizte und ärgerte er sie mit spöttischer Erbarmungslosigkeit, warf ihnen Schimpfwörter zurück und forderte sie heraus. Doch die Schwachköpfe brüllten und sprangen nur wild herum und versuchten, ihn mit irgendwelchen Gegenständen zu treffen. Nette Aussichten!

Doch auch ihn begannen die permanenten Ausweichmanöver allmählich zu ermüden, und er hatte immer noch keinen Plan, wie er den Hund von der Tür weglocken konnte. Es war irgend etwas nötig, das den Hund dazu veranlassen konnte, angerannt zu kommen, irgend etwas, das er nicht ignorieren konnte. Er fragte sich, was wohl passieren würde, wenn er die Worte der Zauberformel sprach, die Holiday und die anderen in ihr Gefängnis verbannt hatte. Nichts Gutes, beschloß er und verwarf den Gedanken. Das Kästchen war zu gefährlich. Und was, wenn er dadurch die Gefangenen befreien würde? Es erschien ihm klüger, es dort zu lassen, wo es war. Wieder suchte er die Höhle nach einem anderen Fluchtweg ab, weil er hoffte, vielleicht irgendeinen Luftschacht oder Spalt übersehen zu haben. Doch er fand nichts.

Unter ihm hatten die Gnome begonnen, die Laken von Horris' provisorischem Bett zu ziehen und sie zu einem Netz zusammenzuknüpfen. Wie lächerlich, dachte Biggar kichernd. Er sauste im Sturzflug über ihre Köpfe hinweg, während sie daran arbeiteten, lenkte sie ab und reizte sie noch mehr. Er konnte das Funkeln ihrer gelben Augen sehen, als sie sich duckten und ihn anfauchten. Sie waren jetzt wirklich wütend, die beiden. Geschah ihnen recht. Sie waren mit dem Netz fertig, das voller Fluchtlöcher war – diese Idioten! – und versuchten ihn nun in eine Ecke zu drängen, wo sie ihn einfangen konnten.

»Hohlköpfe! Armleuchter! Dämliche Erdferkel!« rief er zu ihnen hinab, während er ihren jämmerlichen Versuchen, ihn einzufangen, mühelos auswich.

Er segelte hinab und hob einige der leichteren Gegenstände auf, die sie nach ihm geworfen hatten, erhob sich mit ihnen in die Luft und ließ sie auf die Köpfe der Gnome fallen. Die Gnome kreischten und heulten. Vielleicht würde das den Hund herbeilocken, dachte er hoffnungsvoll. Doch der Hund ließ sich nicht blicken. Vielleicht war es nicht laut genug. Biggar versuchte es mit einem etwas schwereren Gegenstand, mit einer hölzernen Kelle. Er ließ sie auf Fillips Kopf fallen, und der Gnom verlor das Gleichgewicht auf dem Felsvorsprung, den er in drei Meter Höhe erklommen hatte, und stürzte zu Boden. Das mußte furchtbar wehgetan haben, doch der Gnom war sofort wieder auf den Beinen. Massive Holzköpfe, dachte Biggar. Kein Hirn, das ihre Dickschädel ausfüllt.

Das Spiel ging noch eine Weile so weiter. Die Gnome warfen ihr Netz nach Biggar, und Biggar wich ihnen aus und bombardierte sie mit Schimpfwörtern und Gegenständen. Biggar brüllte auch dem Hund einige Beleidigungen zu, doch von dessen Seite kam keine Reaktion. Er schoß zurück durch den Tunnel, wo der Hund auf seinem Posten stand, und versuchte, ihn mit Beleidigungen und gezielten Sturzflügen hinter sich herzulocken. Doch der Hund blieb, wo er war.

Es war Biggar, der als erster die Geduld verlor. Er konnte es nicht ertragen, daß er von diesen Schwachköpfen so lange aufgehalten wurde und daß diese Idioten seine Flucht vereitelten. Er beschloß, irgend etwas zu unternehmen, um dieser Pattsituation ein Ende zu bereiten. Also flog er durch die Kammer an den hüpfenden, grapschenden Gnomen vorbei zurück zu dem Sims, auf dem das Wirrkästchen stand. Genug der Vorsicht. Das einzige, was den Hund auf den Plan rufen würde, war das Kästchen – besonders, wenn er befürchten mußte, daß irgend etwas Entsetzliches damit geschehen würde. Biggar würde dieser Befürchtung Vorschub leisten.

Er lockte die Frettchen zurück zum Eingang der Kammer, wobei er riskant niedrig vor ihrer Nase herflog, damit sie ihm in der Hoffnung, ihn doch noch zu schnappen, folgten, dann machte er blitzschnell kehrt und flog zurück zu dem Wirrkästchen. Er landete genau auf seinem Deckel, grub seine Klauen in das Schnitzwerk, sicherte seinen Griff und erhob sich in die Luft. Es war kein leichtes Unterfangen, denn das Kästchen war schwer und sperrig. Er sah, wie die Gnome wild schreiend auf ihn zugerannt kamen, als sie merkten, was er da tat. Doch ihr Gebrüll war unverständlich und zusammenhanglos, und da sie nicht laut »Wirrkästchen« oder so etwas schrien, fühlte sich der Hund offensichtlich immer noch nicht genötigt, selber herbeizueilen. Vor Anstrengung mit dem Schnabel klappernd, schwang sich Biggar mit dem Kästchen in den Klauen höher und höher. Wie wild schlug er die Flügel, damit er sich oben hielt. Seine Flugmuskeln zitterten vor Anspannung, während unter ihm die Gnome wild hüpften, um ihn noch zu erreichen.

Er mühte sich ab, den höchsten Punkt der Höhlenkammer zu erreichen, während das Kästchen in seinen Klauen hin und her schaukelte. Er beabsichtigte, es noch ein paar Sekunden länger in der Luft zu halten, um es dann plötzlich fallen zu lassen. Das würde den Hund auf jeden Fall herbeilocken.

»Dummer Vogel, komm runter!« heulte einer der Gnome.

»Warum kommt ihr nicht rauf?« rief er spöttisch zurück.

»Das wird dir noch leid tun!« jaulte der andere.

»Wollt ihr sehen, was passiert, wenn ich das Ding fallen lasse?« ärgerte er sie, während er das Kästchen wild hin und her baumeln ließ. »Ich glaube nicht, daß ich es noch länger halten kann.«

Daraufhin brachen sie in lautes Gekreische aus und flitzten unter ihm hin und her wie aufgeschreckte Mäuse, die man aus ihrem Bau vertrieben hat. Das Ganze fing an, ihm richtig Spaß zu machen. Er schwang sich von der einen Seite der Höhlenkammer zur anderen und zog sie mit sich wie ein Paar lächerlicher, hoffnungsloser Marionetten.

Doch der Hund war immer noch nicht zur Stelle.

Jetzt war es mit seiner Geduld ein für allemal vorbei. Also gut, wenn sie es so haben wollten, bitte! Er war sowieso völlig erschöpft. Er schwang sich zu dem höchsten Punkt der Höhle empor und ließ das Wirrkästchen los.

Unglücklicherweise hatte sich eine seiner Krallen in dem Schnitzwerk verfangen.

Und so stürzte das Wirrkästchen hinab und mit ihm ein fassungsloser Biggar. Der Vogel schlug wild mit den Flügeln, um sich zu befreien, kratzte und hackte wie ein Besessener auf das Gewicht an seinem Bein ein, doch es half alles nichts. Der Steinboden kam ihm mit rasender Geschwindigkeit entgegen. Biggar kreischte und kniff die Augen zu.

Was er erwartet hatte, trat jedoch nicht ein. Kein abruptes Ende auf dem Steinboden, kein schädelzertrümmernder Aufprall auf dem Fels. In letzter Sekunde warf sich Sot auf den Boden und fing das Kästchen und den Vogel in seinen knorrigen, haarigen Armen auf.

Biggar hatte gerade noch genug Zeit, seine Augen zu öffnen, bevor sich eine schmutzige Hand fest um seinen unglücklichen Hals schloß.

»Hab' ich dich endlich, du dummer Vogel«, flüsterte der Gnom.

Abernathy stand am Eingang und lauschte, als der Tumult, der aus dem Inneren der Höhle an seine Ohren gedrungen war, in plötzliche Stille umschlug. Er wartete darauf, daß sich der Lärm von neuem erhob, doch nichts dergleichen geschah. Die Stille dehnte sich aus. Ganz sicher war irgend etwas passiert, doch was? Er konnte seinen Posten nicht verlassen, um es herauszufinden. Der Vogel versuchte schon die ganze Zeit, ihn von der Tür wegzulokken, und wartete nur auf eine Chance, ihnen zu entwischen. Abernathy hatte Fillip und Sot hinter der aufsässigen Kreatur hergeschickt, weil er davon ausging, daß sie für diese Aufgabe auf jeden Fall besser gerüstet waren als er. Er hatte zwar keinen Schimmer, wie sie es jemals schaffen sollten, den Vogel zu fangen, doch es blieb ihm wohl kaum etwas anderes übrig, als es die Gnome versuchen zu lassen. Die Kampfgeräusche waren ein Beweis für die Heftigkeit ihrer Anstrengungen – eine ununterbrochene, erbarmungslose Kakophonie, die auf allerlei unangenehme Zwischenfälle schließen ließ.

Und plötzlich war Stille eingetreten.

»Fillip?« rief er zögernd. »Sot?«

Keine Antwort. Nervös trat er von einem Fuß auf den anderen. Was sollte er tun?

Schließlich tauchte ein Paar vager, dennoch vertrauter Gestalten aus der phosphordurchsetzten Finsternis auf, die zwischen sich ein mit komplizierten Schnitzereien versehenes Holzkästchen trugen. Abernathys Herz machte vor lauter Erwartung einen Sprung.

»Ihr habt es gefunden!« rief er laut, wobei er den Drang unterdrückte, vor Freude zu tanzen.

Die Gnome trotteten näher, und er sah, daß sie am Ende ihrer Kräfte waren.

»Der blöde Vogel hat versucht, es fallen zu lassen«, sagte Fillip mit grimmiger Stimme.

»Hat versucht, es kaputt zu machen«, sagte Sot vorwurfsvoll.

»Um Ihrer Hoheit zu schaden«, sagte Fillip.

»Um Ihre Hoheit vielleicht zu töten«, sagte Sot.

Liebevoll strichen sie über die Oberfläche des Kästchens und übergaben es dann vorsichtig dem Hund.

»Das wird der dumme Vogel nicht mehr tun«, sagte Fillip.

»Nie wieder«, sagte Sot.

Dann spuckte er eine gut zerkaute, schwarze Feder aus.

Dämonen

Der Sonnenaufgang über Sterling Silver begann mit einem blutroten Fleck über dem östlichen Horizont, der schlechtes Wetter für den hereinbrechenden Tag ankündigte. Questor Thews stand wieder auf der Festungsmauer des Schlosses und blickte auf das erwachende Lager von Kallendbors Soldaten und auf die buntgemischte Versammlung der Dorfbewohner und Bauern hinab. Sie alle hatten es auf Traumkristalle abgesehen und wollten nicht wahrhaben, daß es sie nicht gab. Die Dunkelheit der Nacht verzog sich widerwillig gen Westen, und das Licht der Morgendämmerung strömte wie Blut über die zusammengedrängten Belagerer.

Kein vielversprechendes Omen.

Er war fast die ganze Nacht wachgeblieben und hatte das gesamte Königreich mit dem Schau-ins-Land nach Ben Holiday abgesucht. Er hatte das Land von Norden nach Süden, von Osten nach Westen durchkämmt, ohne jedoch die geringste Spur von dem König zu entdecken. Er war von seinen Anstrengungen müde und entmutigt und, wenn er ehrlich sein sollte, am Ende seiner Weisheit. Was sollte er jetzt tun? Das Schloß stand unter Belagerung, zwei Drittel der Bevölkerung befanden sich im Aufstand, und er mußte alleine mit allem fertigwerden. Nicht einmal Abernathy war an diesem Morgen aufzufinden, eine zusätzliche Quelle der Sorge in dieser langen Reihe von Ärgernissen. Willow war auch noch nicht zurückgekehrt. Wenn die Angehörigen des Hofes weiterhin einer nach dem anderen verschwanden, würde die Monarchie bald keine verantwortlichen Führungspersönlichkeiten mehr haben und zusammenbrechen wie ein Kartenhaus.

Bunion tauchte aus dem Schatten auf, stellte sich zu ihm und blickte ebenfalls auf die Menschenmenge hinab, die sich auf der Wiese zu regen begann. Zum ersten Mal brachte der Kobold kein zahniges Grinsen zustande. Questor seufzte und klopfte dem knorrigen, kleinen Kerl beruhigend auf die Schulter. Auch er war erschöpft und entmutigt. Es schien, als wären ihnen alle Lösungsmöglichkeiten ausgegangen und als müßten sie sich jetzt einfach gedulden und abwarten, was geschehen würde.

Lange brauchten sie nicht zu warten. Als die Sonne höher stieg und das Lager in Bewegung kam, tauchte der Fremde mit dem schwarzen Umhang aus der Finsternis des Waldes auf und bahnte sich einen Weg bis zum anderen Ende des Weidelandes, wo dichtes Gestrüpp am Fuße eines Felshanges wucherte. Niemand hatte an dieser Stelle sein Lager aufgeschlagen, denn der Boden dort war zu rauh und uneben und mit dornigen Büschen und Brennesseln bewachsen, die als einzige im finsteren Schatten der Steilwand gedeihen konnten. Questor beobachtete, wie sich der Fremde von den Belagerern entfernte. Niemand begleitete ihn. Niemand schien überhaupt zu bemerken, daß er da war. Questors Augen wanderten über den breiten Wiesenstreifen zurück: Keine Spur von Horris Kew und seinem Vogel, nicht einmal Kallendbor war zu sehen.

Ohne sich in dem Dornengestrüpp zu verfangen, glitt der Fremde durch den trüben Schatten. Was hatte er vor? Questor Thews hatte keine Ahnung, doch er war überzeugt, daß er besser dran wäre, wenn er es gewußt hätte. Unablässig verspürte er den Drang, irgend etwas zu tun, doch ihm fiel einfach nichts ein.

Bunion plapperte schnell und aufgeregt und drängend.

»Nein, warte hier«, riet ihm Questor. »Ich will nicht, daß du rüberschwimmst, bevor wir nicht wissen, was er im Schilde führt. Keine Heldentaten. Wir haben schon genug Leute verloren.« Und wieder einmal fragte er sich, wohin Abernathy verschwunden war.

Jetzt entdeckten sie auch Kallendbor, der von seinen Offizieren und Dienern umgeben war. Die meisten waren bewaffnet und zum Kampf gerüstet, und die Pferde wurden auch noch gesattelt. Von der Hochebene wurden Waffen in Wagen herbeigekarrt, und die Fußsoldaten stellten sich auf, um sie entgegenzunehmen. Questor preßte die Lippen zusammen. Offensichtlich hatte Kallendbor bereits genug von der Belagerung.

Ein scharlachrotes Licht überflutete Sterling Silver und den See und dehnte sich über das Weideland aus. Es traf auf die Felswand, an deren Fuß der Fremde aus dem Schatten getreten war, und ergoß sich über die Wälder dahinter.

Questor kniff die Augen zusammen, so sehr blendete ihn der grelle Schein. Der Fremde stand jetzt ganz für sich allein mit dem Gesicht zur Felswand.

»Was hat er nur vor?« murmelte der Zauberer argwöhnisch.

Im nächsten Moment erhoben sich die Arme unter der Umhüllung des Umhangs, sein Körper versteifte sich, und Feuerstrahlen schossen in die Erde hinab. Questor zuckte zusammen. Der Fremde benutzte Magie! Bunion und er tauschten besorgte Blicke aus. Von der Wiese her, dort, wo auch andere die Flammen gesehen hatten, ertönten Rufe und Schreie. Kallendbor saß bereits auf dem Rücken seines Pferdes und brüllte seinen Offizieren Befehle zu. Männer eilten durch das Gewühl und suchten herauszubekommen, was sie zu tun hatten. Soldaten zu Fuß und zu Pferde formierten sich zu Kampfeinheiten. Die Bauern, Dorfbewohner und ihre Familien waren hin- und hergerissen zwischen dem Drang, zu fliehen, und dem neugierigen Bedürfnis, auszuharren und zu sehen, was geschehen würde.

Hätten sie genügend weise Voraussicht besessen, wären sie davongelaufen, ohne auch nur eine Sekunde zu zögern. Ein dumpfer, unheilverkündender Donner erhob sich aus der Erde, gefolgt von dem Dröhnen rumpelnder Gesteinsmassen, so als hätte sich ein riesiges Felstor geöffnet.

Oh-oh, dachte Questor Thews.

Die Felswand schien aufzureißen, als wäre sie aus Pappe, und scharlachrotes Licht strömte in das schwarze Loch, das zurückgeblieben war, und füllte es mit wechselnden Farben und rauchigen

Schatten. Dröhnender Donner erschütterte die Erde und jene, die mit offenen Mündern von der Wiese und den Zinnen Sterling Silvers aus auf das Spektakel hinüberstarrten. Das Fauchen von riesigen Ungeheuern vermischte sich mit dem Klirren der Rüstungen und Waffen, und alles steigerte sich zu einem entsetzlichen Kreischen, das einem das Blut in den Adern gefrieren ließ. Es klang, als würden Tausende unter unvorstellbaren Qualen sterben.

Plötzlich war Questors Mund staubtrocken. Dämonen! Der Fremde mit dem schwarzen Umhang hatte die Dämonen heraufbeschworen!

Ein scharfer Wind peitschte über die Wiese, riß Zelte und Fahnen mit sich, ließ die Pferde scheuen und das Fußvolk auf die Knie fallen. Kallendbor hatte sein Breitschwert gezogen und hielt es vor sich hoch wie ein Streichholz gegen einen Orkan.

Dämonen strömten aus dem Felsspalt. Ihre Rüstungen waren voller Stacheln und spitzer Zacken, geschwärzt und verrußt, als kämen sie direkt aus dem glühendsten Höllenfeuer. Ihre Leiber rauchten, als sie aus der Felsöffnung auf die Wiese galoppierten, und Dampf quoll aus ihren Visieren und aus den Gelenkstellen, wo die Rüstungen durch Riemen zusammengehalten wurden. Es waren magere, mißgebildete Kreaturen, verbogen und verdreht wie Bäume auf einer windgepeitschten Ebene, die aller Blätter beraubt und eisenhart geworden waren. Sie ritten Bestien, für die es keine Namen gab und die jeder Beschreibung spotteten, alptraumhafte Ungeheuer aus der tiefsten Unterwelt.

Sie kamen aus den finstersten Winkeln Abaddons, verteilten sich zur Rechten und zur Linken der einsamen Gestalt des schwarzumhüllten Fremden und nahmen jedes Fleckchen Boden ein, bis sie die gesamte Fläche zwischen dem entfernten Seeufer und der Felswand ausfüllten. Das blutige Licht der Morgendämmerung legte sich über sie, so daß sie aussahen wie glimmende Kohle, die von einem Blasebalg angefacht wurde und deren Glut sich durch die Risse und Spalten der schwarzen Gestalten brannte wie Feuer durch Metall.

Questor Thews spürte, wie ihm das Herz in die Kehle stieg.

Als sich der schwarzgekleidete Fremde umdrehte, um von der anderen Seite des Sees zu ihm herüberzublicken, wußte er, daß das größte Übel gerade erst begonnen hatte.

»Ihr habt was? Ihr habt den Vogel gefressen?«

Abernathy starrte ungläubig auf Fillip und Sot, die geknickt vor ihm standen, während ihr zufriedenes Lächeln langsam aus ihren Gesichtern wich.

»Er hat es nicht anders verdient«, nuschelte Fillip rechtfertigend.

»Dämlicher Vogel«, murmelte Sot.

»Aber ihr hättet ihn nicht gleich fressen müssen!« brüllte Abernathy außer sich vor Wut. »Wißt ihr überhaupt, was ihr da getan habt? Der Vogel wußte als einziger, wie man hier wieder herauskommt! Er war der einzige, der das Kästchen hätte öffnen können! Wie sollen wir das ohne ihn anstellen? Jetzt sind wir hier in der Höhle gefangen wie der König in dem verdammten Kästchen und können überhaupt nichts mehr tun!«

Die Gnome sahen einander an und rangen verzweifelt mit den Händen.

»Das haben wir ganz vergessen«, jammerte Fillip.

»Ja, wir haben's vergessen«, bestätigte Sot.

»Das haben wir nicht gewußt«, sagte Fillip.

»Daran haben wir nicht gedacht«, sagte Sot.

»Außerdem war es seine Idee«, sagte Fillip und zeigte mit dem Finger auf Sot.

»Ja, es war meine ...« Sot hielt abrupt inne. »Nein, war es nicht! Es war deine!«

»Nein, deine!«

»Nein, deine!«

Sie schrien sich an und begannen sich gegenseitig zu schubsen, bis sie schließlich tretend und beißend übereinander herfielen und sich in einem raufenden Knäuel über den Höhlenboden wälzten. Abernathy rollte mit den Augen, verzog sich auf die Seite und setzte sich mit dem Wirrkästchen auf dem Schoß. Laß sie nur kämpfen, dachte er. Sollten sie sich doch gegenseitig die Haare ausreißen und daran ersticken. Was kümmerte es ihn? Er lehnte sich an die Höhlenwand und dachte über die Grausamkeit des Schicksals nach. Dem Ziel so nahe zu kommen und es trotzdem nicht zu erreichen, das war mehr, als er ertragen konnte. Er beobachtete die Gnome, wie sie sich kämpfend durch die Höhle rollten, bis sie in der Finsternis und aus seinem Blickfeld verschwunden waren. Er konnte es immer noch nicht glauben, daß sie den Vogel gefressen hatten. Nun, vielleicht konnte er es doch. Eigentlich war es gar nicht so abwegig, wenn er berücksichtigte, mit wem er es da zu tun hatte. Für die Gnome war es eine natürliche Reaktion, den Vogel zu fressen. Größtenteils war er wütend auf sich selbst, weil er es zugelassen hatte. Nicht, daß er es sich hätte denken können, argumentierte er im stillen, aber dennoch...

Eine Weile gab er sich diesen sinnlosen Grübeleien hin, ohne zu einem nennenswerten Entschluß zu kommen. Die Minuten verstrichen. Die Kampfgeräusche, die aus der Dunkelheit zu ihm gedrungen waren, verstummten. Abernathy lauschte. Vielleicht hatten sie sich gegenseitig gefressen. Welch bühnenreife Pointe, wenn es tatsächlich der Fall sein sollte.

Doch kurze Zeit später tauchten sie zerschunden und zerkratzt mit hängenden Köpfen und verkniffenen Mündern wieder auf. Wortlos setzten sie sich ihm gegenüber auf den Boden und starrten in die Luft. Abernathy starrte zurück.

»'Tschuldigung«, murmelte Fillip nach einer Weile.

»Tut uns leid«, wisperte Sot.

Abernathy nickte. Er konnte sich nicht dazu durchringen, ihnen zu sagen, daß es in Ordnung sei, denn das war es nicht, oder daß er ihnen verzeihe, denn natürlich lag ihm nichts ferner als das. Also sagte er gar nichts.

Nach einem Moment brütenden Schweigens sagte Fillip plötzlich strahlend zu Sot: »Vielleicht sind da hinten in der Höhle noch Kristalle versteckt!«

Sot hob begeistert den Kopf. »Ja, vielleicht! Laß uns nachsehen!«

Und schon waren sie wieder auf den Füßen und huschten in die Dunkelheit. Abernathy seufzte und ließ sie laufen. Vielleicht würde es sie von weiteren Dummheiten abhalten. Die Zeit verstrich, und Abernathy wußte bald nicht mehr, wie lange er schon dagesessen hatte. Er dachte daran, die richtige Reihenfolge der Runen zum Öffnen der Tür herauszubekommen, indem er es einfach probierte, doch über der Tür waren Dutzende von Symbolen eingeritzt, und er machte sich keine allzu großen Hoffnungen, die korrekte Kombination zu treffen. Doch was sollte er sonst tun? Er stellte das Kästchen auf dem Boden ab und raffte sich auf.

Als er gerade wieder auf den Beinen stand, quietschten die Schlösser, und die Höhlentür begann sich zu öffnen. Abernathy erstarrte vor Schreck und preßte sich gegen die Wand. Die Tür schwang ächzend und rumpelnd nach innen, und der schwache, rötlichgraue Schimmer der hereinbrechenden Morgendämmerung fiel durch die Öffnung.

Abernathy hielt die Luft an. Was, wenn das der schwarzumhüllte Fremde war? Automatisch kniff er die Augen zu.

»Biggar?« rief zögernd eine vertraute Stimme.

Horris Kews rübennasiges Gesicht schob sich durch die Öffnung, während er darauf wartete, daß sich seine Augen an die Dunkelheit gewöhnten. Abernathy verharrte reglos im Schatten der Wand und vermochte seine Freude über diese glückliche Wendung des Schicksals kaum zu fassen.

»Biggar?« rief der andere wieder, während er langsam die Höhle betrat.

Die Steintür begann sich hinter ihm wieder zu schließen. Abernathy trat zwischen die Tür und den Zauberer und sagte: »Hallo, Horris.«

Als Horris herumfuhr, stürzte sich Abernathy auf ihn und warf ihn zu Boden. Horris kreischte und versuchte sich zu befreien, indem er wild um sich schlug. Plötzlich schien er nur noch aus knochigen Armen und Beinen zu bestehen, und Abernathy konnte ihn nicht länger festhalten. Horris wand sich unter seinem Angreifer hervor, sprang auf die Füße und stürzte zur Tür. Verzweifelt bemüht, Horris nicht entkommen zu lassen, biß sich Abernathy in der lumpigen Robe fest und stemmte sich mit allen vieren gegen den Boden. Horris versuchte sich loszureißen, schaffte es jedoch nicht. Abernathy knurrte. Wie bei einem Tauziehen bewegten sie sich kämpfend vor und zurück, wobei es keinem von beiden gelang, einen deutlichen Vorteil zu erzielen.

Auf einmal fiel Horris Kews Blick auf das Wirrkästchen. Erneut begann er zu kreischen, riß sich mit einem heftigen Ruck los und schnappte sich das Kästchen. Wütend nach Abernathy tretend, wollte er gerade zur Tür flüchten und sich in Sicherheit bringen, als Fillip und Sot aus der Dunkelheit angeschossen kamen, sich auf ihn stürzten, ihn von den Füßen rissen und zu Boden warfen. Abernathy nahm ihm das Wirrkästchen ab und wollte es gerade Fillip geben, als er es sich anders überlegte. Mit der freien Hand hievte er Horris wieder auf seine Füße und schüttelte ihn so heftig, daß er die Zähne des anderen klappern hören konnte.

»Jetzt hör mir mal gut zu, du öffentliches Ärgernis!« knurrte er böse. »Du tust genau, was ich dir sage, oder du wirst den Tag bereuen, an dem du geboren bist!«

»Laß mich los!« flehte Horris. »Das ist alles nicht meine Schuld! Ich wußte nichts davon!«

»Du wußtest noch nie, was du tust!« schnappte Abernathy. »Genau das ist dein Problem! Was machst du überhaupt hier in der Höhle?«

»Ich wollte sehen, ob Biggar hier ist«, zeterte er, während er seine Angst in großen Schlucken Luft hinunterwürgte. »Wo ist er? Was habt ihr mit ihm gemacht?«

Abernathy wartete, bis sich der Atem des anderen ein bißchen beruhigt hatte, dann zog er ihn so dicht vor sein Gesicht, daß sich ihre Nasen fast berührten. »Die Gnome haben ihn gefressen, Horris«, sagte er leise. Horris riß entsetzt die Augen auf. »Und wenn du nicht tust, was ich dir sage, überlasse ich dich auch ihrem unstillbaren Appetit. Hast du mich verstanden?«

Horris konnte kein Wort herausbringen und nickte nur.

Abernathy vergrößerte den Abstand zwischen ihren Nasen um den Bruchtteil einer Handbreite. »Du kannst anfangen, indem du die Höhlentür öffnest und uns hier herausbringst. Aber keine faulen Tricks. Versuch ja nicht, abzuhauen. Ich werde dich die ganze Zeit gut im Auge und im Griff behalten.«

Er schubste Horris vor sich her zur Tür, während Fillip und Sot dicht hinter ihnen folgten, dann warteten sie, bis der eingeschüchterte Zauberer die Runen in der richtigen Reihenfolge berührt hatte und die Schlösser aufschnappten. Rumpelnd öffnete sich die Tür, und Zauberer, Hofschreiber und Gnome stolperten zurück ins Licht.

Abernathy zerrte Horris Kew wieder zu sich herum, damit er ihm direkt in die Augen blicken konnte. »Egal, was du denken magst, Horris, all das ist sehr wohl deine Schuld, alles, was passiert ist, und ich will nicht noch einmal hören, daß du das Gegenteil behauptest. Ich gebe dir eine letzte Chance, die Dinge wieder in Ordnung zu bringen, und ich rate dir, diese Chance zu nutzen. Ich will, daß du den König befreist. Ich will Ihre Hoheit Ben Holiday unversehrt zurückhaben. Du hast ihn in das Kästchen gesteckt, und jetzt holst du ihn auch wieder raus!«

Horris Kew schluckte, sein Adamsapfel hüpfte, seine Wangen pumpten, und aus seinem Mund drangen Geräusche, als müsse er ersticken. Er sah aus wie eine Vogelscheuche, die man vor langer Zeit auf dem Feld hat stehenlassen, nachdem sie ihre Aufgabe erfüllt hat. Er machte den Eindruck, als müsse er jeden Augenblick zu einem Haufen Stroh zusammenbrechen. »Ich weiß nicht, ob ich das kann«, wisperte er.

Abernathy bedachte ihn mit dem bösesten Blick, den er aufbringen konnte. »Dann solltest du zumindest die Hoffnung lieber nicht aufgeben«, zischte er leise.

»Aber was werden sie mit mir machen, wenn sie wieder frei sind? Holiday mag es vielleicht verstehen, aber was ist mit der Hexe und dem Drachen?«

»Du wirst größere Sorgen haben, wenn du sie nicht augenblicklich befreist.« Abernathy war nicht in der Stimmung, das Problem zu diskutieren. »Sprich die Worte der Zauberformel, Horris. Und zwar sofort!«

Horris Kew befeuchtete sich die Lippen, warf einen verstohlenen Blick auf die Gnome und holte tief Luft. »Ich werd's versuchen.«

Abernathy übergab ihm das Wirrkästchen, ohne den Griff seiner anderen Hand zu lockern, und stellte sich dann hinter ihn. Er packte den Zauberer bei seinem dürren Nacken. »Und denk dran, keine Tricks.«

Die Dämmerung war ein rotes Glühen, das sich über das düstere Gewirr der Äste schob, während es die Dunkelheit Richtung Westen vertrieb. Abernathy gefiel der Anblick überhaupt nicht. Es sah so aus, als zöge ein Unwetter herauf. Er dachte bereits an den Rückweg nach Sterling Silver, an die Belagerung und an Kallendbor und den Fremden in seinem schwarzen Umhang. Er drückte Horris' Nacken fest zusammen. Horris begann zu sprechen.

»Rashun, Oblight, Surena! Larin, Kestel, Maneta! Ruhn!«

Und der Deckel des Kästchens verschwand sofort in einem diesigen Wirbel giftgrünen Lichtes.

Ben Holiday sah, wie sich in der schwarzen Wand vor ihnen ein Riß auftat, und sprang sofort auf. Der Riß schimmerte dünn, während er, dicht gefolgt von Strabo und Nightshade, darauf zurannte, und wurde zusehends größer, als die gesamte Wand auseinanderzubersten schien. Angezogen von der Helligkeit, begannen die Elfennebel wild herumzuwirbeln, als wären sie etwas Lebendiges. Ohne Rücksicht auf irgendwelche Bedenken hechtete sich Ben in den Spalt, weil er sich sagte, daß eine Öffnung, egal welcher Art, eine Chance zur Flucht bedeutete. Das Licht schien ihn in einen Strudel zu saugen, in dem er herumgewirbelt wurde wie eine Feder im Sturm. Er nahm wahr, daß die Hexe und der Drache mit ihm gerissen wurden und daß sie alle drei von dem Wirbelwind erfaßt wurden. Finsternis und Nebel verschwanden unter ihnen, und das

Labyrinth verblaßte. Über ihnen nahm das Licht einen grünlichen Schimmer an, und sie erkannten wogende und zitternde Schatten, in denen sie Äste und Blätter von Bäumen erkennen konnten. Dann erblickten sie den Himmel, noch trübe vom Schatten der Nacht, nahmen den Geruch von Erde, Moos und uralter Vegetation wahr, gemischt mit etwas Metallischem, Schwefelartigem und plötzlich hörten sie Stimmen...

Und plötzlich wurde Ben in den düsteren Wald von Landover hinausgespuckt, zurück in das Land, aus dem er gerissen worden war. Er landete weniger als vier Meter von Abernathy, Horris Kew, Fillip und Sot entfernt, die ihn alle mit offenen Mündern anstarrten.

Gleich darauf erschien auch Nightshade, die sofort wieder sie selbst wurde und deren Magie ihren Körper in kleinen Funken und Blitzen umspielte. In einer spontanen Geste schwang sie die Arme in die Luft und erhob die kühlen Züge ihres eigenwilligen Gesichts gegen die rote Glut der Dämmerung.

»Frei!« schrie sie vor Freude.

Hinter ihr explodierte Strabo aus dem Wirrkästchen; zurückverwandelt in seine ursprüngliche Drachengestalt, streckte er seinen schuppigen Leib, entfaltete seine Flügel und erhob sich mit einer ungeheuren Stichflamme in die Luft, die donnernd in die Höhlentür einschlug und sich dann aufwärts durch das Gebüsch brannte. Ganz dampfende Schuppen und glitzernde Zacken, stieß der Drache einen gewaltigen, grollenden Husten aus und schoß in die verblassende Nacht davon.

»Eure Hoheit!« verkündete Abernathy mit offensichtlicher Erleichterung in der Stimme. Er entriß Horris Kew das Wirrkästchen und eilte zu ihm. »Seid Ihr auch heil und unversehrt?«

Ben nickte und blickte an sich hinab, um sicherzugehen, daß es tatsächlich so war. Fillip und Sot begrüßten ihn mit kleinen quietschenden Geräuschen, während sie vor der schwarzen Gestalt der Hexe zurückwichen. Auch Horris Kew schien sich nach einem geeigneten Versteck umzusehen.

Ben holte tief Luft. »Abernathy, was geht hier vor sich?«

Der Hofschreiber richtete sich zu voller Größe auf. »Nun, in der Tat eine Menge...«

Ein Ausbruch an Ehrerbietung von seiten der Gnome schnitt ihm das Wort ab.

»Große Hoheit!«

»Mächtige Hoheit!«

Fillip und Sot umarmten sich und hüpften aufgeregt hin und her, offensichtlich davon überzeugt, daß es sich nach allem tatsächlich um ihren König handelte. Ben schenkte ihnen ein zögerndes Lächeln. Was machen *die* denn hier?

Abernathy wollte gerade fortfahren, als Nightshade Horris Kew erblickte und in einem Rauschen schwarzer Roben auf ihn zustürzte. »Du!« fauchte sie mit unverhohlenem Zorn.

Ben trat schnell zwischen die beiden. »Warte, Nightshade. Ich will zuerst von Abernathy hören, was geschehen ist.«

»Aus dem Weg, Möchtegern-König!« befahl die Hexe zornig. »Wir sind nicht mehr im Labyrinth, und die Regeln haben sich geändert. Ich besitze wieder Magie und kann tun, was ich will!«

Doch Ben hielt ihr stand, griff in sein Hemd und zog das Medaillon hervor. »Wir sind beide wieder, wer wir waren. Fordere mich nicht heraus! Ich will zuerst von meinem Hofschreiber hören, was während unserer Abwesenheit passiert ist, bevor ich in bezug auf Horris Kew eine Entscheidung treffe.«

Nightshade stand wie angewurzelt da und bebte vor Wut.

»Sprich, Abernathy«, sagte Ben ruhig.

Und Abernathy tat es. Er erzählte Ben von dem Wirrkästchen und von Horris Kew, von den Traumkristallen und von dem schwarzumhüllten Fremden, von Kallendbor und der Belagerung Sterling Silvers. Ben hörte ihm zu, ohne einen Kommentar abzugeben und ohne Nightshade aus den Augen zu lassen. Als Abernathy fertig war, machte er ein paar Schritte auf Horris Kew zu. »Nun?«

»Eure Hoheit, ich habe nichts zu meiner Verteidigung vorzubringen.« Der Zauberer gab sich geschlagen. Sein langer, dürrer Körper war gebeugt, und er hatte das Haupt unterwürfig gesenkt.

»Der Fremde ist ein Elfenwesen, das durch mein Verschulden aus dem Wirrkästchen entkommen ist, ein Ungeheuer von großer Magie und Boshaftigkeit. Es nennt sich einen Gorsen. Er plant irgendeine Rache gegen das Volk des Elfenreiches, nachdem er Landover besiegt hat. Glaubt mir, es tut mir leid, daß ich ihm, wenn auch unfreiwillig, geholfen habe.« Er schluckte. »Ich möchte jedoch zu meiner Verteidigung sagen, daß ich auch geholfen habe, Euch zu befreien.«

»Natürlich erst, nachdem du uns anfangs eingesperrt hast«, stellte Ben fest. Er wandte sich an Nightshade. »Ich werde ihn für eine Weile bei mir behalten müssen. Mag sein, daß ich ihn noch brauche, um mit dieser Elfenkreatur fertigzuwerden.«

Nightshade schüttelte den Kopf. »Überlaß ihn mir.«

»Er ist nicht der wahre Feind, Nightshade. Das war er nie. Er ist genauso übel benutzt worden wie wir. Überwinde deinen Zorn. Komm mit uns nach Sterling Silver, um den Gorsen zu stellen. Deine Magie würde uns eine große Hilfe sein. Wir haben im Labyrinth zusammengearbeitet, und wir können es wieder tun.«

»Was kümmern mich deine Probleme?« fauchte Nightshade. »Löse sie gefälligst alleine!«

Sie starrte Ben herausfordernd an. Ben holte tief Luft. »Ich weiß, daß das, was in den Nebeln passiert ist, was sich zwischen uns ereignet hat ...«

»Sei still!« schrie sie mit solcher Wut, daß Fillip und Sot in den Wald rannten und verschwanden. Sie war schneeweiß vor Ohnmacht und Zorn. »Kein Wort davon! Sag bloß nichts! Ich hasse dich, Möchtegern-König! Ich hasse dich mit jeder Faser meines Körpers! Ich lebe nur noch, um dich zu vernichten! Was du mir angetan hast, was du geheuchelt hast ...!«

»Ich habe nichts geheuchelt ...«

»Still! Wage es nicht mehr, mit mir zu sprechen!« Ihr kaltes, hartes, schönes Gesicht war eine verzerrte Maske. »Nimm diesen jämmerlichen Zauberer! Ich will nichts mehr mit euch zu tun haben! Aber ...« Und an dieser Stelle durchbohrte sie Horris Kew mit ihrem Blick wie einen Schmetterling mit der Nadel. »Sollte ich dich jemals wiedersehen, sollte ich dich jemals alleine erwischen ...«

Ihr Blick wanderte zurück zu Ben, und sie funkelte ihn an. »Ich werde dich für immer hassen!« zischte sie. Ihre Worte klangen wie ein Fluch, der in der Stille, die ihm folgte, wie eine scharfe Klinge in der Luft schwebte, um auf seine Erfüllung zu warten.

Dann hob sie die Arme und verschwand in einer Wolke aus Rauch und Nebel.

Ben starrte ihr nach und erwog die Ausmaße ihres Zorns mit gemischten Gefühlen. Es schien seltsam, daß sie nach dem, was sie miteinander geteilt hatten, so reagierte – doch irgendwie schien es auch unvermeidlich. Er dachte kurz darüber nach, ob er irgendeine Möglichkeit gehabt hatte, dies zu verhindern, doch er wußte keine.

»Eure Hoheit!« rief Abernathy entsetzt und klammerte sich an seinen Ärmel.

Ben drehte sich um.

Ein riesiger Schatten fiel über sie, und Strabo kam noch einmal zurück. Er zerbrach Äste und wirbelte viel Laub und Staub auf, während er mit seinem riesigen Körper auf dem Waldboden landete.

»Holiday«, schnarrte er freundschaftlich. »Wir sind noch nicht fertig, du und ich. Ist das derjenige, der für das, was uns angetan wurde, verantwortlich ist?«

Ben schüttelte den Kopf. »Nein, Strabo. Derjenige, den wir suchen, befindet sich in Sterling Silver und führt noch Schlimmeres im Schilde.«

Der enorme, behornte Kopf des Drachen fuhr herum, und seine gelben Augen glühten im Zwielicht. »Wir haben diese Reise zusammen begonnen, wenn es auch nicht unser Wunsch war. Sollten wir sie nicht auch gemeinsam beenden?«

Ben lächelte freudig überrascht. »Ich denke, das sollten wir«, stimmte er ihm zu.

Als alle die Lichtung verlassen hatten – Holiday, Abernathy und Horris Kew waren auf Strabos Rücken davongeflogen – und genug Zeit verstrichen war, daß sie sicher sein konnten, daß auch Nightshade nicht mehr zurückkommen würde, wagten sich Fillip und Sot wieder aus ihrem Versteck. Sie krochen zwischen den Bäumen hervor und blickten sich wachsam um, bereit, sich bei dem geringsten Geräusch wieder aus dem Staub zu machen. Doch es herrschte nur Stille, und ein schwacher, anhaltender Geruch von Drachenfeuer ging von den versengten Büschen aus.

»Sie sind weg«, sagte Fillip.

»Verschwunden«, sagte Sot.

Sie drehten sich zu der Höhle um und maßen die Distanz zwischen ihnen und deren Eingang mit den Augen ab. Die Tür stand jetzt offen; Strabos Feueratem hatte sie aus den Angeln gerissen und ihre Schlösser gesprengt. Leichte Rauchkringel stiegen von ihrer verrußten Oberfläche auf.

»Jetzt könnten wir hineingehen«, sagte Fillip.

»Ja, wir könnten nach Kristallen suchen«, sagte Sot.

»Vielleicht gibt's ja doch noch welche«, sagte Fillip.

»Obwohl wir vorhin keine gefunden haben«, sagte Sot.

»Vielleicht ganz schlau versteckt.«

»Wo wir noch nicht nachgesehen haben.«

Lange Zeit herrschte Schweigen, während sie die Möglichkeit abwogen. Die Morgendämmerung hatte die Finsternis des Waldes durchdrungen und alles in ein scharlachrotes Licht getaucht. Die Vögel hatten aufgehört zu singen, und die Insekten hatten ihr Zirpen und Summen eingestellt. Nichts bewegte sich. Die Stille war bedrückend.

»Ich glaube, wir sollten nach Hause gehen«, sagte Fillip.

»Ich glaube, das sollten wir«, stimmte ihm Sot zu.

Und so machten sie sich auf den Weg.

Erlösung

Während sie auf Strabos Rücken hoch über Landover flogen, mußte Ben Holiday daran denken, wie schnell sich alles ändern konnte. Eine Stunde zuvor war er noch in dem Wirrkästchen eingesperrt gewesen, so entfernt von dieser Welt wie die Toten von den Lebenden. Einen Tag zuvor hatte er nicht einmal gewußt, wer er war. Er hatte geglaubt, der Ritter zu sein, des Königs Kämpe, eine Personifizierung des Paladins, der sein anderes Ich war. Nightshade und Strabo hatten für ihn gar nicht existiert; seine Begleiter waren die Lady und der Gargoyle gewesen, die ebenso verloren waren wie er. Zusammen hatten sie eine merkwürdige Gesellschaft abgegeben. Jeglicher Erinnerung an ihre Vergangenheit beraubt, waren sie gezwungen gewesen, in jener Welt, über die sie nichts wußten, ein neues Leben zu beginnen. Vereint in ihrem gemeinsamen Unglück, genötigt, ein Leben voller Unwägbarkeiten und falscher Hoffnungen zu teilen, hatten sie während ihrer Reisen ein Verständnis voneinander erlangt, das schon an Freundschaft grenzte.

Und was Nightshade betraf, verbesserte er sich vorsichtig, war es sogar mehr gewesen als Freundschaft.

Jetzt war all das verschwunden, ersetzt durch die Erkenntnis ihrer wahren Identität und erloschen durch ihre Rückkehr nach Landover. Es war, als hätten sie zweimal von vorne begonnen. Das erste Mal, als sie in das Wirrkästchen gesperrt worden waren, und jetzt das zweite Mal, nachdem sie wieder herausgekommen waren, jedesmal ihres Wissens beraubt und gezwungen, von neuem zu lernen, erst als Fremde in einer unbekannten Welt und dann als Heimkehrer in einer Welt, die ihnen nur allzu vertraut war. Es war jene alte und wieder neue Welt, die keinen Teil ihrer gemeinsamen Erfahrungen zuließ, denn die Rückkehr nach Landover verlangte, daß sie alles aufgaben, was mit ihrem Leben im Labyrinth zusammenhing, weil es unter Vorspiegelung falscher Tatsachen erlangt und genährt worden war. Es machte Ben traurig. Er hatte eine Vertrautheit mit Nightshade geteilt, die nie wieder möglich sein würde. Sie hatten sich in einer gegenseitigen Abhängigkeit befunden, die für immer vorbei war. Auch seine Beziehung zu Strabo würde sich wieder ändern. Zwar flog er sie jetzt nach Sterling Silver, um mit dem Gorsen abzurechnen, doch wenn das erst erledigt war, würde auch er verschwinden. Ben machte sich in dieser Hinsicht keinerlei falsche Hoffnungen. Es würde keine weiteren Gespräche geben, wie sie zwischen dem Ritter und dem Gargoyle stattgefunden hatten, keinen Austausch von Ängsten und Hoffnungen, keine gemeinsame Anstrengung, die seltsamen Wege des Lebens zu verstehen. Sie würden ihrer eigenen Wege gehen, wie sie es getan hatten, bevor sie zusammen in das Wirrkästchen gesperrt worden waren, und die Zeit, die sie gemeinsam in den Nebeln verbracht hatten, würde so unaufhaltbar verblassen wie ein Traum nach dem Erwachen.

Ben widerstand der Versuchung, sich nach Horris Kew umzudrehen, der direkt hinter ihm und vor Abernathy saß. Das Werkzeug ihres Unglücks, dachte er finster, und dennoch zu dumm und irregeleitet, um für das Geschehene verantwortlich gemacht zu werden. Der Gorse war ihr wirklicher Feind. Wie sollte er mit dieser Kreatur fertigwerden? Der Gorse verfügte über ungeahnte magische Kräfte und würde keine Sekunde zögern, sie einzusetzen, erst recht nicht, wenn er entdeckte, daß Ben, Nightshade und Strabo wieder frei waren. Warum hatte er sie überhaupt eingesperrt? Welche Art von Bedrohung stellten sie dar, daß er sich genötigt sah, sie aus dem Weg zu schaffen? Oder war es lediglich eine Vorsichtsmaßnahme gewesen und weiter nichts?

Wie auch immer die Antworten auf diese Fragen lauten mochten, eins war sicher, und es jagte Ben einen Schauder über den Rücken:

Um den Gorsen zu besiegen, war er wieder einmal gezwungen, zum Paladin zu werden, zum tötenden Ritter des Königs, zu dem Wesen, das tatsächlich zu sein er am meisten fürchtete. Seine Furcht hatte dazu geführt, daß er sich im Labyrinth selbst in dieser Gestalt wiederentdeckte, und die Folgen davon hatte er nur knapp überlebt – die Vernichtung der Dorfbewohner und der Flußzigeuner und beinahe auch die der Gristlies. Diese Angst vor seiner Schattenseite hatte ihn in den Elfennebeln beinahe zerstört, doch er war ihr entkommen. Und jetzt mußte er wieder seine dunkle Seite hervorkehren, um zu überleben. Von neuem war er gezwungen, sich Gedanken darüber zu machen, wieviel von der Identität des Paladins er mit jeder Transformation annahm und wieviel er dafür von der Persönlichkeit Ben Holidays aufgab.

Ben sah, wie sie das Herz überflogen. Er sah die weißen Samtkissen, die sich in ordentlichen Reihen von dem gepflegten, grünen Rasen abhoben, die Flaggen der Könige von Landover, die sich in einem bunten Wirbel mit dem Wind drehten. Ein Teil von ihm war gespannt auf die Veränderung und sehnte sich nach der Transformation. Das war immer so gewesen, und es war das, was ihm die größte Sorge bereitete.

Horris Kew dachte ebenfalls nach, und auch seine Gedanken waren keine angenehmen. Eine Konfrontation zwischen dem Gorsen und Holiday stand kurz bevor, und wer auch immer gewann, Horris würde es so oder so an den Kragen gehen. Beide würden ihn für das verantwortlich machen, was der andere getan hatte oder versucht hatte zu tun. Beide würden ihn auf irgendeine Art und Weise bestrafen wollen. Im Falle des Gorsen wollte Horris gar nicht erst daran denken, wie die Bestrafung aussehen würde. Mit Sicherheit würde er alles andere als glimpflich davonkommen. Holiday mochte in dieser Hinsicht die bessere Alternative sein. Er wünschte, Biggar wäre hier, so daß er sich mit ihm hätte beraten können. Merkwürdigerweise mußte er feststellen, daß er den Vogel vermißte. Sie hatten dieselbe Haltung gegenüber den Möglichkeiten und Mißgeschicken des Lebens geteilt, und es war zu dumm, daß

Biggar vom Unglück früher ereilt worden war, als sie es beide erwartet hatten. Horris spürte einen schmerzhaften Verlust. Wenn er auch zu nichts anderem nutze gewesen wäre, so hätte Horris wenigstens einen Teil dessen, was passiert war, auf Biggar schieben können.

Er seufzte. Natürlich führten solche Gedanken nicht weiter. Er wählte einen anderen Blickwinkel und überlegte sich, was er tun konnte, um die Situation noch zu retten. Wenn überhaupt, so mußte er schnell handeln. Vor ihren Augen tauchten bereits die Türme von Sterling Silver auf. Er beschloß, sich auf Holidays Seite zu schlagen. Mit Landovers König, der immerhin ein menschliches Wesen war, standen seine Chancen besser als mit dem Gorsen. Was also konnte er tun, um ihm zu helfen? Was konnte er tun, um sich selbst in ein besseres Licht zu rücken, wenn der Zeitpunkt kam, da man über sein Schicksal entscheiden würde?

Vor ihnen zog sich ein blutroter Streifen über den Horizont; es war ein seltsamer und erschreckender Anblick. Das Rot war so durchdringend, daß es in die Erde gesickert zu sein schien, um alles zu verfärben – Gras, Bäume, Büsche, Flüsse, Seen, Straßen, Felder, Dörfer –, so weit das Auge reichte. Überall um sie herum türmten sich Wolken auf, die am vorherigen Tag noch nicht dagewesen waren; selbst letzte Nacht hatte man noch keine Spur von ihnen gesehen. Wie durch Zauberei waren sie plötzlich da, bedeckten den Morgenhimmel von Osten bis Westen und drohten, die aufgehende Sonne zu verschlingen. Sie waren der Vorbote eines Unwetters, das sich schnell über ihnen zusammenbraute. Strabo begann seinen Landeanflug; es war ein allmählicher Abstieg, der sie aus den weichenden Schatten der Nacht in die rote Glut der Dämmerung führte. Einen Moment lang schienen sie direkt in die Sonne zu fliegen, und die Passagiere des Drachens kniffen geblendet die Augen zusammen. Die polierten Zinnen und Türme des Schlosses schimmerten rot unter dem Widerschein des seltsamen Lichts. Das Fallgitter war heruntergelassen und die Tore verriegelt. Die Brücke, die vom Festland zur Insel führte, war zerstört. Schatten bewegten sich düster über das Weideland vor dem Schloß, und die schwerfälligen Bewegungen zweier Armeen, die sich da formierten, wurden sichtbar. Ben Holiday zuckte zusammen. Die Kampflinien ließen zwei gegnerische Lager erkennen. Auf der einen Seite der Wiesen standen die Soldaten des Grünlandes und auf der anderen Seite die Dämonen von Abaddon.

»Hoheit, seht!« verkündete Abernathy entsetzt.

Ben warf einen Blick über seine Schulter und nickte. Die Dämonen von Abaddon – der Gorse mußte sie heraufbeschworen haben, damit sie ihm bei der Durchführung seines Planes halfen. Doch was hatte er ihnen dafür versprochen? Mit welchem Köder hatte er sie gelockt? Bestimmt wären sie nicht gekommen, wenn sie gewußt hätten, daß der Paladin da sein würde, um sie aufzuhalten; der Paladin hatte sie immer in Angst und Schrecken versetzt. Also mußte der Gorse ihnen versprochen haben, daß von seiten des Paladins keine Gefahr drohte, da sein Befehlshaber, der König, aus Landover verschwunden war. Und da im gleichen Augenblick auch Strabo und Nightshade außer Gefecht gesetzt worden waren, gab es nichts mehr zu befürchten.

Ben preßte die Lippen zusammen. Jetzt mußte er es sowohl mit dem Gorsen als auch mit Abaddons Dämonen aufnehmen. Selbst mit Strabos Hilfe standen die Chancen nicht allzu gut.

»Strabo!« rief er zu dem Drachen hinab. Ein zornig funkelndes, gelbes Auge blickte zu ihm hoch. »Bring uns hinunter! Lande direkt zwischen ihnen!«

Der Drache zischte laut, kreiste in einem hohen, weiten Bogen über dem Schlachtfeld, damit alle ihn sehen konnten, und stieß dann hinab, um in der Mitte der Wiese zu landen.

Ben, Horris Kew und Abernathy kletterten von seinem Rücken herunter. Es war, als wären sie unversehens in einem bizarren Gemälde gelandet, in einer entsetzlichen Wiedergabe der Hölle auf Erden. Die rote Dämmerung gab der ganzen Ebene ein unwirkliches Gesicht. Selbst die Blaubonnies spotteten ihrem Namen. Männer, Frauen und Kinder drängten sich unter den Bäumen des Waldrandes und entlang der Hügelkette im Norden wie die Geister der Toten.

Ben wandte sich den Dämonen zu und atmete langsam aus, während er die Größe ihrer Armee zu erfassen versuchte. Es waren zu viele. Viel zu viele.

»Eure Hoheit, ich glaube, daß ich vielleicht –«, begann Horris, doch Abernathy schnitt ihm das Wort ab, indem er ihn grob am Nacken packte.

Ben wandte sich an seinen Hofschreiber, der noch immer das Wirrkästchen fest unter seinem freien Arm trug. »Nimm das Kästchen und Horris mit und geh zum See rüber«, befahl er ihm. »Ruf Questor, damit er euch mit dem Seegleiter abholen kommt. Beeil dich!«

Abernathy eilte davon und zog den protestierenden Horris mit sich. Ben blickte wieder zu den Dämonen hinüber. Der Gorse hatte sich an die Front ihrer Reihen begeben; in seinen schwarzen Umhang gehüllt und gesichtslos stand er in dem merkwürdigen Licht. Ben trat aus dem Schatten des Drachen hervor, um sich den Dämonen zu erkennen zu geben. Er griff in sein Hemd und zog das Medaillon der Könige von Landover hervor. An seiner Seite öffnete Strabo seinen Rachen und stieß einen explosionsartigen Husten aus. Eine Bewegung ging durch die schwarzen Reihen der Dämonen, ein Ausdruck der Unsicherheit und des Zögerns. Es war eine Sache, dem Herrn des Grünlandes und seiner Armee entgegenzutreten, doch es war etwas ganz anderes, es mit Holiday und Strabo gleichzeitig aufnehmen zu müssen.

»Kallendbor!« rief Ben über seine Schulter in die Reihen der Armee des Grünlands.

Fast unmittelbar darauf hörte er, wie sich ein Reiter von hinten näherte. Ben drehte sich um. Kallendbor steckte von Kopf bis Fuß in einer Rüstung, und nur sein Gesicht war unter dem hochgeklappten Visier sichtbar. Klirrend brachte er sein Pferd zum Stehen.

»Eure Hoheit«, grüßte er mit bleichem Gesicht, während seine Augen nervös zu dem Drachen blickten.

Ben ging ein paar Schritte auf ihn zu. »Ich weiß, welche Rolle Ihr in all dem gespielt habt, Kallendbor«, sagte Ben kurzangebunden. »Dafür werdet Ihr mir Rechenschaft ablegen, wenn diese Sache vorbei ist.«

Kallendbor nickte. In seinen stechend blauen Augen lag nicht die geringste Spur des Bedauerns. »Das werde ich tun, wenn es sein muß und wenn wir beide diesen Tag überleben.«

»Na schön. Doch jetzt sollten wir uns darauf konzentrieren, die Dämonen dorthin zurückzujagen, woher sie gekommen sind, und diesen finsteren Betrüger gleich mit ihnen. Sind Eure Männer kampfbereit?«

»Ganz zu Euren Diensten, Hoheit.« Die Antwort kam ohne Zögern.

»Dann reitet zurück und wartet auf mein Signal«, befahl Ben.

Kallendbor salutierte und galoppierte davon. Reuelos bis zuletzt, dachte Ben. Manche Menschen änderten sich nie.

Er wandte sich wieder dem Gorsen und den Dämonen zu. Ein riesiger, schwarzer Reiter war aus ihren Reihen getreten und stellte sich vor den anderen auf. Der Mark. Die anderen würden seinen Befehlen zum Kampf folgen. Der Dämonenführer blieb stehen und starrte zu Ben und Strabo hinüber.

Der gepanzerte Kopf des Drachen schwang herum. »Ruf den Paladin, Holiday. Die Dämonen werden langsam unruhig.«

Ben nickte. Er fügte sich dem, was jetzt geschehen mußte, denn ihnen blieb keine andere Wahl, doch seine Verzweiflung wurde dadurch wenig gemildert. Wieder mußte er den Paladin beschwören, damit jener für ihn in den Kampf zog. Und wieder würde es durch seine Hand Tod und Zerstörung geben. Eine weitere, furchtbare Schlacht, und es stand nicht in seiner Macht, sie zu verhindern. Er konnte nichts anderes tun, als daran teilzunehmen und zu hoffen, daß er irgendeine Möglichkeit fand, das Leid zu verkürzen. Es war eine schwache Hoffnung, geboren aus der Hilflosigkeit und einem Mangel an Alternativen. Er spürte, wie Strabos Blick auf ihm ruhte. Der Gorse war für dieses Unglück verantwortlich und mußte dafür zur Verantwortung gezogen werden, doch wie sollte er das bewerkstelligen? Wieviel Macht besaß dieses Elfenwesen tatsächlich? Eine ganze Menge, vermutete er, wenn das Elfenvolk so weit gegangen war, ihn für immer in das Wirrkästchen zu sperren.

»Holiday!« zischte der Drache ungeduldig.

Den Gorsen wieder in das Wirrkästchen sperren – das war es, was er tun sollte. Ihn für immer in das Labyrinth verbannen. Aber wie? Welche Art von Magie war dazu nötig?

Doch ihm blieb keine Zeit, um noch länger darüber nachzudenken, keine Zeit, um sich nach anderer Hilfe umzusehen. Die Dämonen hatten ihren Vormarsch begonnen und bewegten sich als dunkle Masse vom anderen Ende der Wiese herüber. Langsam, bedächtig und unaufhaltsam kamen sie näher.

»Holiday!« fauchte Strabo aufgebracht.

Das Schwert des Paladins und das Feuer des Drachen – würde das ausreichen, um Landover zu retten?

Ben Holiday griff nach dem Medaillon, das ihm die Antwort geben würde.

Horris Kew war außer sich vor Enttäuschung. Niedergeschlagen stand er neben Abernathy am Ufer, während sich Questor Thews mit dem Seegleiter näherte, und sagte sich, daß seine letzte Chance, sich selbst zu retten, schon bald für immer vertan war.

Er hatte versucht, es Holiday zu sagen, doch der König von Landover hatte für ihn keine Zeit gehabt. Er hatte versucht, es Abernathy zu sagen, doch der Hofschreiber wollte nichts mehr von ihm hören. Er dachte daran, es Questor Thews zu sagen, sobald der Zauberer das Ufer erreichte, um sie zurück in die trügerische Sicherheit der Schloßmauern zu bringen, doch er war sich ziemlich sicher, daß er aus diesem Lager auch keine Hilfe erwarten konnte. Keiner wollte ihm zuhören, und das war die bittere Wahrheit.

Nur, daß er dieses eine Mal wirklich etwas Wichtiges zu sagen hatte.

Er trat von dem einen seiner riesigen Füße auf den anderen, warf die Arme um seinen eigenen Körper wie eine Flickenpuppe und versuchte, ruhig Blut zu bewahren. Doch es war schwer, ruhig zu bleiben, wenn man wußte, was mit einem geschehen würde, falls der Gorse und die Dämonen als Sieger aus diesem Kampf hervorgingen. Falls Holiday diesen Kampf gewann, war seine Lage immer noch äußerst prekär, doch wenigstens akzeptabel. Wenn Holiday gewann, hatte er eine reelle Chance, am Leben zu bleiben. Sollte jedoch der Gorse den Sieg davontragen, war Horris Kew Suppenfleisch. Es brachte nichts, darüber nachzudenken, welches Rezept der Gorse benutzen würde, das Ergebnis war dasselbe. Der Gorse hatte ihn zusammen mit Holiday und dem Drachen gesehen, und zwar ganz deutlich. Daß er sich eingemischt hatte, war offensichtlich. Horris hatte sich auf die Seite des Feindes geschlagen, und das war unverzeihlich. Der Gorse würde ihn zermalmen und ausspuken, und das war es dann.

Horris erinnerte sich daran, welche Gefühle der Gorse in ihm wachgerufen hatte, als sie dieses grausige Abenteuer gemeinsam begonnen hatten. Er erinnerte sich an seine glatte, gefährliche Stimme und an den ständigen Geruch des Todes, der den Gorsen begleitete. Er spürte immer noch seine Macht, die ihn mit unsichtbaren Fingern zu erdrosseln drohte, und er war überhaupt nicht versessen darauf, irgendeine dieser Erfahrungen noch einmal zu machen. Zum ersten Mal, seitdem er den Gorsen befreit hatte, war das Zucken aus seinem Auge verschwunden, und dies war seine Chance, den Tic für immer aus seinem Gesicht zu verbannen.

Donner grollte im Westen, wo die riesigen Wolkengebilde aufeinanderstießen. Die massive Front breitete sich schnell aus, verdunkelte die Sonne und schluckte jegliches Licht, bis alles schwarz war. Ein scharfer Wind peitschte über das Weideland und die feindlichen Armeen. Pferde scheuten; Rüstungen und Waffen klirrten. Die Luft begann nach Regen zu riechen.

Horris dachte an das Wirrkästchen. Wie hatten sie den Gorsen überhaupt dort hineingesperrt? Sicher war das abtrünnige Elfenwesen nicht freiwillig hineingesprungen – genausowenig wie Holiday, die Hexe und der Drache. Zweimal war Horris inzwischen dazu veranlaßt worden, die Zauberformel zu sprechen, die die Gefangenen aus dem Kästchen befreite.

Würde diese Formel auch umgekehrt wirken?

Er dachte darüber nach, wie sie Holiday und die anderen hatten verschwinden lassen. Der Gorse hatte ein kompliziertes Netz aus Magie konstruiert und seine drei Opfer hineingelockt. Dann war Horris mit dem Wirrkästchen erschienen, hatte die Worte gesprochen und damit das magische Netz aufgelöst und die Falle zuschnappen lassen.

Ziemlich einfach. Daher schien es ihm auf den ersten Blick, daß ähnliche Vorkehrungen nötig waren, um den Gorsen einzufangen. Nur daß ihm irgend etwas an dieser Sache komisch vorkam. War das Wirrkästchen nicht zu dem ganz speziellen Zweck konstruiert worden, den Gorsen einzusperren? Wenn es sich so verhielt, dann war die Gefangennahme von Holiday und den anderen eine Zweckentfremdung des Kästchens, eine Abweichung von seiner ursprünglichen Funktion. Abgesehen davon, wenn der Gorse wußte, wie die Magie funktionierte, warum hatte er es dann überhaupt erst zugelassen, daß man sie gegen ihn verwandte? Und wenn er es damals noch nicht wußte, wie hatte er es dann in der Zwischenzeit herausgefunden?

Und wie stand es mit den Worten, die gesprochen werden mußten? Der Gorse hatte sie zwar gekannt und gewußt, daß sie ihn befreien würden, doch war er nicht in der Lage gewesen, sie selbst zu sprechen. Es war nötig gewesen, Biggar durch den Skat-Mandu-Schwindel dafür zu gewinnen und Horris dazu zu bringen, die Worte für den Gorsen auszusprechen. Ließ das nicht eine bestimmte Vermutung zu? Konnte dies vielleicht bedeuten, daß die Worte für den Gorsen ein Bannspruch waren, daß sie eine ebenso abschreckende Wirkung auf ihn hatten wie ein Kirchenkreuz auf einen Vampir und daß er deshalb darauf angewiesen war, daß ein anderer sie für ihn aufsagte?

Bedeutete das nicht auch, daß dieselbe Formel – die Formel, die auszusprechen sich der Gorse so tunlichst hütete – auch umgekehrt funktionierte?

Je mehr er über diese Möglichkeit nachdachte, um so mehr Sinn ergab sie. Die Elfen, die das Wirrkästchen konstruiert hatten, hatten bestimmt eine besondere, maßgeschneiderte Magie benutzt, um den Gorsen hineinzusperren, eine Magie, die er selbst niemals anwenden konnte, um seine eigene Flucht zu ermöglichen. Und es war sicher keine Magie, die auch auf andere wirkte – wie zum Beispiel auf Holiday, Nightshade und Strabo –, so daß eine unterschiedliche Form von Magie nötig gewesen war, um den Zweck des Kästchens zu verdrehen und sie einzufangen. Und um den Gorsen so ganz nebenbei auch noch davor zu schützen, selbst wieder in die Falle zu geraten. Daher das sorgfältig ausgetüftelte, magische Netz, das der Gorse verwendet hatte.

Sicher, es war eine wilde Spekulation, doch Horris Kew war verzweifelt, und sein opportunistischer Verstand griff nach jedem Strohhalm, denn das war alles, was dem Zauberer noch blieb.

Sie sollten auf ihn hören, flehte er insgeheim. Holiday, Abernathy, Questor Thews, sie alle! Sie sollten seinen Vorschlag ausprobieren. Welchen Schaden konnte das jetzt noch anrichten? Doch genausogut hätte er sie dazu auffordern können, ihn zum König zu machen. Keiner von ihnen würde jemals wieder eine Idee ausprobieren, die seinem Gehirn entsprungen war.

Wieder grollte der Donner, ein langes, dumpfes Dröhnen, das den Boden erschütterte, auf dem er stand. In der Mitte der Wiese war Kallendbor wieder zu seiner Armee zurückgeritten, und Holiday richtete seine Aufmerksamkeit erneut auf den Gorsen und die Dämonen. Der Mark hatte sich an die vorderste Front seiner Horde begeben, und sie begannen langsam den Vormarsch. Der Drache hatte sich auf die Hinterbeine gehockt, und Dampf stieg aus seinen Nasenlöchern auf, während sich das Feuer in seinem Bauch staute. Horris warf einen Blick über seine Schulter. Questor Thews hatte das Ufer fast erreicht. Abernathy hatte sich umgedreht, um den Zauberer zu begrüßen, und Horris Kew vorübergehend den Rücken gekehrt.

Biggar hatte ihm immer Unentschlossenheit vorgeworfen. Er haßte den Gedanken, daß der Vogel am Ende recht haben könnte.

Horris Kew schluckte; sein Hals war wie ausgetrocknet. Jetzt oder nie! Er blickte wieder zu Holiday hinüber. Der König von Landover hatte das Medaillon seines Amtes aus dem Hemd gezogen und hielt es ins Licht.

Tue es!

Horris riß Abernathy das Wirrkästchen unter dem Arm weg, bückte sich etwas und stieß den fassungslosen Hofschreiber rückwärts in den See. Daraufhin rannte er, so schnell ihn seine langen Beine trugen, auf den Gorsen zu. Im stillen sagte er sich, daß er verrückt geworden sein mußte, daß er ein Narr war und gerade den größten Fehler seines Lebens begangen hatte. Rufe wurden laut, als er erkannt wurde. Wütende Schreie drangen von allen Seiten an seine Ohren. Aus dem Augenwinkel sah er, wie der schwarzbehornte Kopf des Drachen schnell herumschwang, und er sah sich bereits in Flammen untergehen. Nur noch einen Moment, dachte er. Nur noch einen Augenblick.

Der Gorse hatte sich nicht von der Stelle gerührt. Er beobachtete Horris' Kommen und glaubte wohl, daß er das Wirrkästchen zurückbringen wollte – ein ahnungsloser Handlanger bis zum Ende. Die Dämonen bewegten sich wie Schatten in der einhüllenden Finsternis des Unwetters. Ihre Waffen glitzerten dumpf. Horris Kew versuchte, nicht an sie zu denken. Sein schlaksiger Körper zitterte, und seine vogelscheuchenartigen Gliedmaßen stoben in alle Richtungen. Er schwitzte und keuchte vor Anstrengung, und noch nie hatte er sich so gefürchtet.

Er hörte, wie Questor Thews seinen Namen brüllte. Eine Stichflamme züngelte knapp an seinem Ohr vorbei. Von Panik ergriffen, fiel er auf die Knie und stellte das Wirrkästchen vor sich auf den Boden. Er blickte über die Wiese zu dem Gorsen und sah in dessen entsetzten Augen, daß er die Wahrheit schließlich doch noch erkannt hatte. Der schwarze Umhang des Monsters blähte sich auf, als es wutentbrannt auf ihn zustürzte.

Schnell begann Horris die Worte zu sprechen.

»Rashun, Oblight, Surena! Larin, Kestel...«

Ben Holiday blieb mit dem Medaillon in der Hand wie angewurzelt stehen. Bis vor einem kurzen Moment hatte er Horris Kew noch gar nicht gesehen. Questor Thews war dabei, Abernathy aus dem See zu ziehen, und beide brüllten und gestikulierten wild herum. Strabo streckte seinen riesigen, dunklen Leib, spannte seine Flügel und machte sich zum Abheben bereit. Flammen züngelten zwischen seinen spitzen Zähnen hervor.

Doch für alle war es zu spät, noch einzuschreiten, dachte Ben voller Verzweiflung und Enttäuschung.

Nebel wirbelte in einer dunklen Wolke aus dem Wirrkästchen, der Deckel verschwand, und von neuem öffnete sich der Tunnel zum Labyrinth. Giftgrünes Licht schoß hervor und mischte sich mit der roten Glut der Sonne und dem schwarzen Dunst des herannahenden Unwetters. Donner grollte, und dicke Regentropfen begannen herniederzuprasseln. Plötzlich herrschte völlige Stille auf der Wiese, und der Lärm der gegnerischen Armeen war in erwartungsvollem Schweigen untergegangen.

Eine Schar von Schatten stieg aus dem Wirrkästchen empor, nebelhafte Formen, die sich in der merkwürdigen Farbmischung des Lichts drehten und wanden, dunstige Gespenster, die nun von neuem befreit waren. Sie erhoben sich zu einer ganzen Horde und schossen dann über die Wiese auf die Dämonen zu. Der Gorse stieß einen Schrei aus; es war ein langes, entsetzliches, markerschütterndes Heulen der Verzweiflung. Aus seinen Händen spann sich ein Netz schützender Magie, das seine finstere Gestalt umhüllte, um die Angreifer abzuwehren. Doch die Schatten durchdrangen das Netz, packten den Gorsen und zogen ihn in die Luft, obwohl er strampelte und um sich drosch und sich loszureißen versuchte. Er fauchte wie eine Katze und kämpfte mit all seiner Stärke und jeder magischen Waffe, die er besaß, gegen sein Schicksal an, doch die Schatten waren unerbittlich. Sie zerrten das abtrünnige Elfenwesen über die Wiese zurück zu dem Kästchen. Dort umhüllten sie den Gorsen mit ihren dunstigen Gestalten und zogen ihn hinab.

Hinab in das Gefängnis, dem er gehofft hatte, für immer entkommen zu sein.

Hinab in die furchterregende Finsternis der Elfennebel.

Sie verschwanden durch den düsteren Tunnel, die Schatten und der Gorse, und der Deckel des Wirrkästchens schloß sich für immer.

Heulend brach ein Sturm über der Wiese hervor. Strabo hatte sich in die Luft erhoben und schwebte über Horris Kew und dem Kästchen wie ein Schatten des Todes, doch dann flog er weiter und stieß statt dessen in die Reihen der Dämonen von Abaddon hinab und spie sein Feuer in ihre Mitte. Dutzende zerfielen sofort zu Asche, und die übrigen, des versprochenen Schutzes des Gorsen und seiner Magie beraubt, hatten kein Interesse mehr an diesem Kampf. Angeführt von ihrem Mark, machten sie kehrt und drängten zu der Felsspalte, aus der sie gekommen waren, zurück zu dem Riß in der Luft, der ihnen Zutritt nach Landover verschafft hatte, und hinab in die Unterwelt, in der sie zu Hause waren. In Sekundenschnelle waren auch die letzten von ihnen verschwunden, und der Platz, den sie vorübergehend in der Welt des Lichts eingenommen hatten, blieb leer zurück.

Strabo schwang sich über die Armee des Grünlandes hoch und brüllte triumphierend.

Ben Holiday stand immer noch wie angewurzelt in der Mitte der Wiese, während der Regen ihm ins Gesicht peitschte und der Sturm an seinem durchgefrorenen Körper zerrte. Dann schüttelte er fassungslos den Kopf, atmete langsam aus und steckte das Medaillon der Könige von Landover zurück in sein Hemd.

Grüne Augen

Willow erwachte fröstelnd im trüben, grauen Licht der Morgendämmerung, während die Feuchtigkeit des Tiefen Schlunds ihren nackten Körper durchdrang. Sie lag zusammengerollt auf dem Boden, und das Baby ruhte in ihrer Armbeuge. Zuerst war sie sich seiner Anwesenheit überhaupt nicht bewußt. Noch immer vom Schlaf benebelt, öffnete sie blinzelnd die Augen und versuchte sich zu erinnern, wo sie war. Dann spürte sie die Bewegung des Kindes und blickte nach unten.

Ihr Kind.

Sie betrachtete es eine ganze Weile, und ihr kamen die Tränen.

Dann erinnerte sie sich an alles – daran, wie sie aus den Elfennebeln in den Tiefen Schlund gekommen war, wie sie sich in ihre andere Gestalt verwandelt und die Schote gebildet hatte und wie sie danach in einen tiefen Schlaf gesunken war. Sie drückte das Baby an sich, um es zu wärmen und um ihm den Schutz und die Geborgenheit ihres eigenen Körpers zu geben.

Schließlich stand sie auf, schlüpfte wieder in ihre Kleider und hüllte das Baby in ihren Umhang. Es schlief ungestört weiter, noch nicht hungrig genug, um aufzuwachen, und über seine Umgebung nicht so beunruhigt, wie Willow es war. Der Tiefe Schlund war gewiß nicht der Geburtsort ihrer Wahl gewesen, und sie hatte nicht vor, sich länger dort aufzuhalten, als unbedingt nötig. Nebelschwaden zogen durch die Äste der Dschungelbäume und schlängelten sich an ihren Stämmen hinab. Eine tiefe Stille verschluckte jeden Laut. Nichts bewegte sich. Es war eine tote Welt, und nur die Hexe, die sie erschaffen hatte, war hier zu Hause.

Willow machte sich nach Osten auf den Weg dem Licht entgegen, dorthin, wo die Sonne über Landover aufging. Sie mußte schnell verschwinden, bevor sie entdeckt wurde. Zwar war sie noch geschwächt von der Geburt, doch die Angst trieb sie voran. Es war weniger die Angst um ihr eigenes Wohl als die Angst um ihr Kind, das Maß ihrer Liebe zu Ben und der Höhepunkt ihrer Vereinigung. Sie warf einen Blick zwischen die Falten ihres Umhangs auf sein Gesicht, um sicherzugehen, daß sie beim Aufwachen auch richtig gesehen und sich nichts verändert hatte. Wieder traten ihr die Tränen in die Augen, und sie versuchte, den Kloß in ihrem Hals hinunterzuschlucken. Sie wollte Ben finden und bei ihm sein, um sicherzugehen, daß mit ihm alles in Ordnung war, und um die Freude über das Kind mit ihm zu teilen.

Sie lief weiter, und die Zeit schien sich endlos lange dahinzuziehen, was ihr jedoch wahrscheinlich nur so vorkam. Ihr Körper schmerzte auf ungewohnte Weise – es war ein dumpfes, leeres Ziehen in ihrem Leib, ein beengendes Gefühl in ihrer Brust, eine krampfartige Verspannung der Arm- und Beinmuskeln. Sie wußte nicht, wieviel von diesen Schmerzen auf die Geburt zurückzuführen war und wieviel auf die Tatsache, daß sie nackt in der nächtlichen Kühle und Feuchtigkeit des Tiefen Schlunds geschlafen hatte. Die Bewegung linderte den Schmerz in ihrer Brust und in den Armen und lockerte die verspannten Muskeln. Doch der Schmerz in ihrem Leib hielt an. Sie versuchte, ihn zu ignorieren. Sie konnte nicht mehr weit vom Rand der Talmulde entfernt sein, sagte sie sich. Wenn sie nur einfach weiterlief, würde sie bald in Sicherheit sein.

Sie tauchte aus dem düsteren, nebelverhangenen Urwald auf, betrat eine Lichtung und blieb abrupt stehen. Vor ihr stand Nightshade, in einen schwarzen Umhang gehüllt und so steif und unbeweglich wie eine Steinfigur. Ihre roten Augen funkelten.

»Was tust du hier, Sylphe?« fragte sie ruhig.

Willow sank das Herz in die Knie. Nachdem sie bereits gezwungen gewesen war, ihr Kind an diesem unwirtlichen Flecken zur

Welt zu bringen, hatte sie sich nichts weiter gewünscht, als diesem Ort zu entfliehen, ohne der Hexe zu begegnen. Und nun schien ihr selbst das verwehrt zu sein.

Sie unterdrückte ihre Angst und schaffte es, mit ruhiger, fester Stimme zu antworten: »Ich habe den Tiefen Schlund versehentlich durch die Elfennebel betreten. Ich hege keine bösen Absichten. Ich will nur gehen.«

Nightshade schien überrascht. »Durch die Elfennebel? Warst du auch eingesperrt? Aber nein. In seinem Traum warst du ja woanders, nicht wahr?« Sie hielt inne, um ihre Gedanken zu sammeln. »Warum solltest du ausgerechnet hier aus den Nebeln kommen? Warum solltest du überhaupt herauskommen? Die Elfen lassen niemanden aus den Nebeln frei.«

Willow erwog einen Moment lang, Nightshade zu belügen, entschied sich jedoch dagegen. Die Hexe, deren Magie hier in ihrem Revier so stark war, daß sie jede Täuschung durchschaute, würde es sofort merken.

»Die Elfen waren gezwungen, mich gehen zu lassen, als der König in seinem Traum zu mir kam und mich aus ihrem Bann befreite. Sie ließen mich frei, doch sie sagten mir nicht, wo ich aus den Nebeln herauskommen würde. Vielleicht haben sie mich zur Strafe hierhergeschickt.«

Nightshades Blick senkte sich auf das Bündel, das Willow in ihrem Arm trug. »Was ist das, was du da bei dir trägst?«

Willow drückte das Baby noch fester an sich. »Mein Baby, das Kind des Königs. Es ist gerade geboren.«

»Das Kind des Möchtegern-Königs? Hier?« Sie lachte. »Das Schicksal spielt uns in der Tat merkwürdige Streiche. Warum trägst du das Kind so mit dir herum? Hast du es etwa auch mit in die Nebel genommen?« Dann hielt sie abrupt inne. »Moment mal, ich habe nichts von diesem Kind gehört. So lange war ich doch gar nicht aus Landover fort. Ich müßte davon wissen. Gerade geboren, sagst du? Wo denn?«

»Hier«, antwortete Willow leise.

Nightshades Gesicht verzerrte sich zu einer grotesken Maske. »Es ist hier in meinem Heim geboren? Holidays Kind? Während ich mit ihm durch die Nebel irrte, eingesperrt in dieses verdammte Kästchen? Eingesperrt zusammen mit ihm – wußtest du das überhaupt? Wochenlang zusammen, unserer Erinnerungen beraubt und in Gestalten verwandelt, in denen wir uns nicht einmal selbst wiedererkannten. Er ist in seinem Traum zu dir gekommen? Ja, das hat er mir erzählt. Es war der Traum, der ihn von seiner Unwissenheit befreite, der ihn dazu brachte, die Wahrheit über uns beide preiszugeben.«

Ihre Stimme war ein Zischen. »Hast du ihn seit seiner Rückkehr gesehen?« Sie lächelte über Willows Reaktion. »Ah, du hast also noch gar nicht gewußt, daß er wieder da ist, stimmt's? Zurück von seinem anderen Leben, von seinem Leben mit mir, kleine Sylphe, in dem ich seine Gefangene und er mein Beschützer war. Weißt du, was zwischen uns passiert ist, während du sein Kind trugst?«

Sie hielt inne, und ihre Augen glühten vor erwartungsvoller Boshaftigkeit. »Er schlief mit mir, als wäre ich seine –«

»Nein!« Willows Stimme war so hart wie Eisen, und dieses einzige Wort war von einer Strenge, die Nightshade die Stimme so sicher abwürgte wie eine Schlinge um den Hals.

»Er war mein!« schrie die Hexe aus dem Tiefen Schlund. »Er gehörte mir! Ich hätte ihn für immer behalten, wenn da nicht dieser Traum von dir gewesen wäre! Ich habe alles verloren, bis auf das, was ich bin, bis auf die Kraft meiner Magie und die Stärke meines Willens! Die habe ich zurückgewonnen! Holiday steht in meiner Schuld! Er hat mir meinen Stolz und meine Würde genommen, und dafür muß er bezahlen!«

Sie war bleich vor Zorn. »Dieses Kind«, flüsterte sie, »ist ein angemessener Preis.«

Willow gefror das Blut in den Adern. Sie zitterte. Der Gedanke schnürte ihr die Kehle zu, und ihr blieb das Herz stehen. »Du kannst mein Kind nicht haben«, sagte sie.

Ein Lächeln huschte über Nightshades Lippen. »So, kann ich

nicht? Was für eine alberne Antwort, kleine Sylphe. Das Kind wurde in meinem Domizil geboren, hier im Tiefen Schlund, also gehört es kraft des Gesetzes mir. Kraft meines Gesetzes!«

»Kein Gesetz befürwortet die Wegnahme eines Kindes von seiner Mutter. Du hast kein Recht, eine solche Forderung zu stellen.«

»Ich habe *jedes* Recht dazu. Ich bin die Herrin des Tiefen Schlunds und Herrscherin über alles, was hier zu finden ist. Das Kind wurde auf meinem Grund und Boden geboren. Doch du bist nur ein Eindringling und ein dummes Mädchen obendrein. Glaube nicht, daß du dich mir widersetzen kannst.«

Willow ließ sich nicht beirren. »Um mein Kind zu rauben, mußt du mich zuerst töten. Bist du dazu bereit?«

Nightshade schüttelte langsam den Kopf. »Ich brauche dich nicht zu töten. Es gibt einfachere Methoden, wenn man über die Kraft der Magie verfügt. Und ein schlimmeres Schicksal als den Tod, wenn du mich herausforderst.«

»Der König wird dich verfolgen, wenn du sein Kind raubst!« drohte Willow mit scharfer Stimme. »Er wird dich bis ans Ende der Welt jagen!«

»Dumme, kleine Sylphe«, schnarrte die Hexe leise. »Der König wird nicht einmal wissen, daß du hier warst.«

Willow erstarrte. Nightshade hatte recht. Niemand wußte, daß sie sich im Tiefen Schlund befand, niemand wußte, daß sie aus den Elfennebeln zurückgekehrt war. Wenn sie einfach verschwand, wer sollte dann ihre Spur aufnehmen? Und wenn ihr Kind verschwand, wer konnte dann sagen, daß es wirklich jemals existiert hatte? Die Elfen vielleicht, aber würden sie es tun?

Was sollte sie nur machen?

»Irgend jemand wird sicherlich die Wahrheit entdecken und verkünden, Nightshade«, erklärte sie voller Verzweiflung. »So eine Untat läßt sich nicht für immer geheimhalten! Nicht einmal du kannst das!«

Die Hexe zuckte langsam und verachtungsvoll mit den Schultern. »Vielleicht nicht für immer. Aber ich kann es lange genug geheimhalten. Holidays Leben ist endlich. Und am Ende werde ich noch hier sein, wenn er schon lange tot ist.«

Willow nickte langsam, während sie zu verstehen begann. »Und deswegen willst du sein Kind, nicht wahr? Damit er nach seinem Tod nichts hinterläßt. Damit nichts mehr an ihn erinnert. Du würdest das Kind zu deinem eigenen machen und alle Spuren verwischen. So sehr haßt du ihn, nicht wahr?«

Nightshades Mund verengte sich zu einer schmalen Linie. »Ich hasse ihn noch mehr. Noch viel, viel mehr.«

»Aber das Kind ist unschuldig.« Willow begann zu weinen. »Warum sollte es in diesem Kampf zum Spielball werden? Warum sollte es für deinen Zorn bezahlen und leiden?«

»Dem Kind wird es gutgehen. Dafür werde ich sorgen.«

»Es ist nicht deins!«

»Ich habe keine Lust, noch länger mit dir zu streiten, Sylphe. Gib mir das Kind, und vielleicht lasse ich dich gehen. Du kannst ja noch ein Kind bekommen, wenn du willst. Du hast die Möglichkeiten dazu.«

Willow schüttelte langsam den Kopf. »Ich werde mein Baby niemals hergeben, Nightshade. Weder dir noch sonst irgend jemandem. Trete zur Seite. Laß mich gehen.«

Nightshade lächelte boshaft. »Oh, nein, das werde ich nicht tun.«

Sie ging direkt auf Willow zu und hob die Arme unter dem schwarzen Umhang, um ihr das Kind gewaltsam zu entreißen, als eine vertraute Stimme ertönte.

»Tu, was sie sagt, Nightshade. Laß sie gehen.«

Die Hexe blieb wie angewurzelt stehen. Willow blickte sich schnell um, sah jedoch nichts als Bäume und dunstige Finsternis.

Doch dann trat Edgewood Dirk von der Seite in ihr Blickfeld. Geschmeidig bahnte er sich seinen Weg durch das dichte Gestrüpp, sein silbernes Fell glänzte makellos, und sein schwarzer Schwanz zuckte fast unmerklich. Mit einem eleganten Satz ließ er sich auf den Überresten eines umgestürzten Baumes nieder und blinzelte.

»Laß sie gehen«, wiederholte er leise.

Nightshade versteifte sich. »Edgewood Dirk. Wer hat dir die Erlaubnis gegeben, den Tiefen Schlund zu betreten? Wer hat dich dazu ermächtigt?«

»Katzen brauchen keine Erlaubnis oder Ermächtigung«, antwortete Dirk. »Wirklich, das müßtest du inzwischen wissen. Katzen gehen, wohin sie wollen – das war schon immer so.«

Nightshade war außer sich. »Verschwinde von hier!«

Dirk gähnte und streckte sich. »Gleich. Aber zuerst läßt du die Königin gehen.«

»Ich werde sie nicht eher...!«

»Spar dir deine Worte, Hexe des Tiefen Schlunds.« Ein Hauch von müder Verachtung schlich sich in die Stimme des Katers. »Die Königin und ihr Baby werden nach Landover zurückgehen. Die Elfen haben das so entschieden, und es gibt nichts mehr darüber zu sagen. Wenn du mit ihrer Entscheidung unzufrieden bist, warum trägst du es dann nicht mit ihnen aus?«

Nightshade warf Willow einen vernichtenden Blick zu, dann wandte sie sich wieder an die Katze. »Die Elfen können mir nicht vorschreiben, was ich zu tun habe!«

»Natürlich können sie das«, sagte Edgewood Dirk mit sachlicher Stimme. »Ich habe das gerade für sie getan. Es hat keinen Sinn, sich darüber aufzuregen. Die Sache ist entschieden. Und jetzt geh beiseite.«

»Das Kind gehört mir!«

Dirk leckte sich kurz über die Pfote und richtete sich dann auf. »Nightshade«, wandte er sich mit ruhiger Stimme an die Hexe. »Willst du mich herausfordern?«

Es herrschte eine lange Pause, während der die Prismenkatze und die Hexe einander im Zwielicht des Tiefen Schlunds anstarrten. »Denn wenn du das tust«, fuhr Dirk fort, »dann solltest du wissen, daß, selbst wenn ich scheitere, ein anderer an meine Stelle treten wird. Und noch einer und immer so weiter. Die Elfen sind ein hartnäckiges Volk. Das solltest du doch am besten wissen.«

Nightshade rührte sich nicht. Als sie schließlich wieder sprach, lag Verwunderung in ihrer Stimme. »Warum tun sie das? Warum liegt ihnen so viel an diesem Kind?«

Edgewood Dirk blinzelte. »Das«, schnurrte er leise, »ist eine gute Frage.« Er stand auf, streckte sich und setzte sich wieder. »Ich sehne mich langsam nach meinem Morgennickerchen. Ich habe dieser Angelegenheit schon genug von meiner kostbaren Zeit gewidmet. Laß die Königin und das Kind gehen. Und zwar sofort!«

Nightshade schüttelte langsam den Kopf, als verleugne sie etwas, das sie nicht in Worte zu fassen vermochte. Einen Augenblick lang war sich Willow sicher, daß sie die Katze angreifen würde, daß sie die Katze mit all ihrer Stärke und Magie bekämpfen würde.

Doch statt dessen drehte sie sich zu Willow um und sagte leise: »Ich werde das niemals verzeihen. Niemals. Sag das dem Möchtegern-König.«

Dann verschwand sie in der Finsternis wie ein Geist, der einfach im Schatten verblaßt. Das Baby erwachte, regte sich in den Armen der Mutter und blinzelte verschlafen. Willow antwortete ihm mit einem leisen Gurren. Als sie wieder aufsah, war auch Edgewood Dirk verschwunden. War er die ganze Zeit bei ihr gewesen? Die Elfen hatten ihn anscheinend ein zweites Mal geschickt, obwohl man sich bei der Prismenkatze nie ganz sicher sein konnte. Auf jeden Fall hatte er ihr das Leben gerettet, oder, um genauer zu sein, ihrem Kind. Warum? Was hatte es mit diesem Kind nur auf sich, daß alle so bemüht darum waren?

Sie drückte das Baby wieder an sich und setzte ihren Weg fort.

Der Morgen näherte sich bereits der Mittagszeit, als Ben Holiday das Land südlich vom Tiefen Schlund erreichte. Er wäre niemals so schnell dorthin gelangt, hätte Strabo ihm nicht im Tausch gegen das Wirrkästchen einen Flug angeboten. Der Drache war von Anfang an an dem Kästchen interessiert gewesen, doch Ben hatte sich geweigert, es ihm zu überlassen, da er nicht davon überzeugt war, daß ein anderer besser darauf aufpassen würde als er selbst.

»Überlaß es mir, Holiday«, hatte der Drache ihn gebeten. »Ich werde es an einem Ort aufbewahren, den niemand erreichen kann, in einem Feuerloch im tiefsten Ödland, wo sich niemand hinwagt.«

»Aber warum willst du es überhaupt haben?« hatte Ben gefragt. »Was willst du damit anfangen?«

Der Drache war von seinem Angriff auf die Dämonen zurückgekehrt. Alleine standen sie in der Mitte der Wiese, während Horris Kew ein paar Meter weiter am Boden kauerte. Questor Thews und Abernathy befanden sich auf dem Weg zu ihnen.

Die Stimme des Drachen klang schwermütig. »Ich möchte es mir von Zeit zu Zeit ansehen. Ein Drache begehrt solche Schätze und sammelt wertvolle Dinge. Das ist alles, was uns aus unserem alten Leben noch geblieben ist – alles, was *mir* noch geblieben ist, jetzt, da ich allein bin.« Strabos behornter Kopf neigte sich zu ihm hinab. »Ich würde es an einem Ort verstecken, wo es niemals gefunden werden kann. Ich würde es ganz für mich behalten.«

Ben mußte das Gespräch unterbrechen, um zwischen einem aufgebrachten Abernathy, der gerade herbeistürzte, und einem verschreckten Horris Kew zu vermitteln, und mit Questors Hilfe gelang es ihm, einen kleinen Teil des Friedens wiederherzustellen. Immerhin hatte ihnen der reumütige Zauberer das Leben gerettet, beruhigte er seinen äußerst besorgten Hofschreiber. Dann entließ er Kallendbor und seine Armee, nachdem er dem Herren von Rhyndweir das Versprechen abverlangt hatte, in einer Woche vor dem Thron zu erscheinen, um Rechenschaft für seine Taten abzulegen. Seinen Wachen befahl er, all die Menschen nach Hause zu schicken, die auf ihrer ergebnislosen Suche nach Traumkristallen zum Schloß gekommen waren und dort etwas ganz anderes vorgefunden hatten, als ihnen lieb war.

Dann fiel ihm brennend heiß ein, daß Willow möglicherweise noch in Gefahr schwebte. Er benutzte den Schau-ins-Land und fand sie, wie sie gerade dabei war, aus dem Tiefen Schlund zu klettern. Nightshades Revier, dachte er entsetzt, und wahrlich kein sicherer Ort für die Sylphe. Ihm fielen die Worte wieder ein, mit denen sich Nightshade von ihm verabschiedet hatte. Ihn schauderte bei der Vorstellung, was die Hexe der Sylphe antun würde, wenn sie auch nur die geringste Chance dazu hätte.

Es war ein Zweitagesritt zum Tiefen Schlund – viel zu lange unter diesen Umständen. Also war er mit dem Drachen zu einer Übereinkunft gekommen. Ein Flug zum Tiefen Schlund und zurück gegen das Wirrkästchen – vorausgesetzt, Strabo versprach, daß niemand es jemals zu Gesicht bekommen würde und daß niemand, auch nicht der Drache selbst, jemals versuchen würde, es zu öffnen. Strabo stimmte zu. Er versprach es ihm hoch und heilig und gab ihm sein feierliches und unverbrüchliches Drachenehrenwort. Das sei genug, flüsterte Questor Thews in einer kurzen Zwischenbemerkung, ein Drache sei an sein Wort gebunden.

Und so flog Ben auf Strabos Rücken durch Sturm und Regen davon, bis sie die schwarzen Wolken schließlich hinter sich ließen und die Reise unter blauem Himmel fortsetzten. Die Sonne schien wieder auf das Land und überflutete die Wiesen und Hügel im Norden mit ihrem goldenen Licht.

»Da ist sie, Holiday«, rief der Drache, als sie sich ihrem Ziel näherten, da er die Sylphe mit seinen scharfen Augen viel schneller erblickte als Ben.

Sie schwangen sich hinab und landeten auf dem Kamm eines Hügels, der von vereinzelten Baumgruppen gesäumt war. Willow tauchte am anderen Ende einer Wiese voll wilder Blumen und Blaubonnies auf, und Ben rannte ihr entgegen und vergaß alles andere. Sie rief seinen Namen, als sie ihn sah, und ihr Gesicht strahlte, während Tränen der Freude ihre Augen verschleierten.

Er stürzte auf sie zu und wollte sie umarmen, doch dann blieb er abrupt vor ihr stehen, als er das Bündel in ihren Armen bemerkte, das wie eine zerbrechliche Barriere zwischen ihnen lag. Was hatte sie da? »Ist alles in Ordnung?« fragte er mit bebender Stimme, um sich zu vergewissern, daß sie ihre Reise wohlbehalten überstanden hatte. Und um ganz einfach ihre Stimme zu hören.

»Ja, Ben«, antwortete sie. »Und wie steht es mit dir?«

Ben nickte lächelnd. »Ich liebe dich, Willow«, sagte er.

Er sah, wie sie schluckte. »Komm, sieh dir dein Kind an«, flüsterte sie.

Dann trat er näher, um die kleine Lücke zwischen ihnen zu schließen, während er von widerstreitenden Gefühlen des Zweifels und der Erwartung durchströmt wurde. Das war zu schnell gegangen, dachte er. Es war noch nicht an der Zeit. Sie hatte nicht einmal schwanger ausgesehen. Wie konnte sie das Kind so schnell zur Welt gebracht haben?

Die Fragen verblaßten hinter ihrem strahlenden Lächeln. »Unser Baby?« fragte er, und sie nickte.

Sie öffnete die Falten ihres Umhangs, damit er es sehen konnte. Er bückte sich und spähte hinein.

Zwei verwirrend grüne Augen starrten unerschrocken zurück.

Bestseller

Der Interviewer saß im Wohnzimmer von Harold Krafts luxuriösem Heim in Diamond Head und nippte an seinem Ananas-Erdbeer-Cocktail, während sein Blick über die enormen Ausmaße der Terrasse und des Swimmingpools zu den nur unwesentlich größer scheinenden Weiten des Pazifischen Ozeans wanderte. Es war später Nachmittag, und die Sonne neigte sich westwärts der schmalen Linie des Horizonts zu, eine allmähliche Veränderung von Licht und Farbe, die wieder einmal einen wunderschönen, hawaiianischen Sonnenuntergang versprach. Der Granitboden des Wohnzimmers und der Terrasse glitzerte, als wäre er mit Goldstaub durchsetzt, und endete vor dem Swimmingpool, dessen spiegelglatte Wasseroberfläche ganz genau bis an die Kante reichte und auf der anderen Seite in einen Überlauf mündete, so daß man den Eindruck gewann, das Wasser stürze direkt hinab ins Meer. An einem Ende der Terrasse befand sich ein Jacuzzi, das einladend vor sich hinblubberte. Ein Grillplatz und eine Bar dominierten das andere Ende, komplett ausgestattet bis zu ausgehöhlten Kokosnußschalen, die man auf den regelmäßigen Partys des Schriftstellers für tropische Getränke benutzte.

Der Wert dieses Anwesens wurde vorsichtig auf fünfzehn Millionen geschätzt, obwohl Grundstücks- und Immobilienpreise stets nach der allgemeinen Marktlage zu beurteilen waren und eine solche Schätzung daher der objektiven Grundlage entbehrte. Andere Anwesen in der Umgebung waren für zehn Millionen und mehr verkauft worden, obwohl sie nicht annähernd so groß waren und auch nicht über diesen unbegrenzten Ausblick verfügten, der sich fast über ganz Honolulu erstreckte. Unbebaute Grundstücke wurden in dieser Gegend bereits für fünf Millionen gehandelt. Für die meisten Menschen waren Zahlen in dieser Größenordnung unvorstellbar. Der Interviewer lebte in Seattle in einem Haus, das er vor fünfzehn Jahren für etwas weniger als die Summe gekauft hatte, die Harold Kraft in einem Monat verdiente.

Kraft kam aus dem Arbeitszimmer, in das er sich kurz zurückgezogen hatte, um ein privates Telefongespräch entgegenzunehmen, und schlenderte mit einer knappen Entschuldigung, daß es so lange gedauert hatte, zur Bar. Er schenkte sich einen Eistee ein, durchquerte den Raum hin zu der Couch, auf der der Interviewer geduldig wartete, und setzte sich wieder. Er war groß und schlank, mit ergrauenden Haaren und einem Vandyke-Bart, und bewegte sich wie eine große, bedächtige, elegante Katze. Er trug Seidenhosen und ein Seidenhemd und handgearbeitete Ledersandalen. Sein gebräuntes Gesicht hatte etwas von einem Adler, und seine durchdringenden, hellbraunen Augen unterstrichen diesen Eindruck. Es gab Gerüchte über schönheitschirurgische Veränderungen und ein rigoroses Trainingsprogramm, doch das war unter den Reichen und Berühmten nichts Ungewöhnliches.

»Gute Nachrichten«, verkündete er mit einem Lächeln. »Wo Sie schon mal hier sind, kann ich sie auch mit Ihnen teilen. Paramount hat gerade die Rechte für den *Zauberer* gekauft. Zwei Millionen Dollar auf der Stelle. Sie wollen Sean Connery für die Titelrolle und Tom Cruise für die Rolle des Prinzen. Was meinen Sie?«

Der Interviewer lächelte anerkennend. »Ich meine, daß Sie dadurch zwei Millionen Dollar reicher sind. Herzlichen Glückwunsch!«

Kraft verneigte sich kurz. »Warten Sie, bis die Vermarktung einsetzt. Damit macht man den wirklichen Gewinn.«

»Schreiben Sie Ihre Bücher unter dem Aspekt der Filmtauglichkeit?« drängte der Interviewer. Er bekam nicht annähernd genug aus Kraft heraus, um sich selbst oder sein Magazin zufriedenstellen zu können. Kraft hatte in zwei Jahren drei Bücher veröffentlicht und dominierte seither mit einem Verkauf von fünf Millionen Hardcover-Ausgaben die Bestsellerlisten. Doch das war praktisch alles, was man über ihn wußte. Trotz seines enormen Bekanntheitsgrades war er immer noch ein Rätsel. Er behauptete, sich im Exil zu befinden, doch er verriet nicht, woher er kam. Er gab sich als politischer Flüchtling aus.

»Ich schreibe, um gelesen zu werden«, antwortete er knapp. »Was danach passiert, ist Sache der Konsumenten. Sicher will ich Geld machen. Aber hauptsächlich will ich glücklich sein.«

Der Interviewer runzelte die Stirn. »Das klingt ein bißchen...«

»Unaufrichtig? Mag sein. Aber ich habe viel gemacht, und bin viel herumgekommen und habe nicht viel dafür vorzuweisen. Ich habe nur mich selbst, und das Schreiben ist eine Erweiterung meiner Persönlichkeit. Wissen Sie, es ist sehr schwer, beides voneinander zu trennen. Ein Schriftsteller drückt nicht einfach auf die Stechuhr und geht am Ende des Tages nach Hause. Er trägt seine Arbeit mit sich herum, denkt dauernd darüber nach und ist immer dabei, sie aufzupolieren wie das Familiensilber. Wenn man nicht mit seinem Werk zufrieden ist, muß man mit seiner Unzufriedenheit leben. Deswegen will ich glücklich sein mit dem, was ich tue. Deswegen ist es für mich wichtiger, glücklich zu sein, als reich zu sein.«

»Es schadet aber nichts, beides zu sein«, bemerkte der Interviewer. »Sie hatten eine bewundernswerte Erfolgssträhne. Denken Sie jemals darüber nach, wie es war, bevor Ihre Bücher veröffentlicht wurden?«

Kraft lächelte. »Die ganze Zeit. Aber mir ist nicht entgangen, worauf Sie hinauswollen. Ich darf Sie daran erinnern, daß Sie mich nicht dazu bringen werden, über mein früheres Leben zu sprechen, und wenn Sie es noch so angestrengt versuchen. Grundvoraussetzung für dieses Interview, richtig?«

»So haben Sie es gesagt, aber meine Leser sind ziemlich neugierig, was Sie betrifft. Das müßten Sie wissen.«

»Tu ich auch, und ich schätze das Interesse der Leser.«

»Aber Sie wollen immer noch nicht über Ihr Leben vor der Veröffentlichung Ihrer Bücher sprechen?«

»Ich habe versprochen, es nicht zu tun.«

»Wem haben Sie das versprochen?

»Einigen Leuten. Und mehr will ich darüber nicht sagen.«

»Dann lassen Sie uns über die Figuren in Ihren Büchern sprechen und versuchen, Ihr Leben sozusagen durch die Hintertür zu betreten.« Der Interviewer hegte große Hoffnungen, selbst eines Tages ein Buch zu veröffentlichen, und hielt sich selbst für äußerst clever im Umgang mit Worten. »Basieren die Figuren auf wirklichen Personen aus Ihrem früheren Leben? Zum Beispiel der irregeführte König Ihres Zauberreichs, sein ungeschickter Hofzauberer und der bissige Hund, der ihm als Hofschreiber dient?«

Kraft nickte bedächtig. »Ja, es gibt sie.«

»Wie steht es mit dem abtrünnigen Zauberer? Steckt vielleicht ein bißchen von Ihnen in dieser Figur?«

Kraft räusperte sich bescheiden. »Ein bißchen.«

Der Interviewer machte eine Pause. Er hatte das Gefühl, endlich auf der richtigen Spur zu sein. »Haben Sie sich jemals mit Magie beschäftigt? Sie wissen schon, mit Zauberformeln experimentiert und dergleichen? Gehörte das früher einmal zu Ihrem Leben?«

Harold Kraft war einen Moment lang ein wenig abwesend. Als er wieder aus den Tiefen seiner Gedanken hervortauchte, hatte sein Gesicht einen ernsten Ausdruck angenommen. »Ich sag' Ihnen was«, verkündete er. »Ich werde eine Ausnahme von meiner Regel machen, niemals über meine Vergangenheit zu sprechen, und Ihnen etwas erzählen. Es gab eine Zeit, da habe ich mich tatsächlich mit Magie beschäftigt. Kleine Sachen, wirklich – nichts Ernstes. Außer, daß ich einmal versehentlich über eine Sache gestolpert bin, die sich als überaus gefährlich herausstellte. Sowohl mein eigenes Leben als auch das Leben anderer war dadurch bedroht. Ich habe den Schrekken überlebt, aber ich mußte gewissen Leuten versprechen, nie wieder Magie zu benutzen ... ich meine, damit herumzuexperimentieren. Und das habe ich auch nie wieder getan.«

»Also basiert die Magie in Ihren Büchern, die Beschwörungen, die Zauberformeln und dergleichen, auf Erfahrungen aus dem wirklichen Leben?«

»Einiges davon, ja.«

»Und die Geschichten, die Sie erfinden, diese fesselnden Märchen von Ungeheuern und Elfen, von mythischen Wesen und Zauberern, beruhen die auch auf wahren Begebenheiten?«

Kraft erhob sich langsam von seinem Sofa und zog eine Augenbraue hoch. »Ein Schriftsteller schreibt, was er kennt. Er schöpft immer aus seinen eigenen Lebenserfahrungen. Normalerweise nehmen sie in seinen Büchern andere Formen an als in der Realität, doch sie bilden immer die Grundlage.«

Der Interviewer nickte feierlich. Hatte er irgend etwas Neues aus diesem Gespräch erfahren? Er war sich nicht sicher. Das war alles ziemlich nebelhaft. Genau wie Harold Kraft. Er überspielte seine Verwirrung, indem er den kleinen Rekorder überprüfte, der auf dem Couchtisch stand. Die Rädchen drehten sich noch. »Wäre es fair, wenn ich sage, daß die Abenteuer, über die Sie schreiben, in gewisser Weise Ihr eigenes Leben widerspiegeln?« setzte er von neuem an.

»Das wäre sowohl fair als auch korrekt, ja.«

»Und in welcher Weise?«

Kraft lächelte. »Sie müssen Ihre Phantasie benutzen!«

Der Interviewer erwiderte sein Lächeln, wobei er sich große Mühe gab, nicht mit den Zähnen zu knirschen. »Haben Sie noch weitere Geschichten zu erzählen, Mister Kraft?«

»Nennen Sie mich bitte Harold«, sagte der Schriftsteller mit einer unterstreichenden Handbewegung. »Drei Stunden gemeinsam im journalistischen Schützengraben berechtigen uns doch wohl dazu, das Gespräch auf einer persönlicheren Ebene zu beenden. Um Ihre Frage zu beantworten, ja, ich habe noch andere Geschichten auf Lager und hoffentlich auch noch genügend Zeit, um sie zu erzählen. Ich arbeite gerade an einem neuen Roman. Er wird unter dem Titel *Raptors Fluch* erscheinen. Wollen Sie das Cover sehen?«

»Sehr gerne.«

Sie standen auf, durchquerten den Wohnraum und gelangten durch einen kleinen Flur in das Arbeitszimmer, das Harold Kraft in erster Linie als Büro diente. Auf verschiedenen Schreibtischen standen Computer nebst Drucker, und im ganzen Zimmer stapelten sich Bücher und Unterlagen. An den Wänden hingen gerahmte Buchumschläge. Die Mitte des Raumes wurde von einem Koaholz-Schreibtisch eingenommen, auf dem sich ebenfalls Unterlagen und Entwürfe stapelten. Aus einem dieser Stapel zog Kraft ein Farbfoto hervor und reichte es dem Interviewer.

Das Foto zeigte einen Vogel, der bis auf eine weiße Federkrone völlig schwarz war. Der Vogel befand sich gerade im Sturzflug auf ein bösartiges Wesen, das einem Büschel Disteln glich. Ein Blitz zuckte aus den gestreckten Klauen des Vogels. Im Hintergrund flohen düstere Gestalten in einen Wald.

Der Interviewer betrachtete das Foto eine ganze Weile. »Sehr dramatisch. Stellt der Vogel auch jemanden dar, den Sie aus Ihrem früheren Leben kannten?«

Horris Kew, der sich jetzt Harold Kraft nannte, nickte wehmütig. »Ach, ja, der arme Biggar, ich kannte ihn sehr gut«, murmelte er mit theatralischer Stimme.

Und gab dem Foto einen wehmütigen Kuß.

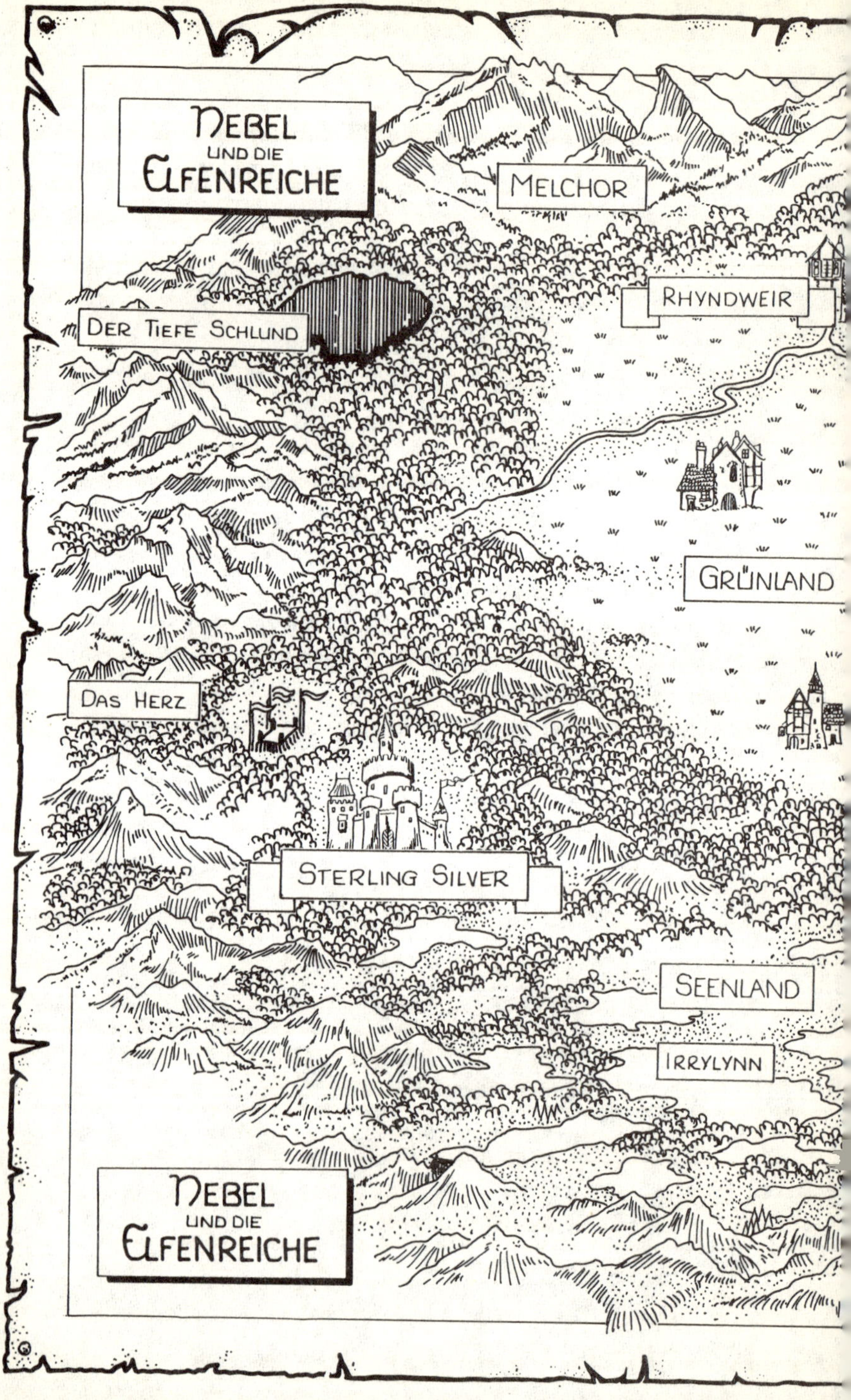

NEBEL UND DIE ELFENREICHE
MELCHOR
RHYNDWEIR
DER TIEFE SCHLUND
GRÜNLAND
DAS HERZ
STERLING SILVER
SEENLAND
IRRYLYNN
NEBEL UND DIE ELFENREICHE

NEBEL
UND DIE
ELFENREICHE
FEUERQUELLEN
ÖSTLICHES ÖDLAND
LANDOVER
ELDERO
NEBEL
UND DIE
ELFENREICHE

GOLDMANN

Der phantastische-Verlag

Phantastische und galaktische Sphären, in denen Magie und Sci-Tech, Zauberer und Ungeheuer, Helden und fremde Mächte aus Vergangenheit und Zukunft regieren – das ist die Welt der Science Fiction und Fantasy bei Goldmann.

Die Schatten von Shannara 11584

Das Gesicht im Feuer 24556

Raistlins Tochter 24543

Die Star Wars Saga 23743

Goldmann · Der Taschenbuch-Verlag

GOLDMANN TASCHENBÜCHER

Das Goldmann Gesamtverzeichnis erhalten Sie im Buchhandel oder direkt beim Verlag.

Literatur · Unterhaltung · Thriller · Frauen heute
Lesetip · FrauenLeben · Filmbücher · Horror
Pop-Biographien · Lesebücher · Krimi · True Life
Piccolo Young Collection · Schicksale · Fantasy
Science-Fiction · Abenteuer · Spielebücher
Bestseller in Großschrift · Cartoon · Werkausgaben
Klassiker mit Erläuterungen

* * * * * * * * * * *

Sachbücher und Ratgeber:
Gesellschaft / Politik / Zeitgeschichte
Natur, Wissenschaft und Umwelt
Kirche und Gesellschaft · Psychologie und Lebenshilfe
Recht / Beruf / Geld · Hobby / Freizeit
Gesundheit / Schönheit / Ernährung
Brigitte bei Goldmann · Sexualität und Partnerschaft
Ganzheitlich Heilen · Spiritualität · Esoterik

* * * * * * * * * * *

Ein Siedler-Buch bei Goldmann
Magisch Reisen
ErlebnisReisen
Handbücher und Nachschlagewerke

Goldmann Verlag · Neumarkter Str. 18 · 81664 München

Bitte senden Sie mir das neue kostenlose Gesamtverzeichnis

Name: ____________________

Straße: ____________________

PLZ / Ort: ____________________